ANTON LEISS-HUBER

Gevatter Tod in Altötting

TÖDLICHE PROBELEICH In Altötting wird Frömmigkeit noch großgeschrieben. Zumindest außerhalb der eigenen vier Wände. Der ortsansässige Tierarzt Dr. Spögler feiert mit seinem Stammtisch in einem Brauereigasthof eine »Probeleich«. Das vor Jahren angelegte Geld für die Trauerfeiern der einzelnen Mitglieder hat inzwischen so viel Ertrag abgeworfen, dass es für ein Abendessen zu Lebzeiten aller Beteiligten reicht. Am nächsten Morgen liegt der Tierarzt tot vor der Brauerei. Todesursache war ein Bolzen aus seinem eigenen Schlachtschussapparat. Spögler hatte ihn mitgebracht, um den Abend etwas aufzulockern und etwas Spaß zu haben. Die hinzugerufenen Polizeibeamten Max Kramer und sein Kollege Fritz Fäustl nehmen die Ermittlungen auf. Zu den Verdächtigen zählen alle Gäste des Brauereigasthofes: der Stadtpfarrer, eine Haushälterin, ein Banker, der Bürgermeister und die Landrätin. Max' zur Seite eilt wieder einmal seine Jugendliebe, die spätberufene Novizin Maria Evita. Doch Vorsicht: Alte Liebe rostet nicht!

© Andreas Zitt

Anton Leiss-Huber wurde im oberbayerischen Altötting geboren. Er ist studierter Opernsänger und Schauspieler. Einem breiten Publikum wurde er in den letzten Jahren vor allem durch seine Auftritte im deutschen Fernsehen bekannt. Man kennt ihn aus der Musiksendung des BR Fernsehens »Brettl-Spitzen«, der bayerischen Kultserie »Im Schleudergang« oder der Radio-Sendung »Schmankerl« auf BR-Heimat. »Gevatter Tod in Altötting« ist sein neuer Kriminalroman um den jungen Oberkommissar Max Kramer und seine Jugendliebe die Novizin Maria Evita.

ANTON LEISS-HUBER

Gevatter Tod in Altötting

KRIMINALROMAN

GMEINER

Jede Ähnlichkeit mit tatsächlichen Begebenheiten aus meinem Lebenslauf und mit tatsächlich lebenden Menschen, Geschehnissen und Institutionen um mich herum ist rein zufällig.

Immer informiert

Spannung pur – mit unserem Newsletter informieren wir Sie regelmäßig über Wissenswertes aus unserer Bücherwelt.

Gefällt mir!

Facebook: @Gmeiner.Verlag
Instagram: @gmeinerverlag
Twitter: @GmeinerVerlag

MIX
Papier | Fördert gute Waldnutzung
FSC® C083411

Besuchen Sie uns im Internet:
www.gmeiner-verlag.de

Im Ehnried 5, 88605 Meßkirch
Telefon 07575/2095-0
info@gmeiner-verlag.de

4. Auflage 2023

Lektorat: Sven Lang
Herstellung: Mirjam Hecht
Umschlaggestaltung: U.O.R.G. Lutz Eberle, Stuttgart
unter Verwendung eines Fotos von: © Erika / stock.adobe.com
Druck: CPI books GmbH, Leck
Printed in Germany
ISBN 978-3-8392-2713-8

»Du machst keinen Unterschied und holst den Reichen wie den Armen.«

Der Gevatter Tod.
Kinder- und Hausmärchen Band 1,
Brüder Grimm

*

»Wie man den Acker bestellt, so trägt er.«

Sprichwort

Für meinen Patenonkel
Nicht mehr da, aber doch stets bei mir

DER SCHATZ IM ACKER

Gedicht von Elisabeth Josephson
aus der Sammlung »Perlen aus bitterer Flut«

Welch' ein Acker! Dornen, Disteln nur
Glüh'nder Sand und toter Steine Wucht,
Auf der ganzen, ungeheuren Flur
Nicht die kleinste Frucht!

Und doch in der Tiefe, glanzverklärt,
Unter Scherben, in der Dunkelheit,
Ruht ein Schatz von unermeß'nem Wert:
Jesu Herrlichkeit.

INHALT

AUFBRUCH

Das rote Profil von Queen Elizabeth schien zu lächeln. Gezielt fuhr das Messer über ihren Kopf hinweg. Die Klinge glitt mit einem rauen Geräusch in das Papier und öffnete den Umschlag. Dieser Brief würde nun Gewissheit bringen. Allen unbequemen Fragen der Vergangenheit eine Antwort geben und dieser quälenden Unruhe ein Ende setzen.

Zitternde Finger klappten den gefalteten Brief auseinander. Das mittägliche Sonnenlicht, das seitlich durch die weißen Vorhänge gefiltert wurde, beleuchtete Zahlen und englische Worte. Es handelte sich um einen maschinell bedruckten Zettel einer Firma, die sich »Gene4you« nannte. »(…) The probability of paternity is 99,9998 %.«*

Die Din-A4-Seite fiel zu Boden. Der Schmerz war kaum auszuhalten. Nun war es amtlich. Diese Drecksau sollte dafür mit seinem Leben bezahlen.

---

* Die Wahrscheinlichkeit der Vaterschaft liegt bei 99,9998 %

PROBELEICH

»A schöne Leich« ist im süddeutschen Sprachraum kein gut aussehender Verblichener, sondern eine großzügig ausgerichtete Trauerfeier

»Sie hätten dagegen vehement einschreiten müssen, Monsignore. Einfach pietätlos!« Mürrisch schlurfte Fräulein Schosi an Hirlingers Arm dem Eingang des Bestattungsunternehmens Bauschmidt an der Kardinal-Wartenberg-Straße entgegen. Ein Neonschild, das den Namen des Altöttinger Totengräbers trug, hing darüber und war eben aufgeflackert, da die Dämmerung über der Stadt in den letzten Zügen lag.

Fräulein Schosi füllte ein schwarzes Kostüm mit einer farblich passenden Strumpfhose aus, welches vor zwanzig Jahren ihrer damaligen Größe entsprochen hatte. Als von ihrem Arbeitgeber keinerlei Reaktion auf den geäußerten Unmut kam, schnaufte sie entrüstet und blieb stehen. Unter einem lauten Ächzen bückte sie sich und strich mit der Hand über ihre eingepressten Beine. »Ahhh, meine Haxen tun heut scho wieder so weh.«

Golfplatz, kam Hirlinger bei diesem Anblick in den

Sinn, denn an mehreren Stellen zeichnete sich unter der dunklen Nylonoberfläche, durch nicht behandelte Krampfadern, eine unübersehbare Hügellandschaft ab.

»Dann wären Sie halt einfach zu Hause geblieben, wenn Ihnen der Abend so gar keine Freude bereitet«, entgegnete er.

»Ich komme mir gerade vor, als wäre ich zu einem Beerdigungsfasching unterwegs.«

Hirlinger griff nach Fräulein Schosis Ellenbogen, um sie zu sich heranzuziehen. »Tun Sie mir einen Gefallen und verlieren bitte, sobald wir drinnen sind, kein Wort mehr darüber.«

Die grüne Iris seiner Haushälterin funkelte unberechenbar. »Keine Sorge, ich halt meinen Mund. Trotzdem bleibt es für mich eine Geschmacklosigkeit sondergleichen.«

Hirlinger bezweifelte, ob er sich auf dieses Versprechen verlassen konnte. »Ich bitte Sie inständig, uns den Abend nicht zu verderben.«

»Wenn ich sag, dass ich meinen Mund halt, dann können Sie Gift drauf nehmen. Herrschaftszeiten!« Mit dem letzten Wort drehte sie sich ruckartig zur Eingangstüre. Ihre geschwollenen Beine stampften auf die Klinke zu.

»Vielen Dank für Ihre Unterstützung«, rief Hirlinger dem breiten Rücken nach. Er musste schlucken. Durch die Nase nahm er einen tiefen Zug kühler Luft in seine Lungen auf und ließ ihn mit einem befreienden »Ahhhh« aus dem Mund wieder entgleiten. Anschließend folgte er seiner Haushälterin ins Innere in der Hoffnung, dass Fräulein Schosi wirklich Wort halten möge.

Orgeltöne begrüßten sie im Empfangsraum. Irgendwo lief eine sanfte Aufnahme von Johann Sebastian Bachs »Jesus bleibet meine Freude«. In gedämpftem Licht hielt eine junge Frau im schwarzen Dirndl mit gelber Schürze den beiden ein Tablett entgegen, auf dem Sektgläser angerichtet waren. Hirlinger identifizierte sie als Tochter des Hauses beziehungsweise Juniorchefin. Hanna, wenn er sich recht an die Vorbesprechung erinnerte.

»Herzlich willkommen, Monsignore. Darf ich Ihnen zu Beginn ein Glas Prosecco anbieten?« Das freundliche Gesicht war bedeckt mit Sommersprossen. Ihre rötlich schimmernden Haare hatte Hanna zu einem Dutt zusammengesteckt.

Fräulein Schosi biss sich auf die Unterlippe. »Also, das is doch …«

Hirlinger warf ihr einen mahnenden Blick zu.

»Gerne.« Ohne ein Widerwort griff seine Haushälterin nach einem der gefüllten Gläser.

Hanna Bauschmidt drückte Hirlinger ebenfalls das perlende Getränk in die Finger. Der ließ seine Haushälterin dabei nicht aus den Augen. Er wollte sichergehen, dass von ihrer Seite keine weiteren bösen Kommentare zu erwarten waren. Ohne Murren prostete sie ihm zu. Dabei simulierten ihre Lippen sogar so etwas Ähnliches wie ein Lächeln. Vielleicht sollte Hirlinger seine Haushälterin gleich noch zu einem zweiten Glas nötigen, denn Alkohol erhellte grundsätzlich Fräulein Schosis Stimmung.

Beide hatten ihren Prosecco zur Hälfte geleert, als ein Mann das Bestattungsunternehmen betrat. Er trug einen wadenlangen beigen Trenchcoat und hatte einen hellen Hut mit breiter Krempe tief in die Stirn gezogen. Plötzlich hob er seinen Kopf und grinste breit. »Ja, Petronilla«, sagte er und gab ihr die Hand. »Das ist ja eine Freude. Haben Sie sich doch überzeugen lassen?«

Fräulein Schosis Laune wechselte von geheuchelter Milde zu wirklicher Freude und hielt die kräftige Hand des Neuankömmlings in der ihren. Der Mann lüftete zur Begrüßung seinen Hut. Schütteres dunkles Haar kam zum Vorschein, welches an den Seiten fülliger, aber bereits ergraut war.

»Hias«, flötete Fräulein Schosi. »Wenn man an die Sonne denkt, dann geht sie auf.«

Der Tierarzt Hias Spögler, eigentlich Dr. Mathias Spögler, wusste um seine Wirkung auf Fräulein Schosi. Er war Hirlingers bester Freund. Seine Gegenwart allein reichte seit Jahren aus, um den Drachen zu zähmen. Amüsiert zwinkerten Hirlinger und er sich zu.

»Joseph. Servus.«

»Grüß dich Gott, Hias.«

Vertraut schlugen die beiden Männer ein.

»Sind wir die Ersten?« Spögler sah sich um.

Hanna Bauschmidt näherte sich mit einem weiteren Sektglas. »Nein.« Sie wies auf eine Treppe, die ins Souterrain führte. »Im Ausstellungsraum warten bereits der Herr Bürgermeister Molaufer, die Landrätin, der Mooser Bräu und der Obermüller von der Sparkasse.«

»Dann sind wir die Letzten«, kommentierte Spögler die Aufzählung und machte sich daran, seinen Mantel loszuwerden. Fräulein Schosi ließ es sich nicht nehmen, ihm dabei zu assistieren. Auch er war in einen dunklen Anzug gekleidet, die schwarze Seidenkrawatte hatte Spögler durch einen akkuraten doppelten Windsorknoten am Kragen befestigt.

»Bin ich denn das einzige Anhängsel?«, wandte sie sich nach getaner Arbeit an Hirlinger.

»Ja, ich denke schon. Vier sind bereits da, mit dem Hias und mir sind es sechs. Sie sind Nummer sieben. Vom Stammtisch wollte sonst niemand eine Begleitung mitbringen.«

Spögler räusperte sich. »Oder hat niemanden mehr zum Mitbringen.«

Unter der Führung von Hanna Bauschmidt stiegen Fräulein Schosi, Monsignore Hirlinger und Dr. Spögler Stufe für Stufe nach unten. Ein großer schlichter Raum, in dem Särge verschiedenster Größen standen, lag vor ihnen. Einer aus unbehandeltem hellem Holz befand sich zentral in der Mitte und wurde von zwei brennenden Kerzen eingerahmt. Davor lag ein Kranz aus grünem Plastikefeu, auf dessen weißer Trauerschleife in goldener Schrift »Wir werden Dich nie vergessen. Deine treuen Kameraden« zu lesen stand.

Im hinteren Teil unterhielten sich drei ältere, dunkel gekleidete Herren, von denen einer einen Krückstock mit Silberknauf in Händen hielt. Es war der ehemalige Sparkassendirektor Obermüller. Ohne diesen Stock war er nie anzutreffen, wobei er eher ein schickes Accessoire war, denn wirklich vonnöten. Der Mittlere, der nicht ganz so groß wie sein Nachbar Obermüller war, hatte einen Bart unter der Nase stehen, der viele an Kaiser Wilhelm denken ließ. Molaufer der Bürgermeister der Kreisstadt. Als Letzter und Kleinster stand Eugen Mooser in der Reihe, der Besitzer einer der größten Brauereien der Gegend. Ob sich die drei Herren bewusst der Größe nach sortiert hatten? Hirlinger amüsierte der Anblick, ihn erinnerte das Bild an die Daltons aus den Lucky-Luke-Heftchen seiner Jugend.

Seitlich etwas abseits hatte sich eine Dame im pinken Cocktailkleid mit blondem Pagenschnitt postiert, deren Alter schwer einzuschätzen war. Dieser leuchtende weibliche Farbklecks zog Hirlingers und Spöglers Aufmerksamkeit auf sich. Ohne zu zögern gingen sie auf die Dame zu, gaben ihr einen Handkuss und schüttelten der Reihe nach die übrigen Hände. Fräulein Schosi beließ es bei einem Nicken.

»Mein herzliches Beileid«, sagte Spögler und die Gruppe überkam ein befreiendes Lachen, das aufgrund der kahlen Wände noch stärker hallte.

Entschuldigend zuckte die pinke Dame mit den Schultern. »Ich wusste nicht, dass ihr das alle so ernst nehmt.« Ihr Blick fiel auf Fräulein Schosi, die sie ratlos anstierte. »Sonst hätte ich vielleicht auch etwas Zeitloseres angezogen.«

Ein erneutes Lachen war die Reaktion der anwesenden fünf Männer. Fräulein Schosi kräuselte ihre Lippen.

»Man kann der Vergänglichkeit durchaus mit ein bisschen Farbe begegnen, Erlaucht«, sagte Hirlinger. »Und ich muss zugeben, dass du eines deiner schönsten Kleider für diesen Anlass aus dem Schrank geholt hast.«

»Ich bin neulich in Baden-Baden an einem Schaufenster vorbeigelaufen und da konnte ich nicht widerstehen.«

»Die Farbe is jetzt ned grad besonders schmeichelhaft«, entfuhr es Fräulein Schosi, die sich demonstrativ an die Seite des Monsignore gestellt hatte.

Hirlinger verdrehte die Augen und suchte den Boden nach einer zufällig auftauchenden Falltüre ab, in die er hätte versinken können.

»Finden Sie?«, strahlte die Dame in Pink, als hätte sie den Angriff soeben gar nicht wahrgenommen, und vollführte eine kleine Pirouette. Die umstehenden Herren bekamen dabei glänzende Augen.

»Äußerst stilvoll, Bibba«, lobte Dr. Spögler. »Wie immer.«

Von Fräulein Schosi vernahm der Monsignore ein halb ersticktes Grunzen, das sie mit geschlossenem Mund von sich gab. »Denken Sie bitte an den schönen Abend«, zischte er ihr zu.

Ein Klatschen rettete die Situation. Hanna Bauschmidt hatte ihre Handflächen zusammengeschlagen und entspannte so die aufgetretene Stimmung.

»Vielen Dank für Ihr Kommen«, eröffnete sie ihre kurze Rede. Alle Anwesenden wurden ruhig. »Als mir Monsignore Hirlinger von ihrem Plan erzählte, eine Probeleich abzuhalten, war ich sofort begeistert. Man sollte sich viel früher mit dem Ableben befassen. Wenn der Gevatter Tod an die Tür klopft, wissen viele Angehörigen nicht, wie es weitergehen soll.«

Mit dem Zeigefinger an die Wange gelegt nickte Hias Spögler mehrmals hintereinander.

»Unser Familienunternehmen existiert nun bereits in der dritten Generation …«, fuhr Hanna Bauschmidt fort. »Mein Großvater hat noch eigenhändig mit einem Spaten die Gräber auf dem Altöttinger Friedhof ausgehoben. Heute erledigen das die Friedhofsangestellten mit einem kleinen Bagger.« Nach dieser historischen Einleitung gab sie einen kurzen Abriss über die Vorbereitungen zu den verschiedensten Arten von Trauerfeiern, sprach über die Unterschiede von christlichen und nicht konfessionellen Erd- oder Feuerbestattungen, bis sie zum Ende die Besuchergruppe einlud, die ausgestellten Särge zu inspizieren. Auftretende Fragen würde sie gerne beantworten. Die Gruppe zerstreute sich und nahm die Ausstellungsstücke ins Visier.

»Modell Herbstzeitlose« prangte auf einem Kartonschild in der rechten äußeren Ecke des Vorführraums. Komplett weiß und schlicht präsentierte sich die Holzkiste darunter. In unmittelbarer Nachbarschaft entdeckte Hirlinger eine massive Eichenholzkreation, die sich »Letzte Reise« nannte.

Hanna Bauschmidt schien seinen interessierten Blick aus der Entfernung zu lesen und unterbrach das Gespräch mit Dr. Spögler und dem Mooser Bräu. »Den gibt es auch in rustikal, hell gekalkt oder altdeutsch. Einer unserer Renner im Angebot.«

»Einfach greislig«, murmelte Fräulein Schosi hinter Hirlingers Schulter.

Die Dame in Pink trat an seine andere Seite. »Ach, Joseph, wenn ich die ganze Ausstellung so betrachte, denke ich mir, ob Moslem, Christ oder Atheist«, sie strich sich eine blonde Strähne aus dem Gesicht, »ist doch alles egal. Am Ende stehen wir vor dem gleichen Richter.«

»Da sprichst du ein wahres Wort, Erlaucht«, pflichtete ihr Hirlinger bei.

Als sie sich nach diesem kurzen Einwurf wieder entfernt hatte, um weiter mit den anderen Herren über die Vergänglichkeit an sich zu konversieren, zupfte Fräulein Schosi Hirlinger ungehalten am Ärmel seines Sakkos. »Impertinente Person! Warum müssen Sie die eigentlich dauernd noch mit Erlaucht ansprechen?«

Einen Moment lang schloss Monsignore Hirlinger seine Augen und bat Gott um Ruhe und Gelassenheit. »Ob ich Frau Vermehr mit Larissa, Bibba oder Erlaucht anspreche, kann Ihnen bitte vollkommen gleichgültig sein. Ich habe sie als Komtess kennengelernt, und das wird sie immer für mich bleiben. Egal mit wem sie gerade verheiratet ist oder war.«

»Dass die sich jedes Mal so aufspielen muss«, nörgelte Fräulein Schosi weiter.

Hirlinger gab auf. Er hatte mit der Zeit verstanden, dass, wenn seine Haushälterin einmal mit dem falschen Fuß aufgestanden war, es fast nichts gab, was ihre Stimmung wieder aufhellen konnte. Außer vielleicht … »Hias, schau dir mal die Holzmaserung hier an. Einzigartig!«

Der treue Spögler begriff sofort, ließ Hanna Bauschmidt sowie den Mooser Bräu stehen und eilte seinem Freund zu Hilfe. »Ja, ja, sehr schön, sehr schön. Gefällt's Ihnen auch so gut, Petronilla?«

Als das Wort an sie gerichtet wurde, merkten die Außenstehenden, wie Fräulein Schosi ein paar Zentimeter größer wurde. Da war er wieder, dieser Moment, in dem das Mienenspiel des alten Drachens die Züge eines flirtenden Teenagers annahm. »D'rüber hab ich noch gar ned nachgedacht, aber durchaus.«

»Gell, da möchte man doch gleich Probe liegen?«, setzte Spögler noch eins drauf.

»Bitte?« Nervös gingen die Mundwinkel Fräulein Schosis auf und ab.

»Ausprobieren, wie es sich anfühlt. Es ist sicher ganz beruhigend, wenn einen der frische Holzduft umhüllt.«

Unsicher versuchte Fräulein Schosi an Hias Spögler abzulesen, ob er gerade einen Witz machte. »Sie meinen das doch ned im Ernst?«

»Frau Bauschmidt«, seine Stimme erfüllte den Raum, »darf man sich zufälligerweise mal zur Probe da reinlegen?«

Die Gerufene durchquerte die Sargausstellung. »So

eine Frage wurde mir bisher noch nie gestellt, muss ich zugeben. Aber gut, warum nicht.«

»Der da, der sieht mir doch recht bequem aus.« Spögler deutete auf die Eichenholzkiste mit der angeblich so tollen Musterung.

»›Letzte Reise‹«, nickte Hanna Bauschmidt. »Eine gute Wahl. Na, dann unternehmen Sie doch mal einen Gemütlichkeitsversuch.«

Fräulein Schosi verfolgte mit eingefrorenen Zügen, wie Spögler und der hinzugeeilte Mooser Bräu mit leichter Hand den Deckel anhoben. Das Innere war grün gepolstert. Am Kopfende lag ein kleines Kissen.

»Fast wie im eigenen Bett«, scherzte Spögler, als er sich darauf ausstreckte. »Und jetzt verschließen.«

Hirlinger und Mooser taten, wie ihnen befohlen.

»Gott! Welch Dunkel hier«, hörten die Umstehenden Spöglers weit entfernt wirkende Stimme.

Im Monsignore zuckte es, da er als Beethovenverehrer das eben benutzte Zitat erkannte. Plötzlich lachte er einmal laut auf. »Fidelio«, sagte er entschuldigend, als er sich wieder im Griff hatte. Der ehemalige Sparkassendirektor Obermüller war mit seiner Silberkrücke hinzugehinkt und schmunzelte wissend. »Florestan Arie.«

Nur Fräulein Schosi blieb stocksteif. »Des geht mir alles bald zu weit«, flüsterte sie Hirlinger zu.

»Unser Herrgott ist auch mal für einen guten Witz zu haben. Wie oft soll ich denn das noch sagen?« Sein Blick bohrte sich in ihr Gesicht. »Haben S' halt mal ein bissal Humor.«

Vom Sarg drang ein dumpfes Klopfen nach oben. »Danke, das reicht schon wieder. Bitte öffnen.«

Als Spögler sich aus der liegenden Haltung erhoben hatte, machte er sich daran, seinen Anzug zu glätten. »Ein wirklich fantastisches Erlebnis«, sagte er an Fräulein Schosi gewandt. »Das sollten Sie unbedingt selbst versuchen.«

»Ich weiß ned …«

Spöglers rechter Arm legte sich um Fräulein Schosis Schulter, die keine Gegenwehr leistete. »Petronilla, diese Möglichkeit darf man nicht ungenutzt an sich vorbeiziehen lassen.«

»Dafür bin ich ehrlich die Falsche.«

»Jetzt keine Widerworte, hopp, hopp. Ich helfe Ihnen auch rein und wieder raus.«

Der Klang seiner Stimme schien auf Fräulein Schosi einen hypnotischen Effekt zu haben, denn sie ließ sich ohne Weiteres zum »Letzte Reise«-Sarg geleiten. Wie ein Schlangenbeschwörer seine Kobra, so führte Spögler sie um die Kiste herum. Hias nahm ihre Hände in die seinen und strahlte Fräulein Schosi auffordernd an. Als wären ihre Knie aus Butter sank sie mit dem Hinterteil auf die grüne Liegefläche. Es knarzte und Hanna Bauschmidt schien sich Sorgen um die Stabilität ihres Musterstückes zu machen. Mit unsicherem Gesichtsausdruck verfolgte sie das Schauspiel.

»Jetzt kuscheln Sie mal so bequem wie Schneewittchen.« Das schwarze Kostüm belegte die komplette Sargbreite.

Der Mooser Bräu und Spögler setzten den Deckel auf.

Hirlinger blinzelte ungläubig umher. Ein zufriedenes Gefühl entfaltete sich in ihm. Auch wenn nur für einen kurzen Augenblick, so hätte er doch nie im Traum daran gedacht, dass die Aussicht auf einen Sarg, der Fräulein Schosi enthielt, seine Stimmung so dermaßen nach oben katapultieren konnte. Halleluja! Zuerst drehte er sich zum geschlossenen Eichenholzmodell und dann mit einem breiten Grinsen auf den Lippen zu Hanna Bauschmidt hinüber. »Hammer und Nägel haben sie nicht zufällig parat?«

Der Witz kam an. Wie nahe er an der Realität lag, war seinen Stammtischbrüdern nicht bewusst.

Larissa Vermehr bohrte ihren Zeigefinger in das linke Ohr und streifte mit einem tadelnden Blick den Altöttinger Bürgermeister Engelbert Molaufer, der direkt neben ihr ein lautes dreckiges Lachen aus den Tiefen seiner Lunge presste. Bisher hatte er sich in allen Gesprächen zurückgehalten.

»Berti, du erinnerst mich gerade an ein grunzendes Walross.«

Der Seitenhieb zog an Molaufer vorbei. Nun trieb es ihm sogar Tränen in die Augen. Die Spitzen seines gezwirbelten Schnurrbarts wippten. »Wie ein altes Ehepaar«, brachte er heraus, als sich sein Atem wieder beruhigt hatte. Seine Hand wanderte in die Innentasche des Sakkos. Ein weißes Stofftaschentuch kam zum Vorschein, welches er auf den Mund presste, um weiteres Glucksen und Kichern zu verhindern.

»Ich hätte keinesfalls für möglich gehalten, wie spaßig dein organisierter Programmpunkt wird«, zollte Larissa Vermehr Hirlinger ihre Anerkennung.

»Was hast du denn vorbereitet, Lara?«, drängte sich der Sparkassen-Obermüller dazwischen.

»Nach dem Essen werde ich über die Geburten- und Sterberate in unserem Heimatlandkreis sprechen und wie wir vonseiten der Politik darauf reagieren.«

»Klingt ja interessant.« Skeptisch wiegte Obermüller seinen Kopf.

Engelbert Molaufer rang nach Luft und versuchte, seine Contenance wiederzuerlangen. »Zwei Dumme ein Gedanke. Vielleicht hätt' ma uns vorher besser absprechen sollen. Ich hab nämlich die aktuellen Zahlen auch über Altötting zusammengestellt.«

Plötzlich hörte Hirlinger seinen Magen raunen. »Was kommt nachher eigentlich auf den Tisch?«

Eugen Mooser, in dessen Brauereigasthof der anschließende Leichenschmaus stattfinden sollte, räusperte sich. »Mei' Frau hat einen Hirschbraten im Ofen. Nachtisch dann Käse oda Pfirsich Melba … oda aa beides. Außerdem zapf ich für euch ein kleines Fassl Festbier an. Fünf Komma sieben Umdrehungen. Ich hoff, es muss keiner mit dem Auto heimfahren.«

»Bestell ma halt a Taxi.« Spögler rieb sich die Hände.

»So ein Großraumteil kostet eh nicht die Welt. Teilen wir uns die Fahrtkosten einfach«, schloss sich Obermüller der Idee an.

»Und zur Not kann ich auch zu Fuß heim«, sagte Spögler. »Das Fassl wird ausgetrunken.«

Bürgermeister Molaufer schlug Hirlinger auf die Schulter. »Manchmal is eine Haushälterin mit Führerschein einfach Gold wert. Gell?«

In diesem Moment vernahmen die Anwesenden ein Schnarchen, das mit einem Pfeifen vermischt zu ihnen drang.

Durch das Geplänkel über die kommenden Programmpunkte hatten sie vollkommen vergessen, dass Fräulein Schosi noch immer im Sarg lag. Hirlinger und Molaufer lüfteten umgehend die Abdeckung, während sich Hias Spögler darüberbeugte und überschwänglich Fräulein Schosi im Licht begrüßte. »Was für ein Erlebnis. Nicht wahr, Petronilla?«

Auf Spöglers Freundlichkeitsoffensive kam von Fräulein Schosi keine Reaktion. Ihre Augen waren geschlossen, ihre Gesichtszüge entspannt. Nur ihr rechter Nasenflügel bewegte sich bei jedem knarzenden Atemgeräusch.

»Die Gute ist ja eingeschlafen«, sagte Larissa Vermehr mit Blick auf das »Altöttinger Schneewittchen«.

»Am liebsten würde ich jetzt vorschlagen, dass wir uns alle auf Zehenspitzen aus dem Staub machen«, senkte Hirlinger seine Stimme.

Plötzlich schwiegen alle, bis Bürgermeister Molaufer laut auflachte und Fräulein Schosis Oberkörper davon reflexartig in die Höhe schnellte.

»Ach, du liebes bissal … Jetzt bin ich doch da drin kurz eingenickt.« Hustend hievte sie ihre Beine über den Rand. »In der Kiste isses so stickig.« Entschuldigend schüttelte sie den Kopf. »Der Sauerstoffmangel is ned guad für mich.«

»Na, Gott sei Dank hab ich für meinen Programmpunkt was an der frischen Luft vorbereitet.« Spögler hob theatralisch seinen Daumen und drückte pantomimisch auf einen unsichtbaren Knopf, dabei schnalzte er mit der Zunge.

Verständnislos sah ihn Fräulein Schosi an. »Was wird des?«

»Jeder von euch darf nachher gern mein Bolzenschussgerät an einem Brett ausprobieren. Aber Vorsicht mit dem Rückstoß.«

Molaufers Schnurrbart zuckte fasziniert. »Des wollt ich scho immer mal versuchen.«

»Ach geh, Hias! So ein Schmarrn.« Fräulein Schosi wandte sich ab.

»Ganz und gar nicht. So fühlt man am besten, wie kurz die Zeitspanne zwischen Leben und Tod sein kann. Beim Schuss fährt es dir in alle Knochen und der Ellenbogen beginnt zu summen. Währenddessen bricht das Vieh, auf dessen Schädel man es aufsetzt, normalerweise in Sekundenschnelle zusammen.«

Fräulein Schosi zeigte einen angewiderten Gesichtsausdruck. Aufmunternd reichte ihr Hias Spögler seinen Arm. »Fahr ma mal nach Bräu im Moos und dann schauen wir weiter. Ich zwing niemanden zu seinem Glück.«

I. WELCH EIN ACKER!

Diese Nacht fühlte sich nicht nach Frühling an. Hier draußen fröstelte man, als wäre der Winter für ein kurzes Gastspiel zurückgekehrt. Er lauschte in die einsame Stille, die jedes Flüstern, jedes Schleifen eines Kieselsteins unter den Schuhen zu einem unüberhörbaren Lärm heranwachsen ließ. Selbst diese Geräuschlosigkeit schien im Moment einen eigenen Klang zu verbreiten, der sich an seinem Trommelfell zu einem Wummern auswuchs.

Wann würde diese Sau endlich herauskommen?

Plötzlich musste er hemmungslos schluchzen. Ein Fetzen der Vergangenheit war in ihm aufgeflammt. Die Bilder kamen immer wieder, er konnte sie nicht verdrängen und sie taten weh. Er presste beide Hände auf den Mund und biss dabei die Zähne zusammen, um keinen Laut mehr herauszulassen, der ihn vielleicht verraten hätte.

Endlich ging der Eingang des Gasthofs auf und dieses Schwein torkelte heraus. Seinen Hut hielt er in der Hand, sein Mantel war nicht geschlossen.

»Frische Luft tut immer gut«, lallte er zum Abschied in die geöffnete Türe hinein, dann drehte er sich und stolperte mehr, als dass er ging, in seine Richtung. Er kam auf ihn zu, hatte ihn aber noch nicht entdeckt. Noch ein paar Sekunden, dann würde das Schwein weit genug vom Gebäude entfernt sein.

Nun stieß er einen Pfiff aus, was sein Opfer tatsächlich dazu veranlasste, stehen zu bleiben.

Was nun geschehen sollte, hatte er in seinem Kopf bereits mehrmals durchgespielt.

»Fahr zur Hölle!«

*

Oberkommissar Max Kramer spürte, wie Gänsehaut seinen Rücken entlangkroch. Das lag nicht nur an der kühlen Morgenluft, sondern vor allem an dem ekelerregenden Anblick.

An diesem Dienstag hatte ihn ein Anruf der Kriminalpolizeistation Mühldorf um sechs Uhr fünfzig in seinem Bett auffahren lassen. Zehn Minuten vor dem Wecker. Er solle sich schleunigst zum Brauereigasthof »Bräu im Moos« in der Nähe von Tüßling begeben und auf das Schlimmste gefasst sein, so der Kollege am Telefon.

Max stand nun an einer Betonrampe, von der aus die Bierfässer des Lagers auf Lastwägen verladen wurden. Vor ihm lag ein ausgebluteter männlicher Leichnam. Weit aufgerissen starrten die toten Augen dem trüben Himmel entgegen. Vom Kopf der Leiche bis zur Kante verlief ein Rinnsal gestockten Blut, das anschließend nach unten auf den asphaltierten Wendeplatz getropft war. Dort war eine matschige Lache entstanden. Der rote See tauchte den darunterliegenden Asphalt in ein dunkles Lila. Pfui Teufel!

Max hob den Blick und ließ ihn über die Landschaft schweifen, um seinen Nerven ein paar Sekunden Ruhe zu gönnen.

Über dem Bach, der das gesamte Areal durchfloss, und zwischen den Bäumen des kleinen Wäldchens oberhalb hingen weiße Nebelfetzen. Der umliegende Acker war aus pechschwarzer Erde und bildete einen Kontrast zu den hellen Schwaden, die sich zu dieser Tageszeit darauf breitmachten. Pittoresker hätte es der Romantiker Caspar David Friedrich nicht auf seine Leinwand pinseln können. Ein friedliches Bild, das auch als Kalenderblatt etwas hergemacht hätte. Einzig die Leiche trübte die Stimmung. Max wünschte, dass dieser Friede sich auch auf ihn legen und seinen Ekel vertreiben möge. Die schöne Aussicht tat die gewünschte Wirkung jedoch nicht, und die Männer der Spurensicherung in ihren raschelnden Ganzkörperanzügen störten ihn in seinen Beruhigungsversuchen.

»Geht so was schnell?«, wandte er sich schließlich an den Notarzt, der dabei war, die Todesbescheinigung auszufüllen.

»Sie meinen, Dr. Spöglers Ende?«

»Ja.«

»Besonders flott hüpft man dadurch nicht über den Jordan. Bolzen durch den Hinterkopf ins Hirn, irreversible Betäubung und dann langsames Ableben durch Blutverlust und Lähmung der Lebensfunktionen. Da ist es einfach besser, man läuft vor ein Auto und wird in Sekundenschnelle zu Brei. Oder fällt von einem Hochhaus, was denselben Effekt hat.« Auf den Lippen des Arztes lag ein breites Grinsen, denn anscheinend fand er seine Erklärung witzig oder er war stolz auf sich, so schnell andere Beispiele parat zu haben.

»Gott, Drengelmann, bitte. Mir wird gleich übel.« Seit Max in seiner alten Heimat tätig war, lief ihm dieser Macho in Weiß alle heiligen Zeiten über den Weg, und mit jedem Mal wurde er ihm unsympathischer.

»Manches Ableben ist eben qualvoll und nicht gerade ein Zuckerschlecken«, sagte Dr. Drengelmann trocken. »Sie sollten sich mal ein dickeres Fell zulegen, Kommissar, sonst landen Sie noch auf der Couch bei Ihrem Polizeipsychologen und schlussendlich …«, er machte eine Kunstpause, »in der Klapse.« Das P im letzten Wort betonte er extra. »Ich wäre hier fertig. Um den Rest kümmert sich dann wohl die Rechtsmedizin.«

Max hatte zweifelsohne ein Problem, wenn er es mit Leichen zu tun bekam, die ihm persönlich bekannt waren. Das musste er sich immer wieder aufs Neue eingestehen. Aber dieses Problem ausgerechnet von Drengelmann unter die Nase gerieben zu bekommen, ärgerte ihn. »Und Sie könnten in Ihrer Wortwahl ein bisschen professioneller sein.«

Dr. Drengelmann musterte ihn. »Wir werden wohl nie Freunde, oder?«

»Kann ich mir schlecht vorstellen. Wir haben wohl

nicht viel mehr gemeinsam als die Tatsache, dass jeder von uns ein Y-Chromosom besitzt.«

Wortlos drückte ihm der Notarzt die Todesbescheinigung in die Hand. Dann machte er auf dem Absatz kehrt und schritt zum wartenden Krankenwagen. Max wollte schon für einen Nachsatz Luft holen, als der Wagen seines Kollegen Fäustl vorfuhr und durch lautes Quietschen der Bremsen die Szene unterbrach. Die Türe wurde aufgestoßen, daraufhin drangen die schweren Atemgeräusche Fäustls aus dem Auto. Sein Kollege hatte deutliche Probleme beim Aussteigen, denn seit seiner Scheidung legte er kontinuierlich an Gewicht zu. Die graue Strickjacke spannte über dem Bauch. Jeder seiner Knöpfe drohte im nächsten Moment nach vorn katapultiert zu werden.

»Wie wär's mal mit einer Nummer größer, Fritz?«, begrüßte ihn Max, mit einem abschätzigen Blick auf dessen fülligen Oberkörper.

»Das heißt: guten Morgen«, kam als Reaktion zurück. »Also, Kramer, was haben wir hier?«

»Der Tierarzt Spögler hat …«, plötzlich stockte er, »an Bolzen in seinem Hirn stecken.«

»Der Spögler?« Fassungslos betrachtete Fäustl den Toten.

»Ja. Am Hinterkopf ist des zugehörige Schussgerät aufgesetzt worden.«

»Mei Ex hat in seiner Praxis immer unsere Katzen behandeln lassen. Des tut mir echt leid, dass es ihn so dawischen hat müssen. Hamma die Waffe?«

»Bereits vom Spusi-Toni eingetütet.«

»Was sagt uns der Instinkt?«

Max hatte seine Augen auf die Blutlache gerichtet. Dabei wurde das Rot immer intensiver. Als er danach seinen Kopf wieder hob und Fäustl im Blickfeld hatte, färbte in diesem Moment seine Netzhaut Fritz' Gesicht mit dieser unangenehmen Farbe ein. Kurz kniff er seine Augen zu. »Definitiv kein Unfall und Suizid auch eher unwahrscheinlich, aber noch nicht auszuschließen.«

»Kramer, irgendwie hab ich als erste Eingebung, dass des hier einer Hinrichtung gleicht.«

»Fritz, so was hab ich mir auch schon gedacht.«

»Wer hat ihn g'funden?«

»D' Caro. Also die Wirtin selber.«

»Ja dann …« Fäustls Hand wies zur Gastwirtschaft. »Worauf warten wir?«

*

In der Küche des Gasthofes herrschte bereits hektisches Treiben. Durch eine große Durchreiche konnte Max beobachten, wie zwei Köche in dampfenden Töpfen rührten, während die Chefin Caroline mit einem großen Messer Schnittlauch in winzige Ringe verwandelte. Sie sah kurz auf, als die beiden Kriminaler durch die Eingangstüre hereinkamen, sagte aber kein Wort und machte sich stattdessen wieder energisch an ihr Schnittwerk.

Der Geruch von gekochtem Fleisch und Wurzelgemüse erfüllte die Luft. Eigentlich verführerisch, aber in Max' Magen braute sich ein Gefühl zusammen, dass er Angst hatte, bald die Toiletten aufsuchen zu müssen.

Unerwartet warf Caroline Mooser das Messer mit einem Krachen auf das Brett, fuhr sich mit dem Handrücken über ihre schwitzende Stirn und wies die beiden Köche an, sie allein zu lassen.

Als die Angestellten Richtung Lagerraum verschwunden waren, donnerte ihre Stimme ungehalten über die Küchengeräusche hinweg: »Einfach nur zum Scheiße schrei'n!« Hektisch säuberte sie ihre Finger an der Schürze. »Kaffee?«

Max und Fäustl nahmen das Angebot dankend an.

»Is der Bräu auch da?«, fragte Max, als er einen Schritt in den Türrahmen gewagt hatte.

»Der Eugen hat sich wieder aufs Ohr hauen müssen. Ist ihm auch nicht zu verdenken, oder? Schließlich liegt einer seiner besten Freunde da draußen.« Während Caroline sprach, griff ihre rechte Hand nach zwei kleinen Tassen auf der Ablage und ihre linke machte sich zeitgleich darunter an einem Kaffeeautomaten zu schaffen. Die Tasten begannen zu blinken. Als nach ein paar Sekunden immer noch kein schwarzer Tropfen die Maschine verlassen wollte, ballte sie ihre Faust und hämmerte auf das Gehäuse ein. »Glump verreckt's! Einfach nur zum Scheiße schrei'n!«

Sachte schob Max sie beiseite. »Lass mich mal.« Ihm fiel auf, dass ihr linker Zeigefinger ein Pflaster zierte. Durch die Erschütterung eben hatte sich die Wunde aufs Neue geöffnet und ein kleiner roter Faden lief Richtung Handgelenk. Schon wieder Blut. Ihn würgte es. »Des mit dem Spögler nimmt uns alle mit.«

»Einfach nur zum …«

»Scheiße schrei'n«, vollendete Fäustl Carolines Satz.

Nun glitt ihr tatsächlich ein flüchtiges Lächeln übers Gesicht. »Ich weiß … ich sollte ned so viel schimpfen.«

»Wann hast du ihn denn gefunden?« Max stellte die zweite Tasse unter die Espressodüse und reichte die erste an Fäustl weiter. Der leerte sie in einem Zug.

»Kurz nach sechs, als ich mit dem Hund draußen war. Dann bin ich sofort rein, hab nix angefasst und den Notruf gewählt.«

Max' Tasse hatte sich inzwischen gefüllt. Er nahm einen Schluck. Der Kaffee schien ihm bitterer als sonst, half aber, seinen Magen zu beruhigen. »War der Spögler gestern bei euch Gast?«

»Ja, ned nur er.«

»Aber ihr habt's Montag doch immer Ruhetag. Mit wem is er denn unterwegs gewesen?«

»Dem Eugen sein Stammtisch hat hier privat gefeiert. So was kannst bloß machen, wenn keine anderen Gäste da sind. Wird eh schon genug geredet, verstehst?«

»Und wer war dann genau dabei?«

»Die Landrätin, der Sparkassen-Obermüller, der Monsignore mit seiner Haushälterin, der Bürgermeister Molaufer aus Altötting …« Caroline seufzte. »Eben der Spögler Hias und auch mein Mann, der Eugen.«

Im Geist erschien Max bei jeder Namensnennung das zugehörige Bild. Auch Fäustl waren alle Personen sichtlich bekannt, denn er nickte wissend, nachdem jeder einzelne Carolines Mund verlassen hatte.

»Geburtstag?«, erkundigte sich Max.

»Naa, a Probeleich.«

»Was bitt schön is'n des?«

Caroline griff nach einem Holzlöffel und wendete einen Brocken Rindfleisch, der in brodelndem Wasser vor sich hin garte. »Des haben die erfunden. An Leichenschmaus ohne Beerdigung. Und jetzt is wirklich einer von ihnen verstorben. Scho komisch, oder?«

»Das kannst du laut sagen. Wie kommt man denn drauf, so eine düstere Mottoparty zu veranstalten?«

»Das war laut, feucht und fröhlich. Das absolute Gegenteil von gedrückter Stimmung.«

»Machen die so was öfter?«

»Naa, des war eine Premiere.«

Bisher hatte Fäustl der Unterhaltung gelauscht, ohne sie zu unterbrechen. Doch nun wurde er hellhörig, denn diese Geschichte war bis dato das Kurioseste, was ihm während seiner kriminalistischen Karriere über den Weg gelaufen war. »Hat da wer nachgeholfen, um abschließend doch an Grund für den Leichenschmaus zu haben?«

Caroline wirkte entrüstet. »Schwachsinn, Fritz!«

Der Verdacht war auch für Max nicht so einfach von der Hand zu weisen, wenngleich es dubios klang. Wobei er keinem der aufgezählten Honoratioren, die mit Spögler den letzten Abend verbracht hatten, ernsthaft zutraute, in das nicht natürliche Ableben des Tierarztes verstrickt zu sein. Schon gar nicht Monsignore Hirlinger oder der schicken Larissa Vermehr, oder am Ende sogar Fräulein Schosi. »Wer hatte denn die Idee zu dieser nicht alltäglichen Feierei?«

Caroline überlegte kurz.

Die entstandene Pause nutzte Max, um zu seiner Umhängetasche zu greifen. »Stört's dich, wenn ich mein Diktiergerät mitlaufen lasse?«

Durch ein Kopfschütteln versicherte Caroline, dass sie damit einverstanden war.

Fäustl reichte ihr ein Formblatt und einen Kugelschreiber. »Bitte ausfüllen.«

Verständnislos zuckte Caroline mit den Schultern, als sie das Papier überflogen hatte. »Ihr wisst doch, wie ich heiße und wo ich wohn.«

»Brauch ma für die Akten«, erklärte Fäustl.

Inzwischen war Max' kleine schwarze Box einsatzbereit. Er hielt sie sich vor die Lippen. »Zum Todesfall Dr. Mathias Spögler in Bräu im Moos bei Tüßling, nachfolgend eine Zeugenbefragung von Caroline Mooser, Entdeckerin der Leiche, persönlich bekannt. Aktenzeichen wird später ergänzt. Wie ist der gestrige Abend genau verlaufen?«

»Hias, also Dr. Spögler und seine Stammtischfreunde waren bei uns im Gasthof zum Essen …« Sie wiederholte noch mal alle Namen der Anwesenden und beschrieb den Sinn und Zweck der Zusammenkunft. »Das liegt jetzt schon ein paar Jahre zurück«, kam sie auf den Grund des Spektakels zu sprechen.

»Damals haben alle ein paar Hundert Euro auf den Tisch geschmissen und gemeinsam über den Sparkassenchef Obermüller anlegen lassen. Damit bei einem Todesfall alle zusammen noch mal den Verblichenen hochleben lassen können, ohne dass die Nachkommen dafür extra belastet würden. Irgendwann tauchte die Frage auf, ob aus dem Kapital nicht schon so viele Erträge angewachsen wären, dass es für eine g'scheide Probeleich reicht. Wer jetzt genau der Urheber von diesem Plan war, kann ich euch nicht mehr mit Sicherheit sagen«, beendete Caroline ihren Bericht.

»Und wie war dann der Abschluss des gestrigen Abends?«, hakte Max nach.

»Caro, hast du zufällig eine Wurschtsemmel?«, grätschte Fäustl unerwartet dazwischen. Genervt hob Max die Augenbrauen. Sein Kollege zuckte entschuldigend mit den Schultern. »Ich hatte heut noch kein Frühstück.«

Schweigend öffnete Caroline Mooser eine Kühlschublade. »Magst du auch eine, Max?«

»Ich bring grad beim besten Willen nix runter.« Allein der Gedanke an Essen ließ es ihm wieder übel werden.

Während sie sich nun daranmachte, von einer langen Salami die äußere Haut abzuziehen, ging sie auf Max' Frage ein. »Der Hias ist als Letzter aufgestanden, da waren die anderen schon eine gute halbe Stunde mit dem Taxi fort. Er wollte zu Fuß heim. Ist ja nicht weit. Außerdem täte ihm frische Luft gut, hat er gelallt. Da haben Eugen und ich ihm nicht widersprechen können, denn der Hias hat echt einen sauberen Rausch beieinanderg'habt. Wobei das eigentlich untertrieben ist. Der war bummvoll. Kurz vorm Verlust der Muttersprache.«

»Und du hast ihn einfach so ziehen lassen?«

»War ja nicht des erste Mal. Bisher hat er immer heimg'funden.«

Caroline reichte Fäustl die bestellte Salamisemmel, der sie ihr umgehend aus der Hand riss und bereits nach zwei Bissen die Hälfte in seinem Mund hatte.

»Würdest du den Spögler als Alkoholiker bezeichnen?«, kehrte Max zur Befragung zurück.

»Nicht mehr und nicht weniger wie alle anderen Gelegenheitstrinker.«

»Hatte er gestern mit irgendwem Streit? Oder ist sonst was Auffälliges passiert?«

»Ned so wirklich.«

»Was genau heißt?«

»Kurz hatte er sich mit der Larissa Vermehr in den Haaren wegen irgendeinem nichtigen Dings an ihrem Schloss in Tüßling. Und komischerweise dann auch noch mit der Schosi, weil die seinen Programmpunkt blöd fand. Der Hias reagiert immer unglaublich gereizt, wenn er was intus hat.« Mit dem Finger tippte sich Caroline mehrmals hintereinander an die Stirn. »Dann bekommt der ohne Vorwarnung einen richtigen Vogel.«

»Programmpunkt?«, wiederholte Max das Stichwort, mit dem er gerade nichts anzufangen wusste.

»Jeder vom Stammtisch hat sich etwas zum Thema

Vergänglichkeit ausgedacht. Der Hias hatte deswegen sein Bolzenschussgerät einstecken und jeder durfte damit draußen im Biergarten ein Brett durchschießen. Eigentlich a Gaudi, aber die Schosi hat sich strikt geweigert und erklärt, dass die ganze Sache ein riesiger Schmarrn sei. Dann kam halt ein Wort zum anderen. Den restlichen Abend haben sie sich bloß noch giftig angestiert, obwohl der Hias seit Jahren der Einzige ist, der den alten Drachen im Griff hat.«

Als hätten sie mit Stricknadeln an einer Steckdose herumgespielt, durchzuckte es gleichzeitig Max wie auch seinen Kollegen. Die Tatwaffe stammte also vermutlich vom Opfer selbst. Fäustl schluckte den letzten Bissen hinunter und sah Max mit großen Augen an. Kopfschüttelnd kratzte der sich am Kinn. »Sag amal, Caro, hast du schon bei seinem Sohn angerufen?«

Anstatt zu antworten, schlug sie ihre Augen nieder.

»Hättest du vielleicht seine Adresse für uns?«

Plötzlich schien Carolines Stimme leise und belegt. Die Kraft schien ihr aus den Gliedern gewichen zu sein. »Ich hab den Andi nicht anrufen können. Versteh mich nicht falsch, aber des will ich nicht machen müssen. Des … des überfordert mich. Des is wirklich zum Scheiße schrei'n.« Ihr Blick wanderte unsicher zwischen Max und Fäustl hin und her. »Die wohnen alle da vorne, wenn's nach Burgkirchen am Wald raufgeht, unterhalb vom Friedhof. In dem Haus, wo auch ihre Praxis is. Meine Güte, der Andi. Was soll ma jetzt bloß machen?«

»Ich weiß, wo des liegt«, schaltete sich Fäustl ein und zückte seine Autoschlüssel.

*

»Länger als fünf Minuten brauch ma nicht für die Strecke. Fahr ma gemeinsam hin? Und ich schmeiß dich nachher wieder hier am Parkplatz raus?«, fragte Fäustl, als sie nebeneinander auf ihre Dienstwägen zuschritten.

Durch ein Nicken gab Max seinem Kollegen zu verstehen, dass er gegen diesen Plan nichts einzuwenden hatte. Dann schüttelte er den Kopf, immer noch irritiert von Carolines letzten Sätzen. »Was hat die jetzt wegen dem Andi so rumgesponnen, Fritz?«

»Der Andi ist der Bua vom Spögler.«

»Des weiß ich schon. Der hat doch die Praxis seines Vattas vor einem Jahr übernommen.«

»Korrekt, Kramer.«

»Seltsam, dass des die Caro so mitnimmt.«

»Mei schau, die kennt den Andi doch schon sein ganzes beschissenes Leben lang.«

»Was meinst damit?«

»Du weißt auch gar nix, Kramer.« Fäustl hob verständnislos seine Augenbrauen, dann seufzte er, bevor er von Neuem begann. »Am Spögler seine erste Frau, also die Mutter vom Andi, ist abgehauen, als der noch ganz klein war. Die zweite Frau, die ihn dann großgezogen hat, ist vor drei Jahren an Krebs gestorben. Und jetzt ist sein Vater auch noch hin. Der Andi kann einem scho leidtun. Aber er hat ja Gott sei Dank noch sei Frau.« Fäustl ging um das Heck seines Wagens herum auf die Fahrerseite.

Die eben gehörte Geschichte war Max neu. Er kannte Andi nicht wirklich. Auf dem Gymnasium war er zwei oder drei Jahrgangsstufen unter ihm gewesen. Für damalige Zeiten gefühlt eine komplette Generation. Man traf sich nie auf den gleichen Partys. Vor allem weil Andi in Max' Erinnerung ein Langweiler war, der nicht zu den coolen Jungs der Schule gehörte. »Brav« und »nett« waren die Attribute, die ihm zugeschrieben wurden. Und dass das Adjektiv »nett« die kleine Schwester von sonst was ist, traf auch hier zu.

Als er die Beifahrertüre öffnen wollte, huschten zwei Katzen unter Fäustls Auto hervor. Ein getigerter Kater jagte einer weißen Kätzin nach. Wenige Sekunden später waren beide hinter der Ecke zur Brauerei verschwunden. Fäustl kommentierte das Schauspiel nur mit einem Wort, während er sich auf seinen Sitz fallen ließ: »Rollig.«

Ja, der beginnende Frühling war nicht zu übersehen.

*

Von der Landstraße ging rechts ein ungeteerter Feldweg ab, in den Fritz mit etwas zu viel Geschwindigkeit hineinfuhr. Sie kamen an einem steilen, vollkommen bewaldeten Hügel vorbei, der seitlich einen natürlichen Schutzwall zum Spögler'schen Gehöft bildete. Nach dreißig Metern hielten sie vor dem renovierten alten Bauernhof. Im hinteren Bereich beherbergte er die Tierarztpraxis. Der Eingang zum Wohnhaus befand sich direkt vor ihnen. Beim Aussteigen blickte Max nach oben. Die westliche Anhöhe begrenzte dabei die Sicht auf die Hälfte des Himmels. Die Bäume hatten noch kein Grün und die obersten Zweige hoben sich wie filigrane Stacheln von der grauen Wolkendecke ab. Er schätzte, dass an schönen Tagen bereits mittags kein Sonnenstrahl mehr hier zu Boden fiel. Für ihn war es völlig unvorstellbar, auf diesem Flecken Erde zu leben. Mit dem Sonnenstand wälzte sich wohl der Schatten des Hügels jeden Nachmittag über das komplette Anwesen. Der Gedanke daran wirkte erschreckend. Sein Gemüt brauchte genügend Licht, sonst drohte sein Seelenzustand zu kippen. Lange Winter waren für Max eine Prüfung sondergleichen.

Ein Pfeil, auf dem das Wort »Praxis« stand, zeigte von der Haustüre weg nach hinten.

»Auf geht's«, sagte Max. Todesnachrichten zu überbringen, war mitunter der schlimmste Teil seines Berufs.

Fäustl drückte auf das Klingelschild zum Wohnhaus. Kurze Zeit später öffnete ein unscheinbarer, dunkelhaariger junger Mann von mittlerer Statur. Gestutzter Dreitagebart, grünes Poloshirt, auf dessen Brust sein Name eingestickt war: »Dr. Andreas Spögler«.

»Servus, Andi. Ich bin der Kramer Max. Wir kennen uns noch vom Gymnasium.«

Andis Augen wurden größer. »Du bist jetzt bei der Kripo, gell?«

»Ja.«

Kaum dass Max dies ausgesprochen hatte, sank Andi kraftlos in die Hocke. »Ich wusste, dass dem Papa was passiert ist.«

Max ging in die Knie, um mit ihm auf Augenhöhe zu sein. »Ja, dein Vater ist heute Nacht umgekommen. Es tut mir wirklich sehr leid für dich.«

Nun glitt Andi auf den Fußboden, rappelte sich wieder auf, setzte sich hin und lehnte seinen Rücken an die Wand. Er rang nach Luft. »Wie?«

»Er ist höchstwahrscheinlich mit seinem Bolzenschussgerät ermordet worden.«

Von Andi war kein Laut mehr zu vernehmen. Stoisch starrte er ins Leere. Selbst das Atmen schien er eingestellt zu haben. Nur seine geöffneten Augen und das nahezu rhythmische Blinzeln deuteten darauf hin, dass er bei Bewusstsein war.

Max berührte Andis Schulter. »Woll'n wir uns ned was Bequemeres zum Sitzen suchen?«

Er nickte. Fäustl und Max griffen ihm unter die Achseln.

»Geradeaus durch is das Wohnzimmer«, wies Andi ihnen den Weg. Dort angekommen schmiss er sich in einen Sessel.

Drei Fenster und eine Terrassentür gingen hinaus zum Garten, dahinter verlief die Straße, von der Fäustl vorher abgebogen war.

Max und sein Kollege nahmen auf einer grauen

Couch Platz. Die Einrichtung war puristisch. Angenehm nüchtern die Farbgebung, was Max sofort ins Auge stach. An den Wänden links und rechts hingen alte Stiche in goldenen Rahmen, die Schlösser und Städte der Umgebung zeigten. Der Altöttinger Kapellplatz, das Herz seiner Heimatstadt, war auch darunter. Diese altertümlichen Bilder passten nicht zur modernen Möblierung. Absoluter Fehlgriff, dachte sich Max. Tradition und Innovation hatten sich hier nicht zu einem glücklichen Zusammenleben eingefunden.

»Andi, is dei Frau auch zu Hause?«, erkundigte sich Fäustl vorsichtig.

»Oben im Bett.« Er wandte den Kopf zum Ausgang. »Sportunfall.«

»Soll'n wir vielleicht raufgehn zu ihr?«

»Naa, die hat Krücken. Des geht schon, wenn ich sie rufe.«

Ohne sich zu erheben, schrie Andi Richtung Treppenhaus. »Romy! Kommst du bitte mal. Die Kripo is da.«

Max sah ihn entgeistert an. Plötzlich wirkte sein Gegenüber wie ein anderer Mensch. »Braucht sie wirklich keine Unterstützung?«

»Frag s' halt selber.«

So schroff dieser Satz auch klang, Max war sich sicher, dass es der Situation geschuldet war und dass Andi keinesfalls so unsympathisch war. Er stand auf und ging zur Tür. Dort hörte er ein Stapfen, das vermeintlich von den Krücken kam, die Romy Spögler im ersten Stock auf den Fußboden setzte.

»Frau Spögler?«, rief er hinauf.

Zu ihm drang ein deutliches »Ja« hinunter.

»Kramer, Kripo Mühldorf.«

»Max, bist du's?«

Bei Romy Spöglers erstem Wort hatte Max bereits eine Ahnung gehabt. Und da sie ihn anscheinend kannte, bestand kein Zweifel mehr. Romy, der Name war eh äußerst selten. Es musste sich um seine Mitschülerin aus der Parallelklasse handeln, die mit ihm Abitur gemacht hatte. Er nahm die erste Stufe nach oben und blickte hoch zum anderen Ende der Treppe. Dort stand sie, zwei Krücken in den Händen und ihr rechtes Bein in einer schwarzen Schiene eingepresst. »Romy Schein«, nuschelte er kopfschüttelnd.

Sie lächelte. »Verheiratete Spögler.«

»Schaffst du 's runter zu uns?«

»Klar. Dauert nur etwas länger.« Umständlich nahm sie ihre Gehhilfen in die rechte Hand, während sich ihre linke am Geländer abstützte. Schritt für Schritt kam Romy ihm entgegen. Für eine Frau war sie relativ groß, knapp unter eins achtzig, sehr dünn und sportlich mit kurzen dunklen Haaren. Wie lange hatten sie sich schon nicht mehr gesehen? Beim zehnjährigen Abitreffen hatte er gefehlt, also musste es zwölf Jahre her sein, als der komplette Jahrgang damals seine Zeugnisse erhielt. An ihr schien die Zeit spurlos vorbeigegangen zu sein.

»Tja, die Sissi ist grad außer Gefecht gesetzt«, lachte Romy, als sie endlich vor ihm stand. Sie spielte damit sowohl auf ihr Bein, als auch auf ihren Spitznamen zur Schulzeit an. Angeblich waren ihre Eltern so große Fans der Film-Trilogie um Österreichs Kaiserin, dass sie ihr deshalb, in Gedenken an Romy Schneider, diesen nicht alltäglichen Vornamen verpasst hatten.

Max umarmte sie. »Meine Güte, was hast du denn g'macht?«

»Wir wollten den letzten Schnee ausnutzen und waren voriges Wochenende beim Snowboarden. Blöde G'schicht.«

»Schmerzen?«

»Geht so. Dafür gibt's Tabletten.«

»Komm mal bitte mit. Mein Kollege Fäustl ist auch dabei.« Max ging voran, während Romy sich wieder auf ihre Krücken stützte.

Als sie durch die Tür trat, fiel ihr Blick auf Andi, der bewegungslos die Zimmerdecke zu beobachten schien. Schweigend nahm sie auf der Lehne des Sessels Platz und legte ihr verletztes Bein auf der Couch daneben ab. Fragend sah sie in die Runde, doch keiner antwortete ihr. Stille erfasste den Raum. Plötzlich griff Andis Hand nach der ihren.

»Der Papa is tot.«

Romy atmete hörbar durch die Nase ein. Ein tiefer Luftzug, den sie mit geblähten Backen wieder entweichen ließ. »Besoffen Auto gefahren?«

»Nein.« Andi zog ihre Hand auf seinen Schoß. »Ermordet isser worden.«

»Also …«, Fäustl räusperte sich, »es deutet alles darauf hin, aber so weit sind unsere Ermittlungen noch nicht, dass wir das mit hundertprozentiger Sicherheit bestätigen können.«

»Wir gehen aber davon aus«, setzte Max hinzu.

»Mord«, murmelte Romy. Sie schloss die Augen.

*

Außer zum Zähneputzen blieb ihr Mund seit sechs Tagen wie verriegelt. Gut, flüssige Nahrung ließ sie durch. Nur mit Gott und seiner Mutter hatte sie in Gedanken gesprochen. Ihre Knie schmerzten bereits von der Gebetsbank in ihrer Zelle. Und immer wieder wummerte in ihr ein Ohrwurm, der durch Maria Evitas tagelange Wortlosigkeit verstärkt wurde. *I'm getting fat and lazy, I always look a mess, I need a little drinky poos, to bring me happiness …* Dieser Song ihrer Lieblingsband aus Schulzeiten handelte von einem Alki, der auf der Suche nach Wein war. Der Text beschrieb, wie schrecklich es sich anfühlte, verlassen zu werden, und dass in diesem Fall Lambrusco die beste Medizin wäre. Darüber konnte sie tatsächlich schmerzhaft lächeln. Mit ihren Fingern klopfte sie sich an die Schläfen und bat Gott darum, das Punkkonzert für einen Moment verstummen zu lassen, denn sie wollte über das Geschehene nachdenken.

Maria Evita hatte einen Mann geküsst, nicht irgendeinen, sondern Max Kramer, ihren Ex. Selbstvorwürfe dominierten seither den Tagesablauf, obwohl sie an diesem Teil der Geschichte unschuldig und er der Übeltäter war. Schamlos hatte er sie überrumpelt. Um einen Wangenkuss gebeten und dann im letzten Moment seinen Mund auf den ihren gedrückt. Gott hätte es ihr sicher verziehen, aber nicht die Mutter Oberin, die just in diesem Moment an der Fensterscheibe des Hotels zur Post vorbeilaufen musste. Was aber noch schlimmer wog: Sie hatte der ehrwürdigen Mutter ins Gesicht gelogen, um dieses Treffen mit Max überhaupt zu ermöglichen.

Maria Evita tat zwei Schritte zum Fenster und blickte hinab in den großen Klostergarten, der von einer hohen Betonmauer umschlossen wurde. Hier war sie geschützt, aber gerade fühlte es sich wie ein selbst gewähltes Gefängnis an. Ein leichtes gelbes Netz, das über die Rasenfläche gesponnen worden war, leuchtete zu ihr herauf. Die Winterlinge und ersten Krokusse sprossen bereits hervor. Aber auch diese Boten des Frühlings konnten Maria Evita nicht heiter stimmen.

»Sie müssen sich über Ihr Leben klar werden, Kind.« Die Worte der ehrwürdigen Mutter Oberin tauchten mal lauter und mal leiser in ihrem Kopf auf.

Vor ihr auf dem kleinen Tisch lag ein zusammengefalteter dunkelblauer Jogginganzug. Jeden Morgen nach der Andacht tauschte sie ihren Habit für eine halbe Stunde gegen ihn ein. Versteckt darunter befand sich ein iPod, der sich wie ein winziger Hügel auf der Stoffoberfläche abzeichnete. Noch so eine Wahrheit, die sie vor der klösterlichen Gemeinschaft verborgen hielt. Er war ein Geschenk ihrer Tante, die in der

Nachbarschaft lebte. Gegenüber den anderen Schwestern hatte sie nie thematisiert, dass sie auf ihre Musik nicht verzichten konnte. Maria Evita wollte sich keinesfalls als Punkfan outen, denn der Geschmack der klösterlichen Gemeinschaft endete bei Mozart. Alles andere wurde nur als störendes Geräusch wahrgenommen. Selbst Bach, diesem Lutheraner, schlug trotz seines musikalischen Genies nicht nur das Wohlwollen der greisen Pinguine entgegen. Was hier wie gesehen wurde, folgte undurchschaubaren Regeln, und diese infrage zu stellen, stand ihr als Novizin nicht zu.

Unten strebte die ehrwürdige Mutter mit zwei weiteren Nonnen an ihrer Seite durch den Park der Andacht entgegen. Schnell wich Maria Evita zurück. Sie wollte verhindern, dass sich ihre Blicke kreuzten. Sie war voll Scham über das, was vorgefallen war, egal wie viel Schuld sie daran hatte.

Ihre Augen streiften das unendliche Weiß ihrer Bettwäsche. Diese Unschuldsfarbe. Vor einer Woche hatte sie darin das letzte Mal ruhig durchgeschlafen. Inzwischen wachte sie jede Nacht um drei Uhr auf, und dann begann das Grübeln. Max, der Kuss, ihr Vertrauter – Monsignore Hirlinger –, die ehrwürdige Mutter Oberin erschienen als verzerrte Bilder in ihrem Kopf. All das waren Beweise dafür, dass nichts blieb, wie es war. Ihr Leben war ein stetiger Wandel, eine kurvenreiche Straße, die Maria Evita Angst bereitete. Natürlich wusste sie, dass kein Mensch in der Lage war, auch nur einen einzigen Augenblick wirklich festzuhalten, außer vielleicht als schwache

Erinnerung. Aber ihr Leben hatte sich so oft auf den Kopf gestellt, dass Beständigkeit im Zentrum ihrer Wünsche stand.

Mit fünfzehn war Maria Evita zur Vollwaise geworden. Das Schicksal hatte sie ihrer Eltern beraubt, durch einen Geisterfahrer auf der Autobahn. Deshalb wurde ihre Tante Traudl zur Erziehungsberechtigten und übernahm ab diesem Zeitpunkt sowohl die Mutter- als auch die Vaterrolle. Wirklich geborgen hatte sie sich jedoch erst im Kloster gefühlt.

Wie sollte es denn nun weitergehen? Ihre Finger fühlten den Rosenkranz in der Tasche ihres Habits. Sie zog ihn heraus und legte die Kette auf die Handfläche der anderen Hand, um im Tageslicht jede Perle zu betrachten. Das Kreuz dazwischen schimmerte matt. Die Zeiten, als sie mit Max Händchen haltend dem Sonnenuntergang entgegenging, waren vorbei. Wobei diese Kitschidylle eh niemals stattgefunden hatte, sondern beide in der Realität bekifft in einer versteckten Ecke des Klostergartens standen, um wild rumzuknutschen. »Sacklzement!« Sie ballte ihre Faust und das sperrige Kreuz presste sich schmerzhaft in ihr Fleisch.

Sie wollte unter allen Umständen im Kloster bleiben, ihren Platz nicht räumen, Gott keinen Korb geben. Für ein Leben außerhalb fühlte sie sich nicht bereit. Wenn für sie kein Halt mehr geboten war, drohte sie abzurutschen. Das wusste sie. Das letzte Mal hatte sie dadurch zwar zu Gott gefunden, aber auch riskiert, für immer von dieser Erde zu verschwinden. Als sie den Tod ihrer Eltern zu begreifen begann, waren Zigaretten ihre ersten Freunde, später dann Joints und zum Schluss Heroin. Das durfte sich nicht wiederholen.

Ihre Faust, mit der sie nach wie vor krampfhaft den Rosenkranz umklammerte, begann zu zittern, die große Ader, die zwischen Zeige- und Mittelfingergelenk lag, schwoll an. Unvermittelt öffnete Maria Evita ihre Finger. Es war wirklich an der Zeit, etwas zu ändern. Vielleicht sollte sie die ehrwürdige Mutter um die Versetzung in ein anderes Kloster ihres Ordens bitten. Abstand von Altötting könnte für eine gewisse Zeit eine Lösung sein. Sie seufzte, verstaute die Perlenkette in der Tasche ihres Habits und öffnete die Zellentür. Sie musste bei der Andacht erscheinen.

*

Der Anblick, den Romy und Andi boten, war, gelinde gesagt, furchtbar. Der Schock durch die Todesnachricht zeichnete sich in ihren Gesichtern ab und ließ beide in gefühlter Zeitlupe agieren. Niemand sprach, nur von Fäustls Seite war ein unaufhörliches Knistern zu vernehmen. Er hatte sich eine Schale mit in raschelndem Plastik verpackten veganen Schokokugeln geschnappt. Sie war auf dem Wohnzimmertisch gestanden. Ungefragt stopfte er die runden Dinger nun in sich hinein. Dieses Nebengeräusch nervte Max.

»Uns ist gesagt worden, dass dein Vater gestern Abend sein eigenes Bolzenschussgerät zum Stammtisch mitgebracht hat. Wo wird denn das normalerweise aufbewahrt?«, durchbrach er die Stille und eroberte Andis Aufmerksamkeit zurück.

»Im Safe.«

»Wo steht der?«

»In der Praxis hinten im Medikamentenraum.«

»Könntest du bitte zur Sicherheit nachschauen, ob es noch dort ist?«

Langsam stand Andi auf und verschwand. Romys Blick wanderte zur Decke. Es schien, als ob sie den Himmel nach dem Grund des Ganzen befragte.

»Bist du gläubig, Max?«, entfuhr es ihr, ohne sich ihm zuzuwenden.

»Das ist nicht so einfach zu beantworten. Bist du's denn?«

»Nein.« Sie schüttelte ihren Kopf.

Vermutlich erwartete sie von Max keine Antwort mehr, aber er hatte das Gefühl, als wäre er ihr in dieser Situation eine schuldig. »Ja, ich glaube. Also zumindest an eine höhere Macht, nicht unbedingt an Gott. Und ich denke auch, dass es nach dem Tod für uns irgendwie weitergehen wird.«

»Tröstliche Vorstellung. Aber ich kann damit nix anfangen.«

»Is des auch die Sichtweise vom Andi?«

Romy nickte. »Da denken wir in die gleiche Richtung.«

Schritte näherten sich vom Gang, bis Andi in der Türe erschien. »Der Apparat ist weg.«

Hier passten die Puzzleteile zusammen. Hias Spögler hatte gestern Abend das Werkzeug für sein eigenes Ende in der Tasche gehabt. Max und Fäustl wechselten einen kurzen Blick.

»Kann ich ihn noch mal sehen?« Langsam, aber gefasst stellte Andi diese Frage in den Raum.

Als das tote Gesicht Spöglers wieder in Max auftauchte, spürte er, wie sich seine Brust verengte. »Willst du das wirklich?«

»Ich muss, sonst kann ich die Sache nicht begreifen.«

»Nach der Obduktion wird es garantiert möglich sein. Würdest du dich bitte noch einen Augenblick zu uns setzen?«

Zögerlich nahm Andi wieder an Romys Seite Platz.

»Gab es irgendwelche Gründe für ihn, sich umzubringen?«

Andi wirkte irritiert, so als hätte er Max' Frage nicht verstanden. »Ich meine Schulden oder Depressionen oder etwas in dieser Richtung?«

Andi schüttelte seinen Kopf und sagte dann im Brustton der Überzeugung: »Keinesfalls.«

»Hatte dein Vater Feinde?«

Es folgte eine längere Pause, denn anscheinend suchte Andi nach den richtigen Worten. »Diese Frage musste ja kommen. Wenn ich jetzt meine Vermutung äußere, dann … dann verdächtige ich doch automatisch jemanden, oder? Der Papa wollte diese Sache nicht an die große Glocke hängen. Vielleicht haben die gar nix damit zu tun. Aber es würde zu diesen …« Seine Stimme versagte ihm kurz. »Zu diesen Menschen passen.«

»Erzähl einfach.«

Unsicher wanderten Andis Augen durch den Raum. »Natürlich gibt es Neider. Die kommen automatisch, wenn man Erfolg hat. Aber da ist noch eine alte Geschichte, von der wir immer wieder heimgesucht werden.« Mit der Hand griff Andi in seine Hosentasche, zog ein Mobiltelefon hervor und tippte darauf herum, bis er gefunden hatte, wonach er suchte. »Hier sind die Fotos.« Er reichte sein Handy an Max weiter, der die Augenbrauen hob und die Hand zu Fäustl streckte, um seinen Kollegen einen Blick auf das Display werfen zu lassen.

»Wie alt sind die?«, fragte Max.

»Ein halbes Jahr«, schaltete sich Romy ein und musste schlucken.

Auf dem Mobiltelefon war die Außenwand von Spöglers Haus zu sehen. Mit grüner Farbe hatte jemand »Sau« darauf gesprüht.

»Ward ihr damit bei der Polizei?«, meldete sich nun Fäustl zu Wort und schob eine weitere Schokokugel in den Mund.

»Des wollte der Papa nicht«, gab Andi leise zur Antwort.

»Schickst du mir die Bilder bitte auf mein Handy? Wer, glaubt ihr, steckt da dahinter?« Max legte sein Mobiltelefon auf den Tisch und aktivierte die Bluetooth-Verbindung.

Seufzend ließ sich Andi zurück in den Sessel fallen und machte sich ebenfalls an seinem Telefon zu schaffen. »Die Menharts.«

»Wer is das?«

»Früher hat der Papa das Vieh von ihrem Hof betreut, bis …« Diesen Worten ließ Andi nichts weiter folgen. Er starrte stoisch Richtung Garten, als wäre er mitten in der Bewegung eingefroren.

»Bis …«, forderte ihn Max auf weiterzureden, doch Andi zeigte keine Regung. Also ergriff seine Frau das Wort.

»Hias hat sich nicht nur um die Tiere der Menharts gekümmert, sondern auch um den Alten selbst. Das geschah aber auf den ausdrücklichen Wunsch vom alten Menhart hin. Hier in der Gegend gehen Bauern nicht zum Arzt, weißt ja, wie die so drauf sind. Das regelt alles der Veterinär, wenn er schon mal da ist. Der alte Menhart hat angeblich immer betont, dass er bloß den Hias um ärztlichen Rat bittet und noch nie eine Praxis von innen gesehen hätte.«

Dass Bauern Tierärzten gegenüber größeres Vertrauen entgegenbrachten als der Schulmedizin, war für Max kein Geheimnis. »Läuft des bei euch immer noch so ab?«

»Ich bin doch ned bescheuert«, knallte es unerwartet heftig aus Andi heraus. Sein Oberkörper schnellte hoch wie ein Pfeil. Nach drei großen Schritten blieb er an einer schwarzen Kommode stehen, öffnete die oberste Schublade und zog eine Packung Zigaretten heraus. Seine Finger zitterten, als er einen Glimmstängel herausnahm und in den Mund steckte. Dabei ging er zur Terrassentür, drehte den Griff, trat mit einem Bein ins Freie und zündete die Zigarette an. Nach den ersten Zügen schien er sich zu entspannen.

»Auf jeden Fall«, fuhr Romy ruhig fort, »ist der alte Menhart verstorben und seine Familie hat den Hias dafür verantwortlich gemacht. Seither versuchen sie, uns das Leben, wo es nur geht, zur Hölle zu machen.«

»Also war das nicht der einzige Vorfall?«, schloss Max aus ihren Worten.

»Nein.«

»Was ist noch so alles passiert?«

»Unser Hund wurde vergiftet. Eine aufgeschlitzte Katze hab'n sie vor den Eingang der Praxis gelegt. Aber es gibt keine Beweise, dass wirklich die Menharts dahinterstecken.«

»Einfach eine asoziale Bagage!«, warf Andi ein.

Max hob den Kopf. »Wie sind die denn draufgekommen, dass euer Vater für den Tod des alten Menhart verantwortlich sein könnte?«

Plötzlich hatte Max Fäustls Hand auf dem Oberarm. »Du, mir kommt da grad was. Deswegen ist gegen den Hias sogar von unserer Seite ermittelt worden.«

»Echt? Wann?« Das war eine Information, die alles in neuem Licht erscheinen ließ. Die Ermittlungen mussten mehr als ein Jahr zurückliegen, denn wäre es nach seinem Dienstantritt in Mühldorf gewesen, hätte es seine Abteilung betroffen.

»Vor ungefähr fünf Jahren, wenn ich mich nicht täusche, oder?«, erinnerte sich Fäustl und versuchte, sich durch einen Blick bei Andi zu vergewissern. »Es ging um den Tatbestand der fahrlässigen Tötung.« Fäustls Finger machten sich daran, eine weitere Kugel von ihrer Schutzfolie zu befreien. War es denn nicht einmal möglich, dass eine gemeinsame Befragung stattfand, ohne dass der Fäustl etwas essen musste? Max hätte am liebsten nach der Süßigkeitenschale gegriffen und sie außerhalb der Reichweite seines Kollegen platziert.

»Das war eine gemeine Verleumdung, mehr nicht. Die wollten den Papa kaputtmachen.« Energisch warf Andi seine Kippe in den Garten.

»Moment, präzisier des mal für mich, bitte«, wandte sich Max an den kauenden Fäustl. »Ich hab grad null Ahnung.«

Man konnte Fritz ansehen, dass er in seinem Gedächtnis kramte. »Moment.« Er schluckte. »Du stellst Fragen.« Nachdenklich massierte er seine Nasenwurzel. »Die Staatsanwaltschaft hat sich damals gegen eine Anklage entschieden, weil die Beweislage nicht ausreichte. Bei der angeordneten Obduktion, aufgrund der Aussage von Menharts Familie, ist nämlich gar nix gefunden worden.«

»Was hätte denn gefunden werden sollen?« Ungeduldig verlagerte Max sein Gewicht von einer Pobacke auf die andere.

»Lass mich mal ausreden«, sagte Fäustl in beschwichtigendem Ton. »Menharts Frau hat behauptet, dass der Spögler ihrem Mann über Jahre Vitamine gespritzt hat.«

Mit einem Krachen flog die Terrassentür zu. »Herrgott, das wollte der so!« Andi stampfte mit dem Fuß auf den Boden.

Unbeirrt machte Fäustl weiter. »Sie wäre dabei gewesen, wie er ihrem Mann kurz vor seinem Tod aber eine völlig andere Ampulle verabreicht hat, was schlussendlich zu seinem Herzstillstand führte.«

»Die alte Hexe hat sich was zusammenfabuliert, dass der Papa die Vitamine mit Kaliumchlorid verwechselt hätte, was wir auch zum Einschläfern hernehmen«, redete sich Andi in Rage. »Vollkommen aus der Luft gegriffen. Der Papa mit seiner Erfahrung verwechselt doch so was nicht.«

Triumphierend schnippte Fäustl mehrmals hintereinander in die Luft. »Stimmt, Kaliumchlorid, das war's.«

»Die Rechtsmedizin hat nix davon gefunden«, wurde Andi lauter.

Mahnend hob Fäustl seinen Zeigefinger. »Genau. Und weil sie eben nix gefunden haben, sind die Menharts so sicher, dass euer Vater trotzdem schuldig ist, weil …«

»War er aber nicht. Was du da sagst, ist absurd.« Andis Stimme überschlug sich.

Fäustl begann von Neuem. »Im Abschlussbericht stand nämlich, dass, falls eine Vergiftung durch Kaliumchlorid stattgefunden hat, es nicht mehr nachzuweisen wäre. An dieser Substanz beißt sich nämlich jeder Rechtsmediziner die Zähne aus. Nachweis extrem schwierig, wenn nicht sogar unmöglich. Und diesen Umstand nehmen die Menharts jetzt als Beweis dafür, dass es eben dieses Mittel gewesen sein muss. So war das, genau.«

Max runzelte die Stirn. »Klingt ja nach einem Paradies für jeden Giftmörder. Und die Logik der Menharts, na ja. Aber Hinterbliebene haben ja oft ihre eigene Sicht der Dinge.«

Nachdenklich wandte Romy ihr Gesicht ihm zu, ohne dabei Max wirklich anzuschauen. Ihre Worte klangen resigniert, als hätte sie sich bereits vor langer Zeit mit den unheimlichen Umständen arrangiert. Im Gegensatz zu ihrem Mann, der vor Wut kochend im Raum stand, behielt sie die Beherrschung. »Und dann haben bei Hias und Andi ums Haus die komischen Vorfälle angefangen. Es ist nicht nur einmal was an die Wand gesprüht worden, auch wie ich dann schon eingezogen war. Und das mit dem Bene war dann natürlich der Gipfel.«

»Bene?«

»Ja, unser Hund«, kam Andi seiner Frau zuvor.

»Warum in drei Teufels Namen seid ihr damit nicht zur Polizei?« Max wollte es einfach nicht in den Sinn, wieso man bei einer derartigen Häufung von Grausamkeiten seinen Mund hielt und nicht um Hilfe bei der örtlichen Exekutive bat.

»Papa hat gesagt, das ist sein Bier und er will es nicht. Aus, Äpfel, Amen!« Donnernd klatschte Andis Hand auf die Ablagefläche der Kommode.

*

»Gummibärchen?« Auffordernd hielt der Fäustl ihm eine kleine Tüte vors Gesicht, die er eben aus dem Handschuhfach des Dienstwagens gekramt hatte. Beide waren nach der nervenaufreibenden Unterhaltung mit Andi Spögler zum Brauereigasthof zurückgekehrt, wo Max' Fahrzeug stand. Angewidert verzog dieser sein Gesicht. »Danke.« Er öffnete die Beifahrertür.

Gleichgültig zuckte Fäustl mit den Schultern und nahm eine Handvoll heraus. »Ich muss aufpassen, nicht in den Unterzucker zu geraten.« Zwei kurze Schmatzer und er schluckte die Portion im Ganzen hinunter. Wenn der Fäustl so weitermachte, war er bald eine ernst zu nehmende Konkurrenz für Ottfried Fischer. »Der Bulle von Altötting« klang gar nicht mal so schlecht. Schweigend betrachtete Max das Armaturenbrett, das von einer gleichmäßigen Staubschicht überzogen war. Kopfschüttelnd stieg er aus und ging zielstrebig auf die Brauerei zu. Hinter seinem Rücken hörte er, wie sich Fritz unter einem angestrengten Stöhnen aus dem Wagen hievte.

Die weißen Männer von der Spurensicherung waren inzwischen zur Lagerhalle hinter der Betonrampe vorgedrungen, um vermeintliche Spuren zu sichern. Gelbe Bierträger, die das Logo der Brauerei zierten, bildeten darin Wände von unterschiedlicher Höhe. Dahinter waren mattsilbrig glänzende Fässer für Zapfanlagen bis zur Decke zu meterhohen Metallsäulen gestapelt. Die Geschmacksnote von bitterem Hopfen erfüllte die kühle Luft.

Max blickte im Vorbeigehen hinunter auf den Wendeplatz und erkannte ein Auto mit Münchner Kennzeichen, das in der Früh dort noch nicht geparkt gewesen war. Sicher die Rechtsmedizin. Frau Dr. Rupprecht musste zur Spurensicherung gestoßen sein. Aus der Halle drang ein weibliches Lachen, welches er ohne zu überlegen zuordnen konnte. Binnen Millisekunden kletterte seine Stimmung nach oben. Mit großen Schritten passierte er die Betonrampe, ohne seine Augen auf Spöglers Leiche zu senken, und eilte in die Halle, wo er tatsächlich Dr. Rupprecht und Toni Staudt, den Leiter der Spurensicherung, entdeckte. Beide waren trotz des ernsten Falles amüsiert in ein Gespräch vertieft. Die Erzählung des Spusi-Toni schien auf ihrem Höhepunkt angelangt zu sein, denn die Frau Doktor lachte aus vollem Herzen.

Diese Frau gefiel ihm seit ihrem ersten Zusammentreffen in den Räumen der Rechtsmedizin. Sie war einen Kopf kleiner als er, hatte dunkle lange Haare, grüne Augen und eine sportliche Figur zum Dahinschmelzen. Fälle, die ein Zusammentreffen mit ihr beinhalteten, waren für Max zu Höhepunkten in seinem Berufsalltag geworden. So hatte jede Leiche auch etwas Gutes.

Er schlenderte lässig mit ausgestreckter Hand auf Frau Dr. Rupprecht zu, und als sie ihn bemerkte, huschte ihr ein Lächeln übers Gesicht. Max' Puls beschleunigte sich.

»Kommissar Kramer, ich habe mich schon gefragt, wo Sie denn stecken.«

Beiläufig fuhr er sich durch die Haare. »Wir mussten zu den Angehö…« Das letzte Wort blieb ihm im Hals stecken, denn sein linkes Hosenbein war an einem der unzähligen Bierkästen hängen geblieben. Er taumelte kurz und fiel der Ärztin in die Arme. Fast wäre sie selbst von der unerwarteten Begrüßung zu Boden gerissen worden, doch der Spusi-Toni stärkte ihr geistesgegenwärtig den Rücken.

»Mein Gott, bist du heut stürmisch, Kramer«, sagte der Toni, als Max sich vor ihnen wieder aufrappelte. Sachte klopfte der Leiter der Spurensicherung Frau Dr. Rupprecht auf beide Schultern. »Das kann nur an Ihrer Erscheinung liegen.« Nun grinste er dreckig. Da schwang eindeutig Schadenfreude mit.

Wie Max der Ärztin nun gegenüberstand und Luft für eine Entschuldigung holen wollte, hatte ihn der Fäustl eingeholt. »Was für ein Stunt«, scherzte er. »Hat von hinten ausgesehen, als würde ein brunftiger Hirschbock zu einem Hechtsprung ansetzen.«

»Sehr witzig.« Max biss die Zähne zusammen. Seine Kollegen ließen auch nicht eine Chance verstreichen, um ihn vor dieser Frau auf den Arm zu nehmen. Jedes Mal, wenn er Dr. Rupprecht begegnete, endete es in einer gefühlten Katastrophe. Die Anstrengungen, wie ein Held zu wirken, waren bei ihr von einem Fluch belastet. Vielleicht sollte er das bisher Geschehene einfach mit Humor nehmen und die Peinlichkeit überspielen. »Tut mir wirklich leid, Frau Doktor.« Krampfhaft verzog er seine Mundwinkel, um gute Miene zu simulieren. »Vielleicht hätte ich den Frühschoppen auslassen sollen«, fügte er ironisch hinzu.

»Ach, alles halb so wild. Und für Ihren Gesichtsausdruck würde ich glatt fünf Euro bei einer Wiederholung bezahlen. Sie sahen gerade echt mitleiderregend aus.«

Das wurde ja immer schlimmer. Das Wort »mitleiderregend« traf ihn wie eine Ohrfeige. Er hielt ein paar Sekunden die Luft an und suchte krampfhaft nach einem Ausweg, um dieser unangenehmen Situation ein Ende zu setzen. Max entschied sich für die einfachste Lösung: Themenwechsel. »Toni, habt ihr irgendwas in der Halle oder draußen gefunden?«

»Nein, weder hier noch davor. Das Rolltor ist über Nacht versehentlich nicht runtergefahren worden. Frau Dr. Rupprecht geht von einem Tötungsdelikt aus und da ist es naheliegend, dass sich der Täter hier vielleicht versteckt und seinem Opfer aufgelauert hat, aber im Moment sieht es nicht danach aus.«

»Habt ihr denn schon den Beweis, dass es Mord war?«

»Ja«, antwortete Dr. Rupprecht. »Der Schussapparat wurde auf dem Hinterkopf des Opfers aufgesetzt. Bei einem Selbstmord hätte das Opfer nach vorne fallen müssen, aber wie Sie selbst gesehen haben, liegt es auf dem Rücken. Stellen Sie sich mal die Szenerie eines Suizids vor: Das Opfer will sich selbst töten, also beugt es den Kopf und drückt ab. Die Energie des Bolzens hätte das Opfer aufs Gesicht knallen lassen müssen.«

Das leuchtete ein. »Wie, denken Sie, war der genaue Tatablauf?«

»Der Täter war dem Opfer sehr nahe«, fuhr Dr. Rupprecht fort. »Beide hatten sicher Körperkontakt, vielleicht sogar eine Umarmung. Der Oberkörper des Täters bremst also nach dem Schuss den Fall des Opfers, es kann nicht nach vorne umkippen. Danach legt er das Opfer auf den Rücken.«

Im Hintergrund räusperte sich der Spusi-Toni. »Deshalb haben wir die Kleidung des Toten bereits nach Fremdfasern abgesucht, aber bisher Fehlanzeige.«

Max wandte sich wieder an die Rechtsmedizinerin. »Nach Aussage der Wirtin hat sich das Opfer gestern hier ordentlich betrunken.«

»Na, sehen Sie: Wenn man richtig angetrunken ist, bezweifle ich, dass man so einen Apparat noch ordentlich laden und entsichern kann. Das ist etwas knifflig. Sobald die Leiche bei mir auf dem Tisch in München liegt, rufe ich Sie an. Den Blutalkoholspiegel hab ich schnell ermittelt.«

So viel Detailkenntnis über die Waffe hatte Max der Ärztin ad hoc gar nicht zugetraut. »Gab es in Ihrem Bereich schon mal so eine Todesursache?«

»Schlachtschussapparat?«

»Ich meine Bolzenschussgerät.«

»Das ist Umgangssprache. Meine Bezeichnung ist offiziell. Nein, das ist mir noch nie untergekommen. Also früher schon, muss ich zugeben.«

»Wie meinen Sie das?«

»Ja, bei Tieren. Bauernhofkind«, setzte sie lächelnd als Erklärung hinzu und tippte auf ihre Brust.

Max' erste Eingebung von heute Morgen war bestätigt. Mord. Und schon wieder tauchte Spöglers blasses Gesicht vor seinem inneren Auge auf. Frau Dr. Rupprecht griff nach seiner Hand und riss Max aus seinen Gedanken.

»Ich muss wieder nach München. Wir telefonieren.«

Fäustl und der Spusi-Toni nickten der Ärztin zu, die mit flotten Schritten aus der Halle verschwand und, kurz bevor sie draußen war, ihnen ein Winken zuwarf.

»Glaub mir's, Kramer, diese Frau ist teuer im Einkauf und noch teurer im Erhalt«, wandte sich der Fäustl an Max.

»Was willst'n mir damit unterstellen, Fritz?«

»Des ist doch ein offenes Geheimnis, dass du auf sie stehst.«

»So, isses das?«, entgegnete Max giftig.

»Und das ist uns allen wurscht«, versuchte der Spusi-Toni, die Situation zu entspannen.

Plötzlich fasste sich der Fäustl an die Brust und verzog sein Gesicht, als ob er Schmerzen hatte. »Seit ein paar Tagen überkommt mich immer wieder so ein stechendes Gefühl.«

»Kein Wunder, bei den Kalorienmengen, die du so über den Tag verteilt in dich reinschaufelst.«

»Ganz ehrlich geht dich das nix an, Kramer.«

»Und ich sag dir ganz ehrlich, dass du auf einen Herzinfarkt zusteuerst. Tu mal was dagegen! Bis

Ostern könntest du die Fastenzeit wörtlich nehmen.«

»Kramer, bitte«, mahnte ihn der Spusi-Toni, nicht weiterzureden. Ungebetene Ratschläge kamen unter Kollegen nicht gut an.

»Deine Fressereien gehen mir echt auf den Senkel«, setzte Max hinzu.

Fäustl wurde ernst. »Du bist anscheinend immer noch Katholik. Ich bin evangelisch, und wir fasten freiwillig und nicht aus einem kirchlichen Zwang heraus. Punkt!«

»Ich lass euch jetzt allein. Anscheinend habt ihr was zu klären.« Der Leiter der Spurensicherung verschwand zwischen Bierkästen und Fässern.

»Is doch wahr. Fritz, du marschierst jetzt mal zum Arzt und dann fängst du schleunigst mit einer Diät an.«

»Ich muss dir ganz klar sagen, dass dich das einen Dreck angeht, was ich tue.«

»Du hast dich nicht mehr im Griff. Bei dir geht es in einer Tour nur ums Essen. Vorher Salamisemmel, dann Schokokugeln bei den Spöglers, dann Gummibärchen, aber natürlich gleich die halbe Packung …«

Beleidigt vergrub der Fäustl seine Hände in den Taschen seiner Strickjacke. »Wir haben beide Sachen, die uns aneinander stören. Aber um des lieben Friedens willen sollten wir darüber einfach schweigen. Ich mach meine Arbeit und du machst deine, und gemeinsam machen wir im Team eine gute Arbeit. Punkt.«

Das saß. Im Gesicht seines Kollegen erkannte Max, wie elend sich dieser fühlte. Warum hatte er das Gespräch gerade so eskalieren lassen? Fäustl tat ihm leid und einen wirklichen Grund, auf ihn wütend zu sein, hatte er nicht. Seitdem ihn seine Frau hatte sitzen lassen, fühlte sich Fäustl aus der Bahn geworfen, wie er Max in mehreren Gesprächen anvertraut hatte. »Ja, Fritz, Entschuldigung. Vergiss es bitte.« Max machte kehrt, um zur Betonrampe zu gehen.

*

Es gab diese nonverbale Abmachung zwischen ihnen, keinerlei ungebetene Empfehlungen auszusprechen, die hatte er gebrochen. Max' schlechtes Gewissen breitete sich in seiner Magengrube aus. Sein Kollege hatte recht, es stand ihm nicht zu, ihn zu maßregeln. »Gott schütze mich vor den Menschen, die es gut mit mir meinen.« An diesen wahren Satz seines Vaters musste er unaufhörlich denken. Aber er hatte wirklich alles nur aus ehrlicher Besorgnis ausgesprochen. Ja, Ratschläge von Kollegen sind selten Rat und meistens Schlag. Genau so waren seine Worte beim Fäustl angekommen. Mist!

Auf dem Weg nach draußen hörte er Schritte hinter sich. Es war unverkennbar der Spusi-Toni und nicht der Fäustl, der ihm folgte, denn durch seinen weißen Ganzkörperanzug und seine ihm eigene Gangart gab er dieses charakteristische Rascheln von sich.

»Kramer, wart einmal.«

Als sich Max umdrehte, sah er, wie der Toni einen flüchtigen Blick hinter sich warf. Er blieb stehen, bis der Toni sich neben ihm befand. Aus dem kurzen Blick auf die Stelle, wo er gerade mit Fäustl die Auseinandersetzung gehabt hatte, schloss er, dass dem Toni wohl kein Wort entgangen und er bis zum Ende der Unterhaltung in ihrer Nähe verblieben war. Fäustl hatte sich inzwischen umgedreht und betrachtete nachdenklich die Wände der Lagerhalle.

»Können wir kurz reden?«, fragte Toni und zeigte auf das offene Tor.

Max folgte ihm zur Betonrampe. Zwei Männer von der Spurensicherung standen dort am Ende und zogen an einer Zigarette, die sie sich teilten. Der Toni wartete, bis beide geendet hatten und um die Ecke zu ihrem Dienstwagen verschwunden waren. Erst als er hörte, wie der Motor ansprang, und er sich noch einmal vergewissert hatte, dass auch der Fäustl außer Hörweite war, sagte er: »Jetzt pass a mal auf.«

»Ja, ich weiß schon, ich darf ned immer so direkt sein.«

»Ach, vollkommen egal. Mei, durch Vorwürfe kommt man bei dem nicht weiter.«

»Das ist mir klar, aber ich mach mir halt Sorgen um ihn und hab einfach keinen blassen Schimmer, wie man den Fäustl dazu bringen könnte, etwas mehr auf sich zu achten.« Max seufzte und blickte hinab auf seine Schuhe, die zeitnah geputzt werden sollten, wie er feststellte.

»Genau darüber wollte ich mit dir reden«, sagte Toni.

»Was man tun kann, damit der Fäustl wieder zu seiner alten Form zurückfindet?«

»Besser hätte ich es ned formulieren können.«

»Also?«

»Also«, wiederholte der Toni, »es ist so: Offensichtlich ist der Fritz gerade total frustig. Seine Psyche schlägt sich in seinem Essverhalten nieder.«

Max nickte zustimmend.

Toni Staudt vergewisserte sich erneut, dass niemand in der Nähe war, der sie hätte belauschen können. »Für mich gibt's da nur eine Lösung. Ich bin mir aber nicht sicher, ob du davon begeistert sein wirst. Soll ich trotzdem weiterreden?«

»Ich bitte darum«, sagte Max.

»Sex.«

»Sex?« Max sah sich demonstrativ um, dann fragte er: »Hältst du es wirklich für klug, dass wir hier dieses Thema anschneiden?«

»Ort und Zeit sind dafür völlig wurscht. Es wird höchste Zeit, dass der Fritz mal an was anderes denkt als an seinen Frust. Sex is genau das richtige Thema, um ihn auf neue Gedanken zu bringen, des weißt du genauso gut wie ich. Nenn es Liebe machen, Leidenschaft ausleben, pimpern, bumsen, sich binden, egal, am Ende läuft alles auf dasselbe raus. Der Fritz braucht ein Ziel seiner Begierde, damit er sich ändert und ned immer alles durch die schwarze Brille sieht. Sonst hört der nie auf, diese Mengen in sich reinzustopfen.«

Max' Augen wurden schmal. »Du meinst, der Fäustl braucht eine Frau?«

»Japp. Er braucht ein Liebesleben. Jeder braucht ein Liebesleben. Hast du ihn schon mal erlebt, wie er noch eines hatte?«

»Toni …« Max biss sich auf die Unterlippe. »Der Fäustl is so enttäuscht worden. Is dir vielleicht irgendwann in den Sinn gekommen, dass es Männer auf dieser Erde gibt, die keine Frauen mehr wollen?«

Der Spusi-Toni machte abrupt einen Schritt rückwärts und sah ihn stirnrunzelnd an. »Kramer, willst du etwa damit sagen, dass der Fritz asexuell geworden ist? Na? Was dann? Er is doch ned etwa … Das ist absolut lachhaft. Immerhin war er verheiratet mit einer Frau …« Er unterbrach sich und wurde nachdenklich. »Andererseits er hat zwei Katzen. Und manchmal trägt er diese rosa Hemden. Aber trotzdem …«

»Immer lustig, dich zu beobachten, wenn deine Fantasie mit dir durchgeht, du Volldepp.«

Der Spusi-Toni wirkte leicht irritiert, was äußerst selten vorkam, doch er hatte sich schnell wieder im Griff. »Ja, des war gerade absoluter Krampf.« Nun musste er sogar grinsen. »Der Fritz steht auf keine Männer.«

Kopfschüttelnd tippte Max sich an die Schläfe. »Rosa Hemden. Du sitzt auch jedem Klischee auf. Tut mir leid, Toni, aber die Geschichte muss ich echt den Kollegen erzählen. Rosa Hemden …«

Der Spusi-Toni hob die Hand, um ihm zu verstehen zu geben, dass er nun zum Kern der Sache kommen wollte. »Du kannst dich doch noch schemenhaft an unsere Faschingsblaulichtparty erinnern?«

Ein leichtes Stöhnen überkam Max, denn daran wollte er eigentlich nicht zurückdenken. »Komm mir bloß nicht mehr mit deinem Amnesia. Dieser dreckige Cocktail, den du da erfunden hast ...«

Hektisch winkte der Spusi-Toni ab. »Dass der dir die Lichter ausgeblasen hat, darüber will ich gar kein Wort mehr verlieren, Kramer. Aber der Fritz ist damals mit der Mieze aus der Verwaltung abgezogen. Klingelt's?«

Langsam dämmerte es ihm, worauf diese Unterredung abzielte.

»Wir sollten ihm helfen, das wieder aufzuwärmen«, fuhr der Spusi-Toni fort. »Meinst ned? Ich kenn den Fritz, wenn er glücklich ist, da hat der sich voll im Griff und joggt sogar.«

»Das macht er jetzt einmal im halben Jahr auch.«

»Ich spreche von täglich.«

Vielleicht war das gar kein so dummer Einfall vom Toni. Vielleicht sogar die zündende Idee. Vor Max' innerem Auge erschien Fäustl debil lächelnd mit einem großen Blumenstrauß in den Händen. »Da werden wir aber ziemlich geschickt vorgehen müssen.«

»Kramer, ich biete mich an, dieses Projekt zu meinem zu machen.«

»Und du bist dir wirklich sicher, dass des beim Fäustl auf fruchtbaren Boden fällt und er es ned in den falschen Hals bekommt?«

Auf seinen Lippen breitete sich ein wissendes Lächeln aus. »Vertrau mir einfach.«

II. DORNEN, DISTELN NUR – GLÜH'NDER SAND

Monsignore Hirlinger stand später als gewohnt auf. Er hatte sich um eins ins Bett gelegt und war gegen drei aufgewacht, weil das Festbier des Mooser Bräu ihm keinen tiefen Schlaf gönnen wollte. Nach mehreren Versuchen in unterschiedlichen Positionen war er um halb fünf wieder ins Reich der Träume abgeglitten. Das hatte zur Folge, dass er seinen Wecker um acht ignorierte und auf stumm schaltete. Nun war es kurz vor zehn.

Er setzte sich, den Kopf in die Hände gestützt, auf die Kante seines Bettes und blickte auf die geschlossenen Vorhänge. Dahinter erahnte er bereits das Licht dieses Spätvormittags, welches ihm mitteilte, dass er wohl verschlafen hatte. »Heilige Maria, Mutter Gottes!«

Seine Finger griffen zu den in seinen Gehörgang gequetschten Ohrenstöpseln. Eine Vorsichtsmaßnahme vor dem Schlafengehen, denn seine Haushälterin Fräulein Schosi schnarchte in ihrer Wohnung unter ihm so laut, dass es manchmal klang, als würde er mit ihr ein Bett teilen.

Kaum war er akustisch wieder in der Welt angekommen, musste er feststellen, dass seine Haushälterin die Fensterscheiben in ihrer Wohnung putzte. Nicht weil die Geräusche von Lappen und Zeitungspapier, die sie grundsätzlich für diese Tätigkeit verwendete, so einen durchdringenden Lärm verursachten, sondern weil Fräulein Schosi bei dieser Arbeit immer das gleiche Lied anstimmte. »Im Frühtau zu Berge wir zieh'n, fallera …« Seine Miene fror ein. »Es grünen die Täler und die Höhn, fallera …« Er wusste, dass dieses Musikstück in Fräulein Schosis Interpretation nicht drei, sondern zwanzig Strophen hatte. Normalerweise bemühte er sich, nicht zu Hause zu sein, wenn diese musikalische Putzorgie über die Bühne ging, aber heute musste er diese wohl oder übel ertragen.

Hirlinger schlurfte zu seinem Bad, duschte und zog sich an. Durch seine Fenster beobachtete er den trüben Himmel, der in der Ferne etwas Blau durchschimmern ließ. Die Sonne stand hinter einer großen Wolkenfront. Irgendwann an diesem Tag würde sie noch erscheinen, so hoffte er. Als er danach seine Küche betrat, war Fräulein Schosi bei »Ännchen von Tharau ist's, die mir gefällt …« angekommen. Ein untrügliches Zeichen, dass sie nun daran war, die Böden feucht zu wischen.

Wenn er dem großen Opern- und Oratorienmedley entgehen wollte, musste er seine Räumlichkeiten verlassen, bevor sie sich an die Vorbereitungen für das gemeinsame Mittagessen machte. Seine Haushälterin besaß diese neue CD, die ihn immer wieder auf die Prüfung stellte. Ein modernes Oratorium. »Wo Dornen und Disteln zu Hause sind« lautete der Titel. Im Schosi-Bass gesungen fühlten sich die Töne leider auch wie Stacheln an seinem Trommelfell an. Hirlinger wunderte es, dass die Nachbarn sie noch nie wegen seelischer Grausamkeit verklagt hatten. Es wäre sicher angenehmer gewesen, eine große Baustelle mit Presslufthammer vor dem Haus zu haben, als Fräulein Schosis Sangeskünsten weiter zu lauschen. »… mein Blut und mein Geld.« Kurz spielte er mit dem Gedanken, sich wieder seine Ohrenstöpsel vom Nachttisch zu holen, doch diesen Plan konnte er nicht mehr in die Tat umsetzen. Es klingelte an seiner Wohnungstüre. Hirlinger betätigte die Gegensprechanlage. »Ja, bitte?« Nichts geschah, er wiederholte seine Worte.

»Joseph, ich brauche Sie«, kam nach einigem Zögern von einer jungen weiblichen Stimme.

Hirlinger spürte Erleichterung, denn er hatte den Klang der Stimme identifiziert. Also hatte sich Maria Evita doch dafür entschieden, ihrem Schweigen ein Ende zu setzen. Er drückte auf den Türöffner. Nach dem Surren hörte er sofort ein Klacken durch den Treppenaufgang hallen und ein paar Sekunden später stand die junge Novizin vor ihm.

Sie war sein Schützling, er offiziell ihr Beichtvater, wobei ihnen die Bezeichnung bester Freund oder Vertrauter wesentlich lieber war.

Der letzte Kontakt zwischen beiden hatte brieflich stattgefunden. Sie hatte ihn von der Sache mit ihrem

Exfreund Max in Kenntnis gesetzt und von ihrem Entschluss geschrieben, nun bis Ostern fürs Erste in sich zu gehen. Zu diesem Zweck wolle sie schweigend beten und überlegen.

Bis Ostern waren es noch zwei Wochen. Ihr vorzeitiger Abbruch musste einen triftigen Grund haben. Hirlinger trat beiseite und ließ Maria Evita zur Tür herein, die direkt seine Küche ansteuerte und an seinem Tisch Platz nahm. Im Vorübergehen sagte sie ein kurzes »Grüß Gott«. Ihre Begrüßungen waren schon herzlicher ausgefallen. Der Monsignore folgte ihr und setzte sich wortlos dazu. Ihre Hände waren in den Taschen ihres Habits vergraben. Wie ein trotziges Kind, schoss es Hirlinger durch den Kopf. »Wie kann ich dir helfen?«

Sie legte den Kopf schief und sah zum Fenster hinaus, wo in diesem Moment die Sonne hinter den Wolken hervortrat und alles in hellem Licht beschien. »Ich brauche eine Auszeit.«

»Aha.« Hirlinger stand auf. »Ich mach uns einen Kaffee. Was hältst du davon?«

»Mit Milch und viel Zucker.«

Solange er sich mit seiner Kaffeemaschine beschäftigte, sagte Maria Evita kein Wort, auch ihre Mimik schien zu schweigen. Erst als sich eine laut schimpfende Amsel auf das Fensterbrett setzte, kam Bewegung in sie. »Vielleicht sollte ich für einige Zeit in ein anderes Kloster ziehen.«

»Um weiter nachdenken zu können? Oder um vor Max wegzulaufen?«

»Ich finde es gerade unerträglich bei uns. In allen Blicken sehe ich einen Vorwurf. Die Mutter Oberin …«

»Glaube mir, kein Mensch macht dir einen Vorwurf. Keine deiner Schwestern und der Herrgott auch nicht. Erstens war es nicht deine Schuld, dass es zu dem Kuss gekommen ist, und zweitens bereust du aufrichtig, dass du es der ehrwürdigen Mutter gegenüber mit der Wahrheit nicht so genau genommen hast.«

»Ich habe gegen ein Gebot Gottes verstoßen.«

»Der dir verzeiht. Wir alle sollen uns bemühen, nach Gottes Geboten zu leben, aber manchmal klappt's halt nicht. Jetzt sei mal nicht so streng mit dir. Wobei das kein Freibrief für weitere Unwahrheiten sein soll.« Hirlinger hatte inzwischen zwei Tassen Kaffee, einen Tetra Pak Milch und seine Zuckerdose auf einem Tablett angerichtet und trug es zum Küchentisch hinüber. Vom Treppenaufgang vor seiner Wohnungstür drang plötzlich ein unmelodisches »Am Brunnen vor dem Tore« an sein Ohr. Fast entglitt ihm das Tablett, er zuckte und gerade noch rechtzeitig erreichte er den Tisch und ließ es mit einem lauten Krachen vor Maria Evita auf die Tischplatte fallen.

»Was ist?«, fragte sie erschrocken.

»Ich habe vollkommen vergessen, dass sie die Holztreppe bohnern wollte.«

»Wer? Fräulein Schosi?«

Hirlinger schluckte verlegen. »Ich erkenne das am Lied. Dieses Martyrium kann jetzt eine gute Stunde dauern.«

Maria Evita sprang kurz entschlossen auf, öffnete die Wohnungstür einen Spaltbreit und steckte ihren Kopf durch den Schlitz. »Guten Tag, Fräulein Schosi. Könnten Sie bitte so freundlich sein und Ihre Arbeit um eine halbe Stunde verschieben?«

»Dann fang ich zu spät zum Kochen an. Was machen Sie eigentlich beim Monsignore?«, hörte Hirlinger seine Haushälterin durch die halb geschlossene Türe. Sie klang gereizt.

»Wissen Sie, wir führen hier ein wichtiges Gespräch«, sagte Maria Evita eine Spur freundlicher.

»Des Bohnern is gleich erledigt, des kann sie da oben in der Wohnung ned stören. Sie merken doch gar ned, was ich da heraußen tue. Na, na, na, des muss ich schon fertig machen, sonst kommt mein Zeitplan durcheinander.«

»Wir … wir … wir brauchen gerade absolute Ruhe. Ich zeige dem Monsignore, wie man richtig meditiert.«

»Medi… was?«

»Meditieren. Das ist eine Entspannungsübung, die sein Leben verlängern kann.« Maria Evita wusste, dass sie damit ins Schwarze traf. Alles, was für die Gesundheit des Monsignore in Fräulein Schosis Augen gut erschien, hatte grundsätzlich Priorität.

»Ach, wenn das so ist. Ja, dann verschieb ich des hier doch einfach auf morgen.« So leicht hatten sich das weder Maria Evita noch Hirlinger vorgestellt.

Gott sei Dank konnte Fräulein Schosi nicht erkennen, wie fest die junge Novizin den Rosenkranz in ihrer Tasche drückte. Aber Hirlinger erahnte es von hinten. Maria Evita interpretierte die Wahrheit eben öfter freier, als er es tun würde. Na gut, man konnte ihr Gespräch vielleicht auch als Meditation auslegen. Allerdings nur, wenn man auch die Hühneraugen zukniff. Maria Evita machte seit jeher, wie fast alle Bayern, einen großen Unterschied zwischen Lügen, Sünde – und Schwindeln, keine Sünde. Und das, was sie in diesem Augenblick tat, würde sie ihm gegenüber sicher als Schwindeln auslegen. So ganz gefiel ihm das nicht.

Als sie zu ihm zurückkehrte, setzte er eine strenge Miene auf. »Meditieren«, sagte er abfällig.

Sie blinzelte ihn unschuldig an. »Hätte ich vielleicht in aller Deutlichkeit darauf hinweisen sollen, dass ihr Gesang nervt?«

»Das hätte sie sehr verletzt.«

»Eben. Da greif ich doch lieber zu einer Notlüge.«

»Du wirst es mit unserem Herrn schon selber ausmachen. Ich muss dich anscheinend daran erinnern, wie schmerzlich du es vorher empfunden hast, gegen ein Gebot von ihm verstoßen zu haben.«

Vor dem Haus war es schlagartig dunkel geworden. Die Sonne hatte ihr kurzes Gastspiel beendet und die ersten Tropfen eines heftigen Frühlingsgewitters trommelten an die Scheiben.

»Ja, das stimmt schon.« Sie seufzte und rührte eine großzügige Portion Zucker in ihren Kaffee. »Glauben Sie, ich bin für ein Leben als Dienerin Gottes wirklich gemacht?«

»Ja«, gab Hirlinger ohne zu zögern als Antwort.

»Bei all meinen Schwächen? Was macht Sie da so sicher?«

»Dein Wesen.« Er lächelte sie an. »Unsere Gespräche, die wir bisher geführt haben. Deine Begegnung mit Gott, die dich zu deinem Eintritt bewegt hat.« Sein Leuchten in den Augen wurde intensiver. »Zweifel sind ganz normal, Maria. Wir alle zweifeln, und das ist zutiefst menschlich.«

Maria Evitas Blick kehrte sich nach innen. »Ich muss oft an meine verstorbenen Eltern denken. Glauben Sie, sie wären stolz, mich im Kloster zu wissen?«

»Es wäre ihnen auf alle Fälle lieber, als dir bei deinen Abstürzen zusehen zu müssen. Maria, du hast dich in deiner Jugend nicht geliebt. Die Drogen hätten dich fast umgebracht. Seitdem du mit den anderen Schwestern zusammenlebst, hast du dich wieder im Griff, und es scheint mir auch so, als wärst du endlich bei dir selbst angekommen.« Er griff nach ihrer Hand. »Warum willst du aus Altötting fort? Man kann vor nichts weglaufen, was man in sich trägt.«

Maria Evita veränderte ihre Sitzposition und zog ihre Hand zurück. »Sie halten es also für keine gute Idee?«

»Das habe ich nicht gesagt. Ich habe dir lediglich einen Denkanstoß gegeben.«

Als sie etwas entgegnen wollte, betätigte jemand draußen die Wohnungsglocke.

»Das geht ja heute zu wie im Taubenschlag«, sagte

Hirlinger und erhob sich. »Merk dir bitte, wo wir stehen geblieben sind.«

Er drückte den Knopf seiner Gegensprechanlage. Diesmal hörte Hirlinger eine männliche Stimme aus dem Lautsprecher knacken. »Monsignore, hier ist der Max Kramer. Bitte lassen Sie mich kurz rauf zu Ihnen. Es ist verdammt wichtig.«

*

Etwa sechs Kilometer entfernt steuerte Fäustl zeitgleich seinen Wagen über den Marktplatz von Tüßling. Der Schauer, der plötzlich vom Himmel herunterprasselte, verlangsamte seine Fahrt erheblich. Nur mit großer Mühe vermochte sein Scheibenwischer auf der höchsten Stufe dieser Sintflut Herr zu werden.

Er riskierte einen kurzen Blick an sich herab. Max hatte mit der geäußerten Kritik gar nicht so unrecht gehabt, denn sein Bauch berührte beinahe das Lenkrad. Ja, auch seine Kondition ließ zu wünschen übrig. Seit der Scheidung hatte er sich gehen und den inneren Schweinehund gewinnen lassen. Aber nach einem anstrengenden Arbeitstag war die Couch einfach einladender als seine Laufschuhe oder eine sonstige Betätigung an der frischen Luft. Wenn er aß, musste er nicht über Melanie nachdenken. Und wenn sie sich doch wieder in sein Leben gemogelt hatte, sei es durch einen nervigen Anruf, wann er die restlichen Sachen endlich aus dem Keller räumen würde, oder durch eine scheinheilige Textnachricht, wie es ihm denn ginge, dann war Schokolade der beste Weg, sich wieder zu beruhigen. Am Herd war er von Spitzenleistungen weit entfernt. Seine Kenntnisse beschränkten sich auf Spaghetti aglio e olio, deshalb ersetzte er ein gesundes Abendessen oft durch Tiefkühlpizza mit extra Käse.

Max' Entschuldigung hatte er angenommen. A, weil er sich vermutlich wirklich Sorgen machte, und B, weil es keinen Sinn hatte, sich unter Kollegen zu streiten. Das kostete viel zu viel Energie. So hatten sie dann einvernehmlich ihre nächsten Schritte im aktuellen Fall besprochen. Alle, die gestern Abend mit Spögler in Kontakt standen, mussten der Reihe nach abgeklappert werden. Um Zeit zu sparen, hatten sie entschieden, getrennt die Betreffenden aufzusuchen. Max war fürs Erste zu Monsignore Hirlinger aufgebrochen und er zu Larissa Vermehr, der Landrätin, deren Familie das große Renaissanceschloss unweit des Tüßlinger Marktplatzes bewohnte. Im Landratsamt hatte man ihm gesagt, dass Frau Vermehr bereits nach Hause aufgebrochen sei und er es am besten direkt bei ihr privat versuchen solle.

Nach dem rosa Rathaus und der barocken Pfarrkirche bog er scharf rechts in den nicht asphaltierten Weg ein, der ihn direkt zum Schloss brachte. Sein Wagen überquerte eine kleine Brücke und fuhr durch das Torhaus. Zu beiden Seiten waren die ehemaligen Stallungen angebaut worden. Danach öffnete sich ein Vorplatz, zu dessen Linken das Schloss stand. Vier große Zwiebeltürme rahmten es ein.

Fäustl stellte den Motor ab und zog den Zündschlüssel. Er stieg aus in den Regen und musste gegen den Wind ankämpfen, der alles daranzusetzen schien, ihn vom Eingang fernzuhalten. Sein Weg führte direkt auf eine große Front aus unzähligen Fenstern zu. Vom Dach stürzte der Regen herab, denn die Rinnen wurden mit dieser Masse nicht mehr fertig. Er rannte auf das Tor zu, das von zwei Löwen, die jeweils ein Wappen in ihren Klauen hielten, umgeben war, und erspähte seitlich drei Klingelschilder. Zur Sicherheit drückte er jeden Knopf. Es dauerte nicht lange und das Tor sprang auf. Fäustl trat in einen vom Regen geschützten Durchgang. Dahinter bot sich ihm ein Blick auf einen wunderschönen Arkadeninnenhof. In der Mitte geometrisch von Rasen, Wegen und Efeu eingesäumt befand sich ein kleiner Brunnen. Irgendwo öffnete sich ein Fenster, er hörte Scharniere quietschen, die so schrill klangen, dass sie das Regengeräusch übertönten. »Tischwäsche, erster Stock! Kissen bleiben unten«, brüllte eine schlecht zu verstehende Stimme.

Fäustl wandte sich nach rechts und fand eine Glastüre, die zu einem Treppenhaus gehörte. Oben auf dem Gang angekommen, nahm ihn eine alte Dame von schätzungsweise knapp siebzig Jahren in einem schlichten schwarzen Kleid in Empfang. Vermutlich war das Larissa Vermehrs Mutter. Die alte Gräfin hatte Fäustl noch nie leibhaftig zu Gesicht bekommen, angeblich lebte sie bei ihrer Verwandtschaft in Paris und kam äußerst selten zu Besuch. An den Wänden standen Bodenvasen, die mit üppigen weißen Lilien bestückt waren. Die alte Dame wirkte streng und als sie den Mund öffnete, tat der Klang ihrer Stimme sein Übriges, um sie noch unsympathischer wirken zu lassen.

»Wo ist der Schlotti?«, fragte sie mit französischem Akzent, der an ihr nicht weich, sondern besonders hart wirkte. Jetzt war er sich sicher: Vor ihm stand die alte Gräfin von Tüßling.

»Bitte wer?«

»Hat Er die gemangelte Wäsche gar nicht bei sich?«

»Ich glaube, hier liegt ein Irrtum vor.«

Die Gräfin machte eine ausladende Handbewegung. »Wir haben heute Abend eine Veranstaltung, das weiß Er. Und ohne Decken und Servietten wird das ziemlich schlecht aussehen. Wann wird Er das Zeug nun liefern?«

In diesem Haus wurden Lieferanten also in der dritten Person angesprochen. Fäustl überlegte schmunzelnd, ob er diese Verwechslung zu seinem Vergnügen noch weiter mitmachen oder ob er noch einmal auf den Irrtum hinweisen sollte.

Die Gräfin kam ihm zuvor. »Wir bezahlen Ihm einen Haufen Geld und da ist es doch das Mindeste, dass Er unsere Terminabsprachen einhält, mon dieu! Warum ist eigentlich der Schlotti nicht selber gekommen, sondern schickt Ihn vor?«

Der durchdringende Blickkontakt brach unvermittelt ab. Die Gräfin hatte hinter Fäustls Schulter etwas entdeckt, das ihre Aufmerksamkeit auf sich zog. Hinter sich hörte Fäustl Schritte von hohen Absätzen. Eine Frau in einem apricotfarbenen Wollmantel mit Regenschirm und Aktentasche näherte sich. Wie er unschwer erkannte, als sie neben ihm stand, war dies nun Larissa Vermehr.

»Er hat unsere Mangelwäsche vergessen«, wandte sich die Gräfin an ihre Tochter.

Fäustl räusperte sich. »Ich muss etwas klarstellen. Mein Name ist Fäustl, Kriminalhauptmeister. Mit Ihrer Wäsche habe ich nichts zu tun.«

»Kriminalpolizei?«, entfuhr es Larissa entgeistert.

Ihre Mutter stöhnte »Mon dieu« und legte eine Hand auf die Schulter ihrer Tochter, als Fäustl seinen Dienstausweis zückte.

»Ja«, fuhr Fäustl fort. »Kann ich mich bitte kurz mit Ihnen unterhalten, Frau Vermehr?«

»Dafür braucht Er …« Die Gräfin hielt inne und verbesserte sich. »Dafür brauchen Sie mich sicher nicht.«

»Nein, das sollte bitte unter vier Augen stattfinden.«

Nach einer Schrecksekunde wies Larissa auf eine Flügeltür am Ende des Ganges. »Folgen Sie mir.«

Beide ließen die alte Gräfin allein zurück, und Larissa führte ihn in ein Wohnzimmer oder einen Salon, so genau wusste Fäustl nicht, wie der Raum hier genannt wurde. Zwei weitere imposante Flügeltüren mit eingelassenen Spiegeln gingen von dort aus in angrenzende Räume. Fäustl sah sich um und stellte fest, dass ein Antiquitätenhändler hier seine helle Freude gehabt hätte. Die Wände waren mit einer zartblauen Stofftapete bespannt. Davor standen kleine Tische mit Fotos in Bilderrahmen aus Silber, in der Mitte eine moderne graue Couchlandschaft und im Hintergrund ein offener Kamin, auf dessen Sims in regelmäßigen Abständen kleine Porzellanfigürchen dekoriert waren.

Das häufigste Motiv auf den aufgestellten Fotos waren drei Jungs, zwischen geschätzten fünfzehn und achtzehn Jahren, wahrscheinlich Larissa Vermehrs Söhne. Das gesamte Interieur erinnerte ihn an eine Fünf-Sterne-Suite aus einem Hotelkatalog, die er sich von seinem Gehalt nie und nimmer leisten würde können.

Larissa befreite sich derweil von ihrem Wollmantel, hängte den Regenschirm über eine Stuhllehne und stellte ihre Aktentasche ab.

Fäustl nutzte die entstandene Pause, um die Fotos genauer zu betrachten. Als er eines in die Hand nahm, erklärte Larissa: »Das sind Laci, Lysander und Lui, meine drei Racker«, und fügte hinzu, als wolle sie gleich etwas Grundsätzliches klarstellen: »Jeder hat einen anderen Vater.«

Kommentarlos stellte Fäustl das Foto zurück. Larissa hatte ihn immer noch nicht gebeten, Platz zu nehmen. Er entschied, nicht darauf zu warten, sondern ließ sich ungefragt auf die große Couch fallen. Sie machte keine Anstalten, es ihm gleichzutun. Abwartend blieb sie in sicherer Entfernung stehen und musterte ihn. »Ich hatte noch nie Besuch von der Kriminalpolizei. Mein Bauchgefühl teilt mir mit, dass Sie keine guten Nachrichten bringen.«

»Leider.«

Sie atmete laut mit offenem Mund ein. »Dann, bitte.«

»Dr. Spögler ist ermordet aufgefunden worden.«

»Was?«, platzte es aus Larissa hervor. Ihre Hand suchte Halt an einem der Tische. »Junior oder senior?«

»Senior. Heute Morgen in Bräu im Moos.«

Die Türe, durch die sie vorher den Raum betreten hatten, öffnete sich. Zuerst erschien ein Servierwagen, danach die alte Gräfin. Kleine Flaschen, gefüllt mit Wasser oder Obstsäften, geschliffene Gläser sowie ein Teller mit Keksen klirrten darauf, als sie ihn hereinschob. Mit etwas zu viel Freundlichkeit in ihrem Auftreten wandte sie sich an Fäustl. Es wirkte, als wäre die alte Dame darauf bedacht, die Tischdeckenaffäre aus der Welt zu schaffen. »Entschuldigen Sie die Störung, aber Sie sollen bei uns nicht Hunger oder Durst leiden. Schlotti ist übrigens aufgetaucht. Bitte verzeihen Sie mein komisches Verhalten vorhin. Als es läutete, war ich mir sicher, dass es nur die Wäsche sein kann. Wir hatten niemand anderes erwartet. Das war dumm von mir, mon dieu. Bleiben Sie zum Mittagessen? Ich kann der Köchin gerne sagen, dass wir unangemeldeten Besuch bekommen haben. Sie bereitet gerade eine Zwiebelsuppe vor, da ist eine Person mehr gar kein Problem. Wenn Sie lieber etwas anderes wünschen, kann ich auch gerne unten in der Küche Bescheid geben. Wir sind ein sehr gastfreundliches Haus.«

»Nicht jetzt, Mama«, unterbrach Larissa Vermehr den Redeschwall.

Pikiert spitzte die alte Gräfin ihre Lippen.

»Merkst du nicht, dass du störst?« Der Blick, den Larissa ihrer Mutter zuwarf, hätte töten können.

Mit einem Ruck warf diese ihren Kopf in den Nacken und zielte nach draußen. »Au revoir.«

Während des Schweigens, das sich im Zimmer breitmachte, klatschte der Regen gegen die Fensterscheiben. Fäustl stand auf, ging zum Servierwagen und griff nach einem Mineralwasser, die verführerischen Kekse ignorierte er. Seine Finger schraubten den Verschluss ab. Die vornehme Atmosphäre brachte ihn dazu, auch ein Glas zu nehmen, normalerweise hätte er direkt aus der Flasche getrunken. So bewaffnet spazierte er zum Kamin und zog es vor, dort stehen zu bleiben.

Larissa hingegen war auf einen Stuhl gesunken und starrte fassungslos den Parkettboden an. »Hias ist also tot«, flüsterte sie leise, als könne sie den Inhalt des Satzes nicht begreifen.

Fäustl fasste die genauen Umstände zusammen, erwähnte, dass Caroline Mooser ihnen von der Probeleich erzählt hatte, und bat Larissa Vermehr, den gestrigen Abend aus ihrer Sicht zu schildern. Als Fäustl das Wort »Bolzenschussgerät« erwähnte, schnellte Larissas Handfläche vor ihren Mund. »Widerlich«, zischte es dahinter.

»Deshalb müssen Sie uns auch auf der Kriminalpolizeistation in Mühldorf besuchen. Wir brauchen ihre Fingerabdrücke.«

»Wofür denn das?«

»Hab'n Sie gestern damit nicht g'schossen?«

»Doch, wie wir alle.«

»Eben. Schauen Sie, wir müssen jeden Fingerabdruck auf der Mordwaffe identifizieren. Ganz einfaches Ausschlussprinzip.«

Sie nickte. »Wann?«

»Sobald als möglich. Sie sind gestern mit Dr. Spögler aneinandergeraten?«

»Nicht der Rede wert. Ich weiß nicht mal mehr, warum. Hias konnte oft sehr rechthaberisch sein, wenn er was getrunken hatte.«

»Wann sind Sie nach Hause aufgebrochen?«

»Mitternacht. In einem Taxi zusammen mit Herrn Obermüller. Monsignore Hirlinger und mein Kollege Herr Molaufer sind von der Haushälterin des Monsignore, Fräulein Schosi, in ihrem eigenen Auto heimgebracht worden. Wir haben Hias mit Herrn Mooser und seiner Gattin allein gelassen.«

»Wann waren Sie im Schloss?«

»Viertel nach zwölf. Das weiß ich ganz genau, weil ich meine Jungs so spät noch beim Shisha-Rauchen erwischt habe. Das hat mir überhaupt nicht gepasst. Verstehen Sie, heute ist Schule.«

»Hat sich Dr. Spögler, abgesehen von der Auseinandersetzung mit Ihnen, anders als sonst verhalten?«

»Nein, mir ist nichts aufgefallen. Er war sternhagelvoll, aber das ist eben nicht anders als sonst. Dass er jetzt tot ist, will einfach nicht in meinen Kopf. Er war ein lebenslustiger, eigentlich einfühlsamer Mensch.

Raue Schale, weicher Kern sozusagen. In seiner Praxis ist er auch kürzergetreten. Nun hätte er wirklich noch ein paar schöne Jahre verdient gehabt. Hias musste den Verlust von zwei Frauen in seinem Leben verkraften, aber er ist immer wieder aufgestanden. Ich hätte ihm sehr gewünscht, dass in seinem Leben nun etwas Ruhe einkehrt. Das Schicksal ist manchmal ungerecht.«

Fäustl bemerkte, dass Larissa Vermehr Tränen in den Augen hatte. »Darf ich Sie fragen, wie lange Sie sich eigentlich schon kannten?«

»Unser Stammtisch existiert gute zehn Jahre. Und davor hat der Hias schon unsere Pferde behandelt. Das hat er auch jetzt noch getan, obwohl sein Sohn inzwischen die Praxis übernommen hat. Ich kenne ihn einfach schon eine geraume Zeit. Ein wirkliches Datum zu nennen, ist mir nicht möglich.«

*

In Windeseile war Maria Evita aufgefahren, als Max seinen Namen genannt hatte. Nun rannte sie nervös zwischen Fenster und Tisch hin und her. »Er darf mich nicht sehen! Ich will ihm nicht begegnen.«

Von der heftigen, aber verständlichen Reaktion doch überrascht, deutete Hirlinger auf sein Schlafzimmer. »Versteck dich da drin.«

Ohne noch etwas von sich zu geben, war sie auch schon verschwunden. Hirlinger trat vor seine Wohnung und beobachtete Max Kramer, der nur jede zweite Stufe nahm, um zu ihm hinaufzukommen. »Max, was verschafft mir diese unverhoffte Ehre?«

Das Gesicht des Kommissars wirkte ernst.

»Sie wollen jetzt aber nicht etwa die Beichte bei mir ablegen?«, fragte Hirlinger scherzhaft.

»Keinesfalls«, murmelte Max Kramer. »Darf ich trotzdem reinkommen?«

»Meine Pforte ist für jedermann offen.«

Als Hirlinger hinter Max Kramer die Tür wieder ins Schloss fallen ließ, saß der bereits an seinem Küchentisch, genau auf dem Stuhl, wo Maria Evita vorher gesessen war. Hirlinger musterte seinen Gast von oben, der die Finger ineinander verschränkt und seine Ellenbogen breit auf die Tischplatte gelegt hatte. Es kam nicht selten vor, dass Menschen ihm einen Besuch abstatteten, die in einem Gespräch nach Sinn suchten oder Gottes Hilfe benötigten, aber als wirklich Gläubiger war der junge Kommissar Hirlinger nicht bekannt. Das konnte es also nicht sein. Max' dunkle Haare fielen ihm fransig in die Stirn und ließen ihn in diesem Augenblick wie einen frechen Bengel wirken, der etwas ausgefressen hatte und sich in der Küche des örtlichen Pfarrers vor seinen Eltern versteckte. Hirlingers Neugierde wuchs, aber er entschied sich, Max noch ein paar Sekunden zu gönnen, bevor er direkt nach dem Grund seines Auftauchens fragte. Vielleicht war der junge Mann ja wegen Maria Evita in einer echten Lebenskrise. Herrgott! Hirlinger wurde klar, dass, falls es jetzt um die frühere Beziehung der beiden gehen sollte, er sich in einer Zwickmühle befand. Maria Evita konnte vom Schlafzimmer aus dem Gespräch lauschen. Max war aber sicher zu ihm gekommen, weil er einen vertraulichen Rat wünschte. Der Monsignore betete inständig, dass Maria Evita nun nicht zum Thema werden würde. Wie sollte er denn darauf reagieren, ohne einen der beiden vor den Kopf zu stoßen?

Max lehnte sich zurück und holte tief Luft. »Ich will es kurz machen: Dr. Mathias Spögler ist ermordet worden. Ich brauche Ihre Aussage und später in Mühldorf auch Ihre Fingerabdrücke.«

Es traf ihn wie einen Blitz. Die Worte »Mathias« und »ermordet« hallten immer wieder in Hirlingers Schädel nach. Seine Zunge schien anzuschwellen. Er musste sich an die Küchenzeile lehnen, da er fürchtete, seine Kniegelenke könnten in der nächsten Sekunde versagen. »Wie?«, fragte er fast tonlos.

»Mit dem Bolzenschussgerät, welches Sie und Ihr gesamter Stammtisch gestern angeblich in der Hand gehalten haben.«

»Gott sei seiner Seele gnädig.« Es gab kein Wort, das beschreiben konnte, wie es gerade in Hirlinger aussah. Trauer, Wut und Entsetzen mischten sich zu einer hässlichen pulsierenden Masse, die von seinem ganzen Körper Besitz ergriff. Vorsichtig setzte er einen Fuß vor den anderen, um zu seinem Küchentisch zu gelangen. »Wer tut so was?«

»Ich werde das herausfinden. Der Täter kommt mir nicht ungeschoren davon. Versprochen.«

Mit beiden Händen stützte sich Hirlinger auf der

Tischplatte ab und ergab sich seiner Betroffenheit, die ihn daran hinderte, einen klaren Gedanken zu fassen.

»Kennen Sie die Familie Menhart?«

Hirlinger streckte sich, legte eine Hand auf sein Brustbein und schluckte. »Geben Sie mir bitte einen Augenblick.« Nachdem er unter seiner Handfläche spürte, wie sich sein Atem nach und nach beruhigte, überlegte er. »Das ist eine Bauernfamilie, die meines Wissens Hias vor Jahren großen Ärger bereitet hat.«

Max nickte, um Hirlinger zu bedeuten weiterzusprechen. »Das weiß ich bereits.«

»Der Bauernhof liegt unweit von Bräu im Moos. Links rauf, wenn Sie vom Parkplatz aus am Privathaus des Mooser Bräus vorbeifahren.« Er runzelte die Stirn. »Der alte Menhart ist vor vier oder fünf Jahren verstorben. Jetzt leben dort noch die Witwe und ihr Sohn mit Familie. Warum fragen Sie ausgerechnet nach denen?«

»Andi Spögler hat etwas von dem Krach seines Vaters erwähnt und dass diese Familie ihn für den Tod des Alten immer noch verantwortlich macht.«

»Mir gegenüber hat Hias da nicht viel preisgegeben. Aber es hat ihn belastet, das habe ich gespürt. Wie hat denn Andi die Todesnachricht aufgenommen?«

»Relativ … na ja.« Max sah zu Hirlinger auf. »Das wird jetzt für ihn und seine Frau ein ganz schöner Kraftakt. Vor allem weil Romy Spögler wegen eines Sportunfalls außer Gefecht gesetzt ist. Er kann sicher jede Hilfe bei der Beerdigung und beim Nachlass gebrauchen.«

»Verstehe. Wissen Sie, dass ich einer von Andis Taufpaten bin? Allerdings konnte ich ihn nicht bei uns halten, er ist schon länger ausgetreten und auch nicht kirchlich verheiratet. Unser Verhältnis ist seither etwas …«, Hirlinger suchte nach dem richtigen Wort, »unterkühlt.«

»Vielleicht könnten Sie sich trotzdem bei ihm melden?«

»Ich werde Andi auf alle Fälle anrufen.«

*

Sie hatte sich nicht mehr auf den Beinen halten können. Als der Kriminalbeamte verschwunden war, wurde ihr schwindelig. Nun lag sie ausgestreckt auf ihrer Couch, presste den Kopf in die Kissen, dass es ihr kaum mehr möglich war, Luft zu holen, und schluchzte. Larissa konnte es nicht mehr aufhalten.

Hinter ihr quietschte die Türe, dann hörte sie ihre Mutter sagen: »Reiß dich zusammen! Es gibt viel zu tun.«

Langsam richtete Larissa sich auf. Das Kissen unter ihr war verschmiert mit Make-up-Flecken und dunklen Stellen, die die Tränen hinterlassen hatten. Als sie ihre Mutter mit einem verschwommenen Blick streifte, hob diese missbilligend die Oberlippe.

»Du solltest dich in Ordnung bringen, bevor du unter Menschen gehst.«

»Dr. Spögler ist tot.«

»Das ist noch lange kein Grund, die Contenance zu verlieren, Lara.«

»Hast du mich nicht verstanden? Hias ist tot.«

»Ich will darüber nichts wissen.«

Larissa vergrub ihr Gesicht in ihren Handflächen, und die geballte Wut und Trauer entluden sich durch einen schrillen Schrei. Ihre Mutter zeigte nicht die geringste Regung, sondern wies mit einer bedeutungsvollen Geste nach draußen. »Würdest du nun bitte den Festsaal kontrollieren, bevor du wieder ins Landratsamt gehst? Und hör auf, dich wie eine Fünfjährige zu verhalten.«

»Mama, ich brauch dich jetzt.«

Ihre Mutter ließ den Arm sinken. Würdevoll schritt sie zur Couch, nahm neben ihr Platz und legte den Arm um ihre Schulter. »Lara, in dieser Familie ertragen wir *alles* in Ruhe und Würde. Falls du dabei ein bisschen Unterstützung brauchst, kann ich dir Baldrian holen lassen oder einen von meinen Betablockern anbieten.«

Larissa schüttelte den Arm ihrer Mutter ab. »Ist es dir eigentlich egal, was gerade in mir vorgeht?«

»Ganz und gar nicht.«

»Hias war der Mann meines Lebens, Mama.«

»Das ist mir neu.«

»Es wusste ja auch keiner. Es sollte und durfte einfach keiner wissen.«

»Lara, ich habe in den letzten Jahren schon mehr als einen Mann deines Lebens kennengelernt. Was meine Familienmitglieder in Diskretion tun, ist mir und der Öffentlichkeit vollkommen gleich. Tu m'as compris? War dieser Dr. Spögler gestern Abend noch bei dir?«

Larissas Blick verfinsterte sich. »Ich dachte, dir wäre alles vollkommen gleich?«

Ihre Mutter erhob sich, als ob sie gehen wollte, hielt aber dann in der Bewegung inne. »Ist es auch. Trotzdem würde ich in dieser Situation gerne wissen, wer von deinen Liebhabern dich gestern um Mitternacht ins Schloss begleitet hat.«

»Das war Walter, der ehemalige Sparkassenchef.«

»Herr Obermüller?«

Durch ein vorsichtiges Nicken bestätigte Larissa ihrer Mutter, dass sie mit der Namensnennung ins Schwarze getroffen hatte.

»Na ja, Lara, was ältere Männer betrifft, ist dein Geschmack nicht der schlechteste, wenn auch, pardon, inflationär.«

*

Seine Jacke hatte am gestrigen Abend Blutspritzer abbekommen. Vielleicht gab es auch noch Spuren auf seiner Hose und den Schuhen. Zur Sicherheit musste er alles loswerden.

Er hob die Plastikplane an, die den Baum- und Strauchschnitt bedeckte, warf seine Kleidung dazwischen und schob sie mit dem Gummistiefel weiter in den Haufen aus Gartenabfällen hinein. Alles musste locker geschichtet bleiben, damit die Luft das Feuer antreiben und den Stoß schnell in Flammen setzen konnte. Hier ewig darauf zu warten, bis er sich sicher war, dass nichts mehr ihn verraten konnte, dafür gab es keine Zeit. Gott sei Dank hatte er schon früh daran gedacht, alles abzudecken, damit es der Regen nicht erreichte. Sonst würde er sich hier schwertun, ein Feuer selbst mit den Grillanzündern zu entfachen.

Überall brannten in den letzten Wochen diese Feuer als Boten des Frühlings, eines mehr oder weniger würde nicht auffallen. Das interessierte auf dem Land keinen.

Die Pause zwischen den feuchten Schauern musste er nun nutzen. Den ganzen Vormittag hatte er darauf gewartet, dass die Tropfen endlich nachlassen würden. Er sah zum Himmel. Vermutlich hatte er eine gute halbe Stunde, bis er sich erneut über ihm öffnete. Aus der Hosentasche zog er eine Handvoll brauner Würfel, die heftig nach Brandbeschleuniger stanken. Er bückte sich und verteilte sie zwischen den Zweigen. Dann griff er zu seinem Feuerzeug. Die kleine Flamme vergrößerte sich schnell, als sie von den Grillanzündern Besitz ergriff. Nach dreißig Sekunden brannte der ganze Haufen lichterloh. Die Hitze, die er absonderte, beruhigte ihn. Nichts würde übrig bleiben. Die Blutflecken auf seiner Jacke würden von den Flammen vernichtet. In ihm machte sich eine große Erleichterung breit, nun konnte man ihm nichts mehr nachweisen.

*

Maria Evita musste Hirlinger in den Arm nehmen. Sie hatte ihn noch nie so elend gesehen. Sein bester Freund war tot und er bis ins Mark erschüttert. Keine

Tränen, aber ein Gesicht, das sich durch die Trauer zu einer grauen Maske verwandelt hatte.

»Es tut mir so leid.« Maria Evita fasste mit ihren Händen nach seinen Schultern.

Hirlinger schob sie sacht beiseite und ging zu seinem Fenster. »Entsetzlich, zu was Menschen fähig sind. Homo homini lupus.«

»Der Mensch ist dem Menschen ein Wolf«, übersetzte Maria Evita nachdenklich den Spruch. Die Worte kamen ihr dabei sehr langsam über die Lippen, denn sie ließen ein Bild vor ihrem inneren Auge entstehen: ein blutüberströmter Dr. Spögler. Ein kurzer frostiger Schauer fuhr ihr über den Rücken. »Armer Andi. Romy … Wie die das wohl jetzt verkraften?«

»Ich kann nur beten, dass sie genügend Stärke besitzen, um es gemeinsam durchzustehen.« Hirlinger wandte sich um und verschränkte die Arme.

»Ich kenne Romy noch vom Gymnasium. Damals war sie sehr tough.«

»Ein Unglück kommt selten allein«, sinnierte Hirlinger und spielte damit sowohl auf den Mord, als auch auf Romys Unfall an.

»So ein Elend«, pflichtete ihm Maria Evita bei.

»Das kannst du laut sagen.«

»Vielleicht sollten wir beide hinfahren?«

Er schien zu überlegen. Sein Kinn hob sich in Zeitlupe, als würde er ihren Vorschlag in Betracht ziehen. Aber anstatt es wieder zu senken und somit ein Ja anzudeuten, schüttelte Hirlinger seinen Kopf. »Das ist jetzt der falsche Zeitpunkt.«

Maria Evita war irritiert. »Glauben Sie nicht, dass die zwei uns jetzt brauchen könnten?«

»Wenn ich mich an meine Gespräche mit Andi zurückerinnere, ist Gottes Beistand das Letzte, was er nun möchte.«

»Wir können doch über Gott auch mal den Mund halten.«

Die Augen des Monsignore wurden größer.

Ohne sich davon beirren zu lassen, redete Maria Evita weiter auf ihn ein. »Es geht darum, dass wir für sie da sind. Jeder von uns hat zwei Hände, mit denen wir etwas ausrichten können. Sie haben doch gehört, dass Romy gehandicapt ist.«

»Zwei Hände«, wiederholte Hirlinger.

»Ja.«

»Willst du ihnen etwa den Haushalt führen?«

Diese Frage klang so ironisch, dass Maria Evita sich nicht ernst genommen fühlte. »Das ist gar keine so dumme Idee«, konterte sie.

Hirlingers Gesichtsausdruck änderte sich und wirkte auf einmal nicht mehr skeptisch. »Meinst du das ernst?«

»Natürlich. Ich kann putzen, ich kann kochen und nebenbei bemerkt habe ich früher bei meiner Tante gelernt, wie man eine Waschmaschine bedient, samt Trockner.«

»Maria, ich denke, das solltest du tun.«

Nachdem der Monsignore vorher so abfällig reagiert hatte, war sich Maria Evita nicht sicher, ob er sie gerade auf den Arm nahm. »Sie verarschen mich aber ned grad?«

»Was ist denn das für ein Wort?« Hirlinger verzog missbilligend das Gesicht.

»Verzeihung. Ist das, was Sie gerade gesagt haben, Ihr voller Ernst?«

»Mein vollster.«

»Aha. Ja.« Nun wusste Maria Evita nicht weiter. Hinter ihrem Vorschlag stand kein ausgereifter Plan. Eigentlich hatte gerade nur ein Wort das andere ergeben.

Hirlinger schien ihre Gedanken zu erraten. »Zwei Fliegen mit einer Klappe«, sagte er. »Schau, du brauchst eine Klosterauszeit und tust gleichzeitig ein gutes Werk, wenn du Andi und Romy unter die Arme greifst. Bei körperlicher Arbeit kann man sich über viele Dinge klar werden.«

Da hatte der Monsignore vollkommen recht. Nur wie sollte sie die Zustimmung der ehrwürdigen Mutter bekommen? Schließlich wechselte sie nicht in ein anderes Kloster, sondern in ein Privathaus. Würde man sie als Novizin einfach so ziehen lassen? Würden Romy und Andi auf ihren Vorschlag überhaupt positiv reagieren? Dann stellten sich noch andere offene Fragen. Konnte sie dort übernachten oder auf welche Weise sollte sie täglich die Strecke zwischen Altötting und Tüßling überwinden? Weit war es ja nicht, aber sie besaß weder ein Auto noch den Führerschein.

Und wieder schien ihr Schweigen für Hirlinger ein offenes Buch zu sein. »Mach dir darüber keine Sorgen. Ich werde umgehend mit der ehrwürdigen Mutter sprechen. Bei Andi musst du selbst anrufen, aber wenn du …« Er seufzte. »Wenn du, wie du selbst vorher meintest, über Gott den Mund hältst, wird er sehr dankbar und offen deinem Angebot gegenüberstehen. Und glaube mir: Fräulein Schosi wird dich sicher durch ihre Fahrkünste liebend gern unterstützen. Dass du dich vielleicht in dem Punkt mit ihr arrangierst, sollte die einzige Prüfung bei dieser Geschichte werden.«

III. UND TOTER STEINE WUCHT

Die Sonne wagte über Altötting einen Durchbruch. Vielleicht hatte es heute mit dem Regen ein Ende. Während des Frühlings reichten sich im bayerischen Voralpenland kalte Gewitter und sommerliche Temperaturen die Hand. Für Wetterfühlige bedeutete dies oft wochenlange Kopfschmerzattacken.

Fäustl war dagegen robust. Im Gegensatz zu seinem Kollegen Max, der oft wie ein Schluck Wasser in der Kurve hing, hatte Fäustl den gleichmäßigen und starken Kreislauf eines Pferdes. Wobei ihm das Ziehen in seiner Brust, das über die letzten Wochen immer deutlicher hervortrat, nicht ganz geheuer war. Ebenso seine ständige Atemlosigkeit. Und damit war er wieder bei der Thematik angekommen, die Max vorher angesprochen hatte. Er musste etwas gegen sein Übergewicht unternehmen. »Friss die Hälfte« war die naheliegendste Lösung. Auch wenn das bedeutete, dass er auf seine täglichen Leberkässemmeln in Zukunft wohl oder übel verzichten musste. Was für ein Martyrium!

Links und rechts der Straße säumten Bäume seinen Weg. Mancher Stamm war großflächig verletzt, denn hier kam es öfter zu Unfällen. Vor allem wenn den alkoholisierten Autolenkern die nächtliche Allee zu eng wurde. Er passierte ein Holzkreuz, vor dem frische Blumen standen. Einer dieser Unfälle war tödlich ausgegangen. In der Ferne tauchten vor seiner Windschutzscheibe die zahlreichen Kirchtürme Altöttings auf. Am Ortseingang würde er in die Staatsstraße nach Mühldorf abbiegen, um zur Kriminalpolizeistation zu gelangen. Fäustl sah zwei Rauchsäulen in der Landschaft gen Himmel steigen. Irgendwer verbrannte sicher die Baumzuschnitte und Gartenabfälle in der Regenpause, die sich im Frühjahr häuften. Hier auf dem Land war dies noch möglich, ohne dass es gleich zu einer Nachbarschaftsklage wegen Geruchsbelästigung kam.

Sein Daumen suchte am Lenkrad mithilfe eines kleinen Rädchens, das die Verbindung zur eingebauten Freisprechanlage war, nach Max' Nummer. Das elektronische Tuten erfüllte den Fahrerraum und umgehend hatte er seinen Kollegen in der Leitung.

»Servus, Kramer.«

»Du, Fritz, wegen vorher …«

»Schwamm drüber. Also von der Vermehr hab ich nix Neues erfahren. Und zum Obermüller schaff ich es heute nimmer. Vorschlag: Wir bestellen alle gemeinsam zur erkennungsdienstlichen Behandlung durch die Spusi nach Mühldorf ein und dann reden wir mit denen zusammen über Spöglers letzten Abend.«

»Telefonierst du den ganzen Stammtisch ab?«

»Umgehend, sobald ich in Mühldorf bin.«

Fäustl kam ein dunkler Wagen entgegen, dessen Fahrer die Hand hob, um ihn zu grüßen. Schlagartig erkannte er seinen Gesprächspartner. »Wo willst'n du hin?«

»Ich muss mir da was anschau'n. Wir sehen uns später im Büro.«

»Du fährst zu den Menharts, stimmt's?«

»Ja.«

»Kramer, des halte ich für keine gute Idee. Wenn an der Geschichte vom Andi was dran ist, dann warnst du sie doch durch dein Auftauchen. Und was des für unsere Ermittlungen bedeutet, brauch ich dir nicht zu erzählen.«

»Glaubst du, ich bin ein Anfänger oder deppert?«

»Ich wollt's nur g'sagt ham.«

»Fritz, ich will mich nur umschau'n. Falls mir jemand von der Familie über den Weg läuft, dann lad ich sie und die ganze weitere Nachbarschaft gemeinsam zu uns auf die Polizeistation ein, weil wir ja den kompletten Umkreis abklappern müssen.«

Fäustl ging ein Licht auf, was Max am anderen Ende der Leitung durch ein kurzes »Ahhh« mitbekam.

»Ich erzähl dann wieder die Geschichte von der Routine«, setzte Max hinzu.

»Kramer, Kramer, warum hab ich denn nicht gleich an die Möglichkeit einer Festlegevernehmung gedacht.«

»Ich garantier dir, dass es uns einen Schritt nach vorn bringt. Und so können wir auch unauffällig sehen, wie die Menharts auf die Todesnachricht reagieren.«

*

Der Hof der Menharts lag umgeben von Bäumen und Feldern auf einer Anhöhe unweit der Mooser Brauerei. Ein Vierseithof mit einem überdimensionierten Kuhstall, der ein Neubau war. Die beiden Flügel des türkis gestrichenen Eingangstores waren geöffnet, aber man konnte nicht darauf zufahren. Ein rot-weißes Band versperrte jedem Besucher den Weg. Max hielt an, stieg aus und betrachtete den Grund des Ganzen. Hier wurde die private Straße und der gesamte Hof neu gepflastert. Seitlich türmten sich mehrere Haufen aus Granitquadern auf, die darauf warteten, sorgsam in den Boden geklopft zu werden. Nicht gerade die billigste Lösung, aber definitiv schicker, als alles mit Beton zu verschließen.

Niemand war zu sehen. An der Außenmauer rechts neben dem Tor hatte jemand Brennholz kniehoch aufgeschichtet. Der Putz darüber zeigte deutliche dunkle Spuren, was Anlass zu der Vermutung gab, dass die Scheite vor dem Winter mehr als die doppelte Höhe gehabt hatten.

Ein Windstoß strich wie eine Welle durch das Gras und fuhr in Max' Haare. Ihn fröstelte. Schnell schob er seine Hände in die Jackentaschen. Es wurde Zeit, dass die Temperaturen endlich dauerhaft nach oben kletterten. Sein Blick schweifte noch einmal über das gepflegte Anwesen. Eigentlich hatte er einen verwahrlosteren Ort erwartet, doch das war nichts als ein Vorurteil. Jemand, der einen so ordentlichen Hof sein Eigen nannte, war kein asozialer Irrer, der auf nächtlichen Streifzügen eine Familie terrorisierte. Der Fall des alten Menhart sowie Andis Erzählung und die Fotos der besprühten Hauswand hatten ihn etwas vermuten lassen, das mit dem jetzigen Anblick nicht übereinstimmte. Und sooft Max mit seinem Instinkt auch richtiglag, so musste er sich doch immer wieder mahnen, auch die Fakten sprechen zu lassen. Vielleicht befand sich in den Akten des alten Falls ein kleiner Haken, der bisher übersehen wurde und nun zur Aufklärung des Spögler-Mordes dienen könnte.

Ein unerwarteter Druck gegen seinen Knöchel ließ ihn nach unten sehen. Eine maunzende schwarze Katze schmiegte sich an seinen Fuß. Ihre Augen leuchteten ihm entgegen, als ob sie um ein paar Streicheleinheiten betteln würde. Max ging in die Hocke und ließ seine Hand über den Rücken des Tieres gleiten. Plötzlich rollte sich die Katze auf die Seite. Mit seinen Fingern wollte er ihren Bauch kraulen, als ihm auffiel, dass ihre Zitzen rötlich angeschwollen waren. »Sag amal, bist du trächtig?« Als ob die Katze ihn verstanden hatte, versetzte sie seiner Hand einen Schlag mit ihrer Pfote. Reflexartig zog er diese zurück. Ein roter Kratzer war das Ergebnis. »Du Luder!«, lachte Max.

»Die heißt Baba«, sagte eine kindliche Stimme aus dem Nichts.

Er beeilte sich, sich aus der gebückten Haltung hochzurappeln, um zu erkennen, wer ihn gerade angesprochen hatte.

»Die is so a richtig gemeine Hexe. Erst tut sie immer so lieb, und dann fängt sie an zum Kratzen.«

Max drehte sich um. Hinter seinem Kofferraum stand ein Junge von knapp zehn Jahren auf einem Tretroller. Tiefrot leuchteten dessen Wangen Max entgegen. Der Fahrtwind hatte dem Jungen offensichtlich eine gesunde Farbe im Gesicht verpasst.

»Wollten Sie mit dem Auto zu uns?«, fragte der Junge. Und ohne eine wirkliche Antwort von Max abzuwarten, redete er auch schon weiter. »Des geht grad ned, weil mia die Straße umbauen. Die, die eine Milch wollen, kommen immer mit dem Radl oder parken hintenumme.«

»Hintenumme?« So wie der Junge das gerade ausgesprochen hatte, amüsierte Max die Wortwahl.

»Ja hinterm Stall, wenn ma von der anderen Seitn zu uns rauffahrt.«

»Wer bist du denn eigentlich?«

»Ich bin da Menhart Berni.«

»Und wie alt bist du, Berni?«

»Neine, in der dritten Klass.«

Max hörte Berni an, dass er sowohl auf sein Alter, als auch auf seine Jahrgangsstufe mächtig stolz war. »Hast du noch Geschwister?«

»Die Paula und an Beppe. Sie frag'n fei ganz schön viel.«

Vor dem türkisen Holztor erschien eine ältere Frau,

hob ihren Arm und brüllte zu Max und Berni hinüber: »Du hast deine Hausaufgaben noch nicht fertig, also schau, dass d' wieder in deinem Zimmer verschwindest.«

»Und des is mei Oma.« Berni verdrehte genervt seine Augen.

»Berni, Abmarsch!« Die Großmutter stampfte energisch am Rand der unfertigen Einfahrt auf Max und den Jungen zu. Berni zuckte einmal kurz zusammen, als die Frau drohend ihren Finger gen Himmel hob, dann packte er seinen Roller am Lenker und zog ihn, mit einigem Sicherheitsabstand zu seiner Oma, über die Wiese Richtung Haus.

Inzwischen hatte die alte Menhart-Bäuerin Max' Wagen erreicht. »Von sich aus macht der gar nix. Bei dem muss man ständig hinterher sein«, erklärte sie ihr Verhalten. »Haben Sie sich verfahren oder kann man Ihnen anderweitig helfen?«

Max zog seinen Geldbeutel hervor und präsentierte seinen Dienstausweis. »Kommissar Kramer, Kripo Mühldorf.«

Frau Menharts Gesicht verfinsterte sich augenblicklich. »Was wollen Sie hier?«

Im Gegenzug versuchte Max nun sein sympathischstes Lächeln auf die Lippen zu legen. »Das hat mit Ihnen direkt jetzt gar nichts zu tun. Wir brauchen die Hilfe und Mitarbeit Ihrer ganzen Familie und auch der kompletten Nachbarschaft. Es geht um die Aufklärung eines schweren Verbrechens.«

Die skeptischen Schatten, die der alten Menhart

gerade noch in die Stirn geschrieben waren, verflüchtigten sich. Max hatte ihr Vertrauen gewonnen.

»Aber selbstverständlich. Wir würden immer der Polizei helfen.« Als wolle sie einen Kuhhandel besiegeln, fuhr sie ihre Hand aus und forderte durch ein Kopfnicken Max auf, einzuschlagen. Ihr Händedruck war so kräftig, wie er sich den einer alten Bäuerin vorgestellt hatte. »Also …«, ihr Zeigefinger deutete zum Bauernhof, »wollen S' an Kaffee, Herr Kommissar? Oder soll ma Ihr Anliegen in aller Öffentlichkeit hier auf der Straß' besprechen?«

»Eine Tasse Kaffee klingt ausgezeichnet.«

*

Diesen Nachmittag in das Landratsamt Altötting zurückzukehren, stand für Larissa nicht zur Debatte. Sie nahm einen weiteren Schluck Sherry und versuchte, die schmerzlichen Gedanken an mögliche Konsequenzen zu verdrängen. Ihre Mutter hatte unmissverständlich zum Ausdruck gebracht, dass Larissa in ihr keine Ansprechpartnerin finden würde, und dabei brauchte sie gerade nichts dringender als einen Menschen, dem sie sich anvertrauen konnte. Einen, der vielleicht auch in die Geschichte involviert war, sie verstand und ihr den richtigen Rat geben würde.

Larissa leerte ihr großzügig gefülltes Glas in einem Zug, legte den Kopf zurück und starrte für ein paar Sekunden von ihrer Couch aus der getäfelten Decke entgegen. Ruckartig erhob sie sich und strich eine

Haarsträhne aus ihrer Stirn, die sie zuvor in drei Spiegeln an unterschiedlichen Stellen im Raum gesehen hatte. Seit der überbrachten Todesnachricht durch den Mühldorfer Kriminaler wirkte ihr Haar eher aschfahl als aschblond. Warum fiel ihr das jetzt auf? Warum dachte sie daran, dass jegliche Schönheit vergänglich war oder dass jede Rose verblühen musste? Warum fühlte sie seit ein paar Minuten keine Trauer mehr für ihren Hias? Sie schob es auf den Schock. Langsam begann Larissa, in ihre Gedanken etwas Struktur zurückzubringen, und ihr wurde klar, was jetzt zu tun war.

Schritt für Schritt wankte sie durch eine der Flügeltüren in den Trakt hinüber, in dem sich ihre privaten Gemächer befanden. Gott sei Dank begegnete ihr weder ihre Mutter noch einer der Angestellten. Das hätte ihr gerade noch gefehlt.

Larissas Schlafzimmer war im Vergleich zu den anderen Räumen des Schlosses winzig. Seit ihrer letzten Scheidung schlief sie wieder allein. Ein King-Size-Bett füllte das Zimmer fast gänzlich aus, ließ aber noch genau so viel Platz, dass ein Bücherregal und zwei Kleiderschränke – ihre Garderobe hatte sie nach Jahreszeiten sortiert –hineinpassten. Der Rest ihrer Damenoberbekleidung lagerte bedeckt von Folie und Mottenpapier unterm Dach.

Auf ihrem Nachttisch stand ein Telefon, mit dem sie gewöhnlich nur abends telefonierte, meist benutzte sie ihr Handy. Nachdem sie hinter sich die Tür abgeschlossen hatte, legte sie sich angezogen auf ihre Tagesdecke und wählte eine Altöttinger Nummer.

»Walter?«

»Larissa, kann ich dich später zurückrufen?«

»Deine Frau ist anscheinend in der Nähe, aber das hier duldet keinen Aufschub. Die Kriminalpolizei war bei mir. Hias ist vor Eugens Brauerei ermordet worden.«

Am anderen Ende herrschte Stille.

»Walter, bitte komm her. Es gibt gewisse Dinge, die ich mit dir jetzt besprechen muss, sonst … Du weißt schon.«

*

In der Menhart'schen Stube befand sich ein grüner Kachelofen, in dem Feuer prasselte. Er war das Zentrum, auf das sich alles zu konzentrieren schien. Wie in den Zeiten vor Zentralheizung und Gastherme war die Feuerstelle hier immer noch der Mittelpunkt. Selbst der sogenannte Herrgottswinkel, dieser altarähnliche Platz an der Eckbank, erfuhr nicht so viel Aufmerksamkeit wie die Wärme spendenden Flammen. Durch ein kleines Glasfenster, das man zum Befeuern öffnen konnte, sah man sie auf dem Holz tanzen.

Frau Menhart senior bedeutete Max, in der Ecke Platz zu nehmen, während sie in der angrenzenden Küche verschwand und geräuschvoll die Kaffeemaschine befüllte und in Gang setzte. Als Max es sich bequem gemacht hatte, entdeckte er unter dem Herrgottswinkel auf Schulterhöhe ein schwarz gerahmtes Bild, das einen bulligen Mann um die siebzig zeigte. »Viel zu früh aus unserer Mitte gerissen. In ewiger Dankbarkeit für Deine Liebe« stand über dem schwarz-weißen Passfoto. Und darunter: »Bernhard Menhart«. Aha, das schien also der besagte alte Menhart zu sein, den Spögler angeblich zu Tode medikamentiert hatte. Auch das Sterbedatum von vor fünf Jahren bestärkte Max' Vermutung.

»Ihr Mann?«, fragte er, als sich Frau Menhart mit dem Kaffeetablett näherte. Sie nickte kurz und schloss für einen Moment schmerzerfüllt ihre Augen, was vermutlich heißen sollte, dass sie nicht vorhatte, auf dieses Thema weiter einzugehen. Vor Max stellte sie eine Tasse ab und goss ihm aus einer Porzellankanne ein. »Zucker oder Milch?«

»Schwarz, bitte.«

Plötzlich betrat ein Mann die Stube und stutzte, als er Max auf der Bank entdeckte. »Ich wusste ned, dass du Besuch erwartest, Mama?« Das war also Menhart junior.

»Das ist mein Florian«, wandte sie sich kurz an Max, bevor sie ihrem Sohn durch eine Geste zu verstehen gab, sich zu ihnen zu setzen. »Nein, des war a nicht geplant, des ist übrigens der Herr Kommissar … ähhh …«

»Kramer, Kripo Mühldorf.«

Florian Menhart wirkte genauso skeptisch wie seine Mutter zuvor. »Is was passiert?« Zögerlich näherte er sich dem Tisch.

»Ja, leider.« Max wiegte seinen Kopf. »Ich brauche dringend die Hilfe von Ihnen und auch der ganzen Nachbarschaft.« Max wusste, dass man zuerst immer das Helferbedürfnis des Gegenübers aktivieren musste, um einen Schritt nach vorne zu kommen. Und tatsächlich bemerkte er, nachdem das Wort »Hilfe« seinen Mund verlassen hatte, dass bei Florian nach und nach die Skepsis aus seinen Gesten und seiner Mimik zu weichen schien.

»Also bitte«, forderte Florian Menhart Max auf, mit dem Thema herauszurücken, während er sich einen Stuhl vom Tisch heranzog.

»Wir brauchen fürs Erste nur ein paar Informationen. Das wird keine fünf Minuten in Anspruch nehmen. Alles ganz easy.« Max hoffte, das so locker wie möglich ausgesprochen zu haben.

Seine beiden Tischnachbarn schienen den Inhalt seines Satzes stark zu bezweifeln, nicht nur das mit den »paar Informationen«, sondern auch das mit den »fünf Minuten«. Besonders schien sie allerdings sein gebrauchter Anglizismus zu stören. Mutter und Sohn tauschten einen argwöhnischen Blick, als Max das Wort »easy« einflocht, sodass er bereits befürchtete, die Sache hier doch falsch anzupacken. Irgendwie überkam ihn das Gefühl, dass beide ahnten, dass er früher oder später den Namen Mathias Spögler ins Spiel bringen würde. Max war sich noch unschlüssig darüber. Sollte er das wirklich tun oder nur von einem Gewaltverbrechen sprechen, um später auf der Kriminalpolizeistation die Bombe platzen zu lassen?

Die gute alte Überrumpelungstaktik. Oder könnte es ihm vielleicht sogar nützen, es gleich hier zu sagen?

»Wir ermitteln im Mordfall Dr. Mathias Spögler.«

»Der is endlich hin?«, entfuhr es der alten Menhart. Ihr Blick richtete sich direkt auf das Kruzifix in der Ecke und sie bekreuzigte sich.

Ihr Sohn hingegen sprang ungehalten auf und ließ seine Handfläche mit voller Wucht auf die Tischplatte klatschen. »Da is es ja dann klar, dass die Polizei als Erstes bei uns vorbeischaut. Ham Sie keine anderen Verdächtigen?«

»Bitte?« Max bot sein ganzes schauspielerisches Talent auf. Dass der junge Menhart gleich so ausflippen würde, fand er gelinde gesagt interessant. Menhart verschränkte trotzig seine Hände vor dem Bauch. »Meine Mutter hat seit Jahren Schlafstörungen. Wirklich ein Ende wird es nie geben, aber vielleicht eine Möglichkeit für uns, damit umzumgeh'n. Verstehen S'? Wir wollten mit der Sache eigentlich irgendwann abschließen.«

»Welche Sache? Hören Sie, ich glaube hier liegt ein Missverständnis vor.« Max spielte weiterhin den Ahnungslosen.

Wieder tauschte Florian mit seiner Mutter einen intensiven Blick aus. Er wirkte plötzlich verunsichert. »Sie sind also nicht wegen meines verstorbenen Vattas hier?«

»Nein. Wie kommen Sie darauf?«

Zaghaft bewegte die alte Menhart ihren Oberkörper nach vorn und musterte Max. »Wie lange sind Sie denn schon bei den Kriminalern, Kommissar Kramer?«

»In Mühldorf ungefähr ein Jahr, davor längere Zeit in München.« Das war Max' erste Wahrheit seit fünf Sätzen.

Zögerlich nahm Florian wieder Platz. Seine Augen betasteten Max unsicher von der Seite. »Kann das sein«, er machte eine Pause »dass Ihrer Familie des Hotel zur Post in Altötting gehört und Ihr Vater früher amal in der Politik gewesen ist?«

Max nickte freundlich. »Beides trifft zu.«

»Und Sie sind wirklich nicht wegen meim Vatta da?«, vergewisserte sich Florian Menhart erneut.

Die private Schiene hatte er nicht einmal selbst anschneiden müssen. Das sollte seine Grundlage werden. Diesmal war Max sich sicher, dass er dabei war, das Vertrauen seines Gegenübers zu gewinnen. »So wenig ich möchte, dass es hier um meinen Vater geht, geht es hier um Ihren, Herr Menhart.«

»Okay. Erzählen Sie mal, was passiert ist und wie wir Ihnen helfen können.«

*

Walter Obermüller ließ den Motor weiterlaufen und stierte auf den Schlosseingang. Larissa hatte ihn gebeten, mit seinem Mercedes unten zu warten, denn sie wollte die Unterredung partout nicht im Schloss oder gar in der Öffentlichkeit führen. Endlich schwang das Tor auf und Larissa Vermehr huschte ins Auto auf die Beifahrerseite. Auf ihn wirkte das, als wolle sie mit ihm nicht gesehen werden, was aber unmöglich war, denn mehrere Männer einer Cateringfirma waren dabei, in Plastikfolie gewickelte Trolleys mit Essen von einem Kastenwagen ins Gebäudeinnere zu schieben.

In Windeseile nahm sie an seiner Seite Platz, rutschte seinen Krückstock Richtung Gangschaltung, um ihre Beine ausstrecken zu können, nestelte am Gurt herum und sprach währenddessen, ohne dabei Luft zu holen. »Fahr! Irgendwohin. Richtung Mühldorf oder Altötting, an den Waldrand. Mir egal. Nur fahr. Gib Gas.«

Seine rechte Hand zitterte leicht, als er den Rückwärtsgang einlegte. »Willst du …?«, wandte er sich an Larissa.

Ihren Zeigefinger auf die Lippen legend unterbrach sie ihn. »Nachher.«

Walter Obermüller fuhr zuerst gedankenverloren Richtung Altötting, bis ihm der stillste und einsamste Platz der Gegend in den Sinn kam: der Friedhof von Tüßling in Burgkirchen am Wald. Ihm war dieses Gräberfeld erschienen, das wie eine eigene Gemeinde angelegt war. Zwei Wohnhäuser, ein Wirtshaus, eine Kirche und mehr als tausend Gräber auf einem kleinen Hügel vereint, der komplett von Wald umschlossen war. Also lenkte er seinen Wagen bei der Ausfahrt des Marktplatzes nicht nach links, sondern kurzerhand nach rechts auf die Burgkirchener Straße.

Larissa wurde neben ihm unruhig. »Warum um Gottes willen fährst du bitte schön zu Hias' Praxis?«

Die Spögler-Praxis lag unterhalb dieses überdimensionierten Totenackers, wenn man die Abzweigung rechts liegen ließ und gute fünfzig Meter weiterfuhr. Dahin wollte er ja gar nicht, aber das konnte ihr nicht bewusst sein. »Larissa, ich …«

»Bleib stehen! Wir können nicht einfach bei Andreas und Romy auftauchen.« Ihre Stimme wurde immer lauter.

»Atme einmal ordentlich durch. Ich fahre rauf zum Friedhof«, setzte ihr Walter leise entgegen.

Larissa schien sich zu beruhigen.

Oben angekommen, bog er auf den Parkplatz vor dem gotischen Gotteshaus ein, der zwischen dem alten und dem neuen Teil des Friedhofs lag. Er drosselte die Geschwindigkeit, parkte, zog den Zündschlüssel heraus und begann zu schweigen, ganz bewusst. Sie sollte beginnen. Walter hatte das Gefühl, als würde ihm jetzt erst wirklich klar werden, was sich hinter dem Satz »Hias ist tot« verbarg. Seinen Freund, mit dem er gestern noch zu Abend gegessen hatte, würde er nie wieder sehen. Nie wieder würden sie ein Wort wechseln können.

Seine Sitznachbarin blieb still. Das einzige Geräusch im Wagen kam vom Schnappverschluss seines Handschuhfachs, welchen Larissa nervös aufspringen ließ und mit ihrem Knie wieder verschloss. So vergingen fünf Minuten, die Walter zeitlos vorkamen. Plötzlich stöhnte Larissa ungewohnt laut, nahm einen tiefen Atemzug und entleerte ihre Lungen durch einen befreienden Seufzer. »Ich habe nicht nur mit dir eine Affäre.«

»Macht ja nichts«, entgegnete er und fand seine Reaktion schon unangebracht, als er noch dabei war, seine Worte auszusprechen. In ihm herrschte eine vollkommene Leere. Er war mit einer anderen Frau verheiratet und liebte Larissa nicht. Dass er gerade zu keiner Gefühlsregung fähig war, machte ihn verlegen. Weder für Larissa noch für Hias' Ableben hatte er einen Funken Mitleid übrig.

»Ich hatte auch mit Hias eine.«

»Aha.«

»Ja, schon sehr …«, sie seufzte erneut, »sehr lange.«

»Aha.«

»Sehr lange«, wiederholte sie bedeutungsschwanger.

»Was willst du mir damit sagen?«

»Ich bin am Ende. Bis gestern Abend konnte ich alles geheim halten, das war kein Thema. Ehrlich gesagt, das war alles so weit weg wie der Mars. Doch seit mich vorhin die Todesnachricht erreicht hat, habe ich das Gefühl, verrückt zu werden, wenn ich nicht mit jemandem darüber spreche. Ich bin …«, sie schniefte, »wie gesagt, am Ende.« Larissa legte ihre Handflächen auf ihr Gesicht und schluchzte.

»Du kannst selbstverständlich mit mir über alles reden.«

Ihr verschwommener Blick sah zu ihm auf. »Hias ist der biologische Vater meines Jüngsten.«

»Aha.«

»Kannst du mal was anderes als ›Aha‹ sagen?«, schrie sie ihn an und ballte ihre Faust, mit der sie sich mehrmals hintereinander auf ihren Oberschenkel schlug. Schmerzverzerrt ließ sie davon ab und fiel zurück in den Beifahrersitz. »Was soll ich jetzt machen? Lui hat gar keine Ahnung, wer Hias wirklich war. Auch mein Exmann weiß nicht, dass Lui ein Kuckuckskind ist.«

Walter blieb ruhig. »Warum muss er oder Lui das denn erfahren? Es ist besser, Dinge ruhen zu lassen, glaub mir. Weiß überhaupt noch jemand davon?«

Sie zögerte. »Nicht wirklich.«

»Was genau heißt?«

»Als ich mit ihm schwanger war, hab ich es mal einer alten Freundin gegenüber erwähnt.«

»Aha. So im Vorübergehen, oder wie habe ich mir das vorzustellen? Mitwisser können äußerst gefährlich sein. Das solltest du in deinem Leben eigentlich bereits gelernt haben.« Skeptisch verzog Walter sein Gesicht.

»Ich musste mich damals irgendwem anvertrauen.«

»Wenn etwas nicht ans Licht kommen soll, darf man mit gar niemandem darüber sprechen. Hat sie bisher dichtgehalten?«

»Sie ist bereits vor Jahren gestorben.«

»Und deine geschiedenen Männer wissen wirklich auch nichts?«

»Nein. Keiner. Wie du annehmen kannst, bin ich gegenüber meinen Männern sehr diskret.«

Walter nickte, denn Larissas Diskretion konnte

er aus eigener Erfahrung bestätigen. »Das stimmt.« Nun überkam ihn sogar ein bitteres Lächeln, denn die Gewissheit, nicht der Einzige zu sein, kratzte an seinem Selbstbewusstsein.

Unvermittelt griff Larissa mit beiden Händen nach seiner rechten. »Wie soll es denn nun weitergehen?«

»Lass Gras über die Sache wachsen.«

»Du meinst nicht, dass ich es vielleicht Andreas oder Lui schuldig bin, dass die Wahrheit auf den Tisch kommt?«

»Was soll das bringen? Dein Sohn ist doch mit der Situation zufrieden, und ob Andreas Spögler darauf erpicht ist, sich mit einem möglichen zweiten Erben auseinanderzusetzen, bezweifle ich stark.«

»Mir ist das Geld doch vollkommen egal.«

»Aber der Gesetzeslage nicht, wenn das offiziell werden sollte, dann wird das Ganze kompliziert. Eine DNA-Untersuchung an einer Leiche … Na toll, da kannst du dich dann mal auf die Presse freuen. Ich seh schon die Schlagzeile: ›Landrätin zwingt Leiche zum Vaterschaftstest‹.«

Larissas Griff lockerte sich. Ihre Handfläche war von einem unangenehmen Schweißfilm überzogen, der sich durch den Hautkontakt gebildet hatte. In Walters Sakkotasche steckte ein Stofftaschentuch, das sie ungefragt herauszog, um sich zu trocknen, was er kommentarlos geschehen ließ.

Walter runzelte die Stirn. »Mit wem von unserem Stammtisch hast du was oder hattest du was am Laufen?«

Von einer Sekunde zur nächsten erstarrte Larissa. Ihre Augen waren regungslos nach draußen gerichtet. Wie eine schöne Statue aus kaltem Beton kam sie Walter auf einmal vor.

»Fräulein Schosi schließe ich aus«, setzte er trocken hinzu.

Larissa stopfte das Einstecktuch zurück in Walters Sakko. »Nur mit dir und Hias.«

»Aha.«

*

Seit Max bei der Polizei war, hatte er im Laufe einer Ermittlung noch nie so schnell einen Verdächtigen als Täter ausgeschlossen wie Florian Menhart. Nur weil er ihm irgendwie während des Gesprächs sympathisch geworden war. Er traute ihm weder zu, die Spöglers jemals tyrannisiert, noch gestern Nacht einen Bolzen in das Hirn des Tierarztes getrieben zu haben. Er war ein liebevoller Papa und guter Sohn, den die Trauer um seinen verstorbenen Vater immer wieder einholte.

Nun musste Max sehr vorsichtig sein, denn er hatte Angst, sein Bauchgefühl in diesem Fall über die Faktenlage zu stellen, denn die Menharts standen nach wie vor an oberster Stelle auf der Verdächtigenliste. Wenn er dem Fäustl sagen würde: »Du, wir streichen den jungen Menhart einfach aus der Gruppe der potenziellen Mörder«, dann würde der ihm nicht nur zu Recht einen verständnislosen Blick schenken, sondern mit an Sicherheit grenzender Wahrscheinlichkeit einen Vogel zeigen.

Mal schauen, was der Schriftvergleich ans Tageslicht bringen würde. Zusammen mit der Menhart-Mutter hatten sie zu dritt eine Karte und Namensliste der Nachbarschaft aufgesetzt. Max hatte einfach behauptet, dass es für seine Ermittlungen nötig wäre, genau zu wissen, wer alles in der Gegend wohnt. Vielleicht würden die Fotos von den Hauswandschmierereien auf Andreas Spöglers Handy ausreichen, um die Handschriften miteinander vergleichen zu können.

Sein Weg zur Kriminalpolizeistation führte ihn über die Käffer rund um Altötting bis nach Mühldorf. Kurz vor dem Ortsschild erhielt er einen Anruf vom Spusi-Toni.

»Was gibt's Neues?«, fragte Max ohne Begrüßung.

»Kannst du bitt schön Blumen von der Tanke mitbringen?«

»Welchen Geburtstag haben wir scho wieder vergessen?« Falls es sich um eine weibliche Kriminalkollegin handelte, war das egal, denn im Team legten sie nicht viel Wert auf Geburtstage oder Jubiläen. Aber sein Brustkorb zog sich zusammen, falls es eine Schreibkraft aus dem Büro war, dann gnade ihnen Gott. Die Schreibtischdamen konnten bei nicht genügend gewährter Aufmerksamkeit über Wochen auf stur, vollkommene Ignoranz und Arbeitsverweigerung schalten.

»Nix Geburtstag.«

Max atmete auf »Na, Gott sei Dank, des hätte mir gerade noch gefehlt.«

»Die sind für die Mieze aus der Verwaltung. Und

wir beide schreiben nachher eine Karte mit einem ›schönen Gruß‹ vom Fäustl.«

»Muss des sein?«

»Ja, vielleicht malen wir sogar noch ein Herzerl drauf. Sie findet dann die Blumen auf ihrem Schreibtisch, ist hin und weg. Dem Fäustl sagen wir, sie hätte ein Auge auf ihn geworfen. Ihr sagen wir es umgekehrt und der Rest regelt sich von ganz allein.« Die Begeisterung in Tonis Stimme ließ Max nichts Gutes befürchten. Er hatte Angst, dass sie in dieser Angelegenheit doch die falschen Schritte unternahmen und im Endeffekt einen Freund verletzten und ihn nicht bei der Findung seines Glücks unterstützen würden. »Du, Toni, ich weiß ned …«

»Doch, bitte. Wennst wieder da bist, gehen wir meinen Plan Schritt für Schritt durch.«

»Gibst ja eh keine Ruhe sonst. Ich hab da übrigens noch was für deinen Schriftexperten.«

»Profiler oder Abgleich?«

»Bloß ein Abgleich, des wird bei euch hoffentlich ned allzu lange dauern.«

»Übet euch in Geduld, sagte der Herr, als er zu den Ungeduldigen im Tempel predigte.«

»Seit wann bist du bibelfest?«

»Seitdem ich dieses Zitat des Herrn erfunden habe.«

»Dafür landest du sicher in der Hölle.«

»Glaubst du, dass die Kirche das mit ihrer gepredigten Weisheit und den Gläubigen sonst anders macht? Jeder Pfarrer tut immer total allwissend, aber kein Mensch kann einen solchen Schinken wie die Heilige Schrift wirklich auswendig. Das ist schlichtweg unmöglich.«

»Bis gleich.« Max beendete die Verbindung.

IV. AUF DER GANZEN UNGEHEUREN FLUR

Walter fuhr zum seitlichen Eingang des Parks, da Larissa ihr Schloss nicht über den Haupteingang betreten wollte. Sich möglichst unauffällig hineinzustehlen, war nur über die Gartenfront möglich, das wusste er aus eigener Erfahrung. In diesem Moment war Larissas Mutter vorne mit den Angestellten dabei, das Catering für den kommenden Abend in Empfang zu nehmen. Definitiv zu viele Zeugen, die sie zusammen sehen würden und nach dem Grund seiner Anwesenheit fragen könnten. Hier würden sie nicht auffallen.

Gerade als Larissa die Hand an den Gurt legte, um sich abzuschnallen, klingelte ihr Telefon. Der Name »Berti« leuchtete auf ihrem Display. Sie hielt es ihm entgegen und zuckte verständnislos mit den Schultern. »Was will denn der jetzt?« Larissa legte kurz ihren Zeigefinger auf die Lippen, um Walter zu zeigen, sich lautlos zu verhalten. So als wäre er gar nicht anwesend. Damit Engelbert Molaufer nicht mitbekam, dass sie hier zu zweit saßen. Dann nahm sie den Anruf entgegen und stellte auf Freisprechen.

»Larissa«, hörten beide die dunkle Stimme des Altöttinger Bürgermeisters.

»Ja?«

Molaufer ließ ihrem Namen nichts weiter folgen, nur seine schweren Atemzüge drangen aus dem Lautsprecher.

»Berti, geht es dir gut?«, durchbrach Larissa die Pause.

Molaufer seufzte. »Na ja. Hias ist …«

Larissa ließ ihn nicht ausreden und wurde unerwartet laut. »Das weiß ich schon.«

»Ich habe etwas für euch«, sagte Molaufer daraufhin zögerlich.

»Euch?«, entfuhr es Larissa und sah sich erschrocken um, ob sie irgendjemand in diesem Moment beobachtete. Woher wusste Molaufer, dass sie gerade nicht alleine war?

»Für dich und Lui«, erklärte Molaufer.

Erleichtert lehnte sie sich zurück. »Was soll das sein?«

»Hias hat mir zu seinen Lebzeiten einen Brief für euch beide anvertraut. Nun ist er tot und ich habe ihm versprochen, dir und Lui den Brief ohne Aufschub vorzulesen, sobald ich von seinem Ableben erfahre.«

»Was heißt das?« Larissa begann, am ganzen Körper zu zittern.

Walter blickte zu ihr hinüber. Gerade hatte er selbst unglaubliche Angst, in etwas verstrickt zu werden, was er bald nicht mehr kontrollieren und das am Ende seine Ehe gefährden könnte.

»Larissa, bitte komm mit Lui bei mir im Rathaus vorbei. Jetzt sofort.«

»Der hat Nachmittagsunterricht am Gymnasium.«

»Dann hol ihn ab. Das Gymnasium ist ja um die Ecke. Diese Sache duldet keinen Aufschub mehr. Ich bin bis abends in meinem Büro im Rathaus.«

Es klickte in der Leitung. Molaufer hatte aufgelegt.

Walter stierte bewegungslos nach draußen. Ein Wummern begann hinter seiner Schläfe. Diese kleine, diskrete Affäre mit Larissa hatte sich in einen Strudel verwandelt, der alles an sich zog, verschlang und am Ende drohte, jeden von ihnen in Altötting gesellschaftlich zu vernichten.

»Er weiß es«, sagte Larissa leise und vergrub ihr Gesicht in den Händen. »Nun ist alles aus.«

*

»Und deshalb brauchen wir Ihre Hilfe als Chauffeur.« Den letzten Satz des Monsignore nahm Fräulein Schosi wie aus weiter Ferne wahr. Mit ihrem Ärmel wischte sie sich eine Träne aus dem Gesicht. Es war, als hätte man ihr eben den Boden unter den Füßen weggezogen. Ihr geliebter Hias weilte nicht mehr unter ihnen.

Sie brachte kein Wort heraus, weder Bestürzung noch Trauer oder eine andere Gefühlsregung. Selten in ihrem Leben war sie von einer Nachricht so erschüttert worden. Stocksteif stand Fräulein Schosi vor ihrem Arbeitgeber und der jungen Nonne.

Langsam tapste sie zu ihrem Küchenschrank, nahm eine Flasche Pfefferminzlikör heraus und schraubte vorsichtig den Deckel ab. Nach drei großen Schlucken direkt aus der Flasche setzte sie sich zeitlupenartig auf einen Stuhl, den sie unter dem Küchentisch hervorzog. Dann gingen ihr kurz die Augen über.

Der Monsignore und Maria Evita blickten besorgt auf sie herab. Eine gefühlte Ewigkeit geschah nichts. Keiner wusste, was er oder sie nun noch sagen sollte, um die Situation besser zu machen.

»Kommen Sie«, sagte Fräulein Schosi mit halb erstickter Stimme nach einer Weile des Schweigens und griff nach ihrem Autoschlüssel.

Der Monsignore nickte und bat beim Hinausgehen, den Spöglers sein herzlichstes Beileid auszurichten. Er würde Andi die Tage noch anrufen, auch wegen der bevorstehenden Beerdigung.

Fräulein Schosi war nach dem Schock nun froh, Maria Evita nach Tüßling fahren zu dürfen. Erstens brauchte sie irgendeine Ablenkung, denn im Hause des Monsignores würde ihr in den nächsten Stunden sicher vor Trauer die Decke auf den Kopf fallen. Und zweitens war es der Nächstenliebe geschuldet, Hias' Sohn und dessen Schwiegertochter nun selbstverständlich die Hilfe anzubieten, die sie benötigten. Wobei sie stark bezweifelte, dass Maria Evita dafür die richtige Person war, denn in ihren Augen hatte die Novizin zwei linke Hände und ein Verständnis für haushälterische Tätigkeiten wie ein Blinder für Farbe.

Schweigend stiegen die beiden Frauen ins Auto. Fräulein Schosi schluckte ihre Tränen hinunter, legte den ersten Gang ein und trat aufs Gas, dass Maria Evita in ihren Sitz gepresst wurde und sich an der Beifahrertüre festklammerte. Mit überhöhter Geschwindigkeit steuerte Fräulein Schosi ihren alten Golf durch die engen Straßen der Kreisstadt.

Als sie am Altöttinger Kreisverkehr bei einem großen Fast-Food-Restaurant abbog, brach es plötzlich aus ihr heraus. »Heilige Mutter Anna, so ein Mist aber auch!« Sie schnalzte wütend mit ihrer Zunge, um dann von Neuem anzusetzen. »Nie! Nie hätten die mit diesem Schmarrn da anfangen dürfen«, schimpfte Fräulein Schosi am Steuer und kam damit auf den gestrigen Abend zu sprechen. »Kreizbirnbaumhollerstauan, des haben sie jetzt davon, wenn man das Schicksal herausfordern muss. Eine Probeleich veranstalten! So eine Überheblichkeit. Ich war ja von Anfang an dagegen, aber auf mich hat mal wieder keiner hören wollen.«

»Könnten Sie bitte ein bissal langsamer fahren?«

Es wirkte, als hätte Fräulein Schosi die Frage absichtlich nicht verstanden. Denn anstatt die Geschwindigkeit zu drosseln, wurde sie auf der Allee zwischen Altötting, Tüßling und Heiligenstatt immer schneller. Maria Evita machte sich ernsthaft Sorgen um ihr Leben. Die Bäume zu beiden Seiten zogen bedrohlich schnell an ihnen vorbei. Sollte Fräulein Schosi in ihrem aufgewühlten Gefühlszustand nur einen kleinen Schlenker zu viel machen, würde sie ihren Wagen an einen der Stämme lenken. Maria Evita malte sich bereits ihr Ende an einer Eiche oder Kastanie aus. Welche Baumart war wohl angenehmer, um daran zu zerschellen? Schnell schob sie den unbequemen Gedanken beiseite.

Plötzlich tauchte am rechten Straßenrand eine Polizeikelle auf. Fräulein Schosi legte eine Vollbremsung hin. Der Gurt schnürte sich in Maria Evitas Oberkörper. Als sie vor Schmerzen stöhnte, streifte Fräulein Schosi sie mit einem tadelnden Blick. »Also, so schlimm war des jetzt a wieder ned.«

Mit Schrittgeschwindigkeit näherten sie sich zwei Polizisten, die auf einer abgehenden Straße vor einem landwirtschaftlichen Lagerhaus standen. Auf der Wiese daneben hatten sie ihren Polizeiwagen geparkt. Der jüngere winkte sie mit der Kelle zu sich heran, während der ältere, mit einem Klemmbrett in Händen, im Hintergrund wartete.

Fräulein Schosi kannte beide. Der ältere Beamte war Seppi Meyerling, seinen jüngeren Kollegen identifizierte sie als Enkel ihrer Frauenbundkollegin Schinkenstuber. An seinen Vornamen konnte sie sich nicht erinnern, denn von Kindheit an hatte sie den Kleinen nur »Schinke« genannt.

Als sie ihr Fenster herunterkurbelte, sah sie in dessen Augen ein nervöses Zucken. Sein Blick wanderte zwischen ihr und Meyerling in rasender Geschwindigkeit hin und her, als würde er ein Tennismatch beobachten. Seltsam! Außerdem atmete er schwer. Hatte der Kleine am Ende gerade einen Sprint hingelegt?

»Grüß Gott«, richtete er keuchend das Wort an die beiden Autoinsassen. »Wir machen hier eine Verkehrskontrolle in puncto Fahrtüchtigkeit.«

»Am helllichten Tag?«, entfuhr es Fräulein Schosi verständnislos.

»Mein Name ist Schinkenstuber …«

Seppi Meyerlinger kratzte mit einem Stift über sein Klemmbrett, als würde er etwas notieren. »Du brauchst dich nicht vorzustellen«, rief er seinem Kollegen zu.

»Ach so, ja, also wir machen eine Verkehrskontrolle in puncto Fahrtüchtigkeit.«

»Des hast scho g'sagt, Schinke.« Fräulein Schosi wurde ungeduldig.

»An der Stelle kommt das Sprüchal«, hörte Maria Evita wieder Seppi Meyerlings Stimme.

Schinke nahm einen tiefen Atemzug. »Haben Sie vor dieser Fahrt Alkohol zu sich genommen?«

»Ähhhhhhh!«

Oh mein Gott! Maria Evita dachte an den Pfefferminzlikör. Das könnte nun unangenehm werden.

»Sind sie mit einer freiwilligen Kontrolle einverstanden? Also täten Sie vielleicht, also nur wenn es …«

»Komm, komm, komm«, sagte Meyerling. »Des muss flüssiger gehen.«

Maria Evita warf Seppi Meyerling einen fragenden Blick zu, denn ihr war nicht klar, welche Rolle Meyerling selbst in dieser kuriosen Szene spielte. Umgehend beantwortete er ihren Gesichtsausdruck. »Schwester, der Schinkenstuber ist eine Verkehrskontrolljungfrau. Er is ja noch in der Ausbildung und macht bei uns g'rad ein Praktikum. Ich übe das heut mit ihm.«

»Gilt das dann überhaupt?«, wandte sich Fräulein Schosi an Meyerling.

»Aber selbstverständlich! Also, Schinke, a bissal schneller.«

Schinke startete einen neuen Versuch. Diesmal zog er sein Tempo an. »Sind Sie mit einer freiwilligen Alkoholkontrolle einverstanden? Also blasen, also täten Sie einmal blasen für mich? Also, in so a Gerät rein, nicht mir einen blasen, also wirklich blasen, nicht lutschen! Herrgott, ich mein das überhaupt nicht sexuell …«

Maria Evita versank vor Scham in ihrem Sitz. Schinke tat ihr wirklich leid, denn sie sah ihm an, dass er erst jetzt begriff, was er da gerade von sich gegeben hatte. Seine Gesichtsfarbe wechselte von bleich auf kirschrot.

Seppi Meyerling hingegen brach währenddessen vor Lachen zusammen und schlug am Boden liegend mit seiner Faust immer wieder auf die Straße ein. »Einen blasen«, gluckste er. »Einen blasen!«

»Ja, du greisliga Hundsgrippe, du«, schrie Fräulein Schosi aus dem Auto heraus. »A Watschn g'hört dir! Nix wie Schweinereien im Hirnkastl drinnad. Des sag ich deiner Oma. Du, dann kannst was erleben. Die haut dich mit dem Ochsenfiesl ums ganze Haus umme, bis du nimmer sitzen und wieder klar denken kannst.«

Schinkes Mundwinkel hatten inzwischen sein Kinn erreicht. Langsam erhob sich Meyerling vom Boden.

Immer wieder versuchte er, seine Kontrolle zurückzugewinnen und sein Lachen zu unterdrücken, was ihm aber erst wirklich gelang, als er neben seinem Kollegen stand und ihm einmal freundschaftlich auf die Schulter boxte. »Nix für ungut. Ich lach dich ned aus. So was Lustiges hab ich halt noch mit keinem Polizisten in Ausbildung erlebt.«

Durch das heruntergekurbelte Fenster sah ihn Fräulein Schosi böse an. Meyerling beugte sich zu ihr hinunter. »Des tut mir echt leid, aber beim ersten Mal ist ma halt immer a bissal aufgeregt.« Plötzlich stutzte er. »Sie riechen ganz schön nach Alkohol, Fräulein Schosi.«

»Heilige Maria, Mutter Gottes.« Maria Evita ließ ihre Hand zu ihrem Rosenkranz in der Tasche ihres Habits gleiten. Fest drückte sie die Perlen und das Kreuz in der Hoffnung, Fräulein Schosi würde nun richtig reagieren. Am besten wäre es, ruhig zu bleiben und alles abzustreiten. Doch weit gefehlt.

»Na ja, vorher hatte ich ein paar klitzekleine Schluckal Pfefferminzlikör.«

»Steigen Sie doch bitte mal aus.« Die beiden Polizisten wechselten einen ernsten Blick und traten einen Schritt zurück.

»Den Teufel werde ich tun.« Mit dem Zeigefinger tippte sich Fräulein Schosi an ihre Stirn. »Ich bin hier in einer Ausnahmesituation und Sie als unsere Freunde und Helfer werden das verstehen und mich jetzt gefälligst weiterfahren lassen. Ham S' des?« Sie drehte den Zündschlüssel.

Maria Evita sah sich und Fräulein Schosi bereits wegen Widerstands gegen die Staatsgewalt in Handschellen hinter Gittern in der Altöttinger Polizeistation sitzen. Sie flehte zu Gott, dass ihre Fahrerin nun einfach schweigen möge und den Motor wieder abstellen, um die Situation nicht doch noch eskalieren zu lassen.

»Jetzt hören S' mir mal zu …« Detailreich begann Fräulein Schosi vom gestrigen Abend zu erzählen, dann vom Tod des Tierarztes, als weiteren Punkt faselte sie von Nächstenliebe, um immer wieder mit dem katholischen Frauenbund und der Rache durch Schinkes Omas Ochsenfiesel zu drohen. Zu guter Letzt setzte sie ihren Fuß aufs Gaspedal und fuhr einfach davon.

Erschrocken drehte sich Maria Evita um und betrachtete durch die Heckscheibe die beiden verdutzten Polizisten, die immer kleiner wurden. Sie bekam Gott sei Dank nicht mehr mit, wie Schinke entschlossen zu seiner Dienstwaffe griff und seinen Vorgesetzten Meyerling fragte: »Kommt jetzt der Warnschuss?«

Seppi Meyerling drückte die Pistole in Schinkes Händen nach unten, da dieser tatsächlich schon dabei war, seine Waffe zu entsichern. »Sag amal, bist du narrisch? Du kannst doch ned einfach in der Gegend rumballern! Der ganze Bua ein Depp. Die Schosi dawisch ma scho noch ein andermal.«

*

Larissa schloss hinter sich die weiße Türe. Engelbert Molaufer saß an seinem Schreibtisch und war in Akten vertieft. Er hob den Kopf und bemerkte, dass sie ohne ihren Sohn gekommen war. »Wo ist der Lui?«

»Draußen in deinem Vorzimmer bei der Romanescu. Ich will erst genau wissen, was in Hias' Brief steht, bevor ich ihn dazuhole«, sagte Larissa und schritt durch den kleinen engen Raum auf zwei hohe Fenster zu, die auf den nördlichen Teil des Kapellplatzes hinausgingen. Sie blieb mit dem Rücken zu Molaufer stehen und richtete ihren Blick nach draußen auf den barocken Bau der bischöflichen Administration.

»Hias hat aber mein Ehrenwort damals bekommen, dass ich ihn euch beiden gleichzeitig vorlesen werde.«

Sie drehte sich um. »Du weißt doch sicher, was drinsteht. Glaubst du, dass es gut ist, einem Fünfzehnjährigen ganz unvorbereitet die Wahrheit über seinen Erzeuger zu präsentieren?«

»Bisher wusste ich über den Inhalt nicht Bescheid, aber nun kann ich mir vorstellen, worum es geht.«

Auf Larissas Stirn bildete sich ein Schweißfilm. »Gib ihn mir, bitte.« Sie tat einen Schritt auf Molaufer zu.

»Nein.«

Sie begann zu schluchzen. »Bitte!«

»Ich werde ihn dir und deinem Sohn gemeinsam vorlesen. Ich fühle mich dazu verpflichtet. Aus, Äpfel, Amen!« Mit seinem Finger betätigte Molaufer die Sprechanlage, die ihn mit seinem Vorzimmer verband. »Frau Romanescu, schicken Sie mal bitte den Lui zu uns rein.«

»Mach uns nicht unglücklich.«

Der Eingang ging auf und Lui Vermehr betrat den Raum. »Guten Tag.« Weder Molaufer noch Larissa erwiderten den Gruß. Sie froren in ihrer Haltung buchstäblich ein.

Die Vorzimmerdame schloss umgehend hinter ihm die Türe. In sicherer Entfernung zu seiner Mutter und zu Molaufer blieb Lui stehen und ließ seinen Blick durch das Büro des Bürgermeisters schweifen. Sein Gesichtsausdruck war ernst. Es schien, als ahne er bereits, dass nichts Gutes auf ihn zukommen würde. Seine Augen blickten nervös umher, aber fanden nirgends Halt. An der Wand hingen bis hoch zur Decke Porträts von allen Vorgängern Molaufers sowie unterschiedliche Urkunden und Auszeichnungen. Links neben dem Eingang stand eine Replik der Schwarzen Madonna von Altötting. In einem Regal rechts stapelten sich Bücher, Auszeichnungen, Gastgeschenke von Pilgerabordnungen aus der ganzen Welt, Kerzen, katholische Fanschals und Fotos aus der langen Karriere des Altöttinger Bürgermeisters. Die kleinteilige Sammlung zog Luis Aufmerksamkeit auf sich. Nachdem seine Mutter und Molaufer keine Anstalten machten, ihm zu erklären, was er genau hier sollte, ging Lui darauf zu und zog ein Foto aus dem Regal, auf dem er seine Mutter erkannt hatte. Sie stand hochschwanger neben dem Bürgermeister sowie anderen Honoratioren der Kreisstadt und hielt den Schal eines fränkischen Fußballvereins in die Höhe.

»Wann war das?«

»Zeig her«, gab Larissa ihr Schweigen auf. Sie nahm ihm das Bild aus der Hand und hielt es ins Licht. »Vor achtzehn Jahren, als der Ministerpräsident zu uns gepilgert ist, weil sein Lieblingsverein in der Saison nicht abgestiegen ist.«

»Äußerlich habt ihr euch nicht besonders verändert«, sagte Lui und entlockte seiner Mutter für das Kompliment ein flüchtiges Lächeln.

Molaufer räusperte sich. »Lui, warum ich dich herbitten habe lassen ...«

»Berti, muss das wirklich sein?«, unterbrach ihn Larissa, doch Molaufer zog bereits einen Brieföffner aus seiner Schreibtischschublade, während er mit der anderen Hand den noch geschlossenen Umschlag hochhielt.

»Heute Nacht ist Dr. Spögler ums Leben gekommen. Für dich und deine Mutter hat er vor Jahren bei mir einen Brief deponiert, den ich euch jetzt vorlesen werde.«

Neugierig griff sich Lui einen Stuhl, der gegenüber von Molaufer stand, und setzte sich, ohne auch nur eine Spur der Erschütterung durch die Todesnachricht zu zeigen. Seine Mutter postierte sich demonstrativ am Fenster und wandte beiden ihren Rücken zu.

»Du kannst gerne stehen bleiben, aber ich vermute, dass es für dich besser ist, dich hinzusetzen, Lara«, sagte Molaufer. »Außerdem habe ich gerade keine Lust, weiter zu dir aufzublicken.«

*

Im Spögler'schen Wohnzimmer hatte Maria Evita mit Fräulein Schosi zur selben Zeit bereits Platz auf dem Sofa genommen. Sie hatten Romys Haus unter lauten Beileidsbekundungen förmlich gestürmt. Wegen ihres Handicaps hatte sich Romy kaum dagegen wehren können. Ihr Mann war seit gut zwei Stunden unauffindbar. Er hatte vor, bei einem einsamen Spaziergang den Tod seines Vaters zu begreifen. So musste sie hilf- und tatenlos zusehen, wie die katholische Invasion in ihr Haus eingedrungen war. Nachdem sie den beiden Frauen die Haustüre geöffnet hatte, hatten sie ohne Punkt und Komma auf sie eingeredet. Kraftlos hatte Romy dieses Spektakel hingenommen. Nicht einmal die Zeugen Jehovas waren jemals so penetrant gewesen. Romy war müde und seit Max die Todesnachricht überbracht hatte, wirkte dieser ganze Tag sowieso surreal auf sie. Sie hoffte, irgendwann einfach aufzuwachen und festzustellen, dass sie alles nur geträumt hatte.

Gut, auf der einen Seite konnte sie jetzt wirklich jegliche Unterstützung brauchen, aber auf der anderen Seite fühlte sich richtige Begeisterung anders an. Dieser Plan, dass ihre ehemalige Mitschülerin und diese dicke Pfarrersköchin bei ihr als Haushaltshilfen anfangen wollten, klang vollkommen absurd.

Romy war skeptisch. »Sie möchten uns also allen Ernstes gemeinsam mit der Vevi hier beim Waschen und Kochen unterstützen?«, fasste sie den Inhalt des eben Gehörten zusammen.

»Ich nenne mich jetzt übrigens Maria Evita. Seitdem ich eingetreten bin, lege ich Wert auf meinen vollen Namen«, wandte ihre ehemalige Mitschülerin ein.

Fräulein Schosis Gesicht wirkte für einen kurzen Moment amüsiert. »Das haben Sie jetzt falsch verstanden, Frau Spögler. Ich bin nur das Taxi. Die Schwester will das ganz allein erledigen.«

»Echt?« Die Skepsis in Romys Gesicht wollte nicht weichen.

»Ich bin bei dieser Idee auch eher verhalten, aber angeblich kann sie das«, feuerte Fräulein Schosi eine Spitze in Richtung der jungen Novizin ab.

Maria Evita entschied sich dagegen, darauf etwas zu erwidern. Es hatte keinen Sinn, sich wegen des alten Drachens aufzuregen.

»Andi und ich leben aber vegan.«

»Also bloß Gemüse«, nickte Fräulein Schosi.

»Wunderbar. Das bekomme ich hin. In meinem Leben habe ich schon ganz andere Herausforderungen gemeistert.«

Als Maria Evita ihren Satz beendet hatte, lachte Fräulein Schosi abfällig. »Ja, sicher.«

Warum konnte Fräulein Schosi nicht einfach mal nur nett sein? Die aufkeimende Wut in ihrem Bauch durfte jetzt nicht an die Oberfläche gelangen. Sie griff zu ihrem Rosenkranz und bat den Herrgott um Ruhe und Mäßigung. Im nächsten Augenblick ertappte sie sich allerdings dabei, den lieben Gott um einen tödlichen Verkehrsunfall zu bitten. Gut, eine weitere Polizeikontrolle für Fräulein Schosi würde es auch tun. Gleich das Äußerste in Betracht zu ziehen, rief ein zu schlechtes Gewissen hervor.

»Fräulein Schosi, danke fürs Herbringen. Romy und ich müssen uns mal unter vier Augen unterhalten.«

»Das finde ich auch«, sagte Romy.

»Bin scho weg.« Die Angesprochene erhob sich unter einem Ächzen von der Couch und stampfte dem Ausgang entgegen.

*

Nachdem sich Larissa doch dazu hatte bewegen lassen, sich endlich zu setzen, öffnete Molaufer Hias' Brief und schob seine Lesebrille auf die Nase.

»Liebe Larissa, lieber Lui«, begann Molaufer zu lesen, während die Angesprochene die Hand ihres Sohnes ergriff. »Es ist nun an der Zeit, dass die Wahrheit auf den Tisch gelegt wird. Lui, bitte gib deiner Mutter für nichts, was du jetzt hören wirst, die Schuld. Es war vor allem mein Wunsch, dass wir die Geschichte unter Verschluss halten, denn deine Zukunft und dein Aufwachsen schienen mir so am unkompliziertesten. Lui, ich bin mit an Sicherheit grenzender Wahrscheinlichkeit dein leiblicher Vater und somit ist mein Sohn Andreas dein Halbbruder.«

Ungläubig kniff Lui ein Auge zu. »Ihr verarscht mich jetzt aber nicht, oder?« Er schien eher amüsiert, denn schockiert, und schob die Hand seiner Mutter weg. Aus Lui sprach jugendliche Naivität, die auf Molaufer durchaus sympathisch wirkte. Larissa schloss die Augen, senkte ihr Kinn und schwieg.

Der Bürgermeister schüttelte den Kopf. »Es handelt sich hier nicht um die ›Versteckte Kamera‹. Diesen Brief habe ich verschlossen von Dr. Spögler bekommen. Ob die Fakten so stimmen, Lui, da musst du deine Mama fragen.«

Von Larissa kam keine Reaktion, also richtete Molaufer seine Augen wieder auf das Papier.

»Andreas ist vollkommen ahnungslos, dass er noch einen Bruder hat. Ich hoffe, dass ihr trotz des Altersunterschieds ein gutes Verhältnis aufbauen könnt. Selbstverständlich steht dir dein gerechter Anteil an meinem Erbe zu. Dadurch hoffe ich, wiedergutmachen zu können, was ich bisher versäumt habe. Bitte streite dich nicht mit Andreas oder meiner Ehefrau, sollte Sie zu diesem Zeitpunkt, da du von meinem Tod erfährst, noch am Leben sein. Larissa, ich bitte dich um Verzeihung, dass ich eigenmächtig entschieden habe, in diesem Brief reinen Tisch zu machen, aber es belastet mich, nie zu meiner Vaterschaft gestanden zu haben. Im Laufe eines Lebens sammelt sich vieles an, was man nicht hätte tun dürfen. Dir, lieber Lui, nun die Wahrheit zu erzählen, ist mir ein ehrliches Bedürfnis. Ob es das Richtige ist und sich im Urteil des ewigen Richters mildernd für mich auswirken wird, kann ich zum jetzigen Zeitpunkt nicht sagen. Aber sollte dem so sein, dann bin ich mir trotzdem verdammt sicher, dass er mich in die Hölle schickt, denn für das Paradies ist mein Sündenregister zu lange, Milderung durch deine Vergebung und Fürsprache hin oder her. Hab ein gutes Leben! Hias.«

Molaufer legte das Schreiben aus der Hand. Diese Situation war die unangenehmste in seinem bisherigen Leben. Draußen schlug die Glocke der Stiftskirche und ihm war, als würde der Hall die Stille in seinem Büro zum Schwingen bringen.

»Mama, stimmt das?«

Larissa seufzte, dann nickte sie. »Ja, ich denke schon.«

»Dann ist Papa gar nicht mein richtiger Papa?«

»Er war noch nie ein richtiger Vater für dich. Seit unserer Scheidung war er weder für dich noch für mich wirklich erreichbar, also nenn ihn in meiner Gegenwart bitte nicht mehr Papa.«

V. NICHT DIE KLEINSTE FRUCHT!

Die ehrwürdige Mutter Oberin des Altöttinger Nonnenklosters ging nervös in ihrem Büro auf und ab. Eigentlich stand jetzt der Vespergottesdienst auf ihrem Tagesprogramm, aber sie war zu aufgewühlt, um mit ihren Ordensschwestern den Herrn in chorischen Gesängen zu preisen. Der ehemalige Stadtpfarrer Monsignore Hirlinger und seine Hiobsbotschaft hatten nun Vorrang. Sollte sie sich wirklich diese Missachtung ihrer Novizin gefallen lassen? Sich einfach auf und davon zu machen, ohne um Erlaubnis zu bitten, war ein starkes Stück. »Was mir an der ganzen Nummer nicht schmeckt, ist schon wieder diese Kopf-über-Einstellung«, schimpfte sie vor sich hin. »Ruhe und Demut sind nach wie vor Fremdwörter für Schwester Maria Evita. Immer muss sie mit ihrem Kopf durch die Wand.«

»Das nehme ich heute auf meine Kappe und vergessen Sie bitte ihre Jugend nicht.« Monsignore Hirlinger saß vor ihrem großen Eichenholzschreibtisch und hob bedauernd die Hände. »Ich habe ihr sehr dazu geraten, das Kloster zu verlassen und den Spöglers ihre Unterstützung anzubieten.«

»Warum kommt sie nicht selbst und schickt sie vor?«

»Ja, wir haben vorher überstürzt gehandelt, aber manchmal gibt es Dinge, da muss man das Bauchgefühl über den Kopf stellen«, bemühte sich der Monsignore vorsichtig um Schadensbegrenzung. Die Oberin konnte ihre Enttäuschung jedoch nicht verstecken.

»Oder den Egoismus über den Herrn«, strafte sie ihn mit einem wütenden Blick.

»Jetzt sind sie ungerecht, ehrwürdige Mutter.« Er verstummte, als er den Gesichtsausdruck seiner Gesprächspartnerin sah, und erkannte, dass er mit seiner letzten Äußerung ein paar Millimeter zu weit gegangen war.

»Bin ich das?« Die Oberin atmete tief durch. »Vielleicht sollte das Mädel endlich eine Entscheidung treffen. Klostergemeinschaft oder nicht.« Nun herrschte Stille. Das war wirklich der springende Punkt an der ganzen Geschichte.

»Bitte entschuldigen Sie das Wort ›ungerecht‹«, sagte er nach einer kurzen Pause. »Genau um diese Entscheidung treffen zu können, ist es wichtig, dass sie Gutes tut und körperliche Arbeit verrichtet. Dabei kann sie am besten nachdenken und das Für und Wider abwägen.«

Die Mutter Oberin nahm auf ihrem Bürostuhl Platz. Langsam beugte sie sich nach vorn über ihre Arbeitsfläche und sah Hirlinger direkt in die Augen. »Was ist eigentlich aus ihrem Schweigegelübde geworden. Wollte sie nicht bis Ostern keinen Mucks mehr von sich geben?«

»Doch. Aber dieser Todesfall in direkter Umgebung kam dazwischen. Sie wissen selbst, dass wir dazu angehalten sind, unsere Hilfe und Nächstenliebe dem spirituellen Leben überzuordnen.«

Die ehrwürdige Mutter hob ihren Kopf und schien sich stumm mit ihrem Arbeitgeber im Himmel zu beratschlagen. »Also gut«, sagte sie endlich. »Ich erlaube unserer Novizin Maria Evita das Kloster so lange zu verlassen, bis die Familie Spögler wieder alleine zurechtkommt. Nennen wir diese Maßnahme: Dispens.«

»Danke, ehrwürdige Mutter.«

»Aber …« Die Oberin sprang auf und begann, erneut durch ihr Büro zu wandern. »Richten Sie Ihrem Schützling Folgendes aus: Erstens, ich erwarte in naher Zukunft eine Entscheidung, ob sie mit uns in der Gemeinschaft leben möchte oder nicht, inklusive aller Konsequenzen.«

»Und zweitens?«

»Wenn mir noch eine Verfehlung zu Ohren kommt oder ich sogar wieder Zeuge davon werden muss, treffe ich für sie die Entscheidung und werfe die junge Dame in hohem Bogen raus. Und zwar nicht zum nächsten Ersten, sondern mit sofortiger Wirkung. Ich wäre Ihnen sehr verbunden, wenn Sie das wortwörtlich ausrichten könnten.«

*

Blumensträuße von der Tanke sahen für ihn grundsätzlich alle gleich aus. Max hatte sich für rosa Nelken mit irgendeinem schmückenden Grünzeug entschieden. Keine Ahnung, ob sie der »Mieze aus der Verwaltung« gefallen würden. Er kratzte sich nachdenklich am Kopf, während er in der Mühldorfer Kriminalpolizeistation durch die Gänge zur Spurensicherung schritt. Er war gespannt, was der Schriftvergleich ergeben würde und ob dieser den jungen Menhart als den Schmierfinken von Spöglers Fassade entlarvte. Und dann sollte der Spusi-Toni ihn schleunigst über die nächsten Schritte des Fäustl-Verkupplungsplans informieren. Die Tür des Büros der Spurensicherung war nur angelehnt und er hörte von drinnen ein Lachen, das er klar Toni zuordnen konnte, also trat er ohne anzuklopfen ein. »Servus.«

Drinnen saßen sein Kollege und Evi Hauenstein vergnügt am Schreibtisch, nippten an ihren Kaffeetassen und hatten einen gedeckten Apfelkuchen aus der Konditorei am Mühldorfer Stadtplatz vor sich. Diese Zusammenkunft war äußerst bedenklich, fand Max, denn Evi Hauenstein war die sogenannte »Mieze aus der Verwaltung«, mit der Fäustl auf der Faschingsblaulichtparty abgezogen war und die nun zum Dreh- und Angelpunkt von Tonis Verkupplungsversuchen geworden war. Jetzt hielt Max diese Blumenstängel in Händen, und wenn Evi sie schon gesehen hatte, war damit ausgeschlossen, dass sie ihr die Nelken auf den Schreibtisch stellen konnten, um vorzugeben, dass diese vom Fäustl waren. Das war sowieso alles eine hirnverbrannte Spusi-Toni-Idee.

Beim Eintreten räusperte sich sein Kollege geräuschvoll, als ob er Max auf die Anwesenheit von Evi Hauenstein hinweisen wollte. Der Spusi-Toni fragte, ob Max auch einen Kaffee und ein Stück Kuchen möge, was dieser dankend ablehnte.

Die Hauenstein war eine fränkische Blondine, wie sie stereotyper nicht hätte sein können. Sie trug einen modischen grünen Overall, der ihre Hüften besonders betonte, und sobald sie den Mund aufmachte, konnte niemand mehr leugnen, dass diese Walküre aus dem Norden Bayerns stammte.

»Ach geh, horch amal, so a glaans Dässler geht scho, Max!« Sie stutzte plötzlich und sah auf die Nelken in seiner Hand. »Was willst denn mit dem Blummengschmarre da? Wer hat na jetzt scho wieda Geburtsdoch?«

»Mei, für wen ist denn der Strauß?«, fragte der Spusi-Toni scheinheilig. »Kramer, des schaut ja aus, als wärst du als Postillion d'amour unterwegs?« Verschwörerisch zwinkerte ihm der Toni zu und machte eine verstohlene Kopfbewegung in Richtung Hauenstein, die davon nichts mitbekam. Max wäre am liebsten in diesem Moment für immer nach Bad Hinterpfuiteufel strafversetzt worden, als weiterhin Teil dieser Schmierenkomödie sein zu müssen. Er konnte doch jetzt nicht einfach daherschwindeln, dass er die Blumen vom Fäustl bekommen hatte, um sie bei der Hauenstein abzuliefern. Noch dazu mit einem schönen Gruß, wie vorher Toni am Telefon meinte. Das war einfach nur idiotisch. Das würde sie ihm sicher nicht abkaufen.

»Fast wie Gott Amor persönlich«, stichelte der Spusi-Toni weiter. »Sind die am Ende für die Evi?«

Kaum dass der Spusi-Toni ihren Namen ausgesprochen hatte, schnellte die Hauenstein auch schon in die Höhe. »All meine na, des hätt's jetzt echt nedd braucht. Warum nachherd?«

Max wurde rot. »Ähhhhhh …« Er wusste nicht, was er genau erwidern sollte.

»Is des a Liebeserklärung?«, fragte die Hauenstein.

»Ja, aber nicht von mir.« Ohne nachzudenken, hatte dieser Satz Max' Mund verlassen, und nun wollte er sich dafür ohrfeigen.

»Vo wem nachherd?« Die Hauenstein blinzelte ihn erwartungsvoll an.

»Also …«, er stockte. »Also, die sind vom Fritz für dich.« Nun hoffte er, dass sich der Spusi-Toni endlich einklinken würde, denn Max war mit seinem Latein am Ende. In seinem Leben hatte er noch nie jemanden verkuppelt.

»Des is aba lieb«, flötete die Hauenstein und fuhr ihre Arme aus, um das Nelkengebinde in Empfang zu nehmen. »Und ich hab ma scho denggd, dass der Fritz mich seit der Blaulichtparty mit'm Arsch nimmer anschaut.«

Endlich übernahm der Spusi-Toni die Leitung des Gesprächs. »Erst neulich hat er zu mir gesagt, wie charmant er immer deine Gegenwart findet, Evi.«

»Echt?«

»Wenn ich es dir doch sag. Ich glaub, der steht auf dich. Nicht wahr, Kramer?«

»Doch, schon.«

»Die Evi is aber auch ein Geschoss. Gell, Kramer?«

»Doch. Klar.«

»Ich glaub, des hat der Fäustl auch so gesagt. ›Geschoss‹, hat er g'sagt, gell Kramer?«

»Ja. Schon.«

»Und der Kramer meint auch, dass es eine gute Idee wäre, wenn du dich mal mit seinem Kollegen verabreden würdest, gell?«

»Doch. Ja. Schon.«

Evi Hauenstein lächelte verzückt und entblößte ihre weißen Zähne wie in einer Zahnpastawerbung. »Da, Fritz, a so a nedda Kniedlaskupf. Da geh ich do gleich zu ihm nüba und soch dank schee für de Blumma und froch ihn na glei, wo ma hingehen zum Essen.«

Mist! Es war von Anfang an eine schlechte Idee gewesen. Natürlich hätten sie damit rechnen müssen, dass Evi sofort persönlich beim Fritz aufschlagen würde und sich damit ihr ganzer Plan in Luft auflöste, aber so weit hatten sie dann eben doch nicht gedacht. Total kurzsichtig war das alles. Sie mussten vorher dringend mit Fritz reden, damit er sich nicht vollkommen vor den Kopf gestoßen fühlte.

»Der ist nicht da.« Max bekam Panik.

»Grad hab i ihn no in seim Büro g'sehn.« Evi Hauenstein wandte sich zum Gehen.

»Den, den ... den darfst jetzt nicht stören«, stotterte Max und warf Toni einen Hilfe suchenden Blick zu, den dieser aber ignorierte und in aller Ruhe einen Schluck Kaffee nahm. »Jetzt sag halt auch mal was, Toni.«

»Evi, sag dem Fritz ruhig, was für ein toller Liebesbote der Max is.«

Warum war sein Kollege jetzt auf einmal so ein Arsch? Warum fiel er ihm ohne Vorwarnung in den Rücken? Max war sprachlos, ließ seine Arme sinken und ergab sich seiner Fassungslosigkeit.

Evi Hauenstein und der Spusi-Toni sahen sich an und begannen zu grinsen, was sich schnell zu einem schallenden Gelächter auswuchs. Nun verstand Max nur noch Bahnhof, doch plötzlich dämmerte ihm, was hier gerade vonstattengegangen war. »Ihr habt mich verarscht, gell?«

Der Spusi-Toni stand auf und klopfte Max auf die Schulter. »Ja, Kramer, des hat jetzt leider sein müssen. Das war die Rache, weil du mich vorher wegen der rosa Hemden vom Fäustl so aufgezogen hast.«

»Ach, Max«, die Hauenstein legte die Nelken auf den Schreibtisch und umarmte ihn. »Also, zum Schluss hast ma, ehrlich g'sagt, fast scho a weng leid dou. Da Toni hat mich nämlich vorher scho grad naus g'frogt, ob ich mia ned vorstelln könnt, den Fritz a bissla aufzumheitern. Da braucht ma dann kaan Verkupplungsplan dafür, weil er mir seit Fasching eh nimma ausm Kopf rausgeht. Aba die Nummer do hat sich jetzt einfach angeboten, um dich mal a weng zum Verarschn. Vastehst?«

Max fiel ein riesiger Steinbrocken vom Herzen. »Jetzt

bin ich erleichtert. Boah, ich hab Angst gehabt, dass du jetzt zum Fritz marschierst, ihm von dem Blumenstrauß erzählst und er sich dann von mir richtig hintergangen fühlt. Puh, hab ich geschwitzt. Wenn ich ihn nachher sehe, mach ich mal a bissal Werbung für dich, Evi.«

»Lass des! Des kann i scho allans.« Hauenstein bedankte sich für den Kaffee, warf Max eine Kusshand zu und verließ das Büro der Spurensicherung.

»Sodala, du Scherzkeks, zurück zum Geschäft«, sagte Max ernst, als Evi durch die Tür war. Er zog sein Mobiltelefon und die Seiten heraus, die ihm der junge Menhart zusammengeschrieben hatte. Beides legte er vor den Spusi-Toni auf seinen Schreibtisch. »Ich brauche dringend einen Abgleich zwischen der Handschrift auf der Hauswand und von diesen Zeilen. Aufs erste Hinschauen dad ich sagen: könnte schon sein.«

»Gib mal her.« Der Spusi-Toni warf einen Blick auf beide Handschriften. »Das wird nicht leicht. Wir haben auf dem Foto nur drei Buchstaben aus einer Spraydose. Ein ›S‹, ein ›A‹ und ein ›U‹. Des is verdammt wenig.«

»Mehr Material gibt es nicht.«

»Kramer, ob sich mein Experte da zu einer Antwort mit hundertprozentiger Sicherheit hinreißen lässt, wage ich zu bezweifeln.«

»Wie lange wird's dauern?«

»Nur ned hetzen, belehrte Jesus die Läufer von Marathon. Ich ruf dich nachher an.«

*

Als Max sein Büro betrat, hing Fäustl an seinem Telefon. »Unverzüglich«, wiederholte er mehrmals, denn er telefonierte gerade mit dem letzten Stammtischler. Walter Obermüller war mittags von zu Hause weggegangen, besser gesagt Hals über Kopf verschwunden, ohne dass seine Frau eine Ahnung über seinen Verbleib hatte. Nun war er endlich wieder zu Hause aufgetaucht und hatte in der Kriminalpolizeistation angerufen. »Sie kommen jetzt alle wegen der Fingerabdrücke«, sagte Fäustl, nachdem er aufgelegt hatte.

»Was ist bei der Vermehr rausgekommen?«, wollte Max wissen.

»Eigentlich nix«, sagte Fäustl. »Am Boden zerstört war sie. Mit dem Bolzenschussgerät haben wirklich alle vom Stammtisch geschossen. Vielleicht finden wir ja noch ein paar andere Fingerabdrücke drauf.«

»Hirlinger hat mich auch nicht viel weitergebracht. Aber der Besuch bei den Menharts war aufschlussreich. Bei ihnen ist die Kaliumchloridvergiftung immer noch Thema. Als ich mich als Kriminaler zu erkennen gegeben habe, war der junge Menhart gleich auf hundertachtzig. Er hat sich aber dann schnell wieder im Griff gehabt und eigentlich ist er ein ganz sympathischer Kerl.«

»Sympathisch?« Fäustls Augen weiteten sich. Ehe Max etwas darauf erwidern konnte, fügte sein Kollege hinzu: »Kramer, wir sollten für Verdächtige nie Sympathie empfinden, sondern neutral bleiben. Du bist mir manchmal ein bissal zu schnell mit deinem Gefühlsurteil.«

»Er macht auf mich keinen gewalttätigen Eindruck. Das ist alles.«

Fäustl begann sich der Kaffeemaschine zu widmen, die auf dem Fensterbrett stand. »Magst auch einen? Hilft oft beim Denken.«

Max nickte und Fäustl befüllte einen Papierfilter mit Pulver aus einer Alubox, die danebenstand. »Wer hat gewusst, dass der Spögler zur Tatzeit in Bräu im Moos Gast war? Und wer hat ein Motiv?«, fragte Fäustl und ging mit der Kanne bewaffnet nach draußen, um Wasser aus einem Wasserhahn zu holen.

Im Kopf ging Max alle Personen durch, die ihm einfielen. Die Stammtischler und vermutlich deren Angehörige, die Familie Mooser, Romy und Andi, also eigentlich eine ganze Menge. Max kaute an seinem Zeigefingernagel.

Als Fäustl zurückkam, zuckte Max mit den Schultern. »Die ganzen Leute von gestern Abend und ihre Angehörigen wussten Bescheid. Denen ist nicht neu, wer zum Stammtisch gehört. Und dann haben sie sicher im Vorfeld vielen davon erzählt. So eine ungewöhnliche Probeleich ist ein gutes Gesprächsthema.«

»Laut der Vermehr existiert der Stammtisch schon gute zehn Jahre«, fügte Fäustl an und drückte den Knopf, um die Kaffeemaschine in Gang zu setzen.

Nachdenklich biss Max eine Ecke seines Fingernagels ab. »Die Mitglieder haben alle ein Alibi, weil sie gemeinsam aufgebrochen sind.«

»Da stellt sich für mich die Frage, Kramer: Hatte

einer von denen vielleicht genügend Zeit, wieder zurückzukehren?«

»Nach dem Erkennungsdienst lassen wir uns von allen die Zeiten geben und schauen, wer die Ankunft bei sich zu Hause bestätigen lassen kann«, sagte Max und trat ans Fenster. Kaffeeduft erfüllte inzwischen das Büro. Zuerst gemächlich, dann immer schneller tropfte die schwarze Flüssigkeit in die Kanne auf dem Fensterbrett. Fäustl holte zwei Tassen aus der untersten Schreibtischschublade. »Hast du irgendeine Idee, warum der Kerl hat sterben müssen?« Beide schwiegen und überlegten.

»Da gibt's halt nur die mögliche Spur zum Menhart«, sagte schließlich Max.

»Genau«, pflichtete ihm der Fäustl bei. »Bislang ist er unser Hauptverdächtiger, denn den Tod seines Vaters scheint er nie überwunden zu haben, wie du vorher erzählt hast.«

Der Kaffee war nun durchgelaufen und Max stellte die Kanne auf den Schreibtisch.

Fäustl goss beiden ein. »Kramer, ich hab noch nie mit so einem Bolzenschussgerät hantiert. Du etwa?«

»Ich hab so was tatsächlich schon mal in der Hand gehabt.«

»Wie schwierig ist die Bedienung?«

»Des kann nach einer kurzen Einweisung jedes Kind.«

Fäustl nickte. »Und diese Einweisung haben gestern alle feiernden Honoratioren bekommen. Aber denen trau ich es echt nicht zu.«

»Auch Bauern und Metzger können solche Schlachtschussapparate bedienen«, sagte Max.

»Was uns beim Thema Bauer wieder zum jungen Menhart bringt«, schloss Fäustl den Kreis.

*

»Jeden Finger einzeln auf das leuchtende Quadrat der Tablet-Oberfläche legen und in beide Richtungen abrollen, damit sich der gesamte Fingerabdruck abbildet. Jeweils beim Daumen beginnen und dann nacheinander bis zum kleinen Finger jeder Hand durcharbeiten. Ich helfe Ihnen gerne, ansonsten können Sie die Instruktionen zu jedem Schritt noch einmal auf dem Touch-Display parallel ablesen.« Man merkte dem Beamten des Erkennungsdienstes der Mühldorfer Polizeistation an, dass er diese Anweisung schon oft von sich gegeben hatte.

»Ist es entscheidend, ob ich mit der rechten oder linken Hand beginne?«, fragte Berti Molaufer, der als Erster aus der Reihe der Stammtischangehörigen hervorgetreten war. Larissa Vermehr, Hirlinger und Fräulein Schosi, Molaufer, Obermüller sowie der Mooser Bräu saßen oder standen verteilt in diesem nüchternen Raum, der sonst für Befragungen und Meetings genutzt wurde. Drei Tische standen im diesem verteilt, die Stühle waren weggerückt und bildeten keinerlei zusammenhängende Ordnung. Diese Zusammenkunft schien allen Beteiligten sichtlich unangenehm zu sein.

»Wenn oben rechte Hand steht, dann bitte die rechte und nicht umgekehrt«, entgegnete der Beamte.

Molaufer zog die Manschetten seines Hemdes zurück und presste den Daumen seiner rechten Hand auf das Tablet, welches für diesen Zweck vor ihm bereitlag. Den Vorgang wiederholte er, unterstützt durch den Beamten des Erkennungsdienstes, bis das Gerät alle zehn Fingerabdrücke gespeichert hatte.

Larissa Vermehr trat währenddessen von hinten an Molaufer heran.

Der Beamte blickte zu ihr auf. »Bitte treten Sie ein paar Schritte zurück und warten in einer Entfernung, die noch etwas Diskretion zulässt.«

»Verzeihung, ich wollte mir das nur einmal ansehen, bevor ich an der Reihe bin«, sagte Larissa mit einer Kopfbewegung Richtung Molaufer. Sie ging zurück zu ihrem Stuhl, doch bevor sie sich wieder hinsetzte, wandte sie sich erneut an den Beamten. »Was in diesem Raum geschieht, geht aber nicht an die Presse, oder?«

Der Beamte stutzte. »Nein, warum?«

»Schauen Sie«, sagte Larissa. »Ich bin die Landrätin des Nachbarlandkreises. Hier im Zimmer befinden sich noch ein Bürgermeister und weitere Persönlichkeiten der Umgebung, die sicher nicht darauf erpicht sind, über sich in der Zeitung lesen zu müssen, dass sie wegen eines Mordfalls ihre Fingerabdrücke abgegeben haben. Das riecht ja dann schon nach Verdächtigung in der Öffentlichkeit.«

»Ich habe eine berufliche Schweigepflicht«, sagte der Beamte. »Und für Sie alle gilt: keine Fotos hier drin, das ist Ihnen hoffentlich bewusst. Also machen Sie sich wegen der Presse keine Sorgen. Was bekannt gegeben wird, entscheidet das Ermittlungsteam. Und nur das wird dann von der Öffentlichkeitsarbeit verbreitet.«

»Meine Güte, als ob das jetzt so wichtig wäre«, sagte Fräulein Schosi. Larissa Vermehr warf ihr einen bösen Blick zu, den Fräulein Schosi mit einem künstlichen Lächeln quittierte.

Von allen sechs Personen, die den gestrigen Abend mit Spögler verbracht hatten, wurden nun nacheinander die Fingerabdrücke genommen. Als Letzte war Fräulein Schosi an der Reihe. Lautstark wies sie den Beamten mit dem Tablet darauf hin, dass sie sich tags zuvor geweigert habe, mit dem Schlachtschussapparat das Holzbrett zu durchlöchern, und sie die erkennungsdienstliche Behandlung deshalb als vergeudete Zeit ansehe. Hier auf dem Touch-Display herumzudrücken, wäre bei ihrer Person völlig sinnlos. Aber der überbordende Wortschall half nichts und auch ihre Fingerkuppen wurden gescannt. »Da fühlt man sich gleich wie ein Schwerverbrecher«, sagte sie beleidigt, als sie den linken kleinen Finger von der Glasoberfläche nahm. »Ich bin hier in den Kreis der Verdächtigen reingerutscht wie der Pontio ins Credo.«

»Ich halte uns eigentlich alle nicht für Verdächtige«, meinte daraufhin Monsignore Hirlinger.

»Warum samma denn dann da?«, ereiferte sich seine Haushälterin und lehnte sich an den Tisch des Beamten.

Nun schaltete sich dieser selbst ein. »Ich kann Sie beruhigen: Wir suchen nach fremden Fingerabdrücken, wie die Ihren alle auf dieses Dings draufgekommen sind, hat sich ja schon geklärt.«

Daraufhin nickte Larissa Vermehr. »Wir hoffen, dass wir zur schnellstmöglichen Aufklärung beitragen können. Braucht uns noch wer, oder können wir jetzt gehen?« Sie griff nach ihrem Mantel und der Handtasche, die sie vorher über einen Stuhl gehängt hatte.

Der Beamte des Erkennungsdienstes hob seine Hand. »Stopp! Kommissar Kramer bittet Sie alle, hier auf ihn zu warten. Er hat noch einige Fragen.«

»Dauert das lange?« Ungeduldig trommelte Fräulein Schosi mit ihrer Hand auf dem Schreibtisch des Kriminalbeamten herum. »Ich muss mich noch um das Abendessen kümmern.«

»Kann ich Ihnen nicht sagen«, war die Antwort. Der Beamte wünschte allen noch einen »schönen Tag«, bevor er seine Sachen packte und das Besprechungszimmer verließ. Die Zurückgebliebenen schwiegen sich an. Eine angespannte Stille erfasste den Raum und keiner wagte, dem anderen ins Gesicht zu sehen. So vergingen ein paar Minuten, bis sich die Türe wieder öffnete und Max Kramer mit Fritz Fäustl im Schlepptau hereinkam. Beide hatten ihre Laptops dabei. Sie baten alle Versammelten, zwei Tische zusammenzurücken und daran Platz zu nehmen. Als dies geschehen war, starteten Max und Fäustl ihre Rechner und ließen ihre Augen einmal über die Runde schweifen.

»Danke fürs Warten«, eröffnete Max die Befragung. »Bitte sagen Sie uns jeder, mit wem Sie von Bräu im Moos weggefahren sind, wann Sie zu Hause waren und ob Ihnen gestern noch irgendetwas an Dr. Spögler aufgefallen ist. Etwas, das anders war als sonst.«

Den Kriminalern saß eine aufrechte Mauer des Schweigens gegenüber. Die Blicke gingen auseinander. Manch einer schien zu überlegen, aber andere wirkten einfach nur desinteressiert auf Max. »Fangen wir auf dieser Seite an.« Mit seiner Hand wies Max auf Obermüller, der ihm am Nächsten saß.

»Zusammen mit Frau Vermehr in einem Taxi. Zuerst sind wir nach Tüßling und dann bin ich weiter zu mir nach Altötting. Meine Frau war noch wach und hat mich erwartet. Zu Hause war ich ungefähr um halb eins.«

Max tippte die Informationen in seinen Computer. Das waren alles ganz einfach überprüfbare Angaben. Taxi, Ehefrau und so weiter. Vermehr und Obermüller hatten sehr wahrscheinlich ein Alibi. Nach und nach gab jeder am Tisch seine Zeiten zu Protokoll. Es erhärtete sich wirklich nicht der kleinste Verdacht, dass etwas an den Angaben der Stammtischmitglieder unrund sein konnte. Außerdem flüsterte Max' Bauchgefühl: Hier sitzt kein Mörder am Tisch. Nachdem als Letzter Monsignore Hirlinger zu Wort gekommen war, wiederholte Max seine Frage, ob an

Dr. Spögler etwas anders war als sonst. Max löste mit seiner Frage nur ein kollektives, wortloses Kopfschütteln bei der Gruppe aus. Er musste präziser nachhaken. »Fräulein Schosi, Frau Vermehr …« Seine Augen wanderten zwischen den angesprochenen Damen hin und her. »Sie hatten laut verschiedener Zeugen gestern Abend eine kurze Auseinandersetzung mit dem Opfer. Worum ist es gegangen?«

»Ich hab einfach dieses Drecksglump ned anfassen wollen.« Dass Fräulein Schosi die Frage als Unverschämtheit empfand, war in ihren Worten deutlich zu vernehmen. »Hias hat mich überzeugen wollen, ich hab g'sagt, dass des alles ein Schmarrn ist und dann hamma halt kurz …«, sie suchte nach den richtigen Worten, »lautstark diskutiert.«

»Was hat Sie denn genau alles gestört?«, bohrte Fäustl nach.

»Ja, mei … Sie sehen ja selber, was man davon hat, wenn man das Schicksal herausfordert«, giftete sie in die Runde. »Man veranstaltet keinen Leichenschmaus zur Probe.« Fräulein Schosi schlug mit ihrer Faust unvermutet auf den Tisch, stützte sich dann mit ihren beiden Händen auf und erhob sich. »Hias wäre heute noch am Leben, wenn ihr diesen Unfug nicht angefangen hättet! Und für seinen Tod mache ich euch alle verantwortlich.« Fräulein Schosi stampfte mit dem Fuß auf und presste ihre Fäuste in die Seiten. Aus den Tiefen ihrer Lunge ließ sie über ihren Kehlkopf einen wütenden Luftzug streichen, dass es klang, als würde ein Hund knurren.

Monsignore Hirlinger griff seine Haushälterin am Ellenbogen, um sie zur Mäßigung aufzurufen und gleichzeitig wieder auf ihren Stuhl zurückzuziehen, doch sie riss sich los und wurde noch lauter.

»Er hätte sein Schusszeugs nicht einstecken gehabt, und dann hätte sein Mörder auch keinen Bolzen in sein Hirnkastl schießen können. Wer mit dem Schicksal Glückspiel betreibt, verliert immer.« Fräulein Schosi begann zu schluchzen. »Zefix noch amal, dass ihr alle so blöd sein habt's müssen! Dumme Bagage, dumme!« Nach weiteren Schimpfwörtern, die die versammelte Mannschaft betrafen, verschränkte sie die Arme vor ihrem Bauch und ließ sich zurück in den Stuhl fallen, der laut unter ihrem Gewicht ächzte. Sie griff nach ihrer Handtasche, die sie vorher neben sich auf den Boden gestellt hatte, öffnete den Schnappverschluss und zog ein Papiertaschentuch sowie ein kleines Fläschchen Altöttinger Klosterlikör hervor. Zuerst tupfte sie ihre Tränen weg, dann schraubte sie den Verschluss ab und nahm einen ordentlichen Schluck. Kaum dass die Spirituose in ihrem Mund verschwunden war, entspannten sich ihre Gesichtszüge. »Jetzt geht's mir gleich a bissal besser.«

Larissa Vermehr kräuselte pikiert ihre Lippen, sah zu Hirlinger hinüber und verdrehte kurz ihre Augen, als Fräulein Schosi nicht hinsah. Hirlinger nickte leicht und hob für eine Millisekunde entschuldigend die Schultern, sodass seine Haushälterin auch von dieser Reaktion nichts mitbekam. Beiden war deutlich anzumerken, dass sie genervt waren. Fräulein

Schosi kam vielen wie eine tickende Zeitbombe vor. Niemand wusste, wann und aus welchem Grund, sie das nächste Mal explodieren würde.

Max hatte nicht unterbrochen, um erstens vielleicht Erkenntnisse aus dem Spektakel zu gewinnen, und zweitens war dieser Schosi-Aussetzer durchaus unterhaltsam. Letzteres überwog, denn Schicksalsgeschwafel diente selten bis nie der Aufklärung von Verbrechen. Max warf Fäustl einen vielsagenden Blick zu, der von »Die spinnt doch!« bis »Irgendwie tut mir die Gute leid.« alles enthielt. Sein Kollege gab ihm nonverbal recht. Zu dem Likörkonsum sagte er vorerst nichts, obwohl er wusste, dass Fräulein Schosi mit dem Auto hier war. Aber sie jetzt darauf hinzuweisen, würde bedeuten, das Risiko für einen weiteren Eklat einzugehen.

»Frau Vermehr, wie war das bei Ihnen?«, wandte sich Max an Larissa.

»Nicht der Rede wert«, kam wie aus der Pistole geschossen zurück. Das Tempo ihrer Reaktion schien Max sofort verdächtig. Er bemerkte, wie Fäustl ein paar Zeilen in seinen Computer tippte. Ja, mit Frau Vermehr würden sie unter vier Augen sprechen müssen, da waren sie sich einig. »Umreißen Sie bitte kurz für mich, worum es in Ihrer Auseinandersetzung gegangen ist?«

Molaufer und Obermüller, die Larissa Vermehr einrahmten, starrten beide gleichzeitig teilnahmslos auf die Tischplatte, was Max höchst sonderbar vorkam.

»Nun ja«, begann Larissa. »Wie ich Ihrem Kollegen Fäustl bereits erzählt habe, war Hias, wenn er Alkohol getrunken hatte, nicht der einfachste Mensch. Ich denke, das können alle hier bestätigen.«

Die Anwesenden nickten. Auch Monsignore Hirlinger, den er für den Integersten der Stammtischler hielt. Diese Behauptung war für ihn somit belegt. Spögler machte also, wenn er angetrunken war, tatsächlich eine Wesensveränderung durch.

»Es ist bei Hias und mir um Umbaumaßnahmen an meinem Schloss gegangen, soweit ich mich erinnern kann, und da sind wir wegen des Denkmalschutzes nicht einer Meinung gewesen«, erklärte Larissa. »Um es kurz zu machen: Er hat dummes Zeug geredet und ich habe ihn darauf hingewiesen. Fertig, aus. Männer verlieren ungern gegen Frauen eine Diskussion.«

»Hatte Dr. Spögler Ihres Wissens irgendwelche Feinde?«, stellte Max die nächste Frage offen an alle Anwesenden.

Molaufer und Obermüller gaben ihre Starre auf. Beide schüttelten den Kopf, was langsam von der ganzen Gruppe nachgeahmt wurde. Dann ergriff Hirlinger das Wort: »Max, den Namen Menhart hast du ja heute bereits ins Spiel gebracht, sonst fällt mir keiner ein.«

»Hias war ein beliebter Mensch«, schloss sich Obermüller an.

»Ein überaus geliebter und beliebter Mann«, sagte Molaufer mit einem feierlichen Unterton, als würde er bereits die Grabrede proben.

Max konnte es nicht beschwören, aber in seinem Augenwinkel glaubte er mitbekommen zu haben, dass Larissa Vermehr bei Molaufers letztem Satz ihren Nachbarn leicht getreten hatte, ganz so, als wolle sie ihn zum Schweigen bringen. Es war auch mehr ein Zucken, als ein Rempler. Na gut, wahrscheinlich hatte er sich getäuscht, aber irgendetwas stimmte zwischen den beiden ganz gewaltig nicht, dafür verwettete er seinen Arsch.

Seinen Gedanken konnte er nicht zu Ende spinnen, denn plötzlich erfüllte lautes, elektronisches Glockengeläut das Besprechungszimmer. Alle Augen richteten sich auf Fräulein Schosi, aus deren Handtasche dieses akustische Signal strömte. Sie schob ihren Stuhl zurück, erhob sich mit angestrengtem Gesicht und begann ihre Tasche zu durchforsten, bis sie endlich ihr Mobiltelefon in Händen hielt. Sodann nahm sie den Anruf entgegen. »Guten Tag! Hier spricht Petronilla Schosi.«

Max schüttelte fassungslos seinen Kopf und deutete Fräulein Schosi an, zum Telefonieren doch bitte den Raum zu verlassen.

VI. UND DOCH IN DER TIEFE

Vielleicht hätte sie ihren Mund nicht so voll nehmen sollen? Mit veganer Ernährung kannte sie sich überhaupt nicht aus und wann sie das letzte Mal selbst am Herd gestanden hatte, daran konnte sie sich, ehrlich gesagt, nicht einmal mehr erinnern. In der Spögler-Küche vor dem Regal mit unterschiedlichen Getreidesorten in Einweckgläsern fühlte sie sich verloren und allein. Was sollte man denn daraus bitte kochen? Sie ließ ihren Blick durch den Raum schweifen. Alles war aus unbehandeltem hellem Holz und wirkte äußerst stilvoll. Der Schreiner, der sich diese Küche ausgedacht hatte, war ein richtiger Künstler. Aber was nützte das tollste innenarchitektonische Highlight, wenn man nicht wusste, was man darin eigentlich tun sollte.

Andi war immer noch nicht nach Hause gekommen und Romy hatte sich mit Schmerzen im Bein wieder schlafen gelegt. Maria Evita wollte sie nicht wecken und um Rat fragen, denn das hätte ihre Freundin sicher als Kapitulation vor der Aufgabe als Haushaltshilfe verstanden. Sie hatte gesagt, dass sie sich schon zurechtfinden würde und die Küche angeblich ihr zweites zu Hause sei. Für diese glatte Lüge hatte sie bereits zwei Vaterunser gebetet. Das vegane Abendessen vorzubereiten, war also ihre Aufnahmeprüfung. Bei Romy fühlte es sich einfach so viel besser an als im Altöttinger Nonnenkloster, wo sie hinter jedem Blick ihrer Mitschwestern einen Vorwurf vermutete.

»We're mad …! Ca ca ca crazy! We're mad …! La la la looneys, too!«, leise sang sie ein Lied ihrer britischen Lieblingspunkband. Ja, wie in diesem Song beschrieben, so fühlte sie sich. Sie war schlicht und ergreifend verrückt gewesen, zu glauben, dass sie hier ohne Probleme zurechtkommen würde. »La la la looneys, too!« Nach einem verzweifelten Seufzer nahm sie das Regal genauer in Augenschein.

Manche Körner waren einfach zu identifizieren. Die grünen sahen aus wie getrocknete Erbsen, die roten waren Linsen und am anderen Ende standen mehrere Gläser mit Haferflocken, wie sie sie aus jeder x-beliebigen Müslimischung kannte. Das brachte sie gleich auf eine Idee. Wie wäre es denn mit einem gesunden Müsli zum Abendessen? Ihr Enthusiasmus hielt sich trotz Fastenzeit bei diesem Gedanken selbst in Grenzen. »Ca ca ca crazy!«

Maria Evita ging in den kleinen Nebenraum, welcher direkt mit der Küche verbunden war. In der Speisekammer standen verschiedene Gemüse- und Getränkekisten von regionalen Erzeugern am Boden und darüber auf Holzbrettern, die die ganze Breite der Wand einnahmen, Gläser mit Marmeladen sowie

Dosen unterschiedlicher Größe. Auf einer las Maria Evita das Wort »Agavendicksaft«. Was war denn das bitte? Das hatte sie noch nie gehört. Ihre Hoffnung, doch noch etwas zu finden, von dem sie wusste, wie man es zubereiten sollte, ging gegen null. Warum gab es hier keine Packung Nudeln und eine Flasche mit Ketchup? Schon wäre ihr Problem gelöst. Maria Evita sah ein, dass sie dringend Rat brauchte. Sie erinnerte sich an das Festnetztelefon der Spöglers neben der Haustüre. Auch wenn es sie Überwindung kostete, aber diesen einen Anruf musste sie nun wohl oder übel tätigen. »We're mad!« Es half nichts.

*

Nachdem Max und Fäustl die Befragung für beendet erklärt hatten, begleiteten sie alle zum Ausgang der Kriminalpolizeistation. Larissa Vermehr, Engelbert Molaufer und Walter Obermüller wollten sie nun genauer unter die Lupe nehmen. Wobei die Landrätin ganz oben auf der Liste stand.

Während sein Kollege voranging, hatte Max die Tür geschlossen und folgte nun der Gruppe. Fäustl bat Larissa Vermehr in diesem Moment darum, am Empfangstresen zu warten und sich noch nicht mit den anderen auf den Heimweg zu machen.

»Was wollen Sie denn noch von mir?«, hörte Max ihre aufgeregte Stimme durch den Gang hallen. Fäustls Reaktion darauf ging im Geräuschpegel der trampelnden Schritte unter.

Der Altöttinger Bürgermeister ließ sich währenddessen etwas zurückfallen, bis er neben Max stand.

»Ich habe etwas für Sie«, flüsterte Molaufer.

Max öffnete seine Bürotüre, an der sie zufälligerweise gerade vorbeigingen, und schob Molaufer hinein. Niemand hatte Notiz von ihrem Verschwinden genommen.

*

Zur gleichen Zeit stand Fräulein Schosi telefonierend auf dem Parkplatz der Mühldorfer Polizeistation. »Also, ich mach immer Käsespätzle, wenn Vegetarier zu Besuch kommen.«

»Veganer essen nicht einmal Käse«, hörte Fräulein Schosi Maria Evitas aufgebrachte Stimme aus dem Lautsprecher. »Und ganz ehrlich weiß ich nicht, wie man Spätzle macht.«

Fräulein Schosis Brust war vor Stolz um mehrere Zentimeter angeschwollen, als sie vernommen hatte, dass sie die Retterin des Spögler'schen Abendessens sein sollte. Genau wie sie vorausgesagt hatte, war die Novizin überhaupt nicht in der Lage, etwas Ordentliches zuzubereiten. »Gemüse haben Sie in der Speisekammer gefunden?«

»Ja, da is genügend da.«

»Suchen Sie mal nach einem Gemüsebrühwürfel, ohne Fleisch, so was gibt's wirklich, und gelbem Currypulver.«

»Okay.«

»Des ist ein Rezept aus dem ayurvedischen Basiskochkurs von der Altöttinger Volkshochschule. Ich bin nämlich so ein Vata-Pitta-Dings-Mischling und des sind Sie und die Spöglers auch ganz sicher, da können S' gar nix falsch machen, wenn Sie des Rezept nachkochen, das ich Ihnen gleich diktieren werde.«

Fräulein Schosi hörte, wie sich Maria Evita Notizen machte und leise die eben gehörten Worte wiederholte.

»Dafür eignet sich auch Tiefkühlgemüse. Alles zum Kochen bringen, abschmecken fertig. Außerdem schneiden Sie aufgeweichtes Trockenobst hinein. Was immer ihnen in die Finger kommt. Das ist für den indischen Kick. Haben Sie die Suppe nie bei mir bekommen?«

»Ich kann mich dunkel erinnern«, sagte die Stimme am anderen Ende. Danach verabschiedete sich Maria Evita, mit einem »Gott segne Sie« und dem Hinweis, dass nicht mehr viel Zeit bis zum Abendessen bleibe.

Morgen wollte Fräulein Schosi wieder anrufen und sich erkundigen, ob ihre Telefontipps zum Erfolg geführt hatten.

*

»Im Beisein von allen wollte ich das nicht machen«, sagte Molaufer und zog ein gefaltetes Blatt Papier aus seiner Hosentasche. »Das ist die Kopie eines Briefes von Dr. Spögler an Frau Vermehr und ihren jüngsten Sohn. Er hat mir das Original zur Aufbewahrung überlassen, welches sich nun im Besitz von Frau Vermehr befindet. Ich denke, Sie sollten darüber Bescheid wissen. Außerdem möchte ich mich korrekt verhalten und kein wichtiges Material zurückhalten. Ich bin, wie Sie wissen, Bürgermeister und auch mit Ihren Eltern befreundet, Max. Die kleinste Verfehlung kann mich meine politische Karriere kosten. In drei Jahren möchte ich in Rente gehen. Gerade habe ich das Gefühl, dass sich der Mord an Dr. Spögler zu einem riesigen Skandal auswachsen wird, und ich habe keine Lust, deshalb mein Amt aufzugeben.«

»Skandal?« Inzwischen hatte die Kopie den Besitzer gewechselt und Max warf einen ersten Blick auf die handschriftlich verfassten Zeilen.

»Lesen Sie den Brief. Mehr weiß ich auch nicht.«

»Warum haben Sie für Dr. Spögler das Schreiben überhaupt aufbewahrt, und wie lange haben Sie es schon?«

»Er hat mir vertraut, wie das unter Freunden üblich ist. Vor fünf Jahren, als Lui Vermehr auf dem Gymnasium in Altötting eingeschult wurde, hat Hias den Brief mir übergeben und mein Ehrenwort bekommen, dass ich ihn nach seinem Tod Larissa und ihrem Sohn persönlich vorlesen werde. Damals begannen gerade die Ermittlungen gegen ihn wegen des Menhart-Falls. Wortwörtlich hat er gesagt, dass er um sein Leben fürchtet, wenn der junge Menhart weiter durchdreht. Deshalb hat er das Schriftstück verfasst, verstehen Sie? Weil er wirklich dachte, dass ihn bald der Gevatter Tod holt.«

*

Ihm wurde heiß. Unter den Latexhandschuhen hatte sich schon eine Suppe aus Schweiß gebildet, dass ihm das Arbeiten schwerfiel. Wo war das verdammte E, wenn man es brauchte? Auf dieser Zeitungsseite des Alt-Neuöttinger Anzeigers fand er ungewöhnlich viele U, aber genau für diesen Buchstaben hatte er überhaupt keine Verwendung. »Keine Spuren hinterlassen«, hämmerte es in seinem Kopf. Vorsichtig griff er zu einer Schere und schnitt ein Ausrufezeichen aus. Für sein Werk brauchte er noch ein achtes E, das ihm plötzlich auf der nächsten Seite im Wort »Landeszentrale« entgegenleuchtete. Na, endlich! Seine Hand griff zu einer Tube mit Alleskleber und Stück für Stück reihte er die Buchstaben aneinander, bis sie einen ganzen Satz ergaben. Die Arbeit erinnerte ihn an seinen Setzkasten in der Grundschule. Der Text würde heute Abend hoffentlich die gewünschte Wirkung entfalten.

*

Was Max aus dem Brief erfahren hatte, war eine Neuigkeit, die alles in einem anderen Licht erschienen ließ. Larissa Vermehr wartete auf dem Gang, während Fäustl und er in ihrem Büro bei zwei frischen Tassen Kaffee immer wieder die Zeilen Spöglers überflogen.

»Kramer, glaubst du, dass die Vermehr wirklich mit drinhängt?«

Max hielt den Brief ins dämmernde Spätnachmittagslicht. »Gehen wir davon aus, dass der Brief echt ist. Ich habe zumindest keinen Grund, daran zu zweifeln. Dann habe ich jetzt einen Verdächtigen mehr auf der Platte.«

Fäustl überlegte und biss sich dabei auf die Unterlippe. »Den Kleinen?«

»Nein.«

»Echt, den Bürgermeister?«

Max schüttelte den Kopf. »Naaaa! Den uns unbekannten Exmann Vermehr natürlich, der vielleicht rausgefunden hat, dass der Spögler ihm vor fünfzehn Jahren Hörner aufgesetzt hat.«

Das leuchtete ein. Fäustl stieß einen bewundernden Pfiff aus. »Im Um-die-Ecke-Denken bist du einfach besser als ich, Kramer. Respekt.«

»Also, hol die Landrätin bitte rein. Sie soll uns jetzt mal ein paar Takte zu ihrem Privatleben und ihrem Exmann erzählen.«

Sein Kollege steckte den Kopf durch die Tür hinaus auf den Gang und rief Larissas Namen, dann öffnete er ganz und ließ die Gerufene eintreten. Max bedeutete ihr, am Schreibtisch Platz zu nehmen, was sie auch schweigend tat. Fäustl blieb stehen, während Max Spöglers Brief auf die Tischplatte legte. Als Larissa das Schreiben erkannte, wurde sie kreidebleich.

»Erzählen Sie uns doch mal was zu diesem Thema«, sagte Max und nahm auf der gegenüberliegenden Seite in seinem Drehstuhl Platz.

»Verdächtigen Sie mich, Kommissar?«

»Nein. Was hätten Sie denn von einem Mord?« Max bemühte sich, ruhig und freundlich zu klingen. »Sie müssen aber zugeben, dass dieser Brief des Opfers dem ganzen Fall eine ungeahnte Wendung gibt. Weiß ihr Exmann davon?« Mit seinem Fuß stieß er sich von seinem Schreibtisch ab und glitt einen guten Meter zurück, um Larissa komplett in Augenschein nehmen zu können.

»Claudio?«, fragte sie erschrocken.

»Ist das der Vorname von Herrn Vermehr? Sie tragen doch noch den Nachnamen Ihres letzten Mannes, oder?«

Larissa nickte.

»Und dieser Herr ist der offizielle Vater von Lui?«

Abermaliges Nicken.

»Also, weiß er, dass Lui nicht sein leibliches Kind ist?«

»Nein.« Sie schluckte.

»Sie haben mit ihm nie darüber gesprochen?«

»Nein. Und wäre es nach mir gegangen, wäre die Sache auch unter Verschluss geblieben.«

»Hatten Sie deshalb gestern eine Auseinandersetzung mit Dr. Spögler?«

»Wirklich nicht, das müssen Sie mir glauben. Aber …« Larissas Blick wanderte Hilfe suchend zur Decke. »Aber wenn man so ein Geheimnis teilt und seit Jahren eine diskrete Affäre am Laufen hält, dann …« Ein tiefer Seufzer folgte. »Dann wird man manchmal von Kleinigkeiten getriggert, die dem Außenstehenden ganz banal vorkommen, aber für einen selbst sehr verletzend sind. So ungefähr war das gestern Abend.«

Max rollte mit seinem Stuhl wieder etwas näher an Larissa heran. »Wer wusste von Ihrer Verbindung zu Dr. Spögler?«

»Niemand.«

»Wo lebt ihr Exmann?«

»In Baden-Baden.«

Fäustl legte einen Papierblock und einen Bleistift neben Larissa auf den Schreibtisch. »Bitte notieren Sie für uns seinen Namen und seine Adresse.«

Sie zögerte. »Ich würde ihn gerne selbst anrufen beziehungsweise erst mit Lui reden, wie wir das mit seinem Vater regeln, bevor …«

»Wir werden uns nicht in Ihre Familienangelegenheiten einmischen.«

»Warum wollen Sie dann seinen Kontakt?«

»Das geht Sie nichts an!«

*

Es blieb keine Zeit mehr, sich einen Plan B oder C zu überlegen, YouTube-Tutorials zu studieren oder eines der Kochbücher in Spöglers Küche zu durchforsten. Brühwürfel und Currypaste hatte Maria Evita in einem Schrank gefunden, damit hatte das Schicksal sich für die ayurvedische Gemüsebrühe entschieden. Sie konnte sich nicht nur dunkel an Fräulein Schosis Gebräu erinnern, sondern sehr lebhaft, auch wenn sie ihr gegenüber am Telefon etwas völlig anderes behauptet hatte. Vor gut einem Jahr war Fräulein Schosi damit Monsignore Hirlinger so auf die Nerven gegangen, dass sie ihn wegen des wochenlangen Curry-Konsums fast in eine Lebenskrise gestürzt hatte. Egal, das lag in der Vergangenheit und war unter vollkommen anderen Vorzeichen geschehen. Die ayurvedische Gemüsebrühe würde Andi und Romy schon schmecken, davon war sie überzeugt. Punkt, Aus, Komma, Schluss. Sie atmete einmal kräftig durch und schob dann alle Zweifel beiseite. Aus dem Nebenraum holte Maria Evita Karotten, Kartoffeln und Sauerkraut, stellte alles auf die hölzerne Arbeitsfläche neben dem Herd und sah sich dann nach Trockenobst um. Auch hier wurde sie schnell fündig. Eine Packung Studentenfutter leuchtete ihr in bunter Verpackung aus dem Getreideregal entgegen. Sie öffnete diese, kippte den Inhalt in eine Schüssel und weichte das Ganze mit einem großzügigen Schluck Leitungswasser ein. Von Nüssen und Mandeln hatte Fräulein Schosi zwar nichts erwähnt, aber sie würden in der Suppe sicher auch nicht stören.

Zuerst putzte Maria Evita das Gemüse, schnitt es in mundgerechte Stücke und vermengte es schließlich mit dem Sauerkraut, mehreren Esslöffeln Currypulver, gut zwei Litern Wasser und einem veganen Brühwürfel. Diese Mischung setzte sie auf den Herd und brachte alles bei kleiner Flamme zum Kochen. Nun hieß es warten, bis es gut durchgegart war. Die Zeit bis zum Abendessen nutzte Maria Evita, um die Küche gleich wieder auf Vordermann zu bringen und die Spuren ihrer Küchenschlacht zu beseitigen. Sie packte die Gemüseabfälle in eine Schüssel und schob die leere Studentenfutterpackung in die Tasche ihres Habits. Draußen bei den Tonnen würde sicher ein Kompost oder eine Bio-Tonne zu finden sein.

Gegenüber der Haustüre am Fuß des großen Hügels, zu dessen Spitze sich Burgkirchen am Wald befand, war ein kleiner Holzstadel errichtet worden, der gleichzeitig für die Mülltonnen und für die Autos als Unterstand diente. Die Türe ließ Maria Evita offen stehen und überquerte die große Einfahrt. Rechts neben dem Stadel entdeckte sie tatsächlich einen Kompost, in den sie alle Gemüseüberbleibsel warf, um dann die Studentenfutterpackung im Hausmüll zu entsorgen. Als sie jedoch den schwarzen Deckel der Restmülltonne hob, hielt sie inne und runzelte verwundert ihre Stirn. Das Behältnis war bereits bis an den Rand gefüllt. Vor ihr waren verschiedene Fotoalben in mehreren Schichten gestapelt. Beherzt griff sie zu und hob drei Alben heraus. Dann bemerkte sie drei silberne Bilderrahmen hinten in der Tiefe, die ebenfalls noch ein Foto enthielten. Neugierig zog Maria Evita die drei gerahmten Bilder heraus. Eines war ein Porträt von Hias Spögler. Das andere zeigte ihn mit seiner zweiten Ehefrau und das dritte war ein Bild von Andi auf seiner Abiturfeier, wie er gerade vom

Direktor sein Zeugnis überreicht bekam. Seltsam, dass hier dieser Erinnerungsschatz im Müll gelandet war.

Vorsichtig legte sie alle drei zurück und klappte stattdessen eines der Fotoalben auf. Ihre Augen überflogen die erste Seite. Handschriftlich stand dort zu lesen, dass es sich um ein Geschenk zum 50. Geburtstag für Andis Stiefmutter handelte. Alle Bilder zeigten Spöglers Ehefrau in unterschiedlichen Lebenslagen und daneben hatte jemand witzige Sprüche geschrieben oder einen unsinnigen Trinkspruch. »Wasser macht weise, fröhlich der Wein, drum trinke sie beide, um beides zu sein«, stand unter einem Bild, auf dem die Frau mit einem Sektglas dem unbekannten Fotografen zuprostete.

Plötzlich räusperte sich jemand in ihrem Rücken. Maria Evita zuckte vor Schreck zusammen.

*

Nachdem sie Larissa Vermehr aus der Befragung entlassen hatten, gaben sich Fäustl und der Spusi-Toni wortwörtlich die Klinke in die Hand. Fäustl wechselte das Büro, um Claudio Vermehr zu erreichen und festzustellen, wo er sich im Moment aufhielt, und der Spusi-Toni konnte mit einer ersten Einschätzung des Schriftabgleichs aufwarten. Schwungvoll nahm er auf Max' Schreibtisch Platz und legte zwei Vergrößerungen des Fotos und eines Teils der handschriftlichen Aufstellung vom jungen Menhart hin. Manche Stellen waren darauf mit einem Textmarker hervorgehoben worden. »Max, das ist jetzt noch kein fertiger Bericht, sondern nimm es bitte erst mal nur als Tendenz.«

»Wann wird aus der Tendenz eine Aussage?«

»Spätestens morgen, denn mein Experte hat noch nicht genügend Übereinstimmungen beisammen, aber ich geb dir gerne einen Zwischenstand, weil ich ja weiß, wie ungeduldig du bist und wie sehr die Zeit tickt.«

»Raus mit der Sprache!« Max' Hände begannen zu kribbeln.

»Also …« Der Spusi-Toni trommelte mit den Fingern auf die Tischplatte und ahmte, um die Spannung noch zu erhöhen, eine Trompete nach. »Tatatata!«

»Lass den Quatsch, bitte«, sagte Max, und der Spusi-Toni kam endlich zum Punkt.

»Sehr wahrscheinlich von ein und derselben Person.«

»Alter, krass«, entfuhr es Max. »Ich brauche diese Aussage halt hundertprozentig.«

»Mein Mann tut, was er kann.« Beschwichtigend hob der Spusi-Toni seine Hände.

»Der Schmierfink ist damit leider zum Verdächtigen Nummer eins in der Mordsache Spögler geworden.«

Gerade als der Spusi-Toni etwas sagen wollte, ging die Türe auf und ein fröhlich pfeifender Fäustl kam herein. Die Töne traf er besser als sonst, sie waren aber nach wie vor weit davon entfernt, eine erkennbare Melodie zu ergeben. »Also Burschen, den Vermehr habe ich an seinem Handy sofort erreicht, der ist gerade in London und angeblich seit einer Woche dort. Habe mir von ihm die Festnetznummer seines Hotels geben lassen, ihn unter dieser tatsächlich auch erreicht und somit hat der Gute ein Alibi.«

Max griff nach den Vergrößerungen des Spusi-Tonis und wedelte damit in der Luft. Dann ließ er den Leiter der Spurensicherung das vorläufige Ergebnis für Fäustl wiederholen.

»Schau an, schau an, hat der Menhart also wahrscheinlich doch die ganzen Schmierereien verbrochen.« Er schien kurz zu grübeln. »Sollen wir ihn scho packen?«

Max schüttelte den Kopf. »Wir warten auf den Bericht. Aber wenn er da ist, bleibt uns wohl nix anderes mehr übrig. So leid es mir für den Florian Menhart tut.«

»Kramer, du glaubst doch nicht, dass es der junge Menhart war, oder?«

»Nein!«

Fäustl kratzte sich am Kopf. »Warum? Kannst du mir das beantworten?«

»Das sagt mein Bauch.«

»Na gut, dann will ich mich mal deinem Gefühl anschließen.« Max glaubte, sich verhört zu haben. Ohne ihn, wie gewohnt, zu belehren oder mit irgendetwas aufzuziehen, begann Fäustl zu summen, fügte dann noch irgendwelche Nonsens-Silben wie »Schupdubidup-dup-dup« hinzu, bis daraus halb musikalische Wörter entstanden: »Schenk mir doch ein kleines bisschen Liebe, Liebe …«

»Warum bist du denn auf einmal so gut drauf?«, erkundigte sich der Spusi-Toni und wechselte mit Max einen vielsagenden Blick.

»Ach, nur so«, unterbrach Fäustl seinen Gesang.

*

»Mach dir keine Gedanken! Ich bin echt froh, dass du da bist.« Überschwänglich umarmte Andreas Spögler seine Schulfreundin und die Mitabiturientin seiner Frau. Vevi Unterprammer, jetzt Schwester Maria Evita, hatte er schon eine gefühlte Ewigkeit nicht mehr gesehen. »Mir und Romy wächst alles seit heute Vormittag echt über den Kopf, Vevi.«

Maria Evita klappte die Mülltonne zu. »Ich möchte euch wirklich helfen, war mir aber nicht sicher, ob du das überhaupt möchtest oder falsch verstehen würdest.«

»Ach, Schmarrn. Allerdings finde ich deinen Aufzug etwas befremdlich.«

»Ich mag meinen Habit. Und außerdem habe ich nix anderes anzuziehen.«

»Nenn mich Antichrist, aber du weißt, dass ich mit diesem religiösen Zeugs absolut nix anfangen kann.«

»Ja, und das ist mir vollkommen gleichgültig. Mein missionarischer Eifer hält sich in Grenzen.«

Seine Augen waren rot angeschwollen. Andi musste in den letzten Stunden viele Tränen vergossen haben. Nun hatte er sich wieder im Griff und war zwischen seinen Sätzen sogar immer wieder zu einem kurzen

Lächeln fähig. Er deutete auf sein Haus. »Komm, lass uns reingehen. Hier ist es doch ein bissal kühl. Was wolltest du denn beim Müll?«

»Abfälle entsorgen. Ich hab nämlich für euch gekocht.«

Nachdem Andi kurz stehen geblieben war, sah Maria Evita, dass er skeptisch dreinblickte. Also setzte sie hinzu: »Vegan.«

Darauf lachte Andi tatsächlich. Er wirkte erleichtert.

*

Kompositorisch betrachtet stimmte an der Curry-Gemüse-Obst-Brühe eine ganze Menge nicht. Weder Andi, Romy noch Maria Evita konnten genau beschreiben, von welchem Parameter zu viel und von welchem zu wenig drin war. Sauerkraut, Rosinen und Kartoffeln auf der einen Seite vertrugen sich nicht mit Karotten, Mandeln, Cashewkernen und Haselnüssen auf der anderen. Das aufdringliche gelbe Currypulver gab diesem Eintopf dann den Rest. Nachdem sich alle drei an den Spögler'schen Küchentisch gesetzt hatten, wünschten sie sich einen »Guten Appetit«. Als der erste Löffel Gaumen und Zunge passiert hatte, setzte ein ungewöhnlich langes Schweigen bei Tisch ein. Romy schloss sogar ihre Augenlider. »Vorzüglich«, lobte sie mit halb erstickter Stimme, wobei jedem klar war, dass dies nicht der Wahrheit entsprach.

Andi schloss sich mit einem »interessant« an, was Maria Evita mehr traf als Romys Geflunkere eben.

»Schmeckt furchtbar«, sagte Maria Evita beschämt.

»Na ja.« Andi wiegte seinen Kopf hin und her. »Das ist schon ein starkes Wort. Sagen wir mal so: Ich würde es mir im Lokal kein zweites Mal bestellen.«

»Hast du dir diesen Eintopf selber ausgedacht oder gibt es dazu ein Rezept?«, fragte Romy, während sie nach ihrem Glas griff. Sie nahm einen großen Schluck Mineralwasser, der allerdings den penetranten Currygeschmack nicht hinfortspülen konnte.

»Es stammt vermutlich von Worst Of Chefkoch«, schmunzelte Maria Evita. »Ich habe noch nie vegan gekocht und in meiner Verzweiflung eine Bekannte angerufen. Sie hat das Rezept aus dem ayurvedischen Basiskochkurs von der VHS. Diese Kochschule werde ich auf alle Fälle nicht besuchen. Vorschlag: Ich entsorge das jetzt und dann essen wir Brot oder Müsli.« Sie stand auf und kippte ihren Teller zurück in den Suppentopf, der in der Mitte des Tisches stand. Romy reichte ihr ihren Teller und Andi tat es ihnen gleich.

»Müsli ist eine ausgezeichnete Idee.« Auch Andi erhob sich und ging zum Kühlschrank.

»Ich finde es trotzdem klasse, dass du da bist«, sagte Romy.

»Morgen gibt's einfach Salat«, meinte Andi. Aus dem Kühlschrank holte er eine Packung Soja-Joghurt.

Den Essensvorschlag für den nächsten Tag begrüßten Romy und Maria Evita ebenfalls.

»Vevi, ich hab da mal eine Frage«, sagte Romy zögerlich und damit war klar, dass sie ein völlig anderes Thema anschneiden wollte.

»Was bitte?«

»Das klingt nach Frauengespräch«, sagte Andi und holte drei kleine Schüsseln aus dem Schrank. »Verzieht euch doch aufs Sofa, ich bring das Müsli und geh nach oben. Bin echt fertig und muss wieder allein sein, zum Nachdenken.«

Maria Evita stand auf und reichte Romy ihre Krücken, die am Herd lehnten. »Soll ich dir helfen?«

»Nein, das kann ich alleine. Vielen Dank.«

Im Wohnzimmer angekommen, setzten sich beide auf die Couch und Romy benutzte den Sessel, um ihr verletztes Bein abzulegen. Es sah aus, als würden zwei Teenies gleich über Jungs quatschen wollen. Maria Evita hatte ihre Beine angewinkelt und ein Kissen umschlungen.

Andi brachte ihnen das Müsli und verabschiedete sich ins obere Stockwerk. Als er die Türe hinter sich zugezogen hatte, kam Romy auf die vorher angekündigte Frage zurück. »Warum bist du wirklich bei uns?«

Maria Evita nahm einen tiefen Atemzug und Max' Gesicht erschien in ihren Gedanken. »Um euch zu helfen.«

Romy glaubte ihr kein Wort. »Und wirklich? Du darfst doch als Dienerin Gottes mich jetzt nicht anschwindeln, oder?«

»Ja, es gibt noch einen anderen Grund.« Es ärgerte Maria Evita, wie leicht sie zu durchschauen war. Menschen, die sie schon länger kannten, konnten in ihrem Gesicht lesen wie in einem offenen Buch.

»Du willst uns bekehren.«

Auf diese Vermutung hatte Maria Evita gewartet. »Nein, um Gottes willen! Ich habe es im Kloster nicht mehr ausgehalten.«

Romy griff nach ihrer Hand. »Echt, du willst deinen katholischen Verein endlich verlassen?«

Sie zögerte, darauf zu antworten. Ihre Zunge lag auf einmal bleischwer in ihrem Mund, da ihr die ganze Kussgeschichte, ihr Schweigegelübde bis Ostern und was sonst alles noch zu dieser verworrenen Geschichte gehörte, nicht leicht über die Lippen kam. Plötzlich entwich ihr ein befreiendes »Ahhhh«, gefolgt von einem ehrlichen »Nein, auch nicht«.

»Lass dir doch nicht jedes Wort aus der Nase ziehen. Was ist jetzt genau los?«

»Ich habe ein riesiges Problem mit Max«, sagte Maria Evita. Romys Augen weiteten sich, sie gab aber keinen Kommentar dazu ab, sodass Maria Evita bereits dachte, sie könne mit dem Namen nichts anfangen. »Kramer«, fügte sie deshalb eine Spur lauter hinzu. Als Romy immer noch keine Reaktion zeigte, wurde ihre Stimme noch deutlicher: »Mein Exfreund.«

»Wie kann man mit dem bitte ein Problem haben? Ich kenne Max, der gehört zu den besten Menschen der Welt. Er war wegen Hias heute Vormittag bei uns.«

Bei Romys Worten wurde ihr klar, dass ihre Freundin nicht wissen konnte, worin ihr eigentlicher Konflikt bestand. »Ich mag jetzt nicht darüber reden.«

»Du willst in meinem Haus ein paar Tage übernachten, dann will ich auch genau wissen, warum.«

Die Finger, mit denen Maria Evita das Kissen hielt, krampften sich in den Bezugsstoff. »Ich erzähle dir kurz, worum es geht. Du hörst bitte nur zu und gibst mir keinen Rat. Und dann reden wir über etwas anderes. Okay?«

»Wenn du dich dann wieder entspannst.«

Maria Evita zögerte. »Max hat mich bei einem heimlichen Abendessen geküsst, und wir wurden von der ehrwürdigen Mutter Oberin dabei erwischt.«

»Oh.« Romy blieb der Mund offen stehen. »Damit habe ich jetzt nicht gerechnet. Liebst du ihn?«

»Nein. Herrgott, ich weiß es nicht! Ich bin vollkommen durcheinander. Das Kloster ist eigentlich mein Zuhause.«

»Und uneigentlich?«

»Gerade fühlt es sich nicht richtig an, dortzubleiben. Die ehrwürdige Mutter hat mir nahegelegt, dass ich mir über mein Leben klar werden soll.«

»Da gebe ich dieser Ordensfrau sogar recht.«

»Aber was heißt das?«

»Dass du eine Entscheidung treffen sollst, wie du dir deine Zukunft vorstellst. Ich sehe dich bis zum Ende deiner Tage nicht im Kloster.«

»Sondern?«

»Mit Kind, Mann und Hund in einem Reiheneckhaus in Altötting.«

»Das ist doch nicht dein Ernst.«

»Doch«, sagte Romy und grinste.

Jeder Gedanke an diese Geschichte tat ihr weh.

Romy sah sie durchdringend an. »Warum bist du eigentlich noch bei diesem Verein dabei?«

»Warum?« Nun fehlten Maria Evita die Worte. »Tja, warum?«, sagte sie nachdenklich. »Ich will darüber jetzt nicht mehr reden, bitte.«

Freundschaftlich klopfte Romy auf Maria Evitas Schulter. »Wie du möchtest.«

Seit ihrem Abitur war schon einige Zeit vergangen, aber es fühlte sich in diesem Moment an, als wären sie erst gestern noch zusammen aufs Gymnasium gegangen. »Anderes Thema: Wie geht es dir, wegen deinem Schwiegervater?«

Romy zuckte mit den Schultern. »Ehrlich gesagt: weder gut noch schlecht. In mir fühlt es sich völlig leer an. Sein Tod ist bei mir noch nicht ganz angekommen.«

»Mochtest du ihn?«

»Ja, aber wir hatten kein herzliches Vater-Schwiegertochter-Verhältnis, wenn du das meinst. Hier ist alles zu eng. Mit dem Schwiegervater in einem Haus und dann noch die Praxis unter demselben Dach. Manchmal hab ich das Gefühl, verrückt zu werden. Beziehungsweise hatte, denn nun wird sich einiges bei uns entspannen.«

»Hast du auch in der Praxis mitgearbeitet?«

»Ja, das hat sich so ergeben.«

»Ich dachte, du hast BWL studiert.«

»Hab ich auch. Deshalb bin ich für alles und nichts bei uns in der Praxis zuständig. Büro, Telefon und wenn es sein muss, streichle ich auch die Katzenbesitzerin, deren Schützling wir gerade einschläfern. Ein Hansdampf in allen Gassen sozusagen.«

»Ich war vorher bei euren Mülltonnen. Warum schmeißt ihr so viele Fotos von Hias und seiner zweiten Frau weg? In meinen Augen ist es sehr wichtig, dass man zur Bewältigung der Trauer die Erinnerungen an die geliebte Person behält.«

»Wir haben was?«, fragte Romy entgeistert. »Also ich ganz bestimmt nicht.«

»Dann war das wohl Andi. Fotoalben und drei gerahmte Bilder von der Abiturfeier und so weiter.«

»Er ist heute nicht ganz bei sich, wie du vielleicht schon gemerkt hast. Mir geht es auch nicht gut. Wir beide haben den Tag über mehrere Hochs und Tiefs erlebt. Dass er die Alben wegschmeißt, ist sicher nur eine Kurzschlusshandlung.«

In diesem Moment barst die Scheibe der Terrassentüre mit einem ohrenbetäubenden Klirren, das den ganzen Raum erfüllte. Unzählige Scherben lagen auf dem Wohnzimmerboden. Ein gellender Schrei entfuhr Romy, und Maria Evita duckte sich vor Schreck in das Kissen auf ihrem Schoß. Neben ihnen lag ein Pflasterstein, der mit einem Papier umwickelt war. Jemand hatte ihn vom Garten aus durch die Schiebetür geschleudert.

VII. GLANZVERKLÄRT, UNTER SCHERBEN

Aus Romys Gesicht war jegliche Farbe gewichen. »Da … da ist jemand«, keuchte sie.

Maria Evita hatte sich als Erste wieder im Griff, sprang von der Couch und schritt vorsichtig über die knirschenden Scherben hinweg zur Terrassentür. Draußen war es dunkel und sie konnte niemanden entdecken. Sie lauschte nach verdächtigen Schritten, aber ein Windstoß, der in diesem Moment durch die Bäume im Spögler'schen Garten strich, überdeckte jedes andere Geräusch.

Romy beugte sich von der Couch zu dem eingewickelten Pflasterstein hinunter, der unweit von ihr zum Liegen gekommen war. Der Werfer musste eine ungeheure Kraft besitzen, um diesen schweren Quader so weit ins Zimmer schleudern zu können. Romy wickelte den Stein mit zitternden Händen aus. Auf die Din-A4-Seite hatte jemand aus einer Zeitung ausgeschnittene Buchstaben geklebt. Sie hielt ihn Maria Evita entgegen und las: »So bekommt doch jeder am Ende, was er verdient!«

Vom Hausgang kam Andi ins Wohnzimmer gerannt.

»Was ist passiert? Warum schreit ihr so laut?« Als er die gesplitterte Scheibe und den Pflasterstein entdeckte, ballte er seine Faust. »Jetzt sind die Menharts echt zu weit gegangen.«

Romy nickte und reichte ihm den Zettel. »Warum können die nicht einfach aufhören und uns in Ruhe lassen? Papa ist tot, was wollen die denn noch?«

*

Nach einer kurzen Verschnaufpause hatte Romy nicht mehr lange überlegt, was nun zu tun war, sondern Max auf seinem Handy angerufen. Zwanzig Minuten später war er vor Ort. Jeder hatte ihm angesehen, dass er hier mit Maria Evita als Letztes gerechnet hatte, aber er fragte vorerst nicht nach dem Grund ihrer Anwesenheit.

Vorsichtig durchquerte er das Wohnzimmer, vermied so gut es ging auf die Scherben zu treten, dokumentierte alles mit seiner Handykamera und verpackte den Pflasterstein in Plastik. Währenddessen erzählten ihm Romy und Maria Evita im Telegrammstil, was passiert war. Max nickte zwischen ihren Sätzen und sah dann streng auf das Papier und den eingetüteten Stein. »Bitte für die Zukunft merken: Nichts anfassen an einem Tatort! So wird das für die Spurensicherung schwierig. Ich hoffe natürlich, dass ihr nie wieder in so eine Situation geratet.«

Andi stand im Türrahmen und beobachtete die Situation mit verschränkten Armen. Er überließ den beiden Frauen das Reden, die sich immer noch nicht beruhigt hatten. »Ihr habt wirklich keinen gesehen?«, fragte er schließlich.

Romy und Maria Evita schüttelten den Kopf. »Nein.«

Aus seiner Jackeninnentasche zog Max erneut sein Mobiltelefon. »Das wird wohl eine lange Nacht.« Er drückte ein paarmal auf seinem Display herum und hielt sich das Handy schließlich ans Ohr. »Servus, Toni, freu dich auf spätabendliche Gartenarbeit.«

»Müsst ihr das unbedingt heute noch erledigen?«, kam von Andi, der sich mit einer Hand die Schläfen massierte, als hätte er Kopfschmerzen.

Max warf ihm einen verständnislosen Blick zu und umriss für den Spusi-Toni, was passiert war und dass sie im Garten nach Spuren suchen sollten.

»Ich kann nicht mehr«, hörten die Anwesenden Andis Stimme vom Boden, da er unvermittelt zusammengesunken war. Sofort legte Max auf und rannte zu Andi hinüber, der ausgestreckt zwischen Wohnzimmer und Gang zum Liegen gekommen war.

»Was ist los? Geht's dir nicht gut?« Auf den ersten Blick konnte Max nicht erkennen, ob Andi bei Bewusstsein war oder nicht. Er bückte sich und griff nach dessen Hand, um den Puls zu fühlen.

»Passt schon«, presste Andi hervor und zog seinen Arm zurück. Sein Zusammenbruch war also nicht so schlimm, wie von Max zuerst vermutet.

Andi rappelte sich wieder auf. »Wenn ich jetzt noch eine Horde Polizisten die ganze Nacht im Haus habe, wird mir das alles zu viel.«

»Ach, Andi.« Romy stapfte mit ihren Krücken zu ihrem Mann hinüber. »Komm, geh ins Bett und nimm eine Schlaftablette. Wir kümmern uns hier um alles.«

»Hat die Untersuchung des Gartens wirklich nicht bis morgen Zeit?«, begann Andi von Neuem.

»Ich halte es auch für besser, wenn du dich jetzt hinlegst«, sagte Max und griff Andi an seinen Schultern. Nun drehte er ihn in die andere Richtung und schob ihn auf den Gang. Unter seinen Handflächen bemerkte Max ein starkes Zittern, das von Andis ganzem Körper Besitz ergriffen hatte. »Komm, beruhig dich. Wir werden den Täter schon aufspüren, mach dir keine Gedanken. Und die Schlaftablette ist wirklich keine schlechte Idee.«

Von Andi kam keine Gegenwehr, keine weitere Reaktion. Er griff zum Treppengeländer und stieg langsam, fast wie in Trance, in den ersten Stock empor. Romy kam auf ihren Krücken gestützt dazu.

»Kümmer dich um ihn«, sagte Max. »Soll ich dir raufhelfen?«

»Nein, danke. Inzwischen habe ich mit den Stufen wirklich Übung.«

*

Als Max ins Wohnzimmer zurückkehren wollte, bemerkte er, dass Maria Evita verschwunden war. Auch in der Küche wurde er nicht fündig, also sah er vor der Haustüre nach, wo er sie endlich entdeckte.

Sie lehnte links neben der Tür an der Hauswand und betrachtete die Sterne am nächtlichen Himmel. Max lehnte sich ebenfalls an die Wand. Es war eine klare Nacht und es roch bereits nach Frühling. Um sie herum war alles still. Nur vereinzelt war das Rauschen der Bäume zu vernehmen, die das Spögler'sche Anwesen komplett umschlossen. So verweilten sie eine Minute lang nebeneinander und schwiegen sich an, bis Max nicht länger konnte und endlich wissen wollte, was seine Exfreundin im Haus des Mordopfers zu suchen hatte. Außerdem wollte er den Vorfall bei ihrem letzten gemeinsamen Abendessen vor sechs Tagen ansprechen, denn seither war sie für ihn wie vom Boden verschluckt gewesen. Er hatte sich um sie schon ernsthaft Sorgen gemacht. Sie hatte keinen der Anrufe beantwortet, die seine Mutter für ihn mit der Klosterpforte geführt hatte, um herauszufinden, wie es ihr nun ging. Seine Stimmung ging jeden Tag ein Stück weiter nach unten. Diese Wortlosigkeit hier draußen verstärkte sein mieses Gefühl, das er seit diesem Date mit sich herumtrug.

»Ich bin vorher echt überrascht gewesen, dass du hier bei Andi und Romy bist«, eröffnete er das Gespräch.

»Ich bin heute Nachmittag gekommen und bleibe ein paar Tage.«

»Warum?«

»Weil ich meine Nächsten liebe und sie nun jede helfende Hand gebrauchen können. Romy ist ja gehandicapt, wie du siehst.« Bis jetzt hatte Maria

Evita ihren Blick noch nicht gesenkt und Max angesehen, sondern weiter stoisch nach oben gestarrt. Es tat ihm weh, dass sie ihm zunächst bewusst nicht in die Augen hatte schauen wollen.

»Du gehst mir seit einer Woche komplett aus dem Weg und stellst dich tot. Wieso?«

»Ja, bis heute Vormittag habe ich mich auch noch an mein Schweigegelübde gehalten. Überleg mal, warum.« Maria Evitas Stimme klang gereizt.

Max sah sie direkt an. »Ich wollte dich nicht verletzen oder in Schwierigkeiten bringen. Das war echt keine Absicht.«

»Das glaube ich dir sogar.« Ihre Worte klangen eine Spur milder als zu Anfang ihres Gesprächs.

»Ich hätte Murphy's Law bedenken sollen. War ja klar, dass genau in dem Moment, als ich diesen Scherz mache, deine Chefin vorbeilaufen musste.«

»Nenn sie bitte ehrwürdige Mutter, aber nicht Chefin, und bezeichne diesen Kuss nicht als Scherz.«

»Okay, okay! Hast du ihn eigentlich gut gefunden?«

Sie verdrehte die Augen. »Das tut jetzt nix zur Sache.«

»Ich finde, dass diese Frage sogar ganz entscheidend ist.«

Maria Evita stieß sich von der Wand ab, entfernte sich ein paar Meter und drehte sich dann ruckartig um. »Kannst du nicht einfach aufhören, mich zu belästigen?«

Max fühlte einen Stich in seinem Herzen, da ausgerechnet die Frau, die ihm wirklich wichtig war, ihn aufforderte, aus ihrem Leben zu verschwinden. »Belästigen? Das ist hart und ungerecht. Aber wenn du meinst, dass ich dich belästige, dann werde ich ab jetzt grundsätzlich hundert Meter Sicherheitsabstand zu deiner Person halten.«

»Nein, so war das überhaupt nicht gemeint. Sei bitte nicht sauer. Ich … ich … ich weiß einfach nicht mehr, was ich will.«

Max hätte sie nun zu gerne in den Arm genommen, ließ es aber bleiben, da er Angst hatte, die Situation dadurch noch zu verschlimmern. »Was wolltest du denn, als du es noch gewusst hast?«

»In der Gemeinschaft im Kloster leben, aber nun halte ich es dort nicht mehr aus. Deine Einladung anzunehmen, war ein schwerer Fehler.«

»Willst du vielleicht keine Nonne mehr sein?«

Sie zögerte. »Doch.«

An der kleinen entstandenen Pause erkannte Max, dass er mit seiner Frage ins Schwarze getroffen hatte. Sie hatte wirkliche Zweifel an ihrem Dasein, was ihn neue Hoffnung schöpfen ließ. Er liebte diese Frau nach wie vor. Sein Gefühl war nie ganz erloschen und im Moment so stark wie zu ihren gemeinsamen Schulzeiten.

Von der Landstraße bog in diesem Moment ein Auto in die Spögler'sche Zufahrt ein.

»Wir reden nachher weiter«, seufzte Max.

Zwei Scheinwerfer kamen langsam auf ihn und Maria Evita zu und beleuchteten ihre Zusammenkunft.

Als das Fahrzeug zum Stehen kam, erkannte Max den Spusi-Toni am Steuer und einen seiner Männer auf dem Beifahrersitz und einen auf der Rückbank. Sie stiegen aus, warfen beiden im Gehen ein schnelles »Servus« zu, zogen aus ihrem Kofferraum jeweils einen weißen Ganzkörperanzug und streiften diesen über.

»Kramer«, sagte der Spusi-Toni und kam raschelnd auf ihn zu. »Bitte um eine kurze Einweisung.«

Max erzählte, was vorgefallen war, und bat den Toni und seine Männer, im Garten zu beginnen, von wo aus der Täter den Stein geworfen hatte. »Ich hab einen kurzen Blick draufgeworfen. Der Rasen ist in diesem Jahr noch nicht gemäht worden und man sieht deutlich Trittspuren.«

Der Spusi-Toni nickte. »Also Suche nach Schuhabdrücken, Fasern und Schnickschnack. Jungs holt die Festbeleuchtung raus.«

Aus dem Kofferraum zogen die zwei Beamten der Spurensicherung verschiedene Scheinwerfer und zugehörige Stative heraus.

»Wo griang ma an Strom her?«, fragte der kleinere von den beiden und hob eine Kabeltrommel in die Luft.

Maria Evita fühlte sich angesprochen. »Entweder übers Wohnzimmer oder ich glaube, auf der Terrasse sind auch Steckdosen. Ich zeig euch alles.«

Die Männer der Spurensicherung folgten Maria Evita ins Innere.

*

»Nix, nix, nix. Keine Fasern und nur ein halb schauriger Abdruck«, erklärte der Spusi-Toni. Inzwischen war es früher Morgen und die Temperaturen waren wieder weiter nach unten gegangen. Max stand müde und fröstelnd neben seinem Kollegen und hörte sich dessen Ausführungen an.

»Der Täter hat was um die Schuhe gewickelt gehabt. Vermutlich Plastikfolie oder so einen Überzieher aus dem Krankenhaus. Kann man da vorne erkennen, wo das Gras aufhört und er tatsächlich einen Abdruck in der Erde hinterlassen hat. Also ein Profi, wennst mich fragst.«

Max besah sich den kompletten erleuchteten Garten, der von Bäumen und der Landstraße umschlossen wurde. Im hinteren Bereich stand ein alter Schuppen mit Ziegeldach und davor, abgegrenzt durch einen verwitterten Holzzaun, ein kleiner Bauerngarten, der schon jahrelang nicht mehr gepflegt worden war. Abgestorbene Stauden, Äste mit vor sich hin faulenden Früchten, die die Vögel im Herbst verschmäht hatten, und Gestrüpp bildeten einen Wall, der ihn an Dornröschens Schloss denken ließ. Der Pflastersteinwerfer war um ungefähr zwanzig Uhr zu Fuß über den Hof gekommen, um den Praxisteil des Hauses herumgeschritten und dann über den Rasen bis zur Terrasse geschlichen. Max konnte das klar an den sichtbaren Abdrücken erkennen, die die Grasfläche gespeichert hatte. Ihm war kalt. Hinter seiner Schläfe begann ein Ziehen, das, wenn er nicht bald eine Schmerztablette einwarf, sich sicher am nächsten Tag zu einer Migräne-Attacke auswachsen würde. Plötzlich ging ihm ein Licht auf. Er war so überrascht von seinem Geistesblitz, dass das Drücken in seinem Kopf augenblicklich nachließ. Warum war ihm das denn nicht gleich aufgefallen?

Max ließ den verdutzten Spusi-Toni links liegen und lief zurück ins Wohnzimmer, um den Pflasterstein noch einmal in Augenschein zu nehmen. Ihm kam der steinerne Quader sehr bekannt vor. Max hielt die Tüte in das Licht der Wohnzimmerlampe und besah sich das Ding von allen Seiten. Ja, er war auf der richtigen Fährte. Dieser stammte doch sicher aus dem Haufen vor Menharts Hof, wo sie gerade dabei waren, die Zufahrt zu pflastern.

Nachher würde er noch einen kleinen Abstecher zum Menhart-Hof machen und sich ein Vergleichsstück besorgen, bevor er zu seiner Wohnung fuhr, um sich noch kurz aufs Ohr zu hauen. Morgen in der Früh würde er dann den jungen Menhart zusammen mit dem Fäustl in die Zange nehmen und ihn fragen, was dies alles zu bedeuten hatte. Vielleicht war Florian Menhart doch nicht der, für den er ihn hielt. Vielleicht war er ein gestörter Geisteskranker, der nicht nur seine Nachbarn terrorisierte, sondern auch zu einem Mord fähig war. Egal ob Max ihn nun sympathisch fand oder nicht.

*

Die Scheinwerfer, die ihren nächtlichen Garten wie den Rasen eines Fußballstadions erhellten, malten sonderbare Schatten an die gegenüberliegende Wand ihres Bettes. Romy hatte trotz allem bereits eine Zeit lang ruhig geschlafen und im Traum mit Maria Evita zusammen ihren Garten umgegraben. Unerwartet heftig spürte sie, wie Andi sich auf seiner Seite hin und her wälzte und sein Bein ihrem verletzten Knie einen heftigen Stoß versetzte, dass sie vor Schmerzen stöhnte und schlagartig wieder hellwach war. Andi sah richtig elend aus. Der Schweiß stand auf seiner Stirn und mit weit aufgerissenen Augen starrte er zur Balkontüre hinüber.

»Du zitterst ja.« Romy griff nach Andis Hand.

Mehrmals hintereinander schluckte er, bis aus seinem Mund ganz leise und mit viel Atem »Ich bin am Ende« kam.

Romy wusste nicht, wie sie ihrem Mann in diesem Moment wirklich helfen sollte. Ein Gefühl der vollkommenen Machtlosigkeit breitete sich in ihr aus. »Versuch zu schlafen«, sagte sie schließlich.

»Geht nicht.«

Romy nahm Andis kalte Hand und drückte sie sich zärtlich an ihre Wange. »Schatz, hol dir bitte eine Schlaftablette. Ich kann dir nicht weiter zuschauen, wie du dich neben mir zermarterst.«

»Es ist so hell da draußen.«

»Lass die Rollläden herunter.«

»Nein.« Mit einem Ruck sprang Andi aus dem Bett, öffnete die Balkontüre und trat hinaus. Draußen lehnte er sich auf das Geländer und atmete lautstark ein und aus. Nebelschwaden verließen dabei seinen

Mund, denn die kühlen Frühlingstemperaturen machten den Atem sichtbar.

Romy verstand ihren Mann nicht. Sie hätte nie für möglich gehalten, dass der Tod ihres Schwiegervaters Andi so dermaßen aus der Bahn werfen könnte. »Komm zurück und leg dich bitte wieder hin.«

Als von Andi keine Reaktion kam, griff sie nach ihren Krücken, die an der Seite lehnten. »Ich hole dir jetzt eine Schlaftablette aus dem Bad. Wenn ich zurückkomme, liegst du bitte im Bett«, sagte sie streng und humpelte zwei Zimmer weiter.

Ihr Knie schmerzte, als sie zu den Schlaftabletten griff. Aus diesem Grund nahm sie für sich selbst eine Ibuprofen aus dem Badezimmerschrank, die sie mit einem Schluck Wasser sofort hinunterspülte. Da Romy keine Hand freihatte, stopfte sie sich die Palette mit den Pillen kurzerhand in ihre Boxershorts und kehrte zu Andi zurück. Sie war erleichtert, als sie sah, dass er ins Bett zurückgekehrt war. Schweigend reichte sie ihm die Schlaftabletten.

Andi drückte eine aus der Verpackung und schob sie sich in den Mund. »Hoffentlich hilft die jetzt auch«, sagte er.

Romys Augen glitten an ihrem Mann hinab. Neben ihr lag ein völlig anderer Mensch als gestern. Sie fühlte, dass etwas in ihm arbeitete. Wäre sie gläubig gewesen, hätte sie nun gebetet, dass Andi endlich Schlaf finden möge, so schickte sie nur kurz eine Bitte ins Universum, oder was immer da oben war. Langsam kam Andi zur Ruhe und die Wirkung des Schlafmittels setzte ein.

»Warum hast du eigentlich die ganzen Fotos von Hias und Marianne weggeschmissen?«, fragte sie, als Andi kurz davor war wegzudösen.

»Weil er ein Verbrecher war. Und sie eine dumme Nuss«, nuschelte Andi vor sich hin, dann nickte er ein.

VIII. IN DER DUNKELHEIT RUHT EIN SCHATZ

Max' befürchtete Migräneattacke blieb aus. Vor dem Zubettgehen hatte er zwei starke Kopfschmerztabletten eingenommen und sich heute Morgen eine eiskalte Dusche gegönnt. Nun saß er auf seinem Drehstuhl in der Mühldorfer Kriminalpolizeistation und beobachtete die Kaffeemaschine auf dem Fensterbrett. Wie eine Sanduhr tropfte die schwarze Flüssigkeit in die Kanne. Auf ihn wirkte dieses Schauspiel meditativ. Seinen Gedanken ließ er freien Lauf und er versuchte, die bisher bekannten Puzzleteile des Spögler-Falls zusammenzusetzen.

Fäustl war unterwegs, um Menhart persönlich mit den grünen Kollegen aus Altötting beim Frühstück zu überraschen und zum Verhör nach Mühldorf zu bitten. Der Schriftexperte hatte in einer Spätabendschicht doch noch genügend Übereinstimmungen gefunden, um mit Sicherheit sagen zu können, dass beide Schriften ident waren. Somit hatte Menhart die Hauswand der Spöglers beschmiert.

Max war seit den frühen Morgenstunden im Besitz von zwei Pflastersteinen und hatte das Corpus Delicti noch nicht zur Untersuchung gegeben, denn er war sich sicher, dass Menhart bei einer direkten Konfrontation einknicken und ihnen vielleicht sogar den Mord gestehen würde. Das hoffte er zumindest. Denn derzeit war Menhart der Hauptverdächtige in diesem Fall.

Vom Gang her hörte er bereits Fäustls Stimme, der Florian Menhart aufforderte zu warten. Max goss derweil zwei Tassen Kaffee ein und ein paar Sekunden später streckte der Fäustl auch schon seinen Kopf durch die Bürotüre. »Guten Morgen«, sagte er lächelnd und Max hätte ihn fast nicht wiedererkannt. Vor ihm stand ein frisch rasierter, ordentlich gekämmter Mann in einem Sakko, das auch wirklich seiner Größe entsprach. Max war für einen Moment sprachlos.

Fäustl griff nach einer der beiden Tassen und setzte sich ihm gegenüber, während er vergeblich nach der morgendlichen Tüte mit Wurstsemmeln Ausschau hielt. »Hast du heute kein Frühstück dabei?«

»Nein, des wird es ab jetzt nicht mehr geben. Ich mach nämlich ab heute sechzehn zu acht. Sechzehn Stunden werde ich fasten und dann hab ich acht Stunden Zeit, um etwas zu mir zu nehmen. Die Mutter von der Mieze aus der Verwaltung hat so zwanzig Kilo abgenommen.«

»Wann hast du dich denn mit der Evi unterhalten.«

»Gestern.« Fäustl wurde für einen Moment rot, als wäre er ein Teenager. »Was für eine Strategie fahren wir beim Verhör?«, änderte er das Thema.

»Überrumpelung.« Max zog die beiden Pflastersteine aus seiner Schublade. »Geht hiermit am besten, glaube ich.« Er räusperte sich und nahm einen Schluck Kaffee. »Ich bin auf seine Reaktion gespannt, wenn er schnallt, dass wir ihm einen Schritt voraus sind.«

»Sind wir nett oder gleich g'schert?«, fragte der Fäustl, während er ebenfalls einen großen Schluck aus seiner Tasse zu sich nahm und dabei nichts verschüttete oder sich bekleckerte, wie das sonst der Fall war.

»Heute sind wir gute Cops. Das passt ja dann gleich zu deinem Outfit.« Max hatte ein breites Grinsen im Gesicht. »Was ist mit dir passiert? Hast du heute Firmung?«

»Nein, Erstkommunion«, konterte der Fäustl.

»Jetzt sag schon.« Max wusste haargenau, dass Fäustl sich nur wegen Evi Hauenstein so herausgeputzt hatte.

»Ich hab mir halt gedacht, dass es an der Zeit ist, mal wieder ein Sakko aus dem Kleiderschrank zu holen. Des wird sonst bloß ein ungetragener Mottenfraß und des wär ja schad drum. Sonst nix.«

»So?«, kam von Max. Es amüsierte ihn, wie gut der Fäustl doch lügen konnte.

»Ja, völlig ohne Hintergedanken.«

»Was für einen Hintergedanken hätte ich oder du denn haben können?«

»Kramer, du nervst.«

»Dann will ich das mal so stehen lassen. Hol den Menhart rein.«

Fäustl stand auf und rief Florian Menharts Namen. Als dieser eintrat, bedeutete Max ihm, gegenüber Platz zu nehmen, während Fäustl seinen Stuhl um den Schreibtisch herumtrug, um Florian beim Verhör ins Gesicht sehen zu können. Vor ihm breiteten sie die Blätter mit den beiden Schriften aus.

»Deshalb sind Sie also gestern bei uns gewesen«, sagte Florian Menhart fassungslos, als er seine eigenen Aufzeichnungen sah. Er vergrub sein Gesicht in den Händen.

»Kommt Ihnen beides bekannt vor?«

Menhart nickte stumm.

Max lehnte sich in seinem Bürostuhl zurück. »Die Schriften stimmen laut unserem Experten überein. Sie brauchen also gar nicht versuchen zu leugnen, dass Sie das Wort ›Sau‹ auf die Hauswand gesprüht haben.«

»Er hat meinen Vater umgebracht«, sagte Florian Menhart leise. »Er ist eine Sau! Beziehungsweise war eine Sau.«

»Sie geben die Schmiererei also zu?«

Abermals nickte Menhart stumm in sich hinein, als würde er in diesem Moment die Außenwelt gar nicht wahrnehmen. Nun legte Max die zwei Pflastersteine nebeneinander auf den Schreibtisch. »Was sollte das gestern Abend?«

Langsam schien Florian Menhart aus seiner Körperstarre aufzuwachen. Es kam Bewegung in sein Gesicht. »Ich versteh nicht. Was soll was?«

»Diese beiden Steine stammen doch aus dem Haufen vor Ihrem Hof, oder? Den einen hab ich mir zum Vergleich gestern Nacht noch geholt und der andere flog gegen acht Uhr abends durch die Terrassentüre der Spöglers.«

»Das war ich nicht.«

»Halten Sie uns bitte nicht für dumm«, schaltete sich der Fäustl ins Verhör mit ein. Anscheinend wollte er vom good cop zum bad cop mutieren.

»Ehrlich. Fragen Sie meine Familie, ich bin gestern Abend die ganze Zeit zu Hause gewesen.«

»Und Sie haben nicht einmal kurz ohne Zeugen zum Beispiel die Stallarbeit erledigt, oder so?« Fäustl beugte sich über den Schreibtisch und sah Florian Menhart direkt ins Gesicht.

»Doch, das habe ich sogar.«

Nun stieß Fäustl einen kleinen Pfiff aus. »Sehen Sie, und in der Zeit haben Sie eben kein Alibi.«

»Haben Sie keinen Verstand oder sind Sie einfach nur blöd?« Florian Menhart begann, aufgebracht zu gestikulieren.

»Mäßigen Sie sich bitte«, sagte Max mit ruhiger Stimme.

Menhart ließ seine Arme kurz sinken, überlegte ein paar Sekunden, um dann von Neuem zu beginnen. »Wenn ich bei den Spöglers irgendwas durch die Scheibe geschmissen hätte, dann hätte ich unsere Kühe nicht melken können und das habe ich in der Zeit getan, als ich nicht mit meiner Frau in einem Zimmer war, was ich aber um achtzehn Uhr erledigt habe. Um zwanzig Uhr haben wir schon wieder zusammen zu Abend gegessen.« Menhart kratzte sich nervös am Kopf. »Und hätte ich unsere Kühe nicht gemolken oder zu spät oder sonst was, dann wäre spätestens jetzt die Kacke aber so richtig am Dampfen.«

»Platzen dann die Euter?«, fragte Fäustl provokant.

»Ihre Frage verrät mir, dass Sie ein richtiger Trottel sind.«

Fäustl hob langsam seinen Kopf und kniff die Augen zusammen. »Ich sehe über Ihre Beleidigung mal hinweg, aber hören Sie auf, uns hier irgendwelche Märchen aufzutischen.«

»Erstens: Euter können nicht platzen.« Menhart sprang von seinem Stuhl auf, dass dieser mit lautem Gepolter nach hinten kippte. »Und zweitens: Wenn wir Kühe nicht täglich melken, dann bekommen sie eine Mastitis, zu Deutsch eine Brustdrüsenentzündung. Das könnte sich Ihre Frau beim Stillen übrigens auch einfangen.«

Fäustl verzog keine Miene. »Ich bin nicht verheiratet und habe keine Kinder. Wir überprüfen jetzt Ihr Alibi. Geben S' mir mal Ihre Nummer daheim.« Er schob dem jungen Menhart einen Block zu. Der sah zuerst trotzig zur Wand, um dann genervt nach einem Kugelschreiber zu greifen und die Telefonnummer des Bauernhofes zu notieren.

*

Die Wirkung der Schlaftablette dauerte an. Andi beklagte, als er gegen halb neun das erste Mal erwachte, dass er »Matsche im Hirn« habe. Romy verschwand daraufhin, so leise sie eben mit ihren Krücken konnte, und ließ ihren Mann wieder ins Reich der Träume abgleiten. Die halbe Nacht hatte sie sich ihr Gehirn zermartert, warum Andi seinen Vater als Verbrecher bezeichnet hatte. Bisher hatte er über Hias noch nie ein schlechtes Wort verloren. Vielleicht war er kurzzeitig vom eingenommenen Medikament so benebelt, dass er ungewollt vollkommenen Quatsch von sich gegeben hatte. Sie bezweifelte stark, dass er sich daran erinnern würde. Bis in die frühen Morgenstunden hatte sie sich Gedanken gemacht, bis endlich ein tiefer Schlaf über sie kam. Die weggeworfenen Fotos gaben ihr allerdings ein weiteres Rätsel auf. Kurz nach dem Tod des eigenen Vaters fast alle Erinnerungsfotos zu vernichten, war für Romy vollkommen unverständlich. Das alles wirkte auf sie, als wolle Andi den Geist seines Vaters komplett aus ihrem Haus verbannen. Aber warum nur?

Gedankenverloren schleppte sie sich Stufe um Stufe die Treppe zum Erdgeschoss hinunter. In der Küche hörte sie Maria Evita anscheinend ein Selbstgespräch führen, das immer wieder von Geschirrgeklapper unterbrochen wurde. Sie bereitete gerade das Frühstück zu. Doch als Romy ihre Küche betrat, stellte sie erstaunt fest, dass Maria Evita eine weitere Person bei sich hatte. Der vermeintliche Monolog ihrer Freundin entpuppte sich als Zwiegespräch. Am Tisch neben ihrem Vorratsregal saß Fräulein Schosi und hatte einen Kaffee vor sich. Ihr breiter Hintern überragte die Sitzfläche des antiken Holzstuhls um ein Vielfaches.

»Guten Morgen«, sagte Romy erstaunt.

Maria Evita kam auf sie zu und umarmte sie zur Begrüßung, während Fräulein Schosi sitzen blieb und lediglich nickte. Im Gesicht ihrer Freundin zeichnete sich ein falsches Lächeln ab, so als wäre ihr die Situation äußerst unangenehm. »Fräulein Schosi hat mich vorher überrascht … Sie, na ja …«

»Haben Sie eigentlich keine normale Milch oder Rahm da?«, unterbrach Fräulein Schosi das Gestammel der Novizin.

»Nein, Sie wissen doch, dass Andi und ich vegan leben«, gab Romy zur Antwort.

»Ja, Frau Spögler, aber irgendwo hat man doch immer eine Packung versteckt, wenn zufälligerweise Gäste vorbeikommen, oder ned? Und für seinen Schwiegervater hat man doch auch was Normales da. Dass der Hias auch so ein Gemüseapostel war, ist mir neu.«

Romy zuckte erstaunt mit den Schultern. »Also wir haben so was garantiert nicht im Haushalt. Außer vielleicht Mandelmilch, wenn Sie die möchten.«

Nervös nestelte Maria Evita an ihrem Habit herum. »Wie ich Ihnen bereits gesagt habe, Fräulein Schosi. Es gibt hier wirklich keine Kuhmilch im Haus.«

»Dann trink ich ihn halt schwarz, wenn's sein muss. So einen Mandelmatsch schütt ich mir da ned nei.« Missmutig hob Fräulein Schosi ihre Tasse an.

»Vielen Dank für Ihren Besuch. Was können wir denn für Sie tun?«, fragte Romy an Fräulein Schosi gewandt.

»Nicht Sie für mich, sondern ich für Sie.« Fräulein Schosi nahm einen Schluck aus ihrer Tasse und verzog für einen Moment ihr Gesicht.

»Aha. Das heißt?« Romy drehte sich um und wechselte mit Maria Evita einen unsicheren Blick, während diese gerade Teller und Besteck herrichtete und zum Tisch hinübertrug.

»Sie brauchen mich jetzt! Und da bin ich. Unsere Schwester Maria Evita hat mich gestern um mein ayurvedisches Gemüsesuppenrezept fürs Abendessen gebeten und ich weiß ja, dass sie sich schwertut mit dem Haushalt. Mei, manche haben halt nie gelernt, wirklich zuzupacken, und im Kloster, ich bitte Sie, da bekommt man das ja auch nicht gezeigt. Da hab ich mir gedacht, tu ich ein gutes Werk und komm mal vorbei, bis die Beerdigung vom Hias vorbei ist.«

»Ach, das Rezept von dem Curry gestern stammt von Ihnen?«

»Eigentlich von der Volkshochschule, aber ich habe es meinen Bedürfnissen angepasst.«

»Ja, das war wirklich ein durchschlagender Erfolg«, sagte Romy zweideutig, was ein Lächeln in Fräulein Schosis Gesicht zauberte, denn die Ironie in dem Satz war an ihr vollkommen vorübergegangen.

Maria Evita zog einen weiteren Stuhl unter dem Küchentisch hervor. »Komm, setz dich, Romy. Was möchtest du frühstücken?«

Fräulein Schosi hievte gleichzeitig ihre ausgebeulte Handtasche auf den Tisch. »Ich hab mir a paar Gedanken gemacht, was wir für Sie zubereiten könnten.« Verschiedene Gläschen mit Breien in undefinierbaren Farben kamen zum Vorschein. Von Grünbraun bis Lila war alles vorhanden. »Des sind alles noch

Überbleibsel vom ayurvedischen Basiskochkurs aus meinem Kühlschrank.«

Romy bekam es mit der Angst zu tun. »Was ist da drinnen?«

»Unterschiedlich. Des sind alles sogenannte Würzpasten. Warmmachen, Wasser drauf und dann Nudeln oder Reis rein. Ganz einfach und bloß Gemüse. Würden Sie ned vegan leben, dann könnte ma noch an Schuss Rahm reinmachen.« Nun griff Fräulein Schosi erneut in ihre Tasche hinein und förderte eine große Flasche Pfefferminzlikör heraus. »Auf dem Etikett ist extra vermerkt, dass des Schnapsal da auch vegan ist. Des is doch der Wahnsinn, oder?«

»Andi und ich trinken so was nicht.«

»Glauben S' ma's, in so einer Zeit wie jetzt braucht ma ab und zu a Stampal als Nervennahrung. Schwester geben S' ma bitte a Glasl.«

An Maria Evitas Blick erkannte Romy, dass sie nicht wusste, wo sie jetzt hingreifen sollte. »Oben rechts im Schrank über der Spüle«, kam sie ihr zu Hilfe.

Maria Evita fand schnell ein Schnapsglas und brachte es Fräulein Schosi an den Tisch, die es in Windeseile füllte und in einem Zug leerte. Danach gab sie ein befreiendes »Ahhhh« von sich. »Ohne diese Arznei beginnt kein guter Tag«, belehrte sie die beiden Frauen gegenüber. »Laut diesem Fernsehkoch da, ist die Pfefferminze richtig spitze gegen Blähungen und unterstützt den Magen-Darm-Trakt und dann is sie noch voller Antioxidingsda und hilft beim Kampf gegen die radikalen Kräfte.«

Nachdem Romy Fräulein Schosis Ausführungen gelauscht hatte, musste sie amüsiert lachen. »Das ist ja ein wahres Wunderkraut.«

»Ja«, sagte Fräulein Schosi im Brustton der Überzeugung. »Minze hilft in jeder Lebenslage.« Schon füllte sie das Glas wieder und hielt es Romy entgegen. »Da versuchen S' mal.«

»Nein danke, wirklich nicht.« Angewidert verzog Romy ihre Mundwinkel. »Ich bin eben erst aufgestanden. Das ist mir echt zu früh.«

»Na, dann halt ned.« So schnell konnte Romy gar nicht schauen, wie Fräulein Schosi auch den zweiten Likör in sich hineingekippt hatte.

»Prost«, kam aus dem Hintergrund von Maria Evita.

»Also, was mach ma?« Fräulein Schosi rieb sich die Hände, was bei Romy kein gutes Gefühl hinterließ. Diese Frau hatte sie mit ihrem Tatendrang buchstäblich überfahren, aber sie einfach jetzt aus dem Haus zu schmeißen, kam für Romy auch nicht infrage.

»Soll ich vielleicht schon mit den Würzpasten da ein Mittagessen zaubern?«

»Nein!« Wie aus der Pistole geschossen kam dieses Wort über Romys Lippen. Unverständnis machte sich in Fräulein Schosis Gesicht breit.

»Wieso denn nicht?«

»Weil …« Oh Mann, Romy benötigte eine schnelle Lösung und Idee. »Weil …« Wo blieb die Eingebung, wenn man sie brauchte? »Weil ich Ihnen äußerst dankbar wäre, wenn Sie sich im Garten umsehen könnten und ihn in Ordnung bringen. Der Frühling steht ja vor der Türe und gestern Nacht hat dort die Spurensicherung gewütet. Es wäre so lieb von Ihnen, wenn Sie uns das abnehmen könnten.«

»Freilich«, sagte Fräulein Schosi und stand auf. »Zeigen S' mir nur, wo die Gartengeräte und vielleicht ein Paar Arbeitshandschuhe sind. Ich bin körperliche Arbeit gewöhnt.« Bei ihrem letzten Satz warf sie einen verächtlichen Blick auf Maria Evita, die sich aber nicht provozieren ließ.

*

»Ich konnte nix machen. Sie ist plötzlich in der Tür gestanden und hat mich sprichwörtlich überrannt. Mit welcher Ausrede kriegen wir sie jetzt bloß wieder von der Backe? Die lässt sich nicht besonders leicht abwimmeln, das kann ich dir aus eigener Erfahrung sagen.« Verzweifelt und gestenreich erklärte Maria Evita, wie es so weit kommen konnte, dass plötzlich Fräulein Schosi in Romy und Andis Haus aufgetaucht war.

»Komm mal wieder runter. So schlimm ist das nun auch nicht«, versuchte Romy ihre Freundin zu beruhigen. »Atme mal tief durch. Wenn Fräulein Schosi meinen Garten auf Vordermann bringt, kann sie hier ruhig öfter vorbeischauen.«

Von draußen hörten die beiden Frauen ein fröhliches, aber äußerst eigenwilliges »Großer Gott, wir loben dich. Herr wir preisen deine …«

Maria Evita seufzte. »Soll ich uns irgendwoher Ohrenstöpsel holen?«

»Keine schlechte Idee«, lachte Romy.

*

»Also, Ihre Frau kann nicht bestätigen, dass Sie gestern Abend zur fraglichen Zeit schon im Haus waren, Herr Menhart.« Fäustl kam gerade aus dem Nebenzimmer zurück, von wo aus er telefoniert hatte.

»Blödsinn«, entfuhr es Florian Menhart.

»Wo waren Sie?«, fragte Max mit Nachdruck.

Florian Menharts Faust schlug auf Max' Schreibtisch, dass die abgestellten Kaffeetassen davon erschüttert wurden. »Im Stall, Herrgott noch einmal!« Er schwitzte und seine Augen waren glasig.

Max schüttelte ruhig den Kopf und kniff dabei ein Auge zu. »Sie müssen schon zugeben, dass Sie durch diese Schmierereien und das fehlende Alibi nicht gerade im besten Licht dastehen, oder?«

»Ich sag nix mehr ohne meinen Anwalt.« Trotzig verschränkte Florian Menhart seine Arme vor dem Oberkörper.

»Wie Sie wünschen«, sagte Fäustl und schob ihm das Telefon auf dem Schreibtisch hinüber. »Bitte schön. Dann rufen Sie Ihren Rechtsbeistand mal an.«

*

Fräulein Schosis Singstimme erfüllte das ganze Haus. Jedes hölzerne Bauteil wirkte, als würde es im Rhythmus ihres Damen-Basses vibrieren. Romy schien alles gekonnt zu ignorieren. Sie verzog keine Miene und durchforstete das Internet nach der Nummer des Altöttinger Bestattungsinstituts Bauschmidt, von dem sie sich Unterstützung erhoffte, sobald Hias' Leichnam von der Rechtsmedizin München zurückkam.

Maria Evita stand zwischen Herd und Spüle und putzte Gemüse, was sie mittags zu einem großen Salat verarbeiten wollte. Wie vom Donner gerührt zuckten beide gleichzeitig zusammen. Von draußen drang nun nicht mehr Fräulein Schosis Gesang zu ihnen herein, sondern sie hörten Andis Stimme. Er brüllte vom oberen Balkon in den Garten hinunter. Seine Worte waren schwer zu verstehen, denn seine Stimme überschlug sich in rasender Wut. Maria Evita warf den Gemüseschäler aus der Hand und rannte über das Wohnzimmer nach draußen. Die gesprungene Terrassentüre war nur mehr angelehnt und inzwischen mit Plastikfolie verschlossen, weshalb Andi auch in der Küche so gut zu hören war.

Als sie in den Garten trat, sah sie Fräulein Schosi mit einer Gartenschere bewaffnet in dem kleinen umzäunten Bauerngarten stehen. Sie hatte bereits gute Arbeit geleistet und das meiste von dem abgestorbenen Gestrüpp vernichtet. Vollkommen verdattert blickte sie hinauf zum Balkon. Maria Evita drehte sich um und erblickte Andi mit hochrotem Kopf. Seine Faust hatte er zum Himmel erhoben. »Verschwinden Sie hier! Gestern Nacht hat die Spurensicherung hier alles auf den Kopf gestellt und jetzt Sie. Nimmt das gar kein Ende mehr? Ich will einfach meine Ruhe. Und dann kommen Sie einfach in meinen Garten und schneiden hier eigenmächtig alles ab. Was soll das? Wer hat Sie reingelassen? Hauen Sie ab! Sie fette, alte Kuh!«

»Herr Spögler, ich will Ihnen doch nur helfen«, schrie Fräulein Schosi zu Andi hinauf.

»Stecken Sie sich Ihre Hilfe gefälligst sonst wohin. Verpissen Sie sich von meinem Grundstück! Und halten Sie endlich Ihren Rand. Das kann man ja nicht aushalten. Sie foltern mein Gehör mit Ihrem Gesinge da. Das ist Körperverletzung.«

Fräulein Schosi warf die Schere zu Boden und stampfte auf Maria Evita zu. »Des hat ma jetzt davon, wenn man ein gutes Werk tun will. Mich ham S' hier das letzte Mal gesehen. So eine Unverschämtheit.« Hocherhobenen Hauptes drückte sie sich an der jungen Novizin vorbei durch die Terrassentür und rief, als sie diese passiert hatte: »Frau Spögler, Ihr Mann hat anscheinend den Verstand verloren.«

*

Was bildete sich dieser junge Spögler überhaupt ein, so mit ihr zu sprechen? Ihr Unterkiefer zitterte vor Wut, während Fräulein Schosi in kurzen Abständen auf das Lenkrad ihres alten Golfs eindrosch. Vor der Abfahrt bei den Spöglers hatte sie noch zwei Beruhigungslikörchen gekippt, die aber gerade ihre Wirkung noch nicht taten. »Also wirklich… also wirklich«, keuchte sie in einem Selbstgespräch, das immer wieder zu dem Schluss kam, dass Andi Spögler nicht mehr zurechnungsfähig war.

Die Allee zwischen Tüßling und Altötting näherte sich dem Ende und in ein paar Hundert Meter würde sie bereits am Altöttinger Kreisverkehr angekommen sein. Rechts erblickte sie einen Pferdehof und daneben aus dem Nichts eine Polizeikelle. Auch das noch. Fräulein Schosi trat in die Bremse, dass ihr Wagen mit einem Quietschen auf dem Asphalt zum Stehen kam.

Auf der rechten Seite standen wie bereits gestern auf der anderen Seite der Landstraße Seppi Meyerling mit einem Klemmbrett und der kleine Schinke. Beide mit einem süffisanten Grinsen bewaffnet, als sie erkannten, welcher Fisch ihnen gerade ins Netz gegangen war.

»Führerschein und Fahrzeugpapiere«, sagte der kleine Schinke lässig, als Fräulein Schosi ihr Fenster runtergekurbelt hatte. »Und an schönen Gruß von meiner Oma, sie hat den Ochsenfiesel scho vor Jahren entsorgt.«

Seppi Meyerling trat dazu und bückte sich zum Fenster. Kurz schnupperte er ins Wageninnere. »Fräulein Schosi, Sie riechen aber schon ganz schön nach Alkohol. Oh, oh, oh …« Er schmunzelte. »Sind Sie mit einer freiwilligen Kontrolle einverstanden? Durch Blasen, selbstverständlich.«

*

Ihr Knie schmerzte wieder, was auch durch die Einnahme von Medikamenten nicht besser wurde. Sie hörte, wie Andi aus dem ersten Stock zu ihr herunterpolterte, dabei nach ihr rief und nach wie vor Fräulein Schosi beschimpfte, die das Haus bereits längst verlassen hatte. Wären die beiden aufeinandergetroffen, hätte Romy für nichts garantieren können.

Eben hatte es an der Tür geklingelt. »Bitte schau, dass er sich beruhigt, bevor er aufmacht.« Romy drehte sich zu Maria Evita um, die kurz nickte und dann die Küche verließ. Auf dem Gang wechselte sie mit Andi ein paar Worte, dass die ganze Schosi-Geschichte ein riesiges Missverständnis sei und er nun bitte dreimal ruhig durchatmen solle, bevor er dem nächsten Besucher öffnete.

Langsam wurde Romy bewusst, was gestern geschehen war. Bisher hatte sie so unter Schock gestanden, dass sie weder den gewaltsamen Tod ihres Schwiegervaters wirklich wahrgenommen hatte noch das, was das für sie selbst und ihre Ehe bedeutete. Ihr Mann war nicht mehr bei sich. So aggressiv hatte sie ihn noch nie erlebt. Sie fuhr sich mit den Händen übers Gesicht und bedeckte mit ihren Fingern ihre Augen, denn in diesem Moment fing sie an zu weinen. Sie konnte ihre Gefühle nicht mehr kontrollieren, geschweige denn die Tränen zurückhalten. Wie aus weiter Ferne nahm sie wahr, dass zwei Personen ihren Hausflur betraten und von Andi sowie Maria Evita begrüßt wurden. Andis Stimme klang kühl, aber kontrolliert. Sie hoffte, dass in den nächsten Minuten kein weiterer Ausbruch ihres Ehemannes folgen würde.

Viel mehr als die Geräusche vor der Küche zog der Duft ihrer Hände ihre Aufmerksamkeit auf sich. Handcreme. Sie hielt inne und verstand nicht, warum ihr das ausgerechnet jetzt auffiel. Sonst mochte sie diesen leicht parfümierten Geruch, doch in diesem Moment fand sie ihn alles andere als angenehm. Sie ließ ihre Hände wieder auf die Tischplatte sinken und sie schienen von einem Augenblick zum anderen so schwer, dass Romy sie nicht mehr heben wollte. Sie atmete einmal tief durch. Maria Evita und Andi kamen derweil mit einer Frau mittleren Alters und einem Jugendlichen herein. Ihr verschwommener Blick ließ sie die Frau nicht auf Anhieb erkennen, aber irgendwann waren sie sich bereits über den Weg gelaufen. Maria Evita stellte die beiden als Frau Vermehr und ihren Sohn Lui vor. Sofort erschien in Romys Kopf das Wort »Landrätin«, dicht gefolgt von »Schloss« und »Tüßling«. Sie konnte sich selbst nicht erklären, warum sie Larissa Vermehr heute nicht auf Anhieb erkannt hatte. Ihre Nerven trieben mit ihr ein komisches Spiel. Ein ungutes Gefühl beschlich sie. Was wollte diese Frau in ihrer Küche, noch dazu mit ihrem eigenen Sohn? Um ihr Beileid persönlich auszusprechen, hätte sie auch bis zur Beerdigung warten können. Ihr Sohn Lui zeigte keine Regung, hatte aber rot umrandete Augen, als hätte er vorher geweint. Obwohl gestern der Tag der Todesnachricht war, schien erst heute der Tag der Tränen zu sein, dachte

Romy. Der Junge tat ihr leid, obwohl sie den Grund für seine Traurigkeit nicht kannte. Hias konnte auf alle Fälle nicht der Auslöser sein.

»Andreas, gibt es bei Ihnen einen Raum, in dem wir unter sechs Augen ungestört reden können?«, eröffnete Larissa das Gespräch, ohne Romy zu begrüßen.

»Welche sechs Augen meinen Sie denn?«, fragte Andi. An seinem Tonfall erkannte Romy, dass sich ihr Mann Mühe gab, Ruhe zu bewahren.

»Sie, meinen Sohn und mich«, antwortete Larissa.

Diese Zusammenstellung kam Romy höchst seltsam vor, sie sagte aber nichts.

Andis Zeigefinger deutete zum hinteren Teil des Hauses. »In meiner Praxis. Dann kommen Sie beide bitte mal mit.«

Romy und Maria Evita sahen den drei nach, wie sie aus der Küche verschwanden. Keine von beiden konnte mit dem Auftritt von Larissa und Lui Vermehr etwas anfangen. Mit einem großen Fragezeichen auf der Stirn sah Romy zu Maria Evita auf, die ihren Gesichtsausdruck mit einem Schulterzucken beantwortete. Sie wollte gerade wieder etwas sagen, als auf dem Gang das Festnetztelefon klingelte.

IX. VON UNERMESS'NEM WERT

»Eins Komma zwei Promille und es is no ned amal Mittag. Ts, ts, ts ... Wo waren Sie denn beim Frühschoppen?« Seppi Meyerling hielt zuerst Fräulein Schosi das Alkoholmessgerät entgegen, bevor er Schinke einen Blick auf das Display werfen ließ.

»Ich war gar nicht beim Frühschoppen. Ich bin in einer emotionalen Ausnahmesituation«, keifte Fräulein Schosi.

Nun wurde Seppi Meyerling ernst. »Wenn Sie jetzt scho wieder mit dem Tod des Tierarztes kommen, dann langt's ... Wir alle haben schon liebe Menschen im Bekanntenkreis verloren, aber des is noch lange kein Grund, an zwei aufeinanderfolgenden Tagen hinterm Steuer Platz zu nehmen und sich dann in einer Polizeikontrolle dermaßen aufzuführen, noch dazu in ihrer emotionalen Ausnahmesituation, wie Sie selber sagen. Ham S' mich?«

»Jetzt hören S' mia mal zu ...« Inzwischen hatte Fräulein Schosi einen bösen Unterton in der Stimme, der den meisten Altöttingern sofort signalisiert hätte: Stopp, die Alte ist kurz vor der Kernschmelze. Hau ab! Sonst überlebst du diese Situation nicht. Nicht so

Seppi Meyerling, denn der hatte nun genug von Fräulein Schosis Faxen.

»Nein, jetzt hören Sie mir mal zu«, sagte er. »Sie geben mir jetzt augenblicklich Ihren Führerschein, dann fahren wir in unserem Dienstwagen zur Polizeistation und dann ist der Lappen erst einmal weg.«

»Aber …« Fräulein Schosi startete einen neuen Versuch zu widersprechen.

»Nix aber! Wir sind hier ned im Kindergarten. Und jetzt is ein für alle Mal Ruhe im Karton!«

Fräulein Schosis Augen verengten sich zu schmalen Schlitzen, und sie begann, ihre Jackentaschen abzuklopfen. Weder rechts noch links wurde sie fündig, deshalb stampfte sie hocherhobenen Hauptes um ihren Wagen herum, öffnete die Beifahrertüre und zog ihre Handtasche heraus, die sie im Fußraum abgestellt hatte. Ohne Meyerling aus den Augen zu lassen und ihm dabei weitere tötende Blicke zuzuwerfen, durchforstete sie diese. Je länger es dauerte, umso unsicherer wurde sie dabei. Ihre Hände begannen zu zittern. »Ich find mein Portemonnaie ned.«

»San Sie etwa ohne Führerschein unterwegs?«

»So a Schmarrn, den hab i immer dabei. Herrschaftszeiten no amal!« Inzwischen klang Fräulein Schosi nicht mehr wütend, sondern verzweifelt. »Des derf doch ned wahr sein. Ich werd doch ned …« Kurzerhand kippte sie den gesamten Inhalt auf ihrer Motorhaube aus. Nirgends konnte sie ihren Geldbeutel mit Ausweis und Führerschein entdecken, aber eine halb volle Flasche Pfefferminzlikör kam zum Vorschein, die augenblicklich vom Auto rollte und im Straßengraben liegen blieb. Schnaubend wie ein Pferd wandte sie sich erneut an Meyerling. »Derf i kurz telefonieren? Ich hab mein Zeug, glaub ich, grad bei den Spöglers verloren.«

Der junge Schinke hatte alles genau beobachtet, bückte sich neben dem Wagen und griff nach der Flasche mit dem Alkohol. »Soll ma des vorsichtshalber konfiszieren?«

»Besser is«, sagte Meyerling.

*

Maria Evita griff zum Hörer. »Hier bei Spöglers.«

»Schwester, hier ist die Fräulein Schosi«, kam aus dem Apparat. Maria Evita ging zur Küchentüre und sah zum Tisch hinüber. Pantomimisch formte sie die Worte »Fräulein Schosi« und Romy verdrehte die Augen.

»Sie müssen mir helfen, Schwester. Ich hab meinen Geldbeutel verloren. Der muss mir aus der Tasche gerutscht sein, als ich den Bauerngarten aufgeräumt habe. Da is mei Führerschein und alles drin. Bitte suchen S' des Gartl mal ab. I bin hier in einer Verkehrskontrolle und brauch mei Zeug. Kannt'n S' bitt schön schnell rausschauen, ob da irgendwo mein Geldbeutel rumliegt?«

Maria Evitas Puls schnellte nach oben. Fräulein Schosi in einer Verkehrskontrolle und das nach mehreren Schlucken Pfefferminzlikör? Das roch nach gewaltigem Ärger. Wie amüsant! Mitleid empfand sie nicht, was ihr gerade zwar etwas unchristlich erschien, aber sie sich als zutiefst menschliche Regung zugestand. »Soll ich dem Monsignore Bescheid geben?«

»Naa, des mach i scho alleine. Kreiz, Birnbaum und Hollerstauan!«

Maria Evita verabschiedete Fräulein Schosi nun mit ein paar kurzen Sätzen, legte auf und unterrichtete Romy vom Inhalt des Gesprächs.

»Aha, dann ist sie wohl jetzt erst mal für einige Zeit Fußgängerin.« Romy hob theatralisch ihre Hände zur Decke. »Welch Glück für den Altöttinger Stadtverkehr.« Sie blickte hinaus auf den Hof und dann wieder zu Maria Evita. »Vevi, könntest du die Fotoalben wieder aus dem Müll holen? Ich bin überzeugt, dass das Ganze nur eine Kurzschlussreaktion ist und es Andi bald furchtbar leidtun wird, wenn er keine Erinnerungsbilder mehr an seinen Vater hat.«

Das leuchtete Maria Evita ein und bevor sie den Bauerngarten nach Fräulein Schosis Sachen durchforstete, holte sie die Fotoalben aus den Mülltonnen und stapelte diese für Romy auf dem Küchentisch.

Es waren insgesamt vier Alben und drei Bilderrahmen, die bis gestern noch in Hias' Zimmer gestanden waren. Romy war überrascht, dass ihr Mann wirklich alle Fotos vernichten wollte und nicht ein einziges Album zurückbehalten hatte.

*

Der ganze Rasen war übersät mit Fuß- und Stativabdrücken der Spurensicherung von letzter Nacht. Es sah aus, als ob eine ganze Schar Kinder das Gras beim Fußballspielen umgepflügt hätte.

Der Himmel des Spätvormittags war weiß. Ein undurchdringlicher Hochnebel hatte vom östlichen Bayern Besitz ergriffen und ließ alles in einem morbiden Licht erscheinen. Ein leichter Wind zog um das Haus, und Maria Evita fröstelte. Sie vergrub ihre Hände in den Taschen ihres Habits, als sie durch den Garten schritt.

Fräulein Schosi hatte die Strauchabschnitte an der Seite des hölzernen Zauns abgelegt, bevor sie von Andi in ihrem Tun unterbrochen worden war und fluchtartig das Spögler'sche Anwesen verlassen hatte. Innerhalb des kleinen verwilderten Bauerngartens hatte sich durch ihre Arbeit schon einiges gelichtet, es war aber trotzdem noch weit von einer erkennbaren Ordnung entfernt. Maria Evita sah zwei aufgehäufte Beete, die sie an Grabhügel erinnerten und von denen das eine komplett mit Gras und Moos überwuchert war, während das andere ab der Hälfte einen Blick auf die dunkle schwarze Erde zuließ. Der Humus war an manchen Stellen aufgewühlt, was nicht besonders lange her sein konnte, da noch nichts Neues darauf gewachsen war. Maria Evita seufzte. Die Hoffnung, schnell fündig zu werden, schwand beim Anblick dieser Wildnis. Ihre Augen suchten das Gras ab. Schritt für Schritt arbeitete sie sich bis zum Gatter und dann weiter Meter für Meter in den kleinen Bauerngarten vor. Nichts! Plötzlich stutzte sie. Vor ihr lag tatsächlich Fräulein Schosis Geldbeutel. Aber was war denn das daneben? Zwischen dem schwarzen Erdreich des aufgewühlten Beetes entdeckte sie ein längliches braunes Etwas, was aber kein Ast sein konnte. Dafür war es zu glatt und die Farbe ging auch mehr ins Graue, als sie das von Bäumen und Sträuchern gewohnt war. Es erinnerte sie, um ehrlich zu sein, an einen Knochen. Maria Evita bückte sich nach dem Portemonnaie und dann ein weiteres Mal zu diesem undefinierbaren Etwas. Mit Daumen und Zeigefinger griff sie nach dem Ding, das ihre Aufmerksamkeit erregt hatte.

»Heilige Maria Mutter Gottes!«

Sie stolperte vor Entsetzen, konnte sich gerade noch fangen und sank in das feuchte Gras. Es war tatsächlich ein menschlicher Knochen, der zu einer skelettierten Hand gehörte. Ihr Körper begann zu zittern. Diese Situation fühlte sich nicht real an. So etwas passierte doch sonst nur im Fernsehen und nicht in einem Bauerngarten in ihrer Umgebung. Hinter ihrer Stirn tobten verschiedene Bilder von Leichen, Knochen und Gräbern, und ihre Lieblingsband lieferte dazu den passenden Soundtrack. »That night Barry died, when he got out the van … bam bam bam.« Ihr Herzschlag war so laut wie der Drummer in ihrem Kopf. Was war das für ein Skelett? Wer war hier verscharrt worden? Unter den lockeren Stellen des Erdreichs erkannte sie weitere Knochen. Maria Evita überwand ihren Ekel und begann zu graben, denn es ließ ihr keine Ruhe mehr. War es wirklich keine Täuschung? Sie hielt die Luft an, denn zwischen ihren Fingern erschien ein menschlicher Schädel. Haare waren noch zu erkennen, ebenso Teile der Kleidung. Der Tote trug einen blauen Anorak. Die dunkle Erde, die in dieser Gegend von einem alten Moor stammte, hatte nicht alles verwesen lassen. Was ihr allerdings noch mehr zu denken gab: Der Schädel wies ein Einschussloch auf. Ach du meine Sch…

*

Als Maria Evita in die Küche zu Romy zurückkehrte, saß diese versteinert auf ihrem Stuhl. Ihre rechte Hand hielt ein Din-A4-Blatt umklammert und sie presste so fest zu, dass sich die Adern auf ihrem Handrücken abzeichneten. »The probability of paternity is 99,9998%«, sagte sie, als Maria Evita vor ihr stand.

»Was?«, keuchte diese, denn mit Romys Satz konnte sie absolut nichts anfangen.

»Das habe ich eben zwischen den weggeworfenen Alben gefunden. ›The probability of paternity is 99,9998%‹«, formte sie erneut eindringlich jedes einzelne Wort. Sie sprach ungewohnt langsam, was sie sehr fassungslos wirken ließ.

»Was willst du mir damit sagen? Bei euch im Garten …«, sprudelte es aus Maria Evita heraus.

Romy beachtete sie nicht. »Das ist ein Vaterschaftstest einer britischen Firma, die sich Gene4you nennt, und das Datum des Briefes ist von letzter Woche.«

Just in diesem Moment betrat Andi mit den Vermehrs die Küche. »Unsere Familie ist etwas größer als bisher gedacht«, sagte er und lachte, was aber nicht heiter, sondern verzweifelt klang. »Anscheinend ist Lui Vermehr mein Bruder.«

Romy hielt ihm den Vaterschaftstest entgegen. »Was ist das?«

Andi wurde bleich. »Woher hast du das?«

»Aus der Mülltonne«, sagte sie.

Seine Hand schnappte nach der Seite. »Und da hätte das Ganze auch verdammt noch mal bleiben sollen.« In Sekundenschnelle zerriss Andi das Papier und warf die Fetzen in die Luft.

»Wer hat diesen Vaterschaftstest in Auftrag gegeben? Du oder Hias? Und um wen geht es dabei?«, fragte Romy mit zitternder Stimme, während Larissa Vermehr aufhorchte.

»Hat das mit Lui zu tun? Hatte Hias etwa Zweifel, dass er nicht Luis Vater sein könnte?« Larissa griff nach Andis Schulter.

Dieser riss sich los. »Das hat überhaupt nichts mit Ihnen und Ihrer Familie zu tun.« Schweißperlen zeichneten sich auf seiner Stirn ab.

»Dann ist das also von dir?« Romys Augen füllten sich mit Tränen. »Warum hast du mir nichts davon gesagt, dass du mit einer anderen Frau …«

Andi wischte sich über die Stirn. »Es gibt keine andere Frau in meinem Leben.«

»Sag mir wenigstens jetzt die Wahrheit«, schluchzte Romy.

Andi ging auf die Knie und legte seinen Kopf auf Romys gesundes Bein. »Bitte glaub mir, Schatz, es gibt weder eine andere Frau noch ein Kind. Bitte, bitte vertrau mir.«

Seine Frau schluckte. »Was hat das dann zu bedeuten? Was verheimlichst du vor mir? Wer ist hier mit an Sicherheit grenzender Wahrscheinlichkeit der Vater von wem?« Eine Stille breitete sich in der Küche aus, denn keiner wagte in diesem Moment etwas zu sagen. Tatsächlich hätte man eine Stecknadel fallen hören können.

»In diesem kleinen Bauerngarten ist ein menschliches Skelett verscharrt worden«, unterbrach Maria Evita das Schweigen und alle Blicke richteten sich auf sie.

»Was?«, entfuhr es Romy, deren Gesichtsfarbe sich nun immer mehr dem Weiß der Wand hinter ihr angenähert hatte.

Larissa Vermehr nahm ihren Sohn in die Arme. »Rufen Sie sofort die Polizei.« Lui blinzelte ungläubig seine Mutter an. Ihn schien die gesamte Situation zu überfordern. »Mama, ich komme mir vor wie in einer Klinik für Schwachmaten.«

Während er das aussprach, glitt Andi an Romys Bein zu Boden und drehte sich auf den Rücken. »Das ist meine Mama«, sagte er leise, den Blick zur Decke gerichtet.

Maria Evita zuckte zusammen. War das jetzt die Wahrheit oder hatte Andi seinen Verstand endgültig verloren?

»Wovon redest du?« Romy versuchte seine Aufmerksamkeit zu erlangen, doch die Augen ihres Mannes sahen stoisch geradeaus und schenkten ihr keine Beachtung. Plötzlich setzte er sich ruckartig auf, stützte sich am Boden ab und stand auf. Andi nahm Romys Gesicht in beide Hände, um ihre Stirn zu küssen. »Verzeih mir, Schatz!« Zeitlupenartig streichelte er zweimal über ihre Wange, drehte sich dann um und verließ unerwartet schnell das Zimmer.

Seine Frau griff zu ihren Krücken, um aufzustehen. »Wo willst du hin?«

Doch Andi gab keine Antwort. Die Anwesenden hörten nur mehr die Haustüre ins Schloss fallen.

»Vevi, lauf ihm nach. Ich hab Angst, dass er jetzt was Dummes anstellt.«

Maria Evita beeilte sich, das Haus zu verlassen, während Romy an Larissa und Lui vorbeihinkte. Auf dem Gang angekommen, griff sie zu ihrem Telefon und wählte die Nummer der Polizei. Sie hatte Angst, von diesem Strudel unerwarteter Ereignisse, der ihr ganzes Leben erfasst hatte, nach unten gerissen zu werden.

*

Als Maria Evita auf den Hof trat, sah sie Andi seitlich in seiner Praxis verschwinden. Er schlug die Türe hinter sich zu, die allerdings von seiner Heftigkeit wieder aufsprang und einen Spaltbreit offen blieb. Mit ein paar großen Schritten erreichte sie den Eingang und betrat die Praxis. Sie stand im Empfangsbereich mit Anmeldungstresen, von dem zwei geschlossene Türen abgingen. Ohne lange zu überlegen, ging sie auf die linke zu und drückte die Klinke nach unten. Es war abgeschlossen. Sie versuchte ihr Glück bei der anderen, die zu ihrer Überraschung aufging. Dahinter befand sich ein hoher Behandlungsraum mit einem großen Tor, das durch die Stirnseite des Hauses auf den Teil zwischen Hof und Garten hinausführte. Niemand war in diesem Raum. Andi musste sich also im anderen eingeschlossen haben. Maria Evita ging zurück und klopfte. »Andi, bist du da drin?«

Dumpfe Geräusche, als würde jemand Stühle rücken oder über den Boden schleifen, drangen heraus. Auf eine Antwort von Andi wartete sie vergebens. Also versuchte sie es wieder. Diesmal allerdings lauter: »Andi, bist du da drinnen?«

»Ja«, hörte sie Andis Stimme, die durch die verschlossene Türe gedämpft wurde.

»Bitte mach auf.«

»Hau ab!«

»Andi, bitte sag mir, was das alles zu bedeuten hat.«

»Hau ab! Schleich dich«, schrie Andi mit sich überschlagender Stimme.

Maria Evita lehnte ihren Kopf an die Türe. »Warum ist das Skelett, das ich im Bauerngarten entdeckt habe, deine Mutter? Wie soll das gehen?«

Eine ganze Weile hörte sie nichts, dann plötzlich vernahm sie Andis Antwort. »Wegen des Vaterschaftstests. Und jetzt lass mich endlich in Ruhe.«

»Ich verstehe kein Wort. Wie? Wegen des Vaterschaftstests?«

Andis Worte klangen angestrengt. »Das ist überhaupt kein Vaterschaftstest. Es geht um meine Mutter. Wenn man Material von einem Sohn und einer Mutter einsendet muss die Untersuchung zum selben Ergebnis kommen wie bei einem Vater und seinen Kindern.«

Das alles ergab für Maria Evita keinen Sinn. »Von welchem Sohn sprichst du?«

»Ja, von mir.«

Nun machte es Klick und sie begann, die Lösung des Falles zu begreifen. »Du hast von dieser englischen Firma Teile des Skeletts genetisch mit DNA von dir abgleichen lassen?«

»Ja. Deshalb weiß ich, dass es sich sicher um meine Mama handelt. Als ich die Leiche zufälligerweise beim Aufräumen in unserem Bauerngarten entdeckt habe, ist plötzlich alles wieder präsent gewesen, und alles hat auf einmal Sinn gemacht. Jedes verdammte Puzzleteil.«

Es folgte wieder eine längere Pause, sodass Maria Evita Angst bekam, ob Andi sich in der Zwischenzeit etwas angetan hatte. »Komm, mach mir bitte auf.«

»Nein.« Gott sei Dank, hatte Andi auf sie reagiert.

Sie wollte das Gespräch unbedingt am Laufen halten, bis die Polizei eintraf. »Verrätst du mir dann, was für dich plötzlich Sinn gemacht hat?«

»Ich war damals drei. Meine Eltern hatten wieder gestritten. Ich erinnere mich an die Nacht und dass Papa mich allein im Haus zurückgelassen hat, obwohl draußen ein Gewitter tobte. Er hat im Garten herumhantiert und am nächsten Tag war die Mama nicht mehr da und kurze Zeit später war er dann mit seiner Sprechstundenhilfe verheiratet. Uns alle hat er glauben lassen, dass meine Mutter einfach abgehauen ist und uns im Stich gelassen hat, aber dem ist nicht so. Er hat sie ermordet. Dafür habe ich ihn nun bezahlen lassen. Niemand durfte den Bauerngarten betreten, solange er lebte, oder dort etwas verändern. Das Gestrüpp würde ihn so an Mama erinnern, hat er immer gesagt. Jetzt weiß ich auch, warum.«

»Du hast ihn umgebracht?«

»Papa hat es nicht anders verdient! Genau wie er es mit Mama gemacht hat, so habe ich ihn jetzt verschwinden lassen. Mein ganzes Leben ist echt beschissen gewesen, und das nur, weil er, egoistisch wie er gewesen ist, eine andere Frau heiraten wollte. Ich kann nicht fassen, dass ich das so lange verdrängt habe. Papa hätte sich ja auch scheiden lassen können, aber er hat eine andere Lösung gefunden. Dieses Schwein!«

»Woher weißt du das?«

»Ich habe den Bolzen im Inneren ihres Schädels gefunden.«

Vom Eingang kamen Schritte und dieses charakteristische Geräusch der Krücken. Einen kurzen Augenblick später betraten Romy, Larissa und Lui die Praxis, dicht gefolgt von Max Kramer und Fritz Fäustl.

Maria Evita presste ihren Finger auf die Lippen, um den Neuankömmlingen zu verstehen zu geben, dass sie sich möglichst ruhig verhalten sollten. Sie begriffen und die Gruppe näherte sich vorsichtig.

»Dann hast du ihn am Brauereigasthof abgepasst.«

»Ja. Mir hat der Zufall geholfen. Ich wusste ja, warum er das Gerät einstecken hatte und dass alle an dem Abend ihre Fingerabdrücke darauf platzieren würden. Ich habe Handschuhe getragen. Blöd bin ich ja nicht.«

»Und das mit den Menharts? Das mit dem Pflasterstein warst doch du?«, fragte Fritz Fäustl.

Andi verstummte drinnen.

Entgeistert sah Max seinen Kollegen an. Warum musste er sich plötzlich bemerkbar machen? Alle warteten gebannt auf eine Reaktion. Niemand traute sich zu bewegen. Plötzlich räusperte sich Andi hinter der Tür und sagte: »Weil auch die Menharts nach all den Jahren eine gerechte Strafe verdienen. Wir haben genug unter ihren haltlosen Anschuldigungen gelitten. Und jetzt verschwindet!«

Max bedeutete den Umstehenden, von der Tür wegzugehen. In einem Meter Entfernung postierte er sich, hob sein Bein und trat knapp über der Klinke so fest dagegen, dass die hölzerne Türzarge splitterte. Der Eingang war offen. Drinnen sahen sie Andi auf einem Stuhl an einer hohen Heizung stehen, in Händen hielt er ein Seil. Jedem von ihnen war umgehend klar, dass er sich erhängen wollte. Fäustl stürzte auf Andi Spögler und fiel mit ihm auf den Boden. Währenddessen griff Max zu seinen Handschellen, um sie um Andis Handgelenke zu legen und zuschnappen zu lassen. »Ach, Andi«, sagte er. »Warum machst'n a so an Scheiß?«

X. JESU HERRLICHKEIT

Inzwischen waren auch der Spusi-Toni und die Kollegen aus Altötting vor Ort, die Andi Spögler abtransportieren sollten. Larissa Vermehr hatte Romy ins Auto gepackt und sie davon überzeugt, dass es gerade keinen Sinn machte, alleine in diesem Haus zu bleiben. Die Spurensicherung würde bald alles auf den Kopf stellen.

Maria Evita hatte eingewilligt, sich von Max nach Altötting fahren zu lassen.

»Hättest du das alles für möglich gehalten?«, fragte sie, als er den Zündschlüssel umdrehte.

»Schwierig zu sagen, denn als Kriminaler sollte ich grundsätzlich immer alles für möglich halten.«

»Andi tut mir leid!«

»Mir auch und Romy noch mehr. Soll ich dich zum Kloster fahren, damit du wieder in Jesu Herrlichkeit versinken kannst?«

»Lieber zu meiner Tante. Und bitte sprich nicht so abfällig von meinem Glauben.«

»Ist es möglich, dass du gar nicht mehr zu deinen Mitschwestern zurückkehrst?«, fragte Max und lächelte sie aufmunternd an.

»Als Kriminaler solltest du immer alles für möglich halten«, antwortete Maria Evita und erwiderte Max' Lächeln.

MEIN AUFRICHTIGER DANK GEHT AN:

meinen Lektor Sven Lang und den Gmeiner-Verlag

Dr. Patrick Baumgärtel von der Schoneburg Literaturagentur

Sepp Maier für seine kriminalistische Beratung, die mir wieder enorm geholfen hat

Jutta Weißl und der Tierarztpraxis Thurmading, die zusammen meine Wissenslücken füllten.

die unbekannte Dame des Landratsamtes AÖ, die mir die Rechtslage zu Schlachtschussapparaten am Telefon erklärte.

Mary und Viki, auf deren australischer Veranda ich schreiben und überlegen durfte

Bernhard Staudt und seine Familie, die mir ein Schreibexil auf einem der schönsten Höfe Bayerns ermöglicht haben meinen Freundeskreis, ohne den ich vollkommen inspirationslos wäre ☺

meine Eltern, Bruder und Tante Traudl

Stefan S., der mir gleich zu Beginn ordentliches Feedback gegeben hat, inzwischen Doktor der Germanistik ist und dem ich an dieser Stelle herzlich gratulieren möchte.

ganz Altötting, selbstverständlich!

Oberkommissar Max Kramer ermittelt:

Gevatter Tod in Altötting
ISBN 978-3-8392-2713-8

Karfreitagstod
ISBN 978-3-8392-0144-2

Altötting sehen und sterben
ISBN 978-3-8392-0228-9

Demeter Diamantidi

Spuren auf dem Eise
die Entwicklung des Eislaufes auf der Bahn des Wiener Eislauf-Vereines

ISBN/EAN: 9783744667609

Hergestellt in Europa, USA, Kanada, Australien, Japan

Cover: Foto ©ninafisch / pixelio.de

Weitere Bücher finden Sie auf **www.hansebooks.com**

SPUREN AUF DEM EISE.

DIE

ENTWICKLUNG DES EISLAUFES

AUF DER

BAHN DES WIENER EISLAUF-VEREINES

VON DEN VEREINSMITGLIEDERN

D. DIAMANTIDI, DR. C. V. KORPER, M. WIRTH.

ZWEITE, UMGEARBEITETE UND VERMEHRTE AUFLAGE.

MIT 413 FIGUREN IM TEXTE UND IN DEN TAFELN DER BEILAGE.

WIEN 1892.

ALFRED HÖLDER

K. U. K. HOF- UND UNIVERSITÄTS-BUCHHÄNDLER

ROTHENTHURMSTRASSE 15.

Druck von Ch. Reisser & M. Werthner in Wien.

Vorrede zur ersten Auflage.

Denkt der vielgereiste Fremde, der Wiens Granitwürfel zur Winterszeit zum ersten Male betreten, vom Centrum der Stadt, wo ihn das Wunder gothischer Baukunst, der Stefansthurm, begrüsste, seine Schritte südöstlich dem Stadtparke zu, so schallen ihm nach einem Marsche von kaum fünf Minuten von jenseits des Wienflusses heitere Weisen entgegen. Diesen folgend erblickt er einen bunt beflaggten Platz, in dessen Mitte sich auf schimmerndem Spiegeleise eine nach Tausenden zählende Menge herumtummelt. Das anfänglich wirr erscheinende Getümmel löst sich allmälig in harmonische Bilder auf. Dort naht eine Kette jugendlich kräftiger Gestalten, in Bogenreihen einander suchend, findend und fliehend. Da wenden sich die Läufer wie auf Commando gleichzeitig nach rückwärts, und die Bogenreihen mit gleicher Präcision fortsetzend, verschwinden sie im Getümmel, so rasch als sie genaht.

Ein zweite Kette folgt, aus Herren und Damen gefügt; mögen die Herren das Tempo auch noch so beschleunigen, die Damen folgen, an Grazie der Bewegung sie besiegend, mit gleich kräftigem Schwunge.

Hier hat sich ein Stern aus reizenden Mädchengestalten gebildet; einander folgend beschreiben sie einen Kreis, nach dessen Vollendung sie sich in kühn geschwungenen Bögen von einander entfernen, um sich sofort wieder auf der alten Spur zu vereinen.

Dort hat ein Paar im raschesten Anlauf die dichtesten Gruppen, jeden Zusammenstoss sorgsam vermeidend, durchdrungen, um nun, scheinbar ruhend gegenübergestellt, in Riesenspiralen die Bahn zu umkreisen.

Die Musik geht jetzt in raschere Walzerweisen über. Sofort hat sich ein weiter Kreis gebildet, in dessen Mitte Herren und Damen paarweise treten. Theils um die Mitte sich fassend, theils zu Vieren in Ronden vereint, führen sie, strenge dem Takte der Musik folgend, Figuren aus, wie sie die kühnste Phantasie des Balletmeisters für die weltbedeutenden Bretter nicht schöner zu erfinden vermag.

Inzwischen ist die Dunkelheit eingetreten und schon glaubt der Fremde der reizenden, nie gesehenen Bilder für heute verlustig zu sein. Da entflammen plötzlich den am Eisbassin aufgestellten Leuchtthürmen zwei elektrische Sonnen, in deren, von tausend Eiskrystallen rückgestrahltem Lichte sich das Schauspiel noch weit bezaubernder fortsetzt.

Der Schauplatz der vorgeführten Bilder ist die Eisbahn des Wiener Eislaufvereines, die Läufer und Läuferinnen, deren Figuren wir beschrieben, sind Mitglieder dieses Vereines. Die Gründung des Wiener Eislaufvereines, des ersten derartigen Vereines in Oesterreich-Ungarn und Deutschland, das durch das Vereinsleben geförderte gemeinschaftliche Laufen, sowie die Veranstaltung von Preis-, Kunst- und Wettlaufen und der hiedurch erweckte Wetteifer haben den Eislaufsport in Wien zu so hoher Stufe entwickelt. Auch das Vorbild fremder Läufer aus Amerika und die Productionen der Eislaufkünstler Jackson Haynes, Callie Curtis und Goodridge haben reichlich hiezu beigetragen.

Endlich hat auch die besondere Pflege des Eises am Wiener Vereinsplatze und die hiedurch ermöglichte Ausdehnung der Eis-Saison, sowie die Verlängerung der täglichen Laufzeit durch Einführung der Beleuchtung der Eisbahn nicht minder fördernd gewirkt.

Dadurch, dass der Eislauf in Wien schon seit vielen Jahren von den jeweilig besten Läufern systematisch betrieben und von diesen besondere Sorgfalt auf die gleichmässige Entwicklung aller Figuren nach rechts und links, nach vorwärts und rückwärts, und auf die möglichste Gleichmässigkeit in der Zeichnung verwendet wurde, hat sich hier eine, sowohl der Körperhaltung als auch der Zeichnung am Eise nach, von anderen Eislaufplätzen theilweise verschiedene Schule herangebildet, deren Darstellung wir in diesem Buche versuchen wollen.

Dem sachlichen Theile glaubten wir eine Geschichte der Entwicklung des Eislaufes und des Eisschuhes, ferner einige Winke über Eisbereitung, über zu verwendende Eisschuhe, Stiefel und Kleidung, endlich einige kurze Bemerkungen über die dynamische Entstehung der Eisfiguren vorausschicken zu sollen.

Eine besondere Sorgfalt wurde auf die von D. Diamantidi entworfenen, den Spuren am Eise nachgebildeten Zeichnungen verwendet, welche nicht nur die jeweilige Stellung der Füsse durch Fussmarken ersichtlich machen, sondern auch durch systematische Anordnung der Linien die Ausführung durch den rechten oder linken Fuss, nach einwärts oder auswärts, nach vorwärts oder rückwärts sofort erkennen lassen.

Sämmtliche Figuren sind mit dem rechten Fusse begonnen gedacht; alle Linien, welche nach links laufend beginnen, stellen Auswärtsbewegungen, alle, welche nach rechts laufend beginnen, Einwärtsbewegungen dar; die auf den Zeichnungen nach der Pfeilrichtung von unten nach oben laufenden Linien bedeuten Vorwärtsbewegungen, die entgegengesetzt laufenden Linien Rückwärtsbewegungen.

Der in mehreren Zeichnungen erscheinende Mangel an Symmetrie in den Figuren gegeneinander. oder in den einzelnen Bögen einer Figur ist nicht ein zufälliger, die Linien sind vielmehr der Natur der Bewegung und den wirklichen Spuren am Eise vollständig angepasst.

Da wir der Gründung des Wiener Eislaufvereines als eines Hauptfactors in der Entwicklung des Eislaufes in Wien Erwähnung gethan haben, so halten wir uns auch verpflichtet, hier jene Personen zu nennen, welche hiebei die hervorragendste Rolle gespielt haben. Es sind dies: Herr Arthur Baron Löwenthal als eigentlicher Gründer und erster Präsident des Vereines und Herr Dr. Heinrich Bach als Schöpfer der Vereinsstatuten und zweiter Vereinspräsident. Die heute noch bestehende, vorzügliche Organisirung des Vereines ist hauptsächliches Verdienst des letzteren.

Ferner müssen wir hier auch jene Herren Vereinsmitglieder erwähnen, welche durch die Erfindung und Darstellung einzelner Figuren zur Vervollständigung unseres Buches, theils direct, theils indirect, beigetragen haben. Es sind dies die Herren: F. Belazzi, J. Belazzi, F. Biberhofer, M. Fillunger, L. Frey, C. König, Th. Langer, R. Kreutter, I. Leykauf, E. Müller, H. Müller, R. Röhringer, J. Schönbach, Dr. A. Schwarz, R. Schwarz, E. v. Stein, A. Tuschl, G. Wassmuth und L. Wilda.

Möge die Liebe zu unserem schönen, Muskel stärkenden und Geist erfrischenden Sport, welche für uns allein Veranlassung war, unsere berufsfreien

Stunden dem Vollenden der gestellten Aufgabe zu widmen, eine allgemeine werden und mögen die nachfolgenden Zeilen zu edlem Wettstreite in der Vervollkommnung dieses Sports aneifern.

Vorrede zur zweiten Auflage.

Der für uns ehrenvolle Erfolg, den unser Buch sowohl im In- als auch im Auslande errungen, und der grosse Aufschwung, den der Eislauf seit dessen Erscheinen genommen hat, veranlassten uns, eine zweite Auflage desselben zu veröffentlichen. In dieser neuen Auflage, welche zum grossen Theil eine vollständige Umarbeitung und überdies eine sehr umfangreiche Erweiterung des Materials enthält, waren wir bestrebt, ein möglichst umfassendes Bild des gegenwärtigen Entwicklungsstandes des Eislaufes zu geben. Wir sahen uns auch genöthigt, zufolge des erwähnten grossen Aufschwunges, der durch die Kunstlauf-Concurrenzen in Deutschland, Holland, Oesterreich, Norwegen und Schweden und Russland unterstützt wurde, unter Festhaltung des von uns als einzig richtig erkannten Principes des Aufbaues des gesammten Eislaufes aus den Grundfiguren eine Zweitheilung der Materie eintreten zu lassen und dieselbe in zwei grossen Gruppen, von denen die eine „Die Schule des Eislaufes", die zweite „Das Kunstlaufen" enthält, zu behandeln.

Die erstere umfasst die Capitel der ersten Auflage: „Die Grundfiguren“, „Combinationen der Grundfiguren“, „Combinationen der Grundfiguren, auf beiden Füssen zugleich ausgeführt“, und „Die Grundfiguren und deren Combinationen auf einem Fusse fortgesetzt“. Diese Gruppe bildet ein natürliches ungekünsteltes System des Eislaufes in genetischer Entwicklung und einen leichtfasslichen Leitfaden zur Erlernung desselben.

Die vorerwähnten Capitel haben fast unverändert Aufnahme in die zweite Auflage gefunden. Dagegen musste die zweite Gruppe, in welche die früheren Capitel der ersten Auflage: „Diverse Figuren“, Tanzschritte“, „Zirkelfiguren und Pirouetten“, „Figuren mit Anlauf“ und „Das gemeinschaftliche Figurenlaufen“, aufgenommen wurden, grösstentheils eine neue Bearbeitung erfahren. Von der Anschauung ausgehend, dass es für jene Eisläufer, welche unser Werk auf der Eisbahn selbst zum Nachschlagen benützen wollen, erwünscht ist, die complicirteren Figuren, welche sich dem Gedächtnisse schwerer einprägen, in einem compendiösen, handsameren Hefte zu besitzen, haben wir unserem Werke ein solches beigefügt, welches blos Zeichnungen enthält und auch ohne Buch benützt werden kann. Hiezu war es erforderlich, jene Zeichnungen, welche aus dem Texte ausgeschieden wurden, ganz neu zu entwerfen.

Dieser mühevollen Arbeit, sowie der Herstellung der 141 Zeichnungen, mit welchen die zweite Auflage bereichert wurde, hat sich unser geschätzter College D. Diamantidi unterzogen, sowie auch die Neugestaltung des Abschnittes „Das Kunstlaufen" sein alleiniges Werk ist.

Die diversen Figuren des gleichnamigen Capitels der ersten Auflage: „Verkehrte Dreier", „Wechselwendung", „Verkehrte Wechselwendung", „Die Brille", „Die gleichkantige Wendung", „Das Laufen Ferse an Ferse" und „Der Vexirschritt", haben wir durch die „Wechselschritte" und den „Fuss- und Bogenwechsel nach den Wendungen" ergänzt und als „Elemente des Kunstlaufens" betrachtet.

Entsprechend unserer Anschauung, den Eislauf als Kunst aufzufassen, sind unsere Elemente nicht in naturwissenschaftlichem Sinne als untheilbare Einheiten, sondern in jenem Sinne zu betrachten, in welchem dieser Begriff etwa mit Rücksicht auf die verschiedenen Baustyle gebraucht wird, bei denen man von Elementen der Gothik, der Renaissance etc. spricht. Die Grundfiguren sind die Bausteine, mittelst welcher die Grundpfeiler des Gebäudes, das sich in unserem Falle die Schule des Eislaufes nennt, aufgeführt werden. In den höheren Regionen greift dann eine reichere Ornamentik, das Kunstlaufen, platz. Gleichwie nun die Elemente der graphischen Künste nicht einfache Linien, sondern gewisse Schemen darstellen, haben wir die Elemente des Kunstlaufens als Typen aufgestellt, um eine Basis zu gewinnen, auf

Grundlage welcher weiter combinirt werden kann. Man wird später vielleicht, wenn die Zahl der Figuren Legion geworden sein wird, noch weiter gehen und ganze Reihen unserer Elemente als Einheiten zusammenfassen, um die Gedächtnissarbeit zu vereinfachen. Ja, man hat dies bereits gethan, indem man von gewissen Typen, die beispielsweise bei den Tanzschritten stets wiederkehren, kurz als „Kibitzen", „Uebersetzertempo", „Walzertempo" etc. spricht.

Der Anpassung der Körpertheile an die Schwungfläche durch Spielfuss, Schulter- und Hüftenstellung wurde bei den einzelnen Figuren Rechnung getragen.

Eine noch nähere Präcisirung der Anfangs-, Mittel- und Schlussstellung bei jeder Bogengattung wäre nur mit Zuhilfenahme der Moment-Photographie möglich gewesen, deren Anwendung uns jedoch durch die diesem Werke gezogenen Grenzen versagt war.

Zur Verständlichmachung der Zeichnungen berufen wir uns auf das in der Vorrede zur ersten Auflage erwähnte System, das wir auch in der zweiten Auflage strenge eingehalten haben. Die Anwendung der gewählten Chiffren, beziehungsweise Formeln empfehlen wir Jenen, welche die Erfindung neuer Combinationen sich zur Aufgabe stellen.

Die Persönlichkeiten, welche uns von ihnen geschaffene neue Figuren zur Benützung mitgetheilt haben, sind an entsprechender Stelle genannt und sprechen wir denselben hier unseren besten Dank aus.

In den Kreisen des deutsch-österreichischen Eislaufverbandes ist in letzter Zeit eine Controverse über die Frage entstanden, ob den „Spuren auf dem Eise“ oder der Körperhaltung des Eisläufers mehr Bedeutung beizumessen sei. Diese vielleicht durch die Benennung unseres Buches hervorgerufene Controverse ist eine völlig müssige. Nach dem von uns im Capitel „Zur Theorie des Eislaufes“ Gesagten kann keine richtige Spur ohne richtige Körperhaltung entstehen, und muss die richtige Körperhaltung die richtige Spur zur Folge haben. Das Richtige, das ist das Zweckmässige, in der Kunst das Stylgerechte genannt, ist auch das allein Schöne und damit ist auch die Conclusion gezogen, dass die richtige Spur der schönen Körperhaltung und umgekehrt die schöne Körperhaltung der richtigen Spur folgen muss.

Die weitere in denselben Kreisen aufgeworfene Frage, ob der Preisläufer zu verhalten sei, die ihm vorgeschriebenen, in Achterform auszuführenden und zu wiederholenden Figuren, beziehungsweise deren Spuren zur vollen Deckung zu bringen, bedarf vor ihrer Beantwortung einer Klarstellung. Wir haben an verschiedenen Stellen dieses Werkes wiederholt an den Eisläufer die Forderung gestellt, möglichst viel Schwung von einer Figur auf die andere zu übertragen, den Schwung mit der Fortsetzung der Figur zu schwellen. Die natürliche Folge ist, dass der den Schwung progressiv übertragende Läufer, und diesen halten wir für den besseren, die Figur von einer Spur zur anderen vergrössert, und entspricht dies auch der vom Wiener Eislaufverein an Preisläufer stets gestellten Forderung möglichster Schwunggebung. Selbstverständlich hat diese Schwungübertragung in der dieselbe verzehrenden Grösse der Figur ihre Begrenzung und decken sich die Spuren derselben Figur, wenn nach mehrmaliger Wiederholung die Spur die der Schwungübertragung und körperlichen Grösse des Läufers entsprechende weiteste Ausdehnung erlangt hat. Bei den ersten Ausführungen der Figur, bei welchen noch eine successive Vergrösserung derselben stattfindet, sei nur zu verlangen, dass die Achsen der im Achter ausgeführten Figuren stets dieselbe Richtung einhalten. Die Forderung nach vollständiger Deckung der Spuren bei blos dreimaliger Wiederholung der Figur wäre eine Beschränkung des schwungvolleren Läufers gegenüber dem minder schwungvollen.

Bei Besprechung der vorerwähnten Fragen in deutschen Sportblättern wurde der „Wiener Schule“ auch der Vorwurf gemacht, sie unterdrücke schwungvolles Laufen und sei dies nur bei nordischen Läufern zu finden. Allerdings sind die Verhältnisse auf den Eisbahnen in Mitteleuropa dem schwungvollen Laufen nichts weniger als förderlich, da daselbst die der Nähe zum Stadtmittelpunkte halber gewählten, leichter zu erhaltenden künstlichen Eisbahnen die meist entfernter gelegenen, wechselnden Niveauverhältnissen, daher der Zerstörung mehr ausgesetzten natürlichen fast ganz verdrängt haben, erstere aber räumlich meist sehr beschränkt und daher überfüllt sind. Die Verwaltungen der künstlichen Eisbahnen müssen daher oft im Interesse für die körperliche Sicherheit der Besucher dem allzu schwungvollen Laufen sogar entgegentreten. Die Wiener Schule trägt aber hieran keine Schuld, dieselbe fördert und begünstigt vielmehr möglichst schwungvolles Laufen. Dass die Läufer des Nordens ihre Aufmerksamkeit mehr den schwungvollen Figuren zuwenden, liegt in der Natur der Verhältnisse; Eisbahnen, wie sie der über 200 Kilometer lange Christiania-Fjord, der Stadttheile trennende Melar- und Salzsee in Stockholm, die durch die Mitte der Stadt fliessende Newa in Petersburg gewähren, sind der natürlichste Erklärungsgrund für dieses Laufen. Doch darf nicht leichthin über das absolute Schwungvermögen von concurrirenden Läufern geurtheilt werden, wenn dieselben Figuren eigener Wahl ausführen. Nur bei Ausführung der gleichen Figuren kann hierüber ein verlässliches Urtheil gefällt werden und dürften die nordischen Läufer zum grossen Theile der Wahl ihrer Figuren den Ruf des schwungvolleren Laufens zu danken haben.

Sollte der Vorwurf, welcher der Wiener Schule gemacht wurde, auch auf unser Werk ausgedehnt worden sein, so vermögen wir zu dessen Entkräftung anzuführen, dass nach dem Erscheinen desselben die von uns gebrachten Figurenneuerungen in den Lehrbüchern nordischer Eislaufschulen uneingeschränkt Aufnahme fanden, wodurch der Beweis geliefert ist, dass diese Figuren der dort herrschenden Stylrichtung entsprechen.

Indem wir die zweite Auflage unseres Werkes der freundlichen Beachtung der Jünger des Stahls überliefern, hoffen wir nicht nur den Lernenden manchen nützlichen Wink zu geben, sondern auch die Wissenden zur weiteren Fortbildung unseres der Phantasie und dem Körper ein unerschöpfliches Feld bietenden Sportes anzuregen.

Entwicklung des Schlittschuhes und des Eislaufes.

Neben dem Reiten und Jagen, neben dem Fechten und Turnen, Schwimmen und Bergsteigen ist der Eislauf als die gesundeste und das Gemüth erheiterndste Uebung zu betrachten. Vor den einen dieser Uebungen hat der Eislauf den Vortheil voraus, dass er nicht ein natürliches Vorrecht der Reichen, sondern Jedermann zugänglich ist, der gesunde Glieder hat; vor den anderen dieser Künste hat er den Vorzug, dass er nicht als eine Plage, sondern als eine Lust zu betrachten ist; vor Allen aber hat er den Vorrang, dass er den Menschen gewissermassen von der Gebundenheit an die Scholle befreit, seinen Fuss beflügelt, seine Bewegung durch die Verminderung der Reibung der des Vogels näher rückt und dadurch dem Körper grössere Elasticität, dem Geiste Schwung und Fröhlichkeit verleiht. Trotz des in die Augen fallenden Nutzens dieser Leibesübung ist sie lange Zeit wie ein Stiefkind behandelt worden. Statt dieses der Gesundheit und edler Sitte so zuträgliche Vergnügen zu fördern und der Jugend Gelegenheit zu geben, ihre Gesundheit zu stärken, den Sinn nach harmloser, die Springkraft der Nerven stählender Zerstreuung zu lenken, waren die Väter der Gemeinde wie der Schule vielmehr darauf bedacht, dem Eislauf hindernd in den Weg zu treten.*) Erst mit dem Fortschritte der Cultur, insbesondere aber mit der technischen Vervollkommnung des dieser Leibesübung dienenden Werkzeuges — des Schlittschuhes**) — fing der Eislauf an, sich in weiteren Kreisen einzubürgern. Erst jetzt beginnt er als eine berechtigte Leibesübung, als eine Kunst zu gelten.

Trotz dieses Ranges einer Kunst, den der Eislauf zu erringen beginnt, scheint derselbe doch nur dem Bedürfniss seinen Ursprung zu verdanken. Bis zum Ende der Fünfzigerjahre wusste man noch

---

*) Seit dem Erscheinen der ersten Auflage dieses Buches ist in dieser Hinsicht eine rühmliche Ausnahme durch den österreichischen Unterrichtsminister Herrn v. Gautsch gemacht worden, indem derselbe sowohl Schul- als Gemeindebehörden auf die Nützlichkeit des Eislaufes für die Gesundheit der Jugend aufmerksam machte und sie aufforderte, für die Herstellung von Eisbahnen für die Schuljugend Sorge zu tragen. Möchte dieses beherzigenswerthe Beispiel doch allenthalben Nachahmung finden.

**) In manchen Gegenden Norddeutschlands sagt man Schrittschuh nach Klopstock, der darüber mit Goethe in einen drolligen Streit gerieth; natürlich hatte Goethe Recht, denn der Eisschuh ist dem Schlitten nachgemacht und der geübte Eisläufer schreitet nicht, sondern gleitet oder fährt und hebt den Fuss nur so viel, als unumgänglich nothwendig ist. Eigentliche Schrittschuhe sind nur Schusters Rappen.

sehr wenig über den Ursprung des Eislaufes. Nur sagenhaft war die Kunde zu uns gedrungen, dass diese Fertigkeit zuerst in Skandinavien und in Holland geübt worden sei. Denn in der Edda geschieht bereits derselben Erwähnung. Mit der Kunst wird es aber nicht weit her gewesen sein und in Tegner's Sang von Frithjof

> Der Recke im Stahlschuh steht auch nicht still,
> Vorüber fährt er, so oft er will.
> Einritzt er Runen in's Eis im Flug,
> Schön Ingeborg durchfährt ihres Namens Zug.

ist nur als eine poetische Licenz des Dichters anzusehen. Jedenfalls aber war man berechtigt, den Eislauf erst von dem Zeitalter des Eisens an zu rechnen, weil dieses erst das Material zu dem erforderlichen Werkzeug lieferte. Gross war daher das Erstaunen, als man zu Anfang der Sechzigerjahre in Pfahlbauten der reinen Steinperiode Geräthschaften aus Pferdeknochen fand, welche so zugeschliffen und an beiden Enden in der Art durchlöchert sind, dass sie die Pfahlbauern an ihre Ledersandalen schnüren und sich ihrer offenbar als Eisschuhe auf dem gefrorenen Spiegel ihrer Seen bedienen konnten. Man wird sich den Eislauf der Pfahlbauern, deren Witz offenbar durch das Bedürfniss geschärft worden war, aber nicht gleich den der Niederländer vorstellen dürfen, welche schon seit Jahrhunderten auf ihren Canälen und Seen mit beladenen Körben und Butten aus ihren Dörfern zu Markte fahren, und zwar Jung und Alt, Mann und Weib. Dieselben werden sich vielmehr, weil die Kante des Knochenschlittschuhes zu wenig eingreift, zum Fortstossen einer zugespitzten Stange wie unsere Bergstöcke oder eines Speeres bedient haben. Ein analoger Brauch besteht noch heute auf der Insel Reichenau im Untersee (unterer Bodensee), wo die Bauern, welche über den See zum Wald fahren, hinten auf den Kufen der Schlitten stehend und mit Eisstöcken zwischen den Beinen stossend, sich mit grosser Schnelligkeit über die Fläche bewegen. Merkwürdigerweise hatte sich aber nach einer Notiz aus dem späteren Mittelalter der Knochenschlittschuh noch bis dahin im Mutterlande der Werkzeugmaschinen erhalten; denn in einer alten Beschreibung von London, welche der einstige Präsident des Glasgower Skating-Club, Georg Anderson, citirt, wird erwähnt, dass die Jugend noch im 17. Jahrhundert oft auf den unter den Wällen der City von London liegenden zugefrorenen Mooren zu spielen pflege. „Einige“, heisst es darin, „nehmen einen Anlauf und schleifen auf dem Eise, Andere binden Knochen unter die Füsse und gleiten, indem sie sich mit einem gespitzten Stab stossen, so schnell über das Eis, wie der Vogel in der Luft.“

Um dieselbe Zeit war der Eislauf indessen in den Niederlanden längst sehr ausgebildet und es ist erst von da die echte Kunst nach Grossbritannien gekommen. Von Holland ging auch die erste Verbesserung des Schlittschuhes aus, mit Hilfe deren der Eislauf erst zu einer Kunstfertigkeit erhoben wurde. Denn die Niederländer sind die Ersten, welche Bogen fuhren. Während man sich allenthalben mit einer seltenen Gedankenarmuth Jahrhunderte lang bis auf unsere Tage mit dem alten, kreuzweis geschnallten, die Knöchel durch dicke Ringe drückenden Marterwerkzeug behalf, welches die Erlernung des Schlittschuhfahrens zu einer Qual machte, weil die Stahlschuhe entweder nicht festhielten oder die Füsse unsäglich drückten, hatten sich die Niederländer längst vortreffliche Eisschuhe construirt, welche nicht nur bequem und fest anlagen, sondern mit denen man auch sehr rasch und weit fahren und mit einer Last auf dem Rücken bedeutende Strecken zurücklegen konnte.

Die erste Vervollkommnung des Schlittschuhes durch die Niederländer beschränkte sich auf das Bedürfniss, welches die geographische Beschaffenheit ihres Landes mit sich brachte, d. h. auf das Mittel, auf die bequemste und schnellste Weise weite Strecken zurückzulegen. Der Schlittschuh der Niederländer, sowie der benachbarten Friesen, war daher unten, d. h. an der Sohle, eben und glatt, während sie in den meisten übrigen Ländern mit einer Rinne versehen wurden, welche erst in der neuesten Zeit auch da wieder entfernt wurde, namentlich seitdem durch die neueren Constructionen der Amerikaner der Schlittschuh in seinen beiden Richtungen, der Befestigungsart und der Beschaffenheit der Sohle der Stahlkufe, zu seiner technischen Vollendung gelangte. Der niederländische

Eisschuh ist sehr lang. Die friesische Stahlsohle ist, um ihrem Zweck, der Schnelligkeit, zu entsprechen, sehr schmal und mit einer Curve von sehr grossem Radius versehen, so dass die Tangente entsprechend lang ist und die Sohle so wenig als möglich in's Eis einschneidet, während sie durch ihre sehr geringe Breite bei der Vorwärtsbewegung so wenig als möglich Reibung und Widerstand verursacht. Mit solchen langgestreckten Curven lassen sich daher auch nur sehr flache und langgestreckte Bogen fahren; zum eigentlichen Kunstfahren in mannigfaltigen Bogen-, Spiral-, Schlingencombinationen und Pirouetten ist der holländische Schlittschuh daher ungeeignet.

So wie die Niederländer und Friesen im Verhältniss zur Verbesserung ihrer Eisschuhe den Dauer- und Schnelllauf entwickelt oder umgekehrt aus dem Bedürfniss des Dauer- und Schnelllaufes die beste Art der Construction für diesen Zweck gefunden haben, so ist durch die in erster Linie den Amerikanern zu dankenden Fortschritte der Kunstlauf seit einigen Decennien auf eine höhere Stufe gebracht worden. Bezüglich der Stahlkufe begannen die Amerikaner damit, die Sohle nach hinten um den ganzen Absatz, d. h. um 5—6 Centimeter zu verlängern, so dass dieselbe erst hinter dem Absatz endigt. Der Zug wurde dadurch nicht unerheblich vermehrt. Indessen musste von dem Zeitpunkte der Einführung dieser Neuerung die Art des Hemmens beim Laufe geändert werden.

Bei den alten Schlittschuhen brauchte man, um zu hemmen, nur die Fussspitzen zu heben. Die Stahlsohle schnitt am hinteren Ende so scharf ein, dass man unmittelbar Einhalt thun konnte. Bei der neuen Construction hingegen kommt man durch eine gleiche Bewegung zu Fall. Es muss seitdem auf eine andere Art gehemmt werden, wovon weiter unten am geeigneten Orte die Rede sein wird. Die zweite Aenderung, welche die Amerikaner vornahmen, war die Entfernung des Schnabels am Vordertheil des Schlittschuhes und die Ersetzung desselben durch einen einen spitzen Winkel bildenden Bug, welcher in Stand setzte, die Pirouette auf der Fussspitze zu machen. Noch vorher machten Engländer den Versuch, einen Schlittschuh zum Kunstfahren einzuführen, dessen Sohle hinten und vorne gleichmässig abgerundet ist. Wir finden dieselben sogar noch in neueren Anleitungen empfohlen. Diese Construction ist aber längst wieder verlassen worden und hat der amerikanischen Platz gemacht, nicht blos, weil man durch die Abrundung hinten häufiger zu Falle kommt, sondern weil eine hinten und vorne eckige Stahlsohle zahlreiche Figuren zulässt, welche mit der abgerundeten Construction nicht zu machen sind. Die meisten übrigen Verbesserungen bezogen sich auf die Art der Befestigung des Eisschuhes. Der einzige Fortschritt, welchen man in dieser Hinsicht in Europa bis dahin an den alten Marterwerkzeugen gemacht hatte, war, dass man den Kreuzriemen mit Ringen an den

Knöcheln durch Schnürsandalen ersetzte, wobei der Absatz durch hohe Kappen gesichert wurde. Eine absolute Festigkeit war aber auch damit nicht erreicht worden, ebensowenig wie eine vollständige Bequemlichkeit des Fusses. Auch erforderte dieses System sehr häufige Reparaturen. Die erste Verbesserung war, dass an die Stelle des kurzen Stachels im Absatz, welcher bis dahin nach unten in einer Schraube zulaufend die Kufe an dem Holzgestell befestigt hatte, eine lange Schraube gesetzt wurde, mittelst welcher der Schlittschuh hinten in den Absatz eingeschraubt werden konnte, wodurch eine kleine Aenderung der Befestigung der Stahlkufe im Holz nothwendig wurde. Bei dieser Vorkehrung genügte ein kleiner Riemen an der Fussspitze, um den Schlittschuh besser, als es früher möglich war, zu befestigen. Nur für solche, welche keine Schnürschuhe tragen, war als Nothbehelf noch ein Riemen über dem Rist zum besseren Anliegen des Stiefels an den Fuss erforderlich. Nach hinten war der Schlittschuh wie eingemauert, nach vorne aber konnten Rutschungen nicht vermieden werden, welche beim Schnell- wie beim Kunstfahren sehr nachtheilig zu sein pflegen. Man suchte sich dadurch zu helfen, dass man Stacheln in der Holzsohle anbrachte. Diese neue Art der Befestigung war zwar ein grosser Fortschritt gegen früher, allein sie hatte doch den grossen Nachtheil, dass das Anlegen der Schlittschuhe sehr lange Zeit erforderte, was namentlich dann unerträglich wurde, wenn man bei weiteren Touren auf Hindernisse stiess und genöthigt war, eine Strecke auf dem Lande zu gehen. Eine Construction, welche den Schlittschuh unverrückbar und schmerzlos an den Fuss nietet und doch rasch an- und abgelegt werden kann, war also ein so dringendes Bedürfniss, dass man gar nicht begreifen kann, wie man fast ein Jahrhundert nach der Erfindung der Dampfmaschine und der Werkzeugmaschinen sich noch so lange mit dem alten Folterwerkzeug behelfen mochte, welches das Schlittschuhlaufen mehr zu einer Qual als zur Lust machte. Da waren es die Amerikaner, denen wir so viele sinnreiche Verbesserungen an der durch Jahrtausende hergebrachten Form unserer Werkzeuge und Geräthschaften verdanken, welche endlich zuerst Hilfe brachten. Wir müssen hier auf einen weit verbreiteten Irrthum aufmerksam machen, welcher vielfach das richtige Verständniss hindert. Von vielen Eisläufern wird bei der Beurtheilung eines Schlittschuhes nicht genügend zwischen der Befestigungsart und der Beschaffenheit der Kufe, beziehungsweise des Charakters der Curve und ihrer Tangente unterschieden. Während von der ersteren die Bequemlichkeit des Schlittschuhes abhängt, bedingt die letztere hingegen die Art der Leistung. Dasselbe Mass der Curve kann auf Schlittschuhe von allen möglichen Befestigungsarten angepasst werden und ebenso können Schlittschuhe von einer und derselben Befestigungsart die verschiedenartigsten Curven haben. Es lassen sich z. B. holländische Schlittschuhe und friesische Schnellläufer mit der jetzigen Halifax-Befestigung construiren, obwohl dieses umgekehrt weniger möglich und mit Schlittschuhen zum Kunstfahren mittelst holländischer Befestigung wenig zu richten ist. Wenn man sonach von der Eigenschaft eines Schlittschuhes spricht, so muss dabei immer genau unterschieden werden, ob man von der Befestigungsart oder von der Leistung der Curve spricht.

Die erste namhafte Verbesserung, welche mit der ersteren vorgenommen worden ist, war, dass man die Stahlkufe mittelst am Ballen und an der Ferse befindlichen Platten an den Sohlen und an dem Absatze der Schuhe anschraubte. Bei dieser Vorkehrung müssen die Schuhe natürlich am Eisplatze gewechselt werden. Mit Hilfe derselben wird der Eisschuh zwar unbedingt fest und schmerzlos am Fuss befestigt, allein sie ist ausserordentlich umständlich und unbequem, insbesondere in Fällen, wo man weite Strecken zurücklegen will, bei denen man bisweilen Land durchkreuzen muss. Der berühmte amerikanische Eiskünstler Jackson Haynes, welcher im Winter 1864—1865 Nord-Europa durchreiste und zum ersten Male dem grösseren Publicum das öffentliche Schauspiel der höheren Eislaufschule bot, bediente sich solcher Befestigungsart seiner Schlittschuhe. Auch heute noch haben viele seiner Jünger den Haynes-Schlittschuh sammt dieser Befestigungsart beibehalten, weil die Curve des letzteren von vortrefflicher Beschaffenheit ist und dieser Schlittschuh wegen seiner Leichtigkeit und Eleganz sich zu Tanzschritten besonders eignet. Bereits als Haynes mit derselben in Europa erschien, war in seinem Vaterlande ein grosser Fortschritt in dieser Hinsicht erfolgt, indem es endlich gelungen war, Schlittschuhe zu construiren, bei welchen das Holz in Wegfall kam und statt dessen in der Gegend der Ferse und des Ballens an der Kufe eiserne, der Sohle und dem Absatz sich anpassende Träger angebracht waren, in welchen mittelst einfacher und doppelter Gewinde Klauen spielen, durch die der Schlittschuh seitlich an die Sohle und an den Absatz angeschraubt oder durch eine Hebelvorrichtung eingehängt wird, so dass er einen festen Bestandtheil derselben bildet. Durch diese Vorkehrung, auf die in den Vereinigten Staaten zahlreiche Patente in mannigfachen Variationen ertheilt worden sind, waren zum ersten Male sämmtliche Bedürfnisse des Schlittschuhläufers befriedigt. Der Eisschuh konnte durch das Umdrehen von zwei Schrauben unverrückbar fest an das Schuhwerk genietet werden und die ganze Manipulation des Anlegens und Ablegens erforderte nur zwei Minuten Zeit. Durch diese Neuerung war auf einmal das Erfindungstalent geweckt und auf diese Richtung gelenkt. Schon nach ein paar Jahren wurde diese Erfindung durch eine weit sinnreichere, einfachere und nützlichere Verbesserung verdrängt. Wir meinen nämlich den sogenannten Halifax-Schlittschuh. Da derselbe bereits allgemein in Gebrauch gelangt ist, so unterlassen wir hier eine nähere Beschreibung der Construction desselben, indem wir später darauf zurückkommen.

Der Eislauf selbst hat sich, je nach der Gelegenheit und je nach der Gunst der Eisplätze, verschieden gestaltet. An Seen, an Canälen, langsam fliessenden oder durch Buhnen (Querdämme und Sporen) regulirten Flüssen, wo in mittleren Wintern meilenweite glatte Eisbahnen gefrieren, da hat sich der Dauer- und Schnelllauf vorzugsweise entwickelt. Da diese Art des Eislaufes auch zugleich ein Bedürfniss schnellerer Beförderungsweise in einer von Gewässern reich bespülten Gegend ist, so pflegt nicht nur die den Sport liebende Bevölkerung, sondern auch das Landvolk daran Theil zu nehmen.

In solchen Gegenden hinwiederum, wo die Städte und Ortschaften an reissenden Flüssen und Strömen liegen, welche nur in sehr strengen Wintern gefrieren, und wo die Eisdecke eine aus Schollen und Grundeis zusammengesetzte rauhe und zackige Oberfläche darbietet, wo die Eisläufer auf einen kleinen Teich oder eine überschwemmte Wiese oder einen künstlichen Eisplatz beschränkt sind, wo sonach das Bedürfniss vorliegt, die Mannigfaltigkeit der Unterhaltung in intensiver Richtung zu vermehren, da hat sich vornehmlich der Kunstlauf entwickelt. Derselbe wird überdies am sorgfältigsten in den Grossstädten gepflegt, weil da eine grössere Auswahl geschickter Menschen sich zusammenfindet, weil für die Erneuerung und Reinigung der Eisbahn besser gesorgt wird, weil die bessere Gesellschaft mehr Anregung bietet und weil die besten Schlittschuhe, Lehrer und Methoden leichter zur Hand sind.

In früheren Zeiten, noch bis vor wenigen Decennien war der Eislauf, mit Ausnahme der Niederlande, ein Privilegium des starken Geschlechtes. Noch um die Mitte unseres Jahrhunderts wurde eine Dame auf Schlittschuhen ausserhalb Hollands und Frieslands wie ein weisser Rabe angestaunt. Seit 30 Jahren aber, gleichzeitig mit der Einführung der besseren Schlittschuhe, hat die Kunst des Eislaufes plötzlich eine so grosse Zahl von Proselyten unter dem schönen Geschlechte diesseits und jenseits des Atlantischen Oceans angezogen, dass auf manchen Eisplätzen, insbesondere in Wien, die Zahl der Damen bisweilen sogar grösser ist als die der Herren.

Die Grundlage des Kunstlaufes, der Bogen, ist zwar auch von den mehr im Dauer- und Schnelllauf ausgebildeten Niederländern aufgebracht worden, die Kunst selbst aber wurde naturgemäss in den Städten, wo der Eisläufer nicht durch den höheren Genuss meilenweiter Eisflächen abgezogen wird, insbesondere in den Grossstädten auf eine höhere Stufe der Entwicklung gebracht. Wir wissen, dass Goethe im vorigen Jahrhundert mit

Vorliebe schon Bogen fuhr. Indess ist uns von weiteren Bogencombinationen aus dieser Zeit nichts bekannt. Die Kunst fand ihre erste Ausbildung von diesem Jahrhunderte an, und zwar zuerst in Nordfrankreich und Grossbritannien. In Paris, wo während des Winters so viele Fremde aus aller Herren Länder zusammenströmten, und in der ersten Hälfte unseres Jahrhunderts noch mehr wie jetzt, gab es nach dem Ausdrucke eines englischen Blattes stets eine Anzahl von Professoren der Kunst, welche die schaulustigen Spaziergänger in Bewunderung versetzten. Auch Glasgow und London zeichneten sich frühzeitig durch ausgezeichnete Eiskünstler aus. Mitglieder der Glasgower und Londoner Skating-Clubs waren es auch, welche die ersten gediegenen Systeme über das Figurenlaufen veröffentlichten, aus welchen zu entnehmen ist, dass sie bereits vor Jahrzehnten auf einer hohen Stufe standen. Auch in kleineren französischen Städten wie Nancy war schon in den Dreissigerjahren eine vortreffliche Schule von Kunstläufern ausgebildet. Es wurde dort die Spirale mit 4—5 Kreisen und die Pirouette auf dem Absatze mit 8—10 Umdrehungen gemacht. Auch in anderen Städten des Continents entwickelte sich der Kunstlauf allmälig, so in Berlin und Wien, in Frankfurt, in Carlsruhe, in Strassburg und in anderen Städten des Rheins, in Kassel, Hannover, Leipzig, Dresden, Nürnberg, München, Budapest, Prag; während in den Städten der Ostsee aus ähnlichen Gründen wie in den

Niederlanden auf jenen unermesslichen Eisflächen mehr der Weit- und Schnelllauf gedieh, so dass z. B. in Petersburg, welches einen so überaus langen Winter hat, der jetzt dort so hochentwickelte Kunstlauf erst durch die englische Colonie eingebürgert wurde.

Einen gewissermassen sprunghaften Aufschwung nahm der Kunstlauf überhaupt von dem Zeitpunkte der Einführung der neuen Schlittschuhconstructionen. Da waren es die Städte Nordamerikas, insbesondere New-York, Chicago, Montreal und Quebeck an der Spitze, welche mit ihren langen Wintern, mit ihren vortrefflich gepflegten Eisplätzen und gegen Schnee und Wind gedeckten riesenhaften Bahnhallen (Skating-Rinks) die Kunst des Eislaufes rasch auf eine höhere Stufe brachten und in neue Spuren lenkten. Mit ihrer vom Mutterland hinübergenommenen Sitte, den Sieger in irgend einer volksthümlichen Leibesübung, wie bei den deutschen Schützengilden der Schützenkönig, für das nächstfolgende Jahr durch den Besitz eines besonderen Ehrenzeichens auszuzeichnen, haben sie nicht wenig dazu beigetragen, den Wetteifer der jungen Männer zu immer grösserer Vervollkommnung ihrer Fertigkeit aufzustacheln. Seitdem wandert der Preisgürtel der Eisläufer Nordamerikas von Jahr zu Jahr von einem Künstler zum andern.

Es war im Winter 1864—1865, dass einer dieser nordamerikanischen Eiskünstler, der oben erwähnte Jackson Haynes, über den Ocean kam und in vielen Städten des nördlichen Europa öffentliche Schaustellungen vorführte, welche mit Bewunderung aufgenommen wurden und aus denen man die Ueberzeugung schöpfte, dass das Mutterland sich von der Tochter überflügelt sah. Die ersten Schlittschuhläufer Europas erkannten Haynes als ihren Meister an. Das Erscheinen Haynes' war ein entscheidender Wendepunkt zu Gunsten des Kunstlaufes, und die Jugend keiner Stadt hat dieses Vorbild so eifrig benützt, als die Eisläufer Wiens, von denen heute manche vom starken sowie vom schönen Geschlecht den Meister nicht blos erreicht, sondern in der Ueberwindung schwieriger Evolutionen und in der Vollständigkeit der Schule bereits übertroffen haben, so dass jetzt Wien mit seinem vortrefflich organisirten Eislaufverein im Eissport ebenbürtiger Rivale New-Yorks geworden ist.

Der Hauptfortschritt, der in Wien im Kunstlaufen gemacht worden ist, besteht darin, dass der Kunstläufer nicht mehr von einem Anstoss oder gar Anlauf abhängig ist, um verwickelte Bogencombinationen auf einem Fusse zu machen, wobei die Figur aufhört, weil die Kraft des Anstosses zu Ende geht. Er schöpft vielmehr die Kraft des Triebes während des Laufens einer Bogen-, Kreis- und Schlingen-Evolution aus sich selbst; so dass er gewisse Combinationen so lange fortsetzen kann, als die Kraft des Beines und des Athems es gestatten. So hat z. B. ein junger Mann bei dem Kunst-Wettlaufen im Jänner 1879 über 20 Achter auf einem Fusse nacheinander gemacht, wobei er sich mit dem anderen Fusse in der Luft den Schwung gab.

Der Platz des Wiener Eislaufvereines ist nämlich nicht blos sehr günstig in der Nähe des Mittelpunktes der Stadt gelegen, sondern auch so reich mit allen Mitteln zur Erhöhung des geselligen Vergnügens versehen, wie der keiner anderen Gesellschaft. Das erforderliche Wasser wird aus der vorbeifliessenden Wien mittelst einer eigenen Dampfmaschine eingepumpt. Die Eisdecke wird in ihrer ganzen Ausdehnung permanent vom Schnee gereinigt und in jeder Nacht mit einer neuen Glasur überzogen, welche durch Spritzen mit dem Wasser der Hochquellenleitung hergestellt wird, das, weil es eine höhere Temperatur (ungefähr 8° R.) hat, vollständig auf der Eisdecke festgefriert, so dass dieselbe jeden Morgen neu geglättet ist. Dazu kommt noch, dass der Eisplatz nicht blos von zahlreichen mit Blenden versehenen Gaslaternen umgeben ist, sondern auch des Abends von 16 elektrischen Sonnen erleuchtet wird, welche fast Tageshelle verbreiten. Die Mitglieder des Vereines können daher den Platz von Morgens 8 Uhr bis Abends 9 Uhr benützen und, da die Zahl der Schleiftage sich in mittleren Wintern auf 60—70, in strengen bis zu 100 erhebt, so ist reichliche Gelegenheit zur Uebung und Ausbildung der Kunst vorhanden. Einen eigenen Reiz bieten auch die musikalischen Corsoabende, an welchen eine auserlesene Gesellschaft bei den rauschenden Tönen der Militärmusik, bei den süssen Klängen der „blauen Donau“ einherschwebt, sowie die Costümfeste, welche regelmässig Gelegenheit zu einer Vorstellung in der höheren Eistanzkunst geben und bei welchen ein Glanz der elektrischen und bengalischen Beleuchtung, sowie eine Pracht und Mannigfaltigkeit der Costüme der Herren und Damen, worunter die Blüthe des schönheitstrahlenden Wien, entfaltet wird, dass selbst die berühmten Feste auf der Newa und auf den niederländischen, scandinavischen und canadischen Eisplätzen verdunkelt werden.

Trotz der mannigfachen Reize, welche die höhere Geselligkeit der Eisplätze in den Grossstädten darbietet, gewährt der Eislauf dennoch das höchste Vergnügen da, wo man meilenweit auf der grünen Krystallfläche eines Sees dahinfliegen oder wo man wahre Entdeckungsreisen auf Canälen, Flüssen und Meerbusen machen kann.

Etwas freilich zu der wahrhaft olympischen Lust, welche eine Weitfahrt auf glattem Eise gewährt, trägt die Seltenheit der Gelegenheit bei; denn leider bereitet der Schneefall dem Vergnügen oft sehr bald ein jähes Ende. Dass eine grosse Eisbahn eine oder gar mehrere Wochen schneefrei bleibt, gehört zu den grössten Seltenheiten, welche sich vielleicht alle fünf Jahre einmal ereignen. Auch gibt es unter zehn Wintern stets wenigstens zwei bis drei, in welchen die unter günstigen Verhältnissen befindlichen Seen, Canäle und Flüsse nicht gefrieren. Hier heisst es also die Gunst des Augenblicks sofort benützen.

Als das Paradies der Weitfahrer muss das Gebiet der Ost- und Nordsee angesehen werden. Auf den holländischen Canälen, auf den niederländischen, friesischen, norddeutschen und scandinavischen Seen, auf dem ostpreussischen und kurischen Haff, sowie endlich auf der Ostsee selbst, welche nicht selten grossentheils zugefriert, findet die Abenteuerlust des kühnen Eisläufers einen unermesslichen Spielraum zu seelenaufregenden Fahrten. Auch auf den Tiroler und Schweizer Seen, und ganz besonders auf dem Neusiedler See bei Wien und dem Untersee bei Constanz, gibt es wundervolle Gelegenheit zu Weitfahrten in der Umgebung einer herrlichen Gebirgsnatur. Auf dem Tegernsee und mehreren Kärntner Seen wird neben dem Schlittschuhlauf auch bereits die zuerst in den Niederlanden aufgebrachte, auch in Scandinavien und besonders in Nordamerika eingebürgerte Fahrt mit dem Eis-Segelboot gepflegt, welches bei günstigem Wind die Stunde in einer Minute zurücklegt und trotzdem sich gut lenken und mit Fallenlassen des Segels aufhalten lässt.

Die Fahrt auf den Seen ist nicht so gefährlich, als der Uneingeweihte sich vorstellen mag. Denn da dieselben erst zugefrieren, wenn ihre Wassermassen alle ihre Wärme ausgedampft haben, so gefrieren sie Ende Jänner oder Anfangs Februar oft bei geringer Kälte schon in einer Nacht, sicher aber in zwei Nächten so fest zu, dass man sie ohne Gefahr betreten kann. Der Sicherheit wegen rüstet sich der Eisläufer, der ja auch Kenntniss der Bildung des Eises gesammelt haben muss und manche Anzeichen über die Beschaffenheit des Eises schon an der Farbe erkennt, mit einem starken Stocke aus, den er mit Kraft auf das Eis stösst, wo er seiner Sache nicht sicher zu sein glaubt. Bricht der Stock nicht durch, so trägt das Eis auch den Mann, weil seine Last auf einen grösseren Quadratraum vertheilt ist. Noch besser aber ist es, sich mit einem Seile zu versehen, an dessen Ende eine Bleikugel befestigt ist, die einige Meter weit vorausgeworfen werden kann, um die Dicke des Eises zu erproben. Dieses Seil kann dann bei unvorhergesehenen Unfällen auch als Rettungsleine benützt werden, ohne die man sich, gerade wie bei Gletscherpartien, auf grössere Eisfahrten nicht begeben sollte. Es ist auffallend, dass diese an der Donau übliche Vorsichtsmassregel auf den Schweizer Seen nicht gebräuchlich ist, wo man sich auf unbehilfliche Weise der Festigkeit des Eises zu versichern sucht. Beim Einbrechen in's Eis, was übrigens bei den Seen am seltensten vorkommt, ist Geistesgegenwart vor Allem von Nöthen. Sobald man einsinkt, breite man die Arme weit vor sich aus. Wenn dünnes Eis oft noch weiter bricht, kann man sich doch so lange halten, bis Hilfe kommt. Meistens kann man sich selbst heraushelfen. Man versäume dann aber nicht, die Schlittschuhe abzulegen und, so gut es geht, im Dauerlaufe sich nach Hause oder in's nächste Wirthshaus zu verfügen und sich sodann umzukleiden. Zur Unternehmung weiter Eisfahrten ist es auch nützlich, sich im Weitsprung zu üben. Derselbe ist nicht identisch mit dem Weitsprung am Boden, bei welchem mit einem Fusse abgesprungen wird. Auf dem Eise wird der Weitsprung mit gleichen Füssen gemacht. Die Schnellkraft wird durch einen möglichst raschen Anlauf und gewaltigen Hochsprung erreicht. Je mächtiger der Anlauf und je höher der Satz, desto weiter gelangt der Sprung. Der Niedersprung hat auf die Mitte des Schlittschuhes zu erfolgen. Bei einem solchen Weitsprung gelegentlich eines Preisrennens im Wiener Eislaufverein erzielte Herr Fänner jun. einen Satz von 4 Meter 60 Centimeter, wohl der bedeutendste Record in dieser Hinsicht. Weitsprünge sind namentlich auf den gefrorenen Seen von Nutzen, weil die Eisflächen bei zunehmendem Froste lange und weite Sprünge erhalten, welche, wenn man nicht im Setzen geübt ist, zuweilen zu stundenweiten Umwegen nöthigen. Sowohl am Bieler See wie am Untersee werden auf Schlittenkufen stehende Kähne in das frisch gefrorene Eis hinausgestossen und man nimmt an, dass die Eisdecke fest genug ist, wenn sie nicht einbrechen. Diese Methode ist aber nicht ganz sicher, weil der Bootschlitten einen zu grossen Raum einnimmt. Auf jenen beiden Seen beginnt ein ebenso fröhliches Volksleben sich zu entwickeln, wie auf den niederländischen Seen. Da sind am Eise Buden mit Wein, Punsch und warmen Speisen errichtet. Da sind Caroussels zu sehen, bei denen die Wagen und Rosse durch Kähne ersetzt sind, welche in schwindelerregender Schnelligkeit um ihren Mast gedreht werden. Da werden grosse Boote, welche Musikbanden fassen, auf Schlitten mittelst langer Stangen mit grosser Schnelligkeit über den See gestossen. Ueberall hochgradiger Jubel und Lust, wie sie sich kaum in Wald und Flur zur Sommerszeit entfalten! Namentlich dem Untersee gebührt auch noch wegen der herrlichsten Gebirgsnatur der Preis vor den nordischen Seen, mit welchen er den Vortheil gemein hat, dass er, gleich dem Neusiedler See bei Wien, wegen seiner seichten Strecken in jedem Jahre auf grössere oder geringere Entfernungen gefriert. In seiner Mitte liegt die Insel Reichenau, bekannt durch ihr einstiges Kloster, dessen Abt sich rühmte, auf dem Wege nach Rom jede Nacht auf des Klosters Eigenthum zubringen zu können, und deren Wein sich vor den benachbarten schweizerischen Erzeugnissen sehr vortheilhaft auszeichnet. Im Osten ragen in bläulich lichtem Schimmer die Zinnen der Alpen, während im Westen die Berge des Höhgaus den Rahmen des entzückenden Landschaftsbildes abschliessen, worunter der Hohentwiel in Scheffel's Ekkehard in neuerer Zeit seinen unsterblichen Sänger gefunden hat. Victor Scheffel hatte sich nahe bei dem Gestade des Sees ein trauliches Heim gegründet, in welchem er seine Sommerfrische zuzubringen und seine Freunde zu einem Glas Seewein einzuladen pflegte. Mich hat es gewundert, dass er nicht seinen Aufenthalt bis in den Winter ausgedehnt hat, um die unvergleichlichen Freuden des dortigen Eislebens zu geniessen.

Noch weit grösser war das frohe Staunen der Bevölkerung am schwäbischen Meer, als in den Wintern 1830 und 1880 der grosse Bodensee zufror, ein Ereigniss, welches bis jetzt in jedem Jahrhundert nur einmal vorzukommen pflegte und das Gustav Schwab in seiner bekannten Ballade so interessant verherrlicht hat, wo ein Reiter, ohne es zu wissen, über das mit Schnee bedeckte Eis des Bodensees trabt und am Ufer vor Schrecken stirbt, als er erfährt, dass er über den See geritten. Der obere Bodensee, welcher sechs Meilen lang und in der Mitte drei Meilen breit ist, gefror nämlich, nachdem die ungeheure Wassermasse durch eine unerhörte, dreimonatliche Kälte vollständig abgekühlt war, plötzlich am 2. Februar 1830 in einer Nacht zu und die Eisdecke befestigte sich so rasch, dass sie bereits nach 24 Stunden betreten werden konnte. Die Bevölkerung des Bodensees ist, was das Eis angeht, von einer grossen Verwegenheit, so dass man dem Reichenauer nachsagt, er werfe seinen Handschuh voraus auf's Eis und wenn dieser nicht durchbreche, so folge er nach. Uebrigens ereignen sich trotzdem Unglücksfälle fast niemals bei gefrierendem Eis, sondern in der Regel nur bei

Thauwetter, nachdem die Jugend verwegener und das Eis morscher geworden sind. Damals dauerte die Eisdecke bis Mitte März, die überhaupt, entsprechend der langsameren Abkühlung der Wassermasse auf den Seen, bis um diese Zeit anhält, dann versank sie in wenigen Tagen. Während vier Wochen aber herrschte ein so reger Verkehr auf dem See, wie er heute nicht einmal mittelst der Dampfschiffe möglich ist. Die Bevölkerungen der um den See gelegenen Städte und Ortschaften statteten einander Besuche ab. Constanzer fuhren nach Lindau, Lindauer nach Constanz, Meersburger nach Bregenz, Rorschacher nach Friedrichshafen, Ueberlinger nach Romanshorn und umgekehrt. Dieses Ereigniss ging wie ein Phänomen vorbei. Denn trotz dieser Erfahrung blieb in den folgenden Jahrzehnten die fast jedes Jahr wiederkehrende Eisdecke des Untersees nur von der Bevölkerung der umliegenden Ortschaften und Städtchen benützt. Von den nur eine Stunde entfernten Constanzern war selten einer zu sehen. Seit der Herstellung der Eisenbahn ist es freilich ganz anders geworden. Wir haben den Untersee in verschiedenen, weit auseinanderliegenden Wintern besucht und stets jene herrliche Vereinigung einer ungeheuren Fläche des prachtvollsten Krystalleises neben öffentlichem Volksleben gefunden, dem sich seit Vollendung der Eisenbahn auch eine steigende Anzahl von Freunden dieses Sports aus den benachbarten Städten anschliesst. Constanz ist im Sommer zahlreich von Fremden besucht, welche sich dem Vergnügen des Ruderns und des Lachsforellenfanges hingeben. Am St. Morizersee im Engadin findet sich eine Colonie von Engländern alljährlich im Winter ein, um die lange Eissaison zu geniessen.

So herrlich nun auch die ungeheuren Eisflächen der holländischen Canäle und Seen, sowie der Haffe und Buchten der Ostsee und norddeutschen und Schweizer Seen sein mögen, so haben sie doch den Nachtheil, dass sie nur in strengen Wintern zugefrieren und dass schon ein Schneefall fast aller Herrlichkeit ein Ende macht, denn nur auf den holländischen Canälen wird der Schnee von den anliegenden Ortsgemeinden gekehrt.

In dieser Beziehung müssen die von den Eisenbahnen beherrschten Gegenden, deren nördlichen Brennpunkt Wien bildet, als ein Eldorado angesehen werden. Eine dreistündige Eisenbahnfahrt führt den Eisläufer nach dem bereits in Ungarn gelegenen, von eingewanderten Schwaben umwohnten Neusiedler See, der 50 Kilometer lang, 10—15 Kilometer breit und so seicht ist, dass er in jedem Jahre gefriert. Sobald der grosse Platz des Wiener Eislaufvereins, welcher wegen seiner 6000 Mitglieder nicht eher benützt werden kann, als bis das Eis 10 Centimeter dick ist, eröffnet wird, ist in der Regel auch der Neusiedler See bei Oedenburg tragfähig. Derselbe ist so seicht, dass seine Tiefe bis 3 Kilometer von jedem Ufer nur 1 Meter und in der Mitte etwa 2 Meter beträgt.

Nach den trockenen Jahren von 1857 bis 1859 war er sogar auf eine Reihe von Jahren ausgetrocknet. Die anstossenden Ortschaften hatten nicht ermangelt, sich diesen Umstand zunutze zu machen und ungesäumt reiche Weizenernten auf dem fruchtbaren Seegrund zu gewinnen, welcher einen starken Salz- und Sodagehalt besitzt. Der Bischof von Raab hatte bereits landwirthschaftliche Gebäude bei Kroisbach errichten lassen und Processe waren zwischen den Anrainern über die Theilung des neuen Grundeigenthums entstanden. Da kehrten eines schönen Morgens um die Mitte der Sechzigerjahre die Wasser plötzlich in das Seebecken zurück, welches tiefer als die Donau und die Raab liegt. Gegenwärtig (1891) sind die Gewässer des Sees, der schon von Plinius unter dem Namen Peiso erwähnt wird, wieder im Sinken begriffen, so dass die Jagdgesellschaft auf Wasservögel wegen des Austrocknens der ausgedehnten Schilfufer kürzlich wieder aufgelöst wurde und, wenn einige heisse Jahre aufeinander folgen, der See wenigstens zum Theil wieder auf einige Zeit austrocknen wird. Die Seichtigkeit des Sees ist die Ursache, dass derselbe fast in jedem Jahre schon gegen Weihnachten zu einer Spiegelfläche erstarrt und so weite glatte Bahnen darbietet, dass die Wiener alte Garde, welche diese Eisflächen zuerst in grösserer Ausdehnung befuhr, doch immer noch das gänzliche Umfahren des Sees als ein lockendes Ziel im Sinn trägt.

Schon die ersten Expeditionen weckten die Ueberzeugung, dass diese ungeheuren gefahrlosen Flächen der geeignetste Schauplatz für den Eissegelsport ist, sei es für mit einem Segel ausgerüstete Schlittschuhläufer, sei es für Eissegel-Yachten oder Segelschlitten, zumal die Winde am Neusiedler See viel häufiger als an den Kärntner und Salzkammergutseen sind. Der Wiener Eislaufverein hat daher schon 1882 ein am Tegernsee gebautes Eissegelboot auf den Neusiedler See gesetzt und merkwürdigerweise gab diese Initiative erst den Anstoss zur Gründung einer Seglerflotte auf dem See mit der Station in der Nähe von Oedenburg, an welcher auch Wiener theilnahmen. Der Eissegelsport, welcher zuerst an den Küsten der Ostsee und Nordsee unter den Scandinaviern und Friesen aufkam, hat in Nordamerika seine höchste Ausbildung erfahren, wozu günstige Verhältnisse am Hudsonflusse beitrugen.

Vom 1. Jänner an ist nämlich der Hudson 50 Kilometer oberhalb New-York regelmässig zugefroren in einer glatten Fläche, welche sich 150 Kilometer weit in einer Breite von 2—3 Kilometern ausdehnt. Am östlichen Ufer zieht sich viele Meilen weit im Flusse selbst ein gemauerter Eisenbahndamm hin, welcher häufig die Eis-Yacht-Capitäne zu Wettfahrten mit den Schnellzügen lockt, wenn der Wind gerade günstig ist. Dabei ist die vortheilhafteste Richtung des Windes, wenn er im rechten Winkel auf den Strom weht, so dass die

Eis-Yachten laviren. Denn mit dem Wind im Rücken würden die Segel des Fahrzeuges bald vom Widerstand der Luft aufgehalten werden, während beim Laviren das Segel die Luft wie ein Messer durchschneidet. Während die Eisenbahnzüge nicht mehr als 56 Kilometer am Hudson zurücklegen, erreichen die Eissegelboote dort häufig eine Schnelligkeit von 64—96 Kilometer in der Stunde. Ein Kenner dieses Sports hatte einst in der New-Yorker „Evening Post“ geschrieben: „Die Schnelligkeit, welche durch diese Boote erreicht wird, wenn das Eis glatt und der Wind günstig, ist unglaublich. Das Merkwürdigste aber ist, dass sie unter solchen Bedingungen schneller segeln als der Wind selbst. Eine Brise, welche mit der Schnelligkeit von 15 englischen Meilen in der Stunde sich bewegt, wird ein Eissegelboot 60 englische Meilen weit treiben.“ Ueber diese Aeusserung entstand eine öffentliche Polemik zwischen den Eis-Yacht-Capitänen und zwei Professoren der Physik, welche mit der Niederlage der Letzteren endete.*)

Der Eissegelsport ist die berauschendste Locomotion, denn sie kommt dem Fluge am nächsten. Deshalb wäre es wünschenswerth, wenn er in vermehrter Gestalt auf dem Neusiedler See wieder aufleben möchte.

---

*) Ueber den Verlauf dieses interessanten Streites, sowie über viele anregende Eisfahrten auf Seen findet sich Näheres in Max Wirth's „Ernste und frohe Tage“, Verlag der M. Du Mont-Schauberg'schen Buchhandlung, Köln 1884.

Nachdem unsere Eis-Yacht am Neusiedler See bereits zusammengefahren war, hatten wir noch eine lustige Fahrt bei starkem Südwind auf eine Strecke von drei Stunden mit am Stocke aufgespannten Foulards. Der Wind trieb uns vom Südende des Sees ohne Anstrengung bis nach Ruszt, von wo wir Abends mit unseren bestellten Landauern über das glatte Eis nächst Kroisbach bis Oedenburg zurückfuhren.

Leider pflegt der Neusiedler See in der Regel bald mit Schnee bedeckt zu sein, dafür stehen dem Wiener Eisläufer mit Hilfe einer nächtlichen Eisenbahnfahrt in Kärnten, Tirol und im Salzkammergut 15—20 Seen zur Verfügung, von welchen zwar die Hälfte nur in strengen Wintern zufriert — der Traunsee gar nur zwei Mal in diesem Jahrhundert, gleich dem grossen Bodensee — die andere Hälfte aber fast in jedem Winter zuzufrieren pflegt, und zwar wegen der Verschiedenheit der Ausdehnung und der Tiefe nach einander, so dass selbst nach vielfachen Schneefällen immer noch ein paar Seen in Reserve sind, die erst Anfangs Februar zufrieren, wenn die Schneefälle schon seltener sind. Der Schnell- und Dauerlauf kann daher nirgends so ergiebig und nachhaltig gepflegt werden, als auf diesen grossen den Bewohnern Wiens zu Gebote stehenden Wasserbehältern. Ist der Neusiedler See verschneit, dann kommt der Grundlsee im Salzkammergut an der Grenze Steiermarks an die Reihe; ist dieser mit Schnee bedeckt, dann folgen der Faaker- und der Ossiacher See bei Villach, dann der Wörther See, der Raibler-, der Weissensee und endlich der Millstätter See. Vorher ist gewöhnlich schon im Salzkammergut der Hallstättersee und der St. Wolfgang-See mit einer Spiegelfläche bedeckt. Im Winter 1891 boten auch der Mondsee und der Attersee herrliche Eisgebiete, während Zeitfreiherren ihre Ausflüge bis an den Zeller- und Achensee, den Tegernsee, Starnberger-, Ammersee und Züricher See ausdehnen konnten. Auf dem Tegernsee, dem Ossiacher und Wörther See sind auch Eissegelboote im Gebrauch, während das auf den Neusiedler See vom Wiener Eislaufverein gestellte Eissegelboot nach zehnjährigem Gebrauch den Weg allen Fleisches gegangen ist. Es mag bei dieser Gelegenheit bemerkt werden, dass die Gegend der Kärntner Seen sich eines ganz ausserordentlichen Klimas erfreut. Im Sommer ist es so warm, dass die Seen, z. B. der Wörther und Millstätter See eine Wassertemperatur von + 20—22^0 R. erlangen. Im Winter dagegen herrscht Moskauer Temperatur, so dass die Gegend vier Monate lang mit Schnee bedeckt ist und die meisten Seen auch während der mildesten Winter zugefrieren. Am Wörther See ist während des letzten Winters von 1891 eine Neuerung in's Leben getreten, welche geeignet ist, Fremdenzuspruch aus der Ferne auch im Winter anzulocken. Es hat sich ein Eislaufverein unter der Leitung des Freiherrn Rob. von Walterskirchen gebildet, welcher auch eine Eissegel-Yacht auf dem See hält. Dieser Verein hat Bahnen auf dem gefrorenen Wörther See von Klagenfurt bis Pörtschach kehren lassen, welche in ihrer elliptischen Form eine Länge von 28 Kilometer umfassen. Diese Vorkehrung ist für Sportfreunde besonders um desswillen von hohem Werth, weil sie dadurch von der Enttäuschung erlöst werden, welcher wir nicht selten ausgesetzt waren, dass man unverrichteter Dinge wieder heimkehren muss, wenn wegen plötzlichen Schneefalles der See während der Hinreise verschneit worden ist.

Bevor wir die Seen verlassen, sei noch eines interessanten Naturphänomens gedacht, welches wir auf dem Moossee bei Bern beobachtet und das sich mehr oder weniger auf allen Teichen, Mooren und Seen, deren Grund sumpfig ist, wiederholt. Es bilden sich nämlich im Eise auf solchen Gewässern Blasen, die von aufsteigenden Gasen, wenn wir nicht irren, Kohlenwasserstoffgas, herrühren. Stösst man ein Loch in eine solche Blase und hält rasch ein brennendes Zündholz daran, so steigt eine Flamme auf, deren Umfang nach der Grösse der Blase sich richtet. Einst liessen wir eine so grosse Blase explodiren, dass die aus dem Eise hervorbrechende Feuersäule armdick und zwei Schuh lang war und etwa fünfzehn Secunden lang brannte. Für die Jugend ist es ein aufregendes Vergnügen, auf diese Art so zu sagen Feuer aus dem Eise hervorquellen zu sehen. Die Bauern schüttelten den Kopf dazu.

Ausser den Weitfahrten, welchen unter allen Reisesports der erste Rang eingeräumt werden muss, wird in den Niederlanden, in Friesland und auf der Ostsee auch das Schnelllaufen in hohem Grade geübt. In Holland und Friesland werden von den allenthalben, in Dorf und Stadt, bestehenden Eislaufvereinen regelmässig Wettfahrten veranstaltet, zu welchen Kämpfer sowohl wie Zuschauer von Nah und Fern herbeieilen und die wie eine Art Nationalfest gefeiert werden. Die Schlittschuhgesellschaften kleinerer Orte setzen Preise von 10—50 Gulden für die Sieger aus, während die Preise in den Städten bis 200 und 250 Gulden steigen. Merkwürdigerweise gehören diese Wettläufer nach der Beobachtung Worthmann's nur den unteren Volksclassen an. Die Gentlemen fungiren mehr als Richter und Zuschauer. Zuweilen finden auch Wettfahrten von Mädchen statt, zuweilen laufen auch Männer und Frauen paarweise. Bei einem Wettlaufen in Gröningen, welchem der eben genannte Gewährsmann beiwohnte, war die Bahn 150 Meter lang, von Fähnchen eingefasst, und es liefen immer nur je zwei. Die Männer nur mit einem wollenen Hemd und Kniehosen und Strümpfen angethan, die Mädchen aber — sit venia verbo — in den Unterröcken. Beim Schnelllauf werfen die Friesen abwechselnd die Arme weitgestreckt vor sich, wodurch der Schwung vermehrt wird. Auf Anmuth macht dieser Lauf natürlich keinen Anspruch.

Auch in Dänemark sind nicht blos Wettrennen, sondern auch Kunstwettläufe üblich. Es liegt uns ein Bericht aus Kopenhagen von Mitte Februar 1871 vor, wonach dort ein Wettkunstlaufen, verbunden mit einem Wettrennen, abgehalten wurde. Die Distanz war 12.000 Fuss oder eine halbe deutsche Meile, welche vom Sieger in 9 Minuten 5 Secunden zurückgelegt wurde. Dann folgte ein Wettrennen von Knaben auf eine Distanz von 6000 Fuss, welche der Sieger in 6 Minuten 10 Secunden zurücklegte. Mit grossem Jubel wurde hierauf ein Wettrennen von jungen Damen, auf eine Entfernung von 3000 Fuss, aufgenommen. Die Siegerin kam in 4 Minuten 6 Secunden an's Ziel. Dann folgte ein Rückwärtsrennen auf 6000 Fuss, welche in 5 Minuten 40 Secunden vom Sieger zurückgelegt wurden. Zuletzt kam ein Rennen mit Hindernissen, und legte der Sieger die Distanz von 6000 Fuss mit 12 eingelegten Hindernissen in 5 Minuten 12 Secunden zurück.

Auch in Wien wurden Kunst- und Schnellwettläufe abgehalten. Das Damen-Kunstwettlaufen im Winter 1875, sowie das am 17. Jänner 1879 veranstaltete Wettlaufen von Herren, welches Nachts bei elektrischem Licht stattfand, brachte im Kunstlaufen, sowohl im Schul- als im Phantasiefigurenlaufen, wie auch im Schnelllauf sehr bedeutende Leistungen zu Tage, welche ein näheres Eingehen weiter unten verdienen. Für den Schnelllauf war eine elliptische Bahn rings um den grossen

Platz des Eislaufvereins abgesteckt, welche 331·60 Meter*) lang war und von dem Sieger bei einmaligem Durchlaufen in 43 Secunden, bei zweimaligem Durchlaufen in 88 Secunden und beim Laufen über vier Hindernisse in 50 Secunden zurückgelegt wurde. Der Wiener Eislaufverein war es auch, der das erste internationale Schnell- und Wettlaufen im Winter 1871—72 veranstaltet hat. Damals war der beste Schlittschuhfahrer Norddeutschlands, Graf Schlippenbach, erschienen und trug den Sieg im Schnelllauf davon, indem er obige Bahn in 41 Secunden zurücklegte. Dagegen musste er den Wienern die Palme des Kunstlaufens lassen.

Ein versuchsweises 10- und 20maliges Durchlaufen der obigen Bahn ergab einen Durchschnitt von 46 und 48 Secunden. Vergleichen wir daher die bei den Wettlaufen in Wien gewonnenen Resultate mit den oben erwähnten in Kopenhagen, so ergeben erstere eine grössere Schnelligkeit, denn während in Kopenhagen eine Strecke von 12.000 Fuss in 9·5 Minuten zurückgelegt wurde, hat man am Wiener Eislaufverein dazu 8 Minuten 20 Secunden gebraucht.

---

*) Der Durchmesser des grossen Bassins war der Länge nach 130·40 Meter, der Breite nach 60·35 Meter, die Circumferenz 331·60 Meter. Seit der im Jahre 1888 erfolgten Erweiterung des grossen Bassins misst die Rennbahn an der inneren Peripherie 370 Meter, hat zwei Biegungen von je 20 Meter Radius und eine Breite von 10 Meter.

Seither haben sich, durch die Vervollkommnung der Schlittschuhe und durch die grössere Sorgfalt, welche die Schnellläufer auf ihr Training verwenden, die Renngeschwindigkeiten von Jahr zu Jahr stetig gesteigert. Schon bei dem internationalen Preiswettlaufen zu Leuwarden am 28. Jänner 1885 erzielte der Sieger:

Pieter Bruinsma

auf eine Distanz von 1600 Meter einen Record von 3 Minuten $37\frac{3}{5}$ Secunden. Dieser wurde bereits im darauffolgenden Jahre am 23. Jänner zu Hamburg von:

Axel Paulsen

auf $3:05\frac{2}{5}$ verbessert, während Bruinsma in 3 : 13, A. van den Berg in 3 : 17 und T. B. Veninga in $3:17\frac{3}{5}$ einkamen.

Bei dem internationalen Amateur-Preiswettlaufen zu Wien*) am 13. Jänner 1889 um die Meisterschaft von Oesterreich erzielte der Sieger:

Herr Alexander v. Panschin

aus St. Petersburg einen Record von 2 : 57, welcher

*) Weltrecords halten gegenwärtig: über 1 englische Meile G. A. Fjaestad, $2:51\frac{1}{5}$, zu Hamar 8. Februar 1891; über $1\frac{1}{2}$ Meilen Joe F. Donoghue, 4 : 46 (englische Meisterschaft 1890), über 3 Meilen Oskar Grunden, $9:03\frac{2}{5}$, zu Hamar 1891; 5 Meilen J. F. Donoghue, $16:28\frac{2}{5}$, zu Christiania 12. December 1890; 10 Meilen A. Norseng, $32:38\frac{3}{4}$, Februar 1890 zu Petersburg.

nur um 4 Secunden gegen den damaligen Weltrecord von 2 : 53, erreicht durch

V. George See

zu Slikkerveer am 17. Februar 1887, zurückstand.

Wenn auch diese stetige Verbesserung der Records annehmen lässt, dass dieselben noch weiter überboten werden können, so beweisen sie doch, dass die ziemlich allgemein verbreitete Ansicht, der Eisläufer segle mit Windeseile einher, auf einem Irrthum beruht. Nach der folgenden vergleichenden Zusammenstellung ergeben sich als bisher beste Zeiten über eine englische Meile:

Schwimmer	26 : 52
Fussgeher	6 : 23
Schneeschuhläufer . .	5 : 29 3/4
Ruderer	5 : 01
Läufer	4 : 12 3/4
Eisläufer	2 : 51 1/5
Bicyclist	2 : 15
Traberpferd	2 : 08 1/4
Rennpferd	1 : 35 1/2
Eisenbahn	0 : 50 1/4
Vogel	0 : 40
Kanonenkugel	0 : 03 1/3

Es ist daher der Record des Eisläufers nur um 25 % besser als der des gewöhnlichen Läufers und steht gegen den des Bicyclisten um ein Bedeutendes zurück. Allerdings ist der Eisläufer in der Lage, seine

Geschwindigkeit weit länger beizubehalten als der Läufer, steht jedoch auch hierin dem Bicyclisten nach.

Allenthalben zeigt die Erfahrung, dass Seen, Canäle und Flüsse Dauer- und Schnellläufer, und beschränkte Bahnen an Orten mit langem, doch nicht übermässig strengem Winter Kunstläufer ausbilden.

Schon zu Anfang dieses Jahrhunderts hat es hie und da in Deutschland und England in Städten, wo Teiche in den öffentlichen Anlagen vorhanden sind, Eisplätze gegeben, welche rationell gepflegt wurden, das heisst, auf welchen die Bahn durch Begiessen mit Wasser wieder erneuert wurde. Allein eine plan- und fachmässige Behandlung der Eisplätze ist erst mit dem Entstehen der Eisclubs in Amerika aufgekommen. Die amerikanischen und canadischen Schlittschuhgesellschaften waren es, welche, veranlasst durch die überaus strengen und langen Winter, zuerst unternahmen, grosse Eis-Rinks zu errichten, das heisst riesige Hallen, welche gegen Wind und Wetter und folglich auch gegen Schneefall geschützt sind, aber doch geöffnet werden können, so dass der Frost während der Nacht seine Arbeit verrichten kann, nachdem die Bahn gereinigt und mit Wasser frisch übergossen worden ist. So hat Chicago schon im December 1866 den ersten Eiscircus angelegt. Ueber einem Grundstück, dessen Boden sorgfältig zu einem Eisplatze umgewandelt ward, der jeden Tag mittelst Hydranten überfluthet wird, wurde eine grosse Halle aus Holz aufgeführt, mit Tribünen, Musikpavillons, gewärmtem Vorzimmer und Restaurants, kurz mit allem möglichen Comfort umgeben. Das Eis hält sich in diesen Rinks länger, als im Freien, weil durch die Art der Bedachung auch die Sonne abgehalten wird, ohne die Nachtfröste auszuschliessen. In Chicago gibt es fünf Eisplätze, worunter jetzt zwei solche Eis-Rinks sind, und ausserdem noch eine geschlossene Rollschuhbahn. Auch in Quebec in Canada besteht seit vielen Jahren ein solcher Eis-Rink, in welchem auch Costümfeste abgehalten werden. Von einem solchen Abend wurde schon vor 22 Jahren gemeldet: „Das Jagdhorn ertönte um neun Uhr und der bunte Haufen der Schlittschuhläufer strömte auf das Eis, über welches diese in Hochgenuss dahinstoben, aufjauchzend bei den Klängen einer reizenden Musik und beim Anblick von Hunderten von Damen und Herren, der Elite von Quebec, in den phantastischsten Trachten. Ueber die gleissende Bahn schwebten Dutzende flüchtiger Charaktermasken, kreisend, flatternd, wirbelnd, in der Menge sich verlierend; glänzende mannigfache Farben, reiche, sonderbare Trachten zogen an uns vorüber oder combinirten Tänze mit wunderbarer Schnelligkeit und überraschendem Effect. Die Herren führten zu den üblichen Charaktermasken einige Neuigkeiten ein: eine Eule, einen Affen, eine Riesenflasche, einen Schneider bei der Arbeit auf seiner Bank, einen reitenden Knaben, alle dargestellt durch gute Schlittschuhläufer. Unter dem Zug der Damen waren Darstellungen von „Nacht und Morgen“, eine Marketenderin. Alle Uebungen und Figuren wurden mit vollendeter Kunst und Grazie aufgeführt. Unter den Tänzen waren Quadrille, Walzer, Galoppade, Lancier etc., mit der je passenden Musikbegleitung“.

In Petersburg hat sich erst vor ungefähr drei Decennien auf Anregung dortiger Engländer ein Schlittschuhclub gebildet, welcher, wie überall, wo es geschehen, die Vorliebe zum Schlittschuhlaufen sehr entwickelt hat. Der Verein richtete auf der Newa eine gute Eisbahn her, wo Damen und Herren sich herumtummeln. Die ersteren haben eine sehr kleidsame Tracht erfunden, welche die Grazie ihrer Bewegungen mehr hervortreten lässt. Hoch aufgeschürzt, die Füsse mit hohen, zierlichen Schnürstiefelchen bekleidet, in eine pelzverbrämte Tunica gehüllt, auf dem Kopfe eine schelmische Pelzmütze, schnellen sie sylphidenartig, bald einzeln, bald paarweise auf der glatten Bahn einher. Oft werden nach dem Klange der Musik Tänze aufgeführt. In jedem Winter gibt der Club ein glänzendes Fest. Der ganze Raum ist prachtvoll mit farbigen Lampen erleuchtet. In der Mitte der Bahn erhob sich bei dem letzten Feste ein Eisbau, welcher von innen durch ein glänzendes farbiges Licht erleuchtet war. Viele Schlittschuhläuferinnen führten farbige Lämpchen an der Mütze und am Gürtel, so dass diese leuchtenden Punkte wie grosse

Glühwürmer umherschwirrten. Das Ganze brachte eine feenhafte Wirkung hervor. Der Kaiser selbst und mehrere Mitglieder der kaiserlichen Familie nahmen an dem Feste und an dem Schlittschuhlaufen Theil.

Den ersten Rang unter dieser Gattung von Vergnügungen nehmen aber unstreitig die Costümfeste des Wiener Eislaufvereins ein, nicht blos weil Wien durch seine berühmten Costümbälle die meiste Erfahrung und wohl die grösste Geschmacksausbildung erlangt hat, sondern weil der Wiener Eislaufverein seit bereits fünfzehn Jahren die elektrische Beleuchtung mittelst Gramme'scher dynamoelektrischer Maschinen eingeführt hat, welche jeden Abend 16 Bogenlampen speisen, die bei Costümfesten durch 5—6 elektrische Sonnen und bengalische Beleuchtung verstärkt werden. Bei diesen Costümfesten finden stets auch besonders einstudirte Productionen in Gestalt von Cotillons oder anderen Tänzen, welche in Wien in grosser Auswahl auf dem Eise eingeübt werden, oder auch Phantasiefiguren unter den Augen einer amphitheatralisch gruppirten Zuschauermenge statt, welche oft die Zahl von 10.000 Personen erreicht. Im Winter 1879 erregte bei dieser Gelegenheit eine gigantische Nachahmung des chinesischen Riesen viel Heiterkeit, während im Winter 1877—78 die nordamerikanischen Eislauf- und Rollschuhkünstler Goodridge und Callie Curtis, wovon der letztere im Besitze des Championgürtels von Amerika war, den Abend durch ihre Productionen verherrlichten, wobei sich zeigte, dass die amerikanischen Künstler den besten Wiener Eisläufern nur in der Pirouette überlegen waren, während diese die Bogen-, Kreis- und Schlingencombinationen mannigfaltiger ausbilden.

Diese Eiscostümfeste gehören zu den reinsten und erheiterndsten Vergnügungen, welche wir der steigenden Cultur verdanken. Noch in ihrer Erinnerung wird die Feder dithyrambisch beflügelt, wenn sie den Versuch macht, einen Schattenriss des Eindrucks festzuhalten, und den entfernter Wohnenden als Gruss zu senden.

„Was ist es," so schrieben wir einst, „das Tausende von Zuschauern im amphitheatralischen Halbkreise in dunkler Nacht um eine gleissende Arena versammelt, auf der unter freiem Himmel bei den berauschenden Tönen der Musik eine fröhliche Menge sich umhertummelt? Doch ich irre, nicht dunkel ist die Nacht, sondern der Schauplatz ist von einem Flammenkreise von elektrischen Sonnen umgeben, deren Strahlen das Dunkel in Tageshelle verwandeln. Die Wiener sind die Lieblinge der heiteren Götter des Scherzes und der Freude, denn wie wäre es sonst möglich gewesen, nach dreitägigem Thauwetter in einer Jännernacht noch eine vollständig practicable Eisdecke zu finden, welche durch das ganze Fest hindurch ungeschmälert anhielt und sogar von dem zuletzt eintretenden Sprühregen nur wenig alterirt wurde?

Was sind alle eure Bälle und Redouten mit der athemversengenden Atmosphäre gegen ein Eiscostümfest? Der gleitende Flug der Bewegung, welcher den Menschen sozusagen auf eine höhere Naturpotenz erhebt, der raschere Puls des Blutes, durch die wohlige, frische Luft gekühlt, der Anblick und die Begrüssung all der frohen, durcheinanderwirbelnden Menschen, die wie auf einem Völkermarkte in der Tracht aller Nationen zusammentreffen, die aufsprühende Jugendlust, welche in Lachen und Scherzen, in Gesang und Jubel ausbricht, schafft den Eisplatz zum Elysium, von dem sich die Bewohner der wärmeren Zonen keine Vorstellung machen können. In einem Jahre war das Fest durch einen grossen costümirten Zug eingeleitet worden, dessen Mittelpunkt der Winterkönig in seinem Eispalaste bildete. Einige Nächte vorher war ein hölzernes, mit Stroh umwickeltes, ungeheures Baldachingestell mit einer Spritze derart bearbeitet worden, dass eine schimmernde Krystallgrotte daraus geworden war. Im nächsten Jahre hatte das Thauwetter die Wiederholung dieses Kunstwerkes vereitelt, dafür aber wurden die Zuschauer vom „Fliegenden Holländer", das heisst von einem sehr gelungenen Abbild des „Tegetthoff", überrascht, auf dem Nordpolfahrer mit Eisbären einen Kampf aufführten und der, von unsichtbarer Kraft getrieben, mit rauchendem Kamin auf der Eisfläche dahinglitt. Vorauf wurde auf einem Triumphwagen, oder richtiger Siegesschlitten, eine von Gold und

Schönheit strahlende Dame gezogen, welche die Symbolgestalt von Franz Josefs-Land darstellte. Rings tollte die bunte Menge der Costümirten, hier ein Hochschotte mit einer Tirolerin am Arm, die ihren Tiroler der Hochschottin überlassen, dort ein lustiger Mönch mit Kupfernase, zwei hübsche Spanierinnen geleitend, wovon eine heimlich an der Capuze zupfte, hier ein Indianer, dort ein Muselmann, hier ein Kaminfeger, dort eine leibhafte Strohflasche mit der Inschrift: „Nicht stürzen!“, aber oft gestürzt, hier ein Perser, dort ein Mohr, ein Anwohner der Newa mit einem Insassen des Himmlischen Reiches im trauten Verein, Eisbären, braune Bären, Hannswurste, Ritter, Bacchanten, alle durcheinander wirbelnd, in fröhlicher Lust aufjauchzend. Zuerst drängte sich Alles um das Geisterschiff, das Abbild dessen, welches im starren Norden zwischen den Eisklippen ruht oder von ihnen zermalmt ist, und dann, wenn ein Schalksnarr rief: „Das Eis kracht“ oder „Der „Tegetthoff“ kommt in die Eispressung“, dann stob wieder Alles auseinander. Allen voran die zum Theil mit echten Coupons falliter Gesellschaften und anderen Papierfetzen gleich Bajazzos behängten Krachmänner, die an dem leidigen Krach schon genug hatten.

„In der That soll bei einigen übermüthigen oder verzagten Gemüthern die Hoffnung oder die Furcht obgewaltet haben, der „Tegetthoff“ möchte, wenn der beginnende Sprühregen das Eis erweiche, durchbrechen und so eine wirkliche Eispressung darstellen. Aber weder Hoffnung noch Furcht sollten verwirklicht werden, denn nach mehrmaligem Umzug ruhte der „Tegetthoff“ in dem sicheren Hafen des kleineren Bassins. Vorher hatte die Elite auf dem kleinen Bassin eine Quadrille und auf dem grossen, unter den stürmischen Klängen der Musik, einen Cotillon in russischem Costüm aufgeführt, bei welchem jede Partie eine besondere Farbe trug.

Aber auch, nachdem das Programm vollendet war, schwirrten die fröhlichen Genossen noch wie in einem Sommernachtstraum heiter durcheinander und, wenn auch der Sprühregen nach zehn Uhr die Reihen etwas lichtete, so störte auch nicht der geringste Unfall, nicht die mindeste Unangemessenheit die reine Freude seltener Geselligkeit.“

Alle früheren Eiscostümfeste übertraf aber das im Jahre 1885 abgehaltene, bei welchem eine allegorische Pantomime, „Ein Winternachtstraum“ betitelt, von 120 Mitgliedern des Vereins zur Darstellung gebracht wurde. Wir wollen kurz die Handlung folgen lassen, die in knappen Umrissen das Dargestellte wiedergeben soll.

Prinz Carneval, durch den Aschermittwoch vom Tanzsaale vertrieben, geht, auf der Suche nach einem neuen Felde für seine Thätigkeit, verkleidet auf Reisen. Er gelangt zur nächtlichen Stunde an einen übereisten Gebirgssee, in dessen Hintergrund, von krystallbehängten Tannen umgeben, eine Eisgrotte das Mondlicht tausendfältig widerspiegelt. Der Grotte entschlüpfen der Eisgott, die Eisnixe mit ihren Begleitern und Eiskobolden und vergnügen sich eislaufend auf der Spiegelfläche. Erblickt, wird der Störefried auf Befehl des Eisgottes ergriffen, gefesselt und in die Eisgrotte geschlossen. Herrlich zieht der Frühling in's Land und verscheucht des Winters Genossen. Von Schwänen gezogen, erscheinen in Muscheln goldlockige Kinder; Jünglinge und Mädchen, mit Blumenguirlanden geschmückt, folgen, im Reigen vereint, dem schimmernden Gespann. In einem luftigen Tempel, von Tauben gezogen, zieht blumenstreuend des Frühlings Symbol, das Mädchen aus der Fremde, vorüber. Doch nur kurz währt die Herrschaft des Frühlings. Die Tropen entsenden die Boten des Sommers. Was der Süden Prächtiges zu bieten vermag, es gleitet am entzückten Auge vorüber. Elephanten führen einen mit indischer Pracht geschmückten Wagen, schwer beladen mit allen Schätzen des Orients; hoch oben aber thronen die Schönsten der Frauen, auf den reichsten Teppichen und kostbarsten Fellen hingegossen. Mohren, mit Pfauenwedeln Kühlung fächelnd, begleiten den Wagen. Da künden uns heitere Fanfaren das Nahen des Herbstes, der mit Pferden und Hunden, Jagd- und Trossknechten, beladen mit reicher Jagdbeute, vorüberzieht. Auch dieser verschwindet gar bald und der Winter hält mit des Jahres Neige in seinem von Eisbären gezogenen Krystallschlitten Einzug in das Reich des Eisgottes und erweckt die Insassen der Grotte. Dieselben erscheinen wieder auf der spiegelnden Fläche und mit ihnen der gefesselte Reisende. Auf Bitten der Eisnixe der Fesseln entledigt, gibt sich der Gefangene als Prinz Carneval zu erkennen und vollführt dem Ballsaale entlehnte Tänze am Eise. Entzückt ob der Neuheit des Schauspiels schenkt der Eisgott dem Prinzen die Freiheit und die Hand seiner Tochter, der Eisnixe. Harlekin und Pierrot erscheinen auf der Suche nach dem Prinzen Carneval und geben ihrer Freude über das Wiedersehen den ungebundensten Ausdruck. Prinz Carneval entsendet Harlekin und Pierrot nach seiner Heimat und diese kehren mit einem von sechs Schimmeln gezogenen Festschlitten und grossem Gefolge wieder. Der Winter vermählt Prinz Carneval mit der Eisnixe, dieselben besteigen den Festschlitten und halten, geführt von dem Eisgotte, den Nixen und Kobolden und begleitet von dem Winter, dessen Genossen und dem Gefolge des Prinzen Carneval, festlichen Einzug in das Reich des Eisgottes.

Es ist schon häufig versucht worden, das berauschende Bild der Costümfeste des Wiener Eislaufvereines in illustrirten deutschen Zeitungen wiederzugeben, allein es ist denselben doch kaum gelungen, einen schwachen Abriss davon zu geben. Das geschmackvollste und bezauberndste Bild, welches in dieser Hinsicht bis jetzt veröffentlicht worden, ist die Skizze einer costümirten Eisquadrille, welche der Londoner „Punch“ in der Nummer vom 16. Jänner 1875, aus dem phantasievollen Griffel von du Maurier, gebracht hat und welche mit dem untenstehenden anmuthigen Spruch eingeführt ist, den wir so gut als möglich verdeutscht wiedergeben wollen:

Sieh', flüchtigen Stahles Freund, auf diesem Bild
Von vollem Erdenglück Eiskünstlers Traum,
Sieh' einer trunk'nen Phantasie Gebild,
Der für Eisplätze noch im Himmel Raum,
Wo Cherubim des Kehrens Dienst versehen,
Wo harte, glatte Bahnen nie vergehen
Und wo sich selig schöne Menschen paaren,
In Ewigkeit in Bogenreih'n zu fahren.*)

* * *

Der Umstand, dass in strengen Wintern die Ostsee wenigstens theilweise, und gegen den finnischen Meerbusen hin fast jährlich zugefriert, hat die schwedische Regierung veranlasst, das Schlittschuhlaufen als eine militärische Uebung aufzufassen. Es besteht dort nämlich ein ganzes Eisläufer-Regiment, welches sowohl für schneefreie als für verschneite Bahn eingeübt wird. Für freies, glattes Eis führen die Soldaten gewöhnliche Schlittschuhe, für die

---

*) **Rincomania.**

Friends, of the fleeting skate behold in this
A Rincomaniacs dream of earthly bliss
Sketched by the frantic pen of one, who thinks,
That heaven is paved with everlasting rinks!
Where Cherubs sweep for ever and a day.
Smooth tepid ice that never melts away,
While graceful, gay, good-natured lovers blend,
To endless tune, in circles without end!

verschneite Eisdecke dagegen wird eine Art von kürzeren Schneeschuhen gebraucht. Die gewöhnlichen Schneeschuhe, wie sie auch auf der Pariser Ausstellung von 1867 zu sehen waren und wie sie hauptsächlich in den Gebirgen Schwedens und Norwegens in Gebrauch sind, haben eine Länge von 5 Fuss bei einer Breite von kaum 1 Fuss; sie gleichen eigentlich Miniaturbooten. Die von den schwedischen Soldaten gebrauchten Schnee-Eisschuhe sind 3 Fuss lang und aus Fichtenholz ohne Eisenbeschlag angefertigt und vorne mit einem hoch aufragenden Schnabel versehen. Zur Erleichterung des Manövrirens ist der linke Schuh um 3 Zoll kürzer als der rechte. Ausser der gewöhnlichen Bewaffnung trägt jeder Mann noch einen 7 Fuss langen, mit einer Eisenspitze versehenen Stock, auf welchen er sich stützt und mit dem er sich fortstösst und aufhält. Die Leistungen dieses eigenthümlichen Corps sollen merkwürdig sein. Auch in Holland hat man das Beispiel Scandinaviens nachgeahmt, und ein Augenzeuge, welcher den Uebungen eines Infanterie-Bataillons auf Schlittschuhen bei Amsterdam vor einigen Jahren zugesehen hat, kann nicht genug die präcise Ausführung aller Commandos rühmen.

In Deutschland hat der Eislauf seit der Gründung des grossen „Deutschen und Oesterreichischen Eislaufverbandes" einen ungeahnten Aufschwung genommen. Im Verbandgebiete sind die Eislaufvereine der Städte: Berlin, Braunschweig, Frankfurt a. M., Hamburg, Ludwigshafen, München, Stettin, Troppau, Wien, dem Verbande beigetreten und wetteifern miteinander in der Veranstaltung prächtiger Feste mit Schnell- und Kunstlauf-Concurrenzen, welche einheitlich nach den Satzungen des Verbandes abgehalten werden.

Die bei Verbands-Schnellaufen bisher erzielten besten Zeiten, welche als amtlich beglaubigte Records gelten, sind folgende:

536⅓	*m*	0 : 58 2/5	G. Landahl,	Hamburg 23. 1. 91.
804½	„	1 : 31 2/5	F. Ahrendt,	Amsterdam 3. 1. 90.
1609	„	3 : 07	H. Ehrhorn,	Hamburg 23. 1. 91.
3000	„	6 : 15	A. Underborg,	Hamburg 21. 1. 91.
3218	„	6 : 52 2/5	A. Underborg,	Amsterdam 6. 1. 91.
4827	„	10 : 26	A. Underborg,	Hamburg 21. 12. 90.
5000	„	11 : 06	A. Underborg,	Hamburg 21. 1. 90.
8045	„	17 : 04 2/5	A. Underborg,	Amsterdam 7. 1. 91.

Alljährlich wechselt die Wahl des Vorortes, woselbst der Eislauftag und das grosse Eiswettlaufen um die Meisterschaft von Europa abgehalten werden, und sind die Feste, die an diesen Tagen veranstaltet werden, stets der Vereinigungspunkt aller Koryphäen und Honoratioren des Eissports sowohl des In- als auch des Auslandes.

Die bei den durchschnittlich milden Wintern Englands seltene und kurze Gelegenheit zum Eislauf, sowie die Erfindung der Eismaschinen oder Apparate zur Herstellung künstlichen Eises, welche in der neuesten Zeit grosse Vollkommenheit erlangt, haben schon vor einer Reihe von Jahren in England den Versuch hervorgerufen, künstliche Eisbahnen, unabhängig von der Wintersaison und dem Wetter, mittelst Eismaschinen herzustellen. Ein solcher Versuch ist vor mehreren Jahren in Southport gemacht worden. In einem vor Wind und Wetter geschützten, geschlossenen Raume wurde ein Bassin angelegt und dessen Boden mit den zur Eisbereitung erforderlichen Röhren durchzogen und 2 Zoll hoch mit Wasser gefüllt. Diese Wasserfläche war in einer Nacht zu einer harten Eisbahn gefroren, und, da mittelst der Eismaschine ein sehr tiefer Temperaturgrad unter Null erreicht werden kann, so war es möglich, die Bahn nicht nur zu benützen, sondern sie auch in der irgend wünschbaren Härte zu erhalten. Das Experiment war also vollständig gelungen. Da die Bahn indessen nur 24 Fuss lang und 16 Fuss breit war, so war sie für das praktische Bedürfniss nicht ausreichend. Sie wurde seither vergrössert und vorzüglich ventilirt, so dass sie gegenwärtig als ein sehr beliebter Sammelplatz der eifrigen Jünger des Kunstlaufens und der Anhänger des in England mit Recht eifrig cultivirten gemeinsamen Figurenlaufens dient. Es werden dort häufig auch die Prüfungen im Testlaufen der National skating association abgehalten, nach welchen die Kunstjünger in drei Rangsclassen (first, second and third test) eingereiht werden. Der erreichten Stufe gemäss wird ihnen ein Abzeichen verliehen, welches sie zu tragen berechtigt sind. Diese Auszeichnungen fördern nicht wenig die Aneiferung zum Kunst- und gemeinsamen Figurenlaufen, welches letztere ebenfalls Gegenstand der Prüfung ist. Die Verleihung solcher Auszeichnungen sollte auch von den continentalen Eislaufvereinen als ein Mittel zur Heranbildung von Kunstläufern und zur Hebung des leider zu wenig cultivirten gemeinsamen Figurenlaufens in Erwägung gezogen werden.

Was die Rollschuhbahnen betrifft, so sind diese von den Einen über-, von den Anderen unterschätzt worden. Der übertriebene Eifer, mit welchem man diesen Sport einige Jahre lang, insbesondere in Grossbritannien betrieb (in London allein waren gleichzeitig gegen 30 Rollschuhbahnen eröffnet), hat zwar wieder stark nachgelassen, allein die Missachtung, mit welcher dieser Neuerung von Seiten vieler Eisläufer begegnet wird, ist nicht gerechtfertigt. Die Bahnen aus Portland-Cement sind so überaus vortrefflich und die Rollschuhe haben gegenwärtig eine Vollkommenheit erreicht, dass das Rollschuhfahren nicht blos in der Leichtigkeit der Bewegung sich dem Eislauf auf glatter Bahn nähert, der auf rauhem Eise sogar gleichkommt, sondern dass man auch sämmtliche Figuren, welche man auf dem Eise macht, auch auf Rollschuhen fahren kann. Der amerikanische Eis- und

Rollschuhkünstler Goodridge war sogar auf dem Rollschuh geschickter, als auf dem Schlittschuh. Er führte die Pirouette auf der Fussspitze (auf den Vorderrollen) stehend mit einer bewunderungswürdigen Bravour aus. Auch macht man die Erfahrung, dass die Uebung auf den Rollschuhen der Erhaltung der Fertigkeit auf dem Schlittschuh förderlich ist und dass die Besucher der Rollschuhbahn bei beginnender Eissaison wieder da anfangen, wo sie in der verflossenen Saison aufgehört haben, während die Anderen stets einige Tage brauchen, bis sie ihre alte Fertigkeit wieder erlangen. Ferner hat die Erfahrung festgestellt, dass das Rollschuhfahren leichter zu erlernen ist, als der Schlittschuhlauf, und dass der Rollschuhfahrer schon nach wenig Stunden mit dem Schlittschuh vertraut ist. Unter solchen Umständen ist die Rollschuhbahn nicht blos ein höchst angenehmes Surrogat für die mangelnde Eisbahn in gelinden Wintern, sondern sie ist sogar als eine Brücke zum Eislauf zu betrachten! Deshalb verdient sie, wenigstens in den grösseren Städten, wo die finanziellen Mittel es erlauben, wie eine Stiefschwester des Eislaufs erhalten und gefördert zu werden.

Das Eis.

Pfeifend fegt der Nordwind durch den Schornstein, dass das Feuer im Kamine prasselnd emporflackert und eine wohlige Wärme im verschlossenen Gemache verbreitet. Der verweichlichte Langschläfer, den der Nordwind aus seinen Träumen geweckt, wirft einen melancholischen Blick auf das tief gesunkene Thermometer und dann auf die Eisblumen, die ihm die Aussicht in's Freie versperren, hüllt sich enger in seine Morgenkleider und sucht den bequemen Fauteuil am Kamine auf. Uns Jünger des beflügelten Stahles hat aber schon das erste Morgengrauen aus der dumpfen Stube hinaus in's Freie getrieben, um zu sehen, „ob es wohl schon trägt“ auf den stehenden, seichten Gewässern. Die spiegelglatte, grüne Eisfläche ist das Ziel unserer Sehnsucht. Wir werfen einen Stein auf die krystallhelle Fläche; sie trägt den Stein, er fliegt dahin und ein zischender, knisternder Ton, welcher das Herz jedes echten Eisläufers stärker erbeben macht, belehrt uns, dass wir demselben folgen können und dass wir jenes hartgefrorene, krystallhelle, tiefgrüne, leider aber so seltene Eis vor uns haben, welches nur heitere, trockene, windstille Winternächte entstehen lassen.

Je nach der Temperatur, unter welcher dieses Eis entsteht, hat dasselbe verschiedene Härtegrade und verschiedene Textur; auch hat der Zustand der Luft, ob bewegt oder ruhig, grossen Einfluss auf dessen Oberfläche. Bei vollkommener Windstille, unter einer Temperatur von 5—6° R. trockener Kälte entstandenes Eis von 5—6 Centimeter Dicke ist wegen seiner grossen Elasticität das geeignetste zum Eislaufen. Die Figuren zeichnen sich rein und klar, weiss auf dunkelgrünem Grunde, und der Eisläufer besitzt die unauslöschliche Controle für die Bewegung, die sein Körperschwerpunkt beschrieben hat. Bei tiefer Temperatur gebildetes, auf dem Wasserspiegel vollständig aufliegendes Eis hat bei einer Dicke von 4 Centimeter genügende Tragfähigkeit für einige Läufer, die sich auf der Fläche vertheilen; 7—8 Centimeter genügen für eine grössere Gesellschaft, wenn dieselbe sich nicht, wie dies auf künstlichen Eisbahnen oftmals geschieht, gleichmässig nach einer Richtung, dem Tacte der Musik folgend, bewegt. Für diese, die höchste Belastungsfähigkeit erfordernde Bewegung ist mindestens eine Dicke von 12 Centimeter erforderlich.

Das Ideal des Schlittschuhläufers ist und wird stets bleiben die natürlich „gewachsene“ smaragdgrüne Eisfläche. Des Dichters Wunsch: „O, dass sie ewig grünen bliebe!“ ist dem Eisläufer aus der Seele genommen; doch wie bald ist die Erfüllung verwehrt. Ein Schneefall, und das Ideal des Eisläufers hat sich in ein Leichentuch gehüllt.

Aber selbst den Schneefall ausgeschlossen, wie bald hat sich die spiegelnde Fläche unter den unbarmherzigen Angriffen tausender scharfer Schlittschuhe in eine tiefgefurchte Bahn verwandelt, die dringend der Glättung bedarf. Mit der künstlichen Glättung ist aber schon die natürliche Gleichartigkeit und der Zustand fast idealer Ebene verloren gegangen und wir betreten hiemit das Gebiet künstlicher Eisbereitung.

Die Entfernung grösserer natürlicher Eisplätze, wie sie Flüsse und Teiche bieten, von dem Mittelpunkte der Städte ist an den meisten Orten eine derartig grosse, dass das Verlangen nach einer nahegelegenen künstlichen Eisbahn immer reger wurde. Nebst dem Wunsche, den Zeitaufwand, welchen die Benützung entfernterer Eisplätze verursacht, zu verringern, haben auch die gesteigerten Anforderungen an möglichste Bequemlichkeit und der Wunsch nach zeitweiser Erwärmung bei allzu strengem Froste das Entstehen künstlicher Bahnen gefördert.

Die ersten künstlichen Bahnen entstanden in Amerika, theils offen, theils gedeckt. Auf einer vollkommen horizontalen, betonirten, mit einem erhöhten Rande versehenen Bodenfläche wird Wasser in einer Höhe von circa 3—4 Centimeter aufgegossen und die erstarrte Fläche als Eisbahn benützt. Durch tägliches Bespritzen wird das durch die Schlittschuhe abgeschliffene Eis ersetzt und die Fläche stets glatt erhalten.

Diese Eisbereitung ist die rascheste, da schon eine Frostnacht genügt, um eine Eisbahn herzustellen, hat aber den Nachtheil der geringen Widerstandsfähigkeit des Eises gegen höhere Temperaturgrade und der sehr kostspieligen Herstellung, empfiehlt sich daher nur in nördlichen Gegenden.

Für eine Eisbahn von grösserem Umfange, wie beispielsweise die des Wiener Eislaufvereins, welche täglich von Tausenden besucht wird, würde die Herstellung eines betonirten Bodens wegen der bedeutenden Kosten seiner Errichtung nicht nur nicht rentabel, sondern auch aus dem Grunde ausgeschlossen sein, weil die Betonschichte während des Sommers, wenn sie nicht fortwährend unter Wasser erhalten wird, dem Verderben unterliegt.

Dem Wiener Eislaufverein, der die contractliche Verpflichtung hat, am Vereinsplatze während des Sommers eine Wiese zu erhalten, wäre die stete Erhaltung einer Wasserschichte über dem Beton überhaupt unmöglich; an Orten schwerer Wasserbeschaffung ist dies aber auch sehr kostspielig.

Die Voraussetzungen, welche bei Errichtung des Wiener Eislaufvereins gegeben waren, dass nämlich auf fremdem Grunde, und zwar auf gewöhnlichem Erd-, Sand- oder Wiesenboden, der im Sommer nicht unter Wasser erhalten werden kann oder darf, mit möglichst geringen Kosten eine Eisbahn errichtet werden soll, dürften bei den meisten der Nähe zum Stadtmittelpunkte halber gewählten Eisplätzen zutreffen, und es soll daher nach den beim Wiener Eislaufverein, dem ersten Vereine am Continente, welcher sich die Herstellung einer künstlichen Bahn zur Aufgabe gestellt hatte, erworbenen Erfahrungen die Frage hier beantwortet werden, wie ist auf einem solchen Platze eine Eisbahn herzustellen?

Erstes Erforderniss der Herstellung einer Eisbahn auf einem in der vorbeschriebenen Weise beschaffenen Grunde ist die vollständige Planirung desselben. Hierauf muss getrachtet werden, dem Boden die möglichste Dichtigkeit zu schaffen. Hiezu eignet sich zunächst die Comprimirung desselben mit schweren Walzen, womöglich mit Dampfwalzen, das ist Locomobilen, deren Räder in schwere und breite Walzen verwandelt sind. Hierauf soll eine Tegelschichte von mindestens 6 Centimeter auf den Platz gebracht, etwas angefeuchtet und hierauf fest gewalzt werden. Soll am selben Platze im Sommer eine Wiese grünen, so genügt es vollkommen, wenn auf den zusammengepressten Tegel eine Erdschichte selbst nur von einem Centimeter Höhe gebracht wird, um den zum Wachsthum der Wiese nöthigen Humus zu schaffen.

Ist durch die vorerwähnte Procedur der Boden derart undurchlässig geworden, dass der zur Verfügung stehende Wasserzulauf die versickernde Wassermenge stets zu ersetzen vermag, so ist jener Raum, welcher für die Eisbahn bestimmt ist, mit einem beiläufig 50 Centimeter hohen, an der Krone etwa 1 Meter breiten Damm, dessen innerer Böschung eine Neigung von circa 30 Grad zu geben ist, zu umgeben, und die innere Böschung mit einer mindestens 12 Centimeter dicken, fest geschlagenen Tegelschichte zu überziehen. Nun wird das so gebildete Bassin bis zu 40 Centimeter Wasserhöhe gefüllt und diese Wasserhöhe, welche für die rasche Abkühlung und mithin für die rasche Eisbildung die günstigste ist, stets gleich erhalten. Während der ersten Jahre des Bestandes wird der Boden selbst bei der vorerwähnten Procedur sehr viel Wasser aufsaugen und wird daher beispielsweise bei einer Ausdehnung von 12.000 Quadratmeter, welche das grosse Bassin des Wiener Eislaufvereins aufzuweisen hat, einen Wasserzufluss von mindestens 600 Hektoliter per Stunde zur Nachfüllung in Anspruch nehmen.

Ist die Beschaffung eines solchen Wasserquantums nicht möglich, so muss das System der Erhaltung einer schwimmenden Eisfläche aufgegeben und die Bereitung von Bodeneis angestrebt werden.

In diesem Falle ist die Eisbahn am sichersten in der Weise herzustellen, dass vorerst das Auffrieren des vorher sorgfältigst planirten

Bodens abgewartet und hierauf derselbe mit Wasser bespritzt wird. Doch darf nie mehr als eine circa 1—2 Millimeter hohe Wasserschichte auf einmal auf den Boden gebracht werden. Erst wenn diese Wasserschichte vollständig aufgefroren ist, darf auf diese eine zweite Schichte von gleicher Höhe gebracht werden u. s. f. Wird diese Procedur so lange wiederholt, bis sich eine 2—3 Centimeter dicke Eisschichte gebildet hat, so kann die Bahn der Benützung übergeben werden. Die Bespritzung kann mit Giesskannen oder noch besser mittelst eines Pumpwerkes und durch Schläuche, an deren Ende eine Rose angesetzt ist, geschehen und muss darauf geachtet werden, dass das Wasser möglichst gleichmässig vertheilt werde. Je rascher die Bespritzung, desto rascher ist die Eisbildung.*)

Das öftere Auftragen von jedesmal nur sehr geringen Wassermengen hat seine Erklärung darin, dass bei einer höheren Wassersäule ein Theil des Wassers versickert, während der andere sich in Eis verwandelt. Hiedurch bilden sich Hohlstellen, welche bei dem Betreten mit den Schlittschuhen zersplittern. Auch bei der grössten Vorsicht und Auftragung einer möglichst geringen Wassermenge kommen, wenn die Temperatur keine besonders niedrige und überdies eine grosse Feuchtigkeits-

*) Diese Eisbereitung wird gegenwärtig am kleinen Bassin des Wienes Eislaufvereines ausschliesslich angewendet, während auf dem grossen Bassin stets schwimmendes Eis erhalten wird.

menge in der Luft vorhanden ist, Hohlbildungen zum Vorschein. In solchen Fällen muss das Hohleis eingeschlagen werden und müssen die sich bildenden Löcher, wenn dieselben nicht bis zum Untergrunde durchdringen, mit Wasser ausgegossen, im entgegengesetzten Falle aber, welcher das Versickern des in die Löcher gegossenen Wassers zur Folge hat, mit Eisstücken oder einem aus zerschlagenem Eise und Wasser gebildeten Kitt ausgefüllt und hierauf übergossen werden.

Eine andere Art der Eisbereitung ist folgende:

Ist eine genaue Planirung des Bodens unzulässig, steht jedoch Wasserzufluss von solcher Menge zu Gebote, um auf einen für die Eisbahn bestimmten Platz von durchlässiger Bodenbeschaffenheit Wasser von mindestens 40 Centimeter Höhe zu bringen, jedoch nicht in der Menge, um dieses Niveau zu erhalten, so muss zunächst ein Wall in der Peripherie des Platzes, entweder aus Erde oder aus festgestampftem und begossenem Schnee in einer Höhe von circa 50 Centimeter aufgeführt werden. Während nun bei der während des Frostes vorzunehmenden Füllung des so gebildeten Bassins successive Wasser versickert, entsteht an der Oberfläche eine entsprechend dicke Eisschichte, welche, dem Wasser folgend, allmälig zu Boden sinkt und die Unterlage für die auf derselben herzustellende Eisbahn zu bilden hat.

Ist der Frost nicht genügend oder die Versickerung derartig, dass die oberste Eisschichte bis zur vollständigen Versickerung des Wassers nicht eine Dicke erlangt hat, welche das Betreten mit Giesskannen oder Schläuchen zum Zwecke der Bespritzung gestattet, so ist die Arbeit eine vergebliche gewesen und empfiehlt es sich in diesem Falle, das Eis gänzlich einzuschlagen, aus dem Bassin zu entfernen und entweder, wenn inzwischen stärkerer Frost eingetreten ist, das Verfahren zu wiederholen, oder mit der Eisbildung in der früher erwähnten Weise vorzugehen.

Die Eisbildung durch Ueberrieselung des Bodens empfiehlt sich insbesondere dann, wenn derselben grössere Schneefälle vorausgegangen sind. Das einfliessende Wasser hebt die Schneedecke, die sich in sogenanntes Schneeeis verwandelt; dieses verdickt sich, während das Wasser versickert und bildet sodann in der Regel eine viel dickere, wenn auch bei weitem weniger tragfähige und gegen höhere Temperatur weniger widerstandsfähige Eisdecke als die, welche sich beim Einpumpen auf schneefreiem Grund erzeugt.

Wie wir bereits oben erwähnt haben, wird die Eisoberfläche, sobald die Bahn der Benützung übergeben ist, insbesondere auf sehr besuchten Eisplätzen, sehr bald von den Schlittschuhen durchfurcht und bedarf daher der Glättung. Diese Glättung wird am besten durch Bespritzen mit Wasser erzielt; dagegen sind grössere Unebenheiten, die insbesondere dadurch entstehen, dass in das Wasser während der Krystallisirung Schnee fällt, mit Eismessern, circa 6 Centimeter breiten,

60 Centimeter langen, auf der einen Seite geschärften, auf der anderen Seite in der Mitte mit einer Hülse zum Einsetzen eines Stockes versehenen Eisenplatten, zu entfernen. Ein vollständiges Abscheeren oder Hobeln der ganzen Eisfläche ist in solchen Fällen, in welchen Schneefall das Bespritzen verhindert, sehr empfehlenswerth.

Zum Abhobeln des Eises verwendet der Wiener Eislaufverein den von Herrn L. von Berndt in Wr.-Neustadt erfundenen und zu seinen Gunsten patentirten Eishobel, welcher von je sechs Mann geschoben wird, und dessen Einstellung ein auf dem Hobel stehender siebenter Mann besorgt. Von diesen Hobeln stehen zwei seit 9 Jahren in Verwendung und bewähren sich vorzüglich.

Bei der Bespritzung muss in gleicher Weise wie bei der obenerwähnten Bodeneisbildung sehr darauf geachtet werden, dass möglichst wenig Wasser, nicht mehr als von höchstens 1—2 Millimeter Höhe, auf die Eisoberfläche gebracht wird. Wird eine Wasserschichte von grösserer Höhe angewendet, so entstehen Hohlbildungen, da sodann ein Theil des Wassers von der darunter liegenden Eisschichte aufgesaugt wird, bevor der andere Theil sich in Eis verwandelt hat, und zwischen beide Eisschichten Luft tritt. Genügt eine Bespritzung nicht, um die Furchen und Unebenheiten auszugleichen, so sind die Bespritzungen zu wiederholen. Es muss hiebei auch darauf geachtet werden, dass die Eisbahn vor der Bespritzung vollständig vom Schnee und dem abgeschliffenen Eise gereinigt und die etwa entstandenen Löcher und Sprünge verschlossen werden. Letzteres geschieht in der obenerwähnten Weise. Das Ausgiessen der Löcher und Sprünge, sowie das Uebergiessen der eingefügten Eisstücke oder des eingefügten Eiskittes geschieht am zweckmässigsten mit warmem Wasser, weil dasselbe zufolge der rascheren Verdunstung sich besser mit dem Eise verbindet. Ist es zu erzielen, so empfiehlt sich die Bespritzung der Eisbahn mit Wasser von höherer Temperatur. Die ausgezeichnete Qualität des Eises am Platze des Wiener Eislaufvereins dankt derselbe in erster Linie der Benützung von Wasser aus der städtischen Hochquellenleitung. Dieses Wasser eignet sich ganz besonders zur Bespritzung, sowohl durch den hohen Druck, unter welchem es ausströmt und der es möglich macht, innerhalb fünf Minuten das ganze Bassin von 12.000 Quadratmeter mit einer sehr dünnen Eisschichte zu überziehen, als auch zufolge der hohen Temperatur des Wassers von 7—8^0 Wärme auch während des Winters, welche durch die raschere Verdunstung ein sofortiges Verbinden des aufgetragenen Wassers mit der Eisschichte verursacht.

Wird Wasser von niedrigerer Temperatur oder eine zu grosse Wassermenge auf einmal zum Bespritzen verwendet, so bildet sich sehr oft eine Eisschichte, welche mit der alten Eisschichte nicht in vollständigen Contact tritt, daher bei der Durchschneidung mit Schlittschuhen in Täfelchen abspringt.

Schliesslich glauben wir noch einige Worte über die Wasserbeschaffung auf künstlichen Eisplätzen beifügen zu sollen. Es muss hiebei zwischen dem Speisewasser und Spritzwasser unterschieden werden.

Ist die Beschaffung des Speisewassers nicht durch das natürliche Gefälle und durch die Regelung des Zulaufes zu erzielen, so muss das Wasser von irgend einem naheliegenden Flusse oder Teiche zugepumpt werden. Hiezu eignet sich am besten eine Centrifugalpumpe und als Motor, falls die Anlage während des Sommers entfernt werden muss, eine Locomobile. Der Wiener Eislaufverein hebt das Wasser in das Bassin auf 4 Meter Höhe aus dem circa 24 Meter entfernten Wienflusse mit einer Centrifugalpumpe von 12 Centimeter Rohrdurchschnitt, welche durch eine sechspferdige Locomobile getrieben wird.

Zur Beschaffung des Spritzwassers eignet sich am besten eine künstliche Rohrwasserleitung, die in vielen Städten zur Versorgung der Bevölkerung mit Trinkwasser ohnedies vorhanden ist. In diese ist eine entsprechende Abzweigung mit mehreren Ausläufen einzuschalten. In Ermanglung einer derartigen Wasserleitung muss entweder ein Wasserthurm mit einem Reservoir errichtet, das Wasser mittelst Pumpe in diesen gehoben und die Bespritzung durch den hiedurch erzielten Druck vorgenommen oder aber eine Druckpumpe, allenfalls auch eine Feuerspritze in Anwendung gebracht werden. Der Druck, welchen das Wasser durch die Centrifugalpumpe erhält, ist zur Bespritzung nicht genügend, daher dieselbe zu diesem Zwecke nicht verwendet werden kann.

Die Winke, die wir hier gegeben haben, sind das Resultat langjähriger Erfahrung und vieler kostspieliger Experimente; mögen dieselben zur Schaffung neuer Eisplätze und deren sorgsamen Pflege beitragen.

Der Schlittschuh.

Nachdem im Capitel über die historische Entwicklung des Schlittschuhes bereits die allgemeinen Eigenschaften desselben besprochen wurden, wollen wir uns hier auf die besonderen Eigenthümlichkeiten jener Systeme beschränken, welche gegenwärtig im Gebrauche stehen und welche vermöge ihrer anerkannten Vorzüge sich zum „Figurenlaufen" eignen.

Es sind dies der Halifax-Acme-Club-Skate, der New-York-Club-Skate, der Jackson Haynes- und der Columbus-Schlittschuh.

Bevor wir auf die Eigenthümlichkeiten und Vorzüge eines jeden dieser Systeme näher eingehen, wollen wir jene Gesichtspunkte vorweg feststellen, welche dabei der Hauptsache nach in Betracht kommen. Es sind dies vorzugsweise drei Punkte:

1. Die Befestigungsart;
2. die Form der Kufe;
3. die Curve.

Diese drei Hauptpunkte wollen wir nun bei den angeführten vier Systemen der Reihe nach besprechen.

Unbestritten und wohlverdient die meiste Verbreitung besitzt der „Halifax“, Fig. 1; er verdankt dieselbe nicht nur den Vorzügen, die dem Systeme principiell innewohnen, sondern auch vorzugsweise seiner correcten, nahezu mathematisch genauen Ausführung. Es ist dies ein Vorzug, den er mit dem New-York-Club-Skate theilt und den man nicht hoch genug anschlagen kann, da der grosse Fortschritt, den der Eislauf seit der Erfindung dieses wahrhaften Normalschlittschuhes gemacht hat, hauptsächlich diesem Vorzuge zu verdanken ist.

Fig. 1.

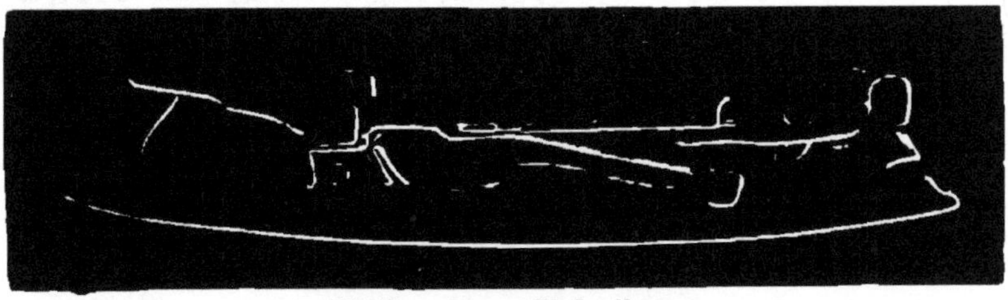

Halifax-Acme-Club-Skate.

Die Gleichmässigkeit, ja geradezu Verwechselbarkeit der einzelnen Bestandtheile in den jeweiligen Nummern bilden nicht nur einen commerciell unschätzbaren Vorzug, sondern haben besonders, was Schliff und Curve anbelangt, die Grundbedingungen zur Bildung eines „Styles“ im Eislaufe geschaffen, da man nun mit Bestimmtheit vorher sagen kann, diese und jene Figur, und zwar alle in diesem Buche enthaltenen, lassen sich mit dem Halifax hervorbringen.

Seine Befestigungsart ist eine vollkommen solide, ja von dem Stiefel geradezu unzertrennliche. Was auch dagegen vorgebracht worden ist, beruht nur auf der mangelhaften und ungeschickten Verwendung dieses äusserst sinnreichen Mechanismus. Dass diese Schlittschuhe manchmal vom Fusse fallen, geschieht nur dann, wenn der Absatz des Stiefels nicht die entsprechende Form hat, nicht senkrecht, sondern schief, wie dies eben meist der Fall ist.

Hat der Absatz die richtige Form, so wird sich derselbe eher von der Sohle trennen als der Halifax von demselben, wie es öfter geschehen ist. Damit dies nicht eintrete, bringe man an richtiger Stelle Schrauben an, wie dies näher im Capitel der Beschuhung gesagt werden wird.

Was nun den zweiten Punkt, die Form des Eisens oder der Kufe betrifft, so lässt sich manches gegen den Halifax einwenden.

Als der Halifax dem grossen Künstler Haynes zum ersten Male in Wien, wo er sich 1868 aufhielt, gezeigt wurde, sagte er nichts als: O, wie hässlich; er verleugnete dadurch ganz den Amerikaner, der auch die Schönheit im Praktischen findet.

Wir wollen hierüber nicht rechten; nicht zu leugnen ist, dass der Halifax im Allgemeinen dem Fusse ein ziemlich plumpes Ansehen gibt und dass der Raum zwischen Sohle und Fussballen, wo die

Befestigung angebracht ist, durch den Hebel und durch die als Haftstelle für denselben angebrachte Nase am Eisen sehr gedrängt erscheint. Dieser Umstand bringt auch den grossen Nachtheil mit sich, dass der Schnee, welcher stets bei grösserer Frequenz eines Eisplatzes auf dem Eise durch die Benützung erzeugt wird, sich daselbst einnistet und, besonders wenn er etwas feucht ist, sich derartig ballt, dass dadurch die Bewegung gehemmt wird. Dieser Nachtheil lässt sich, da er mit dem System im innigsten Zusammenhange steht, nicht beheben; ebenso lässt sich die Krümmung, welche in dem Eisen der Längenaxe nach, durch das Anziehen des Hebels vornehmlich, wenn die Kufe etwas schmäler und weniger hart ist, entsteht, nicht beheben. Es ist dies ein principieller Nachtheil des „Halifax“, und zwar ein Nachtheil, der in den Augen des „Eiskünstlers“, bei dem ein Millimeter Curve auf einer Seite mehr oder weniger, zur Lebensfrage für eine „Figur“ wird, leider durch keine Bequemlichkeitsrücksicht aufgewogen werden kann.

Die stumpfe Spitze, in welche der Halifax nach vorne ausläuft, dient ihm nicht zur Zierde und gibt ihm gegenüber der älteren Form der Schnecke etwas Abgehacktes. Besonders trat dies zu Anfang prägnanter in's Auge, so lange nicht die Gewohnheit diesen Eindruck verwischt hatte. Indessen hat diese Spitze ihre Berechtigung, da sie nicht nur viele Figuren auszuführen gestattet, die mit der Schnecke entweder unmöglich oder doch äusserst schwierig sind, sondern auch gegenüber einem Schneckenschlittschuh von gleicher Fussdimension den Schlittschuh länger macht und in Folge dessen schon und auch vermöge des schärferen Einsatzes den Abstoss befördert und den Schwung vermehrt. Das System des Halifax würde der Anbringung einer Schnecke wie beim Haynes kein Hinderniss entgegenstellen.

Der dritte Cardinalpunkt, die Curve und der damit in Zusammenhang stehende Schliff sind von tadelloser Beschaffenheit und Correctheit; um dieser willen allein wird sich der Halifax trotz der angeführten Nachtheile stets einer grossen Beliebtheit erfreuen. Der „Künstler", welcher sich seine Curve, den von ihm bevorzugten Figuren gemäss, schleifen lässt, ist für die Massenerzeugung durchaus nicht massgebend. Die Durchschnittsläufer, welche die weitaus grössere Mehrheit bilden, brauchen einen Schlittschuh, mit dem sie eben Alles erlernen können, einen Schlittschuh, der sich also inner den Grenzen des Maximum und Minimum einer jeden Figur bewegt; und ein solcher Schlittschuh ist der Halifax. Schon seine Curve, die sich von allen anderen am meisten der Kreislinie nähert, sichert ihm den Bestand als Schulschlittschuh, da man erfahrungsgemäss auf demselben am leichtesten und auch am sichersten läuft, der Novize daher mit solchen Schlittschuhen raschere Fortschritte machen wird.

Die Sicherheit wird durch den leichten Hohlschliff, welchen die Kufen besitzen, wodurch es möglich wird, von einer Kante auf die andere, mit Vermeidung des convexen Punktes *b*, Fig. 2, wie er bei den sogenannten ebengeschliffenen Kufen stets vorkommt, überzugehen, wesentlich erhöht. Die Einwendung, welche dagegen von den Anhängern der convexen Kufen gemacht wird, dass der durch den Concavschliff entstehende spitze Winkel an der Kante bei *a*, Fig. 2, zu viel einschneidet und den Schwung bricht, ist nicht stichhältig, da die Schärfe der Kante viel mehr in's Gewicht fällt, als jene geringe Abweichung des Kantenwinkels vom Rechten, so dass jeder erfahrene Läufer seinen Schlittschuhen jenen Grad von Schärfe geben wird, welchen er für die ihm erforderlich erscheinende Sicherheit benöthigt. Der grosse Grad von Schärfe der Kante erhöht die Sicherheit beim Bogen, da er ein schärferes Einschneiden bewirkt und ein stärkeres Legen gestattet, vermindert jedoch dieselbe bei Wendungen und Drehungen.

Fig. 2.

Bei dieser Gelegenheit erscheint es am Platze, alle jene Quellen von Gleichgewichtsverlust zu erörtern, welche von der Form der Kufe und der Krümmung der Curve abhängig sind, abgesehen von jenen zufälligen Ursachen, die in einer mangelhaften Eisbeschaffenheit und in der persönlichen Ungeschicklichkeit ihren Grund haben. Viele Anfänger suchen in letzteren Ursachen den Grund einer unfreiwilligen Berührung mit der Krystallfläche, der sie sich auf dem beflügelten Stahl anvertraut hatten. Nicht die Ungeschicklichkeit, welche bei Anfängern im Allgemeinen bei Weitem nicht so gross ist, als man gemeinhin annimmt, auch nicht die mangelhafte Eisbeschaffenheit, sondern ihre Unkenntniss von der wahren Sachlage ist gar oftmals die Ursache ihrer vielen Misserfolge.

Betrachtet man die Arbeit, welche die Kante des Schlittschuhes während einer Dreier-(Herzel-) Wendung zu verrichten hat, so ist dieselbe abhängig von dem Härtecoëfficienten des Eises, von dem Gewichte des Läufers, von der Breite der Kufe und von dem Radius der Curve.

Der schwere Läufer dringt mit seiner Stahlsohle tiefer in das Eis ein, das weichere Eis gestattet ein tieferes Einschneiden, die breitere Kufe vermindert das Eindringen und die stärkere Curve verkürzt die Tangente, das ist jenes Stück Curve *cd*, welches (Fig. 3) während des Laufens in die Eisfläche *ab* einschneidet, und lüftet also einen grösseren Theil der Curve vom Eise, andererseits dringt die kürzere Tangente tiefer ein, so dass endlich eine Minimalgrenze eintritt, wo der Vortheil der gekrümmteren Curve durch das zu tiefe Einschneiden aufgehoben wird. Nach unseren Er-

Fig. 3.

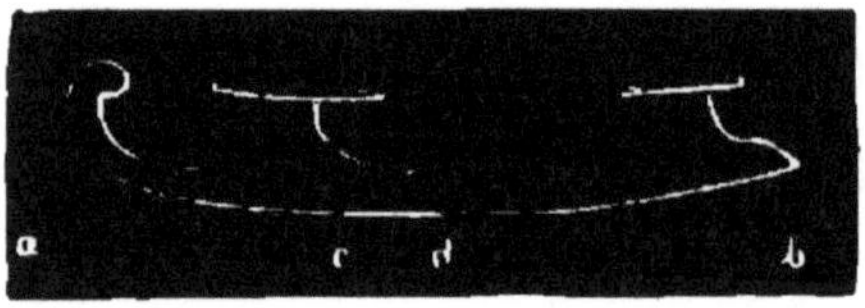

fahrungen bildet ein Curvenhalbmesser von 1·3 Meter jene Grenze.

Betrachten wir Figur 4; *abc* wäre die Horizontalprojection, *a' b' c'* die Verticalprojection eines **D r e i e r s**, so stellt die punktirte Fläche bei *b* und *b'* jenes Eisfragment dar, welches während der Wendung oder Herzeldrehung aus der Eisfläche herausgeschnitten wird.

Fig. 4.

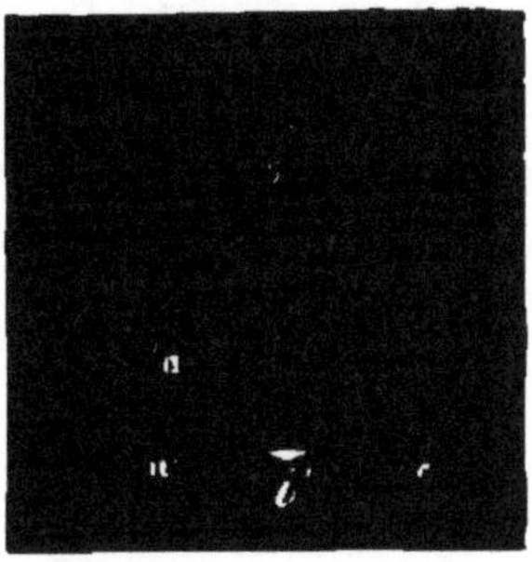

Die Arbeit, welche dabei verrichtet werden muss, ist oft die Ursache vom Fallen, besonders bei hartem Eise. Deshalb war ehedem mit den geraden Curven das Herzelüberspringen Mode, weil man dadurch jene Klippe umging.

Das Stück *b'* ist um so grösser und dünner, als die Schlittschuhcurve flacher ist, und um so kleiner und dicker, als diese Curve einen kleineren Krümmungsradius hat. Es ist evident, dass die Drehung auf der krummeren Curve leichter auszuführen ist, und von diesem Gesichtspunkte geleitet, hat man combinirte Curven mit geradem Mittelstücke zum Bogenlaufe und krummeren Endstücken für die Wendungen und Schlingen erzeugt.

Es ist nicht zu leugnen, dass ein solcher Schlittschuh, dessen leitende Curve also nicht der Kreis, sondern die Ellipse bildet, bei richtigem Gebrauche grosse Vortheile darbietet, dass er es ermöglicht, die Vollendung gewisser schwierigerer Figuren auf die Spitze zu treiben. Dieser richtige Gebrauch aber, welcher die Forderung stellt, sich stets bewusst zu sein, auf welchem Segmente der Curve man sich befindet, setzt schon eine sehr ausgebildete Balance voraus und der Anfänger wird daher gut thun, sich eines Schlittschuhes zu bedienen, welcher hierin die goldene Mittelstrasse verfolgt und, wenn er auch vorne und rückwärts, um das Ueberschreiten von Unebenheiten und die Drehungen zu erleichtern, etwas aufgebogen ist, sich doch im Allgemeinen der Kreislinie anschliesst, wie dies beim Halifax der Fall ist.

Die Kreislinie, welche auf jedem Punkte die gleiche Balance darbietet, begünstigt daher auch die Ruhe, welche der Anfänger so sehr vonnöthen hat; überdies kann Letzterer bei der Acquisition eines Halifax die Beruhigung haben, ein Werkzeug zu besitzen, dem er sich getrost anvertrauen kann, da es nicht ein einzelnes Individuum repräsentirt, dessen Auswahl eine grosse Erfahrung voraussetzt, sondern ein Stück einer Gattung, die massenhaft, maschinenmässig correct erzeugt, die Gewähr für eine Gleichmässigkeit bietet, die kaum anderswo in dem Masse angetroffen wird. Die Anleitung zur Befestigung wird jedem Paar echter „Halifax" beim Ankaufe beigegeben; wir können daher füglich davon Umgang nehmen.

Da wir die Anforderungen, die wir an einen Schlittschuh stellen, an diesem Einen Beispiele genugsam erörtert haben, so können wir uns bei den anderen kürzer fassen.

Der New-York-Club-Skate, Fig. 5, steht, was Correctheit und Eleganz der Ausführung betrifft, dem Halifax in Nichts nach, seine Curve ist eine dreitheilige, das Eisen etwas breiter als beim Halifax, das Mittelstück ist, wie auf der Zeichnung Fig. 5 ersichtlich ist, ganz frei, die Kufe wird auf Krümmung bei der Befestigung nicht in Anspruch genommen; diese Nachtheile des Halifax sind daher vermieden. Dafür aber ist das Tempo bei der Befestigung ein weit langsameres, da man sich

Fig. 5.

New-York-Club-Skate.

dabei eines Schlüssels bedient, auch ist der Preis mehr als doppelt so hoch, als der des Halifax. Diese Schlittschuhe werden auch vorne mit einem Schnabel für die Spitzpirouette erzeugt. Im Ganzen hat der New-York-Club-Skate, wenigstens auf dem Continente, eine geringe Verbreitung, er ist mehr für Specialisten und Künstler, als für den Anfänger. Die Schlittschuhkünstler Callie Curtis und Goodridge bedienten sich solcher Schlittschuhe bei ihrer Production in Wien.

Der Jackson Haynes-Schlittschuh, Fig. 6, ist der eigentliche Schlittschuh des „Künstlers“. Seine Eleganz und Leichtigkeit, sowie die besondere Zierlichkeit, mit welcher er den Fuss kleidet, eignet ihn vorzüglich zu Tanzschritten.

Die Befestigung des „Haynes“, welche mittelst Schrauben an die Sohle geschieht, entspricht natürlich allen Anforderungen an eine solche im ausgedehntesten Masse, da jeder Kräfteverlust, welcher durch das Federn des Mechanismus bei anderen Befestigungssystemen nothwendigerweise eintritt, hier vermieden ist; sie zwingt jedoch zum Wechseln

Fig. 6.

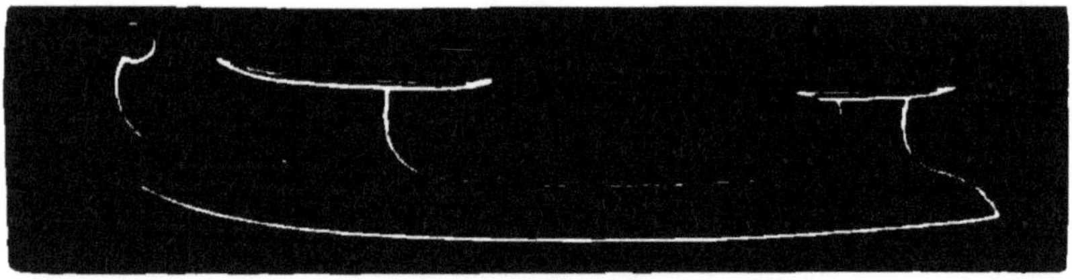

Jackson Haynes-Schlittschuh.

der Beschuhung vor und nach dem Eislaufe, was, wenn auch lästig, doch bei der stets zunehmenden Bequemlichkeit, welche die Wärme-, Anschnall- und Garderoberäume auf den grossen künstlichen Eisplätzen gewinnen, weniger in's Gewicht fällt, so dass der „Haynes“ sichtlich mehr und mehr Beifall unter den „Künstlern“ findet. Die Form der Kufe, Fig. 6, ist eine sehr geschmackvolle und praktische. der luftige, leichte Bau begünstigt nicht das Anhaften des Schnees und die am vorderen Ende angebrachte Schnecke, eine historische Tradition und Zierde des Schlittschuhes, erleichtert das gefahrlose Ueberschreiten etwaiger am Eise vorkommender Unebenheiten, verkürzt aber den Schlittschuh und wirkt hiedurch nicht schwungbefördernd. Es lässt sich manche schöne Figur auf den Schnecken ausführen; die Spitz-Pirouette und Zirkel-Figuren sind jedoch damit schwierig auszuführen. Die scharfe Spitze, in welche der „Haynes" nach rückwärts verläuft, mag zwar eine Zierde desselben sein, sie ist jedoch zwecklos und für das gemeinschaftliche Laufen gefährlich.

Als man Jackson Haynes auf diesen Umstand aufmerksam machte, erwiderte er: „Ich laufe stets allein."

Die Curve ist eine dreitheilige, der höchste Punkt befindet sich mehr nach vorne, unter dem Fussballen, die Kanten sind nicht parallel, sondern nach vorne und rückwärts convergirend; es mag dies mehr aus dem Grunde geschehen sein, um dem Schlittschuhe in der Mitte etwas mehr Festigkeit zu geben. Der Parallelismus, wie er beim Halifax und New-York vorkommt, ist jedoch vorzuziehen, da er auf allen Punkten den gleichen Kantenwechsel ermöglicht. Es hat allerdings den Anschein, als ob ein schmaler Schlittschuh den Uebergang von einer Kante auf die andere befördern würde, es geschieht jedoch dadurch sehr leicht, dass bei etwas weicherem Eise beide Kanten zum Eingriffe kommen, wodurch die Reibung sehr zunimmt, der Schwung gehemmt wird und Unregelmässigkeiten in der Richtung der Schwungfläche entstehen.

Der Schliff ist ein convexer, was leicht beim Kantenwechsel zum Ausgleiten Veranlassung gibt. Bei sehr hartem Eise wird Jeder, der auf solchen Schlittschuhen läuft, dies bereits empfunden haben. Ein leichter Hohlschliff, wie beim Halifax, ist daher auch hier anzuempfehlen. Die Ausführung von den besten Erzeugern derselben, Bihls in Wien und Heiss jun. in Graz, ist eine sehr nette und sorgfältige. Dass sie als Handarbeit an die Genauigkeit und Verwechselbarkeit des Halifax nicht hinanreicht, ist selbstverständlich. Auch die Härte der Kufe, obwohl aus dem besten steirischen Gussstahl erzeugt, kann sich mit dem Halifax nicht messen, da eben der Haynes ganz aus Stahl erzeugt wird, während der Halifax angestählt ist, wodurch der Kufe nahezu die ganze Härte gelassen werden kann, was bei ganz stählernen Schuhen wegen der Sprödigkeit und Brüchigkeit der Glashärte nicht zulässig ist. Es bildet dieses Anstählen einen der grossen Vorzüge, den der Halifax vor allen anderen Schlittschuhen voraus hat.

Bei dem Schweissen des Gussstahles mit dem Eisen, welches in der Regel eine missliche Operation ist, bedient man sich in Halifax eines Kunstgriffes. Man gibt der Eisenkufe eine keilförmige Form, die genau in eine entsprechende Nuth des vorgefrästen Stahles passt, und bewirkt so eine innige Berührung, welche das Schweissen befördert. Alle Schlittschuhe sollten auf diese Weise erzeugt sein.

Die Nothwendigkeit,*) bei Benützung des Haynes-Schlittschuhes die Schuhe zu wechseln, hat erfinderische Geister lange Zeit beschäftigt, eine Befestigungsart zu finden, welche bei gleicher Eleganz die genügende Festigkeit bietet. Sowohl Bihls in Wien als Heiss in Graz haben Modelle geliefert, welche der ersteren Bedingung wohl entsprachen, jedoch der letzteren kaum gerecht wurden. Dies scheint jedoch nach beiden Richtungen entspre-

Fig. 7.

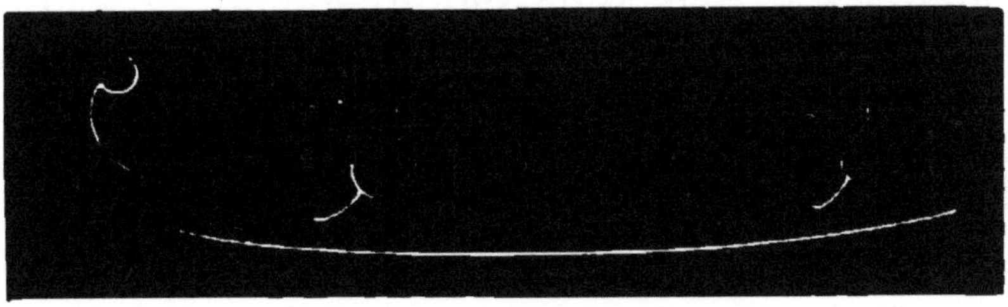

Columbus-Schlittschuh.

chend dem hervorragenden Pester Eisläufer Herrn Gedeon von Rohonzy bei dem Modelle, welches wir in der heurigen landwirthschaftlichen Ausstellung in Wien sahen, gelungen zu sein, weshalb wir sein System „Columbus", Fig. 7, welchem wir eine Zukunft prognosticiren, näher besprechen wollen.

*) Wir sagen die Nothwendigkeit, nicht der Uebelstand, da wir hierin einen Vorzug erblicken, welcher passende Schuhe jahrelang conservirt.

Am Schnürschuhe, den man auch zum Ausgehen tragen kann, sind sowohl am Absatze als unter dem Ballen Stahlplatten angeschraubt, in welche je eine Nuth eingefräst ist, welche zwei Querspangen aufnehmen, die an dem Absatz und Ballenständer der Schlittschuhkufe angebracht sind. Diesen beiden Ständern ist ihrer ganzen Höhe nach je ein Schraubengewinde eingeschnitten, auf welches sich zwei Platten, die das Muttergewinde enthalten, gegen die Schuhsohle zu schrauben lassen. Hat man die Schlittschuhkufe, welche ganz die Jackson Haynes-Form aufweist, mittelst der beiden Querspangen in die Schuhplatten zum Eingriffe gebracht, so schraubt man die Mutterplatten gegen die Sohle zu und auf diese Weise die Schlittschuhkufe ebenso fest an die Schuhsohle, als ob sie mit Schrauben befestigt würde.

Es wäre wünschenswerth, dass der Erfinder seine Befestigungsart auch auf Rennschuhe anbringen möchte, da man dann beim Besuche von Seen diese beliebig gegen Kunstlaufkufen umtauschen könnte, ohne die Schnürschuhe wechseln zu müssen.

Da neben dem Kunstlaufen auch das Schnelllaufen sich auf den deutschen und österreichischen Bahnen einzubürgern beginnt, so wollen wir noch die besten Rennschlittschuhe besprechen, welche zur Zeit existiren.

Es sind dies die nach Modell Axel Paulsen (Fig. 8) von Heide und Gustavson in Christiania erzeugten Rennschuhe. Diese Schlittschuhe sind ein Ideal an Leichtigkeit, gepaart mit Festigkeit. Sie bestehen aus einer Weissblechröhre, in welche eine dünne Stahlschiene in eine Nuth eingelöthet ist. Dadurch ist die möglichste Steifheit der Kufe bei gleichzeitiger Leichtigkeit erreicht. Die Kufe ist über den Absatz hinaus so weit verlängert, als dies zulässig ist ohne das Uebertreten im Kreise, welches bei Ueberwindung von Wendungen nothwendig ist, zu beeinträchtigen. Die Ballen und Sohlenplatten, welche ebenfalls aus Weissblech bestehen und am Rande kleine Löcher enthalten, um der Nadel den Durchgang zu gestatten, werden an die Schuhsohle angenäht. Alles Uebrige erhellt aus der Zeichnung Fig. 8.

Fig. 8.

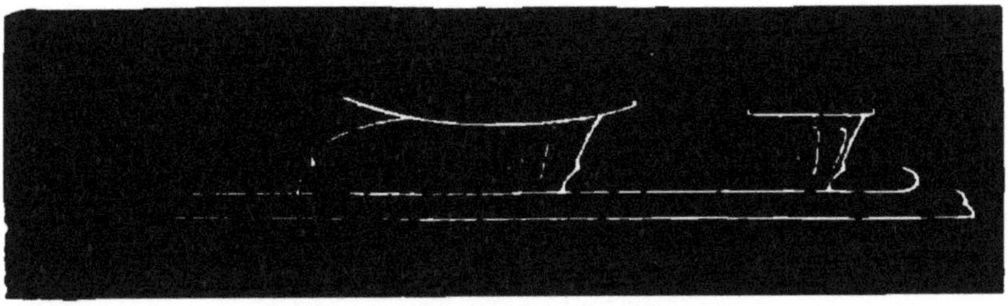

Axel Paulsen-Renn-Schlittschuh.

Bei Befestigung des Kunstlauf-Schlittschuhes an den Schnürschuh ist darauf Bedacht zu nehmen, dass die Kufe vorne einwärts. und zwar zwischen der grossen und zweiten Zehe gestellt werde, da hiedurch der Uebergang von der Einwärts- zur Auswärtskante wesentlich erleichtert wird.

Bei der Auswahl von Schlittschuhen achte man stets darauf, dass die Eisen der Längenaxe nach schön geradlinig seien, dass die Curven keine Aus- und Einbuchtungen haben und dass sie auf dem rechten sowohl, als auf dem linken Schuhe denselben Krümmungshalbmesser haben, was nicht immer der Fall ist.

Die Beschuhung.

Nachdem einmal die moderne Schlittschuhtechnik mit den alten Traditionen gebrochen und mit der Riemenbefestigung aufgeräumt hatte, trat die Frage der zweckmässigsten Beschuhung mehr in den Vordergrund, und es lässt sich nicht leugnen, dass der Stiefel heute einen ebenso integrirenden Factor des Eislaufes bildet, als der Schlittschuh selbst.

Und wir stehen nicht an zu erklären, dass wir mit grösserer Befangenheit daran gehen, ein Paar neue Schnürstiefel einzulaufen, als ein Paar neue Schlittschuhe; denn die Gleichmässigkeit in der Qualität bei ersteren ist schwieriger zu finden, als bei letzteren.

Wie der Schlittschuh fest am Absatze und an der Sohle haften soll, so muss die Sohle des Stiefels fest am Fusse sitzen. Dieser Forderung und der Bequemlichkeit zu entsprechen, ist für den Schuster keine leichte Aufgabe.

Allen diesen Anforderungen entspricht und kann nur entsprechen der S c h n ü r s t i e f e l. Dieser muss sehr weit nach vorne zu schnüren sein, die Löcher für den Schnürriemen am besten ohne Oesen, blos in das Leder geschlagen, sollen nahe aneinander gereiht sein. Der Absatz muss sehr niedrig und besonders für Halifax mit senkrechten Seitenwänden hergestellt sein. Es ist sehr anzuempfehlen, die rückwärtigen eingefrästen Eisenklammern des Halifax obenzu in den Absatz etwas einzulassen, was Jedermann selbst mittelst eines Federmessers leicht bewerkstelligen kann. Dort, wo die Schneide des Hebels in den Absatz seitlich eindringt, ist es gut, zur Rechten und Linken eine Eisenschraube in dem Absatz anzubringen, damit dieser mehr Widerstandsfähigkeit erlangt, da es häufig passirte, dass der Halifax darum sich vom Stiefel löste, weil der Absatz sich von demselben getrennt hatte.

Man nimmt zumeist an, dass die Sohlen der Schnürstiefel, und insbesondere für Halifax, sehr dick sein sollen. Es ist dies ein grober Irrthum. Wir wenden mittelstarke Sohlen an; man hat damit viel mehr Gefühl und man ist der Curve näher, wodurch die Balance sicherer und die Inanspruchnahme des Gelenkes verringert wird. Die Sohle soll gegen das Oberleder wegen der vorderen Klammern etwas vorstehend, unter dem Ballen eher breit gehalten sein und vorne eine schmale Form haben, wodurch der Stiefel länger als der Fuss wird. Dem entsprechend wähle man auch den Schlittschuh, da ein langer Schlittschuh ungleich mehr Schwung erzeugt, als ein kurzer. Der Stiefel soll ganz aus Kalbleder gleichförmig erzeugt sein; die oberhalb mit leichterem Leder besetzten taugen nichts, da sie nicht genügende Festigkeit im Absatze gewähren, ein Umstand, von dem in Bezug auf Balance sehr viel abhängt. Wird der Stiefel mit der Zeit im Absatze dennoch locker, so kann man sich damit leicht helfen, dass man sich die Strümpfe, welche zum Eislaufe aus Schafwolle bestehen sollen, an der Ferse und über den Rist mit doppelt starker Wolle stricken lässt, während der Vorfuss aus dünner Wolle besteht.

So mancher unserer geehrten Leser wird über diese unsere eingehenden Rathschläge lächeln; wir können dies jedoch im Bewusstsein unserer guten Absicht hinnehmen, da es besonders für den Anfänger von grosser Wichtigkeit ist, einen praktischen, gut sitzenden Stiefel zu besitzen; wer einmal eine vollkommen ausgebildete Balance hat, dem ist diese Festigkeit im Stiefel weniger vonnöthen, derselbe besitzt aber gewiss auch schon eine solche Erfahrung, dass er dieses Blatt getrost überschlagen mag.

Die Kleidung.

Der Anzug des Schlittschuhläufers soll eng anliegend und dabei doch bequem sein, damit die freie Bewegung in keinerlei Weise eingeschränkt werde. Er soll nicht zu warm sein, da die rasche Bewegung beim Eislaufe genügend körperliche Wärme erzeugt und die durch zu warme Kleidung verursachte Transpiration beim Stillstehen leicht für die Gesundheit nachtheilige Folgen haben könnte. Eine eng anliegende, kurze, vorne geschlossene Joppe, Bluderhose (Knicker bockers), Ledergamaschen, welche auch guten Schutz gegen etwaige Verletzungen durch nachbarliche Schlittschuhe gewähren, und eine leichte Pelzkappe aus Astrachan, Sealskin oder Biber sind die praktischesten Kleidungsstücke für den Eisläufer.

Den Damen Rathschläge für ihre Toilette zu ertheilen, halten wir uns nicht für competent, empfehlen jedoch im Allgemeinen ein nicht zu warmes, eng anschliessendes, nicht zu langes Kleid und Schnürstiefletten mit niedrigen Absätzen; auf letzteren Umstand machen wir besonders aufmerksam, da derselbe noch immer nicht genug beherzigt wird.

Zur Theorie des Eislaufes.

Während der Eislauf in älteren Zeiten lediglich als ein Mittel zur raschen Vorwärtsbewegung mit möglichst geringer Kraftanwendung zu dienen hatte, muss demselben nach seiner gegenwärtigen Entwicklung noch die weitere Aufgabe unterlegt werden, bestimmte, *a priori* construirte Figuren mittelst der Kante des Schlittschuhes in die Eisfläche einzugraviren.

Die in dem Härteverhältnisse des Stahles zum Eise gelegene Möglichkeit, auf stählerner Unterlage nach geringem Abstosse, in scheinbar ruhender Körperhaltung, einen bedeutenden Weg mit grosser Geschwindigkeit zurückzulegen, eignet den Eislauf in eminenter Weise, herrliche Wellenlinien, wie sie selbst ein Hogarth nicht schöner gelehrt, in's Eis zu zeichnen und gleichzeitig eine schöne Körperhaltung in den verschiedensten Stellungen zum Ausdrucke zu bringen. Die Beziehungen der verschiedenartigen Körperstellungen zu den dadurch am Eise entstehenden Linien selbst darzulegen, soll Aufgabe dieses Capitels sein.

Die Bewegung des Eisläufers wird hauptsächlich von zwei Factoren bedingt: von dem Abstoss des Spiel- oder Schwungfusses und der Verlegung des körperlichen Schwerpunktes in die Richtung der Schwungfläche. Die Centrifugalkraft und das Beharrungsvermögen (Trägheit) sind keine die Bewegung einleitenden, verursachenden Kräfte, sondern treten erst auf und in Wirksamkeit, sobald eine Bewegung bereits eingeleitet ist.

Unter Schwungfläche verstehen wir jene Fläche, welche von einer durch den Schwerpunkt des Körpers und den Berührungspunkt des Schlittschuhes mit dem Eise gezogenen Geraden (Schwunglinie) während der Bewegung beschrieben wird. Fig. 24.

Diese Schwungfläche, welcher die intendirte Eisfigur als Leitlinie und die Schwunglinie als Erzeugende dient, ist im Allgemeinen eine windschiefe Fläche, die sich in speciellen Fällen einer Kegelfläche nähert. Siehe Fig. 24.

Nach dem Gesagten ist es der Schwerpunkt des Körpers, welcher die Figuren in der Luft beschreibt, der Schlittschuh, respective die Schwunglinie nur der Stift, welcher jene Figuren auf dem Eise wiedergibt.

Dadurch ist der alte Zwiespalt zwischen der Haltung des Körpers und der Figur auf dem Eise ausgeglichen und sind beide Momente in Uebereinstimmung gebracht. Man war ehedem der Ansicht, dass eine elegante plastische Haltung möglich ist, wenn auch die Zeichnungen auf dem Eise verworren und unklar wiedergegeben sind, und umgekehrt. Nach dem Vorstehenden ist diese Annahme vollkommen ausgeschlossen. Nur die natürliche Anpassung sämmtlicher Körpertheile an die Bewegung erzeugt eine reine Figur am Eise.

Die Spuren auf dem Eise sind das unauslöschliche Sündenregister, welches die Schlittschuhseele des Eisläufers, sein Schwerpunkt, auf dem Gewissen hat. Bewegt sich der Körper schön, das heisst mathematisch und plastisch schön, so ist auch die Zeichnung auf dem Eise, das Facsimile davon, schön und correct, und umgekehrt, finden wir schöne Spuren auf dem Eise, so hat sich Derjenige, welcher sie hervorgerufen hat, auch schön und correct dabei bewegt und verhalten. Hervorragende Eisläufer erkennt man an ihren Spuren auf dem Eise, sie haben ihre Eisschrift, so dass sie sich hiedurch gewissermassen ihre Präsenzmarke sichern; natürlich ist eine jungfräuliche, das ist noch nicht zerfahrene, Eisfläche vorausgesetzt.

Wenn wir gesagt haben, dass der Schwerpunkt des Körpers die Figuren beschreibt, so muss hiezu bemerkt werden, dass der Schwerpunkt des menschlichen Körpers nicht als ein constanter, gleiches absolutes Gewicht und die gleiche örtliche Lage im Körper beibehaltender Punkt aufzufassen ist, sondern als ein der lebendigen Kraft sowohl als der räumlichen Lage im Körper nach höchst veränderlicher Punkt.

Wir haben gesagt, der Schwerpunkt des

Körpers ist kein constanter Punkt, das heisst, er ist nicht immer ein constanter Punkt, seine Lage und seine lebendigen Kraft liessen sich jedoch stets voraus bestimmen und berechnen. Da wir es mit einem, mit freier selbstthätiger Bewegung ausgestatteten Körper zu thun haben, welcher eine äusserst complicirte Gliederung besitzt, so ist der Schwerpunkt dieses Körpers nur in einem einzigen Falle ein constanter Punkt, nämlich nur im Zustande der absoluten Ruhe. In diesem Falle befindet sich der Schwerpunkt beim normal gebauten Individuum zwischen Magen und Lenden, ist aber bei verschiedenen Individuen und beim Wechsel im absoluten Gewichte beim gleichen Individuum auch wieder verschieden.

In der Bewegung, möge dieselbe noch so complicirt sein, hat der Schwerpunkt auch seine bestimmte, correcte Lage; er ist jedoch nicht als ein einfacher Punkt, sondern vielmehr als die Resultirende der Schwerpunkte der einzelnen Gliedertheile und Extremitäten des Körpers anzusehen.

In der absoluten Ruhe ist es nun allerdings ebenso der Fall, da die Ruhe nur ein specieller Fall der Bewegung ist, nämlich der, wo die entgegengesetzt wirkenden Kräfte sich das Gleichgewicht halten; es ist da jedoch die Complicirtheit der Resultirenden nicht so in's Auge springend, als während der Bewegung.

Wir stehen vor einem Probleme, welches ungefähr dem entspricht, welches der grosse d'Alembert einst bei einem Gastmahle dem grossen Diderot stellte, indem er ihm ein Glas Wasser hinhielt, es schüttelte und sagte: „*Comptez moi ça.*"

Auf den ersten Blick sollte man glauben, dass es nicht allzu schwer ist, die Resultirende der Schwerpunkte des Kopfes, der Schultern, der Arme, der Hüften, respective des Beckens und der Beine in jeder beliebigen Lage zu berechnen; allerdings nicht, wenn wenigstens diese Theilschwerpunkte constante Grössen wären. Sie sind es aber thatsächlich nicht; denn sonst würde der Eislauf seinen grössten Reiz, die enorme Vielseitigkeit und Abwechslung, einbüssen.

Die Theilschwerpunkte sind nicht constant, sowohl was Lage als Gewicht betrifft, weil wir es eben mit einem willkürlich durch Muskelkraft bewegbaren Körper zu thun haben; in jedem Moment der Bewegung wechselt ihre lebendige Kraft.

Die Kraft, welche der Schwerpunkt eines Körpertheiles, sowohl durch das ursprüngliche Gewicht, als auch durch die verschiedenen während der Bewegung auf denselben wirkenden Kräfte, als: Trägheit, Centrifugalkraft etc. erlangt, wollen wir also künftighin kurzweg seine lebendige Kraft nennen.

Die ganze Kunst aller Equilibristik, von der der Eislauf nur ein specieller Fall ist, besteht nun darin, dass die labile Resultirende aller lebendigen Kräfte der Schwerpunkte gegenüber der Anziehungskraft des Erdmittelpunktes den richtigen Unterstützungspunkt findet. Dieser Punkt ist nun allerdings nicht immer leicht zu finden. Für den Eislauf jedoch ist dieser Punkt als ein gefundener zu betrachten.

Wenn wir nämlich an der Hand der bisher gefundenen Resultate darauf ausgehen, die alte Streitfrage über die Haltung der Arme und Beine während der Bewegung zu lösen, so wird sich herausstellen, dass diese Frage, an der bisher alle Eislauftheorien gescheitert sind, in überraschend leichter Weise zu beantworten ist.

Die Arme und Beine sowie alle Körpertheile müssen sich möglichst genau der Schwungfläche anschmiegen.

Wir sagen möglichst genau, da wir eben nicht Wesen mit blos zwei Dimensionen sind, die sich vollkommen der Schwungfläche anschmiegen könnten.

Die dritte Dimension, welche wir besitzen, schadet uns aber insoferne nicht, als wir nicht vergessen dürfen, dass eben unser Schwerpunkt die Figuren beschreibt, und dieser als Punkt, in welchen sich die Schwerpunktsintensitäten der Körpertheile subsumiren sollen, sich genau der Schwungfläche anschliessen kann und anschliessen muss.

Es wurde eben gesagt, im Gesammtschwerpunkte sollen sich die lebendigen Kräfte der Theilschwerpunkte vereinigen. Dieses wird dann der Fall sein, wenn letztere ebenfalls in der Schwungfläche liegen, so dass die lebendige Kraft des

Gesammtschwerpunktes aus der Summe der lebendigen Kräfte der Theilschwerpunkte besteht.

Der Laie pflegt dann zu sagen, diese oder jene Person läuft wie aus Einem Stück, wie aus Einem Guss.

Dieser Fall ist eben der günstigste, effectvollste, denn der Läufer befindet sich, nachdem er seine Körpertheile mit dem geringst möglichen Aufwande an Bewegung in die Richtung der Schwungfläche gebracht hat, gleichsam in ruhender schwebender Stellung, welche so lange währt, als eben der erlangte Impuls, die erlangte Schwungkraft andauert.

Diese schwebend ruhende Stellung wollen wir das getragene Moment nennen. Mit diesem getragenen Momente fällt auch das ästhetische Moment zusammen, denn in jenem Momente der Ruhe, innerhalb der Bewegung, drückt sich eben der Charakter der beschriebenen Figur aus; das Auge des Beschauers erlangt da den Eindruck jener Plastik, welche den Eislauf zur schönsten und graziösesten aller Bewegungen macht.

Es wurde erwähnt, dass die Körpertheile mit dem geringst möglichen Aufwande an Bewegung in die Richtung der Schwungfläche gebracht werden sollen; hier stimmt eben der Nutzeffect mit dem ästhetischen Momente vollkommen überein.

Bei allen körperlichen Uebungen, beim Eislaufen, Turnen, Reiten etc., sollen die vorbereitenden Bewegungen, die sogenannten Hilfen, möglichst klein und in der Weise gemacht werden, dass sie sich dem Auge des Beschauers entziehen. Nur das vollkommene Beherrschen und die Ungezwungenheit der Bewegung schaffen in uns den Eindruck der Natürlichkeit.

Viele, zumal Professionelle, outriren die Hilfen, um den Eindruck einer schwierigen Evolution hervorzubringen; dieser Standpunkt ist jedoch ein verwerflicher. Die höchste Potenz der Vollendung ist die, wenn die Ausführung als eine spielend leichte, selbstverständliche und als solche erscheint, die unschwer nachzuahmen ist.

Nicht immer wird es jedoch möglich sein, im Gesammtschwerpunkte die Summe der lebendigen Kräfte der Theilschwerpunkte zu vereinigen. Es gibt complicirtere Figuren, bei welchen man auf den im getragenen Momente befindlichen Schwerpunkt, welcher in Folge des Beharrungsvermögens der Körper die Tendenz hat, in der einmal eingeschlagenen Richtung der Schwungfläche, die der intendirten Figur entspricht, zu verbleiben, mittelst einer stets in unserer Macht liegenden Bewegung eines Theilschwerpunktes, beispielsweise der Schulter oder Hüften, derartig einwirken kann, dass er in eine andere Richtung gebracht wird. Die Richtung der neuen Schwungfläche wird durch den Einfluss des Theilschwerpunktes bestimmt. Dabei wird es sich ergeben, dass an Kraft verloren geht, und dass die Resultirende nur mehr aus den Differenzen der lebendigen Kräfte des Gesammtschwerpunktes und des die neue Bewegung einleitenden Theilschwerpunktes besteht.

Etwas Aehnliches tritt bei fehlerhaften und zufälligen Bewegungen ein, die alle hemmend auf die lebendige Kraft des Schwerpunktes einwirken.

Deshalb bewegt sich der Anfänger auf dem Eise so langsam und schwerfällig; die lebendige Kraft, welche er durch die correcte Bewegung erlangt, überwiegt eben kaum jene, welche sich aus den uncorrecten Bewegungen zusammensetzt und auf das Gesammtresultat negativ wirkt.

Die Resultirende aus den positiven und negativen lebendigen Kräften der Theilschwerpunkte nennen wir gemeinhin den Schwung.

Leiten wir eine Bewegung ein und nützen wir während des getragenen Momentes den erlangten Schwung nicht vollständig aus, erübrigen wir demnach bei neuerlichem Abstosse etwas vom vorhergehenden Schwunge, so dass sich letzterer mit dem neuerlangten summirt, so nennen wir dies übertragenen Schwung.

Der übertragene Schwung gehört zu den schwierigsten Aufgaben im gesammten Eislaufe; nur Läufer erster Classe verstehen ihn bei allen Figuren zu erlangen. Die schwellend cadenzirte Wirkung, welche bei mehrmaliger Wiederholung einer Figur erlangt wird, trägt wesentlich zu deren Schönheit und schwungvolleren Ausführung bei.

Im übertragenen Schwung liegt der eigentliche Geist des Eislaufes.

Was spielt nun die Centrifugalkraft für eine Rolle während der Bewegung? — Die Centrifugalkraft trägt hauptsächlich zur Schönheit und Charakteristik des Eislaufes bei, indem sie jene schiefe Stellung des Körpers gegen den Horizont ermöglicht und veranlasst, welche einen Hauptreiz des Eislaufes bildet.

Bewegen wir uns nämlich in Folge eines Abstosses mit dem Spielfusse um einen gedachten Mittelpunkt in einer Spirallinie, so hat die Centrifugalkraft das Bestreben, unsere Körpertheile von dem Bewegungsmittelpunkte abzuziehen und wir sind daher gezwungen, um nicht aus der Spirale hinausgeschleudert zu werden, eine Neigung gegen den Bewegungsmittelpunkt anzunehmen, welche jener Kraft das Gleichgewicht hält. Diese Neigung nennt man das Legen.

Wir sagten vorhin, dass die Bewegung mit dem Abstossen des Spielfusses eingeleitet werde. Was verstehen wir nun unter Spielfuss?

Unter Spielfuss verstehen wir jenen Fuss, welcher, im Falle nur auf einem Fusse gelaufen wird, frei in der Luft gehalten wird, im Gegensatze zum Standfusse, welcher mit dem Eise in Contact ist. Befinden sich beide Füsse in Berührung mit der Eisfläche, so trägt der Standfuss unser Körpergewicht, während der Spielfuss die Bewegung einleitet oder fortsetzt.

Es wurde betont, dass wir uns um einen gedachten Mittelpunkt in einer Spirallinie bewegen. Bei oberflächlicher Betrachtung gewinnt es den Anschein, als ob wir uns um den Mittelpunkt in einer Kreislinie bewegten; dem ist jedoch nicht so.

Alle Curven, welche während des Eislaufes beschrieben werden und beschrieben werden können, sind Segmente von Spirallinien.

Denn, haben wir eine Bewegung eingeleitet, so begünstigt zwar der minimale Reibungscoëfficient des Stahles auf dem Eise das Andauern der Bewegung und das Verbleiben in der eingeschlagenen Richtung ausserordentlich; immerhin wirkt jedoch diese minimale Reibung, dann der Widerstand der Luft hemmend auf die ursprünglich wirkende Kraft, so dass diese successive abnimmt und in Folge dessen bei gleicher Neigung des Körpers durch das Abnehmen der Geschwindigkeit und mithin auch der Centrifugalkraft die Curve immer mehr gedrückt wird.

Diese successive Abnahme des Krümmungshalbmessers, die aus der Abnahme der ursprünglichen Triebkraft hervorgeht, entspricht eben dem Gesetze der Spirale.

Unter Drücken der Curve verstehen wir die Annahme einer seitlich geneigteren Körperlage, ein verstärktes Legen, wodurch Curven von kleinerem Krümmungshalbmesser erzeugt werden. Hiebei muss jedoch die Geschwindigkeit der Bewegung in Betracht gezogen werden; die grössere Geschwindigkeit verlangt ein stärkeres Legen, als zur Erzeugung derselben Curve bei geringerer Geschwindigkeit erforderlich ist.

Es wurde erwähnt, dass ein neuerlicher Impuls, eine erneuerte Triebkraft, durch eine Fussschwingung erlangt werden kann. Dieser Umstand, so geringfügig er an und für sich erscheint, ist doch ausserordentlich wichtig, denn in ihm allein ist die Basis der neueren Eislaufschule zu suchen.

Befinden wir uns nämlich im Zustande der Ruhe, bringen wir unser Körpergewicht auf einen Fuss, beispielsweise den linken, und schwingen wir nun rasch den rechten Fuss nach vorwärts, so erlangt der Schwerpunkt des Fusses eine gewisse nach vorwärts wirkende Kraft, welche hinreichend ist, den Gesammtschwerpunkt des Körpers in die Bewegung mitzuziehen und so ohne Benützung des Abstosses eine Bewegung einzuleiten. Durch fortgesetztes Schwingen und Uebertragen des Schwunges erlangt man allmälig eine Acceleration in der Bewegung, so dass dieselbe bei glattem Eise beinahe der, welche durch den Abstoss erlangt wird, gleichkommt.

In analoger Weise kann man dem Gesammtschwerpunkte eine lebendige Kraft verleihen, wenn man zu Beginn oder auch während der Bewegung mit dem Standfusse in eine mässige Kniebeuge geht und hierauf den Fuss allmälig streckt. Es unterstützt den Schwung auch wesentlich, wenn man bei jedem Abstosse das Knie unmerklich spielen lässt. Man pflegt dann zu sagen, dieser oder jener Läufer besitzt ein weiches Knie. Eine wie werthvolle Eigenschaft eines guten Läufers nun ein weiches Knie auch sein mag, ohne das ein Läufer erster Classe wohl nicht gut denkbar ist, so hüte sich doch der Anfänger vor Uebertreibung. Durch alle diese Vorgänge ist es nicht nur möglich, eine Figur auf dem Standfusse beliebig zu wiederholen, sondern auch jede Figur ohne Benützung des Abstosses vom Stande aus zu beschreiben. Eine ähnliche Rolle, wie beim einfüssigen Laufen der Fuss, spielen die Hände bei den Pirouetten oder Standdrehungen. Man ist nämlich in der Lage, durch ein seitliches Schwingen der Arme und Hände, deren Schwerpunkt die analoge Arbeit verrichtet, welche vorher dem Fusse zufiel, einen Drehschwung zu erlangen, welcher eine ziemlich lang andauernde rotirende Bewegung des Körpers einleitet.

Fassen wir nun das bisher Gesagte zusammen, betrachten wir den Eislauf nach den am Eise erscheinenden Spuren und stellen wir die Definition desselben folgendermassen auf:

Der Eislauf besteht in dem Einschneiden bestimmter *a priori* construirbarer Figuren in die Eisfläche vermittelst der Kante des Schlittschuhes — so drängt sich uns die Frage auf: Welche sind jene bestimmten *a priori* construirbaren Figuren und was berechtigt uns zu dem obigen, anscheinend gewagten Ausspruche?

Die unendliche Mannigfaltigkeit in den Eisbewegungen lässt allerdings den oben aufgestellten Fundamentalsatz in mehr kühnem als stichhaltigem Lichte erscheinen; wir werden jedoch im Laufe dieser Abhandlung die Ueberzeugung gewinnen, dass die scheinbar unübersehbare Fülle von Eisfiguren sich auf fünf einfache Elemente zurückführen lässt, Elemente, aus deren Combination sich eben alle Eisfiguren construiren lassen.

Unter Figur im Sinne des Eislaufes verstehen wir eine mittelst der Kante des Schlittschuhes auf Einem Fusse in's Eis eingravirte zusammenhängende Curve.

Fig. 9. Fig. 10. Fig. 11. Fig. 12. Fig. 13.

Jene fünf Elemente, auf welche sich sämmtliche Eisfiguren streng zurückführen lassen, wollen wir die Grundfiguren nennen; es sind dies: der Bogen, Fig. 9, der Schlangebogen, Fig. 10, der Dreier, Fig. 11, der Doppeldreier, Fig. 12, und die Schlinge, Fig. 13.

Auch das sogenannte Geradeauslaufen ist nichts Anderes, als ein langgestreckter Schlangenbogen.

Wir hoffen, die vorstehenden Ausführungen werden es dem Eisläufer ermöglichen, die Grundsätze der Schwungfläche auf jede einzelne Figur anzuwenden, und gleichsam als Ariadnefäden ihn sicher durch das Labyrinth der verworrensten und complicirtesten Eishieroglyphen hindurch zu klarer Erkenntniss führen.

Die Schule des Eislaufes.

Die ersten Schritte.

Obwohl die in diesem Abschnitte erläuterten Figuren strenge den Grundsätzen der Schwungfläche unterliegen, und Eisfiguren im Sinne der Seite 100 gegebenen Definition sind: so wollen wir doch hier von aller theoretischen Erläuterung Umgang nehmen, damit der Anfänger nicht durch Begriffe, deren Anwendung ihm weder geläufig, noch von Interesse sein kann, verwirrt werde. Wir haben geschwankt, ob wir diesen Abschnitt nicht der Theorie vorangehen lassen sollen, haben dies jedoch im Sinne einer einheitlichen Systematik unterlassen.

1. Das Vorwärtslaufen. Fig. 14.

Man stehe am Eise auf beiden Füssen, den rechten Fuss vor den linken gesetzt, auf halbe Fusslänge entfernt, die Fussspitzen etwas nach auswärts in einem Winkel von circa 45 Grad zu einander gerichtet. In dieser Stellung verlege man das Körpergewicht auf den rechten Fuss, indem man sich leicht vorneigt, den linken Fuss vom Eise lüftet und ihn mit einem kurzen Schritte vor den rechten Fuss stellt, und zwar in gleicher Weise, wie früher der rechte Fuss vor dem linken stand. Nun verlege man das Körpergewicht auf den linken Fuss und wiederhole das Gesagte mit dem rechten Fusse.

Fig. 14.

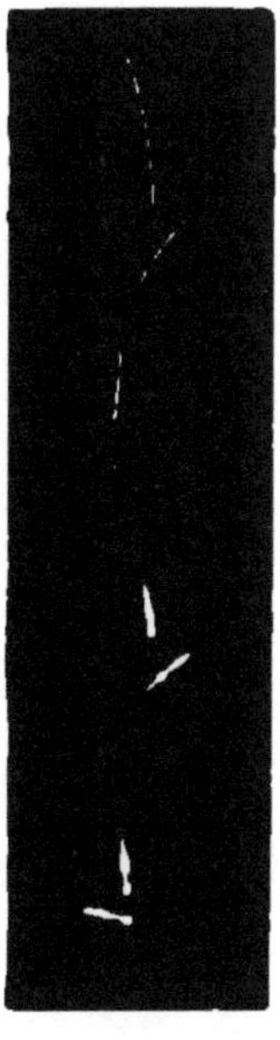

Auf diese Weise mit Schritten von einer Fusslänge vorwärts schreitend, wird man allmälig in eine gleitende Bewegung gerathen. Hiebei muss man wohl bedacht sein, dass die Füsse sich nicht zu weit von einander entfernen, um stets in der Lage zu sein, das Körpergewicht von einem Fusse auf den anderen verlegen zu können.

Allmälig versuche man, den vorausgesetzten Fuss durch Verlegung des Körpergewichtes auf denselben mit dem rückwärts befindlichen vorwärts zu schieben, indem man den Schlittschuh des letzteren mit der einwärtigen Kante gegen das Eis stemmt, das voraus befindliche Bein im Knie beugt und das stemmende Bein streckt. Die Entfernung der Füsse von einander kann hiebei auf gewöhnliche Schrittlänge und auch hierüber hinaus verlängert werden, muss jedoch immer derartig eingehalten werden, dass der stemmende Fuss ohne Verlust des Körpergleichgewichtes vom Eise gelüftet, vorgesetzt und mit dem Körpergewichte belastet werden könne.

Wenn auch dem Anfänger, insbesondere wenn er dem schönen Geschlechte angehört, Unterstützung in der Weise geliehen werden darf, dass derselbe von einem oder, um Einseitigkeit zu vermeiden, besser von zwei Schlittschuhläufern geführt wird, so soll doch diese Hilfe so kurz als möglich währen, da nur durch Erlangung des richtigen Gleichgewichtes ein Schlittschuhläufer gebildet werden kann. Dass jede Unterstützung das Gleichgewicht ausschliesst, liegt schon in dem Begriffe desselben. Eine andere Hilfe als die angegebene mittelst Schlitten, Barrièren oder anderer Mittel muss entschieden verdammt werden, da jede derartige Unterstützung der richtigen Körperhaltung Eintrag bereitet. Knaben und Jünglinge sollten sich niemals einer Hilfe bedienen, sondern nur bedacht sein, die Anfangsbewegungen so langsam und vorsichtig als möglich zu machen. Dieser Wink soll nicht allein dem Fallen vorbeugen, sondern die Erlernung durch rascheste Gewinnung des richtigen Gleichgewichtes beschleunigen.

Muss der Schlittschuhläufer anfänglich bedacht sein, den Abstoss langsam und mit möglichst geringer Kraftanwendung auszuführen, um das Gleichgewicht des Körpers nicht zu verlieren, so muss derselbe nach Massgabe des Fortschreitens der

Uebung den Abstoss mit voller Kraftanwendung und auch momentan auszuführen trachten. Ein Druck des Fusses mit der Schlittschuhkante gegen das Eis, ein geräuschloser, feiner, scharfer Schnitt in's Eis und der Läufer fliegt dahin auf einem Beine, das zweite rasch vom Eise gelüftet, leicht gebeugt nachziehend. Der vollendete Schlittschuhläufer wird niemals das Eis aufschürfen, sein Abstoss ist stets scharf, kurz und geräuschlos.

2. Das Schwenken nach vorwärts. Fig. 15.

Fig. 15.

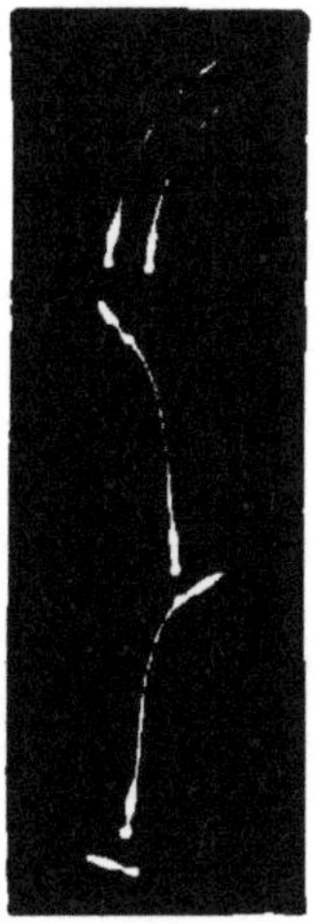

Man nehme einige kräftige Abstösse, stelle das abstossende Bein neben das gleitende, so dass beide Füsse parallel stehen, verharre in dieser Stellung mit aufrechter Körperhaltung und neige sich etwas seitwärts. Auf diese Weise wird eine schwenkende Bewegung nach der Richtung ausgeführt, nach welcher die Neigung geschah.

3. Das Vorwärtslaufen im Kreise. Fig. 16.

(Uebertreten nach vorwärts.)

Man stosse fortgesetzt nur mit einem Fusse ab, während der Körper auf dem anderen unbeweglich gehaltenen Fusse ruht. Wird hiebei der Körper wie beim Schwenken etwas nach der Richtung des ruhenden Fusses geneigt, so wird mit diesem eine Kreislinie beschrieben. Statt nun unausgesetzt auf einem Fusse zu verweilen, beschränke man den Abstoss zwar auf einen Fuss, setze jedoch den abstossenden Fuss nach jedesmaligem Abstosse neben den gleitenden, lüfte letzteren vom Eise und setze ihn mit einem kurzen Schritte in gerader Richtung vor, stosse nun wieder mit dem anderen Fusse ab, und so fort. Auch bei dieser Uebung wird die Bewegung bei seitlich geneigter Körperhaltung im Kreise geschehen.

Fig. 16.

Man wiederhole letztere Bewegung, statt jedoch den abstossenden Fuss neben den gleitenden niederzustellen, bringe man ihn nach jedesmaligem Abstosse so viel als möglich gekreuzt über den gleitenden. Diese Bewegung, die als Vorübung für das Bogenlaufen dient und bereits eine grössere Sicherheit erfordert, wird „Uebertreten nach vorwärts" (Fig. 16) genannt. Sämmtliche vorgenannten Uebungen sind nach beiden Richtungen auszuführen.

4. Das Rückwärtslaufen. Fig. 17.

Indem wir zur Rückwärtsbewegung übergehen, fordern wir nicht etwa zum Rückschritte auf, sondern lehren, eine Bewegung, die, vervollkommt an Schönheit der Zeichnung mit der gleichartigen Vorwärtsbewegung wetteifert, an Kühnheit der Körperhaltung diese aber noch übertrifft.

Fig. 17.

Man stehe auf beiden Füssen auf dem Eise, den linken geradeaus, den rechten vorgesetzt und mit der Fussspitze nach einwärts gerichtet. Nun stemme man die Einwärtskante des rechten Schlittschuhes nach vorne und, indem man hiedurch auf dem linken Schlittschuhe nach rückwärts gleitet, beschreibe man mit der Einwärtskante des rechten einen Halbkreis nach rechts, so dass der rechte Fuss hinter dem linken zu stehen kommt. Nun stosse man mit der Einwärtskante des linken Schlittschuhes nach vorne ab, beschreibe mit derselben einen Halbkreis und bringe den linken Fuss hinter den rechten. In dieser Weise soll die Bewegung fortgesetzt werden, jedoch ohne den einen oder anderen Fuss vom Eise zu lüften.

5. Das Schwenken nach rückwärts.

Nimmt man einige kräftige Abstösse nach rückwärts, verharrt nun auf beiden Füssen, indem man dieselben parallel nebeneinander stellt, und neigt sich bei aufrechter Körperhaltung etwas seitwärts, so wird man eine schwenkende Bewegung ausführen und damit einen Bogen auf beiden Füssen beschreiben, dessen Radius um so kleiner ist, je grösser die seitliche Neigung. Man mache die Uebung nach beiden Seiten.

Fig. 18.

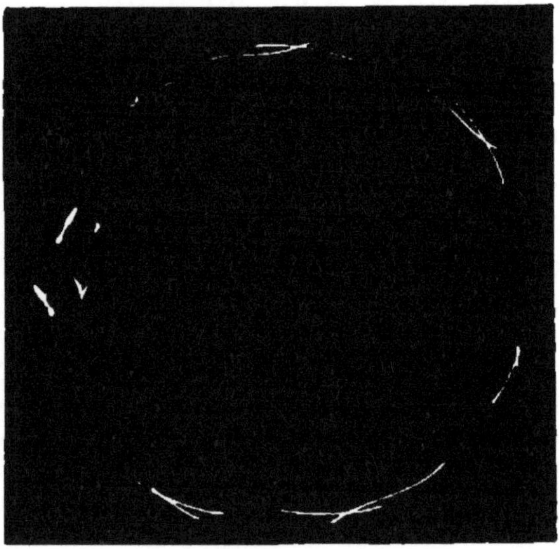

6. Das Rückwärtslaufen im Kreise. Fig. 18.

(Uebertreten nach rückwärts.)

Diese Bewegung ist in gleicher Weise wie das Vorwärtslaufen im Kreise auszuführen, und zwar entweder dadurch, dass nur ein Fuss abstösst und der andere unbeweglich am Eise verbleibt, oder dass der gleitende Fuss in kurzen Absätzen vom Eise gelüftet und in der früheren Stellung wieder niedergesetzt wird, oder dass ein Fuss den anderen continuirlich kreuzt. Letzteres kann auf zweierlei Weise geschehen, und zwar in der Weise, dass der kreuzende Fuss nach jedesmaligem Abstosse entweder nach vorne über oder nach rückwärts hinter den gleitenden Fuss gebracht wird. Letztere Bewegungen werden in ersterem Falle „Rundlauf nach rückwärts mit vorwärts Uebertreten", im letzteren Falle „Rundlauf nach rückwärts mit rückwärts Uebertreten" genannt. Zu diesen beiden Varianten kann noch eine dritte hinzugefügt werden, und zwar dadurch, dass abwechselnd nach vorwärts und rückwärts übertreten wird. Diese Bewegung wird „Rundlauf nach rückwärts mit vorwärts und rückwärts Uebertreten" genannt. Sämmtliche vorgenannten Uebungen sind nach beiden Richtungen auszuführen.

7. Das Umwenden. Fig. 19.

Gegenstand dieses Absatzes ist das Umwenden aus dem einfachen Vorwärtslaufen zum einfachen Rückwärtslaufen oder umgekehrt. Das Umwenden, welches mannigfache Figuren erfordert, ist nicht Gegenstand dieses Capitels, sondern wird an geeigneter Stelle eingehend erörtert werden.

Man stosse wie zum „Vorwärtslaufen“ in der oben beschriebenen Weise nach vorwärts mit dem linken Fusse ab und verweile auf dem rechten Fusse, indem man sich etwas nach einwärts, d. i. nach links neigt. Nun lüfte man den linken Fuss vom Eise, wende sich rasch auf dem rechten Fusse nach links mit einer halben Wendung um und stelle sofort den linken Fuss parallel neben den rechten auf das Eis. Ist diese Bewegung langsam ausgeführt so oft wiederholt, dass der Schlittschuhläufer die Sicherheit erlangt hat, dieselbe auch bei einer rascheren Vorwärtsbewegung im Vorwärtslaufen auszuführen, so kann derselbe den erhaltenen Schwung nach dem Umwenden sofort zum Rückwärtslaufen ausbeuten. Dies empfiehlt sich umsomehr, als der Anfänger, wenn er die Rückwärtsbewegung vom Platze beginnt, erst nach längerer Uebung eine grössere Schnelligkeit nach rückwärts erlangt. — In gleicher Weise, wie wir die Wendung nach rückwärts auf dem rechten Fusse besprochen haben, muss dieselbe auch auf dem linken Fusse, und zwar mit Wenden des Körpers nach rechts ausgeführt werden.

Fig. 19.

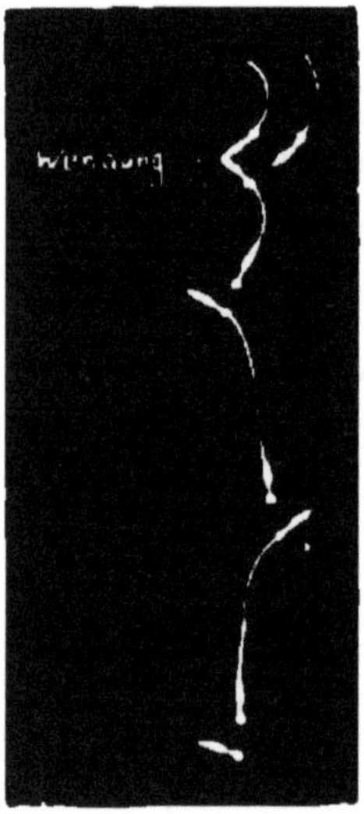

Noch leichter als die Wendung von vorwärts nach rückwärts ist die von rückwärts nach vorwärts auszuführen. Bei dieser Bewegung hat nach dem oben besprochenen Rückwärtslaufen der Körper auf beiden Füssen zu ruhen. Nun verlege man aber, während sich beispielsweise der rechte Fuss mit der Spitze einwärts geneigt vor dem linken befindet, das Schwergewicht des Körpers auf den rechten Fuss, lüfte den linken Fuss vom Eise und setze ihn mit möglichster Auswärtsdrehung wieder auf das Eis, indem man mit dem Körper eine Viertelwendung nach links beschreibt. Hiedurch wird es ermöglicht, den rechten Fuss, welcher einen Rückwärts-Einwärts-Bogen beschreiben sollte, sofort zum Abstosse nach vorwärts zu benützen. Durch das Lüften des rechten Fusses vom Eise und durch das Niederstellen neben den linken nach vorwärts ist die Wendung nach vorwärts vollendet.

8. Das Aufhalten. Fig. 20 a, b, c.

Fig. 20 a.

Nach der Beschaffenheit der älteren Schlittschuhe, bei welchen die Kufe unter dem Stiefelabsatze nach rückwärts rechtwinkelig endete, wurde das Aufhalten in der Weise bewerkstelligt, dass durch Zurücklehnen des Körpers und Heben der Fussspitzen der Schlittschuh im vorderen Theile von der Eisfläche gelüftet und hiedurch um so kräftiger mit den rechtwinkeligen Ecken in das Eis gegraben wurde. Die grosse Reibung, welche zwischen Schlittschuh und Eis hiedurch entstand, brachte den Läufer selbst nach raschester Bewegung auf kurze Distanz zum Stehen.

Fig. 20 b.

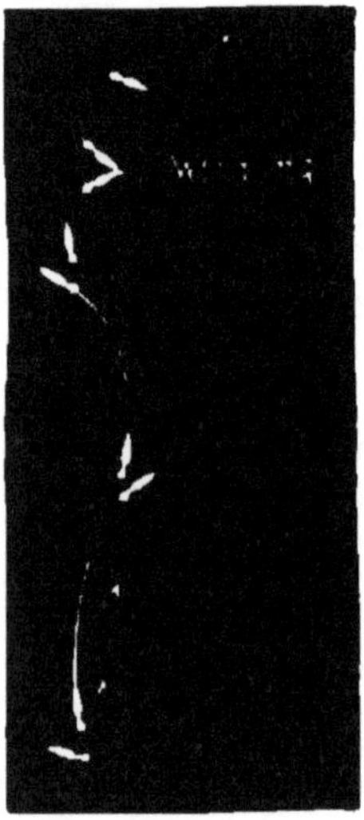

Durch die Einführung von Schlittschuhen, welche sich über den Absatz hinaus erstrecken, ist das Hemmen mit den Absatzecken unmöglich geworden und es muss daher mit der Breitseite des Schlittschuhes gebremst werden. Dies geschieht in der Weise, dass mit dem Körper eine Viertelwendung gemacht und ein Fuss, beispielsweise der rechte, mit der inneren Kante in senkrechter Richtung gegen die Bewegungsrichtung, und zwar, je nachdem die Bewegung nach vorwärts oder nach rückwärts erfolgte, nach vorwärts oder rückwärts gegen das Eis gestemmt wird. Fig. 20 *a*. Nachdem nun nach der Beschaffenheit des Körpers ein Stemmen nach rückwärts mit mehr Kraft ausgeführt werden kann, als nach vorwärts oder seitwärts, so ist das Aufhalten am raschesten und nachdrücklichsten dadurch auszuführen, dass sich der Schlittschuhläufer zuerst nach rückwärts wendet und sich sodann in der vorbesprochenen Weise mit der Schlittschuhkante nach rück-

Fig. 20 c.

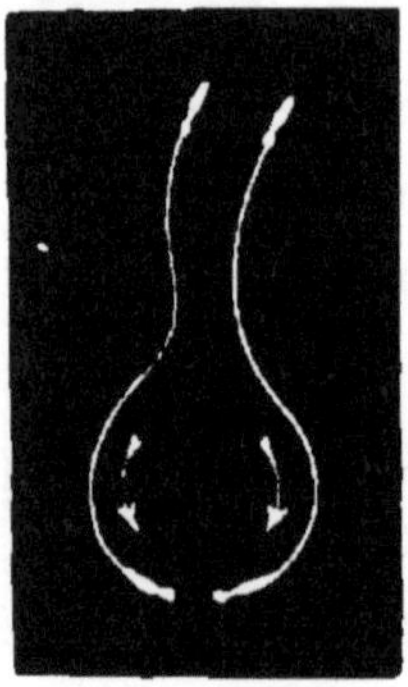

wärts gegen das Eis stemmt. Fig. *20 b*. Bei mässiger Bewegung nach rückwärts kann das Aufhalten auch in der Weise geschehen, dass mit beiden Füssen Einwärtsbögen nach rückwärts beschrieben und auf diese Art beide Füsse in starker Auswärtsdrehung mit den Fersen aneinander gebracht werden, während der Körper stark nach vorwärts geneigt wird. Fig. *20 c*.

Die Grundfiguren.

A. Der Bogen.

Unter den Grundfiguren, welche wir im Abschnitte „Zur Theorie des Eislaufes" kennen gelernt haben, spielt der Bogen die erste und wichtigste Rolle.

Wir unterscheiden, je nachdem der Bogen mit der äusseren oder inneren Schlittschuhkante beschrieben wird, den Auswärts- von dem Einwärtsbogen und je nachdem die Körperbewegung bei dessen Ausführung nach vorwärts oder nach rückwärts gerichtet ist, den Vorwärts- von dem Rückwärtsbogen.

Es werden daher besonders zu besprechen sein:

1. Der Vorwärts-Auswärtsbogen.
2. Der Vorwärts-Einwärtsbogen.
3. Der Rückwärts-Auswärtsbogen.
4. Der Rückwärts-Einwärtsbogen.

Nach dem Begriffe von „Links" und „Rechts" sind diese vier Bogenarten neuerdings zu unterscheiden. Ferner unterscheiden wir, je nachdem die Spirallinie, welche dem Bogen zu Grunde liegt, bis zu einer ganzen, halben oder viertel Umdrehung ausgedehnt wird, zwischen ganzen, halben und viertel Bögen.

1. Der Vorwärts-Auswärtsbogen.

Der Bogen vorwärts-auswärts (Fig. 21, 22 und 23) wird, was die bei dessen Ausführung

Fig. 21.

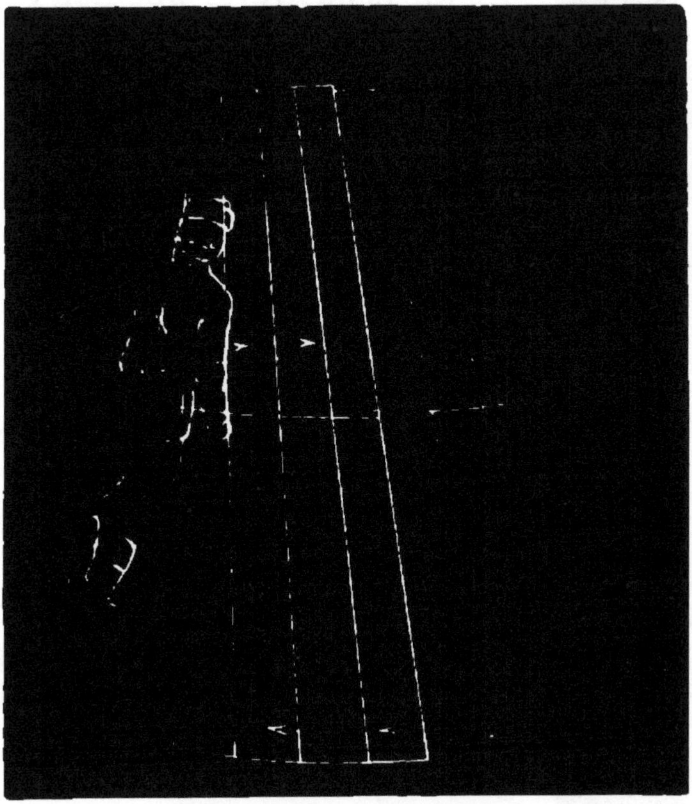

Der Vorwärts-Auswärtsbogen.

erforderliche Körperhaltung betrifft, mit Recht als die schönste und graziöseste aller Eisfiguren gepriesen.

In ihm gelangt die poetische Seite des Eislaufes, gleichsam in ruhend-schwebender Haltung dahinzugleiten, am schönsten zum Ausdrucke.

Fig. 22.

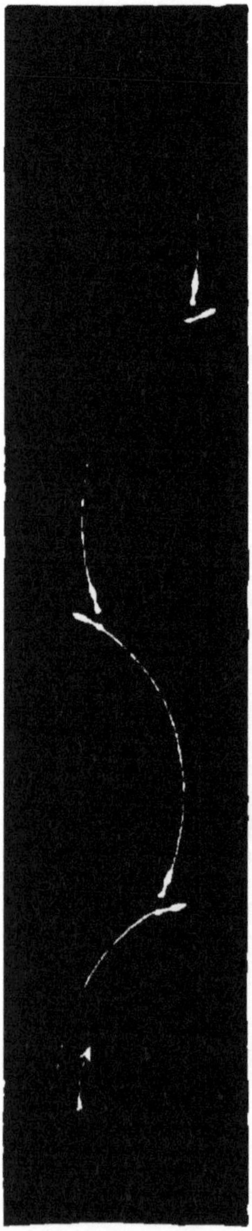

Das getragene Moment währt bei ihm am längsten und die Haltung des Körpers ist die gefälligste.

Eislauftheoretiker sind lange Zeit sogar so weit gegangen, dem Bogen vorwärts-auswärts und den Figuren, die aus dessen Combinationen bestehen, alleinige Berechtigung einzuräumen und die Einwärtsbewegungen als unschön und fehlerhaft zu verwerfen. Muss man einerseits auch zugeben, dass die Einwärtsbewegungen sich an Schönheit und Grazie mit den Auswärtsbewegungen nicht messen können, so muss doch anderseits die Bezeichnung derselben als uncorrect und fehlerhaft übertrieben genannt werden. In der Praxis war der Einwärtsbogen nie gänzlich verdrängt, denn hatte ihn auch zur Zeit geringerer Entwicklung der Eislaufschule mancher als Künstler gepriesene Eisläufer zu verdrängen gesucht, der Anfänger hat ihm unbewusst, ja oft wider Willen zu Ehren verholfen und ihm sein älteres Recht wieder eingeräumt. Der Einwärtsbogen ist offenbar der ältere, weil der Anfänger schon mit den ersten Schritten auf denselben verfällt, er ist auch leichter und sicherer als der Auswärtsbogen.

Fig. 23.

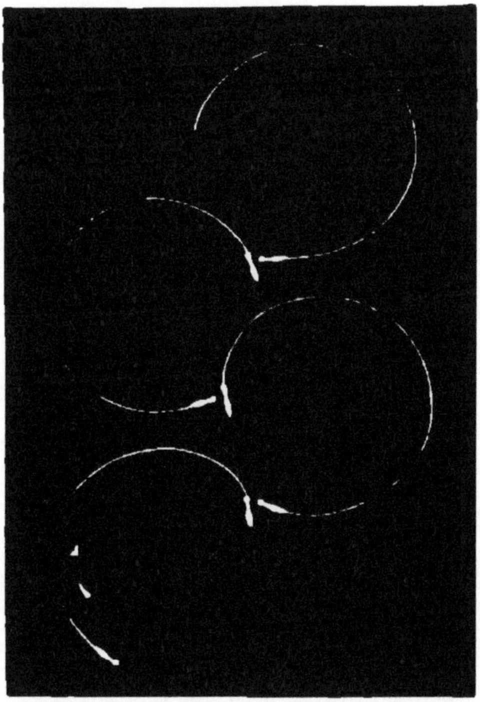

Während bei dem Einwärtsbogen der Spielfuss sich zwischen dem Standfusse und dem Bewegungsmittelpunkte befindet und daher zur Unterstützung des etwa verloren gegangenen Gleichgewichtes stets in Bereitschaft ist, bildet beim Auswärtsbogen nur die Centrifugalkraft Schutz für das Fallen gegen das Spiralcentrum. Wird die Neigung im Verhältniss zur Grösse des Krümmungshalbmessers und der Bewegungsgeschwindigkeit zu gross angenommen, das heisst: ist der Winkel, den die Erzeugende der Schwungfläche mit dem Horizonte bildet, „der Neigungswinkel“, zu klein, so ist die Centrifugalkraft nicht mehr im Stande, dieser

Fig. 24.

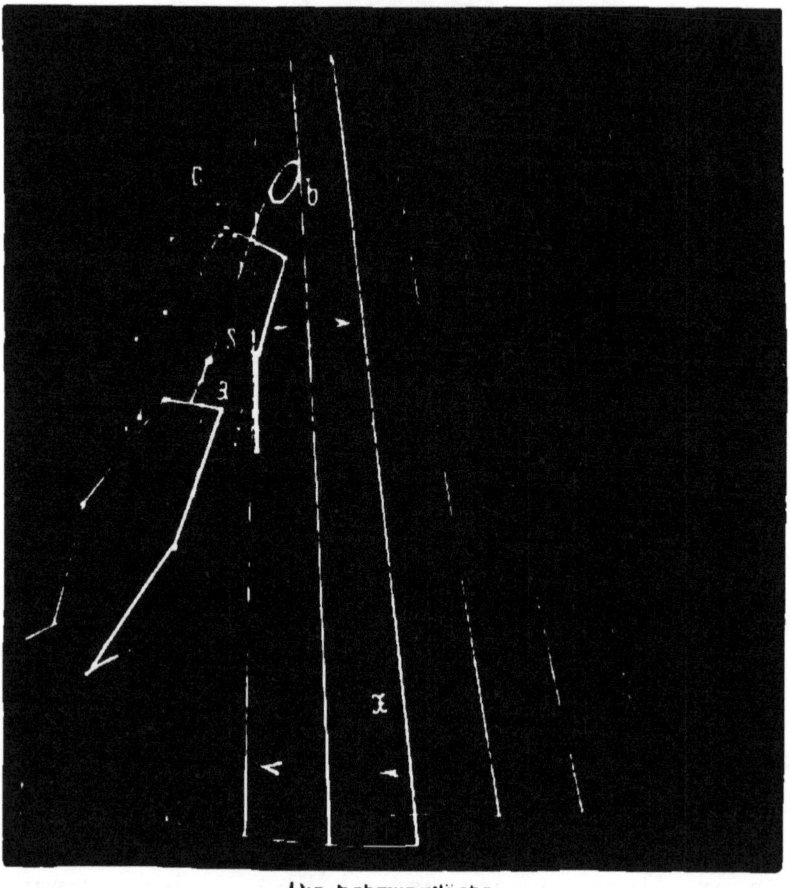

Die Schwungfläche.

Neigung das Gleichgewicht zu halten, und es erfolgt ein Fall in der Richtung des Bewegungsmittelpunktes. Deshalb hilft sich die Natur in ihrem

Erhaltungstriebe gegen solche Eventualitäten dadurch, dass sie den Anfänger jene ominöse Ecke in der Hüfte (Fig. 24, bei *a*) lehrt, welche so charakteristisch für viele Eisläufer ist. Dass bei dieser höchst fehlerhaften, aber typischen Haltung die lebendigen Kräfte der Theilschwerpunkte sich nicht im Gesammtschwerpunkte des Körpers summiren, ist aus Fig. 24 ersichtlich gemacht. Der ganze Oberleib *a c* befindet sich in diesem Falle ausserhalb der Schwungfläche und es wird hiedurch der Falltendenz gegen das Bewegungscentrum *x*, im Vereine mit der Centrifugalkraft allerdings entgegengewirkt, aber niemals jener Schwung erzeugt, wie in der correcten Lage *a b*.

Das richtige Verhältniss zwischen Neigungswinkel und Centrifugalkraft, welche letztere wieder durch die Geschwindigkeit der Bewegung bedingt ist, zu treffen, und die Unmöglichkeit, das verlorene Gleichgewicht durch irgend eine Correctur oder körperliche Hilfe wieder herzustellen, machen den Vorwärts-Auswärtsbogen gewissermassen zur schwierigsten Aufgabe für den Eisläufer und erklären auch den Aufwand an Zeit und Mühe, welchen der Anfänger dessen Erlernung widmen muss.

Die irrige Anschauung, dass der gleiche Aufwand auch zur Erlernung der anderen Eisfiguren erforderlich ist, schreckt manchen Anfänger vor weiterem Streben ab.

Wir glauben nicht zu viel zu sagen, wenn wir

erklären, dass mit der vollendeten Ausführung des Vorwärts-Auswärtsbogens die an den Kunstjünger gestellte schwierigste Aufgabe gelöst sei.

Um den Bogen vorwärts-auswärts (Fig. 22) in correcter Stellung einzuleiten, werden die Füsse in einem Winkel von circa 60 Grad zu einander an den Fersen geschlossen, und zwar der rechte Fuss, mit dem wir alle Figuren zuerst beginnen wollen, in der Richtung der intendirten Schwungfläche aufgestellt. Nun überträgt man das Gewicht des Körpers auf den rechten Fuss, den Standfuss, und zwar auf das rückwärtige Segment der Schlittschuhcurve, so dass das vordere, wie bei einem segelnden Boote nach aufwärts gerichtet erscheint, und der Fuss auf die äussere Schlittschuhkante zu ruhen kommt, zieht die rechte Schulter etwas zurück, biegt das Kreuz hohl und hält den Kopf aufrecht nach rechts in der Richtung der Schwungfläche.

In dieser Stellung stösst man mit dem linken Fusse, dem Spielfusse, und zwar mit der inneren Schlittschuhkante desselben in der Richtung der Schwungfläche ab, und behält denselben, im Knie leicht gebeugt, mit nach abwärts gekehrter Fussspitze hinter dem gleitenden Standfusse.

Bei dem Abstossen wird das Knie des gleitenden Beines leicht gebogen und während der Bewegung allmälig gestreckt, wodurch die **Schwunglinie**, die Linie, die der Schwerpunkt des Körpers Fig. 24 *S* beschreibt, in eine Wellenlinie übergeht.

Es muss jedoch schliesslich immer noch eine leichte Kniebeugung vorherrschen, da bei vollständiger Streckung die Stellung einen krampfhaften Charakter annehmen und jene Ungezwungenheit, welche einen Hauptreiz in der Bewegung des Eislaufes bildet, einbüssen würde.

Der leichte Bug und die ungezwungene lose Haltung in den Gelenken ermöglicht es auch, über etwaige Erhabenheiten und Vertiefungen, welche häufig am Eise vorkommen, unbeschadet hinwegzukommen, während man bei einer steifen Haltung aus der Balance hinausgeschleudert würde.

Nimmt der ursprüngliche Schwung allmälig ab, so warte man nicht, bis er vollständig endet, sondern schicke sich, bevor dies eintritt, zu einem neuerlichen Abstosse, nun mit der rechten inneren Schlittschuhkante, an.

Um diesen Abstoss correct auszuführen, muss der Schwerpunkt des Körpers, bevor noch der Abstoss erfolgt, in die Richtung der neuen Schwungfläche verlegt werden. Dies geschieht, indem man den linken Fuss, den Spielfuss, nach vorwärts bringt, hiedurch mit dem rechten Fuss, dem Standfuss, einen kleinen Einwärtsbogen beschreibt, den Körper gleichzeitig nach rückwärts neigt und nun mit der inneren Kante des rechten Schlittschuhes den Abstoss in der Richtung der neuen, nach links liegenden Schwungfläche vollführt, wobei das Körpergewicht gleichzeitig auf den linken Fuss, den nunmehrigen Standfuss, übertragen wird.

Erfolgt der Abstoss, sowie die Vorbereitung hiezu, in der angedeuteten Weise, so scheint der eine Bogen aus dem anderen herauszufliessen, der Körper schwingt sich dabei in einer anmuthigen rhythmischen Weise, keine Stockung, keine Ecke ist wahrnehmbar, der Läufer schwebt gleichsam dahin und macht, von der Ferne betrachtet, den Eindruck eines kreisenden Adlers.

Wir haben oben als Neigung der Füsse zu einander in der Anfangsstellung einen Winkel von circa 60 Grad angenommen. Diese Stellung hat ihre besondere Begründung darin, dass der Fuss während des Abstosses sich immer mehr nach auswärts dreht, wodurch schliesslich der Totaleffect des Abstosses senkrecht auf die Richtung der Curve, also mit dem grössten Nutzeffecte erfolgt. Würden die Füsse gleich ursprünglich einen rechten Winkel einschliessen, so würde schliesslich ein stumpfer mit theilweise negativem Resultate daraus entstehen.

Der Vorwärts-Auswärtsbogen kann in verschiedenen Varianten ausgeführt werden, je nachdem der Krümmungsradius der Spirallinie grösser oder kleiner genommen wird, und je nachdem die Bewegung eine fortschreitende ist oder sich am Platze wiederholt. Bögen mit grossen Krümmungshalbmessern nennen wir gestreckte (Fig. 22), solche mit kleinen, gedrückte (Fig. 23). Sowohl gestreckte als auch gedrückte Bögen können mit fortschreitender Bewegung gemacht werden. Am

Platze kommt nur der äusserst gedrückte, in sich zurückkehrende Bogen zur Anwendung und wird in dieser Form der „Achter" genannt (Fig. 25).

Der correcten Erlernung des Achters muss besondere Sorgfalt gewidmet werden, denn auf derselben fusst die ganze spätere Entwicklung der „Kunstfiguren".

Fig. 25.

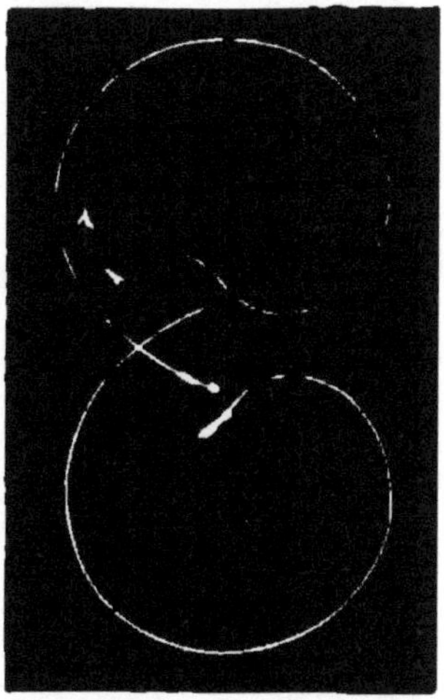

Für den Achter vorwärts-auswärts gilt in erhöhtem Masse das, was bezüglich der Hilfen bereits früher ausführlich erläutert wurde. Es ist bei dessen Ausführung besonders darauf Acht zu haben, dass der Spielfuss, welcher die ausgesprochene Neigung hat, dem Standfusse vorauszueilen, fast bis zur Beendigung der Spirale in ruhiger Haltung rückwärts verbleibt und erst im letzten Momente bei dem zum neuen Abstosse erforderlichen Einwärtsbogen mit leichter Schwingung vorgebracht wird. Nun langsam zurückgezogen, wird dessen Ferse knapp an die Ferse des Standfusses gesetzt und nun mit der inneren Kante des letzteren ein neuer Abstoss genommen. Setzt man eine Ferse nicht knapp an die andere, so verkürzt sich der Abstoss um das zwischen den Fersen verbleibende Zwischenstück, wodurch viel Kraft verloren geht.

Analog dem einfachen Vorwärts-Auswärtsbogen ist auch der Bogen vorwärts-auswärts mit vorwärts Uebertreten*) (Fig. 26). Er unterscheidet sich von dem ersteren nur dadurch, dass bei der Vorbereitung zum Abstoss der Spielfuss nicht Ferse an Ferse gestellt, sondern über den Standfuss gesetzt, mithin mit demselben nach vorne gekreuzt wird.

Fig. 26.

In dieser Stellung wird der Abstoss nicht mit der inneren, sondern mit der äusseren Kante des Spielfusses genommen. Im Uebrigen ist die Haltung der Beine, sowie die Körperhaltung überhaupt der beim einfachen Vorwärts-Auswärts-Bogen beschriebenen analog.

In gleicher Weise, wie der einfache Achter vorwärts-auswärts, ist der Achter vorwärts-auswärts mit vorwärts Uebertreten (Fig. 27) auszuführen. Der Unterschied zwischen beiden besteht nur in dem differirenden Abstosse. Man vermeide

*) Der Bogen vorwärts-auswärts mit rückwärts Uebertreten wird als über die Schule des Eislaufes hinausreichend in dem Capitel „Der Vexirschritt" besprochen.

das zu weite Hinübergreifen des Spielfusses bei der Kreuzung, da hiedurch der Abstoss abgeschwächt wird.

2. Der Vorwärts-Einwärtsbogen.

Fig. 27.

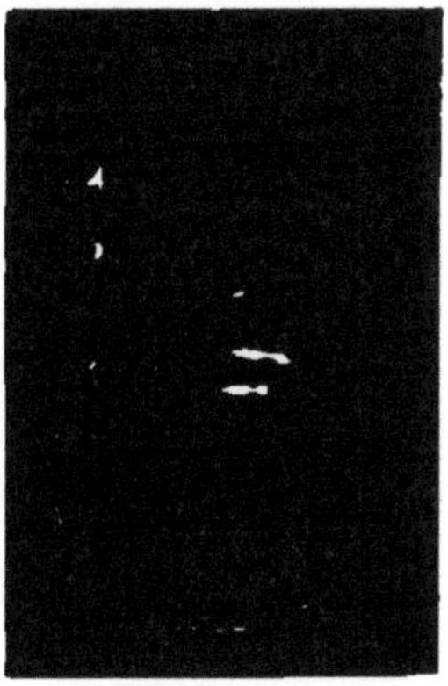

Der Bogen vorwärts-einwärts (Fig. 28, 29, 30) war, wie wir bereits erwähnten, stets das Stiefkind der Eislauftheoretiker und man kann ihnen hierüber eigentlich nicht gram sein.

Nur Läufer ersten Ranges können dem Einwärtsbogen einige Weihe verleihen. Die vollendete Grazie, die jeder Körperbewegung des unvergleichlichen Eiskünstlers Jackson Haynes innewohnte, kam auch bei dem von ihm so sehr beliebten Einwärtsbogen zum Ausdrucke und liess auch diese Figur tadellos schön erscheinen.

Dadurch, dass der Vorwärts-Einwärtsbogen mit der inneren Kante des Schlittschuhes in's Eis eingravirt wird und dass sich daher der Spielfuss zwischen dem Spiralcentrum und dem Standfuss befindet, bildet der Spielfuss, wenn er nicht mit dem Standfusse nach rückwärts gekreuzt, sondern neben demselben gehalten und zur fortwährenden Correctur des Gleichgewichtes unruhig hin- und herbewegt wird, wie dies Anfänger zu thun pflegen, eine unschöne Zuthat, die fern von der kühnen Haltung des Vorwärts-Auswärtsbogens dem Vorwärts-Einwärtsbogen ein ängstliches, befangenes Aussehen verleiht. Als Ersatz für das mangelnde ästhetische Moment bietet aber der Spielfuss in seiner unterschobenen Lage die grössere Sicherheit, die der Vorwärts-Einwärtsbogen vor dem Vorwärts-Auswärtsbogen voraus hat.

Fig. 28.

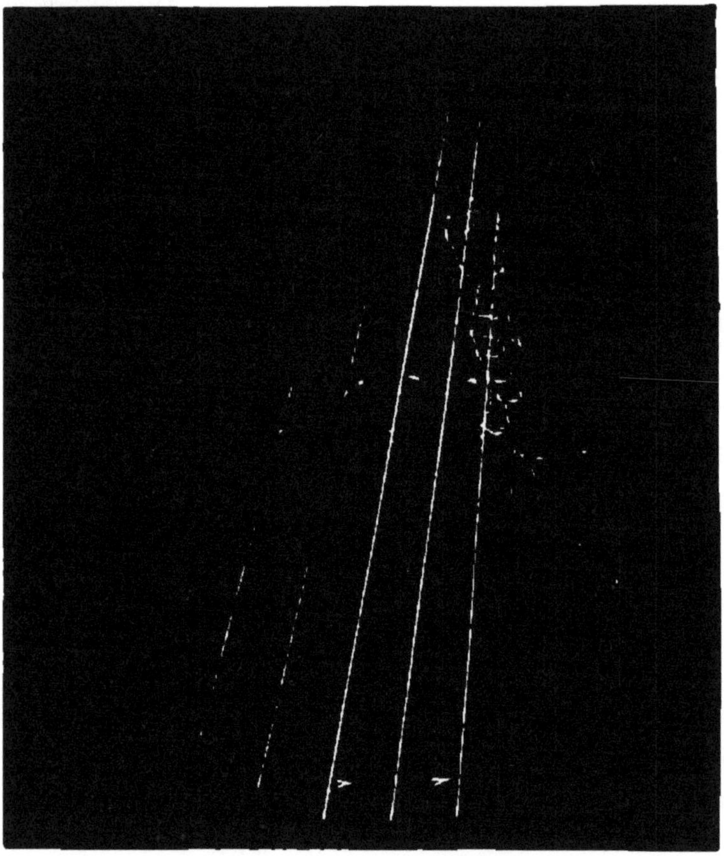

Der Vorwärts-Einwärtsbogen.

Um den Vorwärts-Einwärtsbogen correct zu beschreiben, stellt man die Füsse wie beim Vorwärts-Auswärtsbogen, jedoch in einem Winkel von circa 75 Grad, Ferse an Ferse aneinander, verlegt das Gewicht des Körpers auf den rechten Fuss, als Standfuss, zieht die linke Hüfte und Schulter allmälig zurück, biegt wie bei allen Figuren das Kreuz hohl, hält den Kopf aufrecht mit leichter Neigung nach links, wobei der Blick niemals auf die Füsse gerichtet sein darf, und stösst mit der inneren Kante des linken Schlittschuhes in der Richtung der Schwungfläche, die jetzt zu unserer Linken liegt, ohne sichtbare Anstrengung durch etwaige accessorische Bewegungen des Rumpfes oder der Gliedmassen kräftig ab.

Fig. 29.

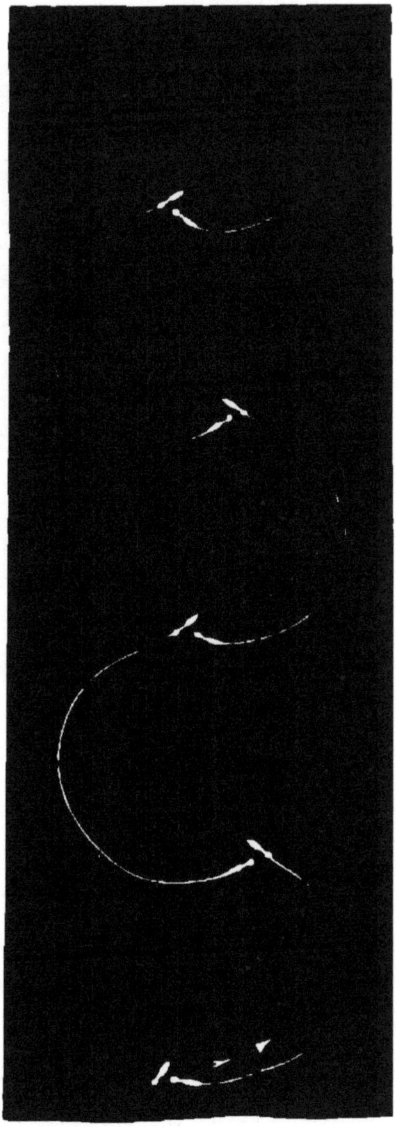

Nach vollführtem Abstosse hat der Körper in der ruhenden Stellung zu verbleiben, bis der Schwung allmälig aufhört, worauf der Spielfuss wie beim Vorwärts-Auswärtsbogen mit leichter Schwingung vorgebracht wird, während der Standfuss das Rudiment eines Vorwärts-Auswärtsbogens beschreibt. Der Körper wird gleichzeitig nach rückwärts gebogen, das Körpergewicht auf den linken, den nunmehrigen Standfuss, der sich Ferse an Ferse gestellt hat, verlegt und der Abstoss mit der inneren Kante des rechten Schlittschuhes in der früher beschriebenen Weise wiederholt.

Fig. 30.

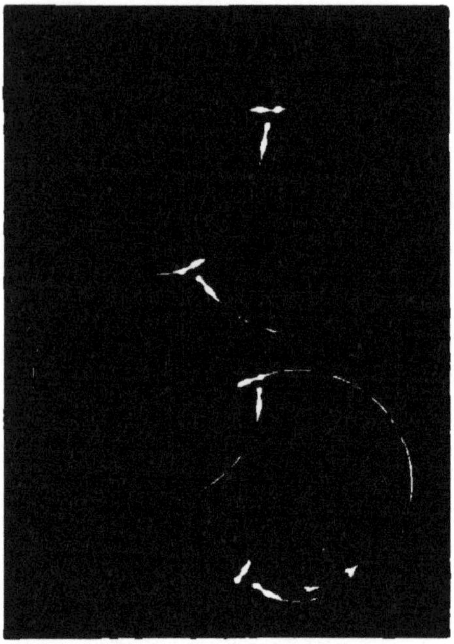

Ebenso wie der Bogen vorwärts-auswärts, wird der Bogen vorwärts-einwärts mit fortschreitender Bewegung in gestreckter Form (Fig. 29), in gedrückter Form (Fig. 30) und am Platze als Achter (Fig. 31) ausgeführt.

Auch ein Bogen vorwärts-einwärts mit vorwärts Uebertreten*) lässt sich ausführen, indem der Spielfuss beim Abstoss mit dem Standfusse nach vorne gekreuzt wird. Diese Figur gehört jedoch streng genommen zu den „Combina-

---

*) Der Bogen vorwärts-einwärts mit rückwärts Uebertreten ist in dem Capitel „Der Vexirschritt" besprochen.

tionen", da der Uebergangs-Auswärtsbogen beim Abstoss länger und ausgeprägter ist als beim analogen Vorwärts-Auswärtsbogen mit Uebertreten.

Fig. 31.

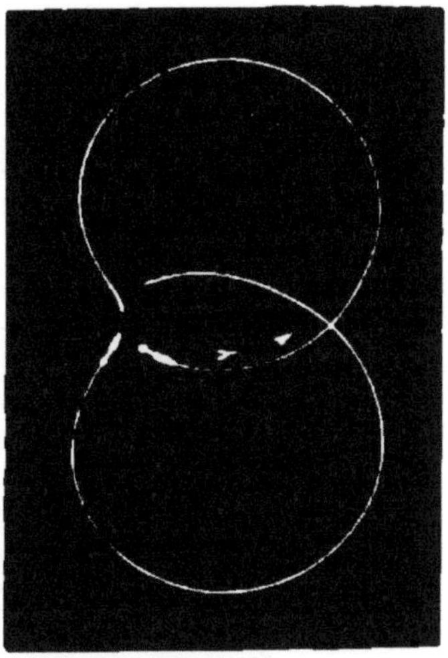

3. Der Rückwärts-Auswärtsbogen.

Der Bogen rückwärts-auswärts (Fig. 32, 33) rivalisirt an Schönheit und Grazie im getragenen Momente mit dem Vorwärts-Auswärtsbogen, übertrifft aber denselben noch an Kühnheit, der zu seiner correcten Ausführung erforderlichen Körperhaltung. Wenn wir dessenungeachtet dem Bogen vorwärts-auswärts den Vorzug eingeräumt haben, so begründet sich dies damit, dass jede Rückwärtsbewegung, als dem Menschen nicht natürlich eigen, das ästhetische Gefühl minder befriedigt.

Wie alle nach rückwärts beschriebenen Figuren wird der Rückwärts-Auswärtsbogen auf dem vorderen Segmente der Schlittschuhcurve gelaufen und werden die Füsse nicht Ferse an Ferse, sondern Fussspitze an Fussspitze nahezu parallel gestellt. Die linke Schulter und Hüfte werden stark zurückgezogen, im Verhältnisse stärker als beim Bogen vorwärts-auswärts. Dies hat seinen Grund darin, dass der zweite Factor, welcher zur Einleitung einer Bewegung dient, das

Verlegen des körperlichen Schwerpunktes in die Richtung der Schwungfläche beim Bogen rückwärts-auswärts eine noch ausgeprägtere Rolle spielt als beim Bogen vorwärts-auswärts. Bei dem ersteren findet nämlich der Abstoss nicht wie bei

Fig. 32.

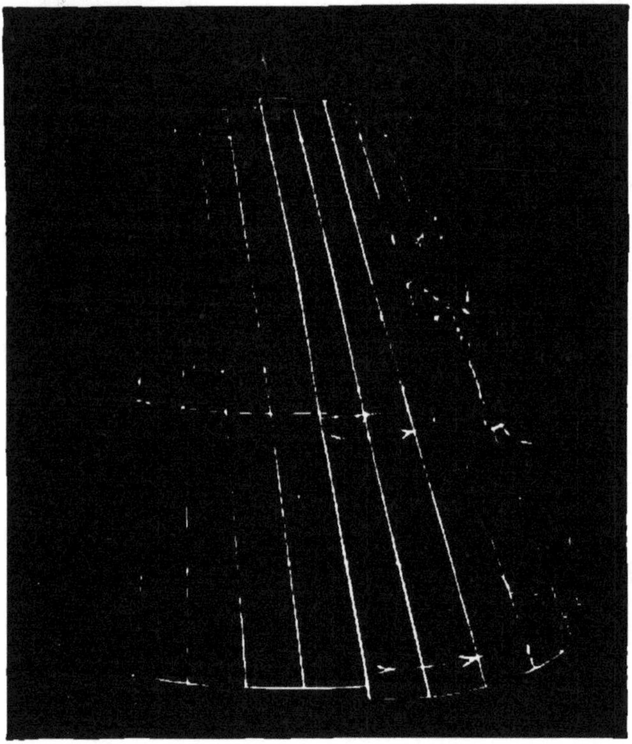

Der Rückwärts-Auswärtsbogen.

letzterem senkrecht auf die Richtung der Bewegung, sondern mehr seitwärts in paralleler Richtung statt und ist daher nicht so kräftig und so vollkommen ausgebildet wie bei dem Bogen vorwärts-auswärts.

Der Kopf wird scharf in die Richtung der Schwungfläche, also nach links gewendet, wobei der Läufer über die Achsel hinweg und nicht unter derselben hindurchzublicken hat. Der Spielfuss wird alsbald, jedoch nicht ruckweise nach rückwärts gebracht in leichter Kreuzung

Fig. 33.

und Kniebeugung, also hier dem Standfusse voraneilend gehalten und verbleibt in dieser Stellung bis der Schwung allmälig abnimmt. Nun wird der Spielfuss mit leichter Schwingung vorgebracht, wobei der Standfuss einen ziemlich stark accentuirten Rückwärts-Einwärtsbogen beschreibt, dann knapp

Fussspitze an Fussspitze auf die Eisfläche hingesetzt, das Körpergewicht auf denselben übertragen und der Abstoss nahezu parallel streichend und den Standfuss begleitend ausgeführt.

In neuerer Zeit haben manche Läufer die Gewohnheit angenommen, den Spielfuss nicht sogleich zurückzunehmen, sondern denselben während des halben Bogens vorne zu belassen. Sie wenden gegen unsere Theorie ein, dieselbe sei nicht consequent, da bei den anderen Bogenarten der Spielfuss hinter dem Standfusse, also der Bewegungsrichtung nachfolgend, gehalten wird. Diese Einwendung hat theoretisch eine gewisse Berechtigung, dagegen sprechen überwiegende praktische Gründe für die von uns empfohlene Haltung. Durch das Belassen des Spielfusses vor dem Standfusse ist auch keineswegs eine Neuerung geschaffen, sondern es geht dadurch lediglich der Bogen rückwärts-auswärts in den Rückwärts-Auswärtsbogen mit rückwärts Uebertreten über. In manchen Fällen, wie bei Dreiern, Doppeldreiern und namentlich Schlingen, wo sehr gedrückte Bögen erforderlich sind, um die Wendungen rein ausführen zu können, ist es, wenn nicht ein Erforderniss, so doch eine wesentliche Erleichterung, den Spielfuss vorne zu belassen, oder dahin zu bringen, wie dies bei den betreffenden Figuren ausgeführt werden wird. Es kann hieraus jedoch keinesfalls eine allgemeine Regel abgeleitet werden. Bei jener Haltung, bei welcher der Spielfuss vorne belassen wird, befindet sich der Schwerpunkt des

Körpers in einem sehr labilen Gleichgewichte, indem hiebei nur der Theilschwerpunkt des Spielfusses dem nach rückwärts geneigten Körper das Gleichgewicht hält. Eine solche Haltung kann man jedoch nur schwer während des getragenen Momentes eines längeren Bogens ruhig beibehalten, was man sofort gewahr wird, wenn man einen schwungvollen Bogen rückwärts-auswärts mit Anlauf (Uebersetzer) ausführt. Bei der von uns empfohlenen Haltung des Spielfusses, welche auch den Anforderungen der Schönheit und Plastik entspricht, findet dagegen die Senkrechte, welche vom Schwerpunkte gefällt wird, innerhalb des Standfusses einen viel grösseren Spielraum für ihren Unterstützungspunkt als im anderen Falle. Das Gleichgewicht ist demnach ein viel stabileres. Aus den gleichen Gründen hat man die ehedem übliche Haltung des Spielfusses vor dem Standfusse beim Bogen vorwärts-auswärts verlassen. Sie würde sowie die analoge beim Bogen rückwärts-auswärts den Gesetzen der Schwungfläche nicht widersprechen, da in beiden Fällen eine Anpassung an dieselbe zulässig ist.

Dem Anfänger wird es schwer werden, gleich vom Stande weg einen correcten, schwungvollen Abstoss zu Wege zu bringen; er wird daher gut thun, einige Schritte vorwärts Anlauf zu nehmen, sich umzuwenden und unterstützt durch den gewonnenen Schwung den Bogen rückwärts-auswärts zu beschreiben. Der zweite Bogen, zu dessen Ausführung schon übertragener Schwung vorhanden ist, wird weitaus leichter beschrieben. Zur Ausführung des Rückwärts-Auswärts-Achters (Fig. 34) werden dieselben Hilfen nur in verstärktem Masse als beim Bogen mit fortschreitender Bewegung zur Anwendung gebracht.

Fig. 34.

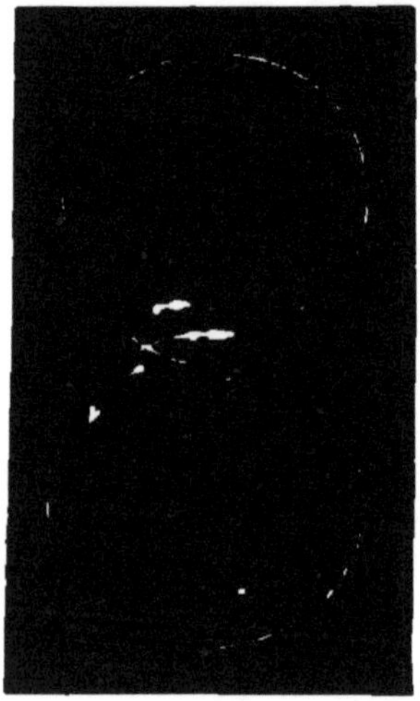

Der Rückwärts-Auswärtsbogen mit rückwärts Uebertreten*) (Fig. 35) ist eine der graziösesten Eisfiguren, da dieselbe scheinbar ohne jede Hilfe und ohne jeden Abstoss ausgeführt wird. Nach einigen Bögen rückwärts-auswärts wird der Spielfuss statt seitlich neben, hinter den Standfuss gekreuzt auf die Eisfläche gestellt, und nun der Abstoss mit der äusseren Kante des bisherigen Standfusses ausgeführt. Dieser Abstoss entzieht sich jedoch nahezu vollständig dem Auge des Beschauers, da er scheinbar nur ein Abheben des Spielfusses vom Eise vorstellt. Der Spielfuss wird anfangs vor dem Standfusse belassen und nach Massgabe des Bogenverlaufes allmälig zurückgebracht, um zum erneuerten Abstosse anzusetzen. Um diese Figur gehörig einzustudiren, ist es nothwendig, gleich vom Stande aus die Füsse in die

*) Der Bogen rückwärts-auswärts mit vorwärts Uebertreten ist in dem Capitel „Der Vexirschritt" besprochen.

Fig. 35.

gekreuzte Stellung des Abstosses zu bringen und den Abstoss vom Platze aus einzuüben.

Es wird schwer fallen, diese Figur mit einem grösseren Durchmesser, als die einundeinhalbfache Höhe des Läufers beträgt, zu beschreiben, und auch selbst bei dieser Grösse wird vollkommen glattes, hartgefrorenes Eis vorausgesetzt.

Der Rückwärts-Auswärts-Achter mit rückwärts Uebertreten (Figur 36) wird in derselben Weise ausgeführt wie der gleichnamige Bogen mit fortschreitender Bewegung.

Fig. 36.

4. Der Rückwärts-Einwärtsbogen.

Hat schon der Bogen vorwärts-einwärts zu allen Zeiten eine stiefmütterliche Behandlung erfahren, so gilt dies in erhöhterem Masse von dem Bogen rückwärts-einwärts (Fig. 37 und 38), zu dessen minder graziösen Erscheinung noch überdies die besondere Schwierigkeit der

Ausführung hinzutritt — Grund genug, dass sich nur Wenige mit ihm abmühen wollen. Und doch ist er sowohl zur Vervollständigung des Systems, als auch zur

Fig. 37.

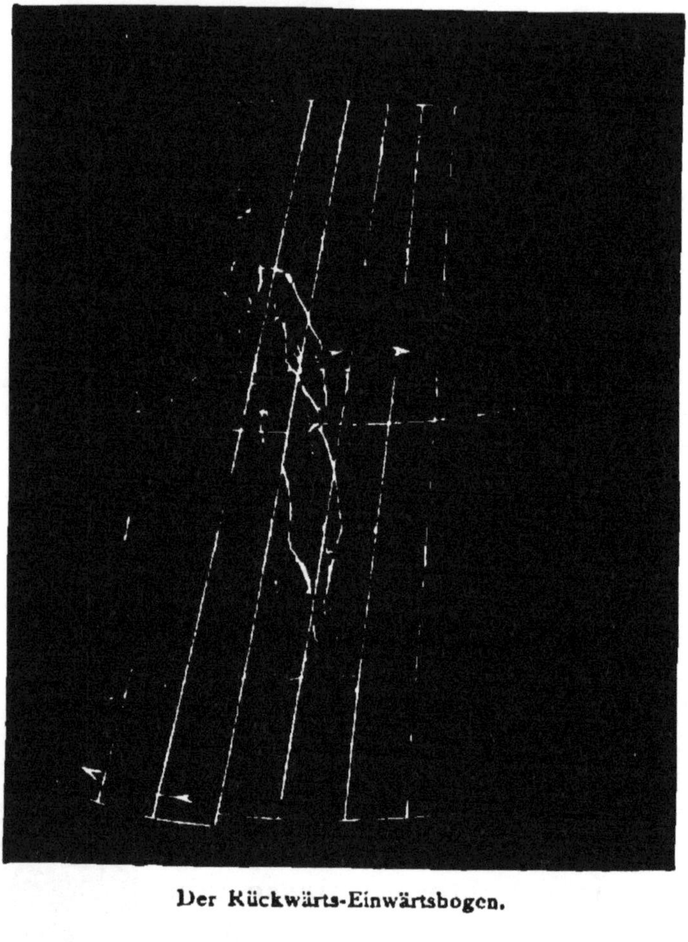

Der Rückwärts-Einwärtsbogen.

Ermöglichung der zahllosen Figuren-Combinationen, von welchen er ein wichtiges Glied ist, eine Nothwendigkeit, und die grossen Fortschritte, welche der Eislauf in neuester Zeit gemacht hat, rühren zum grossen Theile von der einheitlichen, strengen Cultivirung der Schule her, in welcher auch dieser Bogen eine so wichtige Rolle spielt.

Schon die Aufstellung der Füsse zum Bogen rückwärts-einwärts, nämlich mit den Spitzen gegen einander nach einwärts, widerspricht allen guten

Fig. 38.

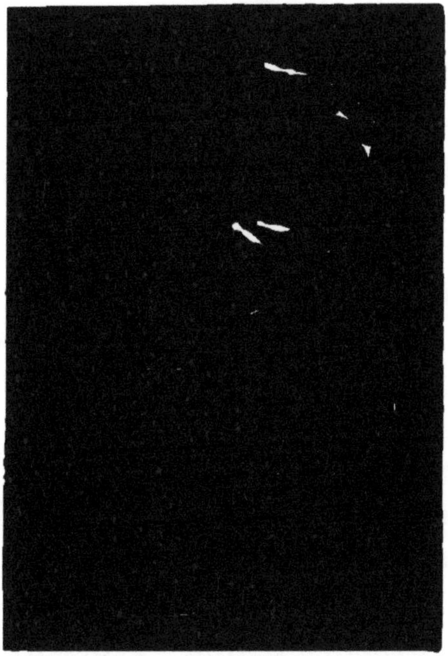

Traditionen aus unserer Jugenderziehung, die uns lehrte, die Füsse stets auswärts zu stellen. Das Körpergewicht wird nun auf den rechten Fuss, welcher auf der inneren Kante ruht, übertragen, die rechte Schulter zurückgezogen und der Abstoss mit der inneren Kante des linken Schlittschuhes möglichst kräftig ausgeführt.

Wir haben hier den Wunsch ausgesprochen, dass der Abstoss möglichst kräftig ausgeführt werden solle. Dieser Wunsch gilt zwar für alle Eislauffiguren, weil ja dadurch die Bewegung beschleunigt und die Figur vergrössert wird. Der Wunsch gilt aber besonders bei Ausführung des Rückwärts-Einwärtsbogens, da zufolge der beschriebenen Stellung der Nutzeffect des Abstosses ein sehr geringer ist und daher auch mit dem kräftigsten Abstoss nur eine verhältnissmässig geringe Geschwindigkeit und Grösse der ausgeführten Figur erzielt wird.

Nach dem Abstoss wird der Spielfuss mit dem Standfusse nach rückwärts gekreuzt, der Kopf nach links und so wie der Blick über die linke Schulter in die Richtung der Schwungfläche gewendet.

Um beim Fortsetzen des Bogens den Abstoss schwungvoller und kräftiger zu gestalten und dem Körper hiebei eine gefälligere Haltung zu geben, empfiehlt es sich, vor Vollendung des in vorstehender Weise beschriebenen Rückwärts-Einwärtsbogens den Spielfuss parallel mit dem gleitenden niederzustellen, wodurch ersterer einen kleinen Auswärtsbogen nach rückwärts beschreibt, welcher während des mit dem bisherigen Standfusse genommenen Abstosses in den Rückwärts-Einwärtsbogen überzugehen hat. Wir haben in Fig. 38

beim zweiten Bogen diese Stellung ersichtlich gemacht.

Fig. 39.

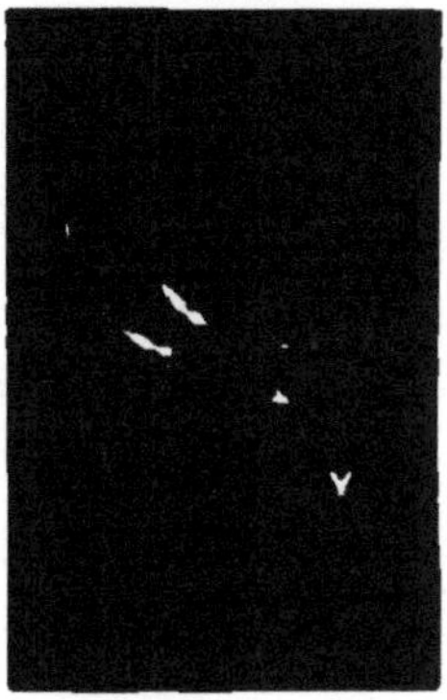

Gleichwie die anderen vorbeschriebenen Bögen kann auch der Rückwärts-Einwärtsbogen mit fortschreitender Bewegung oder als „Achter" (Fig. 39) am Platze ausgeführt werden.

Auch ist der Rückwärts-Einwärtsbogen mit rückwärts Uebertreten*) anzuführen. Rücksichtlich der Fussstellung und des Abstosses findet das bei Besprechung des Bogens rückwärts-auswärts mit rückwärts Uebertreten Gesagte analoge Anwendung.

—

B. Der Schlangenbogen.

Der Schlangenbogen (Fig. 40) besteht aus zwei der Bewegungsrichtung und der Schlittschuhkante nach ungleichartigen, dem Begriffe von vor- und rückwärts nach gleichartigen Bögen, welche ohne Zwischenabstoss durch einen Kantenwechsel verbunden werden.

Es könnte hier die Frage aufgeworfen werden, ob denn der Schlangenbogen als eine Verbindung

---

*) Der Bogen rückwärts-einwärts mit vorwärts Uebertreten ist in dem Capitel „Der Vexirschritt" besprochen.

zweier Bögen eine Berechtigung hat, als Grundfigur aufgefasst zu werden, und ob es nicht correcter wäre, ihm unter den Combinationen einen Platz anzuweisen.

Berücksichtigt man lediglich die beiden in Verbindung gebrachten Bögen, so hätte es allerdings den Anschein, als ob wir es mit keiner neuen Figur zu thun hätten. Betrachtet man jedoch das Bindeglied der beiden Bögen, den Kantenwechsel, so gewinnt man bald die Ueberzeugung, dass hier wohl ein neues Element hinzugetreten ist. Es

Fig. 40. Fig. 41.

wäre eigentlich systematisch richtiger gewesen, den Schlangenbogen „Kantenwechsel" zu benennen. Da jedoch erstere Bezeichnung bereits eingebürgert ist, so wollten wir an dem Sprachgebrauche nicht rütteln.

Der Schlangenbogen tritt übrigens bei den Combinationen der Grundfiguren so sehr als unzerlegbare typische Figur auf, dass es sowohl die

Uebersicht und das Verständniss als auch die Nomenclatur beeinträchtigen würde, wollte man ihn stets in seine Bestandtheile zerlegen.

Wir unterscheiden vier Arten von Schlangenbögen, je nachdem der erste Bogen vorwärts oder rückwärts, auswärts oder einwärts begonnen wird.

Von diesen vier Arten ist die mit Vorwärts-Auswärtsbogen begonnene die leichteste. Man nehme den Abstoss zum Bogen rechts vorwärts-auswärts und behalte den Spielfuss so lange hinter dem Standfusse, bis letzterer einen halben Bogen beschrieben hat. Am Ende des halben Bogens angelangt, schwinge man den Spielfuss vorwärts-seitwärts neben den Standfuss und wende den Kopf und Oberkörper nach einwärts. Durch diese Bewegung geht der Auswärtsbogen in einen Einwärtsbogen über, der gleichfalls bis zu einem halben Bogen vollendet wird. Bei einiger Uebung wird es nicht schwer fallen, den auf den halben Auswärtsbogen folgenden Einwärtsbogen so lange anzuhalten, bis man letzteren schliesst (Fig. 41); eine Uebung, welche bei vielen in Gemeinschaft mit anderen Läufern ausgeführten Figuren von Nutzen ist, weshalb wir besonders darauf hinweisen.

Fig. 42.

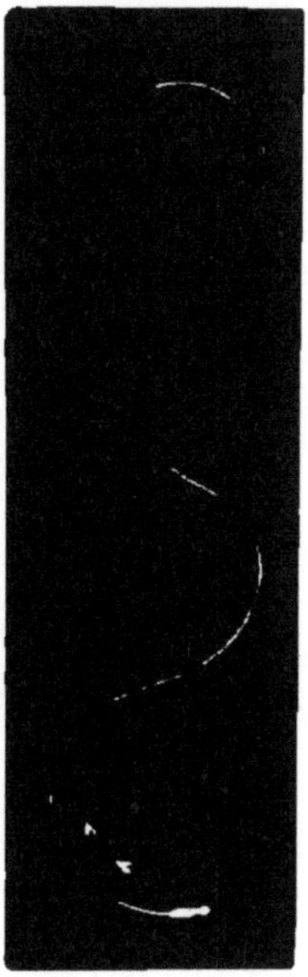

Ganz analog dem mit vorwärts-auswärts begonnenen Schlangenbogen wird der mit vorwärts-einwärts eingeleitete ausgeführt, nur dass hier der Spielfuss, nachdem er zum Behufe des Kantenwechsels vorwärts geschwungen wurde, möglichst rasch, man möchte sagen blitzartig, hinter den Standfuss gebracht und mit diesem stark gekreuzt wird. Eine kleine Uebertreibung gegenüber der Normalstellung des Bogens vorwärts-auswärts in der Kreuzung kann wenigstens beim Erlernen dieses keineswegs leichten Ueberganges nicht schaden.

Fig. 43.

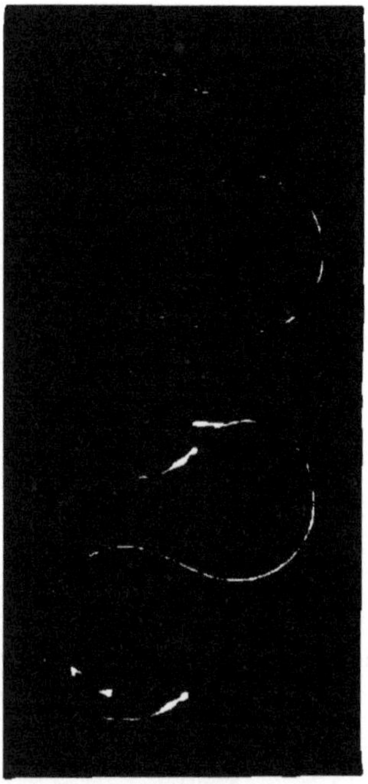

Ebenso wie die Schlangenbögen nach vorwärts, werden die nach rückwärts gelaufen, und wird man beim auswärts begonnenen Bogen auf keine erheblichen Schwierigkeiten stossen, während der Uebergang vom Bogen rückwärts-einwärts zum Bogen rückwärts-auswärts zu den schwierigsten Uebungen des Eislaufes gerechnet werden muss. Womöglich vermeide man beim Kantenwechsel das Herüberreissen des Bogens, wozu man durch die äusserst schwierige Balance bei diesem Uebergange verleitet wird.

Fig. 42 stellt einen Schlangenbogen rechts vorwärts-auswärts begonnen und links vorwärts-einwärts fortgesetzt in gestreckter Form, Fig. 43

dieselben Bögen in gedrückter Form mit fortschreitender Bewegung dar.

Den Achter auf einem Fusse, welcher aus den Schlangenbögen hervorgeht, werden wir im Abschnitte der einfüssigen Figuren näher kennen lernen.

C. Der Dreier.

Der Dreier, auch „Herzl“ genannt (Fig. 44), besteht aus zwei der Schlittschuhkante und dem Begriffe von vor- und rückwärts-nach ungleichartigen, der Bewegungsrichtung nach jedoch gleichartigen Bögen, welche ohne Zwischenabstoss mittelst einer halben Wendung des Körpers verbunden werden.

Fig. 44.

Nach den Bögen, mit welchen die Dreier begonnen werden, sind vier verschiedene Arten zu unterscheiden.

1. Der Vorwärts-Auswärts-Dreier, ausgeführt mit Vorwärts-Auswärtsbogen, Wendung und Rückwärts-Einwärtsbogen;

2. der Vorwärts-Einwärts-Dreier, ausgeführt mit Vorwärts-Einwärtsbogen, Wendung und Rückwärts-Auswärtsbogen;

3. der Rückwärts-Auswärts-Dreier, ausgeführt mit Rückwärts-Auswärtsbogen, Wendung und Vorwärts-Einwärtsbogen;

4. der Rückwärts-Einwärts-Dreier, ausgeführt mit Rückwärts-Einwärtsbogen, Wendung und Vorwärts-Auswärtsbogen.

1. Der Vorwärts-Auswärts-Dreier.

Man beschreibe mit dem rechten Fusse einen halben Bogen vorwärts-auswärts; am Ende des halben Bogens angelangt, wird eine Viertelwendung durch verstärktes Vordrücken der linken Schulter von links nach rechts gemacht, wobei man sich etwas auf die vordere Hälfte des Schlittschuhes erhebt. Hiedurch wird der Geschwindigkeit des körperlichen Schwerpunktes etwas Einhalt gethan, es entsteht ein Drehungsmittelpunkt, um welchen der hinter dem Standfusse befindliche Spielfuss einen Ueberschwung erlangt, der die zweite Viertelwendung auf der inneren Kante des Schlittschuhes einleitet und die erste Viertelwendung zu einer halben ergänzt. Der Bogen, auf dem man sich nun befindet, ist ein Bogen rückwärts-einwärts, welcher, dem Gesetze der Spirale ohne Rücksicht auf die Wendung folgend, einen etwas kleineren Krümmungshalbmesser hat als der erste Bogen.

Es wird anfangs schwer fallen, die Dreierwendung in die zweite Hälfte des Bogens zu verlegen; man muss jedoch bestrebt sein, dieselbe auf jedem beliebigen Punkte des Bogens ausführen zu können, da man beim gemeinsamen Laufen in der Lage sein muss, die Figur in genauer Uebereinstimmung mit dem Partner zu vollführen. Will man eine Dreierwendung nach einem sehr gestreckten Bogen ausführen, so empfiehlt es sich, nach der Viertelwendung den Spielfuss vorzubringen und denselben, eine Dreierwendung in der Luft beschreibend, während der zweiten Viertelwendung zurückzuschwingen. Der Schwung beim Rückwärts-Einwärtsbogen wird dadurch wesentlich vermehrt.

Zu einer Zeit, als noch Schlittschuhe mit sehr flachen Curven, die sogenannten „Laufer“, im Gebrauche standen, war man nicht leicht in der Lage, sich auf den vorderen Theil des Schlittschuhes zu erheben und dadurch die Wendung rein auszuführen; es war der Schlittschuh nahezu seiner ganzen Länge nach in Berührung mit dem Eise. Wollte man nun eine Wendung machen, so entstand ein „Scharren“ im Eise, welches den Schwung brach und eine Falltendenz hervorrief.

Um nun dieser Calamität zu entgehen, half man sich dadurch, dass man die Dreierwendung übersprang. Dieses „Herzlüberspringen“ galt damals als ein hoher Grad der Vollendung in der Kunst des Eislaufes.

2. Der Vorwärts-Einwärts-Dreier.

Diese Figur wird in ähnlicher Weise ausgeführt wie der Vorwärts-Auswärts-Dreier. Nach halbem Rechts-Vorwärts-Einwärtsbogen wird während der Wendung, nachdem man sich auf die Schlittschuhspitze erhoben hat, der Kopf nach links über die linke Schulter gewandt und die Stellung des

Rückwärts-Auswärtsbogens angenommen, welcher letztere diesen Dreier beschliesst. Der Vorwärts-Einwärts-Dreier bildet ein werthvolles Mittel zur Befestigung im Rückwärts-Auswärtsbogen.

3. Der Rückwärts-Auswärts-Dreier.

Zur Ausführung des Rückwärts-Auswärts-Dreiers ist die Wendung, welche von rückwärts nach vorwärts zu geschehen hat, auf dem Absatze zu beschreiben, was die Ausführung wesentlich erschwert, da die Balance auf der Ferse gegenüber jener auf der Fussspitze weit weniger vollkommen ist. Die Wendung nach vorwärts-einwärts wird durch eine schlängelnde, einen Dreier in der Luft beschreibende Bewegung des Spielfusses, wobei die Fussspitze gestreckt und stark nach auswärts gekehrt wird, wesentlich erleichtert und verziert. Man hüte sich jedoch, derartige Bewegungen, welche, leicht markirt, auf den Beschauer einen anziehenden Eindruck machen, zu übertreiben; denn die Charakteristik geht dadurch nur allzu leicht in die Caricatur über. Der Spielfuss verbleibt beim Vorwärts-Einwärtsbogen nach der Wendung vorne, den Standfuss nach aussen stark überkreuzend. Wenn man beim Eingangsbogen rückwärts-auswärts den Spielfuss vorne lässt, so kann man während der Wendung mit demselben eine vollständige Luftschlinge beschreiben, wodurch der Schwung befördert und die Wendung noch mehr abgerundet wird.

4. Der Rückwärts-Einwärts-Dreier.

Beim Rückwärts-Einwärts-Dreier ist die Wendung nach vorwärts in gleicher Weise wie beim Rückwärts-Auswärts-Dreier auf der Ferse auszuführen. Beim Eingangsbogen rückwärts-einwärts wird der Spielfuss vorne in verstärktem Masse über den Standfuss mit gestreckter Fussspitze nach aussen gekreuzt und während der Wendung scharf nach rückwärts geschlagen, wodurch man zum Bogen vorwärts-auswärts gelangt.

Der Dreier kann, alternirend von einem Fusse auf den anderen fortgesetzt, mit fortschreitender Bewegung gemacht werden. (Fig. 45.)

Fig. 45.

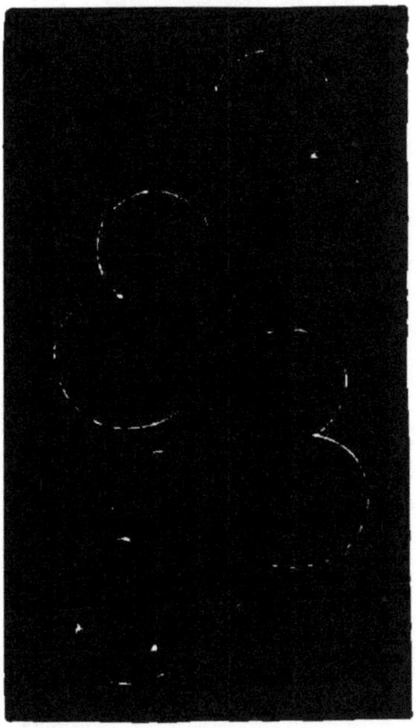

Wird der Dreier vorwärts-auswärts in mehr gestreckter Form und rascher Aufeinanderfolge gelaufen, so nennt man ihn den fliegenden Dreier. Bei dieser Figur müssen die Füsse beim Uebergange von einem Dreier zum anderen stark auswärts, Ferse an Ferse gebracht werden, und ist diese Uebung für die Geschmeidigkeit der Hüften- und Kreuzbewegung sehr zu empfehlen.

Fig. 46.

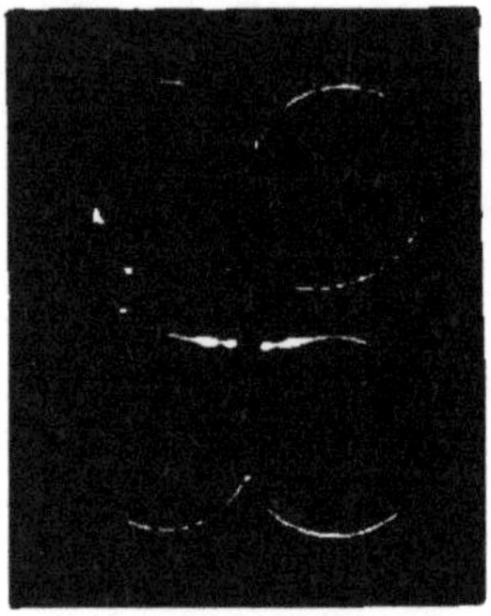

Fig. 47.

Fig. 48.

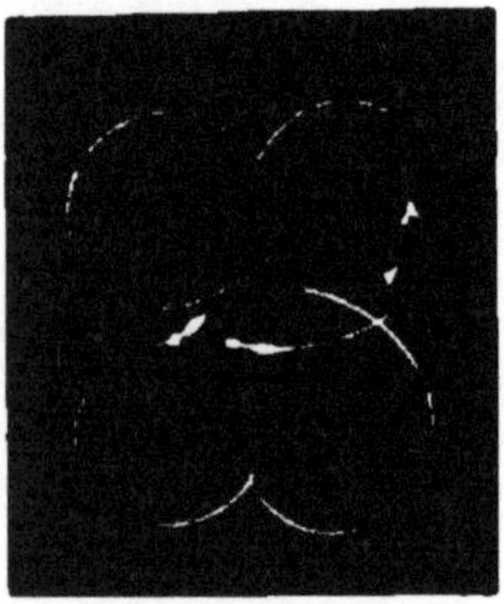

Fig. 46 stellt den Dreier: *)

R. v. a. W. r. e.

L. v. a. W. r. e.

am Platze in Achterform dar.

Auch hier ist es nothwendig, die Füsse beim Uebergange vom rechten zum linken Dreier stark auswärts, Ferse an Ferse zu stellen, damit die Dreierwendungen sich regelmässig in der Längenachse der Figur gegenüberstehen.

Zur Einübung hiezu ist es zweckmässig, sich in angemessener Entfernung, entsprechend der beabsichtigten Grösse der beiden Dreier, zwei kleine Schneehäufchen als Marken am Eise herzustellen und sich zu bestreben, die Dreierwendungen stets tangirend an diese Marken auszuführen. Nach einiger Uebung wird es gelingen, die „Herzln" genau zur Deckung zu bringen.

Fig. 47 stellt den Dreier:

R. v. a. W. r. e.

L. r. e. W. v. a.

Fig 48 stellt den Dreier:

R. v. e. W. r. a.

L. r. a. W. v. e.

---

*) Wegen der Zeichenerklärung siehe Index.

dar. Es liesse sich noch eine vierte Gruppirung von Dreiern zusammenstellen, nämlich:

R. v. e. W. r. a.
L. v. e. W. r. a.

Sie ist jedoch nicht üblich, da sie sich nur äusserst schwer ausführen lässt, ohne aus dem ersten Dreier beim Verlassen des Rückwärts-Auswärtsbogens eine Art abgehackten Doppeldreier zu machen. Nur für Solche, welche in der Stellung Ferse an Ferse sehr fest sind, ist es möglich, diese Figur rein auszuführen.

D. Der Doppeldreier.

Mit dem Doppeldreier verhält es sich bezüglich seiner Zuständigkeit zu den Grundfiguren ebenso wie mit dem Schlangenbogen. Da er jedoch ebenfalls in den Combinationen stets als typische Figur wiederkehrt und auch Benennung und Uebersicht dadurch wesentlich erleichtert werden, wenn er als Grundfigur aufgefasst wird, so haben wir keinerlei Bedenken getragen, ihm hier einen Platz einzuräumen.

Fig. 49.

Der Doppeldreier (Fig. 49) besteht aus zwei in einem Zuge ohne Zwischenabstoss aneinandergefügten Dreierwendungen. Er ist dadurch charakterisirt, dass er immer mit demselben Bogen endigt, mit dem er begonnen wurde.

Wir unterscheiden vier Arten von Doppeldreiern, welche wir gleich in Achterform von einem Fusse auf den anderen fortgesetzt vornehmen wollen.

I. Der Vorwärts-Auswärts-Doppeldreier (Fig. 50)

R. und L. v. a. W. r. e. W. v. a.

gehört bereits zu den schwierigeren Figuren, da die Wendung von rückwärts-einwärts auf vorwärts-auswärts schon eine ziemlich ausgebildete Balance erfordert, zumal der Schwung, welchen der Rückwärts-Einwärtsbogen nach der Dreierwendung erlangt, stets ein scharfer ist. Das schwungvolle Aushalten des letzten Bogens, das „Herauslaufen" aus der Figur ist keine leichte Aufgabe.

Fig. 50.

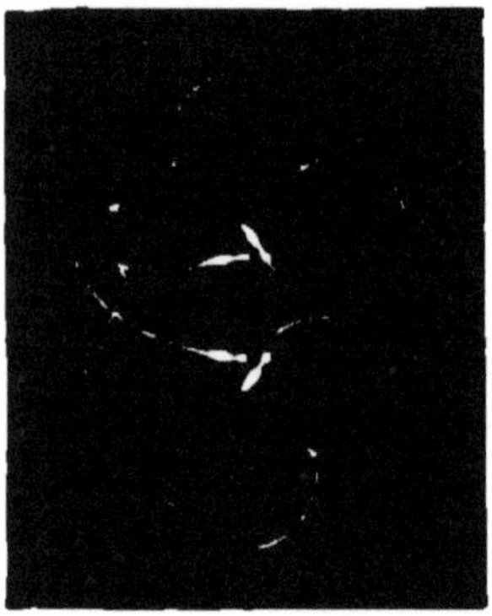

Man bestrebe sich, bei der zweiten Wendung, ebenso wie dies bei der ersten naturgemäss erfolgt, den Spielfuss gehörig hinter dem Standfusse zu behalten, was auch beim normalen Bogen vorwärts-auswärts der Fall sein soll, und man wird genügenden Schwung für den letzten Bogen erlangen. In der Regel wird der Spielfuss sogleich mit der zweiten Wendung vorgebracht, wodurch das Moment des Vorwärts-Auswärtsbogens nicht genügend zum Ausdrucke gelangt. Man kann den Schwung des letzten Bogens dadurch verstärken, dass man nach der ersten Dreierwendung den Spielfuss nach vorne bringt, über den Standfuss nach aussen kreuzt und bei der zweiten Wendung so verfährt, wie dies beim Rückwärts-Einwärts-Dreier (Seite 147) angegeben wurde.

2. Der Vorwärts-Einwärts-Doppeldreier (Fig. 51)

R. und L. v. e. W. r. a. W. v. e.

gehört zu den gefälligsten Eisfiguren. Der scharfe Schwung, der bei den beiden Wendungen erlangt wird, begünstigt eine starke seitliche Neigung, und die zweite Wendung, von rückwärts-auswärts auf vorwärts-einwärts, führt zu jener zierlichen Fussschwingung, welche wir bereits beim Einwärts-Dreier kennen gelernt haben. Der zweite Bogen kann auch in der Weise ausgeführt werden, wie dies beim Rückwärts-Auswärts-Dreier (Seite 146) angegeben wurde, wobei man bei der zweiten Wendung mit dem Spielfusse die Luftschlinge beschreibt.

Fig. 51.

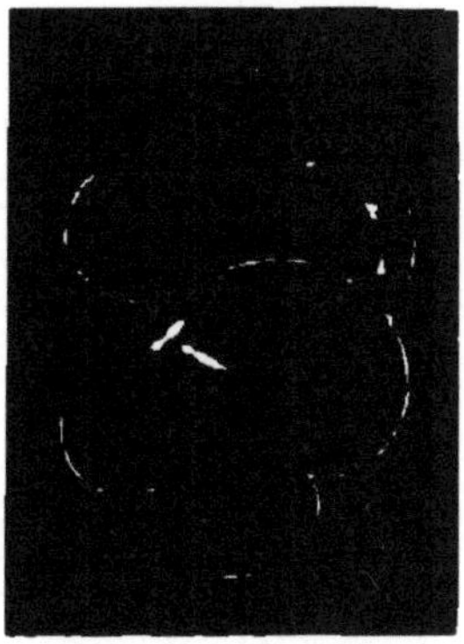

Fig. 52.

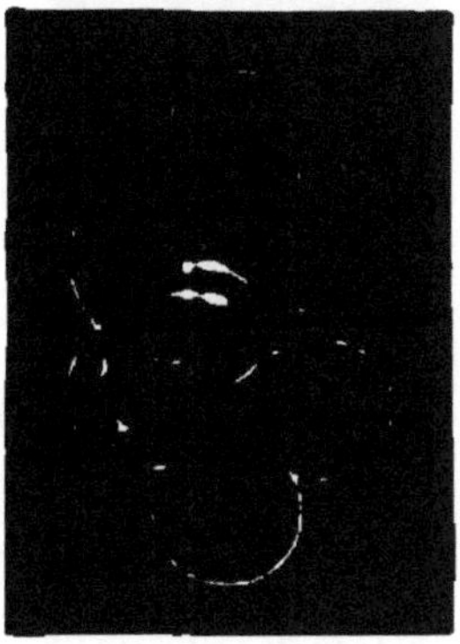

3. Der Rückwärts-Auswärts-Doppeldreier (Fig. 52)

R. und L. r. a. W. v. e. W. r. a.

unterliegt keinen besondern Schwierigkeiten, wenn man sich einmal im Rückwärts-Auswärtsbogen hinreichend befestigt hat. Derselbe kann entweder in der Weise ausgeführt werden, dass man bei allen drei Bogen den Spielfuss unverändert rückwärts, oder dass man ihn beim ersten Bogen vorne lässt, bei der ersten Wendung die Luftschlinge beschreibt und ihn dann bei der zweiten zurückschwingt. Die Figur gewinnt hiedurch an Schwung, wird aber unruhig.

Wählt man zum Uebergange von einem Fusse auf den andern den Bogen rückwärts-auswärts mit rückwärts Uebertreten, so gelangt dieser Doppeldreier noch mehr zur Geltung.

4. Der Rückwärts-Einwärts-Doppeldreier (Fig. 53)

R. und L. r. e. W. v. a. W. r. e.

Fig. 53.

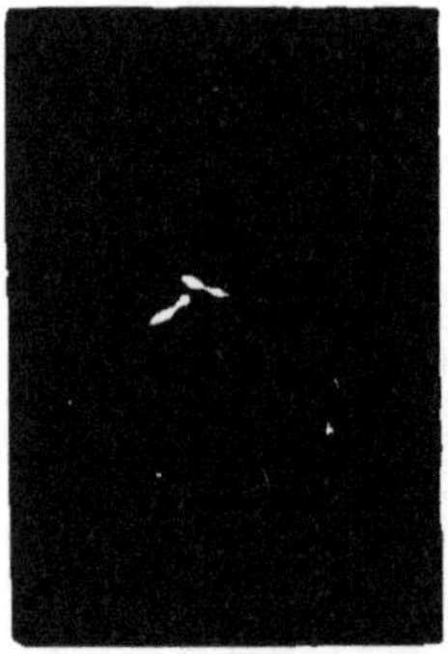

ist in Anbetracht des unvollkommenen Abstosses beim Rückwärts-Einwärtsbogen der schwierigste. Wiederholt man die Figur einige Male und erlangt dadurch übertragenen Schwung, so tritt dann die Ausführung in ein gefälligeres Stadium. Bei der ersten Wendung beachte man das, was hierüber beim Rückwärts-Einwärts-Dreier Seite 147 gesagt wurde.

Bei der Erlernung kann man sich zum Zwecke der Erlangung eines stärkeren Schwunges auch jenes Abstosses bedienen (siehe Vexirschritte), bei welchem der Spielfuss hinter dem Standfusse rückwärts gekreuzt wird und der Abstoss mit der äusseren Kante des Schlittschuhes erfolgt.

Fig. 54 stellt den Doppeldreier mit fortschreitender Bewegung dar. Die Bezeichnung der Fussstellung wurde unterlassen, da die Zeichnung schematisch für alle vier Arten zu gelten hat, und wir die Variationen im Abstosse an vorstehenden Beispielen bereits kennen gelernt haben.

Fig. 54.

Der Doppeldreier bildet, gleich dem Dreier, für das gemeinschaftliche Laufen eine werthvolle Figur. Er bringt in die Combinationen der Bögen lebensvolle Abwechslung und das getragene Moment des Bogens gelangt durch den wohlthuenden Eindruck der Ruhe, welchen das Auge des Beschauers durch einige Bögen, nach einer lebhaften Unterbrechung durch den Doppeldreier erlangt, zu erhöhter Geltung.

E. Die Schlinge.

Ein kleiner Schritt ist nur vom Doppeldreier zur Schlinge. Verkürzt man nämlich den mittleren Bogen des Doppeldreiers nach Möglichkeit, so gelangt man zu einer Figur, die mehr oder weniger der Fig. 55 ähnelt. Wird diese Verkürzung noch weiter getrieben, so kreuzen sich endlich der erste und der dritte Bogen und man gelangt zu Fig. 56, welche in Wien die amerikanische Schlinge genannt wird.

Fig. 55.

Fig. 56.

Fig. 57.

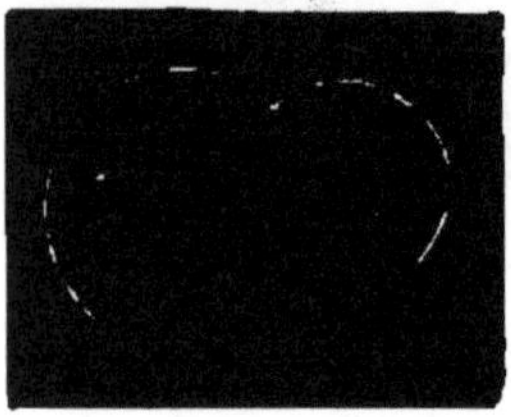

Wird endlich die Verkürzung des mittleren Bogens auf einen Punkt reducirt, so entsteht die vollständige, ovale Schlinge (Fig. 57), welche dadurch charakterisirt ist, dass die beiden halben Wendungen, welche dem unterdrückten mittleren Doppeldreierbogen entsprechen, als eine vollständige Wendung am Platze ausgeführt werden. Die Haltung des Körpers hat bei den ovalen Schlingen eine grosse Analogie mit der beim Doppeldreier beschriebenen, aus dem sie hervorgegangen sind, nur wird dem Spielfusse etwas grössere Freiheit in der Bewegung eingeräumt.

Wird der Spielfuss in gleichmässigem Schwunge um den Standfuss herumgeführt, so nehmen die

Schlingen eine mehr kreisförmige, die Form von Ringen an, welche aber im Allgemeinen als weniger schwungvoll minder geschätzt sind.

Wir wollen nun die vier verschiedenen Schlingen, welche aus den vier Bogenarten, beziehungsweise aus den vier Doppeldreiern hervorgehen, in Achterform am Platze ausgeführt, der Reihe nach besprechen.

1. Die Vorwärts-Auswärts-Schlinge (Fig. 58).

Man beschreibe einen halben Bogen rechtsvorwärts-auswärts, verstärke die seitliche Neigung durch Zurücknehmen der rechten Schulter, stelle sich auf den Absatz, richte sich auf und schwinge gleichzeitig das linke Bein um das rechte so weit herum, bis eine halbe Wendung vollbracht ist.

Fig. 58.

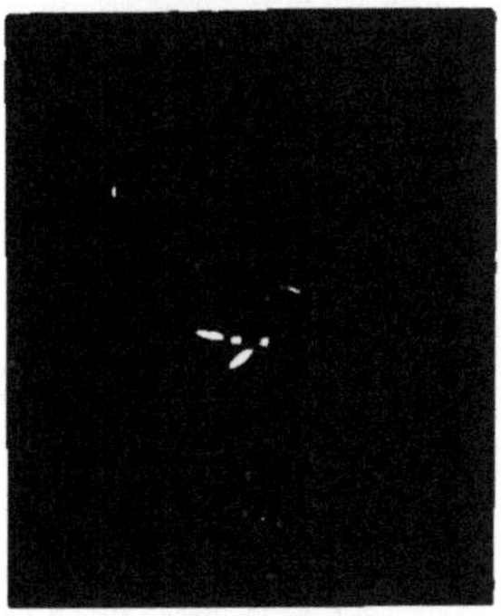

Von diesem Momente an soll der Spielfuss in der zweiten halben Wendung nicht weiter vorgebracht werden, da sonst der dem dritten Doppeldreierbogen entsprechende halbe Bogen, mit welchem man aus der Schlinge herauslaufen soll, allzu sehr gedrückt und verkümmert wird.

Man muss überhaupt, sobald man sich einmal den Schlingenschwung angeeignet hat, darauf bedacht sein, sich von einer allzu verschwenderischen Hilfe des Spielfusses zu emancipiren, und die richtige Körperlage durch die Steuerung mittelst

Schulter und Hüfte zu erlangen suchen, wodurch mehr Ruhe und Stabilität in die Figuren gebracht wird.

2. Die Vorwärts-Einwärts-Schlinge (Fig. 59).

Zur Ausführung derselben wird nach Vollendung des halben Bogens rechts-vorwärts-einwärts die linke Schulter stark zurückgenommen, der Körper vorgeneigt und der linke Fuss hinter den rechten, nach rückwärts kreuzend, zurückgeschwungen, bis eine halbe Wendung vollbracht ist. In diesem Momente wird der Spielfuss mit einer schnörkelförmigen Bewegung, welche einer Schlinge in der Luft entspricht, mit dem Standfusse nach vorne gekreuzt, dadurch eine zweite halbe Wendung vollbracht und der Impuls zum Herauslaufen aus der Schlinge gegeben. Man achte darauf, die Schlinge auf dem Absatze auszuführen, da hiedurch der Schwung befördert wird.

Fig. 59.

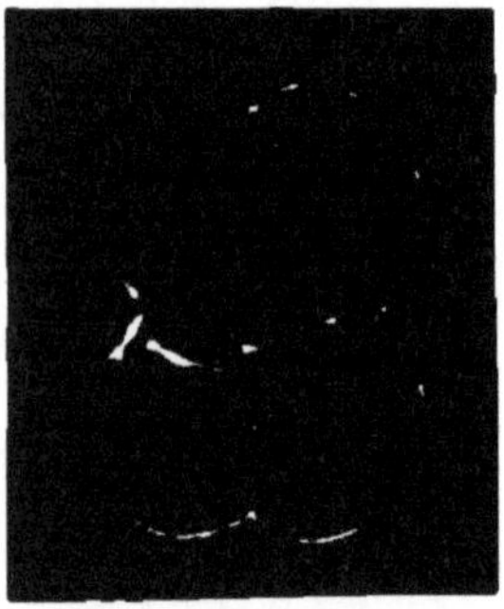

3. Die Rückwärts-Auswärts-Schlinge (Fig. 60).

Die Schlinge rückwärts-auswärts wird am besten aus dem Rückwärts-Auswärtsbogen mit rückwärts Uebertreten gelernt, da es schwer fällt, dem gewöhnlichen Bogen rückwärts-auswärts eine dermassen gedrückte Form zu geben, um den Spielfuss nach rückwärts um den Standfuss herumschwingen zu können, was zur Ausführung dieser Schlinge nothwendig ist. Wird die Schlinge rückwärts-auswärts nicht aus dem übertretenen Rückwärts-Auswärtsbogen gemacht, so ist der Spielfuss ebenfalls bis nach Vollendung der Schlinge vorne zu belassen. Die Lage des Körpers ist bei dieser Schlinge eine sehr geneigte, entsprechend der verstärkten Centrifugalkraft, welche der äusserst gedrückte Bogen erzeugt. Es muss darauf Bedacht genommen werden, die Balance auf die vordere Hälfte des Schlittschuhes zu verlegen, damit der rückwärtige Theil desselben bei der Wendung vom Eise gelüftet werden kann, wodurch die Gefahr des Fallens bedeutend vermindert wird.

Fig. 60.

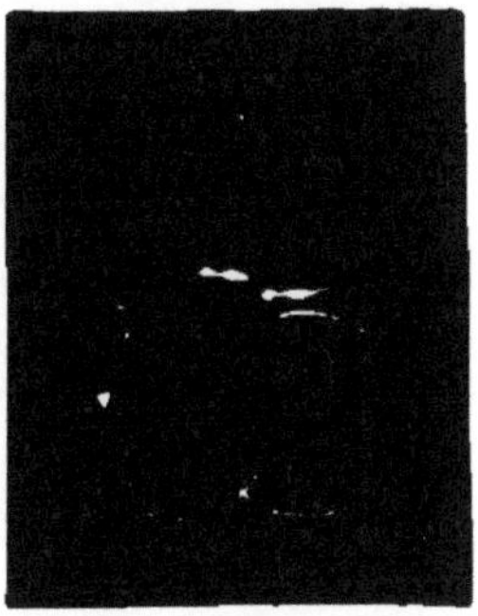

Abgesehen von letzterer Tendenz, welche die Rückwärts-Auswärts-Schlinge zu einer berüchtigten Fallfigur stempelt, ist dieselbe eine der reizendsten Bewegungen, die sich auf Schlittschuhen ausführen lässt.

Fig. 61.

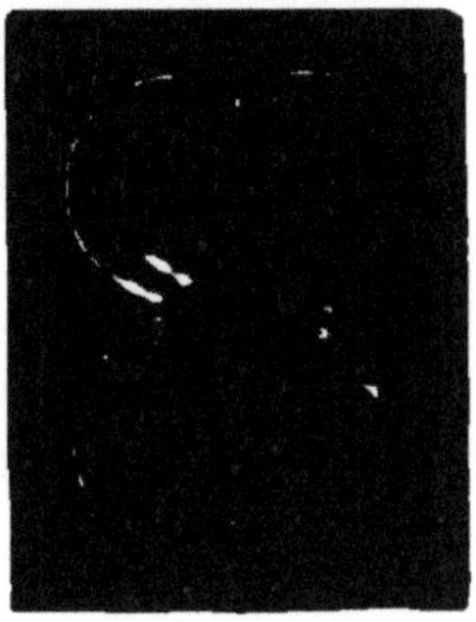

4. Die Rückwärts-Einwärts-Schlinge (Fig. 61)

hat auffallenderweise die Schwierigkeit der Ausführung, welche sonst den Rückwärts-Einwärtsbewegungen innewohnt, mit diesen nicht gemein, denn sie ist unter allen Schlingen relativ am leichtesten auszuführen. Nur muss man, nachdem man den halben Bogen rückwärts-einwärts vollendet hat, darauf bedacht sein, sich während des Schlingenschwunges, der hier mehr mit Schultern und Hüften bewirkt wird, gehörig auf die Schlittschuhspitze zu erheben, da dies die Ausführung ungemein erleichtert.

Fig. 62.

Bequemer noch ergibt sich die Rückwärts-Einwärts-Schlinge aus einer Combination: „Dreier-Schlinge“, welche wir im nächsten Abschnitte kennen lernen werden.

Der Schlingenlauf mit fortschreitender Bewegung, welcher in Fig. 62 schematisch für alle vier Arten dargestellt ist, wird im Allgemeinen weniger geübt als die Schlingen am Platze; es mag die Ursache darin liegen, dass sich diese Figur weniger dazu eignet, ungemessene Entfernungen in gemessenen Zeiträumen zurückzulegen.

Es sei hier noch erwähnt, dass zur Erlernung der Schlingen eine stark gekrümmte Schlittschuhcurve, etwa mit einem Radius von 1·3 Meter, förderlich ist, obwohl hiedurch im Allgemeinen die Figuren klein und verkümmert werden. Hat man sich einmal den Schlingenschwung zu eigen gemacht und die Fähigkeit erlangt, jederzeit willkürlich die Balance auf Absatz und Fussspitze zu verlegen, so wird man gut thun, wieder zur geraderen Curve von 1·5*) Meter Radius zurückzugreifen, damit man des „grossen Styles" in den Figuren nicht unversehens verlustig werde.

Es liegt etwas Verführerisches darin, sich einer stark gekrümmten Curve, mit der die Wendungen verhältnissmässig leicht sind, zu bedienen. Allein laufend schmeichelt man sich, rasche Fortschritte gemacht zu haben, in Gemeinschaft mit einem correcten Läufer wird man jedoch alsbald gewahr, dass man sowohl in der Grösse der Figuren als im Schwunge zurückbleibt. Dabei ist zu berücksichtigen, dass derjenige der schwungvollere Läufer ist, welcher die Figuren bei gleicher Grösse schneller oder bei gleicher Schnelligkeit grösser macht.

Um nun sowohl Wendungen als Bögen schwungvoll ausführen zu können, bedient man sich mit Vortheil eines Schlittschuhes mit dreitheiliger Curve, das ist mit geraderem Mittelstück für die Bögen und aufgebogenen Enden für die Wendungen, wie dies bereits im Abschnitte über den Schlittschuh besprochen wurde.

---

*) Die Engländer, bei denen die Schlinge verpönt ist, benützen Schlittschuhe mit noch flacheren Curven von 2 bis 2·3 Meter Radius.

Die Benützung verschiedenartig gekrümmter Schlittschuhe hat für den erfahrenen Läufer, welcher die Eigenthümlichkeiten derselben richtig zu beurtheilen weiss, seine Vortheile, da er hiedurch über so Manches aufgeklärt wird, worüber er bei steter Benützung nur Eines Paares Schlittschuhe im Unklaren geblieben wäre. Man lernt auch gewisse Nuancen in den Figuren festhalten, auf die man sonst nicht so leicht verfallen wäre.

Wir sehen es jedoch als unsere Pflicht an, nachdem wir auf die Vortheile des Wechselns mit den Schlittschuhen hingewiesen haben, den Anfänger vor verfrühter Anstellung solcher Experimente, bevor er sich nämlich im Bogenlaufe gehörig befestigt hat, eindringlichst zu warnen. Fehler in der Haltung, von denen er sich später nur schwer befreien kann, und mangelhafter Schwung werden die unausbleiblichen Folgen sein. Statt Klarheit wird Verwirrung und jener jeglichem Fortschritte abträgliche Skepticismus entstehen, welcher die Kenntniss dieser oder jener Figur nur dem Besitze dieser oder jener Paar Schlittschuhe zuschreibt, statt sich dieselbe durch ein paar hundert im Schweisse des Angesichtes angestellter Versuche zu eigen zu machen.

Combinationen der Grundfiguren.

Da wir im vorhergehenden Abschnitte die Grundfiguren nebst der Anleitung zu ihrer Ausführung eingehender besprochen haben, so können wir bei den Combinationen derselben, um unnöthige Wiederholungen zu vermeiden, eine mehr schematische Anordnung des Stoffes befolgen und ein erhöhtes Gewicht auf die Zeichnung legen, von der wir nun voraussetzen dürfen, dass sie das Verständniss hinreichend ergänzen wird.

Wir werden die Grundfiguren in ihren Combinationen und Variationen nur bis zu den Ternen verfolgen, da die Quaternen bereits über das Mass des durch e i n e n Abstoss vom Stande zu erlangenden Schwunges hinausgehen.

Die Combinationen des Bogens mit den übrigen vier Grundfiguren decken sich mit denen des Schlangenbogens, wir betrachten daher zunächst diesen in seiner Verbindung mit den drei übrigen Elementen.

Fig. 63.

Fig. 64.

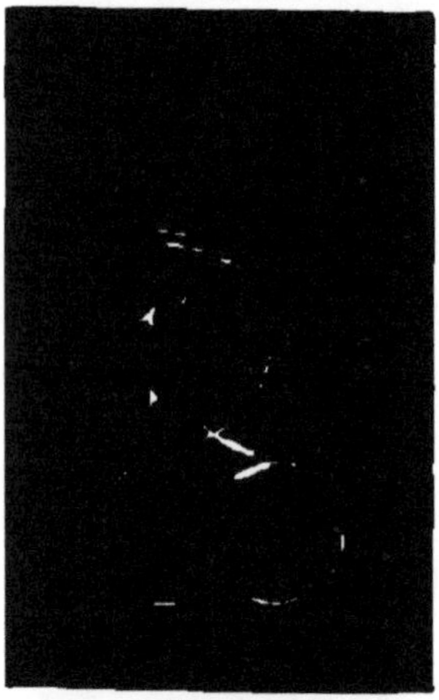

Fig. 65.

Schlangenbogen-Dreier (Fig. 63)

lässt sich auf vier verschiedene Arten ausführen:

1. v. a. e. W. r. a.
2. v. e. a. W. r. e.
3. r. a. e. W. v. a.
4. r. e. a. W. v. e.

Wird diese Figur am Platze in Achterform ausgeführt oder mit fortschreitender Bewegung von einem Fusse auf den anderen fortgesetzt, so ergeben sich nur zwei Gruppen, von denen die Combination 1 und 3 die eine, und die Combination 2 und 4 die andere Gruppe bilden.

Fig. 64.

R. v. a. e. W. r. a.
L. r. a. e. W. v. a.

Fig. 65.

R. v. e. a. W. r. e.
L. r. e. a. W. v. e.

Bei gegenseitigen, von zwei oder mehreren Läufern ausgeführten Bögen dient diese Combination als schönster Uebergang von der Vorwärts- zur Rückwärtsbewegung und umgekehrt.

Eine Verdopplung der vorhergehenden Combination führt zur Fig. 66, welche sowohl mit fortschreitender Bewegung, als am Platze in Achterform auf vier verschiedene Arten ausgeführt werden

Fig. 66.

kann, da die Figur mit demselben Bogen, mit dem sie begonnen wurde, endet, folglich von einem Fusse auf den anderen übertragen, nicht wechselt. Wir empfehlen diese schöne Figur gleich der vorhergehenden zur besonderen Uebung, da sie gleichzeitig zur Entwicklung des Schwunges und der Balance dient und sich den verschiedenen fortgesetzten Bögen als anregende Abwechslung vortheilhaft anfügen lässt.

Dreier-Schlangenbogen (Fig. 67),

das Kleeblatt genannt, ist die Variation der Fig. 63 und lässt sich, für sich allein betrachtet, auf vier verschiedene Arten auszuführen:

Fig. 67.

1. v. a. W. r. e. a.
2. v. e. W. r. a. e.
3. r. a. W. v. e. a.
4. r. e. W. v. a. e.

Von einem Fusse auf den anderen fortgesetzt ergeben sich dagegen zwei Gruppen, und zwar; 1 an 3 und 2 an 4 angefügt.

Obwohl sich durch Fig. 63 ganz dieselbe Zeichnung hervorbringen lässt, so ist es für die Ausführung doch durchaus nicht gleichbedeutend, ob man mit dem Schlangenbogen oder mit dem Dreier beginnt.

Der bereits in einem vorgeschrittenen Stadium der Ausbildung stehende Eisläufer, welcher sich mit der Erlernung des Kleeblattes befasst, wird alsbald gewahr werden, dass die Voranstellung des Dreiers vor dem Schlangenbogen, gegenüber dem umgekehrten Vorgange, eine bedeutende Erschwerung in der Ausführung der Figur bildet.

Dreier-Schlangenbogen-Dreier (Fig. 68)

geht aus dem Kleeblatte hervor, an dessen Schlangenbogen ein zweiter Dreier angefügt ist. Diese Figur bildet, von einem Fusse auf den anderen am Platze fortgesetzt, zwei Gruppen:

1. R. v. a. W. r. e. a. W. v. e.
   L. v. e. W. r. a. e. W. v. a.
2. R. r. a. W. v. e. a. W. r. e.
   L. r. e. W. v. a. e. W. r. a.

Fig. 68.

Die erste Gruppe, obwohl vorwärts begonnen, ist die schwierigere, da im ersten Ansatz der Uebergang vom Rückwärts-Einwärts- auf den Rückwärts-Auswärtsbogen auszuführen ist.

Schlangenbogen-Doppeldreier .(Fig. 69).

Diese Combination wird in Anbetracht der schwungvollen Ausführung, welche sie gestattet, und der Abwechslung zwischen Ruhe und Bewegung, welche in ihr zum Ausdrucke gelangt, eigentlich zu wenig geübt.

Fig. 69.

Fig. 69 wird auf vier Arten ausgeführt:

1. v. a. e. W. r. a. W. v. e.
2. v. e. a. W. r. e. W. v. a.
3. r. a. e. W. v. a. W. r. e.
4. r. e. a. W. v. e. W. r. a.

Werden diese Figuren am Platze in Achterform oder mit fortschreitender Bewegung, von einem Fusse auf den anderen fortgesetzt, so ergeben sich zwei Gruppen.

Fig. 70.

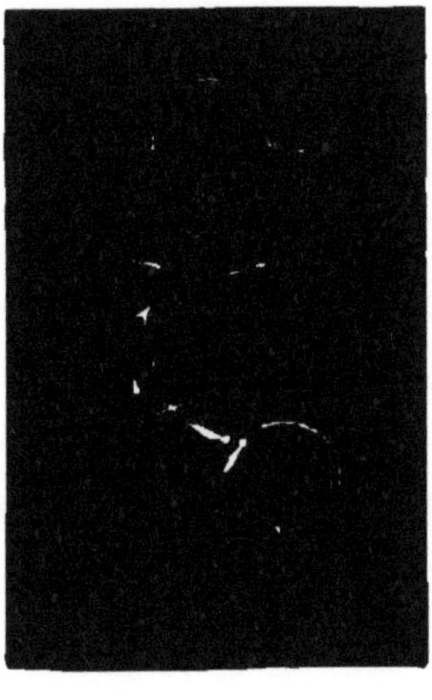

Fig. 71.

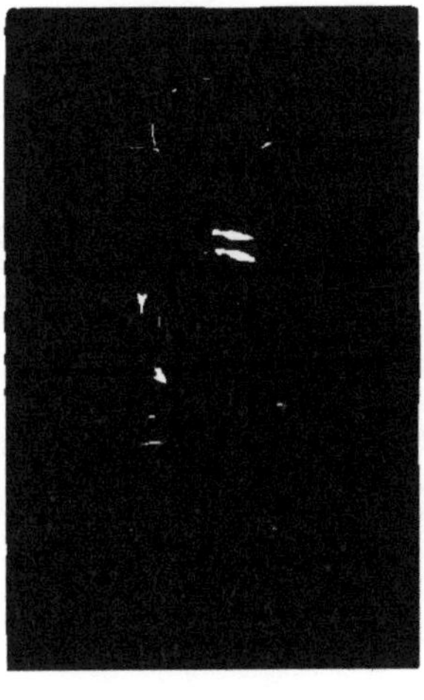

Fig. 70.	R.	v.	a.	e.	W.	r.	a.	W.	v.	e.
	L.	v.	e.	a.	W.	r.	e.	W.	v.	a.
Fig. 71.	R.	r.	a.	e.	W.	v.	a.	W.	r.	e.
	L.	r.	e.	a.	W.	v.	e.	W.	r.	a.

Die Variante:

Doppeldreier-Schlangenbogen,

welche sich analog dem Kleeblatte ergibt, ist weniger üblich.

Nicht das Gleiche gilt von deren Verdoppelung:

Doppeldreier-Schlangenbogen-Doppeldreier (Fig. 72),

für welche sich in Achterform zwei Fortsetzungen ergeben:

1.	R. v. a.	W. r. e.	W. v. a. e.	W. r. a.	W. v. e.
	L. v. e.	W. r. a.	W. v. e. a.	W. r. e.	W. v. a.
2.	R. r. a.	W. v. e.	W. r. a. e.	W. v. a.	W. r. e.
	L. r. e.	W. v. a.	W. r. e. a.	W. v. e.	W. r. a.

Fig. 72.

Der für diese Combination erforderliche Schwung steht schon an der Grenze dessen, was sich mit einem Abstosse vom Stande aus erreichen lässt. Diese Figur muss jedoch als gute Vorübung für die entsprechenden nachfolgenden Schlingencombinationen empfohlen werden.

Schlangenbogen-Schlinge (Fig. 73).

Diese Combination, welche sich auf vier verschiedene Arten ausführen lässt, ist im Allgemeinen nicht schwieriger als die aus dem einfachen Bogen hervorgegangenen Schlingen; ja man hat sogar während des vorbereitenden Schlangenbogens mehr Musse, die gehörige Sammlung zum Schlingenansatze zu finden. In Achterform am Platze ausgeführt, ergeben sich zwei Gruppen:

Fig. 73.

Fig. 74.

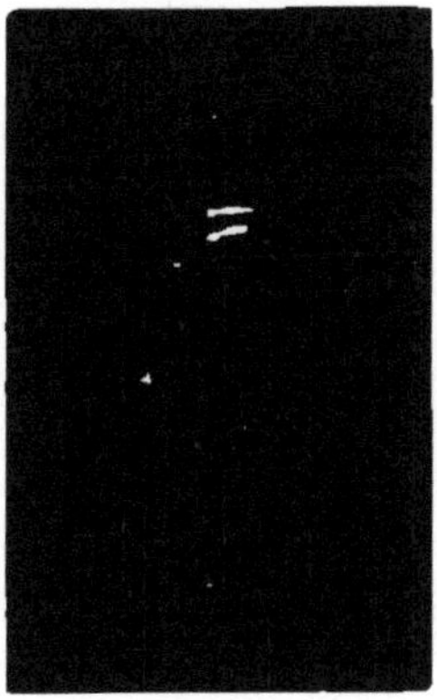

1. Fig. 73.	R. v. a. e.	S. v. e.
	L. v. e. a.	S. v. a.
2. Fig. 74.	R. r. a. e.	S. r. e.
	L. r. e. a.	S. r. a.

Die Variation:

Schlinge-Schlangenbogen,

die wir der Vollständigkeit des Systems halber erwähnen, wird für sich allein selten geübt; dagegen empfiehlt sich als schon zur hohen Schule des Eislaufes gehörig:

Schlinge-Schlangenbogen-Schlinge (Fig. 75),

„der Paragraph" genannt. Wer diese schwierige Figur am Platze in Achterform auf beiderlei Art, zumal die mit einwärts begonnenen Fortsetzungen, welche weitaus schwieriger sind, ohne Stockung und mit beiderseits ovalen Schlingen von gleicher Dimension auszuführen und dabei der ganzen Figur eine gewisse Grösse zu wahren vermag, der darf sich schmeicheln, die Schwierigkeiten der Balance im Eislauf überwunden zu haben.

Fig. 75.

Fig. 76.

Fig. 75. 1. R. v. a. S. v. a. e. S. v. e.
L. v. e. S. v. e. a. S. v. a.
2. R. r. a. S. r. a. e. S. r. e.
L. r. e. S. r. e. a. S. r. a.

Fig. 76 stellt eine Variante, den umfahrenen Paragraphen*) dar, dessen Bogenfolge dieselbe ist wie bei Fig. 75, nur sind die Anforderungen, die

---

*) Diese Figur wurde von ihrem Erfinder Herrn Georg Wassmuth in der Wiener-Schule eingeführt.

an Schwung und Balance gestellt werden, noch grössere, daher sich die Schwierigkeit der Ausführung erhöht.

Dreier-Doppeldreier (Fig. 77),

der dreifache Dreier, entsteht, wenn an einen Dreier ein Doppeldreier angefügt wird oder umgekehrt, und lässt sich am Platze, in Achterform ausgeführt, gleich dem einfachen Dreier, mit welchem durch die ungerade Zahl der Wendungen die Analogie hergestellt ist, auf drei Arten fortsetzen:

Fig. 77.

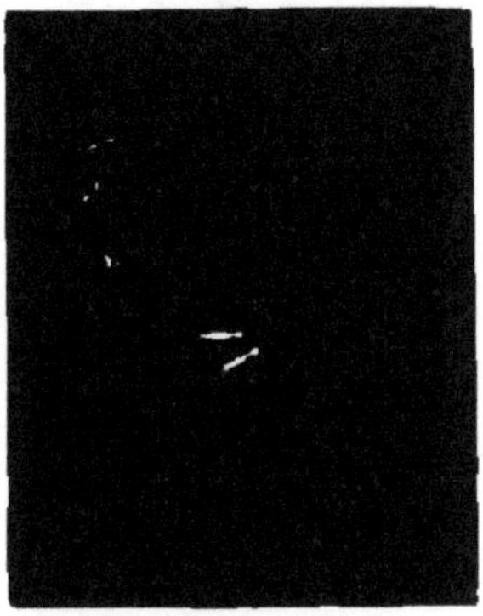

1.

R. v. a. W. r. e. W. v. a. W. r. e.
L. v. a. W. r. e. W. v. a. W. r. e.

2.

R. v. a. W. r. e. W. v. a. W. r. e.
L. r. e. W. v. a. W. r. e. W. v. a.

3.

R. r. a. W. v. e. W. r. a. W. v. e.
L. v. e. W. r. a. W. v. e. W. r. a.

Der dreifache Dreier ist im Allgemeinen unschwieriger auszuführen als der Doppeldreier, besonders gilt das von Gruppe 1, bei der das Herauslaufen mit dem Rückwärts-Einwärtsbogen nach der dritten Wendung bequemer ist, als das Anhalten des Vorwärts-Auswärtsbogens nach der zweiten Wendung.

Dreier-Schlinge und Schlinge-Dreier.

Die hieraus entspringenden Figuren gehören zu den lebhaftesten und anziehendsten Combinationen des Eislaufes. Die Ungezwungenheit, mit welcher die Schlinge aus dem Dreier und der Dreier aus der Schlinge herausläuft, lässt diese Figuren leichter ausführen, als die einfache Schlinge. Mit Recht zählen daher auch diese Combinationen, bei welchen die Eleganz der Körperhaltung mit der Schönheit der Spuren auf dem Eise wetteifert, zu den beliebtesten Uebungen.

Die nachfolgenden drei Figuren stellen „Dreier-Schlinge“ in Achterform dar.

Fig. 78.

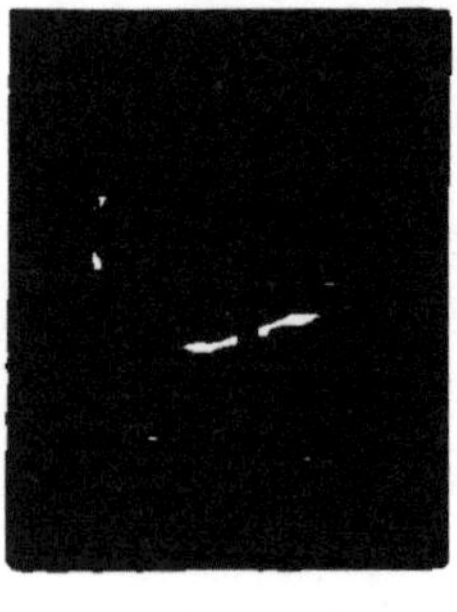

Fig. 79.

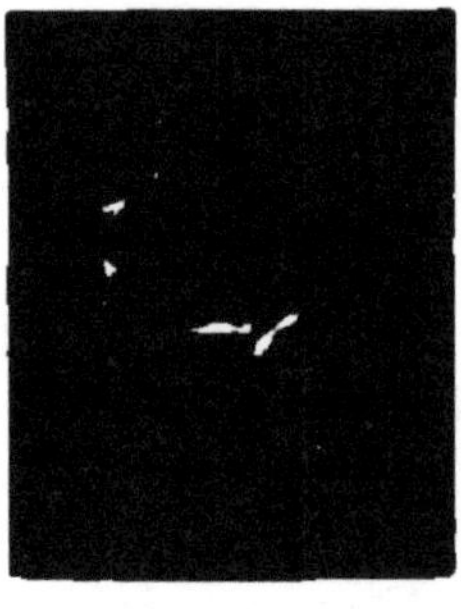

Fig. 80.

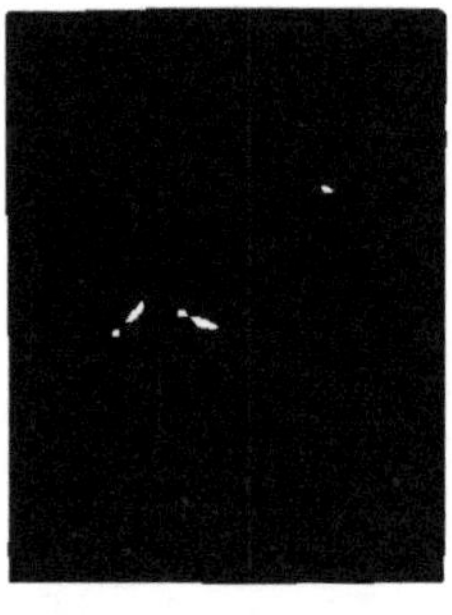

Fig. 78.	R. v. a.	W. r. e.	S. r. e.
	|L. v. a.	W. r. e.	S. r. e.
Fig. 79.	R. v. a.	W. r. e.	S. r. e.
	L. r. e.	W. v. a.	S. v. a.
Fig. 80.	R. v. e.	W. r. a.	S. r. a.
	L. r. a.	W. v. e.	S. v. e.

Von diesen drei Gruppen ist Fig. 78 die verbreitetste, man lernt mit ihr auf die leichteste Art die Rückwärts-Einwärts-Schlinge.

Man bestrebe sich, die zwischen den Wendungen und den Schlingen liegenden Bögen von gleicher Grösse und entsprechender Länge auszuführen, da sonst die Figuren verkümmert werden und einen verworrenen Charakter annehmen.

Die Variation:

Schlinge-Dreier

lässt sich am Platze in Achterform gleichfalls in drei Gruppen von einem Fusse auf den anderen fortsetzen.

Fig. 81.

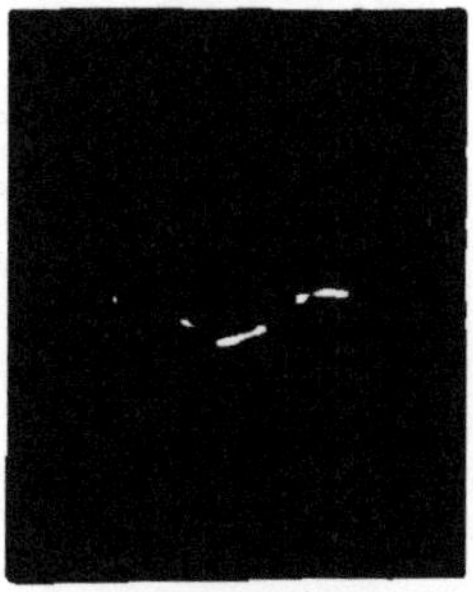

Fig. 82.

Fig. 83.

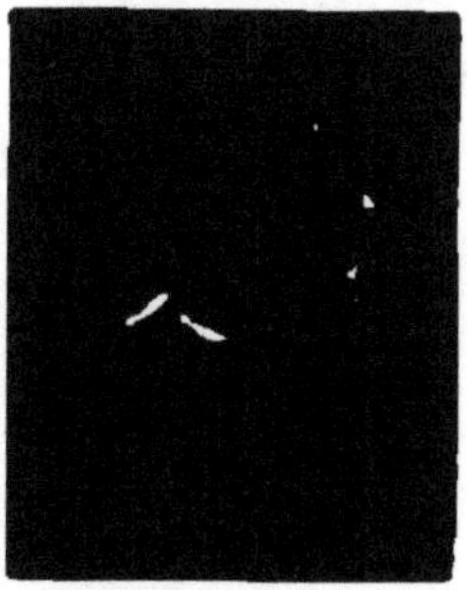

Fig. 81.	R. v. a.	S. v. a.	W. r. e.
	L. v. a.	S. v. a.	W. r. e.
Fig. 82.	R. v. a.	S. v. a.	W. r. e.
	L. r. e.	S. r. e.	W. v. a.
Fig. 83.	R. v. e.	S. v. e.	W. r. a.
	L. r. a.	S. r. a.	W. v. e.

Von diesen drei Gruppen wird wieder mit Vorliebe Fig. 81 cultivirt. Das Anfügen eines Dreiers an die Auswärts-Schlinge begünstigt das Herauslaufen ungemein, da durch die Wendung nach der Schlinge ein bedeutender Schwung auf den Rückwärts-Einwärtsbogen übertragen wird. Man sei bedacht, nicht durch allzu oftmaliges Wiederholen dieser Figur und Vernachlässigung der Vorwärts-Auswärts-Schlinge das Herauslaufen aus der letzteren zu verlernen.

Fig. 84.

Fig. 85.

Die beiden vorstehenden Figuren stellen Dreier-Schlinge (Fig. 84) und Schlinge-Dreier (Fig. 85) mit fortschreitender Bewegung dar.

Dieselben lassen sich gleich den vorher besprochenen analogen Figuren auf je drei Arten fortsetzen.

Dreier-Schlinge-Dreier und Schlinge-Dreier-Schlinge.

Die Befähigung zu solchen, bereits einen hohen Grad von Sicherheit in der Haltung, eine Vollkommenheit in der Erlangung und Beherrschung des Schwunges und eine Subtilität in der Balance erfordernden weitgehenden Combinationen kann nur durch eine strenge, harte Schule herangebildet werden. Es wird daher nothwendig sein, die vorhergehenden Combinationen mit allen beschriebenen Varianten vorerst gewissenhaft auf beiden Beinen gleichmässig zu üben, bevor man zur Figur Dreier-Schlinge-Dreier schreitet, welche sich analog dem Doppeldreier auf vier verschiedene Arten am Platze in Achterform fortsetzen lässt.

Fig. 86.

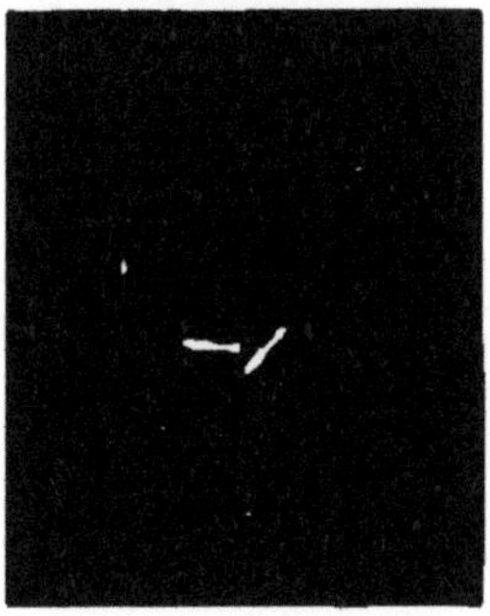

Fig. 87.

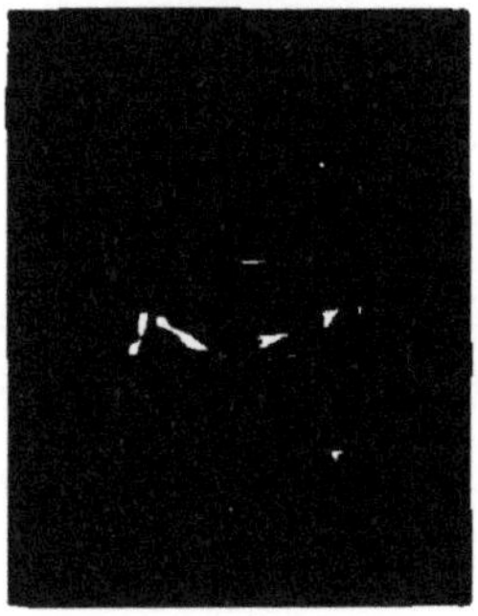

Fig. 86. R. und L. v. a. W. r. e. S. r. e. W. v. a.
Fig. 87. R. und L. v. e. W. r. a. S. r. a. W. v. e.

Während bei Fig. 86 die Rückwärts-Einwärts-Schlinge keinerlei Schwierigkeit unterliegt, zählt die darauffolgende Wendung nach vorwärts-auswärts und das gehörige Anhalten des die Figur beschliessenden Bogens zu den schwierigsten Details, wobei wir in Erinnerung bringen wollen, dass der Spielfuss möglichst lange zurückbehalten werden muss. Bei Fig. 87 bildet hingegen die Rückwärts-Auswärts-Schlinge nach der Wendung die Hauptschwierigkeit, welche dadurch vermindert werden kann, dass man den Spielfuss nach der ersten Wendung vorbringt.

Fig. 88.

Fig. 89.

Fig. 88. R. und L. r. a. W. v. e. S. v. e. W. r. a.
Fig. 89. R. und L. r. e. W. v. a. S. v. a. W. r. e.

Erstere Figur, die glanzvollste von den vieren, zeichnet sich durch schönen Schwung aus, welcher besonders bei der letzten Wendung vortheilhaft zur Geltung kommt. Um Fig. 89, obwohl rückwärts-einwärts begonnen, steht es nicht so misslich, als man annehmen sollte, da die Vorwärts-Auswärts-Schlinge auf den schliesslichen Rückwärts-Einwärtsbogen viel Schwung überträgt, der dann bei nochmaliger Wiederholung der Figur geschwellt, und für die schwächste Seite derselben, den ersten Bogen rückwärts-einwärts, nutzbringend verwerthet werden kann.

Die Combination Schlinge-Dreier-Schlinge folgt dem Schema des Dreiers.

Fig. 90.

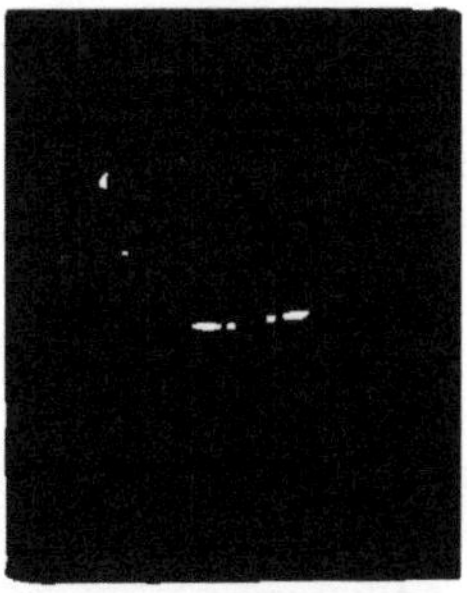

Fig. 91.

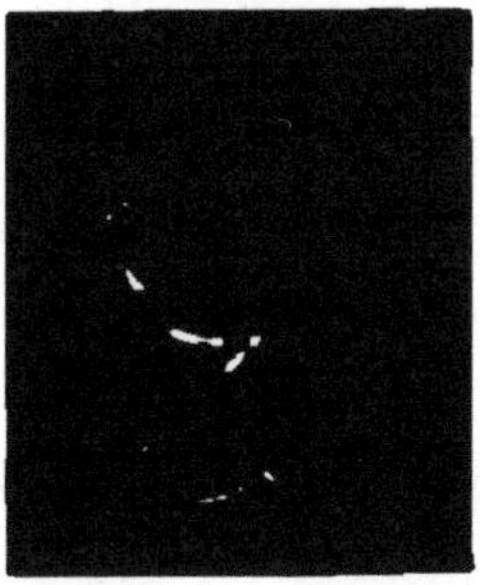

Fig. 92.

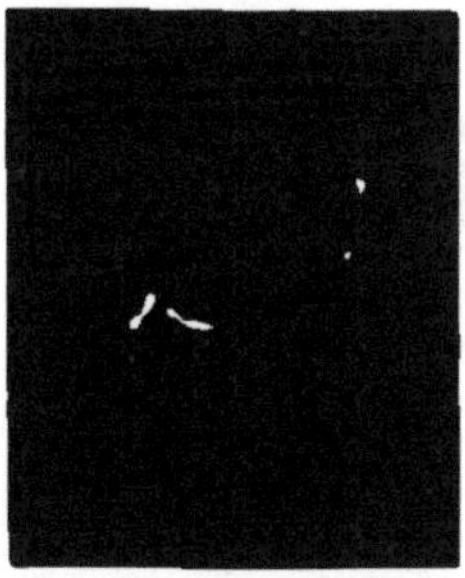

Fig. 90.	R. v. a.	S. v. a.	W. r. e.	S. r. e.
	L. v. a.	S. v. a.	W. r. e.	S. r. e.
Fig. 91.	R. v. a.	S. v. a.	W. r. e.	S. r. e.
	L. r. e.	S. r. e.	W. v. a.	S. v. a.
Fig. 92.	R. v. e.	S. v. e.	W. r. a.	S. r. a.
	L. r. a.	S. r. a.	W. v. e.	S. v. e.

Unter diesen drei Gruppen ist Fig. 90 die bequemste; der Schwung von der Vorwärts-Auswärts-Schlinge überträgt sich günstig auf die Wendung und die darauffolgende unschwierige Rückwärts-Einwärts-Schlinge.

Misslicher steht es um Fig. 91, bei der man den vorwärts-auswärts begonnenen Theil nicht allzu gross anlegen sollte, damit die rückwärts-einwärts angefügte, weniger schwungvolle Fortsetzung in der Dimension nicht allzu sehr zurückbleibe.

Bei Fig. 92 ist es zweckmässig, sich bei dem zweiten Uebergange von einem Fusse auf den anderen des Bogens rückwärts-auswärts mit rückwärts Uebertreten zu bedienen, welcher die Ausführung der Rückwärts-Auswärts-Schlingen wesentlich erleichtert.

Ueberhaupt ist diese Figur schwierig, da auch die darin enthaltenen Vorwärts-Einwärts-Schlingen den Schwung nicht besonders begünstigen.

Die nachstehenden beiden Zeichnungen (Fig. 93 und 94) stellen die Combinationen Dreier-Schlinge-

Fig. 93.

Fig. 94.

Dreier und Schlinge-Dreier-Schlinge mit fortschreitender Bewegung dar, welche gleich den entsprechenden Figuren am Platze auf je drei verschiedene Arten fortgesetzt werden können.

Da sie jedoch nicht zu den „Raum-Verschlingern“ gehören, so gibt man der Ausführung in Achterform den Vorzug.

Mit den beschriebenen Figuren sind allerdings nicht alle Combinationen und Variationen der Grundfiguren erschöpft, da wir nur einen Theil der Ternen behandelt haben. Die unberücksichtigt gebliebenen sind jedoch weniger interessant und können aus dem Gebotenen leicht abgeleitet werden.

Combinationen der Grundfiguren, auf beiden Füssen zugleich ausgeführt.

Die Voraussetzung, welche diesen Figuren zu Grunde liegt, dass sich bei deren Ausführung beide Füsse gleichzeitig auf dem Eise befinden, und kein Fuss, auch nicht beim Abstosse, von demselben gelüftet werden darf, schliesst den einfachen Bogen als solchen von den Combinationen der zweifüssigen Figuren aus und es tritt der Schlangenbogen als einfachstes Element an seine Stelle. Die weiteren Combinationen des Schlangenbogens mit dem Dreier und Doppeldreier führen zu den interessanten Figuren, welche „Reben" genannt werden. Endlich führt die Combination des Schlangenbogens mit der Schlinge zum zweifüssigen Schlingenlauf.

Der Schlangenbogen auf beiden Füssen.

Die Variationen des Schlangenbogens auf beiden Füssen erhalten eine wesentliche Vermehrung durch die verschiedene Lage, die beide Füsse gegeneinander einnehmen können. Es sind hiebei vornehmlich drei Factoren zu berücksichtigen, welche jene Vermehrung der Varianten veranlassen: erstens das Platzwechseln, beziehungsweise gegenseitige Ueberholen der Füsse während der Figur; zweitens das Hintereinanderstellen der Füsse, ohne während des ganzen Verlaufes zu wechseln; drittens das Kreuzen der Füsse voreinander oder hintereinander, wobei man dieselben zwingt, sich einander mit den gegenseitig zugekehrten Fussspitzen oder Fersen zu nähern.

Diese drei Factoren steigern die Complication zumal in den höheren Combinationen ungemein und stellen den Zeichner solcher Figuren auf eine harte Probe. Zur besseren Uebersicht haben wir bei sämmtlichen in diesem Abschnitte vorkommenden Figuren die Marken der Füsse beim rechten voll, beim linken in Contour gegeben.

Fig. 95.

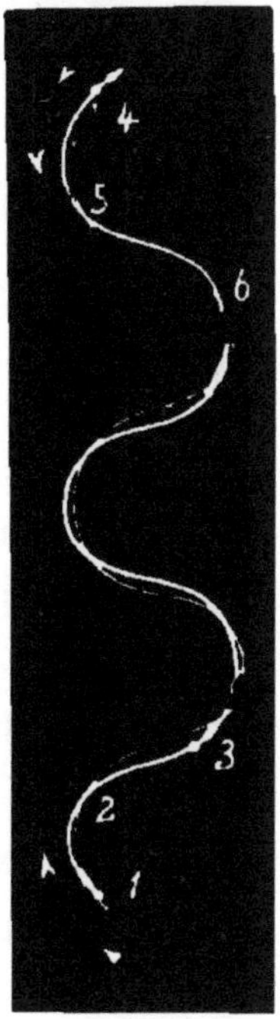

Der Schlangenbogen mit Fusswechsel

ist in Fig. 95 mit fortschreitender Bewegung dargestellt. Zur Vereinfachung haben wir für beide Bewegungsrichtungen nur eine Zeichnung beigefügt, und zwar bezeichnet 1 bis 3 die Vorwärtsbewegung und 4 bis 6 die Rückwärtsbewegung. Bei 1 ist der rechte Fuss, welcher den Vorwärts-Auswärtsbogen beschreibt, voran, bei 2 überholt ihn der linke und bleibt während des Auswärtsbogens bei 3 voran. Beim rückwärtigen Theile von 4 bis 6 ist die Sache umgekehrt, und zwar ist hier im Sinne der Bewegung der rechte Fuss auf dem Auswärtsbogen zurück, bei 5 überholt er den linken, der nun seinerseits bei 6 am Auswärtsbogen zurück ist. Der Vergleich zwischen beiden Vorgängen ist darum lehrreich, weil in beiden Fällen der Auswärtsbogen das Körpergewicht trägt und daher die Richtigkeit der empfohlenen Haltung des Spielfusses bei gewöhnlichen Bögen vorwärts-auswärts und rückwärts-auswärts auf einem Fusse bestätigt.

Fig. 96.

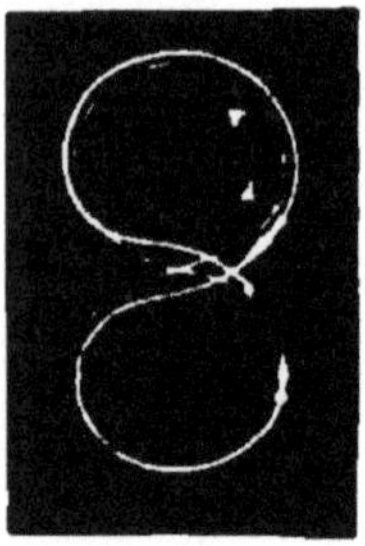

Der Achter mit Fusswechsel (Fig. 96)

ist mit Rückwärtsbewegung dargestellt, in welcher Richtung er schwungvoller ausgeführt werden kann, als der Achter nach vorwärts, bei dem man sich die Fussmarken umgekehrt gezeichnet vorstellen muss.

Der Schlangenbogen ohne Fusswechsel (Fig. 97)

mit fortschreitender Bewegung nach vorwärts von 1 bis 2 und nach rückwärts von 2 bis 1, wobei die Füsse nahezu ein und dieselbe Spur verfolgen, dient als Vorschule für die einfüssigen Figuren. Da bei dieser Figur die Schwunggebung noch mehr als bei der vorhergehenden, welche durch den Fusswechsel unterstützt wird, lediglich durch Hüften- und Schulterbewegung bewirkt wird, so kann dieselbe als charakteristisches Beispiel der

Fig. 97.

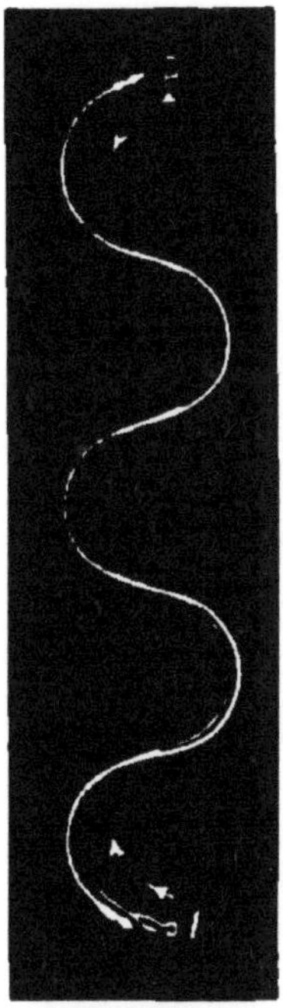

Einleitung einer Bewegung lediglich durch das Verlegen des körperlichen Schwerpunktes in die Richtung der Schwungfläche gelten. Die Figur zerfällt in eine rechts und eine links ausgeführte, je nachdem ursprünglich der rechte oder der linke Fuss voran ist.

Man wird bei dieser Figur gewahr werden, dass die Rückwärtsbewegung verhältnissmässig leichter und schwungvoller ist.

Der Achter ohne Fusswechsel (Fig. 98)

ist ebenfalls mit Rückwärtsbewegung dargestellt, weil diese als die schwungvollere den Vorzug verdient.

Fig. 98.

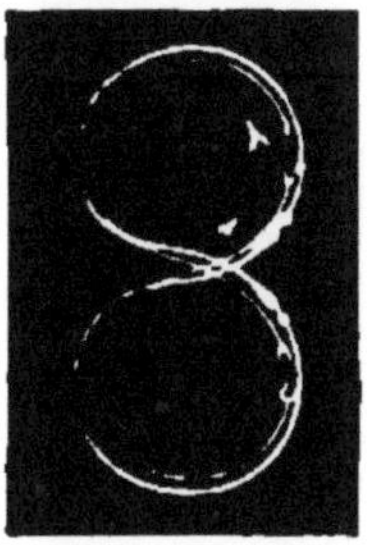

Während bei den in diesem Abschnitte bisher dargestellten Figuren sich beide Füsse stets gleichzeitig auf der entgegengesetzten Schlittschuhkante befanden, wobei sie dieselbe Richtung verfolgten, bewegen sie sich bei den nun folgenden Figuren in entgegengesetzter Richtung, jedoch auf derselben Kante.

Divergirende Schlangenbögen. (Fig. 99 u. 100.)

Um die Fig. 99 auszuführen, stelle man beide Füsse nach auswärts auf das Eis und beschreibe

Fig. 99.

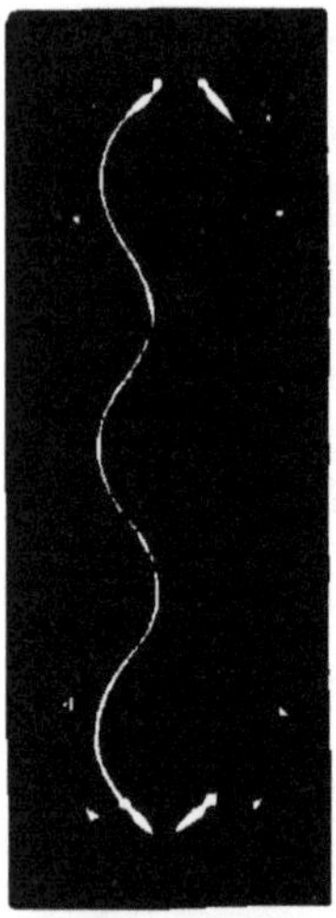

Fig. 100.

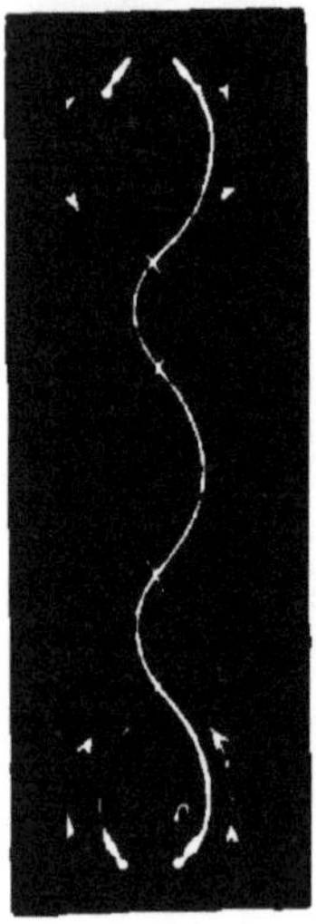

gleichzeitig mit jedem Fusse einen Vorwärts-Einwärtsbogen, wodurch die Füsse sich Anfangs voneinander entfernen, aber allmälig wieder zur Annäherung gezwungen werden.

In dieser Stellung wird die Kante gewechselt, beide Füsse gelangen zum Auswärtsbogen, erreichen ihre grösste Annäherung, entfernen sich dann wieder voneinander, alsbald in den Einwärtsbogen übergehend, um sich hierauf wieder einander zu nähern. Nach rückwärts wird die Figur in derselben Weise ausgeführt.

Eine Vervollkommnung der vorhergehenden ist Fig. 100, bei welcher die Annäherung der Füsse, während sie zum Auswärtsbogen übergehen, bis zur Ueberkreuzung getrieben wird. Diese Kreuzung kann in der Weise bewerkstelligt werden, dass entweder nur immer ein und derselbe Fuss vorangeht, oder dass beide Füsse sich abwechselnd daran betheiligen.

Die Rundläufe auf beiden Füssen (Fig. 101 u. 102)

werden analog den soeben besprochenen beiden Figuren, jedoch mit mehr Vorliebe nach rückwärts, ausgeführt, wobei die Kreuzung bei Fig. 102 von dem in Bezug auf den Bewegungsmittelpunkt nach aussen stehenden Fusse sowohl vor als hinter dem inneren Fusse, oder abwechselnd vor oder hinter demselben vollzogen werden kann.

Fig. 101.

Fig. 102.

Die schwungvolle Ausführung, welche der Rundlauf (Fig. 102) zulässt, eignet denselben, und zwar mit Kreuzung nach vorne, als Eingang zur grossen Rückwärts-Einwärts-Spirale, während der Rundlauf mit Kreuzung nach rückwärts die Rückwärts-Auswärts-Spirale zweckmässig einleitet.

Schlangenbogen-Dreier und Doppeldreier auf beiden Füssen.

(Die Reben.)

Jene eigenthümlichen Figuren, welche aus den zweifüssigen Combinationen des Schlangenbogens mit dem Dreier und Doppeldreier hervorgehen, sind zumeist amerikanischen Ursprunges und werden „Reben“ genannt. In die Wiener Schule wurden dieselben theils durch Jackson Haynes, theils durch Callie Curtis eingeführt; einige verdanken dieser Schule selbst ihre Entstehung, obwohl die Annahme nicht ausgeschlossen ist, dass sie in Amerika schon vorher bekannt waren, ohne dass davon die Kunde bis zu uns gedrungen ist.

Der genetische Vorgang, den wir in der Aufstellung der Grundfiguren und ihrer Combinationen befolgt haben, wird uns bei Entzifferung dieser weniger in der Ausführung als in der Auffassung schwierigen Figuren gut zu statten kommen. Der stete Fuss- und Frontwechsel, welcher bei diesen lebhaften Combinationen stattfindet, sowie die Gleichzeitigkeit der Bewegungsmomente sind schwer festzuhalten, auch schon deshalb, weil es nicht leicht ist, diese Figuren am Eise in langsamem Tempo zu üben. Man kann sich damit helfen, dass man nach der gegebenen Anleitung die Zeichnung ohne Schlittschuhe mit den Füssen in feinem lockeren Wellsande nachfährt.

An dem Principe, alle in diesem Buche angeführten Figuren, mit Ausnahme der Tanzschritte, als mit dem rechten Fusse begonnen zu zeichnen, haben wir auch bei den Reben festgehalten. Hiebei ist die in dem Capitel „Zur Theorie des Eislaufes“ gegebene Erläuterung zu beachten, wonach bei zweifüssigen Figuren derjenige Fuss der Standfuss ist, welcher das Gewicht des Körpers trägt. Um aus der Zeichnung sofort zu erkennen, welcher

Fuss das Körpergewicht trägt, hat man nur darauf zu sehen, welcher von den zwei Bögen, die von beiden Füssen zugleich beschrieben werden, sich dem Bewegungsmittelpunkte näher befindet, denn dieser gehört dem Standfusse an. Sind die Füsse nicht gekreuzt, so ist stets der Auswärtsbogen der Gewichtsträger, sind sie hingegen gekreuzt, sei es nun vorne oder rückwärts, so ist es der Einwärtsbogen. Man achte ferner auch auf die Anfangsstellung, welche mitunter mit gekreuzten Füssen erfolgt.

Fig. 103.

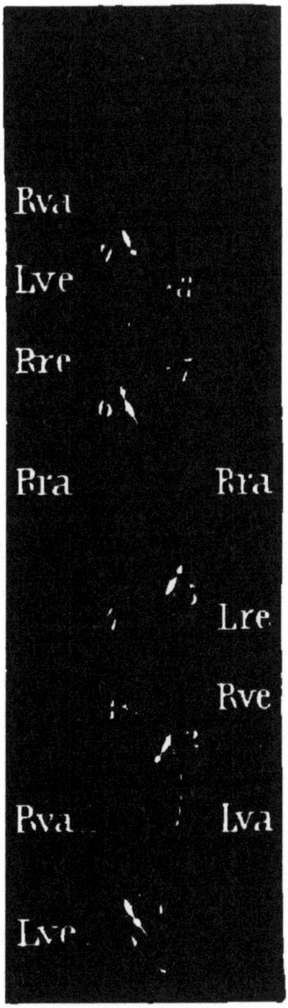

Die einfache Rebe (Fig. 103)

ist eine Combination des Schlangenbogens mit dem Dreier. Die folgende Formel:

R. v. a. e. W. r. a. e.
W. v. a. e. . . .
L. v. e. a. W. r. e. a.
W. v. e. a. . . .

bezeichnet den Weg, den beide Füsse, jeder für sich, beide aber gleichzeitig verfolgen.

Um diese Rebe auszuführen, werden die Füsse mit einander zugekehrten Fussspitzen in einer Entfernung von einem Fuss auf das Eis gestellt. Der rechte Fuss beginnt mit Vorwärts-Auswärts-, der linke mit Vorwärts-Einwärtsbogen, wobei die Füsse gezwungen werden, sich einander zu nähern. Bei 1 angelangt, kreuzt der linke Fuss den rechten vornüber, wechselt die Kante und eilt demselben voran. Nach dieser Kreuzung befinden sich beide Füsse auf dem Vorwärts-Auswärtsbogen.

Bei 2 durchschneidet der rechte Fuss die Spur des linken hinter demselben und gelangt, in einen Vorwärts-Einwärtsbogen übergehend, nach 4, während der linke gleichzeitig bei 3 angelangt ist. Nun wenden beide Füsse, und zwar der rechte, welcher das Gewicht des Körpers übernommen hat und als Drehungsmittelpunkt dient, bei 4 von vorwärts-einwärts nach rückwärts-auswärts und der linke bei 3 von vorwärts-auswärts nach rückwärts-einwärts, wobei die Wendung 3 etwas früher beendet wird als die bei 4.

Bei 5 eilt der linke Fuss voraus oder wird vielmehr zurückgezogen, wechselt die Kante und befinden sich nun beide Füsse auf dem Bogen rückwärts-auswärts..

Bei 6 geht nun wieder der rechte Fuss, indem er die Spur des linken überschneidet und die Kante wechselt, vor, um nach 8 zu gelangen, während der linke gleichzeitig bei 7 angetroffen ist. Nun dient der von rückwärts-einwärts nach vorwärts-auswärts, bei 8 wendende rechte Fuss dem von rückwärts-auswärts nach vorwärts-einwärts bei 7 wendenden linken Fusse als Drehungsmittelpunkt und sind die Fussspitzen einen Moment scharf einander zugekehrt, weil die halbe Wendung bei 7 schon vollzogen ist, während bei 8 dieselbe erst nach Massgabe des um sie herumgeführten Bogens rechts vorwärts-einwärts, der aus der Wendung 7 herausläuft, erfolgt. Nach diesen beiden Wendungen befinden sich die Füsse wieder in jener Stellung, die sie eingangs inne hatten, und entspricht Punkt 9 dem Punkte 1. Die einfache Rebe lässt sich nach zwei Seiten, entweder mit der Front nach rechts oder nach links ausführen, je nachdem der rechte oder der linke Fuss zuerst bei 1 vorangeht.

Eine absonderliche Figur, die aus der einfachen Rebe hervorgeht, ist die Scheere (Fig. 104), welche dadurch hervorgebracht wird, dass man die Füsse mit nach auswärts gekehrten Fussspitzen auseinander streckt (grätscht) und nach rückwärts einander wieder nähert, wodurch Schwung erzeugt wird. Nach der Kreuzung, welche entweder mit dem rechten oder dem linken Fusse erfolgen kann, wodurch eine rechte und eine linke Scheere entsteht, wird der zweite Theil der Rebe (Fig. 103, 7 und 8) ausgeführt.

Fig. 104.

Nach dem Herausfahren aus den Wendungen werden die Füsse abermals gegrätscht, wodurch der Läufer zum Stillstand gelangt; durch das Zusammenführen der Füsse wird die Bewegung wieder zurückgeleitet.

Das Stricken (Fig. 105) ist eine in die Breite gezogene einfache Rebe, deren Ausführung aus der Zeichnung leicht zu entnehmen ist.

Fig. 105.

Die doppelte Rebe. (Fig. 106.)

Dem Bestreben, die rechtsseitige und linksseitige einfache Rebe in Verbindung zu bringen und nach beiden Seiten alternirend auszuführen, verdankt die doppelte Rebe offenbar ihre Entstehung. Der Weg, den beide Füsse bei dieser Figur verfolgen, ergibt sich aus folgender Formel:

R. v. a. e. W. v. e. a. W. r. e. W. v. a. . . .
L. v. e. a. W. r. e. W. v. a. e. W. v. e. . . .

Diese Figur wird wie die einfache Rebe, rechts mit einem Auswärts-, links mit einem Einwärtsbogen begonnen. Bei 1 überholt der linke Fuss den rechten, denselben nach vorne kreuzend, und wechselt die Kante. In diesem Momente befinden sich beide Füsse auf dem Bogen vorwärts-auswärts. Bei 2 angelangt, durchschneidet der rechte Fuss die Spur des linken hinter demselben, eilt dann die Kante wechselnd voran und gelangt gleichzeitig mit dem linken Fusse, welcher den Punkt 3 erreicht hat, zum

Punkte 4. Auf letzterem Punkte wird eine Absatzdrehung in der Richtung des kleinen Pfeiles ausgeführt, aus welcher ein Vorwärts-Einwärtsbogen statt des Rückwärts-Auswärts-Dreierbogens hervorgeht. Gleichzeitig mit der Absatzdrehung bei 4 hat der rechte Fuss die Dreierwendung bei 3 von vorwärts-auswärts nach rückwärts-einwärts vollbracht und den Bogen rückwärts-einwärts von 3 bis 5 um den Punkt 4 herumgeführt. Dem von 4 hervorgehenden Bogen rechts-vorwärts-einwärts dient nun wieder der Punkt 5 als Stütze und veranlasst derselbe, bei 6 vorangehend und kreuzend, die Dreierwendung bei 5 von rückwärts-einwärts nach vorwärts-auswärts. Nach der Kreuzung bei 6 befinden sich beide Füsse auf dem Vorwärts-Auswärtsbogen mit dem Unterschiede, dass nun der linke Fuss voraus ist, und derselbe Vorgang, welcher sich bei 2, 3, 4 und 5 abgespielt hat, sich nun mit verwechselten Rollen bei 7, 8, 9 und 10 wiederholt.

Fig. 106.

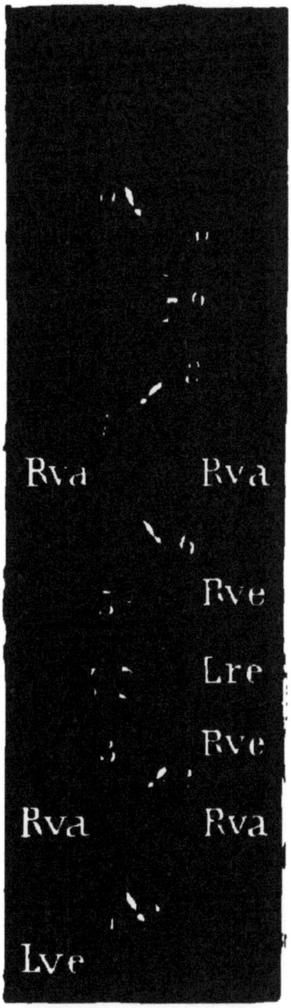

Nach der Wendung bei 10 befinden sich die Füsse bei 11 wieder in der Anfangsstellung.

Die doppelte Rebe kann in der Art variirt werden, dass statt der Absatzdrehung bei 4 und 9 eine Einwärts-Schlinge beschrieben wird. Da die Ausführung dieselbe ist, so beschränken wir uns darauf, blos die Spuren zu zeichnen (Fig. 107), und nehmen von jeder weiteren Erläuterung Umgang.

Fig. 107.

Die vierfache Rebe (Fig. 108) ist eine Combination des Schlangenbogens mit dem Doppeldreier, und ist der Weg, den beide Füsse gleichzeitig durchlaufen, durch folgende Formel ausgedrückt:

R. r. a. e. W. v. a. W. r. e. a.
W. v. e. W. r. a. . . .
L. r. e. a. W. v. e. W. r. a. e.
W. v. a. W. r. e. . . .

Um diese Rebe auszuführen, setzt man die Füsse parallel in einer Entfernung von einem Fuss auf das Eis und beginnt rechts mit Rückwärts-Auswärts-, links mit Rückwärts-Einwärtsbogen.

Allmälig nähert man die Füsse einander; beim Punkte 1 angelangt, eilt der linke Fuss voran und gelangt die Kante wechselnd mit Rückwärts-Auswärtsbogen zum Punkte 3, während der rechte Fuss gleichzeitig mit Rückwärts-Einwärtsbogen den Punkt 2 erreicht hat. In diesem Momente befinden sich die Füsse in gekreuzter Stellung, der rechte Fuss vorne über. Nun vollführt der letztere eine Dreierwendung scharf am Absatze nach vorwärts-auswärts, indem er um Punkt 3 als Drehungs-Mittelpunkt mit Rechts-Vorwärts-Auswärtsbogen von 2 bis 4 geführt wird. Durch diese Bewegung wird auch der linke Fuss bei 3, welcher das Gewicht des Körpers trug, zu einer Dreierwendung gezwungen, um sodann mit Vorwärts-Einwärtsbogen zum Punkte 5 zu gelangen. In diesem Momente sind die Füsse nicht mehr gekreuzt, sondern stehen parallel bei 4 und 5. Punkt 5 dient nun als Drehungs-Mittelpunkt, um welchen der rechte Fuss von 4 aus einen Rückwärts-Einwärtsbogen beschreibt, wodurch sowohl bei 4 als bei 5 eine Dreierwendung entsteht.

Fig. 108.

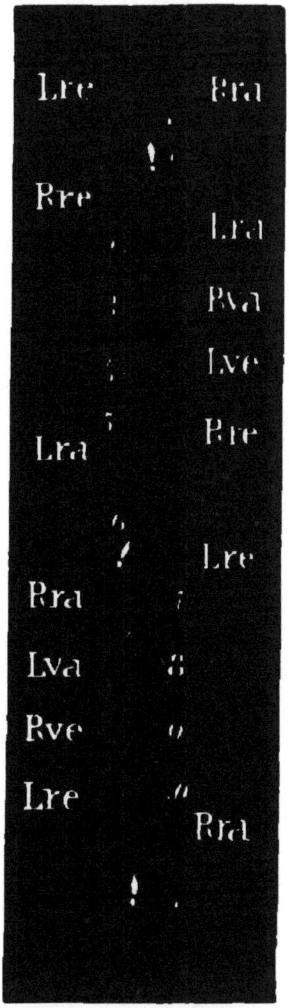

Bei 6 geht nun der rechte Fuss vor und bei 7, 8, 9 und 10 wiederholt sich derselbe Vorgang wie bei 2, 3, 4 und 5, nur mit verwechselten Füssen.

Die vierfache Rebe ist eine sehr nützliche Vorübung für die Tanzschritte, denen sie zumeist als Basis dient; sie selbst lässt sich sehr gut dem Dreivierteltakte anpassen.

Nach vorwärts wird diese Rebe ganz analog wie nach rückwärts ausgeführt, die Zeichnung ist ganz dieselbe, nur hat man für die Rückwärtsbewegungen die entsprechenden nach vorwärts zu substituiren.

Fig. 109.

Die gekreuzte vierfache Rebe (Fig. 109)

ist eine Combination des Schlangenbogens mit dem Doppeldreier und könnte als umfahrener Doppeldreier mit fortschreitender Bewegung charakterisirt werden; ihre Formel ist folgende:

R. v. a. e. W. r. a. W. v. e. a.
W. r. e. W. v. a. . . .
L. v. e. a. W. r. e. W. v. a. e.
W. r. a. W. v. e. . . .

Bei dieser Rebe (Fig. 109) werden die Füsse gekreuzt, der rechte Fuss vornüber auf das Eis gestellt. Bei 1 eilt dieser Fuss mit Vorwärts-Auswärts-Einwärts-Schlangenbogen, den linken Fuss nach vorne kreuzend, voran, und befinden sich in diesem Momente beide Füsse auf dem Vorwärts-Einwärtsbogen ungekreuzt. Bei 2 überholt der linke Fuss, in Vorwärts-Auswärtsbogen übergehend, den linken, nach vorne neuerdings kreuzend, und gelangt zum Punkte 4, während der rechte Fuss bei 3 gleichzeitig eingetroffen ist. In diesem Momente befinden sich die Füsse noch immer in gekreuzter Stellung, der linke voran, welcher nun einen Doppeldreier mit sehr kurzem Mittelbogen L. v. a. W. r. e. W. v. a. ausführt, um welchen der rechte Fuss nach der Wendung bei 3 den Rückwärts-Auswärtsbogen von 3 nach 5 herumführt, den ganzen Doppeldreier 4 gleichsam nur als Drehungsmittelpunkt benützend. Der Punkt 5 dient nun seinerseits dem aus dem Doppeldreier 4 herauslaufenden Bogen links-vorwärts-auswärts als Axe und dieser zieht nach 6 voraneilend die Wendung des linken Fusses bei 5 von rückwärts-auswärts nach vorwärts-einwärts nach sich. Das Voraneilen des linken Fusses bei 6 sieht in der Zeichnung wie eine Kreuzung der Spur des linken Fusses aus; da aber dieselbe noch nicht existirt, so wurde eben der Ausdruck Voraneilen angewandt. Die Kreuzung der Spur des linken Fusses, welcher nach 6 die Kante gewechselt hat, findet hinter demselben durch den rechten Fuss statt und befinden sich hierauf beide Füsse ungekreuzt auf dem Bogen vorwärts-einwärts. Es wiederholt sich nun bei 7, 8, 9 und 10 dasselbe, was sich in 2, 3, 4 und 5 abgespielt hat, nur dass nun die

Füsse ihre Rolle gewechselt haben und demnach der rechte Fuss den inneren kleineren Doppeldreier übernommen hat. Bei 11 ist die ursprüngliche Stellung wie bei 1 wieder erreicht.

Die gekreuzte vierfache Rebe lässt sich auch nach rückwärts ganz analog wie nach vorwärts ausführen, ist jedoch in dieser Richtung weniger effectvoll.

Die Reben können auch am Platze in Achterform ausgeführt werden und lassen untereinander mannigfache Combinationen zu. Beispielsweise lässt sich die vierfache Rebe mit der Gekreuzt-Vierfachen nach rückwärts sehr hübsch verbinden. Auch können den Wendungen der Reben die zweifüssigen Pirouetten eingefügt werden. So lässt sich der einfachen Rebe die zweifüssige Vollpirouette und die einfüssige Rückwärts-Auswärts-Pirouette, der vierfachen Rebe die zweifüssige Pirouette mit Kreuzung nach vorne und der gekreuzten vierfachen Rebe die zweifüssige Pirouette mit Kreuzung nach rückwärts einfügen.

Mit den angeführten Reben haben wir die möglichen Rebencombinationen durchaus nicht erschöpft. Da aber diese Combinationen zahllos sind und die angeführten die Haupttypen enthalten, so können wir uns umsomehr auf dieselben beschränken, als deren Erlernung zur Ausführung jeder weiteren Combination befähigt.

Schlangenbogen-Schlinge auf beiden Füssen.

Der zweifüssige Schlingenlauf, der aus dieser Combination hervorgeht, lässt sich analog dem Schlangenbogen mit und ohne Fusswechsel ausführen.

Fig. 110. Fig. 111.

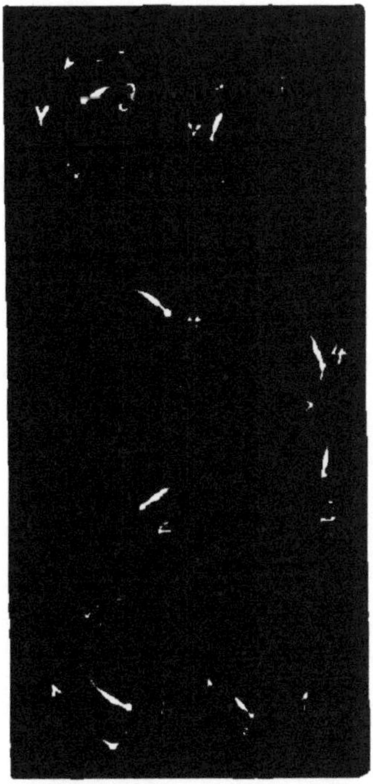

Fig. 112. Fig. 113.

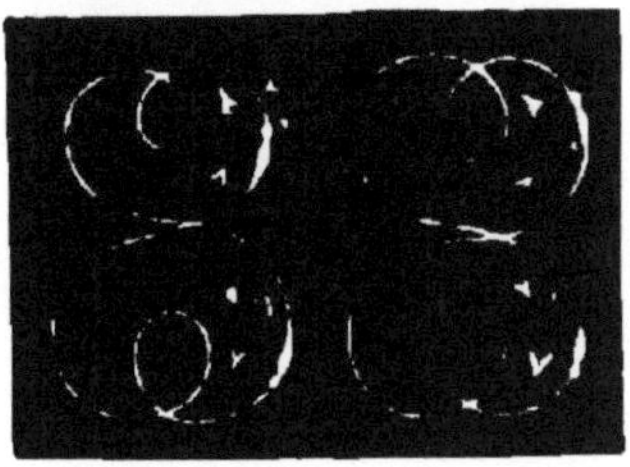

In Fig. 110 ist der Schlingenlauf mit Fusswechsel und fortschreitender Bewegung, und zwar von 1 bis 2 nach vorwärts und von 3 bis 4 nach rückwärts dargestellt. Der Fusswechsel erleichtert die Figur wesentlich, weil er die Auswärts-Schlinge stets auf den Standfuss bringt.

Bei dem Schlingenlaufe ohne Fusswechsel (Fig. 111) nach vorwärts von 1 bis 2 ist die auf den vorangehenden Fuss entfallende Einwärts-Schlinge, bei der Rückwärtsbewegung von 3 bis 4 die dem zurückbleibenden Fusse zufallende Einwärts-Schlinge die schwierigere.

Der zweifüssige Schlingenlauf in Achterform ist mit Fusswechsel in Fig. 112, ohne Fusswechsel in Fig. 113 nach rückwärts dargestellt.

Es sind die zweifüssigen Schlingenläufe, nach rückwärts gelaufen, im Allgemeinen mehr geschätzt, vielleicht darum, weil sie in dieser Richtung leichter sind.

Die zweifüssigen Figuren bilden eine gute Schule, sowohl für die gleichmässige Ausbildung beider Füsse, als auch für die Verfeinerung der Balance, sie zwingen den Läufer durch das Gebundensein des Spielfusses, alle Hilfen mittelst Schulter- und Hüftenbewegung zu geben und bilden demgemäss auch eine Vorübung für das fortgesetzte Laufen auf einem Fusse.

Die Grundfiguren und deren Combinationen auf einem Fusse fortgesetzt.

Wir sind bei den „Combinationen der Grundfiguren“ bereits an die Grenze jener Bewegungen gegangen, welche sich bei möglichster Benützung des Trägheitsmomentes und sorgfältiger Vermeidung aller schwunghemmenden Körperstellungen durch einen Abstoss ausführen lassen. Nun schreiten wir zu Combinationen der Grundfiguren, welche, auf einem Fusse fortgesetzt, lediglich durch die Bewegung ausgeführt werden sollen, die bei der geringen Reibung der stählernen Unterlage mit dem Eise dem Körper blos durch rasches, kräftiges Vor- oder Rückwärtsschwingen eines Beines mitgetheilt werden kann.

Da nun dieses Beinschwingen beliebig oft wiederholt und bei möglichster Ausnützung des Schwunges ein Theil desselben stets auf die nächste Figur übertragen und hiedurch an Schwung successive gewonnen werden kann, so scheint die Zahl der auf einem Fusse auszuführenden Figuren unbegrenzt. Thatsächlich ist sie auch nur durch die

Körperkraft begrenzt; doch sind diese Grenzen durch die an den Läufer gestellte Aufgabe, jeden Körpertheil in möglichst günstige Lage zur Bewegung zu bringen, demnach den Körper durch einige Zeit vollständig zu beherrschen und jede, auch die geringste Balancestörung zu vermeiden, ziemlich enge gezogen.

Die fortgesetzte Ausführung von 15 bis 20 Figuren in entsprechender Folge auf einem Fusse ist daher bereits eine anerkennenswerthe Leistung. Schon die fünf- bis sechsmalige Wiederholung einer Figur am Platze genügt jedoch, um darzuthun, dass man sich die über den ersten Abstoss hinausgehende Schwunggebung eigen gemacht hat.

Zur Erlernung des einfüssigen Laufens eignet sich am besten der vorwärts-auswärts begonnene Schlangenbogen, zu dessen fortgesetzter Ausführung wir dem Beginner ein paar Schritte Anlauf gestatten wollen. Hat man hiedurch einen gut unterhaltenen Vorwärts-Auswärtsbogen auf dem rechten Fusse hervorgebracht, so wird der linke als Spielfuss, wie beim gewöhnlichen Kantenwechsel, nach vorwärts geschwungen und hiedurch ein Einwärtsbogen eingeleitet. Ist dieser genügend lange ausgehalten, so wird der linke Fuss wieder rasch, als wollte man einen Abstoss in der Luft nehmen, nach rückwärts in die correcte Stellung des Auswärtsbogens gebracht, wodurch derselbe auch thatsächlich eingeleitet wird. Das Verhalten während des Auswärts- sowie während des Einwärtsbogens ist gerade so, wie dies bei Besprechung dieser Bögen eingehend geschildert wurde.

Es wird vorausgesetzt, dass Derjenige, welcher die Erlernung der schwierigen und äusserst ermüdenden Figuren auf einem Fusse anstrebt, bereits in den Grundfiguren hinreichend befestigt ist, um nicht mehr in den einen oder anderen Grundfehler zu verfallen.

Hat man durch streng fortgesetzte Uebung einige Fertigkeit im Schlangenbogen erlangt, so

Fig. 114. Fig. 115. Fig. 116. Fig. 117.

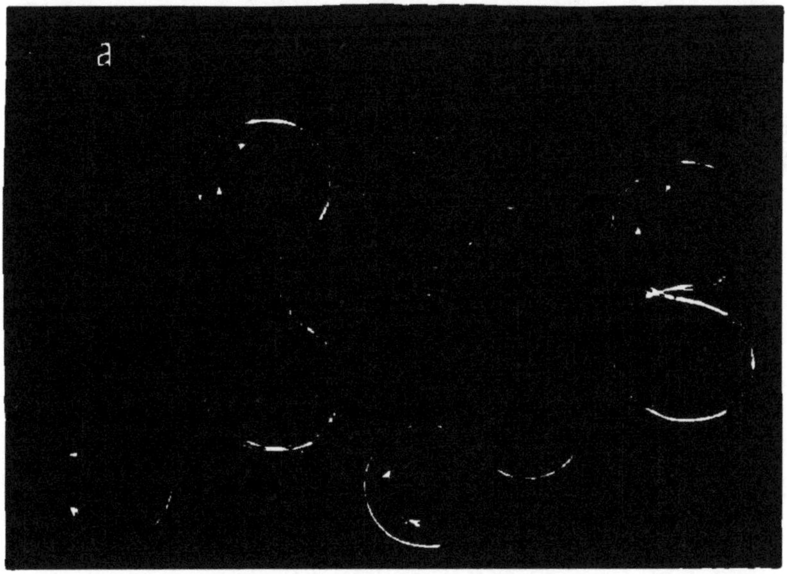

dass man denselben, ganz abgesehen von dem ursprünglichen Schwunge, in gerader Richtung beliebig lange fortsetzen kann, so lange eben die Kraft vorhält, so versuche man denselben „Aus“ (Fig. 114a), das heisst zurückkehrend zum Ausgangspunkte zu machen. Zu diesem Zwecke wählt man einen Moment, in welchem man sich eben auf dem Auswärtsbogen befindet, und vollendet diesen Bogen mit ganzer Umdrehung. Ist dies geschehen, so bietet sich zur Fortsetzung des Schlangenbogens der Einwärtsbogen dar, welcher nach der voraus-

Fig. 118. Fig. 119. Fig. 120. Fig. 121.

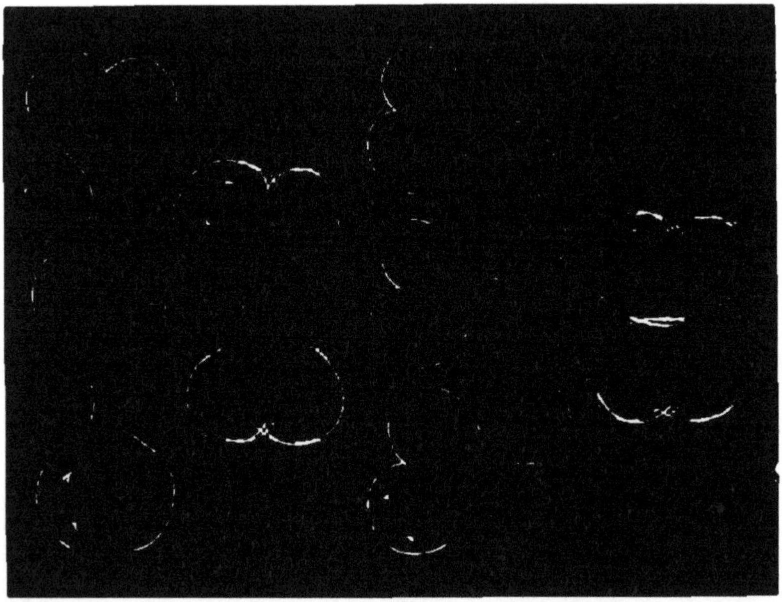

gegangenen ganzen Drehung, die stark schwungconsumirend wirkt, leichter eine Fortsetzung gestattet, als der Auswärtsbogen.

Ist man nun im Stande, den Schlangenbogen mit fortschreitender Bewegung sowohl in der gestreckten Form (Fig. 114) als in der gedrückten Form (Fig. 116) mit einigermassen gleichmässigem Schwunge auszuführen, so versuche man die Fig. 115, welche als gute Vorübung für den Achter auf einem Fusse (Fig. 117) dient. Es wird einiger Mühe bedürfen, bevor man im Stande ist, letztere Figur geläufig auszuführen. Man muss hiebei vorzüglich darauf achten, dass sowohl der Auswärts- als auch der Einwärtsbogen von möglichst gleichem

Fig. 122. Fig. 123. Fig. 124. Fig. 125.

Durchmesser sind, und dass die Spuren sich gehörig decken. Hat man sich diese Figur auf beiden Füssen gleichmässig zu eigen gemacht, so hat man die Befähigung bekundet, sämmtliche überhaupt mögliche Figuren am Eise auszuführen, und ist deren Erlernung dann nur mehr eine Frage der Zeit.

Denselben Vorgang, welchen man bei den eben besprochenen Figuren nach vorwärts beachtet hat, hält man auch bei der Erlernung derselben nach rückwärts ein; die Zeichnung bleibt dieselbe.

Wenn wir auch den in diesem Buche behandelten Stoff in eine gewisse genetische Reihenfolge gebracht haben, so soll doch hiedurch keine zwingende Directive für deren Befolgung bei Erlernung der einzelnen Figuren gegeben sein. Allerdings

Fig. 126. Fig. 127. Fig. 128. Fig. 129.

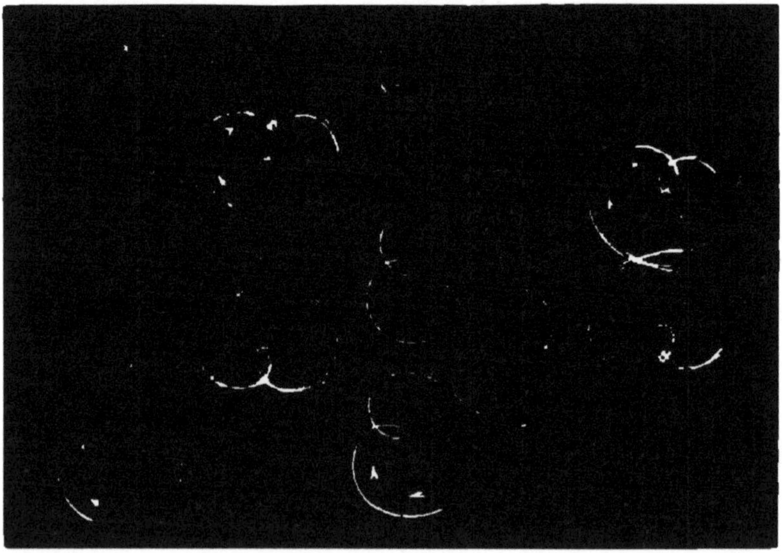

ergibt sich im Grossen und Ganzen eine gewisse natürliche Aufeinanderfolge, in welcher die Figuren erlernt werden sollen, dessenungeachtet muss der individuellen Begabung Rechnung getragen werden. Ein pedantischer Zwang zu einer bestimmten Reihenfolge ist vom Uebel, da er die Lust an der Sache beeinträchtigen würde.

Wenden wir das Gesagte auf den Schlangenbogen nach rückwärts an, so wird es sich zeigen, dass Mancher die Rückwärtsbewegungen leichter und schneller erlernt, als die nach vorwärts. Specielle Anlage und hundert Dinge, die damit scheinbar in loserem Zusammenhange stehen, sind hier von massgebendem Einflusse.

Beispielsweise höhere Absätze oder Schlittschuhe, deren höchster Punkt mehr gegen den Absatz zu verrückt ist, so dass der Läufer mehr nach vorne steht, sind Momente, die dazu beitragen, den Rückwärtsbogen gegenüber dem Vorwärtsbogen zu begünstigen. Dem Läufer wird in diesem Falle der fortgesetzte Rückwärtsbogen leichter erscheinen, er wird ihn daher vorwegs erlernen.

Wollte man einem solchen Läufer den umgekehrten Vorgang aufdrängen, so würde man ihm nur in seinem Fortschritte hinderlich sein, denn hat er einmal die richtige Balance im Schlangenbogen und im Achter nach rückwärts gefunden, so wird er auch bald die analogen Vorwärtsbewegungen erlernen.

Sobald man in der Ausführung der Schlangenlinie in allen Varianten bei fortschreitender Bewegung mit gänzlicher Umdrehung auf dem Einwärts- und Auswärtsbogen und am Platze in Achterform vor- und rückwärts genügende Fertigkeit erlangt hat, erscheint es an der Zeit, die Schlangenbögen mit den übrigen Elementen in Combination zu bringen.

Da nun die Erzeugung, Uebertragung und Schwellung des Schwunges auf einem Fusse dem Läufer schon durch die Ausführung der Schlangenlinie geläufig geworden ist, die Ausführung der übrigen Grundfiguren fortgesetzt auf einem Fusse aber durchaus homogen ist mit der im Abschnitte über die Grundfiguren beschriebenen, abwechselnden Ausführung von einem Fusse auf den anderen, so genügt es, sich hier lediglich auf diese Beschreibung zu berufen und die Varianten nur durch Zeichnungen ersichtlich zu machen. Wir begnügen uns daher, auf die Figuren 118 bis 129 zu verweisen, und fügen nur bei, dass der Schlangenbogen das schwungerzeugende Vorwärts- oder Rückwärtsschwingen des Spielfusses am meisten begünstigt, daher es sich empfiehlt, nach einer schwungconsumirenden Wiederholung von Dreiern und Doppeldreiern zur Erlangung eines neuen kräftigen Impulses stets einen Schlangenbogen in die Combination einzufügen.

Ferner empfiehlt es sich, häufig mit den Beinen zu wechseln, nicht nur im Interesse der homogenen Ausbildung, sondern auch im Interesse der Selbsterhaltung, da die einfüssigen Figuren Muskeln und Sehnen ausserordentlich in Anspruch nehmen; sie sind so recht die Geduld- und Ausdauerprobe für den fortschrittbegierigen Eisläufer.

Gar manche complicirte, schwierig scheinende Figur braucht nur begriffen zu sein, um auch sofort ausgeführt werden zu können. Bei den Figuren auf einem Fusse ist dies nicht der Fall; die zu deren Ausführung erforderliche Elasticität und Widerstandsfähigkeit der Muskeln muss erst durch fortgesetzte successive Uebung herangebildet werden, bis der Läufer die Befähigung erlangt, diese Figuren auszuführen. Sind dieselben aber erlernt, so bleibt der Reflex auf die einfachen Figuren nicht aus. Die Behendigkeit, mit welcher man sodann letztere Figuren mühelos auszuführen vermag, die erlangte Sicherheit in der Balance und in der Schwungübertragung sind reichlicher Lohn für die aufgewendete Mühe.

Das Kunstlaufen.

Die Benennung dieses Abschnittes enthält scheinbar einen Widerspruch, wenn sie als gegensätzlich zur vorstehenden „Schule des Eislaufes" aufgefasst würde, welche ihrer Natur nach ebenfalls einen integrirenden Theil des Kunstlaufens bildet. Wir wollen jedoch den Begriff Kunstlaufen hier im engeren Sinne als eine Fortsetzung und höhere Stufe der Schule des Eislaufes aufgefasst wissen, und möchten an dem Bestande der letzteren als ein Ganzes umsoweniger rütteln, als sie sich im Laufe eines Jahrzehntes zur Heranbildung harmonisch entwickelter Eisläufer bewährt hat. In der ersten Auflage dieses Werkes liessen wir an dieser Stelle unter dem Titel „Diverse Figuren" ohne besondere Systematik eine Zusammenstellung solcher Figuren folgen, die theils Varianten der Grundfiguren, theils Combinationen von einfüssigen und zweifüssigen Figuren enthielten und nur in einem loseren organischen Zusammenhange standen. Durch den grossen Aufschwung, den das Kunstlaufen seither genommen, ist eine solche Fülle neuer Figuren entstanden, dass wir uns veranlasst sahen, auch auf diesen Abschnitt jene Systematik und abgekürzte Formulirung anzuwenden, welche wir bei den Grundfiguren und deren Combinationen strenge durchgeführt haben, und die, wie wir glauben, zur Uebersichtlichkeit des Stoffes und zur Klärung der Ansichten beigetragen und zur Componirung neuer Figuren angeregt haben.

Wir wollen zu diesem Zwecke eine Reihe von Figuren, welche in der „Schule des Eislaufes“ nicht enthalten sind, aus deren Combinationen unter sich und mit den Grundfiguren aber das „Kunstlaufen“ aufgebaut ist, als „Elemente des Kunstlaufens“ zusammenfassen, wobei wir bezüglich der Auffassung des Ausdruckes Element auf jene Erklärung hinweisen, welche wir hierüber in der Einleitung dieses Werkes gegeben haben. Demzufolge erheben unsere Elemente, wenngleich sie sich wie alle Eisfiguren streng auf die Grundfiguren zurückführen lassen, keineswegs den Anspruch darauf, einem und demselben Eintheilungsgrunde ihre Entstehung zu verdanken.

Sie repräsentiren nebst den Grundfiguren nur die Combinations-Einheiten, aus welchen die Figuren des Kunstlaufens componirt werden. Sie massen sich auch nicht an, erschöpfend dazustehen, und ist es nicht ausgeschlossen, dass noch weitere derartige Elemente aus den Grundfiguren construirt werden. Dieselben werden dazu dienen, die Combinationen zu bereichern, ohne unsere Systematik umzustossen, innerhalb welcher sie den ihnen angemessenen Platz leicht finden werden.

Elemente des Kunstlaufens.

Das Laufen Ferse an Ferse.

(*Der Mond.*)

Wir stellen diese Figur voran, weil sie als Vorübung für einige der nachfolgenden dient. Sie ist eine der ältesten Figuren des Eislaufes (Fig. 130), in Wien sonderbarerweise „Mond" genannt, und gehört eigentlich unter die Figuren mit Anlauf. Sie beschränkte sich seinerzeit auf das Bestreben, mit unter einem Winkel von 180 Grad auswärts gestellten Fussspitzen und gegeneinander gekehrten Fersen eine gerade Linie zu beschreiben. Es mag dies mit den hohlgeschliffenen Schlittschuhen älteren Styles leichter gewesen sein, als mit unseren glatten modernen Kufen, mit denen die Gerade, weil auf der Fläche gelaufen, wohl kaum der Bedingung, die kürzeste Entfernung zwischen zwei Punkten herzustellen, entspricht. Zumeist geht die gewünschte Gerade in einen Schlangenbogen über.

Fig. 130.

Von der Ansicht, dass an der Wiege des „Mondes“ die Grazien nicht gestanden seien, sind wir zurückgekommen, seitdem wir diese Figur von den Schlittschuhkünstlern Callie Curtis und Goodridge in tadelloser Weise ausführen gesehen haben. Sie ist seither Gemeingut fast aller hervorragenden Eisläufer geworden. Letzterer Umstand hat auch die von uns in der ersten Auflage ausgesprochene Ansicht vollkommen bestätigt, dass alle Jene, denen diese Figur auf der breiteren Basis der Rollschuhe in Folge der grösseren Friction gelingt, auch am Eise kein unübersteigliches Hinderniss finden werden, wenn sie sich in dieser Stellung vorher derartig befestigt haben, dass sie dieselbe willkürlich annehmen können.

Um den „Mond“ zu erlernen, nehme man einen Anlauf, beschreibe mit dem rechten Fusse einen Einwärtsbogen und stelle hierauf den linken Fuss

Fig. 131. Fig. 132.

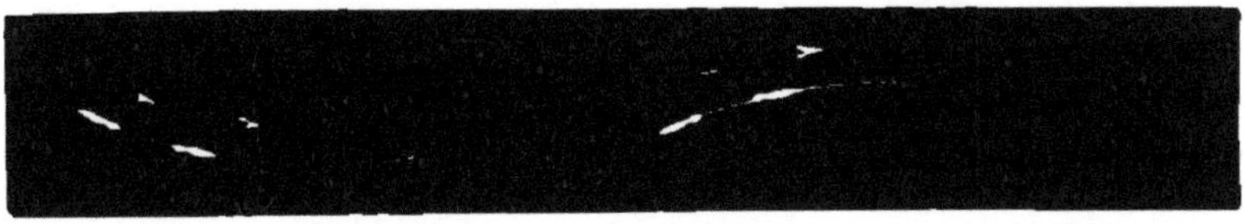

unter einem Winkel, welcher etwas kleiner als 180 Grad sein kann, entweder knapp Ferse an Ferse oder in einer Entfernung von circa 2 Fuss neben den rechten (Fig. 131), wobei man den Körper etwas vorneige. Erstere, die geschlossene Fersenstellung, ist die schwierigere, letztere gilt als die gefälligere. Die Meinungen waren hierüber auseinandergehend. Curtis und Goodridge bekannten sich zu letzterer; die Praxis der letzten Jahre hat sich ihnen angeschlossen. In beiden Fällen, darüber sind Alle einig, müssen die Kniee gestreckt sein, was die Haltung beträchtlich erschwert. Weitaus effectvoller, wenn auch bedeutend schwieriger, ist der Mond mit Auswärtsbogen (Fig. 132), wobei der Körper nach rückwärts geneigt ist und die Füsse einen Winkel von über 180 Grad miteinander bilden.

Das Gewicht des Körpers muss auf beide Füsse gleichmässig vertheilt sein, und müssen beide Schlittschuhe sich auf der äusseren Kante befinden. Ein blindes Nachschleppen des Folgefusses auf der Fläche des Schlittschuhes ist fehlerhaft, da es sowohl der schwungvollen Ausführung der Figur, als auch der Neigung des Körpers nach rückwärts, welche für diese Figur charakteristisch ist, hemmend entgegentritt. Im Allgemeinen ist es beim Auswärts-Monde schwieriger, die Kante des nachfolgenden Schlittschuhes zum Eingriff zu bringen. Man kann sich daher die Ausführung, behufs Erlernung, dadurch wesentlich erleichtern, dass man beispielsweise auf dem linken Fusse einen schwungvollen Bogen rückwärts-auswärts ansetzt, wodurch die Kante sich bereits im Eingriffe befindet und hierauf erst den rechten Fuss in der Mondstellung vorsetzt.

Eine überraschende Figur bildet die Schlangenlinie mit Mondstellung (Fig. 133), die dadurch variirt werden kann, dass man gleichzeitig mit beiden Füssen in der Mondstellung abspringt, eine halbe Körperwendung ausführt und die Schlangenlinie mit Frontveränderung fortsetzt.

Fig. 133.

Die ganze Wendung im Sprunge, wodurch die Schlangenlinie ohne Frontveränderung in der ursprünglichen Richtung fortgesetzt wird, wie sie der Künstler Goodridge ausführte, ist ein schwieriges und gefährliches Kunststück, welches jedoch seither seine Nachahmer gefunden hat.

Fig. 134.

Auch ein Rundlauf (Fig. 134) lässt sich in Mondstellung ausführen, wobei beide Füsse kleine

Schlangenlinien beschreiben, beide Beine abwechselnd gebeugt und gestreckt werden und dabei das Körpergewicht von einem Fusse auf den anderen verlegt wird. Je nachdem der Einwärts- oder der Auswärts-Mond die leitende Figur ist, erscheint das Gesicht des Läufers oder dessen Rücken dem Bewegungsmittelpunkte zugekehrt.

Der Vexirschritt.

Diese Figur hat ihren Namen davon, dass sich der Schlittschuhläufer in der von der wirklichen Bewegung entgegengesetzten Richtung zu bewegen scheint.*) Im getragenen Momente enthält der Vexirschritt nichts anderes als die vier einfachen Bögen. Der Abstoss, der bei den Rückwärtsbögen, bei welchen das eigentliche charakteristische Moment der Vexirbewegung besonders zu Tage tritt, nach vorwärts kreuzend, bei den Vorwärtsbögen dagegen rückwärts kreuzend erfolgt, verleiht diesen Figuren ihr eigenthümliches Gepräge. Wir unterscheiden demnach den Rückwärts-Einwärts-Vexirschritt oder Bogen rückwärts-einwärts mit vorwärts Uebertreten, den Rückwärts-Auswärts-Vexirschritt oder Bogen rückwärts-auswärts mit vorwärts Uebertreten, den Vorwärts-Auswärts-Vexirschritt oder Bogen

---

*) Die amerikanische Bezeichnung „On to Richmond“ ist eine zur Zeit des nordamerikanischen Secessionskrieges entstandene Satyre auf die Rückzugsbewegungen der Nordarmee auf ihrem Marsche gegen Richmond.

vorwärts-auswärts mit rückwärts Uebertreten und den Vorwärts-Einwärts-Vexirschritt oder Bogen vorwärts-einwärts mit rückwärts Uebertreten.

Der Rückwärts-Einwärts-Vexirschritt (Fig. 135) wird folgendermassen ausgeführt: Man stehe auf dem linken Fusse, kreuze das rechte Bein nach vorwärts über das linke Bein, verlege in dieser Stellung das Körpergewicht auf die innere Kante des rechten Fusses und beschreibe mit demselben einen Bogen nach rückwärts-einwärts, indem man mit der äusseren Kante des linken Fusses nach vorwärts abstösst. Nun bringe man den linken Fuss vor den rechten Fuss gekreuzt auf das Eis, verlege das Körpergewicht auf den linken Fuss und nehme mit der äusseren Kante des rechten Fusses einen Abstoss nach vorwärts, wodurch dem Rückwärts-Einwärtsbogen, auf dem sich dieser Fuss befand, noch ein kleinerer Rückwärts-Auswärtsbogen angefügt wird. Diese ganz kurzen Bögen vor und nach dem Abstosse, welche nur als Beihilfe zur Vervollkommnung des Abstosses dienen, sind derartig aufzufassen wie die analogen Segmente entgegengesetzter Bögen, welche beim Bogenlaufe den Uebergang zur neuen Schwungfläche vermitteln, ohne dass man deshalb den ganzen Bogen als Schlangenbogen bezeichnen darf.

Fig. 135.

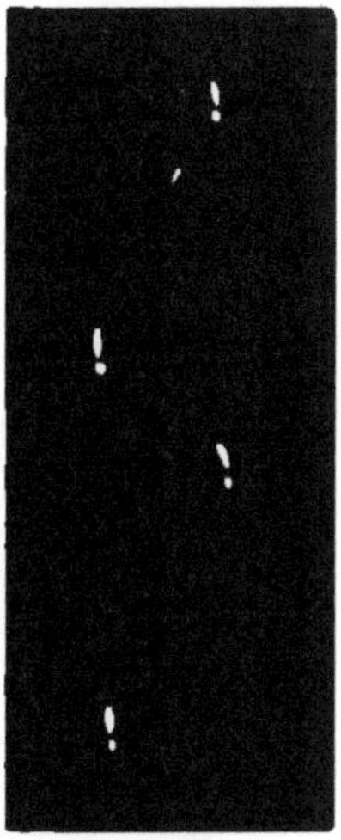

Beim Rückwärts-Auswärts-Vexirschritt (Fig. 136) oder Bogen rückwärts-auswärts mit vorwärts Uebertreten soll der Ansatz des Bogens ohne Vermittlungsbogen sofort auf der äusseren Kante erfolgen, was die Fähigkeit, die Füsse stark nach auswärts zu drehen, voraussetzt. Da der Abstoss mit der äusseren Kante gegeben werden muss, so befinden sich die Füsse in stark divergirender Stellung, wobei der Spielfuss, bevor er das Eis verlässt, einen kleinen Einwärtsbogen, jedoch auf der äusseren Kante beschreibt.

Fig. 136.

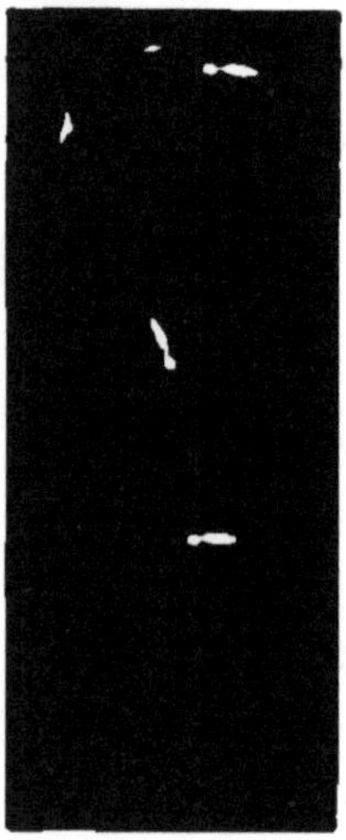

Fig. 137.

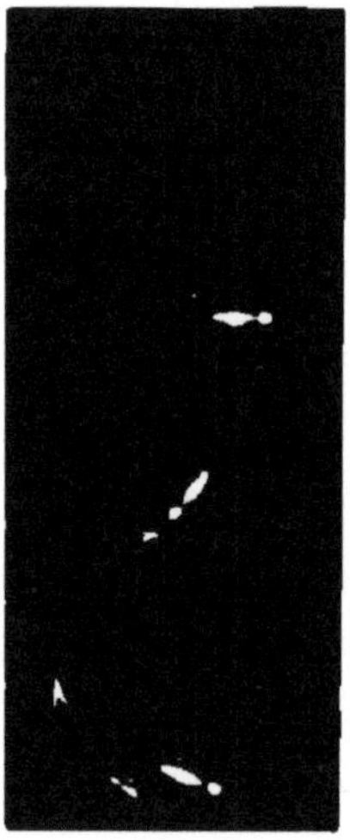

Fig. 138.

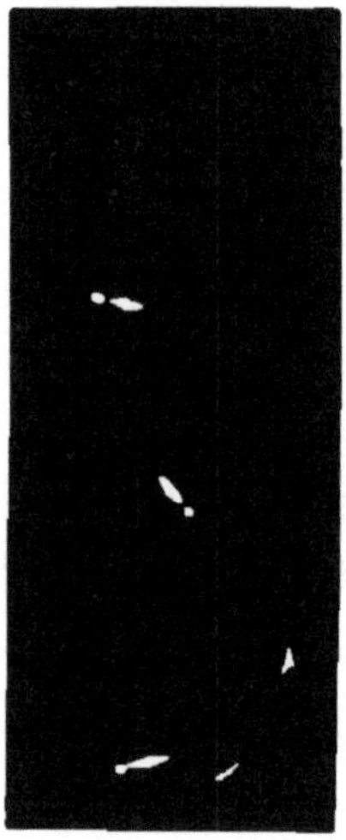

Der Vorwärts-Auswärts-Vexirschritt (Fig. 137) oder Bogen vorwärts-auswärts mit rückwärts Uebertreten und Vorwärts-Einwärts-Vexirschritt (Fig. 138) oder Bogen vorwärts-einwärts mit rückwärts Uebertreten sind offenbar nur dem Bestreben der systematischen Durchführung der Figur nach beiden Bewegungsrichtungen entstanden. Der Abstoss findet in beiden Fällen den Standfuss rückwärts kreuzend und dem Bogen nachfolgend statt. Die Figuren sind schwierig und die Schwunggebung eine mangelhafte. Dies gilt insbesonders von dem Vorwärts-Auswärts-Vexirschritt.

Combinationen der Vexirschritte, abwechselnd nach vorwärts und rückwärts ausgeführt und mit Dreierwendungen bereichert, sind die in Amerika so beliebten Locomotivschritte, von dem, dem Locomotivgeräusche ähnlichen, taktmässigen Aufschlagen der Schlittschuhe auf das Eis benannt. Von der näheren Beschreibung dieser leicht auszuführenden, zahlreichen und willkürlich zu combinirenden Schritte können wir füglich Umgang nehmen.

Die verkehrten Dreier,

auch „falsche Herzln“ genannt, entstehen aus den gewöhnlichen Dreiern, wenn vor und nach der Dreierwendung ein Kantenwechsel stattfindet, welcher bewirkt, dass die verkehrte Dreierwendung eine entgegengesetzte Anordnung erlangt als die gewöhnliche. Im Uebrigen ist die Bogenfolge gerade so wie bei den einfachen Dreiern. Die Betrachtung der Fig. 139, bei welcher die punktirte

Fig. 139.

Linie den gewöhnlichen Dreier bezeichnet, wird den Unterschied klarstellen. Alle diese Figuren enthalten keineswegs neue Elemente, sondern lassen sich auf die Grundfiguren strenge zurückführen.

Die folgenden Figuren stellen die verkehrten Dreier in Achterform dar, die gleich den Dreiern in drei verschiedene Gruppen zerfallen.

Fig. 140. Fig. 141. Fig. 142.

Fig. 140. R. und L. v. a. $_{v.}$W. r. e.
Fig. 141. R. v. a. $_{v.}$W. r. e.
L. r. e. $_{v.}$W. v. a.
Fig. 142. R. v. e. $_{v.}$W. r. a.
L. r. a. $_{v.}$W. v. e.

Bei allen drei Figuren kommt es darauf an, die an die Wendung angrenzenden Bögen möglichst kurz zu machen, ein Umstand, welcher die verkehrten Dreier zu den allergefährlichsten Fallfiguren macht. Man muss darauf bedacht sein, sich bei den Wendungen, und zwar nach vorwärts gehörig auf den Absatz, nach rückwärts auf die Fussspitze zu erheben, und auch bei den darauffolgenden Bögen dasselbe zu berücksichtigen. Beim Herauslaufen aus der Wendung nach rückwärts (Fig. 141) mit Rückwärts-Einwärtsbogen und aus der Wendung nach vorwärts (Fig. 142) mit Vorwärts-Einwärtsbogen hat man mit der Centrifugalkraft einen harten Kampf zu bestehen und ist das correcte Verharren in der Richtung der Schwungfläche keine leichte Aufgabe. Zur Erlernung möge man sich eine etwas verstärkte Kniebeuge gestatten, wodurch die Ausführung der Figur erleichtert, wenn auch keineswegs verschönert wird. Mit zunehmendem Fortschritte trachte man jedoch wieder eine aufrechte Haltung anzunehmen.

Die Wechselwendung und die verkehrte Wechselwendung

ergeben sich aus den beschriebenen Combinationen Schlangenbogen-Dreier (Fig. 63) und Dreier-Schlangenbogen (Fig. 67), wenn der den Wendungen zunächst liegende Theil des Schlangenbogens möglichst verkürzt wird. Im ersten Falle ergeben sich die Wechselwendungen, im zweiten die verkehrten Wechselwendungen.

Die folgende Zeichnung stellt das Verhältniss dieser Figuren zum verkehrten Dreier und zum Dreier klar.

Man führe einen halben verkehrten Dreier bis zur Wendung aus, ohne nach denselben einen Kantenwechsel eintreten zu lassen. Hiedurch erhält man die Wechselwendung (Fig. 143), bei welcher die punktirte Linie die Fortsetzung des verkehrten Dreiers vorstellt. Der Unterschied zwischen der Wechselwendung und dem verkehrten Dreier ist evident, indem nach der Wendung der Bogen bei ersterer sowohl der Richtung als der Kante nach dem des verkehrten Dreiers entgegengesetzt ist.

Um zur verkehrten Wechselwendung zu gelangen, führe man den einfachen Dreier (Fig. 144) bis kurz nach der Wendung aus und vollführe dann einen Kantenwechsel. Die punktirte Linie stellt die Fortsetzung des Dreiers dar.

Fig. 143. Fig. 144.

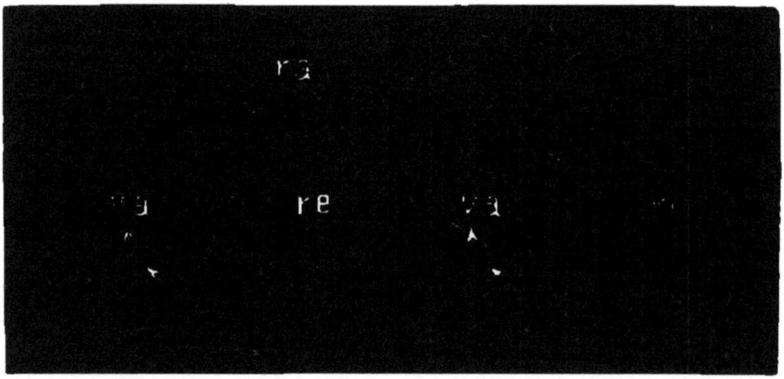

Die Wechselwendungen und verkehrten Wechselwendungen werden häufig mit den verkehrten Dreiern verwechselt; wenn man sich jedoch die angegebene Entstehungsweise vergegenwärtigt, so wird man sich jederzeit leicht zurechtfinden.

Fig. 145 stellt eine Wechselwendung und Fig. 146 eine verkehrte Wechselwendung rechts-vorwärts-auswärts und rechts-rückwärts-einwärts begonnen dar, bei welchen der letzte Bogen vollendet ist. Vorwärts-einwärts und rückwärts-auswärts begonnen muss man sich die Figur mit dem linken Fusse ausgeführt vorstellen, wenn die Zeichnung unverändert gelten soll.

Am Platze in Achterform lassen sich beide Figuren in zwei Gruppen fortsetzen. Fig. 147 stellt die Wechselwendung und Fig. 148 die verkehrte Wechselwendung rechts-vorwärts-auswärts begonnen und rückwärts-auswärts beendet auf einem

Fig. 145. Fig. 146. Fig. 147. Fig. 148.

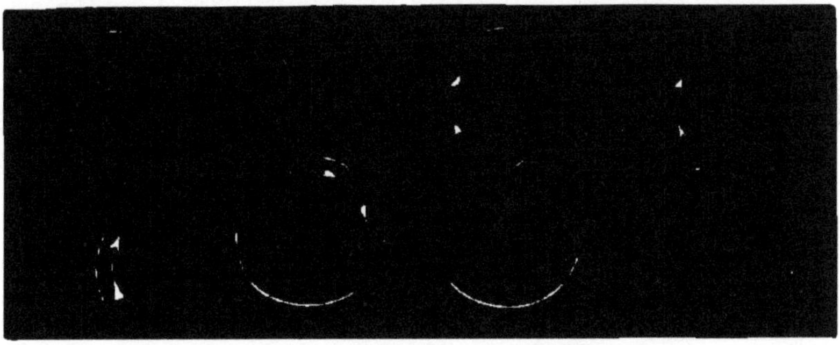

Fusse continuirlich fortgesetzt dar. Man beachte die Spitzen der Wendungen, welche zur Illustration des über die Entstehungsweise der Wechselwendungen und verkehrten Wechselwendungen aus dem verkehrten Dreier und dem Dreier Gesagten dienen. Beide Figuren können auch vorwärts-einwärts begonnen und rückwärts-einwärts beendet werden: bei dieser Ausführung muss man sich aber die Zeichnung umgewendet denken, so dass die

Durchschnittspunkte der Bögen zur Rechten der Wendung zu stehen kommen.

Wir heben diese Subtilitäten in der Anschauungsweise der Zeichnung aus dem Grunde besonders hervor, weil bei den späteren complicirteren Figuren die Mittel der Darstellungsweise und selbst das Wort unzulänglich werden, wenn nicht eine gründliche und rasche Auffassung der Zeichnung vorausgesetzt werden darf.

Fig. 149. Fig. 150.

Fig. 149 stellt die Wechselwendung und Fig. 150 die verkehrte Wechselwendung mit fortschreitender Bewegung, auf einem Fusse continuirlich ausgeführt, dar.

Die Wechselwendungen gehören zu den interessantesten und lehrreichsten Combinationen des Eislaufes, die im gemeinsamen Laufen mannigfache Anwendung finden; sie sind daher dem eingehenden Studium bestens empfohlen.

Die Brille.

Eine Combination der Wechselwendung und verkehrten Wechselwendung führt zu einer eigenthümlichen Figur, welche einer Brille ähnlich ist. (Fig. 151.)

Die Brille lässt sich am Platze in Achterform (Fig. 152) auf vier verschiedene Arten fortsetzen, welche der Anordnung und Bogenfolge des Doppel-

Fig. 151. Fig. 152.

dreiers (Seite 149) entsprechen, mit der Ausnahme, dass bei der Brille der Bogen zwischen den beiden Wendungen, der Kante nach, dem des Doppeldreiers entgegengesetzt ist.

Die gleichkantige und verkehrte gleichkantige Wendung.

Wird bei der Wechselwendung und verkehrten Wechselwendung der den Wendungen zunächst liegende Vermittlungsbogen des Schlangenbogens auf Null reducirt, so gelangt man vom Vorwärts-Auswärts- auf den Rückwärts-Auswärts-

und vom Vorwärts-Einwärts- auf den Rückwärts-Einwärtsbogen und umgekehrt, ohne die Kante zu wechseln.

Die gleichkantige Wendung vorwärts-auswärts (Taf. I, Fig. 157).

Betrachtet man die Fig. 153, welche eine Wechselwendung, und Fig. 154, die eine gleich-

Fig. 153. Fig. 154. Fig. 155. Fig. 156.

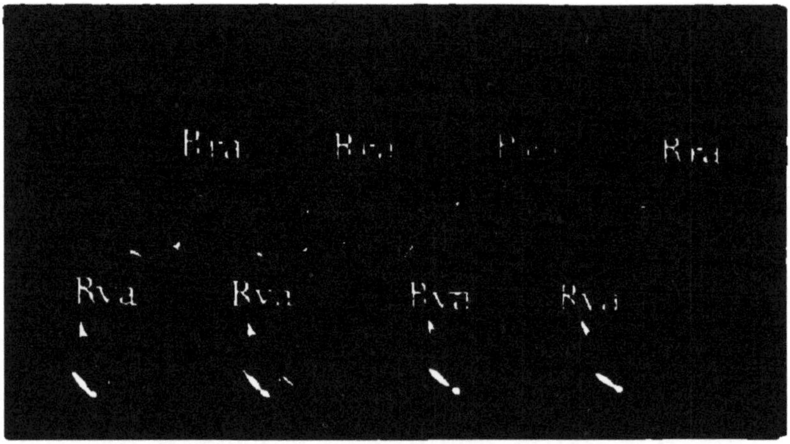

kantige Wendung vorwärts-auswärts*) darstellt, so entsteht letztere aus der ersteren dadurch, dass man den kurzen Bogen vorwärts-einwärts vor der Wendung vollständig unterdrückt.

---

*) Zur Erlernung dieser schwierigen Figuren, die von Mr. H. E. Vandervell vom London-Skating-Club herrühren, für die aber in Wien Herr Eduard Engelmann bahnbrechend gewirkt hat, kann man sich von einem mit denselben vertrauten Läufer in der Weise Hilfe geben lassen, dass man sie mit demselben in der von Herrn Engelmann angegebenen Stellung ausführt, welche im Capitel „Das gemeinschaftliche Figurenlaufen“ besprochen ist.

Um dies bewerkstelligen und damit diese schwierige Wendung rein ausführen zu können, bringe man den Spielfuss kurz vor der Wendung vor den Standfuss, überkreuze denselben nach aussen und schwinge ihn während der Wendung blitzschnell zurück in jene Lage, welche dem Rückwärts-Auswärtsbogen entspricht. Der Weg, den der Spielfuss in der Luft zurücklegt, ist eine der Spur des Standfusses auf dem Eise im Raume parallel und in der gleichen Richtung geführte gleichkantige Wendung links vorwärts-einwärts nach rückwärts-einwärts, welche hier die Stelle der Luftschlingen bei den Dreiern vertritt. Gleichzeitig mit dem Zurückschwingen des Spielfusses muss die linke Schulter und Hüfte zurückgenommen werden, damit sich nach der Wendung alle Körpertheile in der neuen Schwungfläche, welche dem Rückwärts-Auswärtsbogen entspricht, befinden. Es ist nothwendig, bei der Wendung das Körpergewicht etwas nach vorne zu verlegen, damit die Wendung, welche im Sinne des verkehrten Dreiers ausgeführt wird, auf dem vorderen Theile des Schlittschuhes erfolge.

Die verkehrte gleichkantige Wendung vorwärts-auswärts (Taf. I, Fig. 161).

In ganz analoger Weise entsteht die verkehrte gleichkantige Wendung vorwärts-auswärts (Fig. 156) aus der verkehrten Wechselwendung (Fig. 155), wenn der kurze Rückwärts-Einwärtsbogen nach der Wendung, welche hier im Sinne des Dreiers erfolgt, weggelassen wird. Der Vorgang, um dies zu erreichen, ist ganz derselbe wie bei der gleichkantigen Wendung, nur beschreibt der Spielfuss hier in der Luft eine verkehrte gleichkantige Wendung vorwärts-einwärts. Das Anhalten des Rückwärts-Auswärtsbogens nach der Wendung ist hier schwieriger, während die Wendung selbst verhältnissmässig leichter ist. Es ist deshalb das gleichzeitige Zusammenspiel zwischen Spielfuss, Schulter und Hüfte womöglich noch strenger durchzuführen, um sich sogleich nach der Wendung der Rückwärts-Auswärts-Schwungfläche streng anpassen und in derselben verharren zu können. Ein Innehalten mit dem Schwunge vor der Wendung und Seitwärtsschleudern des Spielfusses nach derselben behufs Erlangung eines neuen Schwungimpulses ist unnöthig und fehlerhaft. Man wird auf diesem Wege, den Viele einschlagen, um die Klippe zu umgehen, niemals dazu gelangen, diese Wendung rein auszuführen.

Die gleichkantige Wendung vorwärts-einwärts (Taf. I, Fig. 158).

Diese gleichkantige Wendung, welche im Sinne des verkehrten Dreiers erfolgt, ist von allen die leichteste. Der Spielfuss beschreibt bei Ausführung derselben in der Luft eine gleichkantige Wendung vorwärts-auswärts und befindet sich zuletzt hinter dem Standfusse.

Die verkehrte gleichkantige Wendung vorwärts-einwärts (Taf. I, Fig. 162).

Die verkehrte gleichkantige Wendung vorwärts-einwärts gehört zu den schwierigsten ihrer Art. Die Führung des Spielfusses, welcher hier eine verkehrte gleichkantige Wendung vorwärts-auswärts in der Luft beschreibt und mit derselben den Standfuss vorne nach aussen überkreuzt, ist bei dieser Wendung, welche im Sinne des Dreiers erfolgt, besonders wichtig. Nach der Wendung befindet sich der Körper in derselben Lage wie beim Dreier rückwärts-einwärts, wenn man sich anschickt, die Wendung nach vorwärts-auswärts auszuführen.

Die gleichkantige Wendung rückwärts-auswärts (Taf. I, Fig. 159).

Bei der gleichkantigen Wendung rückwärts-auswärts vollführt der Spielfuss eine gleichkantige Wendung vorwärts-einwärts in der Luft, welche wie bei den übrigen gleichkantigen und verkehrten gleichkantigen Wendungen parallel zur Spur des Standfusses, der Wendung etwas voraneilend, geführt wird. Nach der gleichkantigen Luftschlinge wird der Spielfuss energisch nach rückwärts gebracht und mit dem Standfusse scharf gekreuzt. Die Bewegung des Spielfusses ist der bei der

Dreierwendung von rückwärts-einwärts nach vorwärts-auswärts ähnlich. Die Wendung erfolgt im Sinne des verkehrten Dreiers.

Die verkehrte gleichkantige Wendung rückwärts-auswärts (Taf. I, Fig. 163).

Bei dieser Wendung, welche sehr schwungconsumirend wirkt, fällt dem Spielfusse eine verkehrte gleichkantige Wendung vorwärts-einwärts zu, welche in der Luft wieder der Spur des Standfusses parallel läuft. Der Spielfuss wird dabei schliesslich scharf hinter den Standfuss gekreuzt. Die Wendung erfolgt im Sinne des Dreiers.

Die gleichkantige Wendung rückwärts-einwärts (Taf. I, Fig. 162).

Diese Wendung ist ebenso leicht auszuführen wie die gleichnamige nach vorwärts. Der Spielfuss beschreibt eine parallele und gleichgerichtete, gleichkantige Wendung rückwärts-auswärts in der Luft. Die Figur wendet im entgegengesetzen Sinne des Dreiers.

Die verkehrte gleichkantige Wendung rückwärts-einwärts (Taf. I, Fig. 164).

Bei dieser Wendung ist das Verhältniss der Schwierigkeit der Ausführung analog der gleichnamigen Wendung nach vorwärts-einwärts. Die Situation ist eine ähnliche wie beim Rückwärts-Einwärts-Dreier. Der Spielfuss beschreibt denselben

Rückwärts-Auswärtsbogen wie dort und überkreuzt nach der Wendung den Standfuss nach vorne, wobei er eine verkehrte gleichkantige Wendung rückwärts-auswärts in der Luft vollführt. Die Wendung erfolgt im Sinne des Dreiers.

Die gleichkantigen und verkehrten gleichkantigen Wendungen gehören zu den schwierigsten Uebungen, die sich auf Schlittschuhen ausführen lassen. Sie erfordern zu ihrer Erlernung Geduld und Ausdauer, wie kaum andere; gehören aber, im Schwunge rein und ohne Zagen ausgeführt, zu den überraschendsten und wirkungsvollsten Figuren, daher wir sie jungen strebsamen und kühnen Läufern besonders empfehlen.

Die Wechselschritte.

Wir haben in der Schule des Eislaufes, mit alleiniger Ausnahme eines Falles beim Vorwärts-Auswärts-Dreier, den Fusswechsel nur in der Aufeinanderfolge gleichnamiger Bögen kennen gelernt. Untersuchen wir nun jene Fälle, welche sich ergeben, wenn man ungleichartige Bögen aufeinander folgen lässt, so entstehen, wenn wir die Taf. II betrachten, auf welcher wir die 60 möglichen Varianten verzeichnet haben, drei Gruppen:

Die erste mit den Figuren 165 bis 168 enthält die Anfügung eines Bogens entgegengesetzter Kante aber gleicher Richtung an die vier Bogenarten. Da dies bei natürlicher Fussstellung bei jedem Bogen auf drei Arten erfolgen kann, nämlich: mit seitlicher paralleler Nebenstellung des Spielfusses neben dem Standfusse und mit Ueberkreuzung des letzteren vor- und rückwärts, so ergeben sich in der ersten Gruppe 12 Fälle, welche mit den Nummern 1 bis 12 bezeichnet sind.

Die zweite Gruppe, mit den Figuren 169 bis 172, enthält jene 24 Fälle, welche durch die Anfügung eines Bogens entgegengesetzter Richtung und gleichnamiger oder ungleichnamiger Kante an die vier Bogenarten entstehen. Diese Bogenfolge wird durch die Stellung der Füsse wie im Laufen Ferse an Ferse (Mond) vermittelt. Wenn einzelne dieser Stellungen auch keinen praktischen Werth besitzen, so glaubten wir dieselben doch der Vollständigkeit und klaren Uebersicht halber anführen zu sollen. Die Mehrzahl hat im Kunstlaufen Anwendung gefunden und verdanken wir denselben eine Reihe brillanter Combinationen. Die Nummern 13 bis 24 veranschaulichen 12 Stellungen, welche sich dadurch verdoppeln, dass die Fussmarken sowohl für die Bögen der Auswärts- als der Einwärtskante zu gelten haben.

Die dritte Gruppe (Fig. 173—176) enthält ebenfalls 24 Stellungen, von denen jedoch derzeit die Mehrzahl unausgeführt ist, was vom ästhetischen Standpunkte gewiss nicht zu beklagen ist. Die Bogenfolge ist ganz dieselbe wie in der vorhergehenden Gruppe, nur wird sie hier durch das

„Laufen Fussspitze an Fussspitze“ (verkehrter Mond) vermittelt. Wir haben diese Figur aus dem angegebenen Grunde nicht in gleicher Weise wie das Laufen Ferse an Ferse besprochen, glaubten dieselbe aber erwähnen zu sollen, weil wir ihrer zur Erläuterung des nachfolgenden Fuss- und Bogenwechsels nach den Wendungen und einiger Figuren, welche im Kunstlaufen bereits Eingang gefunden haben, nicht ganz entrathen können. In jenen Fällen, in welchen nicht beide Füsse gleichzeitig auf dem Eise sich befinden, demnach die Figur nur als Uebergang benützt wird, entzieht sich das Unschöne derselben mehr dem Auge des Beschauers, und dann mag sie hingenommen werden.

Wenn wir aus den besprochenen 60 Fällen jene herausgreifen, welche im combinirten Figurenlaufen bisher Anwendung gefunden haben, so beschränkt sich ihre Zahl auf 14, welche auf Taf. III verzeichnet sind. Wir wollen diese Figuren Wechselschritte nennen, weil sie häufig nützliche Uebergangsglieder einer Combination bilden, wenn es sich darum handelt, bei Einhaltung einer bestimmten Bewegungsrichtung die Symmetrie zwischen rechts und links herzustellen, falls der zur nächsten Figur erforderliche Fuss erst freigemacht werden muss.

Fig. 177, Taf. III, stellt das Anfügen eines Vorwärts-Einwärtsbogens an einen Vorwärts-Auswärtsbogen durch seitliche Nebenstellung dar. Sie findet seltener eine Anwendung als Fig. 178, welche dieselben Bögen mit vorwärts Uebertreten aneinanderreiht. Figur 179, welche dem Bogen vorwärts-auswärts den Vorwärts-Einwärtsbogen mit rückwärts Uebertreten folgen lässt, wird im Wiener Eislaufverein „Kibitzschritt“ genannt. Derselbe ist mit dem Vexirschritt vorwärts-auswärts oder Bogen vorwärts und rückwärts Uebertreten nicht zu verwechseln. Für das in Fig. 180 verzeichnete Anfügen eines Bogens rückwärts-einwärts an einen Vorwärts-Auswärtsbogen findet sich in der Schule des Eislaufes keine Analogie, da man es weder ein vorwärts noch ein rückwärts Uebertreten nennen kann. Vorwärts Abstreifen wird es gewöhnlich bezeichnet.

Die Figuren 181 bis 184 stellen die analogen Schritte einwärts dar. Bei den Rückwärtsbögen entfällt der dem vorwärts Abstreifen entsprechende Wechselschritt, da derselbe nur durch die Stellung Fussspitze an Fussspitze in einem Winkel nahe an 180 Grad bewerkstelligt werden könnte. Die übrigen sechs Figuren 185 bis 190 sind den bei den Vorwärtsbögen besprochenen analog. Fig. 187 wird auch das „Abstreifen“ genannt; sie ist mit dem Vexirschritt rückwärts-einwärts nicht zu verwechseln.

Der Fuss- und Bogenwechsel nach den Wendungen.

Diese interessanten Figuren entstehen, wenn man den Bogen nach den Wendungen nur ganz kurz anhält und demselben einen Bogen der entgegengesetzten Kante in der Weise anfügt, wie dies auf Taf. I in den Figuren 165 bis 168 angegeben ist. Einige dieser Figuren sind uralt, andere sind neueren Ursprunges. In der genetischen Folge, wie wir sie hier geben, sind sie bisher nicht betrachtet worden. Die Ausführung aller dieser Figuren unterliegt keinen besonderen Schwierigkeiten, falls man sich mit der betreffenden Wendung vorher vertraut gemacht hat.

Der Engländer (Taf. IV, Fig. 191—194)

stellt eine Combination dar, welche in England „Once back“ genannt wird und dort als schwunggebendes Element beinahe allen Figuren als Einleitung dient. Wir wollen sie Engländer nennen mit Rücksicht darauf, dass sich bei der analog aus dem verkehrten Dreier entstandenen Fig. 195, welche aus Amerika stammt, der Name Amerikaner bereits eingebürgert hat.

Der Engländer wird ausgeführt, indem man einen Dreier rechts vorwärts-auswärts beschreibt, den Rückwärts-Einwärtsbogen nach der Wendung ganz kurz anhält und einen Bogen links rückwärts-auswärts anfügt. Diese Ausführung war die bisher allein übliche. Man kann dieselbe jedoch derart variiren, dass man an dem kurzen Rückwärts-Einwärtsbogen nach der Wendung einen Rückwärts-Auswärtsbogen mit rückwärts oder mit vorwärts Uebertreten folgen lasst.

In analoger Weise kann der Engländer vorwärts-einwärts (Fig. 192) auf drei Arten ausgeführt werden. Da man beim Engländer rückwärts-auswärts (Fig. 193) vom Rückwärts-Auswärtsbogen nur einfach zum Vorwärts-Auswärtsbogen hinüberzutreten braucht, so fallen hier die drei Varianten in zwei zusammen. Beim Rückwärts-Einwärts-Engländer (Fig. 194) ist besonders die Variante mit vorwärts-einwärts Uebertreten nach der Wendung zu empfehlen. Ein Hinübertreten aus dem Rückwärts-Einwärtsbogen zum Vorwärts-Einwärtsbogen, welches zulässig ist, entspricht jedoch nicht dieser Figur, sondern der Fig. 198.

Der Amerikaner (Taf. IV, Fig. 195—198).

Jene Figuren, welche aus dem verkehrten Dreier in analoger Weise wie die besprochenen entstehen, werden im Wiener Eislaufverein Amerikaner genannt. Es war bisher jedoch nur Fig. 195, welche von Callie Curtis importirt wurde, üblich. Sie besteht aus einem verkehrten Dreier vorwärts-auswärts, sehr kurzem Rückwärts-Einwärtsbogen nach der Wendung und einem Rückwärts-Auswärtsbogen, welcher mit vorwärts oder rückwärts Uebertreten angefügt werden kann. Durch das viele Ueben dieser beliebten Figur hat man es dahin gebracht, dass man vom Vorwärts-Auswärtsbogen mit Hinweglassung des Dreier-Ueberganges unmittelbar in Mondstellung zum Rückwärts-Auswärtsbogen gelangt. Dadurch wird in der Spur nur der halbe verkehrte Dreier ausgeprägt, wir wollen jedoch in der Zeichnung auch in der Folge den Uebergang beibehalten, weil man dadurch diese Figur besser unterscheidet. Beim Vorwärts-Einwärts-Amerikaner (Fig. 196) empfiehlt sich besonders der Uebergang nach rückwärts-einwärts mit rückwärts Uebertreten, indessen ist auch ein vorwärts Uebertreten zulässig, welches jedoch bisher nicht geübt wurde. Wollte man den Vermittlungsbogen übergehen und unmittelbar vom Vorwärts-Einwärtsbogen zum Rückwärts-Einwärtsbogen hinübertreten, so verfiele man auf das „Laufen Fussspitze an Fussspitze“, welches, an dieser Stelle angewendet, die Figur sehr verunzieren würde.

Bei Fig. 197, dem Rückwärts-Auswärts- oder verkehrten Amerikaner, findet zwar auch das Laufen Fussspitze an Fussspitze seine Anwendung, wenn man den Vorwärts-Einwärtsbogen nach der Wendung unterdrücken will; es fällt hier jedoch nicht so auf, weil die Füsse übereinander gekreuzt werden.

Bei Fig. 198, dem Rückwärts-Einwärts-Amerikaner, geht man einfach in Mondstellung vom Rückwärts-Einwärtsbogen auf den Vorwärts-Einwärtsbogen über.

Der Fuss- und Bogenwechsel nach der gleichkantigen und verkehrten gleichkantigen Wendung (Taf. V) vollzieht sich in ähnlicher Weise, wie dies bei den Dreiern und verkehrten Dreiern erläutert wurde. Die Figuren 199, 200 und 201 können durch Nebenstellung, sowie durch vor- und rückwärts Uebertreten auf drei Arten ausgeführt werden, bei Fig. 202 dagegen reduciren sich die drei Fälle auf zwei, da man einfach aus dem Rückwärts-Einwärtsbogen zum Vorwärts-Auswärtsbogen hinübertritt. Dasselbe gilt von Fig. 206, während sich 203, 204 und 205 auf drei Arten ausführen lassen.

Mit diesen 22 beinahe durchgehend neuen Figuren eröffnet sich der Combination ein weites, noch wenig bebautes Feld, welches um so dankarer ist, als diese Figuren sich ohne Ausnahme auch mit Anlauf im grössten Schwunge ausführen lassen.

Figuren und Tänze mit fortschreitender Bewegung.

Wenn dieses Capitel eine stiefmütterliche Behandlung erfährt, so ist dies nur scheinbar, da alle Figuren, welche im Nachfolgenden in Achterform verzeichnet sind, ohne Ausnahme auch mit fortschreitender Bewegung ausgeführt werden können.

Bei Beschreibung von Tanzfiguren wollen wir die Anpassung der Glieder derselben an die einzelnen Takte der verschiedenen Tanzweisen unerwähnt lassen, da einerseits diese Anpassung dem taktkundigen Tänzer, und für einen solchen dürfen wir wohl den Tanzschritte ausführenden Eisläufer halten, nicht schwer werden dürfte, andererseits die meisten nachfolgend beschriebenen Tänze nach verschiedenen Tanzweisen ausgeführt werden können und auch ausgeführt werden, daher bei Berücksichtigung der Takteintheilung einer mehrfachen Beschreibung bedürften.

Der einfache Marschschritt (Taf. VI, Fig. 207).

Der einfache Marschschritt besteht aus einem Bogen rechts vorwärts-auswärts, einem Wechselschritt links vorwärts-einwärts mit Hintertreten, welcher nur kurz angehalten wird, und einem Bogen rechts vorwärts-auswärts. Mit dem linken Vorwärts-Auswärtsbogen wird der Schritt in derselben Weise fortgesetzt.

R. v. a. L. v. e_h. R. v. a.
L. v. a. . . . .

Der einfache Marschschritt wird im Wiener Eislaufvereine auch das „Kibitzen" genannt.

Der Marschschritt mit Fersenstellung (Taf. VI, Fig. 208).

Diese effectvolle Combination, welche Hüften und Schultern stark in Anspruch nimmt, dient als gute Uebung für die vielen Figuren eigenthümliche Winkelstellung des Oberkörpers gegenüber dem Becken. Folgende Formel gibt die einzelnen Bewegungen:

R. v. a. L. v. e_h. R. r. e_a.
L. v. a. . . . .

Die ersten beiden Schritte sind dieselben wie beim einfachen Marschschritte, der dritte Schritt ist das unter den Wechselschritten angeführte Vorwärts-Abstreifen.

Curtis-Brillenschritt (Taf. VI, Fig. 209).

Dieser schon höhere Anforderungen an den Läufer stellende Schritt wird mit dem Wechselschritt rückwärts-einwärts, dem Abstreifen, begonnen. Zu diesem Behufe werden die Füsse gekreuzt auf das Eis gestellt, der rechte vorne. Nachdem man den Abstoss mit der äusseren Kante des linken Fusses gegeben und den Rechts-Rückwärts-Einwärtsbogen bis zu einem halben Bogen angehalten hat, wird auf rückwärts-auswärts übergegangen und nun eine Brille rückwärts-auswärts ausgeführt. Der aus der Brille herauslaufende Rückwärts-Auswärtsbogen wird wieder mit dem Abstreifen vorne überkreuzt und damit die Figur mit links rückwärts-einwärts in gleicher Weise fortgesetzt. Die Formel ist folgende:

R. r. e. a. $_{v.}$G. W. v. a. G. W. r. a.
L. r. e. a. . . . .

Frey-Schritt (Taf. VI, Fig. 210).

Dieser überraschende Schritt, welcher von Herrn Leopold Frey, dem Sieger im Internationalen Preis-Figurenlaufen vom Jahre 1882, herrührt, wird ebenfalls mit gekreuzten Füssen und dem Bogen rechts vorwärts-auswärts mit Hintertreten begonnen, worauf mit der gleichkantigen Wendung auf rückwärts-auswärts übergegangen wird. Nun wird links ein Rückwärts-Auswärtsbogen mit Uebertreten angefügt und mit der Luftschlinge nach vorwärts-einwärts gewendet. Der rechte Fuss setzt neuerdings die Figur mit Vorwärts-Auswärtsbogen mit Hintertreten fort. Wie man sieht, wechselt die Figur nicht. Ihre Formel ist folgende:

R. v. $a_{h.}$ G. W. r. a. L. r. $a_{ü.}$ W. v. e.
R. v. $a_{h.}$ . . . .

Der Frey-Schritt lässt sich in der Weise variiren, dass man an Stelle der gleichkantigen Wendung einen Dreier vorwärts-einwärts ausführt. Die Formel stellt sich dann folgendermassen:

R. v. $e_{h.}$ W. r. a. L. r. $a_{ü.}$ W. v. e.
R. v. $e_{h.}$ . . . .

Die Wiener Rebe (Taf. VII, Fig. 211).

Den Weg, den beide Füsse bei dieser Rebe, jeder für sich, beide aber gleichzeitig verfolgen, zeigt nachstehende Formel:

R. v. a. e. W. r. a. W. v. e. G. W. r. e.
L. v. e. G. W. r. e. W. v. a. e. . . . . .

Um diese Rebe auszuführen, stehe man mit gekreuzten Füssen, den rechten vor den linken gesetzt, auf dem Eise. Nun beginnt der Rechte mit Vorwärts-Auswärtsbogen und eilt dem Linken, welcher sich auf dem Bogen vorwärts-einwärts befindet, die Kante wechselnd voraus. Bei 1 durchschneidet der linke Fuss die Spur des rechten hinter demselben und gelangt zu dem Punkte 2, bevor noch letzterer den Punkt 3 ganz erreicht hat.

Nun vollführt der linke Fuss eine gleichkantige Wendung nach rückwärts-einwärts und befinden sich die Füsse einen Moment in Mondstellung, der Rechte bei 3, der Linke etwas über den Punkt 2 hinaus. Nun beschreibt der Rechte bei 3 eine Wendung nach rückwärts-auswärts. Bei 4 durchschneidet der linke Fuss die Spur des Rechten hinter demselben, dadurch eine Kreuzung der Füsse bewirkend, und gelangt gleichzeitig mit dem Rechten, welcher bei 6 angelangt ist, zu dem Punkte 5. Nun dient der Punkt 6 als Drehungsmittelpunkt, um welchen der Bogen vorwärts-auswärts des linken Fusses herumgeführt wird, dadurch den Rechten bei 6 zu einer Wendung nach vorwärts-einwärts veranlassend. Bei 1' ist die ursprüngliche Stellung, nur mit verwechselten Füssen, wieder erreicht. Bei 2', 3', 4', 5' und 6' wiederholen sich die Vorgänge bei 2, 3, 4, 5 und 6, nur dass die Füsse ihre Rollen getauscht haben.

Die Alexander-Rebe (Taf. VII, Fig. 212).

Eine interessante, effectvolle, jedoch schwierige Variante der vierfach gekreuzten Rebe entsteht, wenn statt der ersten Dreierwendung eine gleichkantige Wendung eingelegt wird. Diese Rebe, welche im Wiener Eislaufvereine nach Herrn Alexander Diamantidi jun., der dieselbe zuerst ausführte, „Alexander-Rebe“ genannt wurde, hat folgende Formel:

R. v. a. G. W. r. a. W. v. e. a. W. r. e.
W. v. a. . . . .
L. v. e. a. W. r. e. W. v. a. G. W. r. a.
W. v. e. a. . . . . . .

Bei der Ausführung setzt man die Füsse parallel in einer Entfernung von einem Fuss auf das Eis, verlegt das Gewicht des Körpers auf den rechten Fuss und beginnt mit diesem einen Vorwärts-Auswärtsbogen, während der linke Fuss einen Vorwärts-Einwärtsbogen beschreibt. Bei 1 angelangt, überkreuzt der linke Fuss den rechten nach vorne, wechselt die Kante und eilt voraus, während der rechte die Spur des linken Fusses hinter demselben durchschneidet. In diesem Momente befinden sich beide Füsse auf dem Vorwärts-Auswärtsbogen. Während nun der rechte Fuss bei 2 angelangt ist, hat der linke Fuss bereits den Punkt 3 erreicht und das Körpergewicht übernommen. Die Stellung der Füsse ist eine gekreuzte, der linke ist vorne. Nun vollführen beide Füsse gleichzeitig, der rechte eine gleichkantige Wendung nach rückwärts-auswärts, der linke eine Dreierwendung nach rückwärts-einwärts. Punkt 3 dient als Drehungsmittelpunkt, um welchen der Rückwärts-Auswärtsbogen des rechten Fusses herumgeführt wird und dadurch die Spur des linken bei 4 überschneidet. Bei 5 angelangt, befinden sich die Füsse noch immer in gekreuzter Stellung, der linke vorne. Nun wird letzterer zurückgezogen, im Sinne der Bewegungsrichtung aber vorgezogen, indem er die

Spur des rechten hinter demselben überschneidet und dadurch die Kreuzung auflöst. Beide Füsse treffen gleichzeitig bei den Punkten 6 und 7 ein und führen parallel je eine Dreierwendung aus. Punkt 7, wo sich der linke Fuss befindet, welcher das Körpergewicht übernommen hat, dient als Drehungsmittelpunkt, um welchen der Bogen vorwärts-einwärts des rechten Fusses herumgeführt wird, wobei er die Spur des linken bei 1' überschneidet und voraneilt.

Bei den Punkten 2' bis 7' wiederholt sich der soeben beschriebene Vorgang, nur dass die Füsse die Rollen getauscht haben, bis sie bei Punkt 1'' wieder zur ursprünglichen Stellung wie bei 1 gelangt sind.

Figuren und Tänze in Achterform.

Diese Form der Figuren ist die beliebteste, da sie sich sowohl für einen Läufer als für das gemeinschaftliche Laufen zu Zweien, Vieren und Mehreren eignet und auf verhältnissmässig beschränktem Raume eine grosse Vielseitigkeit in den Evolutionen zulässt. In letzterer Hinsicht ist aber auch das grosse Uebergewicht, welches der Achter in der Figurencombination gegenüber den übrigen Formen erlangt hat, ein Fingerzeig, dass auf unseren Eisplätzen die Grenzen der Bewegung des einzelnen Läufers stets enger gezogen werden. Ist dies auch ein erfreulicher Beweis für die wachsende Verbreitung des Eislaufes, so wäre es doch erwünscht, dass gegen diese räumliche Beschränkung ebensowohl im Interesse der Erhaltung des grossen Styles bei der gegenwärtigen Generation, als auch der Heranbildung desselben bei der künftigen, möglichst Abhilfe geschaffen werde.

Die Korper-Figur (Taf. VIII, Fig. 214).

Diese Figur ist in ihrer einfachsten Form in Fig. 213 dargestellt. Sie besteht aus einem Schlangenbogen rechts-vorwärts-auswärts-einwärts und einem solchen links-vorwärts-einwärts-auswärts, welche sich zu einem vollständigen Achter ergänzen. Der Fusswechsel findet an den beiden Endpunkten der Längenaxe des Achters statt. Die Figur kann derart variirt werden, dass sie mit Bogen vorwärts-einwärts, rückwärts-auswärts und rückwärts-einwärts begonnen wird.

Die unter Fig. 214 verzeichnete ist die schwierigste, aber auch eleganteste Form. Sie besteht aus dem Wechselschritt rechts und links „Abstreifen" rückwärts-einwärts-auswärts.

Eine sechste Variante bildet die Fig. 216, welche mit dem Wechselschritte rechts und links, vorwärts-einwärts-auswärts mit Hintertreten ausgeführt wird. Eine siebente Variante entsteht, wenn mit dem Wechselschritte rechts-vorwärts-auswärts-einwärts begonnen wird, wodurch sich aber die Figur bedeutend schwieriger und weniger schwungvoll gestaltet.

Die besprochene Figur wird in zahlreichen Varianten geübt. Eine solche mit eingelegten Schlingen findet sich auf Taf. X, Fig. 224.

Der Curtis-Achter (Taf. VIII, Fig. 215).

Der äusserst schwierige Achter wurde von Callie Curtis zuerst in Wien gezeigt und ihm zu Ehren benannt. Er besteht aus dem Vexirschritte rückwärts-auswärts oder Bogen rückwärts-auswärts mit vorwärts Uebertreten. Anfangs hielt man die Figur für unnachahmbar, gegenwärtig wird sie von einigen Wenigen ausgeführt.

Schlangenbogen-Dreier in Achterform (Taf. IX).

In der Schule des Eislaufes, wo nur die Aufeinanderfolge gleichartiger Bögen in Betracht gezogen wurde, konnte der Schlangenbogen-Dreier nicht in der Weise angeordnet werden, dass der halbe Achter sowohl auf dem linken wie auf dem rechten Fusse mit dem gleichen Bogen begonnen werde. Auf Grundlage der verschiedenen Uebergänge, welche wir in den Elementen des Kunstlaufens kennen gelernt haben, ist eine solche Anordnung nach allen 4 Bogenarten auf Taf. IX. durchgeführt.

Fig. 217.	R. v. a. e.	W. r. a.
	L. v. a. e.	W. r. a.
Fig. 218.	R. v. e. a.	W. r. e.
	L. v. e. a.	W. r. e.
Fig. 219.	R. r. a. e.	W. v. a. A.
	L. r. a. e.	W. v. a. A.
Fig. 220.	R. r. $e_{a.}$ a.	W. v. e.
	L. r. $e_{a.}$ a.	W. v. e.

Bei Fig. 217 vermittelt der Engländer rückwärts-auswärts den Uebergang, bei 218 der Amerikaner rückwärts-einwärts, bei 219 der Amerikaner vorwärts-auswärts, bei 220 das Abstreifen vorwärts-einwärts.

Alexander-Figur (Taf. X).

Diese von Herrn Alexander Diamantidi jun. herrührende und nach ihm benannte elegante, aber nicht eben leichte Figur wird in 2 Varianten ausgeführt.

Fig. 221. R. r. a. W W. v. a. A.
L. r. a. W W. v. a. A.

Fig. 222. R. r. a. $_{\text{v.}}$W W. v. a. A.
L. r. a. $_{\text{v.}}$W W. v. a. A.

Beide Figuren werden jedoch auf der Zeichnung zur Erleichterung des Erlernens als mit dem Bogen vorwärts-auswärts nach der Wechselwendung begonnen abgebildet, da man mit diesem Eingange schneller in Schwung kommt. Es kann aber auch mit dem Rückwärts-Auswärtsbogen begonnen werden, was jedenfalls correcter ist.

Der Dinstl-Achter (Taf. X. Fig. 223),

ist eine Variante der vorhergehenden Figur mit eingelegter Schlinge, welche die Ausführung noch erschwert.

R. r. a. S. r. a. W W. v. a. A.
L. r. a. S. r. a. W W. v. a. A.

Die Figur wurde zuerst von Herrn Willy Dinstl ausgeführt und nach ihm benannt.

Die verkehrte gleichkantige Wendung in Achterform (Taf. XI).

Wir haben in den Fig. 225 bis 228 die verkehrte gleichkantige Wendung combinirt mit dem Dreier, dem Doppeldreier und der Schlinge in Achterform verzeichnet.

Fig. 225.	R. v. a.	v.G. W. r. a.	
	L. v. a.	v.G. W. r. a.	
Fig. 226.	R. v. a.	v.G. W. r. a.	W. v. e.
	L. v. a.	v.G. W. r. a.	W. v. e.
Fig. 227.	R. v. a.	v.G. W. r. a.	W. v. e.
		W. r. a.	
	L. v. a.	v.G. W. r. a.	W. v. e.
		W. r. a.	
Fig. 228.	R. v. a.	v.G. W. r. a.	S. r. a.
	R. v. a.	v.G. W. r. a.	S. r. a.

Die beiden ersten Figuren unterliegen, wenn man sich einmal in der verkehrten gleichkantigen Wendung befestigt hat, keinen besonderen Schwierigkeiten. Um bei Fig. 226 die Wendung nach dem Rückwärts-Auswärtsbogen rein ausführen zu können, muss vor derselben der Spielfuss vorgebracht werden, um zur Luftschlinge zu gelangen. Dasselbe gilt auch für Fig. 228. Bei dem Doppeldreier (Fig. 227) ist der Spielfuss derart zurückzunehmen, als wollte man eine Cirkelfigur rückwärts-auswärts ausführen, ohne jedoch mit demselben das Eis zu berühren.

Der Kaiser-Achter (Taf. XII. Fig. 229)

stellt den „Fuss- und Bogenwechsel“ nach der verkehrten gleichkantigen Wendung vorwärts-einwärts (Taf. V, Fig. 204) in Achterform dar.

Es gebührt dem Erfinder, Herrn Carl Kaiser, welcher in zwei aufeinanderfolgenden Jahren, 1888 und 1889, die Meisterschaft von Deutschland im Kunstlaufen errang, das Verdienst, für diese Art Figuren bahnbrechend gewirkt zu haben.

Der Sage-Achter (Taf. XII. Fig. 230).

Dieser Achter stellt ebenfalls den „Fuss- und Bogenwechsel" nach der verkehrten gleichkantigen Wendung, jedoch vorwärts-auswärts (Taf. V, Fig. 203) in Achterform dar. Diese Figur wurde nach Herrn Carl Sage, welcher im Preiskunstlaufen zu München im Jahre 1890 den zweiten Preis errang und dieselbe zuerst ausführte, benannt.

Der Biberhofer-Achter (Taf. XII, Fig. 231).

Diese schwierige, aber bei richtiger Ausführung elegante und effectvolle Figur, welche von Herrn Franz Biberhofer, dem bekannten Preisträger in dem Kunstpreislaufen vom Jahre 1879 und 1882, zuerst ausgeführt und nach ihm benannt wurde, ist folgende:

R. r. a. W. v. e.
L. r. a. W. v. e.

Der Uebergang von Rechts-Vorwärts-Einwärts- auf den Links-Rückwärts-Auswärtsbogen erfordert die Stellung der Füsse „Fussspitze an Fussspitze". Herr Biberhofer versteht es jedoch, diese Klippe durch einen zierlichen Sprung zu umgehen, wodurch dem Uebergange das Unschöne benommen wird.

Mit diesem Achter ist eine Lücke, welche in der „Schule des Eislaufes“ bestand, ausgefüllt, da er mit dem auf Seite 149 angeführten Dreier

R. v. e. W. r. a.
L v. e. W. r. a.

die vier Arten, den Dreier in symmetrischer Weise in Achterform auszuführen, ergänzt. Es hätte dann Fig. 48, Seite 148, welche unsymmetrische Figuren aneinanderfügt, aus der „Schule“ zu entfallen.

Wir haben diesen Vorgang nicht gewählt, weil einer Figur, deren grosse Schwierigkeit sie davon ausschliesst, jemals Gemeingut zu werden, ein Platz unter den Grundfiguren nicht zukommt.

Die englischen Achter (Taf. XII und XIII) gehören zu den ältesten Combinationen der englischen Eislaufschule. Sie beginnen sämmtlich mit dem Engländer (Taf. IV, Fig. 191). Es gibt eine grosse Zahl von Varianten, die aber alle eine leichte Ausführung gestatten.

Taf. XII, Fig. 232. R. v. a W. r. e. L. r. a.
R. v. a.
L. v. a. . . . .

Taf. XIII, Fig. 233. R. v. a. W. r. e. L. r. a.
W. v. e. R. v. a.
L. v. a. . . . .

Taf. XIII, Fig. 234. R. v. a. W. r. e. L. r. a.
R. r. e.
L. v. a. . . . .

Der Rose-Achter (Taf. XIII, Fig. 235)

ist ebenfalls eine Variante der englischen Achter, die, zu Zweien mit seitlicher Gegenüberstellung (siehe das gemeinschaftliche Figurenlaufen) gelaufen, sehr effectvoll wirkt.

R. v. e. L. v. a. W. r. e. R. r. a.
L. v. e. . . . .

Die Läufer begegnen sich nach dem langgezogenen, durch den übertragenen Schwung der vorhergehenden Wendung äusserst schwungvollen Bogen rückwärts-auswärts mit dem Vorwärts-Einwärtsbogen scharf Brust an Brust, wodurch ein überraschender Uebergang erzielt wird.

Der Stefanie-Achter (Taf. XIII, Fig. 236),

eine gleichfalls schwungvolle Variante der englischen Achter, hat jedoch durch den eingefügten Schlangenbogen einen mehr sanften, wiegenden Charakter.

R. v. e. a. W. r. e. L. r. a. R. r. e.
L. v. e. a. . . . .

Der Camilla-Achter (Taf. XIV, Fig. 237).

Diese Figur stellt den Marschschritt mit Fersenstellung (Taf. VI, Fig. 208) in Achterform dar.

R. v. a. L. v. e_h. R. r. e_a.
L. v. a. . . . .

Zufolge der schwungvollen Ausführung, welche diese Figur gestattet, eignet sie sich nicht nur am Platze für zwei Läufer, sondern auch besonders zum Contralaufen (siehe gemeinschaftliches Laufen), bei welchem sie der Form „fliegender Dreier“ sehr ähnelt.

Der Elsa-Achter (Taf. XIV, Fig. 238).

Stellt wieder eine Variante der englischen Achter dar, welche durch die Einlage des Rückwärts-Auswärts-Doppeldreiers ein lebhaftes Gepräge aufweist.

R. v. a. W. r. e. L. r. a. W. v. e.
W. r. a. R. v. a.
L. v. a. . . . .

Der Julien-Achter (Taf. XIV, Fig. 239).

Diese beliebte Combination wurde von Herrn Carl Fillunger angegeben; sie stellt schon an den Läufer höhere Anforderungen.

R. v. a. A. L. r. a. e. R. v. e.
L. v. a. . . . .

Der Engelmann-Achter (Taf. XIV, Fig. 240).

Diese ebenso elegante als überraschende Combination rührt von Herrn Eduard Engelmann her, dem zweiten Preisträger im Internationalen Preis-Figurenlaufen vom Jahre 1882. Sie soll, um gehörig zur Geltung zu kommen, zu Zweien mit seitlicher Nebenstellung und Händereichen gemacht werden.

Da jedoch bei den bisher üblichen Methoden bei den Wendungen die Hände losgelassen werden mussten, so erfand Herr Engelmann bei dieser Gelegenheit eine neue, bei welcher dies nicht nothwendig ist. (Siehe das gemeinschaftliche Figurenlaufen.)

R. v. e. W. r. a. L. r. $e_{a.}$ R. v. e.
L. v. e. . . . .

Der Clam-Gallas-Achter (Taf. XV, Fig. 241).

Diese ebenso lebhafte als schwungvolle Combination, welche schon taktfeste Läufer fordert, wurde zuerst von Herrn Grafen Franz Clam-Gallas ausgeführt, nach welchem sie benannt wurde.

R. v. a. L. v. $e_{h.}$ R. r. $e_{a.}$ L. r. a. W. v. e.
R. r. $e_{a.}$
L. v. a. . . . .

Der Kinsky-Achter (Taf. XIV, Fig. 242).

Diese effectvolle und zugleich schwierige Figur kommt besonders zur Geltung, wenn sie von zwei Läufern mit seitlicher Gegenüberstellung (siehe das gemeinschaftliche Figurenlaufen) ausgeführt wird. Sie wurde von Herrn Grafen Rudolf Kinsky eingeführt, dessen Namen derselben beigelegt wurde.

Fig. 242. R v. a. $_{v.}$G. W. r. a. L. r. $e_{a.}$
R. v. e.
L. v. a. . . . .

Mit dem Bogen vorwärts-auswärts laufen die beiden Partner aneinander vorüber, so dass sie bei Eindrehen der Wendung Brust an Brust zu stehen kommen, worauf sie mit dem Rückwärts-Auswärtsbogen plötzlich auseinanderfahren. Es muss darauf Bedacht genommen werden, die Wendung möglichst gleichzeitig auszuführen.

Der Marien-Achter (Taf. XV, Fig. 243).

Diese in dem Kreise der vorgeschrittenen Läufer sehr beliebte Figur wurde in der Wiener Schule durch Herrn Carl Fillunger eingeführt; ihre Schrittfolge ist nachstehende:
R. r. a. $_{\text{v.}}$W. W. v. a. A. L. r. a. R. v. a. A.
L. r. a. . . . .

Wenn auch bei dieser Combination, welche in der Zeichnung als mit dem Rechts-Vorwärts-Auswärtsbogen begonnen dargestellt ist, die unmittelbare Aufeinanderfolge von verkehrter Wechselwendung und Amerikaner eine Schwierigkeit bildet, so gestattet die Figur doch bei richtiger Ausführung eine ganz erhebliche Schwungentfaltung.

Der Emilien-Achter (Taf. XV, Fig. 244).

Auf diese Figur, welche ebenfalls von Herrn Carl Fillunger herrührt, findet das über die vorhergehende Gesagte analoge Anwendung. Ihre Formel ist folgende:

R. v. a. W. W. r. a. L. v. a. A. R. r. a.
L. v. a. . . . .

In der Zeichnung ist die Figur als mit dem Rechts-Rückwärts-Auswärtsbogen begonnen dargestellt.

Die Krakauer Figur (Taf. XVI, Fig. 245).

Diese lebhafte, schwungvolle Combination wurde uns von Herrn Robert Holletschek in Troppau mitgetheilt, welcher dieselbe im Vereine mit Herrn Strasilla zuerst ausführte. Die Schrittfolge ist nachstehende:

R. v. a. e. L. r. e_a. W. v. a. R. v. e.
L. v. a. e. . . . .

Der Troppauer Walzer (Taf. XVI, Fig. 246).

Wir verdanken diese Figur gleichfalls der Mittheilung des Herrn Holletschek. Dieselbe rührt von Herrn Strasilla her, von welchem sie in Troppau zuerst ausgeführt wurde. Ihre Formel ist folgende:

R. v. e. L. r. e_a. a. R. r. e_a.
L. v. e. . . . .

Dem Schlussbogen rechts und links rückwärts-einwärts lässt sich noch ein Sprung auf demselben Fusse und Bogen anfügen, wenn dies die Anpassung an die Taktfolge erheischen sollte.

Die Bertha-Mazur (Taf. XVI, Fig. 247).

Diese originelle und schwierige Combination wurde uns von Fräulein Bertha Diener mitgetheilt, von welcher dieselbe zuerst ausgeführt wurde. Die Schrittfolge ist nachstehende:

R. v. e. L. v. $a_{h.}$ R. r. a. Sp. R. r. a.
L. v. e. . . . .

Wie man sieht, kann der Uebergang vom Bogen links vorwärts-auswärts nach rechts rückwärts-auswärts nur durch die Stellung der Füsse „Fussspitze an Fussspitze" erfolgen. Da jedoch die Füsse beim zweiten Schritte sich in gekreuzter Stellung, der linke hinter dem rechten, befinden, so macht die Figur in der vollendeten Weise, wie sie von der Erfinderin ausgeführt wird, trotzdem einen sehr gefälligen Eindruck.

Der Gertie-Achter (Taf. XVI, Fig. 248).

Diese schwierige, aber elegante und äusserst schwungvolle Figur ist eine von den beliebtesten Combinationen des Herrn Eduard Engelmann, dem die Wiener Schule viele schätzbare Neuerungen verdankt. Ihre Bogenfolge ist nachstehende:

R. v. e. G. W. r. e. L. r. a. R. r. $e_{a.}$
L. v. e.. . . . .

Herr Engelmann versteht es wie derzeit kein Anderer, die gleichkantigen Wendungen in fliessendster Weise auszuführen. Die Voreingenommenheit, welche noch bei vielen Eisläufern gegen diese Figuren herrscht, würde gewiss schwinden, wenn sie dieselben von ihm ausgeführt sehen würden.

Der Anna-Achter (Taf. XVII, Fig. 249).

Diese Combination besteht aus drei aneinandergefügten verkehrten Dreiern, deren Formel folgende ist:

R. v. a. $_{v.}$W. r. e. L. r. $a_{a.}$ $_{v.}$W. v. e.
R. r. $e_{a.}$ $_{v.}$W. v. a.
L. v. a. . . . .

Der Uebergang vom Schlussbogen rückwärts-einwärts des ersten verkehrten Dreiers zum zweiten mit dem Rückwärts-Auswärtsbogen begonnenen verkehrten Dreier erfolgt durch das „Abstreifen“ rückwärts-auswärts, während der Uebergang vom zweiten zum dritten verkehrten Dreier mittelst des Abstreifens rückwärts-einwärts bewerkstelligt wird.

Auch mit gewöhnlichen Dreiern lässt sich dieselbe Combination ausführen. Sie ist auch in dieser einfacheren Form bisher noch nicht geübt worden. Die Formel gestaltet sich diesfalls folgendermassen:

R. v. a. W. r. e. L. r. $a_{a.}$ W. v. e.
R. r. e_{a} W. v. a.
L. v. a. . . . .

Der Bertha-Achter (Taf. XVII, Fig. 250).

Diese Figur ist eine Blumenlese zeitgemässer Schwierigkeiten, gestattet aber dessenungeachtet eine sehr schwungvolle Ausführung. Die Schrittfolge ist nachstehende:

R. v. a. $_{v.}$G. W. r. a. A. L. v. a. R. v. e.
$_{v.}$W. r. a. L. r. e. A. R. v. e.
L. v. a. . . . .

Die verkehrte gleichkantige Wendung vorwärts-auswärts ist eine Schwungquelle für den folgenden schwierigen Amerikaner von rückwärts-auswärts nach vorwärts-auswärts, während der sich anschliessende, mit dem Vorwärts-Einwärtsbogen begonnene verkehrte Dreier abermals eine schwungübertragende Figur ist. Der folgende leicht auszuführende Amerikaner von rückwärts-einwärts nach vorwärts-einwärts erfordert keine Zubusse an lebendiger Kraft, so dass letztere in ausreichendem Masse zur schwungvollen Wiederholung der Figur auf dem entgegengesetzten Fusse vorhanden ist.

Die verkehrte Brille (Taf. XVII, Fig. 251)

wurde zuerst von Herrn Eduard Engelmann ausgeführt und hat bisher nur wenig Nachahmer gefunden. Ihre Bogenfolge ist nachstehende:

R. v. a. G. W. r. a. $_{v.}$G. W. v. a.
L. v. a. . . . .

Einfach, aber schwierig!

Der Alexander-Reben-Achter (Taf. XVII, Fig. 252).

Bezüglich der Ausführung verweisen wir auf das über dieselbe Figur mit fortschreitender Bewegung Taf. VII, Fig 212, Gesagte. Wir bringen diese Combination nochmals, weil sie in Achterform eine originelle Zeichnung gibt, und das Charakteristische derselben in dieser Form der Ausführung noch mehr zu Tage tritt.

Die Zwischenbogen-Achter.

Dem Bestreben, dem Achter eine grössere räumliche Ausdehnung und schwungvollere Ausführung zu geben, verdankt diese Figurenform ihre Entstehung. Durch die Einschaltung eines schwunggebenden Elementes oder mehrerer solcher zwischen den beiden Hälften des Achters erfolgt auf letztere eine starke Schwungübertragung, so dass denselben eine ansehnliche Grösse verliehen werden kann. Diese Figuren bilden die Uebergangsstufe zu den „Figuren mit Anlauf" und werden mit Recht in neuerer Zeit mehr geübt.

Die Kinsky-Mazur (Taf. XVIII, Fig. 253)

ist eine elegante Anwendung der in den Figurencombinationen so selten vorkommenden „Brille" als Zwischenglied des Achters. Diese sehr beliebte, schwungvolle, aber nicht leichte Figur verdankt Herrn Grafen Rudolf Kinsky ihre Entstehung und wurde nach demselben benannt. Ihre Bogenfolge ist nachstehende:

R. v. a. $_{v.}$G. W. r. a. G. W. v. a. L. v. e.
R. r. e$_{a.}$
L. v. a. . . . .

Der Kinsky-Zwischenbogen-Achter (Taf. XVIII, Fig. 254).

Diese Figur, welche, von zwei Läufern ausgeführt, besonders zur Geltung kommt, ist gleichen Ursprunges mit der vorhergehenden. Ihre Formel ist folgende:

R. v. e. W. r. a. L. r. $a_{ü.}$ R. r. e. L. v. e. R. v. e. . . . .

Wie man sieht, wechselt die Figur nicht, wodurch ein originelles knappes Zusammentreffen der beiden Partner bei Wendung von vorwärts-einwärts auf rückwärts-auswärts bewirkt wird.

Der Tschuschner-Zwischenbogen-Achter (Taf. XVIII, Fig. 255).

Diese gefällige, eine verhältnissmässig leichte Ausführung gestattende Combination wurde zuerst von Herrn Ferry v. Tschuschner ausgeführt und nach ihm benannt. Ihre Bogenfolge ist nachstehende:

R. r. $e_{a.}$ a. L. r. $e_{a.}$ R. v. a. W. r. a. L. r. e. a. . . . .

Der Nowy-Zwischenbogen-Achter (Taf. XVIII, Fig. 256).

Diese schwungvolle Figur wurde von Herrn Josef Nowy, welcher im Preis-Figurenlaufen vom Jahre 1887 mit Herrn Carl Kaiser den zweiten und dritten Preis theilte, zuerst ausgeführt und nach ihm benannt. Sie hat folgende Formel:

R. v. e. W. r. a. L. r. $e_{a.}$ r. a. R. r. $e_{a.}$ W. v. a.

L. v. e. . . . .

Der Spitzbuben-Achter (Taf. XIX, Fig. 257), eine sehr beliebte und verbreitete schwungvolle Figur, wurde zuerst von Fräulein Charlotte Prock ausgeführt und benannt. Sie besitzt eine Aehnlichkeit mit der nachfolgenden Figur, welche älteren Ursprunges ist. Ihre Zusammensetzung ist nachstehende:

R. v. a. L. v. a. R. v. $e_{h.}$ W. r. a. L. r. $a_{ü.}$

L. v. a. . . . .

Wie man sieht, wechselt die Figur nicht von einem Fusse auf den andern.

Der Leykauf-Zwischenbogen-Achter (Taf. XIX, Fig. 258).

Diese sehr schwungvolle Figur wurde von Herrn Ignaz Leykauf, dem die Wiener Schule mehrere erspriessliche Neuerungen verdankt, zuerst ausgeführt und besitzt folgende Formel:

R. v. a. L. v. $e_{h.}$ W. r. a. R. r. $a_{ü.}$

L. v. a. . . . .

Die Wendung von vorwärts-einwärts auf rückwärts-auswärts überträgt auf den Schlussbogen rückwärts-auswärts mit rückwärts Uebertreten starken Schwung, so dass derselbe in sehr effectvoller Weise mit starker seitlicher Neigung ausgeführt werden kann.

Der Gertie-Zwischenbogen-Achter (Taf. XX, Fig. 259).

Diese Figur ist eine ebenso elegante als unter vorgeschrittenen Läufern beliebte Combination des Herrn Eduard Engelmann, welche folgende Formel besitzt:

R. v. e. G. W. r. e. a. L. r. e_a.
R. r. a. W. v. e.
L. v. e. . . . .

Der Christinen-Zwischenbogen-Achter (Taf. XX, Fig. 260)

ist gleicher Abstammung mit dem vorhergehenden, stellt jedoch noch höhere Anforderungen an den Läufer, da nach der gleichkantigen Wendung nach rückwärts-einwärts der schwierige Kantenwechsel nach rückwärts-auswärts folgt, worauf noch eine Wendung auszuführen ist. Die Bogenfolge ist nachstehende:

R. v. e. G. W. r. e. a. W. v. e.
L. r. e_a. R. r. a.
L. v. e. . . . .

Der Földváry-Csárdás (Taf. XXI, Fig. 261).

Wir verdanken diese gelungene Combination dem hervorragenden Budapester Eisläufer Herrn Tibor von Földváry. Sie besteht aus einem Bogen rechts vorwärts-auswärts mit verkehrter gleichkantiger Wendung nach rückwärts-auswärts, links rückwärts-auswärts Doppeldreier mit rückwärts

Uebertreten, rechts rückwärts-einwärts Abstreifen und Hüpfen am selben Fusse rückwärts-einwärts. Die Formel ist folgende:

R. v. a. ${}_{v.}$G. W. r. a. L. r. $a_{ü.}$ W. v. e.
W. r. a. R. r. $e_{a.}$ Sp. R. r. e.
L. v. a. . . . .

Der Valerie-Achter (Taf. XXI, Fig. 262),

welcher schon streng geschulte Läufer erfordert, rührt von demselben Herrn her, wie die vorhergehende Figur. Die Bogenfolge ist nachstehende:

R. v. a. ${}_{v.}$G. W. r. a. W. v. e. W. r. a.
L. r. $e_{a.}$ r. a. R. r. $e_{a.}$
L. v. a. . . . .

Der Doppeldreier rückwärts-auswärts nach der verkehrten gleichkantigen Wendung bildet eine erhebliche Schwierigkeit. Man gehe nach dieser Wendung in eine ziemlich starke Kniebeuge über und nehme den Spielfuss in der Weise zurück, als wollte man wie bei einer Zirkelfigur mit der Spitze des Schlittschuhes rückwärts einsetzen, ohne jedoch das Eis zu berühren. Hiedurch kommt man in die Lage, die folgende Dreierwendung nach vorwärts-einwärts ausführen zu können.

Der Bertha-Zwischenbogen-Achter
(Taf. XXII, Fig. 263).

Diese Combination hat folgende Zusammensetzung:

R. v. a. L. v. e. R. v. a. $_{\text{v.}}$G. W. r. a.
L. r. $a_{\text{ü.}}$ A. R. v. a.
L. v. a. . . . .

Die vorangehenden kurzen Zwischenschritte vermitteln eine starke Schwungübertragung auf den der verkehrten gleichkantigen Wendung vorangehenden Vorwärts-Auswärtsbogen. Man kann jedoch den eingeschalteten Bogen links vorwärts-einwärts nach dem ersten Schritt auch weglassen und dadurch direct zur verkehrten gleichkantigen Wendung gelangen; bei der Wiederholung wird man jedoch gewahr werden, dass nach dem Amerikaner von links rückwärts-auswärts nach rechts vorwärts-auswärts der Schwungimpuls ein sehr schwacher ist.

Der Blatter-Zwischenbogen-Achter
(Taf. XXII, Fig. 264).

Diese überraschende Figur wurde von Herrn Alfred Blatter mit Fräulein Paula Steinhausen bei dem Kunstpaarlaufen vom Jahre 1889, bei welchem dieselben mit dem ersten Preise ausgezeichnet wurden, vorgeführt. Sie hat folgende Zusammensetzung:

R. v. a. L. v. a. e. W. r. a. R. r. e. a.
L. r. $a_{\text{ü.}}$ S. r. a. R. r. $e_{\text{a.}}$ L. r. $a_{\text{a.}}$
W. v. e. R. v. a.
L. v. a. . . . .

Das „Abstreifen“ rechts rückwärts-einwärts nach der Schlinge rückwärts-auswärts geschieht in der Weise, dass man aus derselben nicht herausläuft, sondern den Uebergang unmittelbar nach Vollendung der Schlinge vollführt.

Die Flügel-Achter.

Diese Form des Achters, welche dem äusseren Gepräge nach sowohl dem Achter als auch dem Zwischenbogen-Achter gleich sein kann, unterscheidet sich von beiden dadurch, dass die Front des Läufers stets einer Richtung unverändert zugekehrt bleibt. Diese Stellung, welche den Figuren einen eigenartigen Charakter verleiht, den Läufer aber zwingt, manchmal eine verkehrte Haltung anzunehmen, entstand dem Wunsche, eine Reihe von Figuren mit einem Partner in seitlicher Nebenstellung und Händereichen oder in derselben Stellung und mit vorne gekreuzten Händen auszuführen. (Siehe das gemeinschaftliche Figurenlaufen.) Bei den ursprünglich aus Amerika importirten Figuren, welche ausschliesslich aus den Combinationen des Bogens mit dem „Amerikaner" (Taf. IV, Fig. 195) bestanden, konnte die Forderung der strengen Einhaltung der Front gewahrt werden. Sie kann aber und wurde seither auch auf jene Combinationen ausgedehnt, welchen verkehrte Dreier und verkehrte gleichkantige Wendungen eingefügt sind (siehe Taf. XXVI, Fig. 275 und 276).

Als man jedoch später, um diesen Figuren eine noch grössere Reichhaltigkeit zu verleihen, auch Dreier und Doppeldreier den Combinationen einzuverleiben begann, konnte an der Aufrechterhaltung der Front nicht mehr durchwegs festgehalten, sondern es musste dieselbe bei den Wendungen zeitweilig aufgegeben werden. Im Allgemeinen behielten jedoch auch diese Figuren den Charakter der Flügelachter bei.

Das Kokettiren (Taf. XXIII, Fig. 265)

ist der von Callie Curtis importirte Original-Flügel-Achter, welcher am Wiener Eislaufverein obigen Namen führt, weil, wenn die Figur von zwei einander gegenüberstehenden Paaren ausgeführt wird, der Schlangenbogen dieselben bis zur Berührung nahebringt, während sie der Amerikaner wieder plötzlich von einander entfernt, so dass es von ferne gesehen den Anschein hat, als würden sie von einander angezogen und gleich wieder abgestossen. Die Bogenfolge ist nachstehende:

R. v. e. a. A. L. r. a. R. r. e.
L. v. e. a. A. . . . .

Die Rothschild-Figur (Taf. XXIII, Fig. 266).

Wenn bei der vorhergehenden Figur nach dem Rückwärts-Auswärtsbogen des Amerikaners ein Bogen rückwärts-auswärts mit Uebertreten nach rückwärts und nachfolgendem Dreier nach vorwärts-einwärts eingeschaltet wird, so entsteht die obgenannte Figur, welche von Herrn Baron Albert von Rothschild zuerst ausgeführt und nach ihm benannt wurde. Ihre Schrittfolge ist nachstehende:

R. v. e. a. A. L. r. a. R. r. $a_{ü}$. W. v. e.
L. v. e. a. A . . . .

Die Rothschild-Figur ist wegen ihrer lebhaften, schwungvollen Ausführung eine für das gemeinschaftliche Laufen sehr beliebte Combination.

Der Jokl-Flügel-Achter (Taf. XXIII, Fig. 267).

Diese Figur wurde in die Wiener Schule von Herrn Heinrich Jokl, dem dieselbe eine Anzahl beliebter Neuerungen verdankt, eingeführt und nach ihm benannt. Ihre Formel ist folgende:

R. v. a. A. L. r. a. e. W. v. a. R. v. a.
L. v. a. A. . . . .

Der Jokl-Flügel-Achter gestattet eine sehr hübsche Schwungentfaltung und wurde häufig bei Productionen im Paarlaufen verwendet.

Der Seybert-Flügel-Achter (Taf. XXIV, Fig. 268).

Diese Combination, welche von Herrn Victor Seybert, dem Sieger im Preis-Figurenlaufen vom Jahre 1887, herrührt, bildet ebenfalls eine beliebte Productionsfigur. Ihre Bogenfolge ist nachstehende:

R. v. e. a. A. L. r. a. R. r. e_{a}. a. W. v. e.
L. v. e. a. A. . . . .

Der dritte Schritt, welcher den Uebergang vom Rückwärts-Einwärts- auf den Rückwärts-Auswärtsbogen fordert, gestaltet die Figur schon einigermassen schwierig.

Der Dinstl- und Jokl-Flügel-Achter (Taf. XXIV, Fig. 269).

Diese schon erhöhte Anforderungen an den Läufer stellende elegante Figur wurde von den genannten Herren gemeinsam einstudirt und nach denselben benannt. Die Formel ist folgende:

R. v. e. a. A. L. r. a. W. v. e. R. r. $e_{a.}$ a.
W. v. e.
L. v. e. a. A. . . . .

Der Leykauf-Flügel-Achter (Taf. XXIV, Fig. 270)

ist eine sehr populäre originelle Combination des Herrn Ignaz Leykauf, welche nach ihm benannt wurde. Die Bogenfolge ist nachstehende:

R. v. a. W. r. e. a. L. r. $a_{a.}$ r. e. R. v. e.
L. v. a. W. r. e. a . . . .

Die Figur lässt sich derart variiren, dass man an Stelle des dritten Bogens rechts vorwärts-einwärts einen Vorwärts-Auswärtsbogen folgen lässt.

Der Gigerl (Taf. XXV, Fig. 271).

Diese ebenfalls sehr beliebte lebhafte Combination wurde von Herrn Josef Gerstbauer zuerst ausgeführt und von ihm in vorstehender Weise benannt. Ihre Formel ist folgende:

R. v. a. A. L. r. a. e. W. v. a. W. r. e. R. v. a.
L. v. a. A. . . . .

Die Adl-Mazur (Taf. XXV, Fig. 272).

Diese originelle und effectvolle, von Herrn A. Lohr eingeführte Combination kommt gehörig nur zur Geltung, wenn sie von zwei Läufern ausgeführt wird. Ihre Bogenfolge ist nachstehende:

R. v. e. a. A. L. r. a. R. r. e.
L. v. e. a. R. v. $e_{h.}$ W. r. a. L. r. e.

Wie man sieht, sind die beiden Theile des Flügel-Achters nicht symmetrisch. Wird die Figur von zwei Läufern *A* und *B* ausgeführt, so reichen sich die beiden Partner die rechten Hände. *A*, welcher zur Rechten des *B* Aufstellung genommen hat, führt den rechtsseitigen Theil des Flügel-Achters aus, während *B*, den linksseitigen zugleich beschreibend, ihn mit demselben umkreist. Wenn *B* zur Wendung von links vorwärts-einwärts nach rückwärts-auswärts angelangt ist, so lässt er die Hand seines Partners fahren und reicht ihm, nachdem er von rückwärts an dessen linker Seite aufgetaucht ist, die linke Hand. *A* übernimmt nun die Rolle des *B* und umkreist ihn in der angegebenen Weise, seinerseits den linksseitigen Theil des Flügel-Achters beschreibend.

Der Curtis- und Goodridge-Walzer (Taf. XXV, Fig. 273)

ist der eigentliche amerikanische Stamm-Flügel-Achter, welcher bei der ersten Vorführung durch die beiden genannten Berufskünstler eine frappirende Wirkung hervorbrachte. Seine Formel ist folgende:

R. r. $e_{a.}$ a. L. r. $e_{a.}$ R. v. a. L. v. $a_{h.}$ A. R. r. a. L. r. $e_{a.}$ a. . . . .

Der Gerstbauer-Flügel-Achter (Taf. XXVI, Fig. 274)

ist eine sehr hübsche Variante des Leykauf-Flügel-Achters (Taf. XXIV, Fig. 270), welche von Herrn Josef Gerstbauer zuerst ausgeführt und rasch beliebt wurde. Ihre Bogenfolge ist nachstehende:

R. v. a. L. v a. W. r. e. R. r. a. W. v. e.
L. r. $e_{a.}$ a. R. r. $e_{a.}$
L. v. a. . . . .

Der Marieen-Flügel-Achter (Taf. XXVI, Fig. 275),

eine elegante, schwungvolle Combination, welche aber ihres Leitmotives, des verkehrten Dreiers halber, sich vorläufig nur in beschränkten Kreisen der Beliebtheit erfreut. Ihre Formel ist folgende:

R. v. e. $_{v.}$W. r. a. L. r. e. R. v. e.
L. v. e. $_{v.}$W. r. a. . . . .

Der Bertha-Flügel-Achter (Taf. XXVI, Fig. 276).

Bezüglich dieser Figur, welche bei correcter Ausführung eine hübsche Schwungentfaltung gestattet, gilt gleichfalls das über die vorhergehende Gesagte. Ihre Zusammensetzung ist folgende:

R. v. e. L. v. $a_{h.}$ $_{v.}$G. W. r. a. R. r. e.
L. v. e. . . . .

Die eingefügte verkehrte gleichkantige Wendung beschränkt diese Combination einstweilen noch auf einen kleinen Kreis, welcher sich hoffentlich jedoch bald erweitern wird.

Die Rundläufe.

Diese Figurenform ist das eigentliche Gebiet der Tanzschritte. Letztere sind zum Theile das Vermächtniss, welches die Wiener Schule nach dem mit dem Entwicklungsgange derselben so innig verbundenen und den Trägern dieser Schule unvergesslichen Künstler Jackson Haynes angetreten hat.

Dieses Vermächtniss ist nicht nur als ein kostbares Gut gehegt, gepflegt und aufbewahrt worden, sondern wurde bereichert und vermehrt, bis es zu dem geworden ist, was wir heute die „Wiener Schule" nennen.

Es mag sein, dass die von Haynes ausgeführten Tanzfiguren, seit ihn ein frühzeitiger Tod der Künstlerlaufbahn entrissen hat, durch ebenso elegante, aber schwierigere Figuren überholt worden sind. Haynes selbst ist jedoch in der Grazie seiner Bewegungen, in der unvergleichlichen Kunst, die einzelnen Figuren organisch in einander übergehen zu lassen und zu einem harmonischen Gesammtbilde zu verschmelzen, in der anscheinend mühelosen Ausführung und der geradezu phänomenalen

Ausdauer in seinen Productionen niemals übertroffen, ja nicht einmal annähernd erreicht worden, und ist sein Styl, eine glückliche Zusammenstellung von Schwung- und Standbewegungen, mustergiltig für alle Zeiten.

Die Mittel der Darstellung, mag die letztere noch so correct sein, sind ohne lebendige Demonstration, selbst wenn sie durch das Wort unterstützt werden, dort kaum ausreichend, wo es sich darum handelt, Bewegungen, die in bestimmter rhythmischer Anordnung oft gleichzeitig erfolgen, zur Anschauung zu bringen. Wir wollen dessenungeachtet diese schwierige Aufgabe zu lösen trachten, da wir voraussetzen dürfen, dass unsere verehrten Leser sich durch die vorangegangene strenge Schulung den Blick für das Verständniss der Zeichnung, selbst in ihren complicirtesten und verwickeltsten Formen, bereits angeeignet haben.

Von der bisher consequent durchgeführten Darstellungsweise, sämmtliche Figuren als mit dem rechten Fusse begonnen zu verzeichnen, musste in diesem Capitel Umgang genommen werden, da die Bewegungsrichtung des Tanzes, eine dem Zeiger der Uhr entgegengesetzte, dies in vielen Fällen unzulässig macht.

Der Schöller-Marsch (Taf. XXVII, Fig. 277).

Unter den zahllosen Tanzschritten, welche den letzten Jahren ihre Entstehung verdanken, zeichnen sich die Combinationen des Herrn Franz Schöller jun. durch besondere Eleganz bei leichter Ausführung aus, wodurch sie unmittelbar nach ihrem Erscheinen sich allgemeiner Popularität erfreuten. Wir wollen deshalb diese Figur, welche geeignet ist, Gemeingut zu werden, etwas ausführlicher besprechen.

Der Schöller-Marsch wirkt besonders charakteristisch, wenn er paarweise gelaufen wird. Er lässt sich jeder Taktfolge anpassen. Die Ausführung ist folgende: 1. links vorwärts-auswärts, 2. rechts vorwärts-einwärts mit Hintertreten (Kibitzen), 3. links vorwärts-auswärts, 4. rechts vorwärts-einwärts mit Wendung nach rückwärts-auswärts, wobei der linke Fuss gleichzeitig nach rückwärts-einwärts wendet, 5. links rückwärts-einwärts, wobei dieser Fuss sich hinter dem rechten befindet, 6. rechts rückwärts-auswärts, 7. links rückwärts-einwärts in unveränderter Stellung hinter dem rechten. Nun wird dieser zurückgezogen. 8. Rechts rückwärts-auswärts, 9. links rückwärts-einwärts, vorne überschneiden (Abstreifen), 10. rechts vorwärts-einwärts. Die Figur wird mit links vorwärts-auswärts wiederholt.

Wird der Schöller-Marsch zu Zweien gelaufen, so stellt sich beispielsweise die Dame seitlich zur Rechten des Herrn, dieser reicht ihr die rechte Hand und hält die Hand der Dame bis zur Wendung nach 4 fest. Hier wird losgelassen und nach der Wendung von Seite des Herrn die linke Hand gereicht. Bei 9 wird wieder losgelassen und bei

10 neuerdings vom Herrn die rechte Hand dargereicht.

Die Formel ist folgende:

L. v. a. R. v. $e_{h.}$ L. v. a. W. r. e. R. v. e. W. r. a.
L. r. e. R. r. a. L. r. e. R. r. a. L. r. $e_{a.}$
R. v. e.
L. v. a. . . . .

Der Tip Top-Marsch (Taf. XXVII, Fig. 278).

Dieser Marsch rührt ebenfalls von Herrn Franz Schöller jun. her. Er zeichnet sich bei noch grösserer Einfachheit durch dieselben Vorzüge wie der vorgenannte aus.

Seine Bogenfolge ist nachstehende:

L. v. a. R. v. $a_{ü.}$ W. r. e. L. r. $e_{a.}$ R. v. e.
L. v. a. . . . .

Von einem Paare ausgeführt, werden die Hände bei der Wendung nach 2, welche sehr frappirend wirkt, losgelassen und nach derselben, wie dies bei der vorhergehenden Figur ausgeführt wurde, wieder erfasst.

Der Minna-Marsch (Taf. XXVIII, Fig. 279).

Dieser gleichfalls sehr beliebte Marsch entstammt derselben Quelle wie die beiden vorhergehenden. Seine Zusammensetzung ist folgende:

R. v. e. L. v. a. W. r. e. R. r. a. L. r. e. R. r. a.
L. r. $e_{a.}$
R. v. e. . . . .

Wird dieser Marsch von einem Paare gelaufen, so führt der Herr im zweiten Schritte statt des Engländers einen Amerikaner aus.

Kinsky-Panschin-Marsch (Taf. XXVIII, Fig. 280).

Diese brillante Figur verdankt ihre Entstehung dem Herrn Grafen Rudolf Kinsky, welcher sie dem berühmten russischen Schnellläufer Herrn Alexander von Panschin, welcher am Wiener Eislaufvereine im Jahre 1890 die Meisterschaft von Oesterreich nach zweimaliger Vertheidigung endgiltig errang, widmete. Die Formel ist folgende:

L. v. a. R. v. $e_{h.}$ L. v. a. R. v. e. W. r. a.
L. v. a. R. v. e.
L. v. a. . . . .

Der Haynes-Walzer (Taf. XXIX, Fig. 281).

Mit Recht der beliebteste aller Tanzschritte, trägt der Haynes-Walzer seinen Namen vollwichtig, denn er ist ein echter Walzer, welcher in der Stellung wie im Tanzsaale in Paaren gelaufen werden kann. Die meisten sogenannten Walzer sind blos Rundläufe, da es nicht leicht ist, die Schrittfolge derart zu combiniren, dass der Damen- und Herrenpart der gleiche sei, ohne bei den Wendungen die Hände freigeben zu müssen. Der Haynes-Walzer ist ein interessantes Beispiel der Entstehungsweise der Tanzschritte aus den Reben. Er kann auf zweierlei Weise ausgeführt werden. Entweder in der Art, dass mit Beginn des Links-Vorwärts-Einwärtsbogens beide Füsse, während des ganzen Verlaufes der Figur, zugleich auf dem Eise bleiben, oder in der Weise, dass dieselben nach den Wendungen bei 1 und 3 vom Eise abgehoben werden. Die Zeichnung stellt von 1 bis 6 den ersten Fall, von 1' bis 6' den zweiten Fall dar. Der Weg, den beide Füsse im ersten Falle jeder für sich, aber beide gleichzeitig verfolgen, ist durch nachstehende Formel ausgedrückt:

R. v. e. g. W. r. e. a.
L. v. e. W. r. a. e.

Der rechte Fuss beginnt mit dem Vorwärts-Einwärtsbogen. Bevor derselbe bei 1 anlangt, beschreibe man mit dem linken ebenfalls einen Vorwärts-Einwärtsbogen. In diesem Momente befinden sich die Füsse genau in der Stellung wie in der „Wiener Rebe“ (Taf. VII, Fig. 211). Nun eilt der linke Fuss voran, dem Punkte 3 zu. Bevor er noch diesen Punkt ganz erreicht hat, vollführt der rechte Fuss bei 1 eine gleichkantige Wendung nach rückwärts-einwärts. Aus derselben herauslaufend befinden sich die Füsse einen Moment in der Mondstellung, genau so wie bei der „Wiener Rebe“ und wird der linke bei 3 zu einer Wendung nach rückwärts-auswärts veranlasst. Punkt 3 dient nun als Drehungsmittelpunkt, um welchen der Rückwärts-Einwärtsbogen des rechten Fusses herumgeführt wird, so dass er bei 4 die Spur des linken durchschneidet und sich hinter denselben stellt. Bevor der rechte Fuss noch den Punkt 6 erreicht, überschreitet der linke die Spur des rechten bei 5 vor demselben und vollführt einen Bogen rückwärts-einwärts, den wir bei den Wechselschritten als „Abstreifen“ kennen gelernt haben. Mit Rechts-Vorwärts-Einwärtsbogen wird die Figur wiederholt.

Im zweiten Fall, wenn die Füsse nach den Wendungen vom Eise abgehoben werden, stellt sich die Formel folgendermassen:

R. v. e. L. v. e. R. r. e_a. L. r. e_a.
R. v. e. . . . .

Der rechte Fuss beginnt mit dem Vorwärts-Einwärtsbogen 1′, der linke vollführt ebenfalls einen Bogen vorwärts-einwärts von 2′ bis 3′. Nun überschneidet der rechte bei 4′ die Spur des linken, denselben vorne kreuzend (Abstreifen), worauf der linke Fuss bei 5′ dasselbe vollführt.

Herr Alfred Blatter hat eine hübsche Einlage zum Haynes-Walzer componirt. Während des Tanzes legt der Herr die linke Hand hinter den Rücken und erfasst mit derselben von rückwärts die rechte Hand der Dame. Nun wird die Taille der Dame losgelassen und mit dem linken Fusse ein Engländer mit darauffolgendem links Abstreifen vollführt. Hierauf wird wieder die Taille der Dame erfasst und der Haynes-Walzer fortgesetzt. Die unerwartete, plötzliche Umdrehung des Herrn vor der Dame wirkt äusserst frappirend.

Der amerikanische Walzer (Taf. XXIX, Fig. 282) ist ebenfalls ein echter Walzer, welcher wie im Tanzsaale in Paaren gelaufen werden kann. Indessen wird er mit Vorliebe mit seitlicher Nebenstellung und kreuzweisem Händereichen oder mit voller Gegenüberstellung und Händereichen (siehe das gemeinschaftliche Figurenlaufen) gelaufen. Die Schrittfolge ist nachstehende:

R. v. e. L. v. a. A. R. r. a. L. r. e.
R. v. e. . . . .

Man kann den amerikanischen Walzer derart variiren, dass man nach dem Rechts-Vorwärts-Einwärtsbogen zwei Bögen, links und rechts vorwärts-auswärts einschaltet, wodurch die Ausführung schwungvoller wird. In dieser Zusammensetzung wird die Figur „Circus" genannt.

Der Neu-Links-Walzer (Taf. XXX, Fig. 283).

Eine sehr beliebte und schwungvolle Combination ist der von Herrn Alfred Neu componirte, nach ihm benannte Walzer, welcher in der Haltung wie im Tanzsaale gelaufen wird. Er besteht aus dem „Kibitzen", dem Vorwärts-Einwärts-Engländer und einem Bogen rechts rückwärts-auswärts. Die Bogenfolge ist nachstehende:

L. v. a. R. v. e_h. L. v. a. R. v. e. W. r. a.
L. r. e. R. r. a.
L. v. a. . . . .

Der Elisabeth-Links-Walzer (Taf. XXX, Fig. 284).

Dieser von Herrn Heinrich Jokl componirte Links-Walzer reiht sich in würdiger Weise dem vorhergehenden an, wenn er auch etwas weniger schwungvoll ist. Er gehört zu den echten Walzern, die sich in der Haltung wie im Ballsaale ausführen lassen. Seine Zusammensetzung ist folgende:

R. v. e. L. r. e_a. R. r. a_a. L. v. a.
R. v. e. . . . .

Einfach und leicht fasslich, aber weniger leicht ausgeführt.

Der Schwamberg-Walzer (Taf. XXXI, Fig. 285)

ist eine durchwegs originelle, an kein Vorbild sich anlehnende Combination des Herrn Bohuslaw Schwamberg, welcher sich grosser Beliebtheit erfreut. Sie hat zu weiteren Combinationen reichlich Anregung geboten. Ihre Ausführung ist folgende: Der rechte Fuss beginnt bei 1 mit einem Bogen vorwärts-einwärts, es erfolgt hierauf bei 2 Bogen links vorwärts-einwärts mit Wendung nach rückwärts-auswärts, wodurch der rechte Fuss, welcher am Eise belassen wurde, gleichzeitig zu einer gleichkantigen Wendung rückwärts-einwärts veranlasst wird. Nun folgt bei 3, rechts rückwärts-auswärts, wobei dieser Fuss sich vor dem linken befindet, 4 links rückwärts-einwärts, 5 rechts rückwärts-auswärts, wobei dieser Fuss zurückgezogen wurde, 6 links rückwärts-einwärts abstreifen beschliesst die Figur, welche mit Rechts-Vorwärts-Einwärtsbogen wiederholt wird. Die Formel ist nachstehende:

R. v. e. G. W. r. e. L. v. e. W. r. a. R. r. a.
L. r. e. R. r. a. R. r. e_a.
R. v. e. . . . .

Der Schwamberg-Walzer gehört zu den echten Walzern, die mit der Haltung wie im Ballsaale gelaufen werden können.

Der Christinen-Walzer (Taf. XXXI, Fig. 286) wurde zuerst von Herrn Carl Euler ausgeführt und von demselben benannt. Diese Combination hat in ihrer mittleren Partie Aehnlichkeit mit der vorhergehenden und nachstehende Schrittfolge:

L. v. a. R. v. e_h. G. W. r. e. L. r. e. R. r. a.
L. r. e. R. r. a. L. r. e_a. R. r. a.
L. v. a. . . . .

Der Christinen-Walzer wird, paarweise gelaufen, mit der Engelmann-Haltung ausgeführt. (Siehe das gemeinschaftliche Figurenlaufen.)

Der Adi-Walzer (Taf. XXXII, Fig. 287) ist eine sehr effectvolle Combination des Herrn Eduard Engelmann. Ihr Eingang von 1 bis 6 ist dem Schwamberg-Walzer (Seite 279) gleich. Der darauffolgende 7 Rechts-Rückwärts-Auswärtsbogen wirkt überraschend und verleiht der Figur ein ganz eigenthümliches Gepräge, wenn es gehörig markirt wird.

Hieran schliesst sich: 8 links vorwärts-auswärts, 9 rechts vorwärts-einwärts mit Hintertreten, 10 links rückwärts-einwärts abstreifen, 11 rechts rückwärts-auswärts zurückziehen, 12 links rückwärts-einwärts abstreifen. Mit dem Bogen rechts vorwärts-auswärts wird die Figur wiederholt. Die Formel ist nachstehende:

R. v. e. G. W..r. e. L. v. e. W. r. a. R. r. a.
L. r. e. R. r. a. L. r. $e_{a.}$ R. r. a. L. v. a.
R. v. $e_{h.}$ L. r. $e_{a.}$ R. r. a. L. r. $e_{a.}$

R. v. e. . . . .

Der Adi-Walzer, welcher schon geschulte Läufer erfordert, wird mit der Engelmann-Haltung (siehe das gemeinschaftliche Figurenlaufen), jedoch ohne Platzwechsel ausgeführt. Man könnte bei dieser Figur auch die Haltung mit vorne überkreuzten Händen anwenden, sie gewährt aber kein so sicheres Zusammenwirken bei den Wendungen.

Der Gertie-Walzer (Taf. XXXII, Fig. 288).

Diese höchst elegante Figur stellt an das tanzende Paar noch höhere Anforderungen als die vorhergehende. Sie wurde gleichfalls von Herrn Eduard Engelmann in die Wiener Schule eingeführt, besitzt jedoch derzeit nur einen sehr beschränkten Anhängerkreis. Ihre Formel ist nachstehende:

R. v. a. G. W. r. a. W. v. e. L. r. e_a.
R. r. a_a.
L. v. a. . . . .

Bei der Erlernung möge man sich eine kleine Nachhilfe mit dem Spielfusse bei der gleichkantigen Wendung erlauben.

Das Hupferl (Taf. XXXIII, Fig. 289 und 290)

ist eine originelle und bei richtiger Ausführung auch elegante Combination des Herrn Willy Dinstl, welche jedoch wohlgeschulte und zusammen eingeübte Partner fordert. Letztere Bedingung muss deshalb zutreffen, weil die Figur für den Herrn und die Dame eine verschiedene Schrittfolge aufweist, wodurch das Einfallen in den Takt erschwert wird. Fig. 289 stellt den Herrenpart, Fig. 290 den Damenpart dar. Die Formeln für beide Theile sind folgende:

Fig. 289. L. v. a. R. v. e_h. Sp. R. v. e.
L. v. a. A. R. r. a. L. r. e_a.
R. v. e.
L. v. a. . . . .

Fig. 290. R. r. a. L. r. e. Sp. L. r. e.
R. v. e. L. v. a. A. R. r. a.
L. r. e.
R. r. a. . . . .

Dem vorgeschrittenen Läufer, welcher sich mit derartigen Figuren befasst, werden die gegebenen

Andeutungen nebst der Zeichnung genügen. Gemeingut wird diese Figur nicht so bald werden.

Die Haynes-Mazur (Taf. XXXIV, Fig. 291) war eine Lieblingsfigur des unvergleichlichen Künstlers, dessen Namen sie trägt. Sie ist eine der elegantesten, die sich überhaupt auf Schlittschuhen ausführen lassen. Analog dem Haynes-Walzer, welcher sich aus der Wiener Rebe ableiten lässt, wenngleich er älteren Ursprunges ist, liegt der Haynes-Mazur die vierfache Rebe zu Grunde, aus welcher sie durch zeitweiliges Abheben der Füsse vom Eise entsteht, wobei dieselben jedoch stets die Rebenbahn einhalten. Dieser Vorgang wird hoffentlich solchen unserer verehrten Leser, welche in der Entzifferung der Eisspuren bereits einige Uebung erlangt haben, aus der Figur 291 klar ersichtlich sein, da wir derselben als einem unserer schwierigsten Zeichen-Probleme eine besondere Sorgfalt gewidmet haben. Der Weg, den beide Füsse beschreiben, ist durch folgende Formel ausgedrückt:

L. v. a. R. v. $e_{h.}$ W. r. a. L. r. $a_{ü.}$ R. r e.
L. r. a. Sp. L. r. a.
R. v. a. . . . .

Der linke Fuss beginnt bei 1 mit dem Bogen vorwärts-auswärts, der rechte folgt bei 2 mit dem Vorwärts-Einwärtsbogen mit Hintertreten (Kibitzen) und vollführt eine Wendung nach rückwärts-auswärts. Dieser Bogen wird nur kurz angehalten, so dass der linke Fuss beinahe gleichzeitig mit der

Wendung sich bei 3 mit dem Bogen rückwärts-auswärts mit Uebertreten hinter den rechten stellt. Nun wird, indem man das Gewicht auf den rechten Fuss bei 4 verlegt, der linke vom Eise gelüftet, ohne jedoch die gekreuzte Stellung, in welcher er sich hinter dem rechten befindet, zu verlassen. Nun wird der linke bei 5 wieder auf das Eis gestellt und ein kleiner Sprung im Bogen rückwärts-auswärts nach 6 ausgeführt, wobei der rechte Fuss sich noch immer vorne in der gekreuzten Lage befindet. Nun ist man wieder bei der Anfangsstellung, nur mit verwechselten Füssen angelangt. Der rechte führt aus seiner gekreuzten Lage den Bogen vorwärts-auswärts bei 1' aus und hebt dadurch die Kreuzung auf. Bei 2', 3', 4', 5' und 6' spielen sich nun mit verwechselten Füssen dieselben Vorgänge ab, welche bei 2, 3, 4, 5 und 6 erläutert wurden. Die Taktfolge ist genau durch das Niederstellen der Füsse bei den Punkten 1—6 und 1'—6' wiedergegeben. Der zweite Theil 1'—6', bei welchem man mit der Front dem Bewegungsmittelpunkte zugekehrt ist, fällt etwas schwerer als der erste. Wird die Mazur in gerader Linie ausgeführt, so ist selbstverständlich ein solcher Unterschied nicht vorhanden.

Die Haynes-Mazur lässt sich sehr hübsch mit einem Partner parallel laufen, wobei man demselben vor und nach den Wendungen die Hand reicht. Selbst contra (siehe das gemeinschaftliche Figurenlaufen) lässt sich die Figur laufen.

Die Schöller-Mazur (Taf. XXXIV, Fig. 292).

Wie alle Combinationen des genannten Herrn zeichnet sich auch diese gefällige Figur durch Einfachheit und leichte Ausführbarkeit aus, wodurch sie sich in weiten Kreisen einer wohlverdienten Beliebtheit erfreut. Ihre Schrittfolge ist nachstehende:

L. v. a. R. v. e_h L. v. a. R. v. e. W. r. a.
L. r. e. $a_{a.}$ L. r. $e_{a.}$

Von 1 bis 3 kibitzen, 4 rechts vorwärts-einwärts Wendung rückwärts-auswärts. Nun wird der linke Fuss bei 5 auf das Eis gestellt und begleitet mit dem Bogen links rückwärts-einwärts eine Weile den Rechts-Rückwärts-Auswärtsbogen, eilt im Sinne der Bewegungsrichtung voraus, überkreuzt den rechten Fuss und vollführt nun mit der äusseren Kante einen Abstoss, wodurch der Rechts-Rückwärts-Auswärtsbogen in einen Rückwärts-Einwärtsbogen übergeht und bis 6 fortgesetzt wird. Bei 7 vollführt der linke Fuss ein Abstreifen, und bei 8 beschreibt der rechte den Schlussbogen vorwärts-einwärts. Mit Bogen links vorwärts-auswärts wird die Figur in gleicher Weise wiederholt. Wenn die Figur zu Zweien gelaufen wird, wechseln die Partner bei der Wendung die Plätze, was sehr effectvoll wirkt.

Die Jokl-Mazur,

eine sehr beliebte Neuerung des genannten Herrn, wird wie im Ballsaale gelaufen. Herr und Dame führen dabei den Engländer

R. v. a. W. r. e. L. r. a.

aus. Ebenso einfach als schwierig!

Die Bremsfiguren.

Der von uns in der ersten Auflage dieses Werkes gebrachte „Boomarang" und der aus ihm hervorgegangene „Glockenschlingenstern" haben die Anregung zur Combinirung zahlloser derartiger Figuren gegeben, so dass gegenwärtig die Bremsfiguren eine eigene Schule für sich bilden, der bald die Systematik wird zu Hilfe kommen müssen. Es taucht schon derzeit eine solche Anzahl Typen auf, dass man versucht wäre, dieselben als Bremsfiguren-Elemente zusammenzufassen und die daraus sich ergebenden Combinationen nach diesen Elementen in Gruppen zu sondern.

Wir wollen dies jedoch einer späteren Zeit vorbehalten, um nicht dem Ueberhandnehmen einer Richtung Vorschub zu leisten, in der wir für den Kunstjünger, der sich ausschliesslich mit ihr befasst, eine Gefahr erblicken: die Gefahr der Einseitigkeit, der grössten, welcher der Kunstläufer anheimfallen kann.

Wir wollen die Charakteristik der Bremsfiguren an dem einfachsten Beispiele, dem Boomarang, Fig. 293, erläutern. Um denselben auszuführen, beschreibe man einen Schlangenbogen vorwärts-auswärts-einwärts mit sehr gemässigtem Schwunge, halte den Bogen einwärts so lange an, bis der Schwung zur Neige geht, erhebe sich sodann leicht auf die Schlittschuhspitze, wodurch eine Hemmung entsteht, und nehme hierauf durch sanftes

Fig. 293. 294. 295. Fig. 296. Fig. 297.

Vorbringen und rasches Zurückschwingen des Spielfusses, bei starker Streckung der Fussspitze, einen neuen Schwung zum Bogen rückwärts-einwärts, dessen Haltung man gleichzeitig angenommen hat. Diesen Bogen rückwärts-einwärts lässt man allmälig in einen Bogen rückwärts-auswärts und letzteren wieder in einen Bogen rückwärts-einwärts übergehen, um dann, wenn der Schwung abermals zur Neige gegangen ist, mittelst einer Fussschwingung nach vorwärts die Figur wieder mit Schlangenbogen vorwärts-einwärts-auswärts-einwärts fortzusetzen. Der Uebergang vom Rückwärts-Einwärts- auf den Vorwärts-Einwärtsbogen ist weit schwieriger als der umgekehrte Vorgang. Die

Figur lässt sich auch mit Auswärts-Einwärts-Auswärts-Schlangenbogen ausführen.

Der „Amorbogen“ (Fig. 294) wird ganz analog dem Boomerang ausgeführt; ebenso Fig. 295, der Amorbogen mit Schlinge. „Büffelhorn“ (Fig. 296) und „Tulpe“ (Fig. 297) sind Varianten der vorhergehenden Figuren, welche von Herrn Ignaz Leykauf herrühren.

Fig. 298.

Nahe verwandt mit den beschriebenen Figuren sind die „Glockenschlingen“ (Fig. 298), welche jedoch mit den amerikanischen Schlingen, die wir bereits im Abschnitte der Grundfiguren (Fig. 56) kennen gelernt haben, nicht zu verwechseln sind, da bei letzteren der mittlere Schlingenbogen der entgegengesetzten Kante angehört. Während die amerikanische Schlinge aus dem Doppeldreier entsteht, muss man sich die Glockenschlinge aus der Brille hervorgegangen erklären.

Fig. 299 (Taf. XXXV) stellt die Glockenschlingen in Sternform, den „Glockenschlingenstern“ dar, welcher nach allen vier Bogenrichtungen ausgeführt werden kann. Fig. 300 stellt den „Verkehrten Schlingenstern“, Fig. 301 das „Mühlrad“ dar. Die Schaufeln desselben sind mit gleichkantigen oder verkehrten gleichkantigen Wendungen ausgeführt, je nachdem man die Figur in der Richtung des Zeigers der Uhr oder umgekehrt beschreibt. Die Nabe ist mit Dreiern ausgeführt. Die Circularsäge (Fig. 302) kann ebenfalls mit gleichkantigen oder verkehrten gleichkantigen Wendungen ausgeführt werden. Fig. 303 zeigt den „Schmidt-Stern“, welcher von Herrn Eduard Schmidt zuerst ausgeführt wurde. Fig. 304, der „Engelmann-Stern“ veranschaulicht eine Brille mit eingelegter Schlinge in Sternform. Diese Figur ist bisher alleiniges Gut des Erfinders geblieben.

Die Tafel XXXVI verzeichnet in den Figuren 305 bis 310 sechs Original-Sterne des Herrn Georg Zachariades, des Siegers im Preiskunstlaufen zu Frankfurt a. M. im Jahre 1891. Figur 307, der „Becher-Stern“, hat bei seinem Erscheinen Sensation gemacht und ein neues Bremsfiguren-Element, wenn wir uns schon so ausdrücken dürfen, zu Tage gefördert.

Taf. XXXVII stellt in den Figuren 311 und 312 zwei elegante Sterne des Herrn Gustav Hugel dar, während die Figuren 313 bis 328 Bremsfiguren-Studien desselben Herrn vorstellen.

Taf. XXXVIII enthält in den Figuren 329 und 330 zwei Sterne des Herrn Max Kautz, welcher sich dem Studium der Bremsfiguren speciell gewidmet hat. Dieser Herr brachte einmal die beinahe unglaubliche Dauerleistung zuwege, 720 Achter ohne auszusetzen auf einem Fusse zu laufen. Die Figuren 331—334 sind Probleme desselben.

Die Zirkelfiguren.

Jene Figuren, bei deren Ausführung ein Schlittschuh mit der Zehen- oder Fersenspitze in das Eis eingesetzt und mit dem anderen ein Bogen um denselben beschrieben wird, nennen wir Zirkelfiguren. (Fig. 335.) Die einfachste Form dieser Figuren ist der Kreis, ja es ist überhaupt nur auf diese Weise möglich, einen solchen zu beschreiben. Die Zirkelfiguren sind offenbar dem Streben entsprungen, auf beschränktem Raume eine grosse Menge reichhaltiger Combinationen zusammenzudrängen.

Fig. 335.

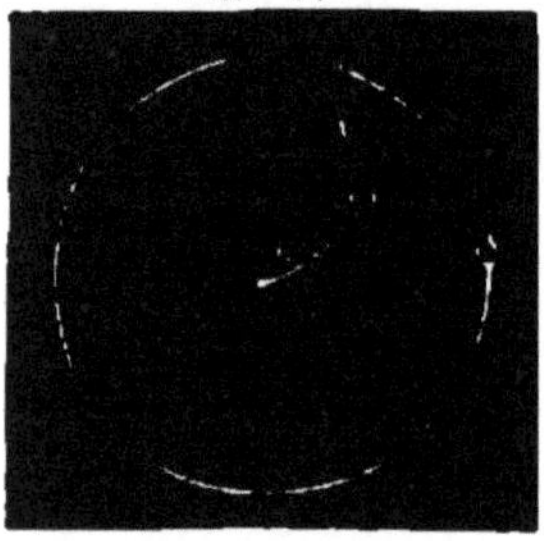

Nachdem sich bei dem Vorwärts-Auswärts- und Rückwärts-Auswärtsbogen je zwei Arten ergeben, den Spielfuss als Centrumeinsatz zu benützen, während beim Vorwärts-Einwärts- und Rückwärts-Einwärtsbogen nur je eine Art möglich ist, so unterscheiden wir 6 Arten von einfachen Zirkelfiguren, die wir der Kürze halber Zirkel nennen wollen.

Diese sind:

1. Der Vorwärts-Auswärts-Zirkel mit Einsatz nach vorne;

2. der Vorwärts-Auswärts-Zirkel mit Einsatz nach rückwärts;

3. der Vorwärts-Einwärts-Zirkel mit Einsatz nach vorne;

4. der Rückwärts-Auswärts-Zirkel mit Einsatz nach vorne;

5. der Rückwärts-Auswärts-Zirkel mit Einsatz nach rückwärts;

6. der Rückwärts-Einwärts-Zirkel mit Einsatz nach vorne.

Da einerseits dem Standfusse die Möglichkeit geboten ist, im Bereiche der Kreisfläche, welche innerhalb des grössten um den Einsatzfuss beschriebenen Kreises liegt, die meisten Combinationen der Grundfiguren auszuführen, andererseits die Zirkelfiguren sich mit Bogen-Combinationen verbinden lassen, so ist ihre Zahl Legion. Wir wollen nur jene hervorheben, welche typisch und charakteristisch unter diesen eigenthümlichen Figuren sind.

Als Uebung für die Gelenkigkeit können wir diese Figuren zwar empfehlen, der Aufgabe des Eislaufes, wie wir sie auffassen, entsprechen dieselben jedoch weniger.

Fig. 336 stellt den Achter dar, wie derselbe nach vorwärts und nach rückwärts mit dem Einsatzfusse nach vorne und nach rückwärts ausgeführt werden kann; nach dieser Variation ergeben sich 4 Arten von Zirkel-Achtern. Der Einsatzfuss macht während des Achters eine oscillirende Bewegung mit, wobei das Gesicht ein- und derselben Richtung zugekehrt bleibt.

Fig. 336. Fig. 337. Fig. 338. Fig. 339.

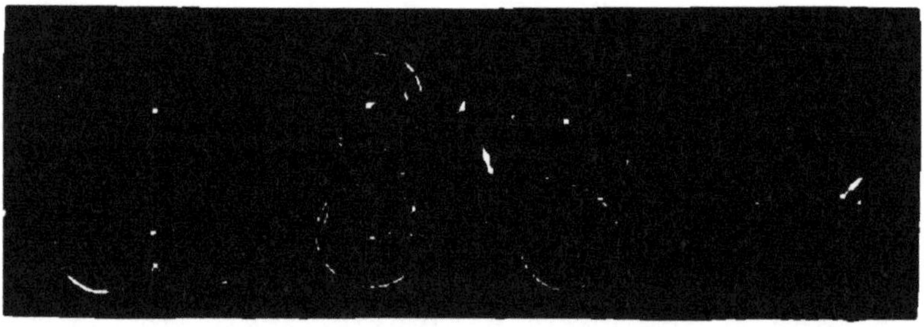

Fig. 337 stellt das allgemeine Schema auf, nach welchem jeder Zirkel in Verbindung mit dem Schlangenbogen von einem Fusse auf den anderen in Achterform fortgesetzt werden kann.

Die Zirkelfigur mit Schlinge vorwärts-auswärts (Fig. 338) beginnt mit einem Zirkel vorwärts-auswärts, Einsatz nach vorne, geht mit einer Dreier-Wendung in den Cirkel rückwärts-einwärts, durch eine zweite Wendung in den Zirkel vorwärts-auswärts, Einsatz nach rückwärts über und gelangt mittelst einer Schlangenlinie vorwärts-einwärts-auswärts, zum ursprünglichen Zirkel vorwärts-auswärts, Einsatz nach vorne, an dem nun die Vorwärts-Auswärts-Schlinge angefügt wird.

Die Zirkelfigur mit Schlinge rückwärts-auswärts (Fig. 339) beginnt mit dem Vorwärts-Einwärts-Zirkel, geht mittelst einer Dreier-Wendung in Rückwärts-Auswärts-Zirkel, Einsatz nach vorne, über, beschreibt dann einen ganzen Schlangenbogen rückwärts-einwärts-auswärts, an welchen die Schlinge rückwärts-auswärts angefügt wird. Der Bogen, mit welchem man aus der Schlinge herausläuft, ist ein Zirkel rückwärts-auswärts mit Einsatz nach vorne. Die Wendungen begleitet der Einsatzfuss stets mit entsprechender drehender Bewegung, ohne jedoch den Platz zu verlassen.

Die nun folgenden beiden Figuren 340 und 341 sind Combinationen des Doppeldreiers und der

Fig. 340. Fig. 341.

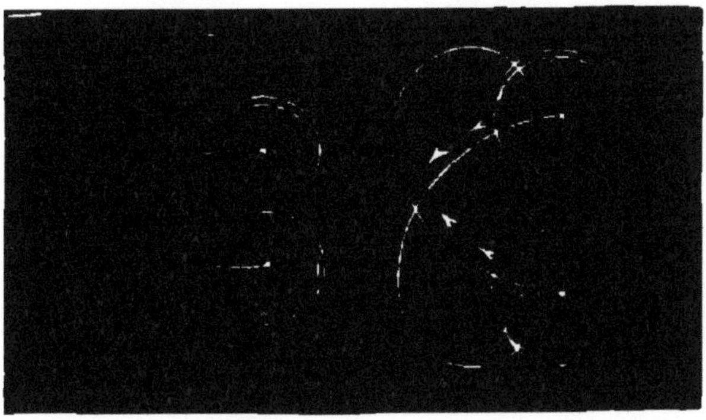

Schlinge mit dem Zirkel und werden folgendermassen ausgeführt.

Man beschreibe einen Rechts-Rückwärts-Auswärts-Doppeldreier oder eine Rechts-Rückwärts-Auswärts-Schlinge mit Bogen rückwärts-auswärts mit rückwärts Uebertreten; beim letzten Bogen dieser Figuren angelangt, setze man den Spielfuss so weit als möglich nach rückwärts ein und führe um denselben einen ganzen Kreis rückwärts-auswärts herum. Nun wird der Einsatzfuss niedergestellt, das Körpergewicht auf denselben übertragen und die Figur links mit Rückwärts-Auswärts-Doppeldreier oder Schlinge fortgesetzt. Letztere Figur wurde von Dr. v. Korper als Specialfigur beim Preis-Kunstlaufen vom Jahre 1872, bei welchem er mit dem ersten Preise ausgezeichnet wurde, zuerst ausgeführt. Er variirte dieselbe noch in effectvoller Weise, indem er nach dem Aufstellen des Einsatzfusses noch mehrere Ringe auf beiden Füssen beschrieb und dann erst die Schlinge zur Fortsetzung der Figur folgen liess.

Die Pirouetten.

Pirouetten bestehen aus einer möglichst grossen Zahl von Drehungen am Platze, die durch einen Drehschwung des Spielfusses mit theilweiser Zuhilfenahme der Arme erzielt werden. Wir unterscheiden zwei Hauptgruppen von Pirouetten, nämlich solche, die auf einem Fusse, und solche, die auf beiden Füssen zugleich ausgeführt werden.

Die einfüssigen Pirouetten

können auf vier Arten entsprechend den vier verschiedenen Bogenarten ausgeführt werden.

Fig. 342. Fig. 343. Fig. 344. Fig. 345.

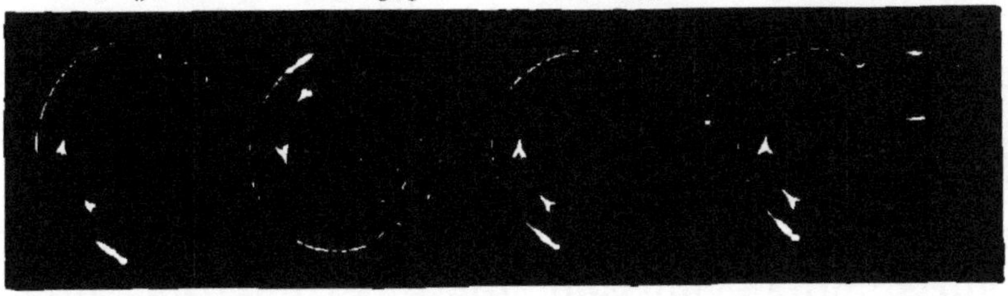

Die einfüssige Vorwärts-Auswärts-Pirouette (Fig. 342).

Bei dieser Pirouette wird der Spielfuss nach kräftigem Abstosse und einem kurzen Auswärtsbogen des Standfusses mit kreisförmigem Schwunge und gebeugtem Knie rasch, beiläufig einen Fuss, vor denselben gebracht und nach Massgabe der fortschreitenden Drehung dem Standfusse genähert. Durch diese Annäherung wird die rotirende Bewegung des Körpers, welcher auf dem Standfusse senkrecht stehen muss, beschleunigt.

Fig. 342a.

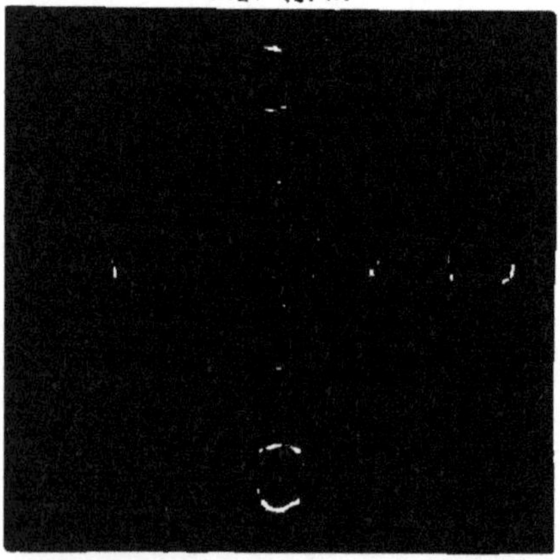

Zu einer Zeit, als noch die Schlittschuhe, welche unter dem Absatze endigen, im Gebrauche standen, wurde diese Pirouette auf dem scharfen Ende des Schlittschuhes gemacht, wodurch sie in eine Art Spitzpirouette überging und leichter ausgeführt werden konnte. Auf den gegenwärtig gebräuchlichen Schlittschuhen müssen diese Pirouetten auf der Fläche des Schlittschuhes vollführt werden.

Herr Alexander Diamantidi jun. führt mit dieser Pirouette einen Stern (Fig. 342a) auf einem Fusse aus. Es erfordert eine vollkommene Beherrschung des Schlingenschwunges, um aus der Pirouette mit einem entsprechenden Bogen herauszulaufen.

Die einfüssige Vorwärts-Einwärts-Pirouette

wird durch das Zurückschwingen des Spielfusses hinter den Standfuss hervorgebracht, ist aber unter allen Pirouetten die matteste. Die Zeichnung ist dieselbe wie bei der vorhergehenden.

Die einfüssige Rückwärts-Auswärts-Pirouette (Fig. 343)

wird aus dem Bogen rückwärts-auswärts mit rückwärts Uebertreten gemacht, wobei der Spielfuss blitzartig hintenüber geschlagen und an den Standfuss gekreuzt angelegt wird. Die kleinen Schlingen, welche durch diese Pirouette entstehen, haben häufig die Form von Knöpfchen, die unausgebildeten amerikanischen Schlingen entsprechen. Wenn die Pirouette correct ausgeführt wird, so gruppiren sich die Schlingen kreisförmig auf einem kleinen Raume.

Die einfüssige Rückwärts-Einwärts-Pirouette (Fig. 344)

wird mit einem Vorwärts-Auswärts-Dreier begonnen und bildet häufig eine Combination von Dreiern und Schlingen. Wenn bei dieser Pirouette die Haltung der nachfolgenden zweifüssigen Vollpirouette angenommen wird, so entstehen ringförmige Schlingen (Fig. 345).

Die Haynes-Pirouette mit tiefer Kniebeuge (Fig. 346),

eine Specialfigur des Namenträgers, ist eine Combination von einer einfüssigen Vorwärts-Auswärts- und Rückwärts-Auswärts-Pirouette, welche in tiefster Kniebeuge ausgeführt wird. Der

Fig. 146.

rechte Fuss beginnt in tiefster Kniebeuge die Vorwärts-Auswärts-Pirouette, wobei der linke Fuss vorne gekreuzt gehalten wird. Nach einer Anzahl Drehungen wird der linke Fuss auf das Eis gebracht, um seinerseits ein paar Schlingen rückwärts-auswärts auszuführen. Bevor nun der Schwung gänzlich erlahmt, beginnt der Standfuss, während der Körper horizontal vorgebeugt wird, sich allmälig zu strecken und in die aufrechte Haltung zurückzukehren, wobei er eine Spirale von innen nach aussen beschreibt.

Dieses Aufstehen in der Spirale verleiht der Figur ein kühnes Gepräge, ist aber schwierig und erfordert jahrelange Uebung.

Jackson Haynes soll nach eigener Aussage an dieser Figur 9 Jahre geübt haben.

Gegenwärtig zählt der Wiener Eislaufverein mehrere Herren, die sich in der tiefen Pirouette mit Haynes messen können. In dem Aufstehen mit der Spirale hat derselbe jedoch noch keinen ebenbürtigen Nachfolger gefunden.

Die Spitzeinsatz-Pirouette.

Mit den Halifax und New-York-Club-Schlittschuhen, welche vorne mit einer stumpfen Spitze versehen sind, kann man sich auf dieselbe erheben und einige Drehungen darauf ausführen. Der Ansatz hiezu kann am einfachsten mit einem linken Vorwärts-Einwärts-Zirkel genommen werden, worauf man sich auf dem eingesetzten rechten Fuss so lange dreht, als die Balance anhält. Zum Herauslaufen empfiehlt sich die Stellung Ferse an Ferse, welche am raschesten den erlangten Drehschwung aufhebt.

Fig. 347

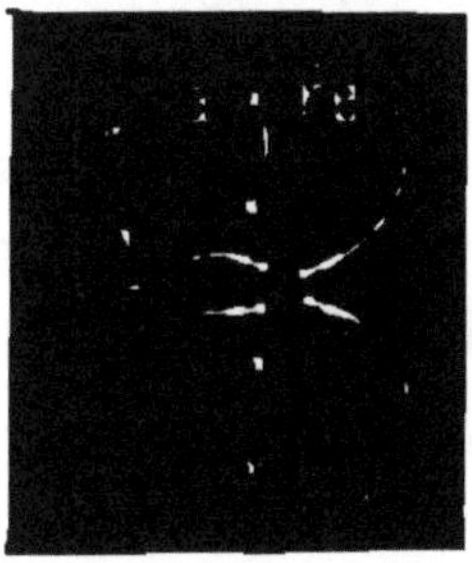

Man kann mit der Spitzpirouette auch eine sehr hübsche Combination (Fig. 347) verbinden, welche einer Schlinge ähnelt, aber durch den zweiten Bogen, welcher mit rückwärts-einwärts herausläuft, ihre anderweitige Provenienz zu erkennen gibt.

Man beginnt rechts mit Vorwärts-Auswärtsbogen, führt eine Schlinge bis zur halben Wendung aus, erhebt sich auf die Spitze des Schlittschuhes, dreht sich ein- oder mehrmal herum und fährt aus der Schlinge mit Bogen rückwärts-einwärts heraus. Der linke Fuss setzt hierauf die Figur in derselben Weise fort.

Diese Figur lässt sich auch nach rückwärts ausführen. Auch kann man nach einigen Spitzendrehungen vorwärts-auswärts auf dem rechten Fusse sogleich auf eine Spitzendrehung rückwärts-auswärts auf dem linken Fusse übergehen. Callie Curtis excellirte in dieser Figur.

Eine elegante Spitzpirouette führte Herr Eduard Engelmann beim internationalen Preis-Figurenlaufen im Jahre 1882 als Specialfigur aus, indem er bei der Figur Dreier-Schlinge-Dreier vorwärts-einwärts begonnen, die Rückwärts-Auswärts-Schlinge auf der Schlittschuhspitze ausführte.

Fig. 348.

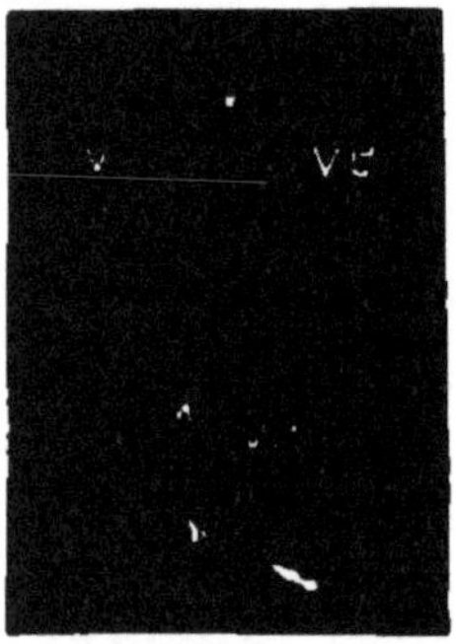

Eine andere interessante Figur, eine Spitzpirouette auf dem Absatze, ist der Apfel (Fig. 348), welcher zuerst von Herrn Georg Wassmuth ausgeführt wurde. Diese Figur ähnelt einem Dreier, gibt sich aber durch den Bogen vorwärts-einwärts, welcher nach der Wendung auf vorwärts-einwärts folgt, dem aufmerksamen Beobachter sogleich zu erkennen.

Man beschreibe einen Schlangenbogen vorwärts-auswärts-einwärts; auf der Stelle angelangt, die mit einem Punkte bezeichnet ist, erhebe man sich auf die Absatzspitze des Schlittschuhes, führe eine ganze Wendung darauf aus und halte den herauslaufenden Bogen vorwärts-einwärts so lange aus, bis der Einsatzpunkt getroffen wird. Der linke Fuss muss hiebei gegen den muthmasslichen Mittelpunkt des Kreises, welcher dadurch erzielt wird, gestreckt werden.

Die zweifüssigen Pirouetten

umfassen folgende Arten:

Die zweifüssige Vollpirouette;

die zweifüssige Pirouette mit Kreuzung der Füsse nach vorne;

die zweifüssige Pirouette mit Kreuzung der Füsse nach rückwärts.

Die zweifüssige Vollpirouette (Fig. 349) kann auf mannigfache Arten begonnen werden, der Eingang mit dem Vorwärts-Auswärts-Dreier ist jedoch der einfachste und gebräuchlichste. Sobald man nach kräftigem Drehschwunge des Spiel-

Fig. 349. Fig. 350. Fig. 351.

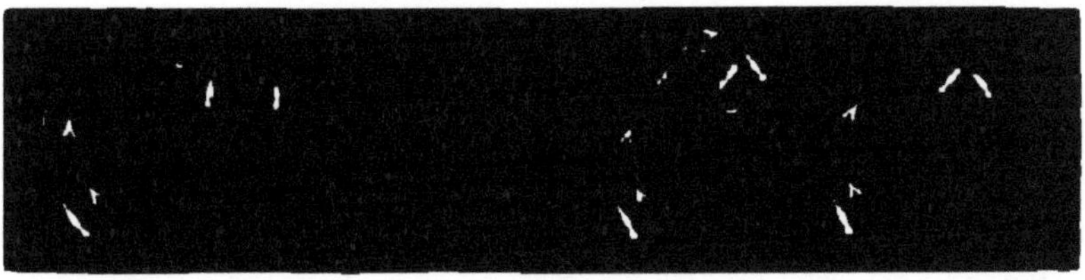

fusses und etwas Kniebeuge die Dreierwendung vollbracht hat und sich auf dem Rückwärts-Einwärtsbogen befindet, richte man sich plötzlich auf, stelle den Spielfuss in einer Entfernung von ungefähr einem Fusse mit nach einwärts gekehrter Fussspitze neben den Standfuss auf das Eis und senke die Arme, welche beim Niederstellen des Spielfusses horizontal auszustrecken sind, anfangs sachte und schliesslich rasch zu beiden Seiten des Körpers. Durch diesen Vorgang erlangt die Rotation des Körpers eine grosse Beschleunigung.

Wir erinnern auf das, was wir im Abschnitte „Zur Theorie des Eislaufes" über die Theilschwerpunkte gesagt haben. Die Theilschwerpunkte der Arme, welche in gestreckter Lage eine grössere Geschwindigkeit besitzen, als beispielsweise die Theilschwerpunkte der Schultern, welche sich gleichzeitig in einem kleineren Kreise bewegen, übertragen diese Geschwindigkeit auf den kleineren Kreis, welcher der schliesslichen Lage der Arme an der Seite des Körpers entspricht. Durch das Wiederausstrecken der Arme während der Rotirung kann dieselbe verlangsamert und durch neuerliches Senken wieder beschleunigt werden.

Es ist jedoch nicht Bedingung, die Arme zu beiden Seiten des Körpers anzuschliessen. Man kann sie auch beide auf der Brust kreuzen, wie dies Callie Curtis that, der es bis zu 35 Touren brachte, oder wie Goodridge, der eine Faust auf die Brust, die andere auf den Rücken legte. Indessen scheint uns die seitliche Haltung, welche auch Jackson Haynes adoptirt hatte, die graziösere.

Die zweifüssige Pirouette mit nach vorne gekreuzten Füssen (Fig. 350)

wird am besten mit einer Auswärts-Schlinge begonnen und hierauf der Spielfuss vorneüber Fussspitze an Fussspitze in einem Winkel von circa 70 Grad mit dem Standfusse gekreuzt. Der rechte Fuss, mit welchem die Schlinge begonnen wurde, beschreibt dabei Vorwärts-Schlingen, muss daher mehr am Absatze stehen, während der linke kreuzende Fuss Rückwärts-Auswärts-Schlingen beschreibt, daher mehr auf der Spitze ruhen muss.

Das Körpergewicht soll auf beide Füsse gleichmässig vertheilt sein.

Die zweifüssige Pirouette mit nach rückwärts gekreuzten Füssen (Fig. 351)

wird ebenso wie die vorhergehende mit einer Vorwärts-Auswärts-Schlinge begonnen, nur mit dem Unterschiede, dass der Spielfuss sich hinter dem Standfusse in einem Winkel von circa 70 Grad aufstellt, was allerdings die Ausführung erschwert und diese Pirouette den berüchtigtesten Fallfiguren zugesellt; wenngleich sie von den beiden die elegantere ist.

Alle diese Pirouetten sollen gleichmässig, sowohl mit dem rechten wie mit dem linken Fusse begonnen, geübt werden.

Die Pirouetten erfordern eine sehr ausgebildete Balance und gewähren, wenn nicht tadellos ausgeführt, kein vortheilhaftes Bild; auch sind sie, weil Schwindel erregend, nicht Jedermanns Sache.

Figuren mit Anlauf.

Der durch einen Anlauf gewonnene Schwung lässt sich zur Vergrösserung aller jener Figuren ausnützen, deren Ausführung nicht von einem gewissen, gemässigten Schwunge abhängig ist.

Es werden sich daher zu Anlauf-Figuren vornehmlich die Bogen- und Schlangenbogen-Combinationen eignen, die bis zur Voll- und Doppelspirale ausgedehnt werden können.

Durch den übertragenen Schwung erlangen diese Figuren eine räumliche Ausdehnung, welche die vom Stande aus erreichbare bei weitem übertrifft.

Statt der Wendungen tritt der Sprung ein, während die Schlinge ihrer Natur nach nur als Schluss-Evolution den Spiralen angefügt werden kann.

Die Vollspirale nach vorwärts (Fig. 352).

Man nehme einen kräftigen Anlauf, wobei es zur raschen Erzielung eines vollen Schwunges förderlich ist, vom Stande weg einige Schritte in dem Lauftempo, wie am Lande, auszuführen.

Hat man nun entsprechenden Schwung erlangt, wozu man keineswegs vieler, sondern energischer Schritte bedarf, so verharre man entweder auf dem Einwärts- oder dem Auswärtsbogen, so lange die

Fig. 352. Fig. 353.

Bewegung währt. Die Neigung, welche der Körper beim Ansetzen des Bogens annimmt, ist für die fernere Gestalt der Curve und die Zahl der Windungen, die man zu beschreiben beabsichtigt, massgebend.

Während des Bogens soll keine Veränderung mehr mit der Körperlage vorgenommen werden, da die kleinste Bewegung von Einfluss auf die Richtung der Schwungfläche ist, der Reinheit der Curve Eintrag bereitet und hemmend auf das getragene Moment des Schwunges wirkt.

Um ein grösseres Beharrungsvermögen in der Richtung der Schwungfläche zu erzielen, war es ehedem üblich, bei den Vollspiralen eine Stellung einzunehmen, die etwa der eines Fechters im Ausfalle entspricht. Obwohl diese Stellung in neuester Zeit wegen ihrer Auffälligkeit einigermassen in Misscredit gerathen ist, so muss ihr doch eine gewisse Berechtigung eingeräumt werden, da der Körper sich hiedurch in grösserer Ausdehnung der Schwungfläche anschmiegen, daher nicht so leicht durch zufällige Einwirkungen aus der Richtung derselben gebracht werden kann.

Die Vollspirale nach rückwärts,

und zwar die mit Rückwärts-Auswärtsbogen ausgeführte, ist die eigentliche „pièce de resistance“ der Schwungläufer, und mit Recht, denn sie galt zu allen Zeiten als eine der kühnsten, effectvollsten und zugleich schönsten Figuren, die sich auf Schlittschuhen ausführen lassen. Leider müssen solche Evolutionen, die einen grossen Raum erfordern, bei der Ueberfüllung der modernen Eisplätze allmälig in Verfall gerathen oder doch durch die Gefährlichkeit von Collisionen in Misscredit kommen. Die sprichwörtliche „Rücksichtslosigkeit der gefürchteten Bravourläufer“ ist auf das Verlustconto dieser Figur zu buchen. An vielen Orten wird dieselbe der „Fliegende Merkur“, in Wien der „Uebersetzer“ genannt.

Es gehört ein gewisses Selbstvertrauen dazu, welches nur durch lange Uebung erlangt werden kann, sich nach einem energischen Anlaufe im vollsten Schwunge umzuwenden und in der Stellung des Rückwärts-Auswärtsbogens entweder eine einzige Spiralwindung grösster Ausdehnung, welche vorzugsweise unserer Bezeichnung „Uebersetzer" entspricht, oder die Vollspirale mit 4 bis 6 Windungen, je nach der Glätte des Eises, auszuführen.

Wird eine Vollspirale beabsichtigt, so muss der Körper gleich nach der Wendung eine etwas geneigtere Lage annehmen, während bei einer einzigen Windung grösster Art die Haltung möglichst aufgerichtet sein muss.

Der Weg, der mittelst eines solchen Spiralsegmentes zurückgelegt werden kann, ist ein beträchtlicher. Am Wiener Eislaufvereine wurde eine solche Spiralwindung, bei glattem Eise und Windstille ausgeführt, mit 127 Meter Umfang gemessen.

Mit dem Winde im Rücken können allerdings noch grössere Strecken auf einem Fusse mit einem Abstosse zurückgelegt werden, dieselben gehorchen jedoch dann nicht mehr dem Gesetze der Spirale.

Die Wendung (Fig. 354), auf welche man den Namen Uebersetzer ebenfalls ausdehnt, wird am schwungvollsten durch Ueberspringen des Vorwärts-Einwärts-Dreiers bewerkstelligt. Diese Wendung lässt, wenn auch noch so rasch ausgeführt, drei deutlich wahrnehmbare Tempi unterscheiden. Nach erlangtem Vollschwunge markire man mit dem rechten Fusse einen Vorwärts-Ein-

Fig. 354. Fig. 355.

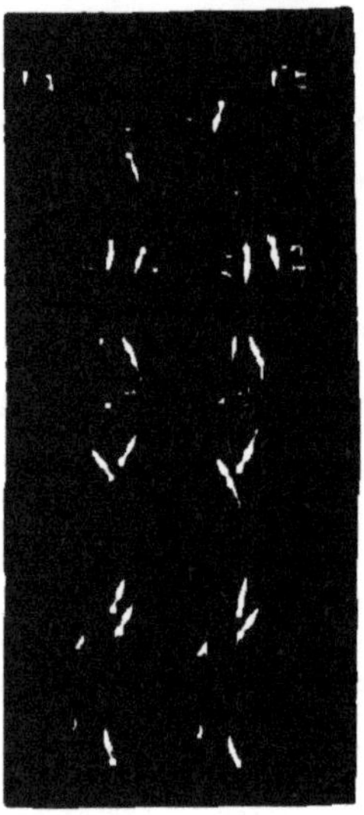

wärtsbogen (Fig. 354), während der Körper eine seitliche Lage nach einwärts angenommen hat und sich etwas vorbeugt. Hierauf überspringe man die Wendung von vorwärts-einwärts nach rückwärts-auswärts mit beiden Füssen gleichzeitig, indem man etwas das Knie beugt und das Gewicht auf dem rechten Fusse behält. Schliesslich gebe man mit dem linken Fusse einen kräftigen Abstoss wie beim Rückwärts-Auswärtsbogen.

Der Rückwärts-Einwärts-Uebersetzer wird bis nach der Wendung (Fig. 355) ganz identisch mit dem Rückwärts-Auswärts-Uebersetzer ausgeführt. Nach dem zweiten Tempo aber wird der rechte Fuss über den linken, mit Rückwärts-Einwärtsbogen vorneüber gekreuzt (Abstreifen) und der Abstoss mit der äusseren Kante des linken Schlittschuhes hinter dem rechten Fusse gegeben, der nun am Rückwärts-Einwärtsbogen verbleibt.

Einen schönen Eingang sowohl zur Rückwärts-Auswärts- als zur Rückwärts-Einwärts-Spirale bildet der Rundlauf auf beiden Füssen (Seite 183, Fig. 102) mit Kreuzung nach rückwärts für die Rückwärts-Auswärts-, und mit Kreuzung nach vorwärts für die Rückwärts-Einwärts-Spirale.

Die Doppelspirale,*)

eine Combination der Auswärts- und Einwärts-Spirale (Fig. 353) lässt sich analog dem Schlangenbogen auf vier Arten ausführen. Von diesen ist die Rückwärts-Auswärts-Einwärts-Spirale die gepflegteste. Die Ausführung schliesst sich ganz dem Vorgange an, der bei der Vollspirale beobachtet wurde, nur dass nach Ablauf einer oder mehrerer Spiralwindungen ein Kantenwechsel stattfindet, der durch eine unmerkliche Wendung der Schultern und Hüften hervorgebracht wird.

Einen gefälligen Abschluss erlangt die Rückwärts-Auswärts-Einwärts-Doppelspirale durch die Anfügung eines Rückwärts-Einwärts-Zirkels und einer Spitzpirouette nach rückwärts-auswärts.

Die Doppelspirale mit Wechselwendung und verkehrter Wechselwendung

wird ganz analog der einfachen Doppelspirale ausgeführt, nur dass statt des Kantenwechsels eine Wechselwendung oder eine verkehrte Wechselwendung zur Anwendung gelangt, wodurch die Spiralen von vorwärts nach rückwärts, nicht aber der Kante nach abwechseln. Beide können auf vier Arten ausgeführt werden, und zwar:

---

*) Diese Figur wurde in die Wiener Schule durch Herrn Max Wirth, welcher in derselben excellirt, eingeführt.

Fig. 356. 1. v. a. W. W. r. a.
2. v. e. W. W. r. e.
3. r. a. W. W. v. a.
4. r. e. W. W. v. e.

Fig. 357. 1. v. a. $_{v.}$W. W. r. a.
2. v. e. $_{v.}$W. W. r. e.
3. r. a. $_{v.}$W. W. v. a.
4. r. e. $_{v.}$W. W. v. e.

Die Doppelspiralen mit verkehrter Wechselwendung sind weit schwieriger als die mit Wechselwendung, und auffallenderweise ist die mit Vorwärts-Auswärtsbogen begonnene am schwierigsten.

Dieselben Doppelspiralen lassen sich noch effectvoller mit gleichkantigen und verkehrten gleichkantigen Wendungen ausführen, sobald man einmal diese Figuren hinreichend beherrscht.

Die Spirale mit Dreierwendungen.

(*Die Rose.*)

Von weiteren Figuren, die mit Anlauf ausgeführt werden können, hätten wir noch eine der ältesten, nämlich die Rose oder langgestreckte Pirouette mit Dreierwendungen, zu erwähnen.

Diese Figur, welche entweder auf einem Fusse allein ausgeführt (Fig. 358), oder von einem auf den anderen übertragen wird (Fig. 359), kann auf vier verschiedene Arten vollführt werden.

Fig. 358.

Fig. 359.

Die effectvollste Art ist aber jene, welche mit einem Rückwärts-Auswärts-Uebersetzer begonnen wird. Bei dem bedeutenden übertragenen Schwunge, mit dem die Figur begonnen wird, werden die Spuren der ersten Wendungen stets unrein in der Zeichnung erscheinen. Deshalb wird diese Figur, die ein frappirendes kühnes Gepräge hat, von Vielen für uncorrect erklärt, jedoch mit Unrecht, denn jene Mängel in der Zeich-

Fig. 360.

nung der Spuren lassen sich durch Ueberspringen der ersten Wendungen beseitigen.

Auch fortgesetzte Brillen lassen sich mit Anlauf entweder in gerader Linie mit fortschreitender Bewegung, oder als Rundlauf (Fig. 360) ausführen.

Das Springen auf dem Eise.

Obwohl das Springen auf dem Eise eigentlich im Widerspruche mit dem Geiste des Eislaufes zu stehen scheint, so ist es doch, zumal der Weitsprung, einem praktischen Bedürfnisse entsprungen. Bei zunehmender Kälte entstehen nämlich auf ausgedehnten Eisflächen breite Sprünge, die oft nur durch weite Umwege zu umgehen wären. In solchen Fällen ist der Weitsprung das beste Auskunftsmittel.

Um den Weitsprung zur Vollkommenheit zu bringen, muss vorerst der Hochsprung gehörig eingeübt werden.

Fig. 361.

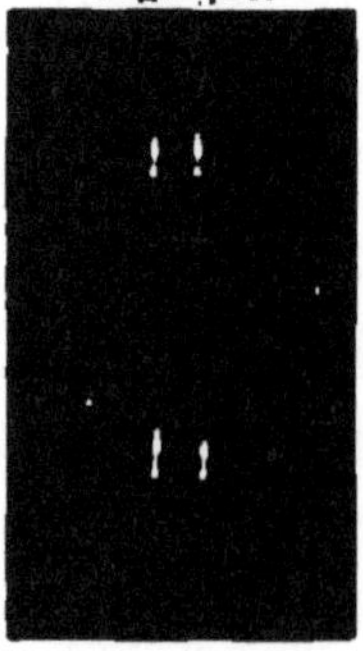

Man nehme einen kurzen Anlauf, stelle die Füsse vor dem Hindernisse, wie Fig. 361 zeigt, parallel nebeneinander, beuge etwas das Knie, neige sich leicht vor und schnelle sich, wie beim Hochsprunge vom Stande, mit beiden Füssen gleichzeitig in die Höhe.

Beim Landen hinter dem Hindernisse achte man darauf, auf beiden Schlittschuhen gleichzeitig niederzuspringen und auf dem mittleren Segmente der Curve Stand zu bekommen.

Beim Weitsprung ist es besonders nothwendig, einen energischen Anlauf zu nehmen und möglichst hoch zu springen, wodurch man einen weiten Weg in der Luft zurückzulegen vermag, bevor man wieder das Eis berührt.

Herr Axel Paulsen aus Christiania führte bei dem internationalen Preisfiguren-Laufen zu Wien im Jahre 1882 als Specialfigur einen phänomenalen Sprung mit einundeinhalbmaliger Drehung in der Luft aus, wofür er mit dem Preise für die beste Specialfigur ausgezeichnet wurde.

Ein interessantes Feld für den kühnen Springer ist das Ueberspringen der halben Wendungen oder das Herzl-Ueberspringen mit einem Fusse, welches durch die verkehrten Dreier, gleichkantigen und verkehrten gleichkantigen Wendungen einen namhaften Zuwachs erfahren hat.

Zieht man alle diese Figuren in Betracht, so ergeben sich 16 verschiedene Arten von Sprüngen. Rechnet man noch jene hinzu, die durch das Ueberspringen des Dreiers, des verkehrten Dreiers, der gleichkantigen und verkehrten gleichkantigen Wendung von einem Fusse auf den andern entstehen, so steigert sich die Zahl der Sprünge auf 32. Folgendes Schema wird die Sache veranschaulichen:

Für den Dreier Fig. 362 und den verkehrten Dreier Fig. 363 ergeben sich je vier Sprünge, welche die gleiche Bogenfolge:

v. a. nach r. e., v. e. nach r. a., r. a. nach v. e., r. e. nach v. a.

haben, bei denen aber die Körperwendung während des Sprunges die entgegengesetzte Richtung verfolgt, wie die Pfeile in den Zeichnungen 362 und 363 andeuten.

Für die gleichkantige Wendung (Fig. 364) und verkehrte gleichkantige Wendung (Fig. 365) ergibt sich bei den vier Sprüngen das gleiche gegenseitige Verhältniss, wie beim Dreier und verkehrten Dreier, und zwar gleiche Bogenfolge:

v. a. nach r. a., v. e. nach r. e., r. a. nach v. a., r. e. nach v. e.

aber mit entgegengesetzter Wendung.

Durch das Ueberspringen des Dreiers von einem Fusse auf den anderen ergeben sich acht Sprünge, welche dieselbe Anordnung haben wie die vier Engländer (Taf. IV, Fig. 191—194) und die vier Amerikaner (Taf. IV, Fig. 195—198).

Endlich ergeben sich aus dem Ueberspringen der gleichkantigen und verkehrten gleichkantigen Wendungen abermals acht Sprünge, welche analog den Figuren 199 bis 206 (Taf. V) ausgeführt werden.

Das gemeinschaftliche Figurenlaufen.

Die dem Eisläufer ermöglichte vollständige Beherrschung der Bewegungsrichtung und die hieraus resultirende Fähigkeit, eine beliebig gewählte fremde Spur im Eise zu verfolgen, oder durch die entgegengesetzte Bewegung zu einer symmetrischen Figur zu ergänzen, boten Eisläufern stets willkommene Gelegenheit, eine gewisse Uebereinstimmung in ihr Laufen zu bringen, oder in Wechselbeziehung zu einander stehende Figuren gleichzeitig auszuführen.

Dem gemeinschaftlichen Laufen verdankt der Eislauf nächst der Vervollkommnung des Schlittschuhes den grossen Aufschwung, den derselbe in den letzten Jahren erlangt hat. Nebst dem geselligen Momente enthält das gemeinschaftliche Laufen auch in hervorragender Weise ein didaktisches.

Das Beispiel des guten Eisläufers ladet zur Nachahmung ein, die Sicherheit, mit der er seine Evolutionen ausführt, lässt den Anfänger Vertrauen gewinnen, das gleichmässige Tempo, dem sich der schwächere Läufer anzuschliessen hat, bringt seine Kräfte in's Gleichgewicht und schliesslich ersetzt ihm die dargebotene Hand den mangelnden Schwung und die fehlende Balance, die er hiedurch allmälig erlangt.

Um das gemeinschaftliche Laufen in ein gewisses System zu bringen, wollen wir als Eintheilungsgrund die Stellung nehmen, welche die gemeinschaftlich Laufenden bei der Aufstellung und während der Ausführung der verschiedenen Figuren zu einander einzuhalten haben.

Zum besseren Verständniss wollen wir die einzelnen Figuren zunächst als nur von zwei Läufern ausgeführt betrachten, und dann erst zur Ausführung durch mehr als zwei Läufer übergehen.

Figuren für zwei Schlittschuhläufer.

Zwei Schlittschuhläufer können in ihrer gegenseitigen Stellung eine ziemlich vielseitige Anordnung treffen. Nach dieser Anordnung richtet sich die Wahl der Figuren, die von ihnen in Gemeinschaft gelaufen werden können. Demnach wollen wir unterscheiden zwischen:

Figuren mit Aufstellung seitlich hintereinander. Antreten mit ungleichen Füssen;

Figuren mit Aufstellung seitlich hintereinander. Antreten mit gleichen Füssen (Leykauf);

Figuren mit seitlicher Gegenüberstellung und Handreichen (Moulinets);

Figuren mit voller Gegenüberstellung und Reichen beider Hände;

Figuren mit Nebenstellung und kreuzweisem Händereichen;

Figuren mit Nebenstellung und Händereichen gleichzeitig vor der Brust und hinter dem Rücken (Engelmann).

Figuren mit Aufstellung seitlich hintereinander.

Antreten mit ungleichen Füssen.

Mit dieser Aufstellung, bei welcher A mit dem rechten, B mit dem linken Fusse gleichzeitig beginnen und bei der Kreuzung rechte Schulter an linker und umgekehrt an einander vorüberkommen, können sämmtliche Figuren, welche in diesem Buche mit fortschreitender Bewegung gezeichnet sind, gemeinschaftlich gelaufen werden. Man nennt diese Art des gegenseitigen Laufens das Contralaufen.

Da jedoch viele dieser Figuren nicht jene Schwungentwicklung gestatten, welche es ermöglicht, sich jederzeit dem Tempo des Partners anzuschliessen, so werden eben jene vorzugsweise cultivirt, bei denen eine Uebereinstimmung, welche für die Schönheit der gemeinsamen Figuren massgebend ist, leichter erzielt werden kann.

Es empfehlen sich daher zum Contralaufen:
Bogen vorwärts-auswärts (Contrabögen) Fig. 366,
Bogen vorwärts-auswärts mit Uebertreten,
Bogen vorwärts-einwärts,

Bogen rückwärts-auswärts,
Bogen rückwärts-auswärts mit Uebertreten,
Bogen rückwärts-einwärts,
Schlangenbogen R. v. a. e., L. v. e. a.,
Dreier R. v. a. W. r. e., L. v. a. W. r. e,
Doppeldreier v. a. W. r. e. W. v. a.
Schlangenbogen-Dreier R. v. a. e. W. r. a., L. r. a. e. W. v. a.,
Englischer Achter (Taf. XII, Fig. 232),
Camilla-Achter (Taf. XIV., Fig. 237).

Wir verweisen hier auf die Zeichnungen, welche bei der Beschreibung der einzelnen Figuren gegeben wurden.

Fig. 366.

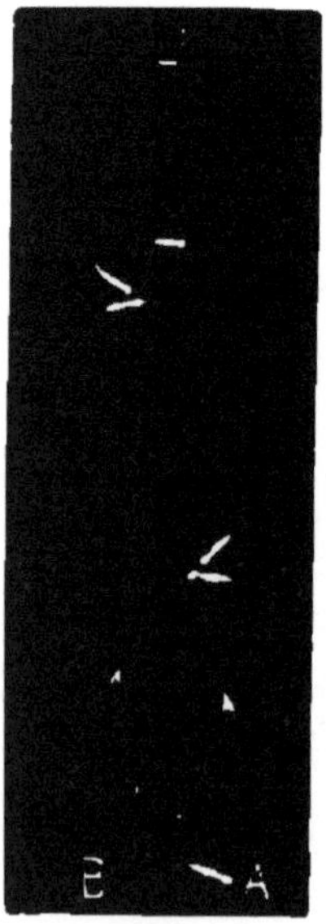

Die Contrabögen werden sowohl in gestreckter als in gedrückter Form, in der Regel eine Strecke weit gelaufen und wird dann „Aus" gemacht, das heisst ein ganzer Bogen beschrieben, wodurch die Läufer auf ihren Spuren zum Ausgangspunkte zurückkehren. Beim „Aus" (Fig. 366) kreuzen sich die beiden Läufer A und B zweimal, und zwar bei a und b. Es kann auch eine Spirale mit zweifacher Windung gemacht werden, bei deren Ausführung sich die Läufer viermal kreuzen. Man nennt dies Doppelt-Aus.

Die Contrabögen sollen alle von gleicher Grösse sein und die Ansätze und Kreuzungen jedes zweiten Bogens in parallelen Geraden liegen.

Die Figur Schlangenbogen-Dreier v. a. e. W. r. a. (Fig. 367), welche sich nächst den Contrabögen der meisten Beliebtheit erfreut, da dieselbe den schönsten Uebergang vom Vorwärts-Auswärts- zum Rückwärts - Auswärtsbogen vermittelt, wird in der Regel mit den Contrabögen derartig combinirt, dass drei bis vier Bögen vorwärts-auswärts gelaufen werden und dann mit v. a. e. W. in den Rückwärts-Auswärtsbogen übergegangen wird. Nach drei bis vier Rückwärts-Auswärtsbögen gelangt man mit r. a. e. W. wieder zum Vorwärts-Auswärtsbogen.

Fig. 367.

Die Figur kann auch ohne Zwischenbögen mit fortschreitender Bewegung und am Platze mit Kreuzung sämmtlicher Bögen ausgeführt werden, erfordert aber in dieser Form sehr taktfeste, schwungvolle Läufer.

Figuren mit Aufstellung seitlich hintereinander.

Antreten mit gleichen Füssen.

Aus dieser Aufstellung, welche in der Weise vorgenommen wird, dass rechte Schulter mit rechter, bei der Aufstellung und Kreuzung, zusammentrifft und mit gleichen Füssen angetreten wird (Fig. 368), können sämmtliche Figuren, welche wir am Platze in Achterform gezeichnet haben, gelaufen werden.

Fig. 368.

Fig. 369.

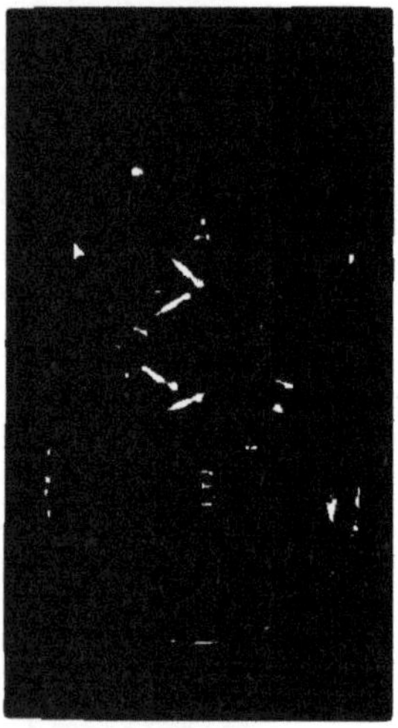

Als Beispiel bringen wir Fig. 369, den Achter vorwärts-auswärts, bei welchem sich zeigt, dass die Spuren beider Läufer sich nicht so strenge decken können, wie dies vielfach angenommen wird. Allerdings können und sollten sich die Wiederholungen der Spuren des A und B jede für sich decken; der Achter des A kann aber nicht die Spur des B verfolgen, weil sich beide Figuren so wie rechts und links verhalten und durch das aneinander Vorüberkommen der Läufer die beiden Spuren etwas auseinandergeschoben werden. Wir erwähnen diesen Fall, damit der Anfänger nicht etwa in der Meinung befangen bleibe, er begehe einen Fehler, wenn es ihm nicht gelingen will, die Spur seines Partners vollkommen zu decken.

Figuren mit seitlicher Gegenüberstellung und Handreichen (Moulinets).

Diese Aufstellung weicht von der vorhergehenden darin ab, dass nur die Hälfte der Spur den beiden Läufern gemeinschaftlich ist, während welcher sie sich die gleichnamigen Hände reichen. Das Verhältniss der Schultern und das Antreten mit gleichen Füssen bleibt dasselbe.

Fig. 370.

Fig. 371.

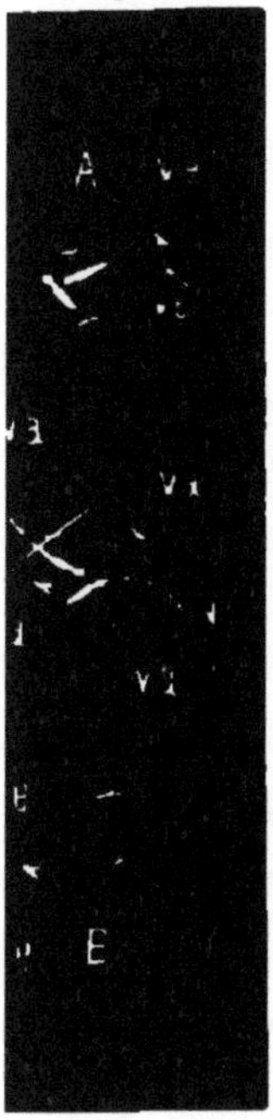

Bei dem Achter vorwärts-auswärts mit Moulinet (Fig. 370) bezeichnet der punktirte Durchmesser, welcher die Fussmarken des A und B verbindet, die Richtung der dargereichten Hände. Die Figur lässt sich mit allen vier Bogenarten ausführen. Bei den Vorwärts- und Rückwärts-Auswärts-Achtern reicht man sich die den Füssen gleichnamigen Hände, bei den Vorwärts- und Rückwärts-Einwärts-Achtern dagegen die den Füssen ungleichnamigen. Um die Aufstellung präcise zu nehmen, wird es gut sein, die Figur mit dem Moulinet zu beginnen, um nach vollendetem äusseren Bogen beim nächsten Händereichen zusammenzutreffen.

Eine sehr beliebte Combination, die wegen der Aufstellung hieher gehört, bei der man sich jedoch nicht die Hände reicht, ist der Schlangenbogen mit Gegenüberstellung, R. v. e. a. und L. v. e. a., welcher (Fig. 371) in der Richtung der Pfeile entweder bei der äusseren oder inneren Hälfte der Figur begonnen werden kann. Beginnen wir innen, so wird beiderseits rechts ein halber Vorwärts-Auswärtsbogen mit ganzem Vorwärts - Einwärtsbogen beschrieben, dem links ein halber Vorwärts-Einwärts- mit ganzem Vorwärts-Auswärtsbogen folgt.

Fig. 372.

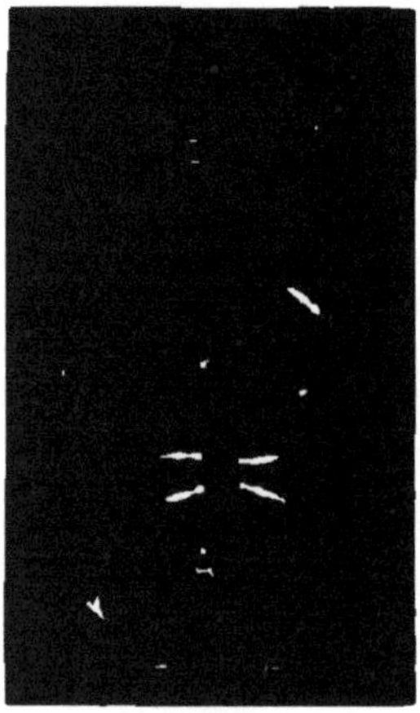

Der letztere Vorwärts-Auswärtsbogen bringt die Läufer zum ursprünglichen Stande zurück, nachdem sie sich am L. v. e. a. Schlangenbogen im Momente des Kantenwechsels vorne, linke Schultern einander zugekehrt, knapp gekreuzt hatten.

Eine nicht minder geschätzte gemeinsame Figur ist der Dreier mit Moulinet (Fig. 372), der auf fünf verschiedene Arten gruppirt werden kann.

	Aussen:	Innen:
1.	R. v. a. W. r. e.	L. v. a. W. r. e.
2.	R. v. a. W. r. e.	L. r. e. W. v. a.
3.	R. r. e. W. v. a.	L. v. a. W. r. e.
4.	R. r. a. W. v. e.	L. v. e. W. r. a.
5.	R. v. e. W. r. a.	L. r. a. W. v. e.

Bei diesen Figuren ist wegen des genauen Zusammentreffens, besonders bei den nach rückwärts ausgeführten, angezeigt, zuerst die Aufstellung zum Moulinet zu nehmen, wobei man hinsichtlich des Bogens, den man ansetzt, und der Hand, die man darreicht, die vorhergehende Zusammenstellung zu Rathe ziehe.

Figuren mit voller Gegenüberstellung und Reichen beider Hände.

Die beiden Eisläufer stellen sich einander gegenüber auf, das Gesicht einander zugekehrt, reichen sich beide Hände und führen, der eine vorwärts, der andere rückwärts, mit ungleichen Füssen eine und dieselbe Figur in umgekehrter Ordnung aus.

Wenn auch durch diese Aufstellungsart manche Figuren, beispielsweise die Schlingen, ausgeschlossen sind, so lässt sich doch eine grosse Zahl von Figuren sehr schön auf diese Weise zur Geltung bringen. Hervorzuheben sind:

alle Bogenarten,
die Schlangenbögen,
die Spiralen (Uebersetzer),
die Doppelspiralen,
die Dreier,
das Ueberspringen des Dreiers,
die Doppeldreier,
die verkehrten Dreier,
die Wechselwendungen,
die verkehrten Wechselwendungen,
die gleichkantigen Wendungen,
die verkehrten gleichkantigen Wendungen,
der Haynes-Walzer,
der amerikanische Walzer.

Sehr effectvoll lässt sich der Schlangenbogen-Dreier-Doppeldreier v. a. e. W. r. a. W. v. e. W. r. a. ausführen.

Beide Läufer beschreiben einige Bögen auswärts, der eine nach vorwärts, der andere nach rückwärts. Nun vollführt der vorwärts Laufende v. a. e. W., lässt im Momente der Wendung die Hände los, ergänzt die Figur mit r. a. W. v. e. W. r. a. und ergreift während des Rückwärts-Auswärtsbogens wieder die Hände des Partners, der nun seinerseits die Figur wiederholt.

Das Ueberspringen des Dreiers ist eine Figur von überraschender Wirkung, wenn sie correct ausgeführt wird.

Das Ueberspringen erfolgt nach einigen von dem einen Läufer nach vorwärts und dem anderen nach rückwärts gelaufenen Auswärtsbögen dadurch, dass derjenige, welcher den Vorwärts-Auswärtsbogen läuft, den Dreier von einem Fusse auf den anderen überspringt und derart vom Vorwärts-Auswärts- zum Rückwärts-Auswärtsbogen gelangt.

Dem Ueberspringenden muss dabei von dem ursprünglich rückwärts-auswärts Laufenden in der Weise Hilfe geboten werden, dass er von demselben während des Sprunges möglichst hoch gehoben und so lange unterstützt wird, bis er das Eis wieder sicher auf einem Fusse erreicht hat. Das Landen mit beiden Füssen ist fehlerhaft und stört die Wirkung des Rückwärts-Auswärtsbogens, welcher nach dem Sprunge ohne Aufenthalt zur Geltung kommen soll.

Ein imposantes kühnes Bild gewährt der Uebersetzer, durch zwei Läufer ausgeführt, von denen der eine, nachdem beide nebeneinanderlaufend und sich die Hand reichend einen tüchtigen Anlauf genommen haben, sich in der bekannten Weise (Fig. 354, Seite 308) umwendet, dem Partner die freigebliebene Hand reicht und einen grossen Bogen, die Spirale oder die Doppelspirale nach rückwärts ausführt, während der Partner in dessen Spur die gleiche Figur nach vorwärts läuft.

Es können auch beide Läufer nacheinander übersetzen und hierauf die genannten Figuren, parallel laufend, beide nach rückwärts ausführen.

Eine Figur neueren Ursprungs ist der Uebersetzer mit verkehrter Wechselwendung, welche in folgender Weise ausgeführt wird: A vollführt einen gewöhnlichen Uebersetzer in der vorher beschriebenen Weise. Sobald er seine Wendung nach rückwärts-auswärts vollbracht hat, macht B eine verkehrte Wechselwendung v. a. $_{v.}$W. W. r. a., wodurch er Brust an Brust parallel mit A zu stehen kommt. Nachdem durch ein kurzes Beisammenverweilen der Schwung sich auf beide Läufer gleichmässig vertheilt hat, werden die Hände losgelassen, und beide Läufer führen Spiralen am Rückwärts-Auswärtsbogen, nach entgegengesetzter Richtung auseinanderlaufend, aus. Wenn der Moment des Auslassens der Hände richtig gewählt war, so werden die von beiden Läufern beschriebenen Spiralen gleich gross sein und sich einander nochmals so weit nähern, dass ein wiederholtes Händereichen wie in der ursprünglichen Stellung stattfinden kann.

Einfacher und schwungvoller wird dasselbe Ziel wie bei der vorhergehenden Figur durch den Jokl-Uebersetzer erreicht, welcher von Herrn Heinrich Jokl angegeben wurde. Die beiden Läufer stellen sich seitlich nebeneinander auf, reichen sich die rechte und die linke Hand und nehmen einen scharfen Anlauf. Sobald genügend Schwung vorhanden ist, reichen sie sich noch die frei gebliebenen Hände, wodurch sie zur vollen Gegenüberstellung, Brust an Brust, gelangen. Die Füsse, welche nach der Bewegungsrichtung voraus sind, beschreiben je eine gerade Linie auf der äusseren Kante. Nun vollführen beide Partner einen Amerikaner, der eine auf dem linken, der andere auf dem rechten Fusse, wodurch sie zum Rückwärts-Auswärtsbogen gelangen. Derselbe wird eine Weile angehalten, bis der Schwung sich auf beide Läufer gleichmässig vertheilt hat, und dann werden die Hände losgelassen. Beide Läufer fahren dadurch mit einer Spirale in entgegengesetzter Richtung auseinander und kommen wieder zum Ausgangspunkt zurück.

Figuren mit Nebenstellung und kreuzweisem Händereichen.

In dieser Stellung können die meisten Figuren, bei denen keine Dreier-Wendungen vorkommen, von zwei Läufern mit gleichen Füssen parallel laufend ausgeführt werden.

Um Einseitigkeit zu vermeiden, muss die Aufstellung nebeneinander von rechts nach links öfters gewechselt werden.

Figuren mit Nebenstellung und Händereichen.

Gleichzeitig vor der Brust und hinter dem Rücken.

Diese von Herrn Eduard Engelmann angegebene Haltung ermöglicht es zwei Läufern, gleichzeitig Figuren auszuführen, bei welchen Wendungen vorkommen, ohne die Hände loslassen zu müssen. Es geschieht dies in der Weise, dass die gleichnamigen Hände vor der Brust und hinter dem Rücken festgehalten werden, um bei einer Wendung sich derartig zu verschieben, dass die Hände, welche vor der Brust gehalten werden, nunmehr hinter dem Rücken zu liegen kommen und umgekehrt. Bei Beschreibung der einzelnen Figuren wurde bereits auf jene hingewiesen, für welche sich diese Haltung eignet.

Figuren für vier und mehr Läufer.

Die für zwei Läufer dargestellten Figuren können zumeist auch von einer grösseren Anzahl ausgeführt werden, und zwar ist die Läuferzahl beim Contralaufen unbeschränkt, während bei den anderen Aufstellungsarten die Zahl von vier Läufern für die Ausführung die günstigste ist. Letztere Zahl empfiehlt sich auch dadurch, dass sich selten auf einer Eisbahn gleichzeitig mehr Läufer zusammenfinden, die in Bezug auf körperliche Grösse, Schwung, Tempo und Dimension der Figuren jene Uebereinstimmung in allen Bewegungen, jene gegenseitige Nachgiebigkeit zeigen, welche so nothwendig ist, um ein harmonisch abgeschlossenes Gesammtbild hervorzubringen.

Die einfachste Gemeinschaft, die zwischen vier oder mehreren Läufern bestehen kann, ist die, dass sie nebeneinander, die rechte Schulter an die linke, Aufstellung nehmen, sich kreuzweise die Hände reichen und geradeaus laufen oder Bögen beschreiben.

Figuren mit Aufstellung seitlich hintereinander.

Antreten mit ungleichen Füssen.

Das Contralaufen (Taf. XXXIX, Fig. 373) wird von vier oder mehreren Läufern in derselben Weise ausgeführt, wie dies bei zwei Läufern gezeigt wurde. Nur ist beim Contralaufen die Zahl vier und darüber die zweckmässigere, da jeder Läufer einen Vordermann hat, nach dem er sich richten kann, und dessen Bogen er in seitlicher Richtung decken soll, während er durch den Hintermann gezwungen wird, sich dem Tempo anzuschliessen.

Das Contralaufen der Rückwärts-Auswärtsbögen in einer grösseren Colonne ist schon eine schätzenswerthe Leistung, während wir die Rückwärts-Einwärtsbögen, von einer grösseren Colonne correct ausgeführt, selten zu Gesicht bekommen haben. Bezüglich anderer Figuren siehe Seite 318.

Figuren mit Aufstellung seitlich hintereinander.

Antreten mit gleichen Füssen (Leykauf).

Diese Aufstellung (Taf. XXXIX, Fig. 374), mittelst welcher sämmtliche in diesem Buche enthaltenen Figuren von einer beliebigen geraden Zahl von Läufern am Platze ausgeführt werden können, galt ehedem für fehlerhaft. Sie ergab sich, wenn eine Contracolonne am Platze irrthümlicherweise mit gleichen Füssen antrat, und wurde stets verworfen. Herrn Ignaz Leykauf gebührt das Verdienst, dieser Aufstellung zu Ehren verholfen zu haben. Es ist nicht zu viel gesagt, wenn der Aufschwung, den das gemeinschaftliche Figurenlaufen in Wien genommen hat, zum grossen Theile dieser Aufstellung zugeschrieben wird.

Die Leykauf-Aufstellung hat gegenüber dem Contralaufen am Platze den Vorzug, dass sie den Läufer nicht so sehr einengt und in Folge dessen schwierigere Figuren mit etwas mehr Freiheit auszuführen gestattet. Wir wollen das Gesagte an einem Beispiele erläutern: Vier Läufer (Taf. XXXIX, Fig. 374) führen einen Schlangenbogen mit halben Bogen rechts vorwärts-auswärts und ganzen vorwärts-einwärts aus. Dadurch laufen A und B parallel hintereinander nach einer Richtung, während C und D nach der entgegengesetzten Richtung sich von ihnen entfernen. Nach Schluss des Vorwärts-Einwärtsbogens sind die beiden Läufergruppen durch die Entfernung, welche die Figur beiderseits in Anspruch nahm, von einander getrennt, mit der Front einander zugekehrt. Mit dem halben Bogen links vorwärts-einwärts und ganzen vorwärts-auswärts gelangen die Läufer zu ihrem ursprünglichen Platze, wobei B und C ein Moulinet ausführen können.

Herr Carl Fillunger hat zu Ehren dieser Aufstellung eine Zusammenstellung von Figuren gemacht, welche wir auf Taf. XXXIX bringen. Es sind dies die Viertel-, Dreiviertel-Achter, welche durch die Eintheilung eines „Achters“ in einen auf einem Fusse zu laufenden halben Bogen und in einen auf dem anderen Fusse zu laufenden Schlangenbogen, welcher einundeinhalb Bogen umfasst, entstehen (Taf. XXXIX, Fig. 375). Die Bewegungsrichtung ist die des gewöhnlichen Achters. Der Fusswechsel wird durch einen eingeschobenen Bogen oder Dreier durchgeführt.

Figuren aus der Aufstellung in Sternform.

Die einfachste Figur dieser Art (Fig. 376), die von vier oder auch sechs Läufern ausgeführt werden kann, ist die mit einem Moulinet in der

Fig. 376. Fig. 377.

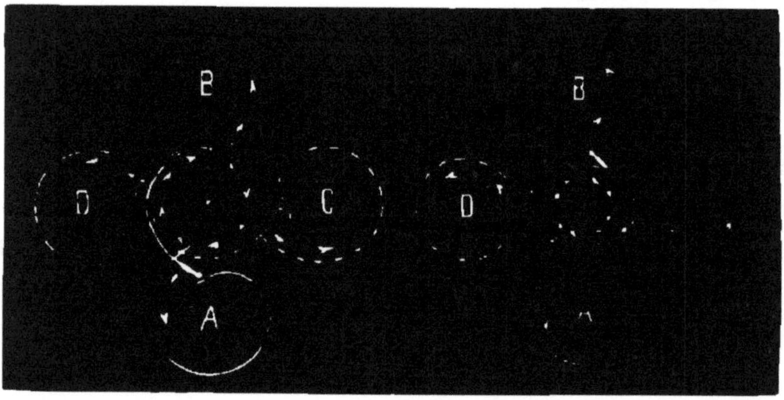

Mitte und Bögen, Dreiern, Doppeldreiern, Schlingen, englischen Achtern etc. für die äussere Hälfte des Achters. Die beiden punktirten Durchmesser des mittleren Bogens bezeichnen die dargereichten Hände. Das Moulinet kann bis zu einem halben oder ganzen Bogen ausgedehnt werden. Im ersteren Falle wechseln A mit B und C mit D ihre Plätze, im letzteren bleibt die Anordnung unverändert.

Diese beliebte Damenfigur wird auch ohne Händereichen ausgeführt, in welcher Form sie mit halbem Bogen im Innern (Fig. 377) und ganzem nach aussen weniger Schwung erfordert.

Fig. 378.

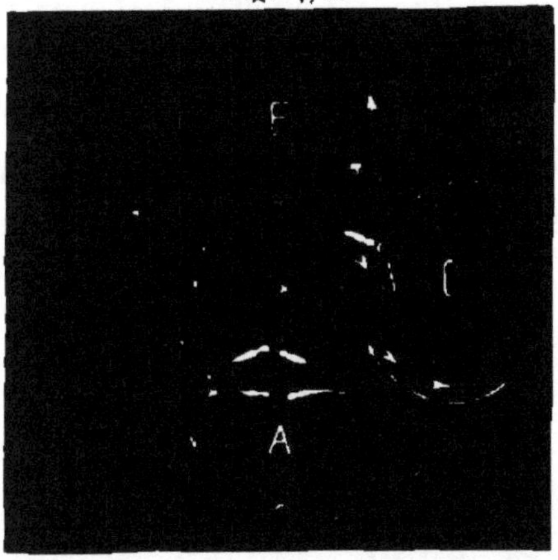

Eine andere Anordnung (Fig. 378), an der sich jedoch blos vier Läufer betheiligen können, ist folgende:

A und C führen nach innen ein Moulinet aus, während B und D ihre halben Achter nach aussen laufen. Sobald A und C ihre Moulinets beendet haben und zum halben Achter nach aussen ansetzen, nehmen B und D den freigewordenen Platz im Innern ein und führen nun ihrerseits das Moulinet aus. Diese Figur kann dadurch variirt werden, dass entweder aussen und innen Bögen oder abwechselnd innen Bögen und aussen Dreier, Doppeldreier und Schlingen, endlich sowohl aussen als innen Dreier ausgeführt werden, wie dies durch die Fig. 378 dargestellt ist.

Auch die für zwei Läufer zusammengestellte Schlangenbogen-Combination (Fig. 371, Seite 321) lässt sich in der vorstehend beschriebenen Weise sehr hübsch von vier Läufern ausführen.

Die Sterne können auch dadurch erweitert werden, dass neben jedem der vier Läufer ein weiterer Läufer mit Aufstellung seitlich hintereinander, wie wir sie oben beschrieben haben, auf die Entfernung eines mittleren Bogendurchmessers Aufstellung nimmt, so dass durch die acht Läufer ein Kreuz in der Weise gebildet wird, dass die äusseren Läufer neben den inneren mit verkehrter Front aufgestellt sind. Aus dieser Stellung beschreibt jeder Läufer mit seinem seitlich gegenüberstehenden Nebenmanne mit gleichem Fusse, beispielsweise mit dem rechten, einen ganzen Bogen mit oder ohne Handgeben, nach dessen Beendigung jeder Läufer auf seinen Platz zurückgekehrt ist.

Nun beschreiben die inneren Läufer um den Mittelpunkt ihrer Aufstellung sämmtlich mit dem linken Fusse hintereinander einen ganzen Bogen, während die äusseren Läufer ebenfalls mit dem linken Fusse ganze Bögen nach aussen beschreiben. In die frühere Stellung zurückgekehrt, wiederholen die Läufer den beschriebenen Vorgang. Wird der erste Bogen nur halb ausgeführt, so wechseln die Läufer fortwährend ihre Stellung, so dass dann jeder Läufer abwechselnd die inneren und äusseren Bögen auszuführen hat.

Ein unerschöpfliches Gebiet eröffnen die aufs Eis übertragenen Cotillonfiguren, zu deren Ausführung nach dem Takte der Musik sich am besten

16, 32 oder 64 Läufer eignen. Die gebräuchlichsten nach dem Marsch- oder Walzertempo auszuführenden Figuren sind: der dem Turnplatze entnommene Lion'sche Reihenaufzug; Contralaufen in mehreren Colonnen nebeneinander, mit „Aus“ und Zurückkehren nach der Auslaufstelle; Ronden mit Uebertreten nach vorwärts und rückwärts; grosse Moulinets mit Flügeln zu 4, 8 oder 16 Läufern; Frontveränderung im Moulinet durch Einschwenken der äusseren Flügelhälften nach vorwärts zum Kreuzungspunkte und Ausschwenkung der inneren Flügelhälften nach rückwärts gegen die Peripherie zu, wodurch sich jeder Flügel um die eigene Achse dreht; Ausschwenken der Flügel um den äusseren Flügelmann zu kleinen Ronden; Uebergehen in Sterne zu 4, 8 oder 16 Läufern, die sich in entsprechender Weise gegen einander anordnen u. s. w.

Die Aneiferung, welche durch ein derartiges Zusammenlaufen einer grösseren Anzahl von in ihren Kräften oft ungleichen Läufern hervorgerufen wird, wirkt auch auf schwächere Läufer anregend, erweckt einen lebendigen Wettstreit und dient mithin als kräftiger Impuls zur Hebung und Verallgemeinerung unseres schönen Sports.

Das Ziffern- und Buchstabenlaufen.

Ein uraltes, bis in das mythische Zeitalter des Eislaufes zurückreichendes Problem, welches die Eislauf-Theoretiker stets in Athem gehalten hat, ist das Ziffern- und Buchstabenlaufen. Bevor die verschiedenen Varianten der Bremsfiguren erfunden waren, schien das Gebiet des Ziffern- und Buchstabenlaufens ein unlösbares Problem bleiben zu wollen und wurde, wenn auch von Fachschriftstellern wiederholt erwähnt, von den Praktikern stets als solches erklärt. Die Ausbildung des Laufens auf einem Fusse sowie die Bremsfiguren haben nicht nur einen Schlüssel zur Lösung dieses Problems geschaffen, sondern ein geradezu unerschöpfliches Feld für die Phantasie des erfindungsreichen Eiskünstlers eröffnet.

Wir knüpfen die Ausführung sowohl der Ziffern als der Lettern an die Voraussetzung, dass deren Spuren mit einem Fusse, mithin als Figuren im Sinne der Seite 100 gegebenen Definition beschrieben und dass vorkommende Unterbrechungen in den Schriftzügen durch einen Sprung auf demselben Fusse hervorgebracht werden.

Fig. 379 bis 413. Das Ziffern- und Buchstabenlaufen.

Derartige Sprünge wären bei der Ziffer 4, dann bei den Buchstaben A, F, P, T zur Anwendung zu bringen.

Bei den Ziffern 2, 4, 7 und bei den Buchstaben D, H, J, K, L, X und Z dürfte der Kantenwechsel nach der Schlinge Schwierigkeiten bieten, während sich zur Ausführung der Ziffer 1 und der Buchstaben M, N, V, W und Y das gleichkantige Wenden empfiehlt.

Nach den gegebenen Winken wird die Ausführung der Buchstaben mittelst der dargestellten, den einzelnen Schriftzügen entsprechenden Figuren, welche aus der angeschlossenen Zeichnung (Fig. 379 bis 413) ersichtlich sind, denjenigen, welche sämmtliche diesem Abschnitte vorangehenden Figuren dieses Buches erlernt haben, keine unbesiegbaren Schwierigkeiten bieten.

Entgegen dem allgemeinen Unterrichte, welcher mit dem ABC beginnt, schliesst nun die Eislaufschule mit dem alles Gelehrte umfassenden Buchstabenzeichnen als höchster Leistung ab.

Inhalts-Verzeichniss.

Seite

Seite

Seite

Erklärung der Abkürzungen.

R.	bedeutet	rechts.
L.	„	links.
v.	„	vorwärts.
r.	„	rückwärts.
a.	„	auswärts.
e.	„	einwärts.
v. e_h.	„	v. e. Hintertreten.
v. a_h.	„	v. a. „
r. e_a.	„	r. e. Abstreifen.
r. a_a.	„	r. a. „
r. $a_ü$.	„	r. a. Uebertreten.

W. bedeutet Wendung.

v.W „ verkehrte W. (verkehrter Dreier).

W. W. bedeutet Wechselwendung.

v.W. W. bedeutet verkehrte Wechselwendung.

G. W. bedeutet gleichkantige W.

v.G. W. „ verkehrte gleichkantige Wendung.

Sp. bedeutet Sprung.